Contemporánea

Nacido en Bruselas en 1914, durante una estancia temporal de sus padres en esa ciudad, **Julio Cortázar** es uno de los escritores argentinos más importantes de todos los tiempos. Realizó estudios de Letras y de Magisterio y trabajó como docente en varias ciudades del interior de Argentina. En 1951 fijó su residencia definitiva en París, desde donde desarrolló una obra literaria única dentro de la lengua castellana. Algunos de sus cuentos se encuentran entre los más perfectos del género. Su novela *Rayuela* conmocionó el panorama cultural de su tiempo y marcó un hito insoslayable dentro de la narrativa contemporánea. Cortázar murió en París en 1984.

Julio Cortázar

Cuentos completos 1
(1945-1966)

DEBOLS!LLO

Papel certificado por el Forest Stewardship Council®

Penguin
Random House
Grupo Editorial

Primera edición en Debolsillo: mayo de 2016
Decimocuarta reimpresión: mayo de 2024

Printed in Spain – Impreso en España

ISBN: 978-84-663-3191-3
Depósito legal: B-21.691-2015

Impreso en Liberdúplex
Sant Llorenç d'Hortons (Barcelona)

P 3 3 1 9 1 C

LA OTRA ORILLA
(1945)

A Paco, que gustaba de estos relatos

And we are here as on a darkling plain
Swept with confused alarms of struggle and flight,
Where ignorant armies clash by night.

MATTHEW ARNOLD

Forzando su espaciada ejecución —1937/1945— reúno hoy estas historias un poco por ver si ilustran, con sus frágiles estructuras, el apólogo del haz de mimbres. Toda vez que las hallé en cuadernos sueltos tuve certeza de que se necesitaban entre sí, que su soledad las perdía. Acaso merezcan estar juntas porque del desencanto de cada una creció la voluntad de la siguiente.

Las doy en libro a fin de cerrar un ciclo y quedarme solo frente a otro menos impuro. Un libro más es un libro menos; un acercarse al último que espera en el ápice, ya perfecto.

Mendoza, 1945

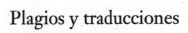

Plagios y traducciones

I

El hijo del vampiro

Probablemente todos los fantasmas sabían que Duggu Van era un vampiro. No le tenían miedo pero le dejaban paso cuando él salía de su tumba a la hora precisa de medianoche y entraba al antiguo castillo en procura de su alimento favorito.

El rostro de Duggu Van no era agradable. La mucha sangre bebida desde su muerte aparente —en el año 1060, a manos de un niño, nuevo David armado de una honda-puñal— había infiltrado en su opaca piel la coloración blanda de las maderas que han estado mucho tiempo debajo del agua. Lo único vivo, en esa cara, eran los ojos. Ojos fijos en la figura de Lady Vanda, dormida como un bebé en el lecho que no conocía más que su liviano cuerpo.

Duggu Van caminaba sin hacer ruido. La mezcla de vida y muerte que informaba su corazón se resolvía en cualidades inhumanas. Vestido de azul oscuro, acompañado siempre por un silencioso séquito de perfumes rancios, el vampiro paseaba por las galerías del castillo buscando vivos depósitos de sangre. La industria frigorífica lo hubiera indignado. Lady Vanda, dormida, con una mano ante los ojos como en una premonición de peligro, semejaba un bibelot repentinamente tibio. Y también un césped propicio, o una cariátide.

Loable costumbre en Duggu Van era la de no pensar nunca antes de la acción. En la estancia y junto al lecho, desnudando con levísima carcomida mano el cuerpo de la rítmica escultura, la sed de sangre principió a ceder.

Que los vampiros se enamoren es cosa que en la leyenda permanece oculta. Si él lo hubiese meditado, su condición tradicional lo habría detenido quizás al borde del amor, limitándolo a la sangre higiénica y vital. Mas Lady Vanda no era para él una mera víctima destinada a una serie de colaciones. La belleza irrumpía de su figura ausente, batallando, en el justo medio del espacio que separaba ambos cuerpos, con el hambre.

Sin tiempo de sentirse perplejo ingresó Duggu Van al amor con voracidad estrepitosa. El atroz despertar de Lady Vanda se retrasó en un segundo a sus posibilidades de defensa. Y el falso sueño del desmayo hubo de entregarla, blanca luz en la noche, al amante.

Cierto que, de madrugada y antes de marcharse, el vampiro no pudo con su vocación e hizo una pequeña sangría en el hombro de la desvanecida castellana. Más tarde, al pensar en aquello, Duggu Van sostuvo para sí que las sangrías resultaban muy recomendables para los desmayados. Como en todos los seres, su pensamiento era menos noble que el acto simple.

En el castillo hubo congreso de médicos y peritajes poco agradables y sesiones conjuratorias y anatemas, y además una enfermera inglesa que se llamaba Miss Wilkinson y bebía ginebra con una naturalidad emocionante. Lady Vanda estuvo largo tiempo entre la vida y la muerte (*sic*). La hipótesis de una pesadilla demasiado verista quedó abatida ante determinadas comprobaciones oculares; y, además, cuando transcurrió un lapso razonable, la dama tuvo la certeza de que estaba encinta.

Puertas cerradas con Yale habían detenido las tentativas de Duggu Van. El vampiro tenía que alimentarse de niños, de ovejas, hasta de —¡horror!— cerdos. Pero toda la sangre le parecía agua al lado de aquella de Lady Vanda. Una simple asociación, de la cual no lo libraba su carácter de vampiro, exaltaba en su recuerdo el sabor de la sangre donde había nadado, goloso, el pez de su lengua.

Inflexible su tumba en el pasaje diurno, érale preciso aguardar el canto del gallo para botar, desencajado, loco de hambre. No había vuelto a ver a Lady Vanda, pero sus pasos lo llevaban una y otra vez a la galería terminada en la redonda burla amarilla de la Yale. Duggu Van estaba sensiblemente desmejorado.

Pensaba a veces —horizontal y húmedo en su nicho de piedra— que quizá Lady Vanda fuera a tener un hijo de él. El amor recrudecía entonces más que el hambre. Soñaba su fiebre con violaciones de cerrojos, secuestros, con la erección de una nueva tumba matrimonial de amplia capacidad. El paludismo se ensañaba en él ahora.

El hijo crecía, pausado, en Lady Vanda. Una tarde oyó Miss Wilkinson gritar a su señora. La encontró pálida, desolada. Se tocaba el vientre cubierto de raso, decía:

—Es como su padre, como su padre.

Duggu Van, a punto de morir la muerte de los vampiros (cosa que lo aterraba con razones comprensibles), tenía aún la débil esperanza de que su hijo, poseedor acaso de sus mismas cualidades de sagacidad y destreza, se ingeniara para traerle algún día a su madre.

Lady Vanda estaba día a día más blanca, más aérea. Los médicos maldecían, los tónicos cejaban. Y ella, repitiendo siempre:

—Es como su padre, como su padre.

Miss Wilkinson llegó a la conclusión de que el pequeño vampiro estaba desangrando a la madre con la más refinada de las crueldades.

Cuando los médicos se enteraron hablose de un aborto harto justificable; pero Lady Vanda se negó, volviendo la cabeza como un osito de felpa, acariciando con la diestra su vientre de raso.

—Es como su padre —dijo—. Como su padre.

El hijo de Duggu Van crecía rápidamente. No sólo ocupaba la cavidad que la naturaleza le concediera sino que invadía el resto del cuerpo de Lady Vanda. Lady Vanda apenas podía hablar ya, no le quedaba sangre; si alguna tenía estaba en el cuerpo de su hijo.

Y cuando vino el día fijado por los recuerdos para el alumbramiento, los médicos se dijeron que aquél iba a ser un alumbramiento extraño. En número de cuatro rodearon el lecho de la parturienta, aguardando que fuese la medianoche del trigésimo día del noveno mes del atentado de Duggu Van.

Miss Wilkinson, en la galería, vio acercarse una sombra. No gritó porque estaba segura de que con ello no ganaría nada. Cierto que el rostro de Duggu Van no era para provocar sonrisas. El color terroso de su cara se había transformado en un relieve uniforme y cárdeno. En vez de ojos, dos grandes interrogaciones llorosas se balanceaban debajo del cabello apelmazado.

—Es absolutamente mío —dijo el vampiro con el lenguaje caprichoso de su secta— y nadie puede interpolarse entre su esencia y mi cariño.

Hablaba del hijo; Miss Wilkinson se calmó.

Los médicos, reunidos en un ángulo del lecho, trataban de demostrarse unos a otros que no tenían miedo. Empezaban a admitir cambios en el cuerpo de Lady Vanda. Su piel se había puesto repentinamente oscura, sus piernas se llenaban de relieves musculares, el vientre se aplanaba suavemente y, con una naturalidad que parecía casi familiar, su sexo se transformaba en el contrario. El rostro no era ya el de Lady Vanda. Las manos no eran ya las de Lady Vanda. Los médicos tenían un miedo atroz.

Entonces, cuando dieron las doce, el cuerpo de quien había sido Lady Vanda y era ahora su hijo se enderezó dulcemente en el lecho y tendió los brazos hacia la puerta abierta.

Duggu Van entró en el salón, pasó ante los médicos sin verlos, y ciñó las manos de su hijo.

Los dos, mirándose como si se conocieran desde siempre, salieron por la ventana. El lecho ligeramente arrugado, y los médicos balbuceando cosas en torno a él, contemplando sobre las mesas los instrumentos del oficio, la balanza para pesar al recién nacido, y Miss Wilkinson en la puerta, retorciéndose las manos y preguntando, preguntando, preguntando.

1937

II

Las manos que crecen

Él no había provocado. Cuando Cary dijo: «Eres un co-barde, un canalla, y además un mal poeta», las palabras decidie-ron el curso de las acciones, tal como suele ocurrir en esta vida.

Plack avanzó dos pasos hacia Cary y empezó a pegarle. Estaba bien seguro de que Cary le respondía con igual vio-lencia, pero no sentía nada. Tan sólo sus manos que, a una velocidad prodigiosa, rematando el lanzar fulminante de los brazos, iban a dar en la nariz, en los ojos, en la boca, en las orejas, en el cuello, en el pecho, en los hombros de Cary.

Bien de frente, moviendo el torso con un balanceo rapi-dísimo, sin retroceder, Plack golpeaba. Sin retroceder, Plack golpeaba. Sus ojos medían de lleno la silueta del adversario. Pero aún mejor ubicaba sus propias manos; las veía bien ce-rradas, cumpliendo la tarea como pistones de automóvil, co-mo cualquier cosa que cumpliera su tarea moviéndose al compás de un balanceo rapidísimo. Le pegaba a Cary, le se-guía pegando, y cada vez que sus puños se hundían en una masa resbaladiza y caliente, que sin duda era la cara de Cary, él sentía el corazón lleno de júbilo.

Por fin bajó los brazos, los puso a descansar junto al cuerpo. Dijo:

—Ya tienes bastante, estúpido. Adiós.

Echó a caminar, saliendo de la sala de la Municipalidad, por el corredor que conducía lejanamente a la calle.

Plack estaba contento. Sus manos se habían portado bien. Las trajo hacia adelante para admirarlas; le pareció que tanto golpear las había hinchado un poco. Sus manos se habían portado bien, qué demonios; nadie discutiría que él era capaz de boxear como cualquiera.

El corredor se extendía sumamente largo y desierto. ¿Por qué tardaba tanto en recorrerlo? Acaso el cansancio, pero se sentía liviano y sostenido por las manos invisibles de la satisfacción física. Las manos de la satisfacción física. ¿Las manos...? No existía en el mundo mano comparable a sus manos; probablemente tampoco las había tan hinchadas por el esfuerzo. Volvió a mirarlas, hamacándose como bielas o niñas en vacaciones; las sintió profundamente suyas, atadas a su ser por razones más hondas que la conexión de las muñecas. Sus dulces, sus espléndidas manos vencedoras.

Silbaba, marcando el compás con la marcha por el interminable pasillo. Todavía quedaba una gran distancia para alcanzar la puerta de salida. Pero qué importaba después de todo. En casa de Emilio se comía tarde, aunque en verdad él no iría a almorzar a casa de Emilio sino al departamento de Margie. Almorzaría con Margie, por el solo placer de decirle palabras cariñosas, y tornaría luego a cumplir la jornada vespertina. Mucho trabajo, en la Municipalidad. No bastaban todas las manos para cubrir la tarea. Las manos... Pero las suyas sí que habían estado atareadas rato antes. Pegar y pegar, vindicadoras; quizá por eso le pesaban ahora tanto. Y la calle estaba lejos, y era mediodía.

La luz de la puerta empezaba a agitarse en la atmósfera visual de Plack. Dejó de silbar; dijo: «Bliblug, bliblug, bliblug». Lindo, habla sin motivo, sin significado. Entonces fue cuando sintió que algo lo arrastraba por el suelo. Algo que era más que algo; cosas suyas estaban arrastrando por el suelo.

Miró hacia abajo y vio que los dedos de sus manos arrastraban por el suelo.

Los dedos de sus manos arrastraban por el suelo. Diez sensaciones incidían en el cerebro de Plack con la colérica enunciación de las novedades repentinas. Él no lo quería creer pero era cierto. Sus manos parecían orejas de elefante africano. Gigantescas pantallas de carne arrastrando por el suelo.

A pesar del horror le dio una risa histérica. Sentía cosquillas en el dorso de los dedos; cada juntura de las baldosas le pasaba como un papel de esmeril por la piel. Quiso levantar una mano pero no pudo con ella. Cada mano debía pesar cerca de cincuenta kilos. Ni siquiera logró cerrarlas. Al imaginar los puños que habrían formado se sacudió de risa. ¡Qué manoplas! Volver junto a Cary, sigiloso y con los puños como tambores de petróleo, tender en su dirección uno de los tambores, desenrollándolo lentamente, dejando asomar las falanges, las uñas, meter a Cary dentro de la mano izquierda, sobre la palma, cubrir la palma de la mano izquierda con la palma de la mano derecha y frotar suavemente las manos, haciendo girar a Cary de un extremo a otro, como un pedazo de masa de tallarines, igual que Margie los jueves a mediodía. Hacerlo girar, silbando canciones alegres, hasta dejar a Cary más molido que una galletita vieja.

Plack alcanzaba ahora la salida. Apenas podía moverse, arrastrando las manos por el suelo. A cada irregularidad del embaldosado sentía el erizamiento furioso de sus nervios. Empezó a maldecir en voz baja, le pareció que todo se tornaba rojo, pero en algo influían los cristales de la puerta.

El problema capital era abrir la condenada puerta. Plack lo resolvió soltándole una patada y metiendo el cuerpo cuando la hoja batió hacia afuera. Con todo, las manos no le pasaban por la abertura. Poniéndose de costado quiso hacer pasar primero la mano derecha, luego la otra. No pudo hacer pasar ninguna de las dos. Pensó: «Dejarlas aquí». Lo pensó como si fuese posible, seriamente.

—Absurdo —murmuró, pero la palabra era ya como una caja vacía.

Trató de serenarse, y se dejó caer a la turca delante de la puerta; las manos le quedaron como dormidas junto a los minúsculos pies cruzados. Plack las miró atentamente; fuera del aumento no habían cambiado. La verruga del pulgar derecho, excepción hecha de que su tamaño era ahora el de un reloj despertador, mantenía el mismo bello color azul maradriático. El corte de las uñas persistía en su prolijidad (Margie). Plack respiró profundamente, técnica para serenarse; el asunto era serio. Muy serio. Lo bastante como para enloquecer a cualquiera que le ocurriese. Pero conseguía sentir de veras lo que su inteligencia le señalaba. Serio, asunto serio y grave; y sonreía al decirlo, como en un sueño. De pronto se dio cuenta de que la puerta tenía dos hojas. Enderezándose, aplicó una patada a la segunda hoja y puso la mano izquierda como tranca. Despacio, calculando con cuidado las distancias, hizo pasar poco a poco las dos manos a la calle. Se sentía aliviado, casi feliz. Lo importante ahora era irse a la esquina y tomar enseguida un ómnibus.

En la plaza las gentes lo contemplaron con horror y asombro. Plack no se afligía; mucho más raro hubiese sido que no lo contemplasen. Hizo con la cabeza un violento gesto al conductor de un ómnibus para que detuviera el vehículo en la misma esquina. Quería trepar a él, pero sus manos pesaban demasiado y se agotó al primer esfuerzo. Retrocedió, bajo la avalancha de agudos gritos que surgían del interior del ómnibus, donde las ancianas sentadas del lado de la acera acababan de desvanecerse en serie.

Plack seguía en la calle, mirándose las manos que se le estaban llenando de basuras, de pequeñas pajas y piedrecitas de la vereda. Mala suerte con el ómnibus. ¿Acaso el tranvía...?

El tranvía se detuvo, y los pasajeros exhalaron horrendos gritos al advertir aquellas manos arrastradas en el suelo y a Plack en medio de ellas, pequeñito y pálido. Los hombres estimularon histéricamente al conductor para que arrancara sin esperar. Plack no pudo subir.

—Tomaré un taxi —murmuró, empezando lentamente a desesperarse.

Abundaban los taxis. Llamó a uno, amarillo. El taxi se detuvo como sin ganas. Había un negro en el volante.

—¡Praderas verdes! —balbuceó el negro—. ¡Qué manos!

—Abre la portezuela, bájate, tómame la mano izquierda, súbela, tómame la mano derecha, súbela, empújame para entrar en el coche, más despacio, así está bien. Ahora llévame a la calle Doce, número cuarenta setenta y cinco, y después vete al mismo infierno, negro de todos los diablos.

—¡Praderas verdes! —dijo el conductor, ya tornado al tradicional color ceniza—. ¿Seguro que esas manos son las suyas, señor?

Plack gemía en su asiento. Apenas había sitio para él: las manos ocupaban todo el piso, se desbordaban sobre el asiento. Empezaba a refrescar y Plack estornudó. Quiso instintivamente taparse la nariz con una mano y por poco se arranca el brazo. Se dejó estar, abúlico, vencido, casi feliz. Las manos le descansaban sucias y macizas en el suelo del taxi. De la verruga, golpeada contra una columna de alumbrado, brotaban algunas gordas gotas de sangre.

—Iré a casa de un médico —dijo Plack—. No puedo entrar así en casa de Margie. Por Dios, no puedo; le ocuparía todo el departamento. Iré a ver un médico; me aconsejará la amputación, yo aceptaré, es la única manera. Tengo hambre, tengo sueño.

Golpeó con la frente el cristal delantero.

—Llévame a la calle Cincuenta, número cuarenta y ocho cincuenta y seis. Consultorio del doctor September.

Después se puso tan contento ante la idea que acababa de ocurrírsele que llegó a sentir el impulso de restregarse las manos de gusto; las movió pesadamente, las dejó estar.

El negro le subió las manos hasta el consultorio del doctor. Hubo una espantosa corrida en la sala de espera cuando Plack apareció, caminando detrás de sus manos que el negro sostenía por los pulgares, sudando a mares y gimiendo.

—Llévame hasta ese sillón; así, está bien. Mete la mano en el bolsillo del saco. Tu mano, imbécil: en el bolsillo del saco; no, ése no, el otro. Más adentro, criatura, así. Saca el rollo de dinero, aparta un dólar, guárdate el vuelto y adiós.

Se desahogaba en el servicial negro, sin saber el porqué de su enojo. Una cuestión racial, acaso, claro está que sin porqués.

Ya dos enfermeras presentaban sus sonrisas veladamente pánicas para que Plack apoyara en ellas las manos. Lo arrastraron trabajosamente hasta el interior del consultorio. El doctor September era un individuo con una redonda cara de mariposa en bancarrota; vino a estrechar la mano de Plack, advirtió que el asunto demandaría ciertas forzadas evoluciones, permutó el apretón por una sonrisa.

—¿Qué lo trae por aquí, amigo Plack?

Plack lo miró con lástima.

—Nada —repuso, displicente—. Me duele el árbol genealógico. ¿Pero no ve mis manos, pedazo de facultativo?

—¡Oh, oh! —admitía September—. ¡Oh, oh, oh!

Se puso de rodillas y estuvo palpando la mano izquierda de Plack. Daba la impresión de sentirse bastante preocupado. Se puso a hacer preguntas, las habituales, que sonaban extrañamente ahora que se aplicaban al asombroso fenómeno.

—Muy raro —resumió con aire convencido—. Sumamente extraño, Plack.

—¿A usted le parece?

—Sí, es el caso más raro de mi carrera. Naturalmente, usted me permitirá tomar algunas fotografías para el museo de rarezas de Pensilvania, ¿no es cierto? Además tengo un cuñado que trabaja en *The Shout*, un diario silencioso y reservado. El pobre Korinkus anda bastante arruinado; me gustaría hacer algo por él. Un reportaje al hombre de las manos... digamos, de las manos extralimitadas, sería el triunfo para Korinkus. Le concederemos esa primicia, ¿no es verdad? Lo podríamos traer aquí esta misma noche.

Plack escupió con rabia. Le temblaba todo el cuerpo.

—No, no soy carne de circo —dijo oscuramente—. He venido tan sólo a que me ampute esto. Ahora mismo, entiéndalo. Pagaré lo que sea, tengo un seguro que cubre estos gastos. Por otra parte están mis amigos, que responden por mí; en cuanto sepan lo que me pasa vendrán como un solo hombre a estrecharme la... Bueno, ellos vendrán.

—Usted dispone, mi querido amigo —el doctor September miraba su reloj pulsera—. Son las tres de la tarde (y Plack se sobresaltó porque no creía que hubiese transcurrido tanto tiempo). Si lo opero ya, le tocará pasar el peor rato por la noche. ¿Esperamos a mañana? Entre tanto, Korinkus...

—El peor rato lo estoy pasando ahora —dijo Plack y se llevó mentalmente las manos a la cabeza—. Opéreme, doctor, por Dios. Opéreme... ¡Le digo que me opere! ¡¡Opéreme, hombre..., no sea criminal!!... ¡¡Comprenda lo que sufro!! ¿¿Nunca le crecieron las manos, a usted...?? ¡¡¡Pues a mí, sí!!! ¡¡¡Ahí tiene...; a mí, sí!!!

Lloraba, y las lágrimas le caían impunemente por la cara y goteaban hasta perderse en las grandes arrugas de las palmas de sus manos, que descansaban boca arriba en el suelo, con el dorso en las baldosas heladas.

El doctor September estaba ahora rodeado de un diligente cuerpo de enfermeras a cual más linda. Entre todas sentaron a Plack en un taburete y le pusieron las manos sobre una mesa de mármol. Hervían fuegos, olores fuertes se confundían en el aire. Relumbrar de aceros, de órdenes. El doctor September, enfundado en siete metros de género blanco; y lo único vivo que había en él eran sus ojos. Plack empezó a pensar en el momento terrible de la vuelta a la vida, después de la anestesia.

Lo acostaron dulcemente, de manera que las manos quedaran sobre la mesa de mármol donde se llevaría a cabo el sacrificio. El doctor September se acercó, riendo por debajo de la mascarilla.

—Korinkus vendrá a sacar fotos —dijo—. Oiga, Plack, esto es fácil. Piense en cosas alegres y su corazón no sufrirá. ¿Se despidió de sus manos? Cuando despierte... ya no estarán con usted.

Plack hizo un gesto tímido. Empezó a mirarse las manos, primero una y después otra. «Adiós, muchachitas», pensó. «Cuando estéis en el acuario de formol que os destinarán especialmente, pensad en mí. Pensad en Margie que os besaba. Pensad en Mitt cuyo pelaje acariciabais. Os perdono la mala pasada, en homenaje a la paliza que le disteis a Cary, a ese vanidoso insolente...»

Habían acercado algodones a su rostro y Plack estaba empezando a sentir un olor dulce y poco agradable. Intentó una protesta pero September hizo una suave señal negativa. Entonces Plack se calló. Era mejor dejar que lo durmieran, entretenerse pensando cosas alegres. Por ejemplo, la pelea con Cary. Él no había provocado. Cuando Cary dijo: «Eres un cobarde, un canalla, y además un mal poeta», las palabras decidieron el curso de las acciones, tal como suele ocurrir en esta vida. Plack avanzó dos pasos hacia Cary y empezó a pegarle. Estaba bien seguro de que Cary le respondía con igual violencia, pero no sentía nada. Tan sólo sus manos que, a una velocidad prodigiosa, rematando el lanzarse fulminante de los brazos, iban a dar en la nariz, en los ojos, en la boca, en las orejas, en el cuello, en el pecho, en los hombros de Cary.

Lentamente, tornaba a sí mismo. Al abrir los ojos, la primera imagen que se coló en ellos fue la de Cary. Un Cary muy pálido e inquieto, que se inclinaba balbuceante sobre él.

—¡Dios mío...! Plack, viejo... Jamás pensé que iba a ocurrir una cosa así...

Plack no comprendió. ¿Cary, allí? Pensó; acaso el doctor September, en previsión de una posible gravedad posoperatoria, había avisado a los amigos. Porque, además de Cary, veía él ahora los rostros de otros empleados de la Municipalidad que se agrupaban en torno a su cuerpo tendido.

—¿Cómo estás, Plack? —preguntaba Cary, con voz estrangulada—. ¿Te... te sientes mejor?

Entonces, de manera fulminante, Plack comprendió la verdad. ¡Había soñado! ¡Había soñado! «Cary me acertó un golpe en la mandíbula, desmayándome; en mi desmayo he soñado ese horror de las manos...»

Lanzó una aguda carcajada de alivio. Una, dos, muchas carcajadas. Sus amigos lo contemplaban, con rostros todavía ansiosos y asustados.

—¡Oh, gran imbécil! —apostrofó Plack, mirando a Cary con ojos brillantes—. ¡Me venciste, pero espera a que me reponga un poco..., te voy a dar una paliza que te tendrá un año en cama...!

Alzó los brazos para dar fe de sus palabras con un gesto concluyente. Entonces sus ojos vieron los muñones.

1937

III

Llama el teléfono, Delia

A Delia le dolían las manos. Como vidrio molido, la espuma del jabón se enconaba en las grietas de su piel, ponía en los nervios un dolor áspero trizado de pronto por lancinantes aguijonazos. Delia hubiera llorado sin ocultación, abriéndose al dolor como a un abrazo necesario. No lloraba porque una secreta energía la rechazaba en la fácil caída del sollozo; el dolor del jabón no era razón suficiente, después de todo el tiempo que había vivido llorando por Sonny, llorando por la ausencia de Sonny. Hubiera sido degradarse, sin la única causa que para ella merecía el don de sus lágrimas. Y además estaba allí Babe, en su cuna de hierro y pago a plazos. Allí, como siempre, estaban Babe y la ausencia de Sonny. Babe en su cuna o gateando sobre la raída alfombra; y la ausencia de Sonny, presente en todas partes como son las ausencias.

La batea, sacudida en el soporte por el ritmo del fregar, se agregaba a la percusión de un blues cantado por la misma muchacha de piel oscura que Delia admiraba en las revistas de radio. Prefería siempre las audiciones de la cantante de blues: a las siete y cuarto de la tarde —la radio, entre música y música, anunciaba la hora con un «hi, hi» de ratón asustado— y hasta las siete y media. Delia no pensaba nunca: «las diecinueve y treinta»; prefería la vieja nomenclatura familiar, tal como lo proclamaba el reloj de pared, de péndulo fatigado que Babe observaba ahora con un cómico balanceo de su cabecita insegura. A Delia le gustaba mirar de continuo el reloj o atender el «hi, hi» de la radio; aunque le entristeciera asociar al tiempo la ausencia de Sonny, la maldad de Sonny, su abandono, Babe, y el deseo de llorar, y cómo la señora Morris había dicho que la cuenta de la despensa debía ser pagada de inmediato, y qué lindas eran sus medias color avellana.

Sin saber al comienzo por qué, Delia se descubrió a sí misma en el acto de mirar furtivamente una fotografía de Sonny, que colgaba al lado de la repisa del teléfono. Pensó: «Nadie me ha llamado hoy». Apenas si comprendía la razón de continuar pagando mensualmente el teléfono. Nadie llamaba a ese número desde que Sonny se fuera. Los amigos, porque Sonny tenía muchos amigos, no ignoraban que él era ahora un extraño para Delia, para Babe, para el pequeño departamento donde las cosas se amontonaban en el reducido espacio de las dos habitaciones. Solamente Steve Sullivan llamaba a veces y hablaba con Delia; hablaba para decirle a Delia lo mucho que se alegraba de saberla con buena salud, y que no fuese a creer que lo ocurrido entre ella y Sonny sería motivo para que dejase nunca de llamar preguntando por su buena salud y los dientecitos de Babe. Solamente Steve Sullivan; y ese día el teléfono no había sonado ni una sola vez; ni siquiera a causa de un número equivocado.

Eran las siete y veinte. Delia escuchó el «hi, hi» mezclado con avisos de pasta dentífrica y cigarrillos mentolados. Se enteró además de que el gabinete Daladier peligraba por instantes. Después volvió la cantante de blues y Babe, que mostraba propensión a llorar, hizo un gracioso gesto de alegría, como si en aquella voz morena y espesa hubiera alguna golosina que le gustara. Delia fue a volcar el agua jabonosa y se secó las manos, quejándose de dolor al frotar la toalla sobre la carne macerada.

Pero no iba a llorar. Sólo por Sonny podía ella llorar. En voz alta, dirigiéndose a Babe que le sonreía desde su revuelta cuna, buscó palabras que justificaran un sollozo, un gesto de dolor.

—Si él pudiera comprender el mal que nos hizo, Babe... Si tuviera alma, si fuese capaz de pensar por un segundo en lo que dejó atrás cuando cerró la puerta con un empujón de rabia... Dos años, Babe, dos años... y nada hemos sabido de él... Ni una carta, ni un giro... ni siquiera un giro para ti, para ropa y zapatitos... No te acuerdas ya del día de tu cumpleaños, ¿verdad? Fue el mes pasado, y yo estuve al lado del teléfono, contigo en brazos, esperando que él llamara, que él dijera solamente: «¡Hola, felicidades!», o que te mandara un regalo, nada más que un pequeño regalo, un conejito o una moneda de oro...

Así, las lágrimas que quemaban sus mejillas le parecieron legítimas porque las derramaba pensando en Sonny. Y fue en ese momento que sonó el teléfono, justamente cuando desde la radio asomaba el prolijo y menudo chillido anunciando las siete y veintidós.

—Llaman —dijo Delia, mirando a Babe como si el niño pudiera comprender. Se acercó al teléfono, un poco insegura al pensar que acaso fuera la señora Morris reclamando el pago. Se sentó en el taburete. No demostraba apuro a pesar del insistente campanilleo. Dijo:

—Hola.

Tardó en oírse la respuesta.

—Sí. ¿Quién...?

Claro que ella ya sabía, y por eso le pareció que la habitación giraba, que el minutero del reloj se convertía en una hélice furiosa.

—Habla Sonny, Delia... Sonny.

—Ah, Sonny.

—¿Vas a cortar?

—Sí, Sonny —dijo ella, muy despacio.

—Delia, tengo que hablar contigo.

—Sí, Sonny.

—Tengo que decirte muchas cosas, Delia.

—Bueno, Sonny.

—¿Estás... estás enojada?

—No puedo estar enojada. Estoy triste.

—¿Soy un desconocido para ti... un extraño, ahora?

—No me preguntes eso. No quiero que me preguntes eso.

—Es que me duele, Delia.

—Ah, te duele.

—Por Dios, no hables así, con ese tono...

—...

—Hola.

—Hola. Creí que...

—Delia...

—Sí, Sonny.

—¿Te puedo preguntar una cosa?

Ella advertía algo raro en la voz de Sonny. Claro que podía haberse olvidado ya de un pedazo de la voz de Sonny. Sin formular la pregunta, supo que estaba pensando si él la llamaba desde la cárcel o desde un bar... Había silencio detrás de su voz; y cuando Sonny callaba, todo era silencio, un silencio nocturno.

—... una pregunta solamente, Delia.

Babe, desde la cuna, miró a su madre inclinando la cabecita con un gesto de curiosidad. No mostraba impaciencia ni deseos de prorrumpir en llanto. La radio, en el otro extremo de la habitación, acusó otra vez la hora: «hi, hi», las siete y veinticinco. Y Delia no había puesto aún a calentar la leche para Babe; y no había colgado la ropa recién lavada.

—Delia... quiero saber si me perdonas.

—No, Sonny, no te perdono.

—Delia...

—Sí, Sonny.

—¿No me perdonas?

—No, Sonny, el perdón no vale nada ahora... Se perdona a quienes se ama todavía un poco... y es por Babe, por Babe que no te perdono.

—¿Por Babe, Delia? ¿Me crees capaz de haberlo olvidado?

—No sé, Sonny. Pero no te dejaría volver nunca a su lado porque ahora es solamente mi hijo, solamente mi hijo. No te dejaría nunca.

—Eso no importa ya, Delia —dijo la voz de Sonny, y Delia sintió otra vez, pero con más fuerza, que a la voz de Sonny le faltaba (¿o le sobraba?) algo.

—¿De dónde me llamas?

—Tampoco importa —dijo la voz de Sonny como si le apenara contestar así.

—Pero es que...

—Dejemos eso, Delia.

—Bueno, Sonny.

(Las siete y veintisiete.)

—Delia... imagínate que yo me vaya...

—¿Tú, irte? ¿Y por qué?

—Puede pasar, Delia... Pasan tantas cosas que... Comprende, comprende... ¡Irme así, sin tu perdón... irme así, Delia, sin nada... desnudo... desnudo y solo!

(La voz, tan rara. La voz de Sonny, como si a la vez no fuera la voz de Sonny pero sí fuera la voz de Sonny.)

—Tan sin nada, Delia... Solo y desnudo, yéndome así... sin otra cosa que mi culpa... ¡Sin tu perdón, sin tu perdón, Delia!

—¿Por qué hablas así, Sonny?

—Porque no sé... Estoy tan solo, tan privado de cariño, tan raro...

—Pero...

Como a través de una niebla, Delia miraba fijamente delante suyo, hacia el reloj. Las siete y veintinueve; la aguja coincidía con la firme línea precedente al trazo más grueso de la media hora.

—¡*Delia... Delia...!*

—¿De dónde hablas...? —gritó ella, inclinándose sobre el teléfono, empezando a sentir miedo, miedo y amor; y sed, mucha sed, y queriendo peinar entre sus dedos el pelo oscuro de Sonny, y besarlo en la boca—. ¿De dónde hablas...?

—...

—¿De dónde hablas, Sonny?

—...

—¡Sonny...!

—...

—¡Hola, hola...! ¡Sonny!

—... *Tu perdón, Delia...*

El amor, el amor, el amor. Perdón, qué absurdo ya...

—¡Sonny... Sonny, ven...! ¡Ven, te espero...! ¡Ven...!

(«¡Dios. Dios...!»)

—...

—¡Sonny...!

—...

—¡Sonny! *¡¡Sonny!!*

—...

Nada.

Eran las siete y treinta. El reloj lo señalaba. Y la radio: «hi hi». El reloj, la radio y Babe, que sentía hambre y miraba a la madre un poco asombrado del retardo.

Llorar, llorar. Dejarse ir corriente abajo del llanto, al lado de un niño gravemente silencioso y como comprendiendo que ante un llanto así toda imitación debía callar. Desde la radio vino un piano dulcísimo, de acordes líquidos, y entonces Babe se fue quedando dormido con la cabeza apoyada en el antebrazo de la madre. Había en la habitación como un gran oído atento, y los sollozos de Delia ascendían por las espirales de las cosas, se demoraban, hipando, antes de perderse en las galerías interiores del silencio.

El timbre. Un toque seco. Alguien tosía, junto a la puerta.

—¡Steve!

—Soy yo, Delia —dijo Steve Sullivan—. Pasaba, y...

Hubo una larga pausa.

—Steve... ¿viene de parte de...?

—No, Delia.

Steve estaba triste, y Delia hizo un gesto maquinal invitándolo a entrar. Notó que él no caminaba con el paso seguro de antes, cuando venía en busca de Sonny o a cenar con ellos.

—Siéntese, Steve.

—No, no... me voy enseguida. Delia, usted no sabe nada de...

—No, nada...

—Y, claro, usted ya no lo quiere a...

—No, no lo quiero, Steve. Y eso que...

—Traigo una noticia, Delia.

—¿La señora Morris...?

—Se trata de Sonny.

—¿De Sonny? ¿Está preso?

—No, Delia.

Delia se dejó caer en el taburete. Su mano tocó el teléfono frío.

—¡Ah...! Pensé que podría haberme hablado desde la cárcel...

—¿Él le habló a usted?

—Sí, Steve. Quería pedirme perdón.

—¿Sonny? ¿Sonny le pidió perdón por teléfono?

—Sí, Steve. Y yo no lo perdoné. Ni Babe ni yo podíamos perdonarlo.

—¡Oh, Delia!

—No podíamos, Steve. Pero después... no me mire así... después he llorado como una tonta... vea mis ojos... y hubiera querido que... pero usted dijo que era una noticia... una noticia de Sonny...

—Delia...

—Ya sé, ya sé... no me lo diga; ha robado otra vez, ¿verdad? Está preso y me llamó desde la cárcel... ¡Steve... ahora sí quiero saberlo!

Steve parecía atontado. Miró hacia todas partes, como buscando un punto de apoyo.

—¿Cuándo la llamó él, Delia?

—Hace un rato, a las siete... a las siete y veinte, ahora me acuerdo bien. Hablamos hasta las siete y media.

—Pero, Delia, no puede ser.

—¿Por qué no? Quería que yo lo perdonase, Steve, y recién cuando cortó la llamada comprendí que estaba verdaderamente solo, desesperado... Y entonces era tarde, aunque grité y grité en el teléfono... era tarde. Hablaba desde la cárcel, ¿verdad?

—Delia... —Steve tenía ahora un rostro blanco e impersonal y sus dedos se crispaban en el ala del sombrero manoseado—. Por Dios, Delia...

—¿Qué, Steve...?

—Delia... no puede ser, ¡no puede ser...! ¡Sonny no puede haber llamado hace media hora!

—¿Por qué no? —dijo ella, poniéndose de pie en un solo impulso de horror.

—Porque Sonny murió a las cinco, Delia. Lo mataron de un balazo, en la calle.

Desde la cuna llegaba la rítmica respiración de Babe, coincidiendo con el vaivén del péndulo. Ya no tocaba el pianista de la radio; la voz del locutor, ceremoniosa, alababa con elocuencia un nuevo modelo de automóvil: moderno, económico, sumamente veloz.

1938

IV

Profunda siesta de Remi

Venían ya. Había imaginado muchas veces los pasos, distantes y livianos y después densos y próximos, reteniéndose algo en los últimos metros como una última vacilación. La puerta se abrió sin que hubiera oído el familiar chirrido de la llave; tan atento estaba esperando el instante de incorporarse y enfrentar a sus verdugos.

La frase se construyó en su conciencia antes de que los labios del alcaide la modularan. Cuántas veces había sospechado que solamente una cosa podía ser dicha en ese instante, una simple y clara cosa que todo lo contenía. La escuchó:

—Es la hora, Remi.

La presión en los brazos era firme pero sin maligna dureza. Se sintió llevado como de paseo por el corredor, miró desinteresado algunas siluetas que se prendían a las rejas y cobraban de pronto una importancia inmensa y tan terriblemente inútil, sola importancia de ser siluetas vivas que aún se moverían por mucho tiempo. La cámara mayor, nunca vista antes (pero Remi la conocía en su imaginación y era exactamente como la había pensado), una escalera sin apoyos porque con él ascendía el apoyo lateral de los carceleros, y arriba, arriba...

Sintió el redondo dogal, lo soltaron bruscamente, se quedó un instante solo y como libre en un gran silencio lleno de nada. Entonces quiso adelantarse a lo que iba a suceder, como siempre y desde chico adelantarse al hecho por vía de reflexión; meditó en el instante fulmíneo las posibilidades sensoriales que lo galvanizarían un segundo después cuando soltaran la escotilla. Caer en un gran pozo negro o solamente la asfixia lenta y atroz o algo que no lo satisfacía plenamente como construcción mental; algo defectivo, insuficiente, algo...

Hastiado, retiró del cuello la mano con la cual había fingido la soga jabonada; otra comedia estúpida, otra siesta perdida por culpa de su imaginación enferma. Se enderezó en la cama buscando los cigarrillos por el solo hecho de hacer alguna cosa; todavía le quedaba en la boca el sabor del último. Encendió el fósforo, se puso a mirarlo hasta casi quemarse los dedos; la llama le bailaba en los ojos. Después se estudió vanamente en el espejo del lavabo. Tiempo de bañarse, hablarle a Morella por teléfono y citarla en casa de la señora Belkis. Otra siesta perdida; la idea lo atormentaba como un mosquito, la apartó con esfuerzo. ¿Por qué no acababa el tiempo de barrer esos resabios de infancia, la tendencia a figurarse personaje heroico y forjar en la modorra de febrero largos acaeceres donde la muerte lo esperaba al pie de una ciudad amurallada o en lo más alto de un patíbulo? De niño: pirata, guerrero galo, Sandokán, concibiendo el amor como una empresa en la que sólo la muerte constituía trofeo satisfactorio. La adolescencia, suponerse herido y sacrificado —¡revoluciones de la siesta, derrotas admirables donde algún amigo dilecto ganaba la vida a cambio de la suya!—, capaz siempre de entrar en la sombra por el escotillón elegante de alguna frase postrera que le fascinaba construir, recordar, tener lista... Esquemas ya establecidos: a) La revolución donde Hilario lo enfrentaba desde la trinchera opuesta. Etapas: toma de la trinchera, acorralamiento de Hilario, encuentro en clima de destrucción, sacrificio al darle su uniforme y dejarlo marchar, balazo suicida para cubrir las apariencias. b) Salvataje de Morella (casi siempre impreciso); lecho de agonía —intervención quirúrgica inútil— y Morella tomándole las manos y llorando;

frase magnífica de despedida, beso de Morella en su frente sudorosa. c) Muerte ante el pueblo rodeando el cadalso; víctima ilustre, por regicidio o alta traición, Sir Walter Raleigh, Álvaro de Luna, etc. Palabras finales (el redoblar de los tambores apagó la voz de Luis XVI), el verdugo frente a él, sonrisa magnífica de desprecio (Carlos I), pavor del público vuelto a la admiración frente a semejante heroísmo.

De un ensueño así acababa de tornar —sentado en el borde de la cama se seguía mirando en el espejo, resentido— como si no tuviera ya treinta y cinco años, como si no fuera idiota conservar esas adherencias de infancia, como si no hiciera demasiado calor para imaginar semejantes trances. Variante de esa siesta: ejecución en privado, en alguna cárcel londinense donde cuelgan sin muchos testigos. Sórdido final, pero digno de paladearse despacio; miró el reloj y eran la cuatro y diez. Otra tarde perdida...

¿Por qué no charlar con Morella? Discó el número, sintiendo que le quedaba aún el mal gusto de las siestas y eso que no había dormido, solamente imaginado la muerte como tantas veces de chico. Cuando descolgaron el tubo del otro lado, a Remi le pareció que el «Haló!» no lo decía Morella sino una voz de hombre y que había un sofocado cuchicheo al contestar él: «¿Morella?», y después su voz fresca y aguda, con el saludo de siempre sólo que algo menos espontáneo precisamente porque a Remi le llegaba con una espontaneidad desconocida.

De la calle Greene a lo de Morella diez cuadras justas. Con un auto dos minutos. ¿Pero no le había dicho él: «Te veré a las ocho en lo de la señora Belkis»? Cuando llegó, casi tirándose del taxi, eran las cuatro y cuarto. Entró a la carrera por el living, trepó al primer piso, se detuvo ante la puerta de caoba (la de la derecha viniendo de la escalera), la abrió sin llamar. Oyó el grito de Morella antes de verla. Estaban Morella y el teniente Dawson, pero solamente Morella gritó al ver el revólver. A Remi le pareció como si el grito fuera suyo, alarido quebrándose de golpe en su garganta contraída.

El cuerpo cesaba de temblar. La mano del ejecutor buscó el pulso en los tobillos. Ya se iban los testigos.

1939

V

Puzzle

A Rufus King

Usted había hecho las cosas con tanta limpieza que nadie, ni siquiera el muerto, hubiese podido culparlo del asesinato.

En la noche, cuando las sustancias se sumergen en una identidad de aristas y de planos que sólo la luz podría romper, usted vino armado de un cuchillo curvo, de hoja vibrante y sonora, y se detuvo junto a la habitación. Escuchó, y al no hallar más réplica que la del silencio, empujó la puerta; no con la lentitud sistemática del personaje de Poe, aquel que le tenía odio a un ojo, sino con alegre decisión, como cuando se entra en casa de la novia o se acude a recibir un aumento de sueldo. Usted empujó la puerta, y sólo un motivo de elemental precaución pudo disuadirlo de silbar una tonada. Que, no está de más decirlo, hubiera sido *Gimiendo por ti*.

Ralph solía dormir de costado, ofreciendo un flanco a las miradas o los cuchillos. Usted se acercó despacio, calculando la distancia que lo separaba del lecho; cuando estuvo a un metro, hizo alto. La ventana, que Ralph dejaba abierta para recibir la brisa del amanecer (y levantarse a cerrarla por el mero placer de dormir nuevamente hasta las diez), permitía el acceso a los letreros luminosos. Nueva York estaba rumorosa y llena de caprichos esa noche, y a usted le causó gracia observar la competencia entablada, sin cuartel, entre las marcas de cigarrillos y los distintos tipos de neumáticos.

Pero ése no era momento para ideas humorísticas. Había que concluir una tarea iniciada con alegre decisión y us-

41

ted, hundiéndose los dedos en el cabello y echando ese cabello hacia atrás, se resolvió a dar una puñalada a Ralph, ahorrando todo preliminar y toda *mise en scène*.

Acorde con tal principio, usted puso el pie derecho en la alfombrita roja que señalaba el emplazamiento justo del lecho de Ralph (claro está que un paso hacia adelante); olvidándose de los carteles luminosos, giró el torso hacia la izquierda y, moviendo el brazo como si estuviera por lanzar un tiro de golf, enterró el cuchillo en el costado de Ralph, algunos centímetros por debajo del sobaco.

Ralph se despertó en el preciso instante de morir, y tuvo conciencia de su muerte. Eso no dejó de agradarle a usted. Prefería que Ralph comprendiera su muerte, y que la cesación de tan odiada vida tuviera otro espectador directamente interesado en ello.

Ralph dejó huir un suspiro, y luego un quejido, y después otro suspiro, y después un borborigmo, y nada quedó en el aire que pudiese hacer dudar de que la muerte había entrado junto con el cuchillo y se abrazaba a su nueva conquista.

Usted desenterró la hoja, la limpió en su pañuelo, acarició suavemente el cabello de Ralph —lo cual era una ofensa premeditada— y fue hacia la ventana. Estuvo largo rato inclinado sobre el abismo, mirando Nueva York. La miraba atentamente, con gesto de descubridor que se adelanta visualmente a la proa de su navío. La noche era antipoética y calva. Allá abajo, siluetas de automóviles regresaban a condición de escarabajos y luciérnagas por el imperio del color y la hora y la distancia.

Usted abrió la puerta, la cerró otra vez, y se fue por el corredor, con una dulce sonrisa de ángel perdida fuera de los dientes.

—Buen día.
—Buen día.
—¿Dormiste bien?

—Bien. ¿Y tú?

—Bien.

—¿Tomas el desayuno?

—Sí, hermanita.

—¿Café?

—Bueno, hermanita.

—¿Bizcochos?

—Gracias, hermanita.

—Aquí tienes el diario.

—Lo leeré, hermanita.

—Es raro que Ralph no se haya levantado aún.

—Es muy raro, hermanita.

Rebeca estaba frente al espejo, empolvándose. La policía observaba sus movimientos desde la puerta de la habitación. El agente con rostro de pajarera celeste tenía un modo sospechoso de mirar, presumiendo culpabilidades desde lejos.

El polvo cubría las mejillas de Rebeca. Se maquillaba de manera mecánica, pensando todo el tiempo en Ralph. En las piernas de Ralph, en sus muslos lisos y blancos. En las clavículas de Ralph, tan personales. En la manera de vestirse de Ralph, su artístico desaliño.

Usted estaba en su habitación, rodeado por el inspector y varios detectives. Le hacían preguntas, y usted las contestaba, hundiéndose la mano izquierda en el cabello.

—No sé nada, señores. Ayer a la tarde lo vi por última vez.

—¿Cree en un suicidio?

—Lo creería si viese el cadáver.

—Quizá lo encontremos hoy.

—¿No había huellas de violencia en la habitación?

Los agentes se maravillaron de que usted se pusiera a interrogar al inspector, y eso le produjo a usted una inmensa gracia. El inspector, por su parte, no salía de su asombro.

—No, no hay huellas de violencia.

—Ah. Pensé que podrían haber encontrado sangre en el lecho, en la almohada.

—Quién sabe.

—¿Por qué lo dices?

—Aún falta algo por hacer.

—¿Qué cosa, hermanita?

—Cenar.

—¡Bah!

—Y esperar la llegada de Ralph.

—Ojalá llegue.

—Llegará.

—Hablas con firmeza, hermanita.

—Llegará.

—Me convences.

—Te convencerás.

Fue entonces que usted pasó revista a algunos acontecimientos. Lo hizo aprovechando un alto en el asedio policial.

Usted recordó cómo pesaba. Usted se dijo que la destreza había sido un factor importante en la obtención del resultado. El corredor, al amanecer. Y el cielo plomizo, cargado de perros ambulantes color manteca.

Habría que dar pintura a alguna jaula de pájaros, pronto. Comprar una pintura carmesí, o mejor bermellón, o mejor aún púrpura, aunque quizá el color por excelencia fuese el violado. Pintar la jaula de violado, utilizando el pantalón y la camisa que ahora reposaban junto a una cosa.

Segundo: Usted pensó en la necesidad de comprar arena, fraccionarla en gran cantidad de paquetes de cinco kilos, y llevarla a la casa. La arena serviría para contrarrestar derivaciones de orden sensorial.

Tercero: Usted pensó que la tranquilidad de Rebeca debía tener orígenes neuróticos, y empezó a preguntarse si, después de todo, no le habría hecho un señalado favor.

Pero, claro está, esas cosas no podían averiguarse claramente.

—Adiós, sargento.

—Adiós, señor.

—Feliz Nochebuena, sargento.

—Lo mismo le digo, señor.

La casa sola, y sus dos ocupantes.

Rebeca puso la tapa a la olla de la sopa. La puso despaciosamente. Usted estaba en el comedor, oyendo radio, a la espera de la cena. Rebeca miró la olla, luego la fuente de ensalada, y después el vino. Usted criticaba mentalmente a Ruddy Vallée.

Rebeca entró con la bandeja, y fue a sentarse en su sitio mientras usted cerraba el receptor y ocupaba la silla de la cabecera.

—No ha vuelto.

—Volverá.

—Puede ser, hermanita.

—¿Es que acaso lo dudas?

—No. Es decir, quisiera no dudarlo.

—Te digo que volverá.

Usted se sintió arrastrado hacia la ironía. Era peligroso, pero usted no se arredraba.

—Me pregunto si alguien que no se ha ido... puede volver.

Rebeca lo miraba a usted con una fijeza increíble.

—Eso es lo que yo me pregunto.

A usted no le gustó nada esa respuesta.

—¿Por qué te lo preguntas, hermanita?

Rebeca lo miraba a usted con una fijeza increíble.

—¿Por qué suponer que él no se ha ido?

A usted se le estaban empezando a erizar los cabellos de la nuca.

—¿Por qué? ¿Por qué, hermanita?

Rebeca lo miraba a usted con una fijeza increíble.

—Sirve la sopa.

—¿Por qué he de servirla yo, hermanita?

—Sírvela tú, esta noche.

—Bueno, hermanita.

Rebeca le alcanzó la olla de la sopa, y usted la puso a su lado. No sentía ningún apetito, cosa que usted mismo había previsto.

Rebeca lo miraba a usted con una fijeza increíble.

Entonces, usted levantó la tapa de la olla. La fue levantando despacio, tan despacio como Rebeca la había puesto. Usted sentía un extraño miedo de descubrir la olla de la sopa, pero comprendía que se trataba una mala jugada de sus nervios. Usted pensó en lo bueno que sería estar lejos, en la planta baja, y no en el último de los treinta pisos, a solas con ella.

Rebeca lo miraba a usted con una fijeza increíble.

Y cuando la tapa de la olla quedó enteramente levantada, y usted miró el interior, y después miró a Rebeca, y Rebeca lo miró a usted con una fijeza increíble, y miró después el interior de la olla, y sonrió, y usted se puso a gemir, y todo decidió bailarle delante de los ojos, las cosas fueron perdiendo relieve, y sólo quedó la visión de la tapa, levantándose despacio, el líquido en la olla, y... y...

Usted no había esperado eso. Usted era demasiado inteligente como para esperar eso. A usted le sobraba de tal manera la inteligencia que el excedente se sintió incapacitado para seguir viviendo en el interior de su cerebro y decidió buscar una escapatoria. Ahora, usted hace números y más números, sentado en el camastro. Nadie consigue arrancarle una sola palabra, pero usted suele mirar hacia la ventana, como si esperara ver avisos luminosos, y después adelanta el pie derecho, gira el torso a la manera de quien se dispone a dar un golpe de golf, y entierra la mano vacía en el vacío aire de la celda.

1938

Historias de Gabriel Medrano

A Jorge D'Urbano Viau

I

Retorno de la noche

Uno se duerme; eso es todo. Nadie dirá jamás el instante en que las puertas se abren a los sueños. Aquella noche me dormí como siempre, y tuve como siempre un sueño. Sólo que...*

Aquella noche soñé que me sentía muy mal. Que me moría despacio, con cada fibra. Un horrible dolor en el pecho; y cuando respiraba, la cama se convertía en espadas y vidrios. Estaba cubierto de sudor frío, sentía ese espantoso temblor de las piernas que ya una vez, años atrás... Quise gritar, para que me oyeran. Tenía sed, miedo, fiebre; una fiebre de serpiente, viscosa y helada. A lo lejos se oía el canto de un gallo y alguien, desgarradoramente, silbaba en el camino.

Debí soñar mucho tiempo, pero sé que mis ideas se tornaron súbitamente claras y que me incorporé en la oscuridad, temblando todavía bajo la pesadilla. Es inexplicable cómo la vigilia y el ensueño siguen entrelazados en los primeros momentos de un despertar, negándose a separar sus aguas. Me sentía muy mal; no estaba seguro de que aquello me hubiera

---

* Comprendo que este relato reclama un preludio adecuado, con el tono que los novelistas ingleses dan a sus novelas de misterio. Un acorde sombrío que se aloje en la médula; una luz cárdena. También hubiera sido necesario explicar con detalle lo de mi mal al corazón y cómo, cualquier noche de éstas, me voy a quedar de pronto con la última expresión aferrada a la cara, máscara. Pero yo he perdido la fe en las palabras y los exordios, y apenas me asomo al lenguaje para decir estas cosas.

ocurrido, pero tampoco me era posible suspirar, aliviado, y volver a un sueño ya libre de espantos. Busqué el velador y creo que lo encendí porque los cortinados y el gran armario se anunciaron bruscamente a mis ojos. Tenía la impresión de estar muy pálido. Casi sin saber cómo, me hallé de pie, yendo hacia el espejo del armario con un deseo de mirarme la cara, de alejar el inmediato horror de la pesadilla.

Cuando estuve ante el armario pasaron unos segundos hasta comprender que mi cuerpo no se reflejaba en el espejo. Bien despierto, habría sentido erizárseme el cabello, pero en ese automatismo de todas mis actitudes me pareció simple explicación el hecho de que la puerta del armario estaba cerrada y que, por lo tanto, el ángulo del espejo no alcanzaba a incluirme. Con la mano derecha abrí rápidamente la puerta.

Y entonces me vi, pero no a mí mismo. Es decir, no me vi ante el espejo. Ante el espejo no había nada. Iluminado crudamente por el velador estaba el lecho y mi cuerpo yacía en él, con un brazo desnudo colgando hasta el suelo y la cara blanca, sin sangre.

Creo que grité. Pero mis propias manos ahogaron el alarido. No me atrevía a darme vuelta, a despertar de una vez. Ni siquiera se afirmaba en mi atonía la absurda irrealidad de aquello. De pie frente al espejo que no devolvía mi imagen, seguí mirando lo que había a mi espalda. Comprendiendo, poco a poco, que yo estaba en la cama y que acababa de morir.

La pesadilla... No, no había sido eso. La realidad de la muerte. Pero cómo...

—¿Cómo...?

No llegué a formular la pregunta. Una asombrosa sensación de cosa inevitable, consumada, entró en mi conciencia. Creí ver claro, me pareció que todo quedaba explicado. Pero no sabía qué era lo que veía claro y cómo podía explicarse todo. Despacio me aparté del espejo y miré el lecho.

Era tan natural. Vi que yacía un poco de costado, que tenía un comienzo de rigidez en la cara y en los músculos del brazo. Mi cabello derramado y brillante estaba húmedo de una agonía que yo había creído soñar, de desesperada agonía antes de la anulación total.

Me acerqué a mi cadáver. Toqué una mano y me rechazó su frío. En la boca había un hilo de espuma y gotas de sangre se encendían en la almohada informe, torcida, casi debajo de la espalda. La nariz, repentinamente afilada, mostraba venas que yo había desconocido hasta ahora. Comprendí todo lo que había sufrido antes de morir. Mis labios estaban apretados, malvadamente duros, y por entre los párpados entreabiertos me miraban mis ojos verde-azules, con un reproche fijo.

Pasé de la calma al estupor, brutalmente. Un segundo después estaba refugiado en el ángulo opuesto al que ocupaba la cama, convulso y tiritante. Mi severa tranquilidad, allí en el lecho, era casi un ejemplo, pero no sentía sobre mí los latigazos de la locura y me aferraba al miedo como a un reparo. Que eso fuera posible, que yo estuviese ahí, a tres metros de mi cuerpo retraído en su muerte, que la noche y la pesadilla y el espejo y el miedo y el reloj marcando las tres y diecinueve, y el silencio...

Se llega al ápice y hay que bajar. Mis nervios —¿mis *nervios*?— se tornaron laxos; despacio, me volvía la calma a un dolor dulce, a un llanto que era como una mano de amigo asomándose desde la sombra. Apreté esa mano y me dejé ir, inacabablemente.

«Entonces, estoy muerto. Nada de investigaciones sobre el absurdo. Ahí estoy: soy prueba suficiente. Cada vez más rígido y más lejano. El resorte tenso se ha quebrado y he aquí que yazgo en ese lecho, entornando los ojos ante la luz que aleja la noche de su presa. Muerto. Nada más simple. Muerto. ¿Qué tiene de irreal, de pesadilla, de...? Muerto. Que estoy muerto. Levanto el brazo de mi cadáver y lo arropo. Ahí estará mejor. Nada de preguntas. Todo es rigurosamente esencial y primitivo: esquema de la muerte. Sí, *pero*... No, nada de problemas; ya sé, ya sé que además de mí mismo, muerto en la cama, estoy aquí, en este otro lado. Pero basta, basta de eso; ahora hay otra cosa en que pensar. Nada de preguntas. Una cama conmigo, muerto. El resto es simple; tengo que salir de aquí y avisarle a abuela lo sucedido. Hacerlo dulcemente, contarle las cosas sin excesos, para que jamás sepa de mi angustia y de todo lo que sufrí solo, solo en la noche... ¿Pero cómo despertarla, cómo decirle...? Nada de preguntas; el amor señalará los medios. Tengo que evitar el horror de su entrada matinal en el desayuno, el encuentro con el rígido espantajo crispado... Rígido espantajo crispado... Rígido... Rígido espantajo crispado...»

Me sentí contento, con un contento triste. Era bueno que se me hubiese ocurrido eso. Abuela lo merecía; había que prepararla a lo peor. Dulcemente, con mimos de hombre que se vuelve niño junto al gran lecho venerable.

«Tengo que mejorar el aspecto de esa cara», pensé antes de salir. A veces abuela se levantaba en la noche, hacía largas inspecciones por los aposentos. Debía evitarle toda sorpresa macabra; si ella entraba de pronto y me sorprendía componiendo mi cadáver...

Cerré con llave y me puse a la tarea, en paz conmigo mismo. Las preguntas, las horrendas preguntas se me agolpaban en la garganta pero las rechacé brutalmente, estrangulándolas con estertores, ahogándolas en negativa. Y cumplía entre tanto mi tarea. Ordené las sábanas, alisé el acolchado; mis dedos me peinaron burdamente hasta recoger el cabello y alisarlo hacia atrás. Y después, ¡ah, después tuve valor!, modelé los labios de mi cara convulsa hasta lograr con infinita paciencia que sonrieran... Y cerré los párpados, los apreté hasta que obedecieron y mi rostro hubo tomado la fisonomía de un joven santo que ha gozado su martirio. De un Sebastián, contento de saetas.

¿Por qué había tanto silencio? ¿Y por qué asomaba ahora una voz en mis recuerdos, una voz oída con lágrimas alguna vez, la voz de una mujer negra cantando: «Sé que el Señor ha puesto su mano sobre mí»? Nada de eso tenía asidero alguno; acaecía solamente. Imagen desgajada, yo, erecto ante mi cuerpo frío y ceremonioso, muerto con la falsa dignidad que acababa de conferirle mi destreza.

«Oh, río profundo, y ahora eres tú desde la noche.» La voz de la mujer negra que llora y repite: «Río profundo, mi corazón está en el Jordán». —«¿Y esto seguirá siempre así? ¿Será esta primera noche el espejo de la eternidad? ¿Habrá muerto el tiempo dentro de mi cadáver? ¿Lo aprisionan esas manos laxamente abiertas a su abandono? ¿Estaremos siempre así mi cuerpo, la voz de la mujer negra y mi conciencia que pregunta y pregunta?».

Pero se hacía tarde; la reflexión me trajo a las dimensiones de un deber que cumplir. El tiempo persistía; ese reloj lo proclamaba. Eché hacia atrás un mechón rebelde que regresaba a la frente blanquísima de mi cadáver, y salí de la habitación.

Anduve por la galería sembrada de manchas cenicientas —cuadros, bibelots— hasta asomarme a la gran cámara donde reposaba abuela. Su respiración ligera, un poco quebrada por repentinos sollozos —¡cómo conocía esa respiración, cómo me había arrullado en una infancia perdida, desmesuradamente lejana y gris!—, acompasó mi camino hasta el lecho.

Entonces comprendí el horror de lo que iba a hacer. Despertar a la durmiente con toda la dulzura posible, rozándole los párpados con la yema de los dedos, decirle: «Abuela, tienes que saber...». O: «¿No ves que acabo de...?». O bien: «No me lleves el desayuno a la mañana porque...». Me di cuenta de que el exordio precipitaba la máquina de la más abominable revelación. No, yo no tenía derecho a romper un sueño sagrado; no tenía derecho a adelantarme a la muerte misma.

Vacilante, estremecido, iba a huir —¿adónde, hasta cuándo?— y lo único que pude fue dejarme caer junto al alto lecho y hundir la frente en el cobertor rojo, mezclándome a él y a la noche, a ese sueño profundo, maravilloso, que abuela guardaba bajo los párpados. Quería sordamente levantarme y volver a mi cuarto, retornar de la pesadilla o incorporarme a ella hasta el fin. Pero entonces oí una exclamación temerosa y supe que abuela me sentía en la oscuridad. El silencio hubiera sido monstruoso: había que confesar o mentir. (Y allá, en mi cuarto, aquello esperando...)

—¿Qué pasa, qué pasa, Gabriel?

—Nada, abuela. Nada. No pasa nada, abuelita.

—¿Por qué te has levantado? ¿Sucede algo?

—Sucede... («Díselo, díselo. Oh, no, no se lo digas ahora, no se lo digas nunca...»)

Ella se había sentado en el lecho y acercó su mano a mi frente. Temblé, porque si al tocarme... Pero la caricia fue dulce como siempre y comprendí que abuela no se había dado cuenta de que yo estaba muerto.

—¿Te sientes mal?

—No, no... Es que no puedo dormir. Nada más. No puedo dormir.

—Quédate aquí...

—Me siento bien ahora. Duerme, abuela. Yo volveré a mi cama.

—Bebe agua, hace pasar el insomnio...

—Sí, abuela, la beberé. Pero duerme, duerme.

Ya tranquila, ella se entregaba a su cansancio. La besé en la frente, sobre los ojos —allí, donde era tan dulce besarla—, y cuando me levanté para salir, con la cara ceñida de lágrimas, me llegó lejanamente la voz de la mujer negra, desde alguna parte antigua, querida y olvidada... «Mi alma está anclada en el Señor...»

Es que no puedo dormir. La mentira se aplastó a mis pies mientras desandaba el camino. Frente al aposento tuve un instante de sorda esperanza. Todo aparecía claro, distinto. Me bastaría abrir la puerta para desvanecer los fantasmas. El lecho vacío, el espejo fiel... y una paz de sueño hasta la mañana...

Pero allí estaba yo, muerto, esperándome. La sonrisa falsamente lograda me recibió burlonamente. Y el mechón de cabellos había vuelto a caer sobre la frente y mis labios estaban ya alejados de su antiguo color, cenicientos y crueles en su arco definitivo.

La presencia odiosa me rechazó. Iluminado por el velador de crudos resplandores, mi cadáver se ofrecía con volúmenes espesos, innegables. Sentí que en mis manos se despertaba el deseo de abalanzarse al lecho y desgarrar esa cara con uñas rabiosas. Le di la espalda en un vértigo de llanto y me lancé a la calle desierta, teñida de luna.

Y entonces caminé. Sí, entonces caminé cuadras y cuadras, por los barrios de mi pueblo, deslizándome sobre veredas familiares. Y el sentirme lejos de mi cuerpo yacente me devolvió una falsa calma de resignado, me puso en la conciencia la serenidad inútil que invitaba a meditar. Así caminé inacabablemente, construyendo bajo la fría luna de las altas horas la teoría de mi muerte.

Y creí haber hallado la justa verdad. «He dormido y he soñado. Sin duda mi propia imagen anduvo por las dimensiones inespaciales de mi sueño; inespaciales e intemporales, dimensiones únicas, extrañas a nuestra limitada cárcel de la vigilia...»

Estaba en la plaza, debajo del tilo antiguo.

«He despertado de pronto, quién sabe por qué. *Demasiado pronto*; ahí yace la clave de mi actual condición. ¿No se despierta uno a la muerte? Yo he vuelto con tanta rapidez a mi país humano que mi imagen —la del sueño, aquella que era en ese momento recipiente de mi vida y mi pensar— no tuvo tiempo de volverse... Y acaeció así la división absurda, mi sorpresa de imagen onírica desgajada de su origen; y mi cuerpo, que hubo de pasar de la pequeña muerte del reposo a la muerte grande en que sonríe ahora.»

Apuntaba una flecha gris en los paredones lejanos.

«Ah, nunca debí despertar tan bruscamente. Esta imagen mía hubiese vuelto a su cárcel espesa de huesos y carne; si había de morir, hubiésemos muerto juntos, sin soportar este desdoblamiento cuyo alcance no puedo medir... ¡La vida es el tiempo! ¿Por qué martilla en mí esta idea? ¡La vida es el tiempo! Pero este tiempo mío de ahora es más horrible que toda muerte; es muerte consciente, es asistir a mi propia descomposición desde la cabecera de un lecho monstruoso...»

Y la orquesta del amanecer afinaba despacio sus cobres.

«Allá he quedado, espacio absoluto; aquí estoy, tiempo vivo. ¡Se han roto los cuadros de la realidad! Mi cadáver es, no siendo ya nada; mientras que yo alcanzo apenas el horror de mi no ser, tiempo puro que no puede aplicarse a ninguna forma, espectro que la mañana desnudará a los ojos sombríos de la gente...»

Y era ya casi de día.

«¿Se me ve? ¿Soy invisible? Abuela me habló, me acarició. Pero el espejo no quiso reflejarme, permaneció inmutable. ¿Quién soy? ¿Qué fin va a tener esta mascarada abominable?»

Descubrí que estaba otra vez ante las puertas de casa. Y un estridente canto de gallo me bañó en la angustia de lo inmediato; era la hora en que abuela me llevaría el desayuno. La iglesia asestaba sus primeras flechas hacia el cielo; la hora en que abuela entraría en mi cuarto y me encontraría muerto. Y yo, parado en la calle, iba a escuchar el alarido, las primeras carreras, el estertor inexpresable de la revelación consumada.

No sé qué pasó por mí. Entré desalado en mi cuarto. La luz de la mañana se hacía muy blanca en mi cadáver cuando me agazapé a los pies del lecho. Creía oír ya un rumor en la galería. ¡*Abuela!* Caí sobre mí mismo aferrando esos hombros de mármol, sacudiéndome como un loco, apretando la boca contra mis labios sonrientes, buscando reanimar esa acabada inmovilidad. Me apreté contra mi cuerpo, quise romperle los brazos con mis garfios, succioné desesperadamente la boca rebelde, quebré mi horror frente contra frente, hasta que mis ojos dejaron de ver, ciegos, y el otro rostro se perdió en una niebla blanquecina, y solamente quedó una cortina temblorosa, y un jadeo, y un aniquilamiento...

Abrí los ojos. El sol me daba en la cara. Respiré penosamente; tenía el pecho oprimido como si alguien lo hubiera presionado con todas sus fuerzas. El canto de las aves me devolvió por entero a la realidad.

En un solo acto fulmíneo recordé todo. Miré a mis pies. Estaba en cama, tendido de espaldas. Nada había cambiado salvo esa impresión de pesadez inacostumbrada, de infinito cansancio...

¡Con qué placer me hundí en el consuelo de un suspiro! Volví de él como del mar, pude sumir mi pensamiento en tres palabras que silbaron mis labios secos y sedientos:

—Qué pesadilla atroz...

Me incorporaba lentamente, gozando la sensación maravillosa que sigue al desenmascaramiento de un mal sueño. Entonces vi las manchas de sangre en la almohada y caí en la cuenta de que la puerta del espejo de mi armario estaba entornada, reflejando el ángulo del lecho. Y miré en él mi cabello, peinado cuidadosamente hacia atrás, como si alguien lo hubiese alisado durante la noche...

Quise llorar, perderme en un abandono total. Pero ahora entraba abuela con el desayuno y me pareció que su voz venía de muy lejos, como de otra habitación, pero siempre dulce...

—¿Estás mejor? No debiste haberte levantado anoche; hacía frío... Me hubieras llamado, si tenías insomnio... No vuelvas más a levantarte así en plena noche...

Me llevé la taza a la boca y bebí. Desde una remota oscuridad interior retornaba la voz de la mujer negra. Cantaba, cantaba... «Yo sé que el Señor ha puesto su mano sobre mí...» La taza estaba vacía, ahora. Miré a abuela y le tomé las manos.

Ella debió creer que era la luz del sol la que me llenaba los ojos de lágrimas.

1941

II

Bruja

Deja caer las agujas sobre el regazo. La mecedora se mueve imperceptiblemente. Paula tiene una de esas extrañas impresiones que la acometen de tiempo en tiempo; la necesidad imperiosa de aprehender todo lo que sus sentidos puedan alcanzar en el instante. Trata de ordenar sus inmediatas intuiciones, identificarlas y hacerlas conocimiento: movimiento de la mecedora, dolor en el pie izquierdo, picazón en la raíz del cabello, gusto a canela, canto del canario flauta, luz violeta en la ventana, sombras moradas a ambos lados de la pieza, olor a viejo, a lana, a paquetes de cartas. Apenas ha concluido el análisis cuando la invade una violenta infelicidad, una opresión física como un bolo histérico que le sube a las fauces y le impulsa a correr, a marcharse, a cambiar de vida; cosas a las que una profunda inspiración, cerrar dos segundos los ojos y llamarse a sí misma estúpida bastan para anular fácilmente.

La juventud de Paula ha sido triste y silenciosa, como ocurre en los pueblos a toda muchacha que prefiera la lectura a los paseos por la plaza, desdeñe pretendientes regulares y se someta al espacio de una casa como suficiente dimensión de vida. Por eso, al apartar ahora los claros ojos del tejido —un pulóver gris simplísimo—, se acentúa en su rostro la sombría conformidad del que alcanza la paz a través de moderado razonamiento y no con el alegre desorden de una existencia total. Es una muchacha triste, buena, sola. Tiene veinticinco años, terrores nocturnos, algo de melancolía. Toca

Schumann en el piano y a veces Mendelssohn; no canta nunca pero su madre, muerta ya, recordaba antaño haberla oído silbar quedamente cuando tenía quince años, por las tardes.

—Sea como sea —pronuncia Paula—, me gustaría tener aquí unos bombones.

Sonríe ante la fácil y ventajosa sustitución de anhelos; su horrible ansiedad de fuga se ha resumido en un modesto capricho. Pero deja de sonreír como si le arrancaran la risa de la boca: el recuerdo de la mosca se asocia a su deseo, le trae un inquieto temblor a las manos vacantes.

Paula tiene diez años. La lámpara del comedor siembra de rojos destellos su nuca y la corta melena. Por sobre ella —que los siente altísimos, lejanos, imposibles—, sus padres y el viejo tío discuten cuestiones incomprensibles. La negrita sirvienta ha puesto frente a Paula el inapelable plato de sopa. Es preciso comer, antes que la frente de la madre se pliegue con sorprendido disgusto, antes que el padre, a su izquierda, diga: «Paula», y deposite en esa simple nominación una velada suerte de amenazas.

Comer la sopa. No tomarla: comerla. Es espesa, de tibia sémola; ella odia la pasta blanquecina y húmeda. Piensa que si la casualidad trajera una mosca a precipitarse en la inmensa ciénaga amarilla del plato, le permitirían suprimirlo, la salvarían del abominable ritual. Una mosca que cayera en su plato. Nada más que una pequeña, mísera mosca opalina.

Intensamente tiene los ojos puestos en la sopa. Piensa en una mosca, la desea, la espera.

Y entonces la mosca surge en el exacto centro de la sémola. Viscosa y lamentable, arrastrándose unos milímetros antes de sucumbir quemada.

Se llevan el plato y Paula está a salvo. Pero ella jamás confesará la verdad; jamás dirá que no ha visto caer la mosca en la sémola. La ha visto aparecer, que es distinto.

Todavía estremecida por el recuerdo, Paula se pregunta la razón de no haber insistido, alcanzado la seguridad de lo que sospecha. Tiene miedo: ésa es la respuesta. Toda su vida ha tenido miedo. Nadie cree en las brujas, pero si descubren una la matan. Paula ha guardado en el vasto cofre de sus muchos silencios una íntima seguridad; algo le dice que ella puede. Ha dejado irse la infancia entre balbuceos y esperanzas; está viendo pasar su juventud como una tristísima diadema suspendida en el aire por manos vacilantes, deshojándose despacio. Su vida es así; tiene miedo, quisiera comer bombones. Los pulóveres y las mañanitas se amontonan en los armarios; también los manteles finamente diseñados con motivos de Puvis de Chavannes. No ha querido adaptarse al pueblo; Raúl, Atilio González, el pálido René, son testigos de antaño; la quisieron, la buscaron, ella les sonrió al rechazarlos. Les temía como a sí misma.

—Sea como sea, me gustaría tener aquí unos bombones.

Está sola en la casa. El viejo tío juega al billar en el Tokio. Empieza Paula a sentir la tentación, por primera vez intensa hasta darle náuseas. Por qué no, por qué no. Afirma preguntando, pregunta al afirmar. Es ya algo fatal, hay que hacerlo. Y como aquella vez, concentra su deseo en los ojos, proyecta la mirada sobre la mesa baja puesta al lado de la mecedora, toda ella se lanza tras su mirada hasta sentir de sí misma como un vacío, un gran molde hueco que antes ocupara, una evasión total que la desgaja de su ser, la proyecta en voluntad...

Y ve surgir poco a poco la materialización de su deseo. Finas láminas rosadas, reflejos tenues de papel de plata con listas azules y rojas; brillo de mentas, de nueces pulimentadas; oscura concreción del chocolate perfumado. Todo ello transparente, diáfano; el sol que alcanza el borde de la mesa percute en la creciente masa, la llena de translúcidas penetraciones; pero Paula fija todavía más la voluntad en su obra

61

e irrumpe al fin la opacidad triunfante de la materia lograda. El sol es rechazado en cada pulida superficie, las palabras de las envolturas se afirman categóricas; y eso es una fina pirámide de bombones. Praliné. Moka. Nougat. Rhum. Kummel. Maroc...

La iglesia es ancha, pegada a la tierra. Las mujeres retardan con charlas su vuelta de misa, apoyando en la sombra espesa de los árboles placeros el deseo de quedarse. Han visto asomar a Paula bellamente vestida de azul, y la contemplan insidiosas en su furtivo camino solitario. El misterio de esa nueva vida las altera, las enajena; apenas puede tolerarse que el misterio resista tanta prolija indagación. El viejo tío ha muerto; Paula vive sola en la casa. Nunca hubo fortuna en la familia; pero ese vestido azul...

Y el anillo; porque han visto el anillo centelleante que a veces, en los intervalos del cine local, se enciende con insolencia cuando Paula, mecánicamente, echa hacia atrás el ala vibrante de su pelo castaño.

Paula reza diariamente en la iglesia del pueblo. Reza por sí, por su horrendo crimen. Reza por haber matado un ser humano.

¿Era un ser humano? Sí lo era, sí lo era. Cómo pudo ella dejarse arrastrar por la tentación, invadir los territorios de lo anormal, desear una figurita animada que le recordara sus muñecas de infancia. El anillo, el vestido azul, todo estaba bien; no había pecado en desearlos. Pero concebir la muñeca viva, pensarla sin renuncia... Aquella medianoche, la figurita se sentó en el borde de la mesa sonriendo con timidez. Tenía pelo negro, pollera roja, corselete blanco; era su muñeca Nené, pero estaba viva. Parecía una niña, y con todo Paula presintió que una terrible madurez informaba ese cuerpo de veinte centímetros de alto. Una mujer, una mujer que su extravío acababa de crear.

Y entonces la mató. Le fue preciso borrar la obra que fatalmente sería descubierta y atraería sobre ella el nombre y el castigo de las brujas. Paula conocía su pueblo; no tuvo valor de huir. Casi nadie huye de los pueblos, y por eso los pueblos triunfan. De noche, cuando la figurita silenciosa y sonriente se durmió sobre un almohadón, Paula la llevó a la cocina, la puso en el horno de gas y abrió la llave.

Estaba enterrada en el patio del limonero. Por ella y por sí misma, la asesina rezaba diariamente en la iglesia.

Es de tarde, llueve. Vivir es triste en una casa sola. Paula lee poco, apenas toca el piano. Quisiera algo, no sabe qué. Quisiera no tener miedo, evadirse. Piensa en Buenos Aires; acaso en Buenos Aires, donde no la conocen. Acaso en Buenos Aires. Pero su razón le dice que mientras se lleve a sí misma consigo el miedo ahogará su felicidad en todas partes. Quedarse, entonces, y ser pasablemente dichosa. Crearse una dicha hogareña, envolverse en el cumplimiento de mil pequeños deseos, de los caprichos minuciosamente destruidos en su infancia y su juventud. Ahora que ella puede, que lo puede todo. Dueña del mundo, si solamente se animara a...

Pero el miedo y la timidez le cierran la garganta. Bruja, bruja.

Para las brujas, el infierno.

Las mujeres no tienen toda la culpa. Si creen que Paula vende en secreto su cuerpo es porque el origen de tan insólito bienestar les es incomprensible. Está la cuestión de su casa de campo. Las ropas y el auto, la piscina, los perros finos y el abrigo de visón. Pero el amante no habita en el pueblo, eso es seguro; y Paula no se aleja casi nunca de su residencia. ¿Habrá hombres tan poco exigentes?

Ella cosecha las miradas, recoge comentarios por boca de pocos amigos de familia que acuden a veces, con lenguaje libre de preguntas, a beber una taza de té. Sonríe tristemente y dice que no le importa, que es feliz. Sus amigos, antiguos cortejantes convencidos del imposible, comprueban tanta felicidad en la mirada de Paula. Ahora hay como un brillo de fósforo en sus pupilas claras. Cuando vierte el té en las finas tazas su gesto tiene algo de triunfante, contenido por un carácter tímido que se rehúye a sí mismo la ostentación de lo logrado.

A solas, Paula recuerda su labor de demiurgo; la lenta, meticulosa realización de los deseos. El primer problema fue la casa; tener una casa en las afueras del pueblo, con la comodidad que su ocio reclamaba. Buscó el lugar, el ambiente; cerca del camino real, aunque no excesivamente cerca. Tierras altas, aguas sin sal. Creó dinero para adquirir el terreno y estuvo por confiarse a un arquitecto para que le construyera la residencia. Sin embargo la detenía el temor de manejar cuestiones financieras, acrecentar sospechas latentes en todo saludo, más precisamente en los muchos silencios desdeñosos. Una tarde, a solas en su tierra, pensó crear la casa pero tuvo miedo. La vigilaban, la seguían; en los pueblos una casa no brota de la nada. No debe brotar de la nada. Había que acudir al arquitecto, entonces; Paula dudaba, amedrentándose ante cada problema. Irse del pueblo hubiera concluido con todo; eso y ser valiente: los imposibles.

Entonces hizo algo grande: crear, no la casa, sino la construcción de la casa. Aplicándose noche y día, logró que la residencia fuera edificada sin despertar en nadie el temido azoramiento. Creó paso a paso la construcción de su finca, y aunque hubo días en que se preguntó qué harían los obreros al concluirla, tuvo al fin la satisfacción de ver que aquellos hombres se marchaban en silencio, contando su dinero. Entonces entró en su casa, que era verdaderamente hermosa, y se dedicó a amueblarla poco a poco.

Era divertido; tomaba una revista, en busca de un ambiente que la complaciera, elegía el lugar preciso y creaba cosa por cosa esas predilectas imágenes. Tuvo gobelinos; tuvo un tapiz de Teherán; tuvo un cuadro de Guido Reni; tuvo peces chinescos, perros pomerania, una cigüeña. Los pocos amigos que acudían a la casa eran recibidos en habitaciones prolijas, de discreto gusto burgués; Paula los esperaba cordialmente, los llevaba a pasear por la casa y los jardines, mostrándoles los crisantemos y las violetas; y como ella era la discreción misma, los visitantes bebían su té y se marchaban de la residencia sin descubrir nada nuevo.

Integró una biblioteca con volúmenes rosa, tuvo casi todos los discos de Pedro Vargas y algunos de Elvira Ríos; llegó un momento en que ya poco deseaba y su capricho sólo halló ejercicio en alguna golosina, un perfume nuevo, una sazón de pescado. Pero después Paula quiso tener un hombre que la amara, y aunque vaciló largo tiempo entre recibir en su lecho a cualquiera de sus fieles pretendientes o crear un ser que cumpliera en todo sus románticas visiones de antaño, comprendió que no había alternativas y que le era forzoso decidirse por lo último. Un amante del pueblo hubiera preguntado, inquirido hasta descubrir, más allá de la sonrisa, el poder de la bruja. Y entonces hubiera sido el terror, la persecución, la locura.

Creó su hombre. Su hombre la amó. Era bello, fino, se llamaba Esteban, jamás quería salir de la casa: así tenía que ser. Ya enteramente aislada de sus semejantes, Paula negó el té a los amigos y éstos presintieron la regencia de un macho en la casa. Tristes de corazón, se volvieron al pueblo.

Ella recuerda ahora su labor de demiurgo. Es casi de noche; Paula no está triste y sin embargo hay una mano fría que se apoya en su pecho, cubriéndole el hueco entre los senos con una firme opresión. «Estoy cansada», se dice. «He tenido que pensar tanto, que desear tanto...» Comprende, sin palabras, la tremenda fatiga de Dios. También ella necesita su séptimo día para ser enteramente feliz.

Esteban se reclina a su lado, mirándola con hondos ojos negros; le sonríe, un poco como un hijo.

—Paula —murmura.

Ella le acaricia el pelo sin hablar. Es difícil no sentirse maternal con ese muchacho demasiado sensible, desasido de todo lazo humano, íntegramente dado a la tarea de adorarla. Esteban no hace preguntas, parece estar siempre esperando su voz. Es mejor así.

Y de pronto, como una lejana llamada de cuernos, Paula tiene la débil pero distinta sensación de estar enferma, de que se va a morir, de que el séptimo día viene sin aplazo posible.

Cuando los dos médicos retornan al pueblo, es bien poco lo que tienen que decir. Lo mismo al siguiente día. En la tarde del tercero, el automóvil de los médicos rodea la plaza y se detiene ante la cochería principal.

Es entonces que los amigos de Paula deben luchar contra el desatado rencor de todo un pueblo cristiano. Las esposas, las hermanas, los profesores de moral lugareña; hay quienes aspiran a que Paula se corrompa en la soledad de su casa, libre y abandonada como su vida. Lo que se elige en este mundo ha de mantenerse en el otro. Y son pocos, apenas cinco hombres silenciosos, los que acuden por la noche a la residencia para velar el cadáver de la amiga.

Los empleados de la cochería y dos mujeres de la granja vecina han puesto a la muerta en el ataúd y montado la capilla ardiente. Los amigos encuentran, casi sin sorpresa, a Esteban. Lo ven por primera vez, estrechan su mano. Esteban parece no comprender; está sentado en un alto sillón de respaldo calado, a la derecha del cadáver. A intervalos se levanta, va hasta Paula y la besa en la boca; un beso fresco, fuerte, que los amigos contemplan con espanto. El beso de un joven guerrero a su diosa antes de la batalla. Después vuelve Esteban a su asiento y se inmoviliza, mirando por encima del ataúd hacia la pared.

Paula ha muerto al atardecer y es medianoche ya. Los amigos están solos, con ella y Esteban. Afuera hace frío y algunos piensan en el pueblo, en las botellas de agua caliente de los lechos, en los boletines de radio.

En semicírculo miran a Paula que yace sin esfuerzo, como por fin liberada de una carga superior a sus pequeños hombros que han conservado siempre algo de la forma niña. Las larguísimas pestañas vierten una mínima sombra sobre los pómulos grises. Los médicos han dicho que su muerte ha sido lenta pero sin lucha, como una madurez de fruto. Y por los cinco amigos pasa, alternativamente, el mismo tierno y manido pensamiento: «Parece dormida».

¿Por qué entra tanto frío en la habitación? Es repentino, por bocanadas crecientes. Tal vez un frío que nace de adentro, piensan los amigos; suele sentirse en los velatorios. Un poco de coñac... Y cuando uno de ellos mira a Esteban, rígido en su sillón, siente como un horror que repentinamente le crece y le invade el pelo, las manos, la lengua; a través del pecho de Esteban está viendo los calados del respaldo del sillón. Los otros siguen su mirada y lividecen. El frío sube, sube como una marea. Más allá de la puerta cerrada se yergue de pronto la masa espesa del monte de eucaliptos bañado de luna; y ellos comprenden que lo están viendo través de la puerta cerrada. Ahora son las paredes que ceden ante el paisaje del campo, la granja vecina, todo bajo una cruda luz de plenilunio; y Esteban es ya una burbuja de gelatina, bello y lamentable en su sillón que cede como él ante el avance de la nada. Del techo entra un chorro de luz plateada quitando nitidez a los resplandores de la capilla ardiente. Por la suela de los zapatos sienten ahora los cinco amigos filtrarse una humedad de tierra fresca, con césped y tréboles, y cuando se miran, incapaces de pronunciar la primera palabra de la revelación, están ya solos con Paula, con Paula y la capilla ardiente que se levanta desnuda en medio del campo, bajo la luna inevitable.

1943

III

Mudanza

Bah, si no fuera más que la oficina, pero el viaje de vuelta ahora que la gente tiene que hacer cola para subir a los vehículos y dentro de los tranvías permanece y se estanca el mismo aire de encierro sin tiempo de renovarse, especie de tapioca blanquecina que se respira y se expele: un asco. Con qué alivio baja Raimundo Velloz del 97 y se queda en el refugio tocándose los bolsillos por fuera con el gesto del asaltado, del que ha tenido que pagar bruscamente una cuenta y medita de a poco la modificación del presupuesto, cómo hay dos billetes de diez en vez de uno de cien. Es de noche, anochece temprano en junio. Piensa en su sofá del estudio, la taza de café que María prepara tan caliente, las pantuflas con mullido forro de panza de guanaco. Y el boletín de la BBC a las diez.

La oficina lo cansa, lo dobla, lo cierra como un puerco espín contra todo lo que no sea reposo después del horario obligado. Ferrocarriles del Estado, su oficina en Contaduría... El límite del deber concluye a las siete, no antes, no después. Su descanso principia a las ocho y cuarto cuando él toca el timbre y oye los pasos familiares ahogados aún por la puerta, enseguida los saludos y alguna pregunta y el sofá. Cinco años de Contaduría —todavía era joven—, diez años —todavía no era viejo—, quince años en septiembre, el veintidós de septiembre a las once de la mañana. Buena hoja de servicios, cuatro ascensos —y él sube ahora, como ilustrándose por fuera el hilo del pensar, la escalera de la casa de departamentos—. Nada que reprocharse, un premio de

69

cinco mil pesos en la lotería de Tucumán, el terrenito en Salsipuedes, suscriptor de *El Hogar*, amigo de los niños y no demasiado nostálgico de su soltería. Tiene a su madre, a su abuela, a su hermana. El sofá, el café, BBC. No es poco, cuántos otros... Y ya está en el segundo piso y la señora de Peláez —si es la señora de Peláez, porque suele transformarse en *maisons de beauté* y es el escándalo del barrio— lo saluda en el descansillo y a él le parece levemente más joven, cosa increíble.

«El universo», piensa Raimundo Velloz, «¡qué tontería!». La unidad patraña de metafísico. (Él es egresado del Nacional Central.) No hay un universo, hay millones y millones uno dentro de otro y dentro de cada uno otro y dentro de cada otro cinco, diez, catorce universos variados y distintos. Le gustan las series concéntricas de pensamientos, columnillas de conceptos en connotación creciente y decreciente. Se parte del grano de café, la cafetera que lo contiene, la cocina que contiene la cafetera, la casa que contiene la cocina, la manzana que contiene... Y se puede seguir por las dos puntas de la imagen, por el grano de café que involucra mil universos, y el universo del hombre que es un universo dentro de quién sabe cuántos universos, que tal vez —y se acuerda de haberlo leído— es solamente un pedacito de la suela del zapato de un niño cósmico que juega en un jardín (cuyas flores serán naturalmente las estrellas). El jardín forma parte de un país que forma parte de un universo que es un pedacito de diente de ratón apresado en una ratonera puesta sobre la masa de un desván en una casa de arrabal. El arrabal forma parte... Un pedacito de cualquier cosa pero siempre un pedacito, y la magnitud es una ilusión que casi da lástima.

Y el sofá.

María le abre la puerta antes de que haya tocado el timbre. Le pone la mejilla blanquísima que a veces surcan dos finas venas como de acuario, Raimundo la besa y nota que la mejilla no es tan suave y tersa, tiene por un segundo la impresión de que ha besado otra mejilla, él que no sabe de mejillas y solamente las calcula en el cine y alguna vez dormido después de haber abusado del *pâté de foie*. María lo contempla con aire discreto y azorado.

—Tardaste más que otras veces, son las ocho y veinte pasadas.

—El tranvía. Me parece que se quedó mucho rato detenido en el Once.

—Ah. Abuelita estaba inquieta.

—Ah.

Oye cerrar la puerta a su espalda, cuelga el paraguas y el sombrero en las perchas del pasillo, va al comedor donde están su madre y su abuela terminando de poner la mesa. Sin decirlo (porque ese vestido está visiblemente usado y sólo por distracción ha podido no reparar antes en él) se acerca a su madre y la besa. Qué dulce sosiego, una sensación correspondiendo exactamente a lo que el hábito pretende y espera. Mejilla un poco áspera (porque su madre se depila las mejillas, es natural), sabor a durazno y un débil aroma a cartas, a cintas rosa. Tan sólo el vestido... Pero la jovial amenaza del dedo de la abuela lo trae hasta ella, apoya las manos en sus hombros fragilísimos —¿pero son tan frágiles, no los siente resistir y amortiguar la presión moderada de sus manos?— y la besa en la frente cenicienta y sutil cuya piel ha de ser apenas una levísima tela protegiendo el hueso inimaginable, sordo.

—¿Te inquietaste por mí? Apenas cinco minutos tarde.

—No, pensé que el colectivo se habría retrasado.

Raimundo va a su asiento y apoya los codos en la mesa. No se le ocurre lavarse las manos como de costumbre; curioso que María no se lo recuerde, ella que tiene ideas fijas sobre profilaxis y adivina contaminaciones en los pasamanos de los tranvías. Recuerda que su abuela acaba de confundir el tranvía con un colectivo, él no toma nunca un colectivo y ya deberían saberlo. Salvo que haya oído colectivo y en realidad se trate del tranvía 97.

71

Salvo que en realidad se trate del mismo cuadro y que la luz de la araña, dándole con raros reflejos en el vidrio, le cambie esta noche los labios y se los torne gruesos y un poco verdes. Desde el sofá se tiene una clara visión del retrato del tío Horacio, y Raimundo no recuerda haberle visto nunca esos labios y esa mano colgando como un pañuelo abierto, porque en realidad el retrato del tío Horacio tiene las manos en los bolsillos; solamente un reflejo distinto de la araña del estudio puede fingir esa mano blanca y esos labios casi verdes, y además que todo el aire del retrato es de una mujer y no del tío Horacio.

Comentarios de *Atalaya*, de la BBC. Nada mejor que esos comentarios con el picor caliente del café que María le alcanza desde atrás del sofá. Raimundo lo recibe agradecido, sus pies se pasean ampliamente en las pantuflas abrigadas y todo él está cómodo y abandonado, pero tal vez un poco menos que otras noches, que las otras noches de la casa. Alguien canta en la cocina la canción que su madre canta mientras seca la vajilla. Es la misma canción —*Rosas de Picardía*, muy pocas veces *Caminito*— y la misma manera de cantar de su madre, solamente la voz más ronca y grave, algún enfriamiento al asomarse por la tarde a mirar la plaza desde el balcón.

—Anda, dile a mamá que tome aspirina y se abrigue la garganta.

—Pero si no tiene nada —rezonga María que lee el diario en el sillón bajo—. Tío Lucas estuvo esta tarde y la encontró espléndida.

Deja la taza en el platillo y mira despacio a su hermana. Una broma suya, su madre no tiene sino hermanos ya muertos. Ahora disimula detrás del diario; mejor seguirle la corriente y ganarle en viveza.

—Lástima que tío Lucas no sea médico. Así su opinión tendría valor.

—No es médico pero sabe mucho —dice la voz serena de María, y sus manos que a Raimundo le parecen más grandes que las de María agitan levemente las páginas del diario.

—Me da la impresión de que está afónica. ¿Y abuelita, no se acostó?

—Oh, ella se acuesta tarde, lo sabes. Todavía tejerá un buen montón de hileras.

Sigue la broma y Raimundo comprende que sería poco elegante malograr lo mucho que María ha de estar divirtiéndose. Como cuando eran chicos y jugaban a imaginarse grandes, casados, con hijos y tareas importantes. Días y días haciéndose preguntas sobre los respectivos hogares, los cónyuges, la salud de Raulito y Marucha... Hasta que un día se peleaban o el olvido venía a devolverles una infancia sin problemas. Curioso —hasta un poco triste— esa resurrección en María de las antiguas farsas; como si alguna vez la abuelita hubiera sabido tejer. Ahora está mirando la puerta y parece esperar algo. Chica rara, de pronto se peina el cabello recogido y se lo oxigena, y el timbre llama a una hora en que jamás llama el timbre en la casa.

—¿Quién diablos puede ser? —murmura Raimundo.

María se ha levantado y está ya junto a la puerta cuando da vuelta la cabeza para mirarlo.

—¡Por Dios que estás raro! La portera, naturalmente.

No tan naturalmente, porque es inaudito que la portera suba a esa hora. María recibe unas cartas y la llave del buzón, cierra la puerta con indiferencia y mira una por una las cartas inclinándose hacia la lámpara, hasta casi tocar la cabeza de Raimundo con las manos.

—Todas para mamá —dice decepcionada—. El Bebe no me ha escrito... Pero que espere carta mía, ah, que espere.

El vestido de la madre desaparece en parte bajo un delantal de cocina que justamente empieza a quitarse cuando entra en el estudio. Tiene las manos enrojecidas por el agua caliente, sonríe satisfecha y cansada. Recibe el manojo de cartas y las pierde en un gran bolsillo del que sale una especie de puntilla rosa muy bonita pero que a Raimundo no le parece adecuada para un bolsillo; como un cuello trasladado al sitio del bolsillo. ¿Y en el cuello? Muy simple, el género termina liso sin más que un dobladillo un poco fruncido. Raimundo, que se ha estado preguntando a quién llamará María el Bebe, piensa que su madre sabe de vestidos y le sonríe cuando pasa junto a él.

—¿Cansado?

—No, como siempre. Esta noche no hay noticias interesantes.

—Oigamos música.

—Bueno.

Mueve el dial, espera, escoge, desecha. ¿Dónde está su madre? ¿Dónde se ha metido María? Solamente la abuelita pasa lentamente, se reclina en el sillón —ella que debería irse a dormir temprano como le ha mandado el doctor Ríos— y lo observa atenta.

—Tienes un horario muy largo, hijito. Se te nota en la cara.

—El horario de siempre, abuelita.

—Sí, pero es muy largo. ¿Qué música están tocando?

—No sé, tal vez desde Nueva York; una jazz. La saco, si quieres.

—No, me gusta mucho; está muy bien esa orquesta.

El hábito, piensa Raimundo. Hasta las viejas generaciones aceptan por fin lo que hasta el día antes —a esa misma hora— les parecía abominable, música de perros, castigo del infierno. Lo asombra lo fuerte que está su abuela y por nada del mundo la mortificaría sugiriéndole que vaya a acostarse; si esa noche ha decidido hacer su voluntad es señal de buena salud y mente despejada. Ni siquiera se acepta a sí mismo un comentario cuando la ve inclinarse hacia una bolsa que cuelga del sillón y sacar tejido negro, agujas, mirarlo todo con un profundo y absorto aire de conocedora. ¿Por qué asombrarse?

Las costumbres de la casa varían sin que él lo note; tantas horas de oficina, absorbido noche y día por los problemas de la Contaduría... Se siente alejado, distante de los suyos, piensa que habrán pasado semanas en que ha sido un mero autómata llegando de noche, poniéndose las pantuflas, escuchando la BBC y durmiéndose en el sofá. Y entre tanto su madre cortaba el vestido, María se amigaba con el Bebe, la abuelita aprendía a tejer. ¿Para qué asombrarse? A lo sumo de haber estado tan lejos y ser tan otro del que debería ser, mostrarse tan mal hijo y mal hermano. La vida tiene esas cosas y no se puede tomar con ligereza una oficina de los Ferrocarriles del Estado. Al fin y al cabo si algo cambia en la casa a él no tiene por qué afectarlo personalmente; no es posible que todos estén dependiendo de su voluntad. Y luego que los cambios son simples detalles, una modificación en la luz de la araña que torna distinto el retrato del tío Horacio, un amigo de su hermana, la portera que se le da por subir la correspondencia vespertina, un bolsillo raro de su madre, su abuela más vigorosa y sin esos hombros esmirriados y fragilísimos de antes. Detalles, cosas que tienen que ir sucediendo en una casa.

—Lucía —dice la voz de su madre (sí, está afónica) desde el dormitorio.

—Voy, mamá —responde sin sorpresa la voz de María.

Por fin dejó de querer pensar —ya todos dormían— y fue a acostarse a su vez. Le gustaba la luz del cuarto, era más velada y dulce para sus ojos deshechos por las columnas de cifras. El piyama entró en él sin que casi advirtiera los movimientos mecánicos que lo incorporaban a su cuerpo; se tendió de espaldas y apagó la luz.

No había querido verlas. Cuando fueron a él y le desearon buenas noches inclinándose sobre el sofá, cerró los ojos con un remoto sentimiento de imposible y aceptó los tres besos, los tres buenas noches, los tres juegos de pasos que se alejaban rumbo a los dormitorios. Entonces apagó la radio y quiso pensar; ahora estaba acostado y no quería pensar. Entre ambos momentos le pareció comprender lejanamente que no comprendía nada; sólo entendía con precisión las ideas más estúpidas. Por ejemplo: «Como todos los departamentos son iguales, puede haberme...». Ni siquiera llegó al final de la idea. También esto, menos estúpido: «¿No será que me estoy empezando a...?». Y después, como un resumen de su conducta habitual: «Tal vez mañana...». Por eso se había acostado, como si el sueño pudiera interponerse y cerrar un ciclo donde algo se estaba desorganizando y moviendo de un modo que no quería concebir. Todo volvería a estar bien con la mañana. Con la mañana todo volvería a estar bien.

Probablemente durmió pero a Raimundo le costaba distinguir entre el recuerdo de sus pensamientos de semisueño y sus sueños. Tal vez se había levantado a alguna hora de la noche (pero eso lo pensó mucho más tarde mientras copiaba torpemente un acta en el gran libro que le dieron en la oficina de Correos y Telégrafos de la Nación) y anduvo por la casa sin saber exactamente para qué pero seguro de que era necesario y que si no lo hacía iba a acometerle el insomnio. Primero fue al estudio y encendió la lámpara para mirar entre las penumbras de la pared del fondo el retrato del tío Horacio. Lo habían cambiado, allí había una mujer de manos colgantes y labios finos, casi verdes por capricho del pintor. Recordó que a María no le gustaba mucho el retrato del tío Horacio y que alguna vez había hablado de descolgarlo. Pero él no conocía a esa mujer maligna y rígida; esa mujer no era de su familia.

Una respiración espesa venía del dormitorio de la abuela. Quién sabe si Raimundo fue hasta allí pero él se veía entrando en la habitación y observando —al débil reflejo del estudio— el rostro apoyado en la almohada como un perfil de moneda sobre una felpa numismática. Largas trenzas caían sobre la almohada, trenzas negras y espesas. El perfil estaba en sombras y sólo inclinándose mucho hubiese alcanzado

Raimundo a distinguir a la abuela. Pero las trenzas negras, y además el bulto del hombro poderoso, y luego el volumen de la respiración. Posiblemente de allí volvió al comedor o se paró un rato a escuchar el aliento de María y su madre, que dormían en la misma pieza. No entró, ya no podía entrar en otro dormitorio, era hasta difícil volver al suyo, cerrar la puerta, correr el cerrojo —tan enmohecido de no correrlo nunca—, tirarse en la cama de espaldas y apagar la luz. Quién sabe si anduvo tanto por la casa; uno sueña a veces que anda por la casa y en realidad no hace más que dar vueltas en la cama, sollozando de pronto como bajo una inmensa congoja, y repetir nombres, y ver caras, y calcular estaturas, y el Bebe que no escribe.

De mañana rozan el picaporte y Raimundo se endereza recordando que ha corrido el cerrojo y que es una idiotez que le valdrá inacabables bromas de María. Como tiene puesto el piyama salta de la cama y corre a abrir. Sonriéndole entra Lucía con la bandeja del desayuno y se sienta al pie de la cama; no parece extrañada de que él haya corrido el cerrojo y él tampoco está muy extrañado de que ella no esté extrañada.

—Creí que ya te habías levantado. Te has dormido y vas a llegar tarde.

—De aquí a las doce...

—Pero como tú entras a las diez... —comenta Lucía mirándolo con una lejana sorpresa. Es una muchacha muy rubia y alta, tiene piel morena que le queda espléndidamente como a todas las rubias. Revuelve el café con leche, tapa el azúcar y sale. Raimundo le ve la pollera blanca, un fino levantarse de la blusa sobre los senos jóvenes, el rodete presuroso de tocado matinal. ¿Ha hecho bien en correr el cerrojo? No se le ocurre más que eso pero piensa que tal vez eso sea mucho. Entonces Lucía vuelve a asomarse trayéndole una carta, se la alcanza desde la puerta con una risita amistosa y sale. Señor Jorge Romero, calle y número. Todo bien salvo el nombre, y sin embargo el nombre ha de estar bien pues Lucía ha traído la carta y se la ha alcanzado con una risita. Menos absurdo de lo que podría creerse, sólo que en vez de Raimundo Velloz, Jorge Romero; y dentro una invitación para un baile y muy atentos saludos de la C. D.

Él siente ahora como un peso en los hombros, en la base de la lengua, en la nuca; como si los zapatos no acabaran nunca de anudarse y el lazo de la corbata fuera una larguísima tarea sin sentido.

—¡Jorge, vas a llegar tarde!

Su madre —pero la verdad que está afónica—. Vas a llegar tarde, Jorge. Con todo, hasta las doce... Mejor salir ya, volver a lo auténtico, a la contaduría, la planilla interrumpida ayer. Café, un cigarro, la planilla, sólido universo. Mejor irse ya sin saludar. Irse ya, y sin saludar.

Llega furtivo hasta el estudio al que se entra por la puerta de la derecha como si antes no se entrara al estudio por el pasillo del fondo. Pero es lo mismo, ahora no le importa por dónde se entra y es tal su indiferencia que ni siquiera mira el retrato de la mujer que parece acechar la mirada que él le niega. Cuando está a dos metros de la puerta, suena el timbre. No sabe qué hacer, ya viene Luisa corriendo desde la cocina, plumero en mano, lo aparta con un empellón y una risa contenta.

—¡Fuera de mi camino, Jorge bicharraco!

Se hace a un lado, ve abrirse la puerta. Casi sin sorpresa descubre a María vestida de calle que lo contempla mientras Luisa le estrecha la mano y la hace entrar.

—¡Por fin va a conocer al hombre de la casa! Gracias a que hoy se le ha hecho tarde... Mi hermano Jorge, la señorita María Velloz, mi profesora de francés, ya sabes...

Ella le alcanza la mano con el gesto maquinal y necesario del saludo. Raimundo espera un instante, espera que ocurra lo que debe ocurrir, pero como su hermana sigue con la mano tendida y nada sucede, alarga su diestra y el hacerlo le cuesta menos de lo que habría pensado. Repentinamente le parece que está bien, sería estúpido gritar que ella es María y que... Solamente piensa que podría haberlo dicho; lo piensa pero sin sentirlo. No lo siente para nada, solamente un pensamiento como tantos que uno tiene. Hasta quién sabe si lo ha pensado. Al contrario, algo le nace que lo conforta y lo alegra de que le hayan presentado a la señorita María Velloz. Si uno no conoce a alguien, es justo que se lo presenten.

1945

IV

Distante espejo

I feel like one who smiles, and turning shall remark,
Suddenly, his expression in a glass.

T. S. ELIOT

Sin embargo he acabado siempre por disuadirlos. Son buenas gentes y quisieran arrancarme de mi solitaria vida, llevarme a cines y cafés, inscribir en mi compañía inacabables vueltas a la plaza central. Pero mis negativas —que oscilan entre el sonriente «no» y el silencio— han concluido con su solicitud, y desde hace cuatro años llevo aquí, en el mismo centro de la ciudad de Chivilcoy, una existencia silenciosa y retirada. Por eso, lo ocurrido el 15 de junio será escuchado con benevolencia por mis compueblanos, quienes sólo verán en ello la primera manifestación de una neurosis monomaníaca que mi vida —tan poco chivilcoyana— les hace barruntar. Tal vez estén en lo cierto; yo me limito a contar. Es un modo de transferir definitivamente al pasado, fijándolos, algunos acaecimientos que mi comprensión no alcanza sino exteriormente. Y luego, sería tonto negarlo, da para un bonito cuento.

Llevo en Chivilcoy lo que yo entiendo una vida de estudio (y sus habitantes, de encierro). Dicto por la mañana mis clases en la Escuela Normal, hasta mediodía o poco más; regreso, siguiendo siempre el mismo itinerario, hasta la casa de pensión de doña Micaela, almuerzo en compañía de algunos empleados de banco y me adscribo inmediatamente a mi habitación. Allí, iluminado por el sol que toda la tarde golpea las dos altas ventanas, preparo lecciones hasta las tres y media y a partir de ese momento me considero plenamente dueño de mí mismo. Puedo, en otros términos, estudiar a gusto; abro la Biblia de Lutero y estoy dos horas ingresando paso a paso en el alemán, regocijándome cuando soy capaz de leer un capítulo entero sin ayuda de mi Cipriano de Valera. Repentinamente abandono la tarea (hay exquisitos límites del interés que siento alzarse en mi inteligencia, y a ellos respondo sin tardanza), pongo agua a hervir a la vez que atiendo un boletín vespertino de Radio El Mundo, y cebo cuidadosamente mi mate en el pequeño jarro enlozado que me acompaña desde hace mucho. Todo ello constituye, para decirlo con el lenguaje de mis alumnos de la Escuela, un «recreo»; apenas agotado el placer del mate, ingreso con íntima complacencia en alguna otra lectura. Esto varía con el tiempo; en 1939 fueron las obras completas de Sigmund Freud; en 1940, novelas inglesas y americanas, poesía de Eluard y Saint John Perse; en 1941, Lewis Carroll (exhaustivamente), Kafka y unos libros indios de Fatone; en 1942, la historia de Grecia de Bury, las obras completas de Thomas de Quincey y una tremenda bibliografía acerca de Sandro Botticelli, además de doce novelas de François Carco emprendidas con el propósito eminente de perfeccionar el argot; por fin, en el presente año, estudio paralelamente una antología de moderna poesía angloamericana de Louis Untermeyer, la historia del Renacimiento en Italia de John Aldington Symonds y —absurda complacencia— la serie de los Césares romanos desde el héroe epónimo hasta el último capítulo de Anmiano Marcelino. Para esta tarea me traje —con la gentil aprobación de la bibliotecaria de la Escuela— Tácito, Suetonio, los escritores de la Historia Augusta y Marcelino. En el momento de escribir este relato he llegado a conocer en detalle la vida de los emperadores hasta Probo; pegada a la pared de mi habitación hay una gran hoja de cartulina y ahí registro uno por uno los nombres de aquellos romanos y las fechas de sus reinados. Procedimiento menos mnemotécnico que divertido, y que provoca (ya lo advertí regocijadamente) las sorprendidas miradas de las hijas de doña Micaela cada vez que vienen a asear mi cuarto.

«And such is our life.» Agregaré, para ilustración total del ambiente en que me muevo, lo poco que resta de sus elementos: poemas en abrumadora cantidad (casi todos míos, ¡ay!), la quinta edición de *Noticias gráficas*, algunas diversiones nocturnas como los programas de la BBC y de KGEI (San Francisco), una botella de whisky Mountain Cream, un tablero de cartón donde arrojo diestramente un cortaplumas y establezco concursos con grandes premios que jamás gano; reproducciones de los cuadros de Gauguin, Van Gogh y Giotto, examinados con la misma falta de respeto de la enumeración precedente. Y algunas, muy pocas salidas al cine cuando por inexplicable equivocación la empresa local trae una película de René Clair, de Walt Disney, de Marcel Carné. Nadie me visita, como no sea un profesor que acude a veces y se extraña reiteradamente de mi salvajismo, y algunos ex alumnos que descubrieron en mí un consultor afectuoso, acaso un posible pero indefinidamente postergado amigo.

Comprendo que mi relato ha guardado hasta ahora el exterior de un diario, manera elegante de someter *comptes rendues* a biógrafos futuros, pero era necesario acaso para que el posible lector se extrañe, como lo hice yo, de la rara sensación de encierro que me vino en la tarde del 15 de junio. Existe un mal que se denomina claustrofobia; yo creo ser inmune a él, no así a su contrario. Y con todo no conseguía cerrar el ambiente de lo que estaba leyendo, entender plenamente por qué llamó Cornelio a Pedro en el décimo capítulo de la *Apostelgeschichte*. Avancé penosamente, luchando contra un vacío interior, un deseo alocado de cerrar el libro y echarme a la calle, a otra parte fuera de mi habitación. Me debatía en ese combate durísimo del alma con el alma misma y renunciaba a proseguir la letra luterana —imposible entender esto, por otra parte tan simple: «*Darum habe ich mich nicht geweigert zu kommen...*», X, 29— cuando algo más fuerte que yo me puso el sombrero en la mano, y por primera vez en mucho tiempo abandoné mi cuarto y salí a pasearme por las asoleadas calles del pueblo.

Caminar sin rumbo es una de las cosas menos gratas para un espíritu que, como el mío, ama el orden y la eficiencia. El sol, sin embargo, me acariciaba la nuca con dedos dulcísimos; y había un aire con pájaros, una atmósfera propicia y bellas muchachas que me miraban sonriendo, extrañadas acaso de que yo parpadeara bajo esa luz enceguecedora de las cuatro. Anduve por calles familiares, historiando veredas y casas; la paz volvía a mí pero sin infundirme el deseo de retornar a mi cuarto del que me separaban ya muchas calles. Mi cuerpo volvía a sentir esa impresión exquisita —tantas veces gustada en las playas estivales— de disolverse bajo el sol, fundirse en el aire azul y tornarse incorpóreo, conservando sólo el poder de sentir lo tibio, lo celeste, lo cómodo. ¡Verano de vacaciones, definitivamente a mis espaldas y por cuánto tiempo! Pero esta tarde de otoño era un consuelo, casi una promesa; y me sentí livianamente alegre de haber salido, de abandonarme al demonio que así me arrancara de los textos sagrados.

Todo cambió al llegar a la esquina de Carlos Pellegrini y Rivadavia, ahí donde se alza el edificio del Banco de la Provincia. ¿Conoce alguien el estado Túpac Amaru? Consiste en una diversión del alma y del cuerpo, en sentir el deseo de hacer una cosa y a la vez su contraria, de ir a la derecha y simultáneamente a la izquierda. Así, en la esquina del banco, proyectaba yo amablemente seguir hacia la plaza, bella y espaciosa plaza de Chivilcoy, cuando la rara atracción que ya me había desgajado de Cornelio y Pedro me proyectó, irresistible, por la calle Rivadavia que se alejaba sin remedio de la plaza. Y hube de seguir esa ruta fosca, abandonada de sol, dejando atrás los árboles y tanto hospitalario banco placero. Por un momento me negué pero la fuerza aniquilaba toda defensa; creo que me encogí de hombros —un gesto que mis amigas me reprochan con razón— y me dejé llevar, otra vez sintiendo la tibieza de la tarde y viendo a lo lejos cómo, vespertinamente, los bordes de las veredas empezaban a teñirse de fino violeta...

«Hombre, la casa de doña Emilia. ¿Y si entrara a saludarla?» Porque doña Emilia es una de mis pocas amigas en Chivilcoy. Dicta clases de idiomas en la Escuela, tiene la edad en que los sentimientos maternales superan toda pasión temporal, y me quiere mucho, quizá porque soy naturalmente simpático; alguna vez me había señalado su casa e invitado a tomar té, a lo que no accedí entonces. Pero esta tarde... Cuando lo pensé otra vez mi dedo estaba ya apoyado en el timbre, oíase en el segundo patio un campanilleo agrio y violento, y me ponía yo a pensar a mitad del zaguán cuáles cosas diría a doña Emilia para justificar mi insólita visita. Explicarle que una fuerza Túpac Amaru... imposible. La única solución era la burguesa: que pasaba por ahí, y se me ocurrió, etcétera. En tanto seguía esperando, pero nadie vino.

Toqué otra vez el timbre que debía oírse desde todas partes, incluso desde la vereda de enfrente. Entonces, mientras esperaba, hice una cosa horrible: avancé por el zaguán con toda libertad, y me metí en el living como si entrara en mi propia casa.

Como si...

Pero es que era mi casa. Lo intuí casi sin sorpresa, sólo con un pequeño escozor en la raíz del pelo. El living estaba amueblado exactamente como el de doña Micaela; y la puerta de la izquierda, la que sin duda daba a una sala, era mi puerta, la que comunicaba con mi habitación.

Permanecí parado delante de la puerta, sobrándome un pequeño resto de independencia como para proyectar la fuga inmediata; y entonces oí que tosían en el interior de la pieza.

Pasó lo mismo que con el timbre; la mano estuvo antes que la voluntad. El picaporte, tan familiar, cedió a la presión y logré acceso a la sala. Pero no era una sala sino mi cuarto de trabajo. Entera y absolutamente mi cuarto de trabajo. Tan entera y absolutamente que, para darle la perfección total, estaba yo sentado ante la mesa leyendo la Biblia de Lutero puesta en su atril de madera. Yo, vestido con la vieja *robe* a rayas azules y las pantuflas de abrigo que mi madre me regaló ese otoño.

Alcancé a pensar una cosa, lo confesaré con toda franqueza a pesar de su ribete literario y algo defensivo. «Por Dios, esto es LE HORLA. Ahora tendremos que dialogar, etcétera.» Y con dicho pensamiento terminó mi papel activo; fui ya una cosa inmóvil parada junto a la puerta, asistente al desarrollo de una escena cotidiana, en espectador atento, sin miedo por exceso de horror.

Me vi consultar el diccionario de Pfohl y mi propia voz —cambiada como en los discos— entonó majestuosamente los versículos de la Biblia. Cornelio llamaba a Pedro en sonoro alemán y éste, después de una gastronómica visión, acudía a casa de su huésped predicando la palabra del Señor; todo eso, que quedara inconcluso al salir de mi casa allá en lo de doña Micaela, proseguía ahora sin interrupción. De pronto me vi abandonar el libro, encender el receptor de radio; crucé al lado mío, puse la pava de agua a calentar, y cuando de la radio brotó una canción incaica la silbé amablemente, remedando bastante bien la modulación norteña *ad hoc*. Todo esto sin reparar en mi presencia, sin concederme una sola mirada —no era LE HORLA gracias a Dios—, en un todo abstraído por el ritual del mate dulce y la música; o bien con la indiferencia con que se soslaya la propia imagen al pasar frente a un espejo. Hube de escuchar que los bombarderos Liberator habían arrasado la isla de Pantelleria, que el rey Jorge estaba en África, donde los soldados al descubrirlo le cantaron *For he's a jolly good fellow*, y que el general Pedro Pablo Ramírez estaba dispuesto a no permitir la especulación con artículos de primera necesidad. Era ya casi de noche, encendí la luz;

puse el sillón al lado de la mesa, busqué el primer tomo de *Renaissance in Italy* de Symonds, me engolfé en la lectura, sonriendo aquí y allá, haciendo anotaciones, protestando de pronto con vehemencia, otras veces adhiriendo con manifiesta complacencia a las ideas del autor. Y de pronto —porque a esa hora suelo sentir yo henchida la vejiga— puse el libro sobre la mesa, crucé al lado mío y salí de la habitación. El actor abandonaba la escena; el espectador tuvo coraje para hacer lo mismo, pero rumbo a la calle y como loco, recuperada repentinamente la conciencia de ese riguroso imposible.

Por fin —y sólo yo sé lo que tan hermética connotación significa— volví a mi casa. Era hora de cenar y quise ir a decirle a mi bondadosa dueña que prescindiría esa noche de su asado de tira y su fresca lechuga. Doña Micaela me consideró atentamente y anunció luego que yo estaba muy pálido.

—Hace mucho frío en la calle —dije vanamente—. Voy a acostarme enseguida. Hasta mañana.

Cuando cruzaba los patios, una de las chicas entraba quejándose de que afuera hacía calor húmedo; bajé la cabeza, volví a mi cuarto.

Todo estaba como siempre; hallé mi Biblia en la página donde la dejara por la tarde, el lápiz al lado, el diccionario de Pfohl. Junto a él un tomito con los poemas de Hugo von Hofmannsthal que empezaba a descifrar lentamente. Era el ambiente cotidiano, tibio y cómodo, dispuesto por mi capricho y mis costumbres.

Incapaz de reflexionar serenamente, busqué unos sellos de Embutal, bebí agua y aderecé una taza de tilo. Eran ya las diez y no me decidía a acostarme, seguro del insomnio, del prestigio tremendo de una oscuridad y un silencio en tales circunstancias. Recuerdo haber estado horas y horas sentado ante mi escritorio, y que me sorprendí grabando mis iniciales en su madera con un cortaplumas (el de los concursos de tiro al cartón), pensando entre tanto en nada, que es la más horrible forma de pensar. Me miraba a mí mismo arrancando trocitos de madera, perfilando torpemente una G y una M. Después vino el amanecer y me recordó que tenía clase a las nueve; me tiré vestido en la cama y dormí como un lirón, apreciando al despertar la profunda belleza de ese manido lugar común.

Por la tarde (cómo enseñé a los chicos la geografía de Holanda y la tetrarquía de Diocleciano será un eterno misterio para mí y, lo temo, para ellos), por la tarde hice lo que toda persona en mi lugar: ir a casa de doña Emilia sin perder un minuto.

Cuando puse el índice en el timbre advertí la profunda diferencia entre ese acto y el análogo del día anterior; obraba ahora fríamente, seguro de mis movimientos y dispuesto a desvelar el enigma, si de algo tan simple como un enigma se trataba. ¿Qué podía decirle a mi amiga? La naturaleza de la investigación iba más allá de un mero interrogatorio; transcendía de lo normal, aquello que según doña Emilia y todo Chivilcoy es lo cierto y aceptable. Había salido de casa sin reflexionar en la conducta a seguir; sólo recuerdo que me eché la Browning al bolsillo; y el que me explique para qué, me prestará un señalado servicio.

La bondadosa fisonomía de doña Emilia me sonrió desde el living. Que pasara, que era un placer, yo siempre tan perdido; tenía tanto gusto de verme por su casa, que entrara como en la mía (y yo me estremecí involuntariamente); perdón por la vestimenta, pero era tan temprano, y además... Casi no oía yo las frases; apenas franqueé el zaguán y estuve en el living, estrechando la mano de mi amiga, miré hacia la izquierda en procura de la puerta. Y la vi, ciertamente, pero no una puerta como la de mi habitación sino más ancha y maciza, con gruesas cortinas de macramé entre los vidrios y los postigos interiores.

—Es la sala —dijo doña Emilia, un poco sorprendida por mi examen y mi silencio—. Pasemos, si quiere.

Alcancé a balbucear algunas preguntas civiles; el esposo, los nietos que vivían con ella... Pero ya abría doña Emilia la puerta y fue la primera en entrar en la sala. Pensé: «Ahora va a encontrarme allí y soltará un alarido». Como no hubo nada, entré a mi vez.

Era una linda sala burguesa con empapelado a rombos cereza, frutos vagamente subtropicales, una consola Regencia, cuadros de familia, un busto de Voltaire y, más lejos, una gran mesa escritorio de patas torneadas, verdaderamente hermosa.

—Aquí trabajo a veces —me dijo doña Emilia ofreciéndome asiento—. Pero es un lugar frío, desapacible, de manera que corrijo deberes y preparo lecciones en el dormitorio de mi hija mayor, que tiene mejor luz. Aquí vienen mis nietitos a jugar... ¡Viera el trabajo que da impedirles que rompan algo!

A mí me estaba naciendo una especie de felicidad que ascendía desde los zapatos, las piernas, me caminaba por el plexo y venía a proclamarse, maravillosamente, en el corazón y los pulmones. Debí suspirar con alivio y decir algo acerca del moblaje y los cuadros, porque doña Emilia se lanzó a explicar la razón de cada vetusta fotografía. Lares y penates desfilaron por su fluida charla; yo me dejaba envolver en la felicidad de la comprobación, de saber que aquello había sido fantasía, capricho de alucinado, que debería dejar el whisky y los bromuros por un tiempo, hacer una cura de reposo y salvarme de esas pesadillas absurdas. Porque nada había en esa sala que pudiera recordarme mi habitación y mi persona; porque todo era como un vasto perdón de tanto desvarío. Porque...

—... porque ayer —decía doña Emilia— estuve todo el día en el campo, viendo las crías de conejos de la granja. Los conejos de Flandes, usted sabe...

Ayer. Doña Emilia había estado todo el día en el campo. Viendo las crías de conejos. Al borde de la salvación sentí que una mano de hielo me tomaba poco a poco de la nuca y me echaba hacia atrás, hacia lo otro. Y justamente en ese momento cortó doña Emilia su charla con un débil e indignado chillido. Miraba hacia la hermosa mesa escritorio, desoladamente.

—¡Los chicos! —gimió, uniendo las manos—. ¡Yo sabía que acabarían por estropearla!

Me incliné sobre la mesa. A un costado, casi en el borde, alguien se había entretenido en grabar letras con un objeto cortante. Las letras estaban caprichosamente enlazadas pero se podía distinguir una G y una M; no era un trabajo habilidoso sino el pasatiempo de alguien que está distraído, ausente de lo que hace, y emplea en esa forma un cortaplumas que le sobra en la mano.

1943

Prolegómenos a la Astronomía

I

De la simetría interplanetaria

Apenas desembarcado en el planeta Faros, me llevaron los farenses a conocer el ambiente físico, fitogeográfico, zoogeográfico, político-económico y nocturno de su ciudad capital que ellos llaman 956.

Los farenses son lo que aquí denominaríamos insectos; tienen altísimas patas de araña (suponiendo una araña verde, con pelos rígidos y excrecencias brillantes de donde nace un sonido continuado, semejante al de una flauta y que, musicalmente conducido, constituye su lenguaje); de sus ojos, manera de vestirse, sistemas políticos y procederes eróticos hablaré alguna otra vez. Creo que me querían mucho; les expliqué, mediante gestos universales, mi deseo de aprender su historia y costumbres; fui acogido con innegable simpatía.

Estuve tres semanas en 956; me bastó para descubrir que los farenses eran cultos, amaban las puestas de sol y los problemas de ingenio. Me faltaba conocer su religión, para lo cual solicité datos con los pocos vocablos que poseía —pronunciándolos a través de un silbato de hueso que fabriqué diestramente—. Me explicaron que profesaban el monoteísmo, que el sacerdocio no estaba aún del todo desprestigiado y que la ley moral les mandaba ser pasablemente buenos. El problema actual parecía consistir en Illi. Descubrí que Illi era un farense con pretensiones de acendrar la fe en los sistemas vasculares («corazones» no sería morfológicamente exacto) y que estaba en camino de conseguirlo.

Me llevaron a un banquete que los distinguidos de 956 le ofrecían a Illi. Encontré al heresiarca en lo alto de la pirámide (mesa, en Faros) comiendo y predicando. Lo escuchaban con atención, parecían adorarlo, mientras Illi hablaba y hablaba.

Yo no conseguía entender sino pocas palabras. A través de ellas me formé una alta idea de Illi. Repentinamente creí estar viviendo un anacronismo, haber retrocedido a las épocas terrestres en que se gestaban las religiones definitivas. Me acordé del Rabbi Jesús. También el Rabbi Jesús hablaba, comía y hablaba, mientras los demás lo escuchaban con atención y parecían adorarlo.

Pensé: «¿Y si éste fuera también Jesús? No es novedad la hipótesis de que bien podría el Hijo de Dios pasearse por los planetas convirtiendo a los universales. ¿Por qué iba a dedicarse con exclusividad a la Tierra? Ya no estamos en la era geocéntrica; concedámosle el derecho a cumplir su dura misión en todas partes».

Illi seguía adoctrinando a los comensales. Más y más me pareció que aquel farense podía ser Jesús. «Qué tremenda tarea», pensé. «Y monótona, además. Lo que falta saber es si los seres reaccionan igualmente en todos lados. ¿Lo crucificarían en Marte, en Júpiter, en Plutón...?»

Hombre de la Tierra, sentí nacerme una vergüenza retrospectiva. El Calvario era un estigma coterráneo, pero también una definición. Probablemente habíamos sido los únicos capaces de una villanía semejante. ¡Clavar en un madero al hijo de Dios...!

Los farenses, para mi completa confusión, aumentaban las muestras de su cariño; prosternados (no intentaré describir el aspecto que tenían) adoraban al maestro. De pronto, me pareció que Illi levantaba todas las patas a la vez (y las patas de un farense son diecisiete). Se crispó en el aire y cayó de golpe sobre la punta de la pirámide (la mesa). Instantáneamente quedó negro y callado; pregunté, y me dijeron que estaba muerto. Parece que le habían puesto veneno en la comida.

1943

II

Los limpiadores de estrellas

Bibliografía: Esto nació de pasar frente a una ferretería
y ver una caja de cartón conteniendo algún objeto
misterioso con la siguiente leyenda: STAR WASHERS.

Se formó una Sociedad con el nombre de LOS LIMPIA-
DORES DE ESTRELLAS.

Era suficiente llamar al teléfono 50-4765 para que de
inmediato salieran las brigadas de limpieza, provistas de todos los implementos necesarios y munidas de órdenes efecti-
vas que se apresuraban a llevar a la práctica; tal era, al menos,
el lenguaje que empleaba la propaganda de la Sociedad.

En esta forma, bien pronto las estrellas del cielo read-
quirieron el brillo que el tiempo, los estudios históricos y el
humo de los aviones habían empañado. Fue posible iniciar
una más legítima clasificación de magnitudes, aunque se
comprobó con sorpresa y alegría que todas las estrellas, después de sometidas al proceso de limpieza, pertenecían a las
tres primeras. Lo que se había tomado antes por insignificancia —¿quién se preocupa de una estrella al parecer situada a
cientos de años luz?— resultó ser fuego constreñido, a la espera de recobrar su legítima fosforescencia.*

* En noviembre de 1942, el doctor Fernando H. Dawson (del Observato-
rio Astronómico de la Universidad de La Plata) anunció clamorosamente
haber descubierto una «nova» ubicada a 8h.9 1/2 de ascensión recta y 35°
12' de declinación austral, «siendo la estrella más brillante en la región entre Sirio, Canopus y el horizonte» (*La Prensa*, 10 de noviembre, pág. 10).
¡Angélicas criaturas! La verdad es que se trataba del primer ensayo —naturalmente secreto— de la Sociedad.

Por cierto, la tarea no era fácil. En los primeros tiempos, sobre todo, el teléfono 50-4765 llamaba continuamente y los directores de la empresa no sabían cómo multiplicar las brigadas y trazarles itinerarios complicados que, partiendo de la Alfa de determinada constelación, llegasen hasta la Kapa en el mismo turno de trabajo, a fin de que un número considerable de estrellas asociadas quedaran simultáneamente limpias. Cuando por la noche una constelación refulgía de manera novedosa, el teléfono era asediado por miríadas estelares incapaces de contener su envidia, dispuestas a todo con tal de equipararse a las ya atendidas por la Sociedad. Fue necesario acudir a subterfugios diversos, tales como recubrir las estrellas ya lavadas con películas diáfanas que sólo al cabo de un tiempo se disolvían revelando su brillo deslumbrador; o bien aprovechar la época de densas nubes, cuando los astros perdían contacto con la Tierra y les resultaba imposible llamar a la Sociedad en demanda de limpieza. El directorio compró toda idea ingeniosa destinada a mejorar los servicios y abolir envidias entre constelaciones y nebulosas. Estas últimas, que sólo podían acogerse a las ventajas de un cepillado enérgico y un baño de vapor que les quitara las concreciones de la materia, rotaban con melancolía, celosas de las estrellas llegadas ya a su forma esbelta. El directorio de la Sociedad las conformó sin embargo con unos prospectos elegantemente impresos donde se especificaba: «El cepillado de las nebulosas permite a éstas ofrecer a los ojos del universo la gracia constante de una línea en perpetua mutación, tal como la anhelan poetas y pintores. Toda cosa ya definida equivale al renunciamiento de las otras múltiples formas en que se complace la voluntad divina». A su vez las estrellas no pudieron evitar la congoja que este prospecto les producía, y fue necesario que la Sociedad ofreciera compensatoriamente un abono secular en el que varias limpiezas resultaban gratuitas.

Los estudios astronómicos sufrieron tal crisis que las precarias y provisorias bases de la ciencia precipitaron su estrepitosa bancarrota. Inmensas bibliotecas fueron arrojadas al fuego, y por un tiempo los hombres pudieron dormir en paz sin pensar en la falta de combustible, alarmante ya en aquella época terrestre. Los nombres de Copérnico, Martín Gil, Galileo, Gaviola y James Jeans fueron borrados de panteones y academias; en su lugar se perfilaron con letras capitales e imperecederas los de aquellos que fundaran la Sociedad. La Poesía sufrió también un quebranto perceptible; himnos al sol, ahora en descrédito, fueron burlonamente desterrados de las antologías; poemas donde se mencionaba a Betelgeuse, Casiopea y Alfa del Centauro, cayeron en estruendoso olvido. Una literatura capital, la de la Luna, pasó a la nada como barrida por escobas gigantescas; ¿quién recordó desde entonces a Laforgue, Jules Verne, Hokusai, Lugones y Beethoven? El Hombre de la Luna puso su haz en el suelo y se sentó a llorar sobre el Mar de los Humores, largamente.

Por desdicha las consecuencias de tamaña transformación sideral no habían sido previstas en el seno de la Sociedad. (¿O lo habían sido y, arrastrado su directorio por el afán del lucro, fingió ignorar el terrible porvenir que aguardaba al universo?) El plan de trabajo encarado por la empresa se dividía en tres etapas que fueron sucesivamente llevadas a efecto. Ante todo, atender los pedidos espontáneos mediante el teléfono 50-4765. Segundo, enardecer las coqueterías en base a una efectiva propaganda. Tercero, *limpiar de buen o mal grado aquellas estrellas indiferentes o modestas.* Esto último, acogido por un clamor en el que alternaban las protestas con las voces de aliento, fue realizado en forma implacable por la Sociedad, ansiosa de que ninguna estrella quedara sin los beneficios de la organización. Durante un tiempo determinado se enviaron las brigadas junto con tropas de asalto y máquinas de sitio hacia aquellas zonas hostiles del cielo. Una tras otra, las constelaciones recobraron su brillo; el teléfono de la Sociedad se cubrió de silencio pero las brigadas, movidas por un impulso ciego, proseguían su labor incesante. Hasta que sólo quedó una estrella por limpiar.

Antes de emitir la orden final, el directorio de la Sociedad subió en pleno a las terrazas del rascacielos —denominación justísima— y contempló su obra con orgullo. Todos los hombres de la Tierra comulgaban en ese instante solemne. Ciertamente, jamás se había visto un cielo semejante. Cada estrella era un sol de indescriptible luminosidad. Ya no se hacían preguntas como en los viejos tiempos: «¿Te parece que es anaranjada, rojiza o amarilla?». Ahora los colores se manifestaban en toda su pureza, las estrellas dobles alternaban sus rayos en matices únicos, y tanto la Luna como el Sol aparecían confundidos en la muchedumbre de estrellas, invisibles, derrotados, deshechos por la triunfal tarea de los limpiadores.

Y sólo quedaba un astro por limpiar. Era Nausicaa, una estrella que muy pocos sabios conocían, perdida allá en su falsa vigésima magnitud. Cuando la brigada cumpliera su labor, el cielo estaría absolutamente limpio. La Sociedad habría triunfado. La Sociedad descendería a los recintos del tiempo, segura de la inmortalidad.

La orden fue emitida. Desde sus telescopios, los directores y los pueblos contemplaban con emoción la estrella casi invisible. Un instante, y también ella se agregaría al concierto luminoso de sus compañeras. Y el cielo sería perfecto, para siempre...

Un clamoreo horrible, como el de vidrios raspando un ojo, se enderezó de golpe en el aire abriéndose en una especie de tremendo Igdrasil inesperado. El directorio de la Sociedad yacía por el suelo, apretándose los párpados con las manos crispadas, y en todo el mundo rodaban las gentes contra la tierra, abriéndose camino hacia los sótanos, hacia la tiniebla, cegándose entre ellos con uñas y con espadas para no ver, para no ver, para no ver...

La tarea había concluido, la estrella estaba limpia. Pero su luz, incorporándose a la luz de las restantes estrellas acogi-

das a los beneficios de la Sociedad, sobrepasaba ya las posibilidades de la sombra.

La noche quedó instantáneamente abolida. Todo fue
blanco, el espacio blanco, el vacío blanco, los cielos como un
lecho que muestra las sábanas, y no hubo más que una blan-
cura total, suma de todas las estrellas limpias...

Antes de morir, uno de los directores de la Sociedad alcanzó a separar un poco los dedos y mirar por entre ellos: vio
el cielo enteramente blanco y las estrellas, todas las estrellas,
formando puntos *negros*. Estaban las constelaciones y las nebulosas: las constelaciones, puntos negros; y las nebulosas,
nubes de tormenta. Y después el cielo, enteramente blanco.

1942

III

Breve curso de Oceanografía

On peut dire alors que, sur la Lune, il fait clair de Terre.
Dictionnaire Encyclopédique Quillet, art. «Lune»

Observando con atención un mapa de la Luna se notará que sus «mares» y «ríos» distan mucho de tener comunicación entre sí; por el contrario, guardan una reserva completa y perpetúan abstraídamente el recuerdo de antiguas aguas. De ahí que los maestros enseñen a sus boquiabiertos discípulos que en la Luna hubo alguna vez cuencas cerradas, y por cierto ningún sistema de vasos comunicantes.

Todo ello ocurre al no tenerse oficialmente noticia de la cara opuesta del satélite. Solo a mí, ¡oh dulcísima Selene!, me es conocida tu espalda de azúcar. Allí, en la zona que el imbécil de Endimión hubiera podido sojuzgar para su delicia, los ríos y los mares se conjugaban otrora en una vastísima corriente, en un estuario ahora pavorosamente seco y enjuto, recubierto por las ásperas crines del sol que lo golpean y lo acucian, es verdad que sin resultado alguno.

No temas, Astarté. Tu tragedia será dicha, tu pena y tu nostalgia; pero yo la expondré bellamente, que aquí en el planeta del cual dependes cuenta más la forma que la ética.* Déjame narrar cómo en antiguos tiempos tu corazón era un inexhaustible manantial del cual fluían los ríos de voluptuosa cintura, devoradores de montañas, alpinistas amedrentados, siempre camino abajo hasta encontrarse todos, luego de petulantes evoluciones, en la magna corriente de tu espalda que

---

* Gracias sean dadas al Señor.

los llevaba al OCÉANO. ¡Al Océano multiforme, de cabezas y senos henchido!*

Acontecía la corriente de ancha envergadura, con aguas ya olvidadas de adolescentes juegos. La Luna era doncella y su río le tejía una trenza bajándole por el fino hueco entre los omóplatos, quemándole con fría mano la región donde los riñones tiemblan como potros bajo la espuela. Así por siempre, incesantemente la trenza descendía envuelta en paisajes minerales, asistida de grave complacencia, resumen ya de hidrografías vastísimas.

Si entonces hubiéramos podido verla, si entonces no hubiésemos estado entre el helecho y el pterodáctilo, primeros estadios hacia una condición mejor, qué prodigio de plata y espuma nos hubiera resbalado por los ojos. Cierto que la corriente colectora, la Magna, fluía sobre la faz opuesta a la Tierra. Pero, ¿y los mares entre montañas, los estupendos circos entonces henchidos de su sustancia flexible? ¿Y la reverberación de las olas, aplaudiendo la propia arquitectura? ¡Agua sorprendente! Después de mil castillos y manteles efímeros, después de regatas y pasteles de boda y grandes demostraciones navales frente a las rocas aferradas a su sinecura, la teoría rumorosa se encaminaba hacia el magno estuario del otro lado, ordenando sus legiones.

Déjame decir esto a los hombres, Selene cadenciosa; aquellas aguas estaban habitadas por una raza celeste, de fusiforme contextura, de hábitos bondadosos y corazón siempre rebosado. ¿Conoces los delfines, lector? Sí, desde la borda del transatlántico, una platea de cine, las novelas náuticas. Yo te pregunto si los conoces íntimamente, si has podido alguna vez interrogar la esfera melancólica de sus vidas al parecer tan alegres.** Yo te pregunto si, superando la fácil satisfac-

---

* *Hommage à Hésiode.*
** «Los delfines ejecutan saltos que se prestan a suponerlos altamente juguetones...» (Jonathan Thorpe, *Foam and Ashes*).«Los delfines, tristes como una boca posada en un espejo...» (Francis de Mesnil, *Monotonies*).

ción que proporcionan los textos de zoología, has mirado a un delfín exactamente en el centro de los ojos...

Por las aguas de la gran corriente descendían pues los selenitas, seres entornados a toda evidencia excesiva, libres aún de comparación y de nombres, nadadores y lotógrafos. A diferencia de los delfines no saltaban sobre las aguas; sus lomos indolentes ascendían con la pausa de las olas, sus pupilas vidriadas contemplaban en perpetua maravilla la sucesión de volcanes humeantes en la ribera, los glaciares cuya presencia anunciaba de pronto en el frío de las aguas como manos viscosas buscando el vientre por debajo y furtivamente. Y huían entonces de los glaciares en busca de la tibieza que la corriente conservaba en sus profundas napas de crudo azul.

Es esto lo más triste de contar; es esto lo más cruel. Que la corriente colectora olvidase un día la fidelidad a su cauce, que por sobre la fácil curvatura de la Luna creara una húmeda tangente de rebeldía, que se desplazara apoyada en el espeso aire, rumbo al espacio y a la libertad... ¿cómo narrarlo sin sentir en las vértebras un acorde de agria disonancia?* Por sobre el aire se alejaba la corriente, proyectándose una ruta de definido motín, llevando consigo las aguas de la Luna desgarrada de asombro, repentinamente desnuda y sin caricias.

¡Pobres selenitas, pobres tibios y amables selenitas! Sumidos en las aguas nada sabían de su sideral derrota; tan sólo uno, abandonado por haberse quedado atrás, repentinamente solo y enjuto en medio del cauce de la gran corriente, podía lamentar ya tan incierto destino. Largo tiempo estuvo el selenita viendo alejarse la corriente por el espacio. No se atrevía a separar de ella sus ojos porque empequeñecía por momentos y apenas semejaba una lágrima en lo alto del cielo. Después el tiempo giró sobre su eje y la muerte fue llegando

* *Hommage à Lautréamont.*

despacio hasta apoyar con dulzura la mano sobre la combada frente del abandonado. Y a partir de ese instante comenzó la Luna a ser tal como la enseñan los tratados.

La envidiosa Tierra —¡oh, Selene, lo diré aunque te opongas por temor a un más severo castigo!— era la culpable. Concentrando innúmeras reservas de su fuerza de atracción en la cumbre del Kilimanjaro, era ella, planeta infecto, quien había arrancado a la Luna su trenza poliforme. Ahora, abierta de par en par la boca* en una mueca sedienta, esperaba el arribo de la vasta corriente, ansiosa por adornarse con ella y esconder bajo el líquido cosmético la fealdad que sus habitantes conocemos de sobra.

¿Diré algo más? Triste, triste es asistir al arribo de aquellas aguas que se aplastaron contra el suelo con un chasquido opaco para tenderse después como babas de vómito, sucias de la escoria primitiva, aposentándose en los abismos de donde el aire huía con estampidos horrendos... Oh, Astarté, mejor es callar ya; mejor es acodarse en la borda de los buques cuando la noche es tuya, mirando los delfines que saltan como peonzas y vuelven al mar, reiteradamente saltan y retornan a su cárcel. Y ver, Astarté tristísima, cómo los delfines saltan por ti buscándote, llamándote; cómo se parecen a los selenitas, raza celeste de fusiforme contextura, de hábitos bondadosos y corazón siempre rebosado. Rebosado ahora de sucia resaca y apenas con la luz de tu imagen, que en pequeñísima perla fosforece para cada uno de ellos en lo más hondo de su noche.

1942

---

* Lo que el alelado de Magallanes llamó océano Pacífico.

IV

Estación de la mano

A Gladys y Sergio Sergi

La dejaba entrar por la tarde, abriéndole un poco la hoja de mi ventana que da al jardín, y la mano descendía ligeramente por los bordes de la mesa de trabajo, apoyándose apenas en la palma, los dedos sueltos y como distraídos, hasta venir a quedar inmóvil sobre el piano, o en el marco de un retrato, o a veces sobre la alfombra color vino.

Amaba yo aquella mano porque nada tenía de voluntariosa y sí mucho de pájaro y hoja seca. ¿Sabía ella algo de mí? Sin titubear llegaba a la ventana por las tardes, a veces de prisa —con su pequeña sombra que de pronto se proyectaba sobre los papeles— y como urgiendo que le abriese; y otras lentamente, ascendiendo por los peldaños de la hiedra donde, a fuerza de escalarla, había calado un camino profundo. Las palomas de la casa la conocían bien; con frecuencia escuchaba yo de mañana un arrullar ansioso y sostenido, y era que la mano andaba por los nidos, ahuecándose para contener los pechos de tiza de las más jóvenes, la pluma áspera de los machos celosos. Amaba las palomas y los bocales de agua fresca; cuántas veces la encontré al borde de un vaso de cristal, con los dedos levemente mojados en el agua que se complacía y danzaba. Nunca la toqué; comprendía que aquello hubiera sido desatar cruelmente los hilos de un acaecer misterioso. Y muchos días anduvo la mano por mis cosas, abrió libros y cuadernos, puso su índice —con el cual sin duda leía— sobre mis más bellos poemas y los fue aprobando uno a uno.

El tiempo transcurría. Los sucesos exteriores a los cuales debía mi vida someterse con dolor, principiaron a ondularse como curvas que sólo de sesgo me alcanzaban. Descuidé la aritmética, vi cubrirse de musgo mi más prolijo traje; apenas salía ahora de mi cuarto, a la espera cadenciosa de la mano, atisbando con ansiedad el primer —y más lejano y hundido— roce en la hiedra.

Le puse nombres; me gustaba llamarla Dg, porque era un nombre sólo para pensarse. Incité su probable vanidad dejando anillos y pulseras sobre las repisas, espiando su actitud con secreta constancia. Varias veces creí que se adornaría con las joyas, pero ella las estudiaba dando vueltas en torno y sin tocarlas, a semejanza de una araña desconfiada; y aunque un día llegó a ponerse un anillo de amatista fue sólo un instante y lo abandonó como si le quemara. Yo me apresuré a esconder las joyas en su ausencia y desde entonces me pareció que estaba más complacida.

Así declinaron las estaciones, unas esbeltas y otras con semanas ceñidas de luces violentas, sin que sus llamadas premiosas llegaran hasta nuestro ámbito. Todas las tardes volvía la mano, mojada con frecuencia por las lluvias otoñales, y la veía ponerse de espaldas sobre la alfombra, secarse prolijamente un dedo con otro, a veces con menudos saltos de cosa satisfecha. En los atardeceres de frío su sombra se teñía de violeta. Yo colocaba entonces un brasero a mis pies y ella se acurrucaba y apenas bullía, salvo para recibir, displicente, un álbum con grabados o un ovillo de lana que le gustaba anudar y retorcer. Era incapaz, lo advertí pronto, de estarse largo rato quieta. Un día encontró una artesa con arcilla, y se precipitó sobre la novedad; horas y horas modeló la arcilla mientras yo, de espaldas, fingía no preocuparme por su tarea. Naturalmente, modeló una mano. La dejé secar y la puse sobre el escritorio para probarle que su obra me agradaba. Pero era error: como a todo artista, a Dg terminó por molestarle la contemplación de esa otra mano rígida y algo convulsa.

Al retirarla de la habitación, ella fingió por pudor no haberlo advertido.

Mi interés se tornó bien pronto analítico. Cansado de maravillarme, quise *saber;* he ahí el invariable y funesto fin de toda aventura. Surgían las preguntas acerca de mi huésped: ¿Vegeta, siente, comprende, ama? Imaginé tests, tendí lazos, aprontó experimentos. Había advertido que la mano, aunque capaz de leer, jamás escribía. Una tarde abrí la ventana y puse sobre la mesa un lapicero, cuartillas en blanco, y cuando entró Dg me marché para dejarla libre de toda timidez. Por la cerradura vi que hacía sus paseos habituales y luego, vacilante, iba hasta el escritorio y tomaba el lapicero. Oí el arañar de la pluma, y después de un tiempo ansioso entré en el cuarto. Sobre el papel, en diagonal y con letra perfilada, Dg había escrito: *Esta resolución anula todas las anteriores hasta nueva orden.* Jamás pude lograr que volviese a escribir.

Transcurrido el período de análisis, comencé a querer de veras a Dg. Amaba su manera de mirar las flores de los búcaros, su rotación acompasada en torno a una rosa, aproximando la yema de los dedos hasta rozar los pétalos, y ese modo de ahuecarse para envolver una flor, sin tocarla, acaso su manera de aspirar la fragancia. Una tarde que yo cortaba las páginas de un libro recién comprado, observé que Dg parecía secretamente deseosa de imitarme. Salí entonces a buscar más libros, y pensé que tal vez le agradaría formar su propia biblioteca. Encontré curiosas obras que parecían escritas para manos, como otras para labios o cabellos, y adquirí también un puñal diminuto. Cuando puse todo sobre la alfombra —su lugar predilecto— Dg lo observó con su cautela acostumbrada. Parecía temerosa del puñal, y recién días después se decidió a tocarlo. Yo seguía cortando mis libros para infundirle confianza, y una noche (¿he dicho que sólo al alba se marchaba, llevándose las sombras?) principió ella a abrir sus libros y separar las páginas. Pronto se empeñó con una destreza extraordinaria; el puñal entraba en las carnes blancas u opalinas con gracia centelleante. Terminada la tarea, colocaba el cortapapel sobre una repisa —donde había acumulado objetos de su preferencia: lanas, dibujos, fósforos usados, un reloj de pulsera, montoncitos de ceniza— y descendía para acostarse de bruces en la alfombra y principiar la lectura. Leía a gran velocidad, rozando las palabras con un dedo; cuando hallaba grabados, se echaba entera sobre la página y parecía como dormida. Noté que mi selección de libros había sido acertada; volvía una y otra vez a ciertas páginas (*Étude de Mains* de Gautier; un lejano poema mío que comienza: «Poder tomar tus manos...»; *Le Gant de Crin* de Reverdy) y colocaba hebras de lana para recordarlas. Antes de irse, cuando yo dormía ya en mi diván, encerraba sus volúmenes en un pequeño mueble que a tal propósito le destiné; y nunca hubo nada en desorden al despertar.

De esta manera sin razones —plenamente basada en la simplicidad del misterio— convivimos un tiempo de estima y correspondencia. Toda indagación superada, toda sorpresa abolida, ¡qué acaecer total de perfección nos contenía! Nuestra vida, así, era una alabanza sin destino, canto puro y jamás presupuesto. Por mi ventana entraba Dg y con ella era el ingreso de lo absolutamente mío, rescatado al fin de la limitación de los parientes y las obligaciones, recíproco en mi voluntad de complacer a aquella que de tal forma me liberaba. Y vivimos así, por un tiempo que no podría contar, hasta que la sanción de lo real vino a incidir en mi flaqueza, ardida de celos por tanta plenitud fuera de sus cárceles pintadas. Una noche soñé: Dg se había enamorado de mis manos —la izquierda, sin duda, pues ella era diestra— y aprovechaba mi sueño para raptar a la amada cortándola de mi muñeca con el puñal. Me desperté aterrado, comprendiendo por primera vez la locura de dejar un arma en poder de aquella mano. Busqué a Dg, aún batido por las turbias aguas de la visión; estaba acurrucada en la alfombra y en verdad parecía atenta a los movimientos de mi siniestra. Me levanté y fui a guardar el puñal donde no pudiera alcanzarlo, pero después me arrepentí y se lo traje, haciéndome amargos reproches. Ella estaba como desencantada y tenía los dedos entreabiertos en una misteriosa sonrisa de tristeza.

Yo sé que no volverá más. Tan torpe conducta puso en su inocencia la altivez y el rencor. ¡Yo sé que no volverá más! ¿Por qué reprochármelo, palomas, clamando allá arriba por la mano que no retorna a acariciarlas? ¿Por qué afanarse así, rosa de Flandes, si ella no te incluirá ya nunca en sus dimensiones prolijas? Haced como yo, que he vuelto a sacar cuentas, a ponerme mi ropa, y que paseo por la ciudad el perfil de un habitante correcto.

1943

BESTIARIO
(1951)

A Paco, que gustaba de mis relatos

Casa tomada

Nos gustaba la casa porque aparte de espaciosa y antigua (hoy que las casas antiguas sucumben a la más ventajosa liquidación de sus materiales) guardaba los recuerdos de nuestros bisabuelos, el abuelo paterno, nuestros padres y toda la infancia.

Nos habituamos Irene y yo a persistir solos en ella, lo que era una locura pues en esa casa podían vivir ocho personas sin estorbarse. Hacíamos la limpieza por la mañana, levantándonos a las siete, y a eso de las once yo le dejaba a Irene las últimas habitaciones por repasar y me iba a la cocina. Almorzábamos a mediodía, siempre puntuales; ya no quedaba nada por hacer fuera de unos pocos platos sucios. Nos resultaba grato almorzar pensando en la casa profunda y silenciosa y cómo nos bastábamos para mantenerla limpia. A veces llegamos a creer que era ella la que no nos dejó casarnos. Irene rechazó dos pretendientes sin mayor motivo, a mí se me murió María Esther antes que llegáramos a comprometernos. Entramos en los cuarenta años con la inexpresada idea de que el nuestro, simple y silencioso matrimonio de hermanos, era necesaria clausura de la genealogía asentada por los bisabuelos en nuestra casa. Nos moriríamos allí algún día, vagos y esquivos primos se quedarían con la casa y la echarían al suelo para enriquecerse con el terreno y los ladrillos; o mejor, nosotros mismos la voltearíamos justicieramente antes de que fuese demasiado tarde.

Irene era una chica nacida para no molestar a nadie. Aparte de su actividad matinal se pasaba el resto del día tejiendo en el sofá de su dormitorio. No sé por qué tejía tanto, yo creo que las mujeres tejen cuando han encontrado en esa labor el gran pretexto para no hacer nada. Irene no era así, tejía cosas siempre necesarias, tricotas para el invierno, medias para mí, mañanitas y chalecos para ella. A veces tejía un chaleco y después lo destejía en un momento porque algo no le agradaba; era gracioso ver en la canastilla el montón de lana encrespada resistiéndose a perder su forma de algunas horas. Los sábados iba yo al centro a comprarle lana; Irene tenía fe en mi gusto, se complacía con los colores y nunca tuve que devolver madejas. Yo aprovechaba esas salidas para dar una vuelta por las librerías y preguntar vanamente si había novedades en literatura francesa. Desde 1939 no llegaba nada valioso a la Argentina.

Pero es de la casa que me interesa hablar, de la casa y de Irene, porque yo no tengo importancia. Me pregunto qué hubiera hecho Irene sin el tejido. Uno puede releer un libro, pero cuando un pulóver está terminado no se puede repetirlo sin escándalo. Un día encontré el cajón de abajo de la cómoda de alcanfor lleno de pañoletas blancas, verdes, lila. Estaban con naftalina, apiladas como en una mercería; no tuve valor de preguntarle a Irene qué pensaba hacer con ellas. No necesitábamos ganarnos la vida, todos los meses llegaba la plata de los campos y el dinero aumentaba. Pero a Irene solamente la entretenía el tejido, mostraba una destreza maravillosa y a mí se me iban las horas viéndole las manos como erizos plateados, agujas yendo y viniendo y una o dos canastillas en el suelo donde se agitaban constantemente los ovillos. Era hermoso.

Cómo no acordarme de la distribución de la casa. El comedor, una sala con gobelinos, la biblioteca y tres dormitorios grandes quedaban en la parte más retirada, la que mira hacia Rodríguez Peña. Solamente un pasillo con su maciza puerta de roble aislaba esa parte del ala delantera donde había un baño, la cocina, nuestros dormitorios y el living central, al cual comunicaban los dormitorios y el pasillo. Se entraba a la casa por un zaguán con mayólica, y la puerta cancel daba al living. De manera que uno entraba por el zaguán, abría la cancel y pasaba al living; tenía a los lados las puertas de nuestros dormitorios, y al frente el pasillo que conducía a la parte más retirada; avanzando por el pasillo se franqueaba la puerta de roble y más allá empezaba el otro lado de la casa, o bien se podía girar a la izquierda justamente antes de la puerta y seguir por un pasillo más estrecho que llevaba a la cocina y al baño. Cuando la puerta estaba abierta advertía uno que la casa era muy grande; si no, daba la impresión de un departamento de los que se edifican ahora, apenas para moverse; Irene y yo vivíamos siempre en esta parte de la casa, casi nunca íbamos más allá de la puerta de roble, salvo para hacer la limpieza, pues es increíble cómo se junta tierra en los muebles. Buenos Aires será una ciudad limpia, pero eso lo debe a sus habitantes y no a otra cosa. Hay demasiada tierra en el aire, apenas sopla una ráfaga se palpa el polvo en los mármoles de las consolas y entre los rombos de las carpetas de macramé; da trabajo sacarlo bien con plumero, vuela y se suspende en el aire, un momento después se deposita de nuevo en los muebles y los pianos.

Lo recordaré siempre con claridad porque fue simple y sin circunstancias inútiles. Irene estaba tejiendo en su dormitorio, eran las ocho de la noche y de repente se me ocurrió poner al fuego la pavita del mate. Fui por el pasillo hasta enfrentar la entornada puerta de roble, y daba la vuelta al codo que llevaba a la cocina cuando escuché algo en el comedor o la biblioteca. El sonido venía impreciso y sordo, como un volcarse de silla sobre la alfombra o un ahogado susurro de conversación. También lo oí, al mismo tiempo o un segundo después, en el fondo del pasillo que traía desde aquellas piezas hasta la puerta. Me tiré contra la puerta antes de que fuera demasiado tarde, la cerré de golpe apoyando el cuerpo; felizmente la llave estaba puesta de nuestro lado y además corrí el gran cerrojo para más seguridad.

Fui a la cocina, calenté la pavita, y cuando estuve de vuelta con la bandeja del mate le dije a Irene:

—Tuve que cerrar la puerta del pasillo. Han tomado la parte del fondo.

Dejó caer el tejido y me miró con sus graves ojos cansados.

—¿Estás seguro?

Asentí.

—Entonces —dijo recogiendo las agujas— tendremos que vivir en este lado.

Yo cebaba el mate con mucho cuidado, pero ella tardó un rato en reanudar su labor. Me acuerdo que tejía un chaleco gris; a mí me gustaba ese chaleco.

Los primeros días nos pareció penoso porque ambos habíamos dejado en la parte tomada muchas cosas que queríamos. Mis libros de literatura francesa, por ejemplo, estaban todos en la biblioteca. Irene extrañaba unas carpetas, un par de pantuflas que tanto la abrigaban en invierno. Yo sentía mi pipa de enebro y creo que Irene pensó en una botella de Hesperidina de muchos años. Con frecuencia (pero esto solamente sucedió los primeros días) cerrábamos algún cajón de las cómodas y nos mirábamos con tristeza.

—No está aquí.

Y era una cosa más de todo lo que habíamos perdido al otro lado de la casa.

Pero también tuvimos ventajas. La limpieza se simplificó tanto que aun levantándose tardísimo, a las nueve y media por ejemplo, no daban las once y ya estábamos de brazos cruzados. Irene se acostumbró a ir conmigo a la cocina y ayudarme a preparar el almuerzo. Lo pensamos bien, y se decidió esto: mientras yo preparaba el almuerzo, Irene cocinaría platos para comer fríos de noche. Nos alegramos porque siempre resulta molesto tener que abandonar los dormitorios al atardecer y ponerse a cocinar. Ahora nos bastaba con la mesa en el dormitorio de Irene y las fuentes de comida fiambre.

Irene estaba contenta porque le quedaba más tiempo para tejer. Yo andaba un poco perdido a causa de los libros, pero por no afligir a mi hermana me puse a revisar la colección de estampillas de papá, y eso me sirvió para matar el tiempo. Nos divertíamos mucho, cada uno en sus cosas, casi siempre reunidos en el dormitorio de Irene que era más cómodo. A veces Irene decía:

—Fijate este punto que se me ha ocurrido. ¿No da un dibujo de trébol?

Un rato después era yo el que le ponía ante los ojos un cuadradito de papel para que viese el mérito de algún sello de Eupen y Malmédy. Estábamos bien, y poco a poco empezábamos a no pensar. Se puede vivir sin pensar.

(Cuando Irene soñaba en alta voz yo me desvelaba enseguida. Nunca pude habituarme a esa voz de estatua o papagayo, voz que viene de los sueños y no de la garganta. Irene decía que mis sueños consistían en grandes sacudones que a veces hacían caer el cobertor. Nuestros dormitorios tenían el living de por medio, pero de noche se escuchaba cualquier cosa en la casa. Nos oíamos respirar, toser, presentíamos el ademán que conduce a la llave del velador, los mutuos y frecuentes insomnios.

Aparte de eso todo estaba callado en la casa. De día eran los rumores domésticos, el roce metálico de las agujas de tejer, un crujido al pasar las hojas del álbum filatélico. La puerta de roble, creo haberlo dicho, era maciza. En la cocina y el baño, que quedaban tocando la parte tomada, nos poníamos a hablar en voz más alta o Irene cantaba canciones de cuna. En una cocina hay demasiado ruido de loza y vidrios para que otros sonidos irrumpan en ella. Muy pocas veces permitíamos allí el silencio, pero cuando tornábamos a los dormitorios y al living, entonces la casa se ponía callada y a media luz, hasta pisábamos más despacio para no molestarnos. Yo creo que era por eso que de noche, cuando Irene empezaba a soñar en alta voz, me desvelaba enseguida.)

Es casi repetir lo mismo salvo las consecuencias. De noche siento sed, y antes de acostarnos le dije a Irene que iba hasta la cocina a servirme un vaso de agua. Desde la puerta del dormitorio (ella tejía) oí ruido en la cocina; tal vez en la cocina o tal vez en el baño porque el codo del pasillo apagaba el sonido. A Irene le llamó la atención mi brusca manera de detenerme, y vino a mi lado sin decir palabra. Nos quedamos escuchando los ruidos, notando claramente que eran de este lado de la puerta de roble, en la cocina y el baño, o en el pasillo mismo donde empezaba el codo casi al lado nuestro.

No nos miramos siquiera. Apreté el brazo de Irene y la hice correr conmigo hasta la puerta cancel, sin volvernos hacia atrás. Los ruidos se oían más fuerte pero siempre sordos, a espaldas nuestras. Cerré de un golpe la cancel y nos quedamos en el zaguán. Ahora no se oía nada.

—Han tomado esta parte —dijo Irene. El tejido le colgaba de las manos y las hebras iban hasta la cancel y se perdían debajo. Cuando vio que los ovillos habían quedado del otro lado, soltó el tejido sin mirarlo.

—¿Tuviste tiempo de traer alguna cosa? —le pregunté inútilmente.

—No, nada.

Estábamos con lo puesto. Me acordé de los quince mil pesos en el armario de mi dormitorio. Ya era tarde ahora.

Como me quedaba el reloj pulsera, vi que eran las once de la noche. Rodeé con mi brazo la cintura de Irene (yo creo que ella estaba llorando) y salimos así a la calle. Antes de alejarnos tuve lástima, cerré bien la puerta de entrada y tiré la llave a la alcantarilla. No fuese que a algún pobre diablo se le ocurriera robar y se metiera en la casa, a esa hora y con la casa tomada.

118

Carta a una señorita en París

Andrée, yo no quería venirme a vivir a su departamento de la calle Suipacha. No tanto por los conejitos, más bien porque me duele ingresar en un orden cerrado, construido ya hasta en las más finas mallas del aire, esas que en su casa preservan la música de la lavanda, el aletear de un cisne con polvos, el juego del violín y la viola en el cuarteto de Rará. Me es amargo entrar en un ámbito donde alguien que vive bellamente lo ha dispuesto todo como una reiteración visible de su alma, aquí los libros (de un lado en español, del otro en francés e inglés), allí los almohadones verdes, en este preciso sitio de la mesita el cenicero de cristal que parece el corte de una pompa de jabón, y siempre un perfume, un sonido, un crecer de plantas, una fotografía del amigo muerto, ritual de bandejas con té y tenacillas de azúcar... Ah, querida Andrée, qué difícil oponerse, aun aceptándolo con entera sumisión del propio ser, al orden minucioso que una mujer instaura en su liviana residencia. Cuán culpable tomar una tacita de metal y ponerla al otro extremo de la mesa, ponerla allí simplemente porque uno ha traído sus diccionarios ingleses y es de este lado, al alcance de la mano, donde habrán de estar. Mover esa tacita vale por un horrible rojo inesperado en medio de una modulación de Ozenfant, como si de golpe las cuerdas de todos los contrabajos se rompieran al mismo tiempo con el mismo espantoso chicotazo en el instante más callado de una sinfonía de Mozart. Mover esa tacita altera el juego de relaciones de toda la casa, de cada objeto con otro, de cada momento de su alma con el alma entera de la casa y su habitante lejana. Y yo no puedo acercar los dedos a un libro, ceñir apenas el cono de luz de una lámpara, destapar la caja de música, sin que un sentimiento de ultraje y desafío me pase por los ojos como un bando de gorriones.

Usted sabe por qué vine a su casa, a su quieto salón solicitado de mediodía. Todo parece tan natural, como siempre que no se sabe la verdad. Usted se ha ido a París, yo me quedé con el departamento de la calle Suipacha, elaboramos un simple y satisfactorio plan de mutua conveniencia hasta que septiembre la traiga de nuevo a Buenos Aires y me lance a mí a alguna otra casa donde quizá... Pero no le escribo por eso, esta carta se la envío a causa de los conejitos, me parece justo enterarla; y porque me gusta escribir cartas, y tal vez porque llueve.

Me mudé el jueves pasado, a las cinco de la tarde, entre niebla y hastío. He cerrado tantas maletas en mi vida, me he pasado tantas horas haciendo equipajes que no llevaban a ninguna parte, que el jueves fue un día lleno de sombras y correas, porque cuando yo veo las correas de las valijas es como si viera sombras, elementos de un látigo que me azota indirectamente, de la manera más sutil y más horrible. Pero hice las maletas, avisé a su mucama que vendría a instalarme, y subí en el ascensor. Justo entre el primero y segundo piso sentí que iba a vomitar un conejito. Nunca se lo había explicado antes, no crea que por deslealtad, pero naturalmente uno no va a ponerse a explicarle a la gente que de cuando en cuando vomita un conejito. Como siempre me ha sucedido estando a solas, guardaba el hecho igual que se guardan tantas constancias de lo que acaece (o hace uno acaecer) en la privacía total. No me lo reproche, Andrée, no me lo reproche. De cuando en cuando me ocurre vomitar un conejito. No es razón para no vivir en cualquier casa, no es razón para que uno tenga que avergonzarse y estar aislado y andar callándose.

Cuando siento que voy a vomitar un conejito, me pongo dos dedos en la boca como una pinza abierta, y espero a sentir en la garganta la pelusa tibia que sube como una efervescencia de sal de frutas. Todo es veloz e higiénico, transcurre en un brevísimo instante. Saco los dedos de la boca, y en ellos traigo sujeto por las orejas a un conejito blanco. El conejito parece contento, es un conejito normal y perfecto, sólo que muy pequeño, pequeño como un conejito de chocolate pero blanco y enteramente un conejito. Me lo pongo en la palma de la mano, le alzo la pelusa con una caricia de los dedos, el conejito parece satisfecho de haber nacido y bulle y pega el hocico contra mi piel, moviéndolo con esa trituración silenciosa y cosquilleante del hocico de un conejo contra la piel de una mano. Busca de comer y entonces yo (hablo de cuando esto ocurría en mi casa de las afueras) lo saco conmigo al balcón y lo pongo en la gran maceta donde crece el trébol que a propósito he sembrado. El conejito alza del todo sus orejas, envuelve un trébol tierno con un veloz molinete del hocico, y yo sé que puedo dejarlo e irme, continuar por un tiempo una vida no distinta a la de tantos que compran sus conejos en las granjas.

Entre el primero y el segundo piso, Andrée, como un anuncio de lo que sería mi vida en su casa, supe que iba a vomitar un conejito. Enseguida tuve miedo (¿o era extrañeza? No, miedo de la misma extrañeza, acaso) porque antes de dejar mi casa, sólo dos días antes, había vomitado un conejito y estaba seguro por un mes, por cinco semanas, tal vez seis con un poco de suerte. Mire usted, yo tenía perfectamente resuelto el problema de los conejitos. Sembraba trébol en el balcón de mi otra casa, vomitaba un conejito, lo ponía en el trébol y al cabo de un mes, cuando sospechaba que de un momento a otro... entonces regalaba el conejo ya crecido a la señora de Molina, que creía en un *hobby* y se callaba. Ya en otra maceta venía creciendo un trébol tierno y propicio, yo aguardaba sin preocupación la mañana en que la cosquilla de una pelusa subiendo me cerraba la garganta, y el nuevo conejito repetía desde esa hora la vida y las costumbres del anterior. Las costumbres, Andrée, son formas concretas del ritmo, son la cuota de ritmo que nos ayuda a vivir. No era tan terrible vomitar conejitos una vez que se había entrado en el ciclo invariable, en el método. Usted querrá saber por qué todo ese trabajo, por qué todo ese trébol y la señora de Molina. Hubiera sido preferible matar enseguida al conejito y... Ah, tendría usted que vomitar tan sólo uno, tomarlo con dos dedos y ponérselo en la mano abierta, adherido aún a usted por el acto mismo, por el aura inefable de su proximidad apenas rota. Un mes distancia tanto; un mes es tamaño, largos pelos, saltos, ojos salvajes, diferencia absoluta. Andrée, un mes es un conejo, hace de veras a un conejo; pero el minuto inicial, cuando el copo tibio y bullente encubre una presencia inajenable... Como un poema en los primeros minutos, el fruto de una noche de Idumea: tan de uno que uno mismo... y después tan no uno, tan aislado y distante en su llano mundo blanco tamaño carta.

Me decidí, con todo, a matar al conejito apenas naciera. Yo viviría cuatro meses en su casa: cuatro —quizá, con suerte, tres— cucharadas de alcohol en el hocico. (¿Sabe usted que la misericordia permite matar instantáneamente a un conejito dándole a beber una cucharada de alcohol? Su carne sabe luego mejor, dicen, aunque yo... Tres o cuatro cucharadas de alcohol, luego el cuarto de baño o un paquete sumándose a los desechos.)

Al cruzar el tercer piso el conejito se movía en mi mano abierta. Sara esperaba arriba, para ayudarme a entrar las valijas... ¿Cómo explicarle que un capricho, una tienda de animales? Envolví el conejito en mi pañuelo, lo puse en el bolsillo del sobretodo dejando el sobretodo suelto para no oprimirlo. Apenas se movía. Su menuda conciencia debía estarle revelando hechos importantes: que la vida es un movimiento hacia arriba con un clic final, y que es también un cielo bajo, blanco, envolvente y oliendo a lavanda, en el fondo de un pozo tibio.

Sara no vio nada, la fascinaba demasiado el arduo problema de ajustar su sentido del orden a mi valija-ropero, mis papeles y mi displicencia ante sus elaboradas explicaciones donde abunda la expresión «por ejemplo». Apenas pude me encerré en el baño; matarlo ahora. Una fina zona de calor rodeaba el pañuelo, el conejito era blanquísimo y creo que más lindo que los otros. No me miraba, solamente bullía y estaba contento, lo que era el más horrible modo de mirarme. Lo encerré en el botiquín vacío y me volví para desempacar, desorientado pero no infeliz, no culpable, no jabonándome las manos para quitarles una última convulsión.

Comprendí que no podía matarlo. Pero esa misma noche vomité un conejito negro.

Y dos días después uno blanco. Y a la cuarta noche un conejito gris.

Usted ha de amar el bello armario de su dormitorio, con la gran puerta que se abre generosa, las tablas vacías a la espera de mi ropa. Ahora los tengo ahí. Ahí dentro. Verdad que parece imposible; ni Sara lo creería. Porque Sara nada sospecha, y el que no sospeche nada procede de mi horrible tarea, una tarea que se lleva mis días y mis noches en un solo golpe de rastrillo y me va calcinando por dentro y endureciendo como esa estrella de mar que ha puesto usted sobre la bañera y que a cada baño parece llenarle a uno el cuerpo de sal y azotes de sol y grandes rumores de la profundidad.

De día duermen. Hay diez. De día duermen. Con la puerta cerrada, el armario es una noche diurna solamente para ellos, allí duermen su noche con sosegada obediencia. Me llevo las llaves del dormitorio al partir a mi empleo. Sara debe creer que desconfío de su honradez y me mira dubitativa, se le ve todas las mañanas que está por decirme algo, pero al final se calla y yo estoy tan contento. (Cuando arregla el dormitorio, de nueve a diez, hago ruido en el salón, pongo un disco de Benny Carter que ocupa toda la atmósfera, y como Sara es también amiga de saetas y pasodobles, el armario parece silencioso y acaso lo esté, porque para los conejitos transcurre ya la noche y el descanso.)

Su día principia a esa hora que sigue a la cena, cuando Sara se lleva la bandeja con un menudo tintinear de tenacillas de azúcar, me desea buenas noches —sí, me las desea, Andrée, lo más amargo es que me desea las buenas noches— y se encierra en su cuarto y de pronto estoy yo solo, solo con el armario condenado, solo con mi deber y mi tristeza.

Los dejo salir, lanzarse ágiles al asalto del salón, oliendo vivaces el trébol que ocultaban mis bolsillos y ahora hace en la alfombra efímeras puntillas que ellos alteran, remueven, acaban en un momento. Comen bien, callados y correctos, hasta ese instante nada tengo que decir, los miro solamente desde el sofá, con un libro inútil en la mano —yo que quería leerme todos sus Giraudoux, Andrée, y la historia argentina de López que tiene usted en el anaquel más bajo—; y se comen el trébol.

Son diez. Casi todos blancos. Alzan la tibia cabeza hacia las lámparas del salón, los tres soles inmóviles de su día, ellos que aman la luz porque su noche no tiene luna ni estrellas ni faroles. Miran su triple sol y están contentos. Así es que saltan por la alfombra, a las sillas, diez manchas livianas se trasladan como una moviente constelación de una parte a otra, mientras yo quisiera verlos quietos, verlos a mis pies y quietos —un poco el sueño de todo dios, Andrée, el sueño nunca cumplido de los dioses—, no así insinuándose detrás del retrato de Miguel de Unamuno, en torno al jarrón verde claro, por la negra cavidad del escritorio, siempre menos de diez, siempre seis u ocho y yo preguntándome dónde andarán los dos que faltan, y si Sara se levantara por cualquier cosa, y la presidencia de Rivadavia que yo quería leer en la historia de López.

No sé cómo resisto, Andrée. Usted recuerda que vine a descansar a su casa. No es culpa mía si de cuando en cuando vomito un conejito, si esta mudanza me alteró también por dentro —no es nominalismo, no es magia, solamente que las cosas no se pueden variar así de pronto, a veces las cosas viran brutalmente y cuando usted esperaba la bofetada a la derecha—. Así, Andrée, o de otro modo, pero siempre así.

Le escribo de noche. Son las tres de la tarde, pero le escribo en la noche de ellos. De día duermen. ¡Qué alivio esta oficina cubierta de gritos, órdenes, máquinas Royal, vicepresidentes y mimeógrafos! ¡Qué alivio, qué paz, qué horror, Andrée! Ahora me llaman por teléfono, son los amigos que se inquietan por mis noches recoletas, es Luis que me invita a caminar o Jorge que me guarda un concierto. Casi no me atrevo a decirles que no, invento prolongadas e ineficaces historias de mala salud, de traducciones atrasadas, de evasión. Y cuando regreso y subo en el ascensor —ese tramo, entre el primero y segundo piso— me formulo noche a noche irremediablemente la vana esperanza de que no sea verdad.

Hago lo que puedo para que no destrocen sus cosas. Han roído un poco los libros del anaquel más bajo, usted los encontrará disimulados para que Sara no se dé cuenta. ¿Quería usted mucho su lámpara con el vientre de porcelana lleno de mariposas y caballeros antiguos? El trizado apenas se advierte, toda la noche trabajé con un cemento especial que me vendieron en una casa inglesa —usted sabe que las casas inglesas tienen los mejores cementos— y ahora me quedo al lado para que ninguno la alcance otra vez con las patas (es casi hermoso ver cómo les gusta pararse, nostalgia de lo humano distante, quizás imitación de su dios ambulando y mirándolos hosco; además usted habrá advertido —en su infancia, quizá— que se puede dejar a un conejito en penitencia contra la pared, parado, las patitas apoyadas y muy quieto horas y horas).

A las cinco de la mañana (he dormido un poco, tirado en el sofá verde y despertándome a cada carrera afelpada, a cada tintineo) los pongo en el armario y hago la limpieza. Por eso Sara encuentra todo bien aunque a veces le he visto algún asombro contenido, un quedarse mirando un objeto, una leve decoloración de la alfombra, y de nuevo el deseo de preguntarme algo, pero yo silbando las variaciones sinfónicas de Franck, de manera que nones. Para qué contarle, Andrée, las minucias desventuradas de ese amanecer sordo y vegetal, en que camino entredormido levantando cabos de trébol, hojas sueltas, pelusas blancas, dándome contra los muebles, loco de sueño, y mi Gide que se atrasa, Troyat que no he traducido, y mis respuestas a una señora lejana que estará preguntándose ya si... para qué seguir todo esto, para qué seguir esta carta que escribo entre teléfonos y entrevistas.

Andrée, querida Andrée, mi consuelo es que son diez y ya no más. Hace quince días contuve en la palma de la mano un último conejito, después nada, solamente los diez conmigo, su diurna noche y creciendo, ya feos y naciéndoles el pelo largo, ya adolescentes y llenos de urgencias y caprichos, saltando sobre el busto de Antínoo (¿es Antínoo, verdad, ese muchacho que mira ciegamente?) o perdiéndose en el living donde sus movimientos crean ruidos resonantes, tanto que de allí debo echarlos por miedo a que los oiga Sara y se me aparezca horripilada, tal vez en camisón —porque Sara ha de ser así, con camisón— y entonces... Solamente diez, piense usted esa pequeña alegría que tengo en medio de todo, la creciente calma con que franqueo de vuelta los rígidos cielos del primero y el segundo piso.

Interrumpí esta carta porque debía asistir a una tarea de comisiones. La continúo aquí en su casa, Andrée, bajo una sorda grisalla de amanecer. ¿Es de veras el día siguiente, Andrée? Un trozo en blanco de la página será para usted el intervalo, apenas el puente que une mi letra de ayer a mi letra de hoy. Decirle que en ese intervalo todo se ha roto, donde mira usted el puente fácil oigo yo quebrarse la cintura furiosa del agua, para mí este lado del papel, este lado de mi carta no continúa la calma con que venía yo escribiéndole cuando la dejé para asistir a una tarea de comisiones. En su cúbica noche sin tristeza duermen once conejitos; acaso ahora mismo, pero no, no ahora. En el ascensor, luego, o al entrar; ya no importa dónde, si el cuándo es ahora, si puede ser en cualquier ahora de los que me quedan.

Basta ya, he escrito esto porque me importa probarle que no fui tan culpable en el destrozo insalvable de su casa. Dejaré esta carta esperándola, sería sórdido que el correo se la entregara alguna clara mañana de París. Anoche di vuelta a los libros del segundo estante; alcanzaban ya a ellos, parándose o saltando, royeron los lomos para afilarse los dientes —no por hambre, tienen todo el trébol que les compro y almaceno en los cajones del escritorio—. Rompieron las cortinas, las telas de los sillones, el borde del autorretrato de Augusto Torres, llenaron de pelos la alfombra y también gritaron, estuvieron en círculo bajo la luz de la lámpara, en círculo y como adorándome y de pronto gritaban, gritaban como yo no creo que griten los conejos.

He querido en vano sacar los pelos que estropean la alfombra, alisar el borde de la tela roída, encerrarlos de nuevo en el armario. El día sube, tal vez Sara se levante pronto. Es casi extraño que no me importe Sara. Es casi extraño que no me importe verlos brincar en busca de juguetes. No tuve tanta culpa, usted verá cuando llegue que muchos de los destrozos están bien reparados con el cemento que compré en una casa inglesa, yo hice lo que pude para evitarle un enojo... En cuanto a mí, del diez al once hay como un hueco insuperable. Usted ve: diez estaba bien, con un armario, trébol y esperanza, cuántas cosas pueden construirse. No ya con once, porque decir once es seguramente doce, Andrée, doce que será trece. Entonces está el amanecer y una fría soledad en la que caben la alegría, los recuerdos, usted y acaso tantos más. Está

este balcón sobre Suipacha lleno de alba, los primeros sonidos de la ciudad. No creo que les sea difícil juntar once conejitos salpicados sobre los adoquines, tal vez ni se fijen en
ellos, atareados con el otro cuerpo que conviene llevarse
pronto, antes de que pasen los primeros colegiales.

Lejana

Diario de Alina Reyes

12 DE ENERO

Anoche fue otra vez, yo tan cansada de pulseras y farándulas, de *pink champagne* y la cara de Renato Viñes, oh esa cara de foca balbuceante, de retrato de Dorian Gray a lo último. Me acosté con gusto a bombón de menta, al Boogie del Banco Rojo, a mamá bostezada y cenicienta (como queda ella a la vuelta de las fiestas, cenicienta y durmiéndose, pescado enormísimo y tan no ella).

Nora que dice dormirse con luz, con bulla, entre las urgidas crónicas de su hermana a medio desvestir. Qué felices son, yo apago las luces y las manos, me desnudo a gritos de lo diurno y moviente, quiero dormir y soy una horrible campana resonando, una ola, la cadena que Rex arrastra toda la noche contra los ligustros. *Now I lay me down to sleep...* Tengo que repetir versos, o el sistema de buscar palabras con *a*, después con *a* y *e*, con las cinco vocales, con cuatro. Con dos y una consonante (ala, ola), con tres consonantes y una vocal (tras, gris) y otra vez versos, la luna bajó a la fragua con su polisón de nardos, el niño la mira mira, el niño la está mirando. Con tres y tres alternadas, cábala, laguna, animal; Ulises, ráfaga, reposo.

Así paso horas: de cuatro, de tres y dos, y más tarde palindromas. Los fáciles, salta Lenín el atlas; amigo, no gima; los más difíciles y hermosos, átale, demoníaco Caín, o me delata; Anás usó tu auto, Susana. O los preciosos anagramas:

129

Salvador Dalí, Avida Dollars; Alina Reyes, es la reina y... Tan hermoso, éste, porque abre un camino, porque no concluye. Porque la reina y...

No, horrible. Horrible porque abre camino a esta que no es la reina, y que otra vez odio de noche. A esa que es Alina Reyes pero no la reina del anagrama; que será cualquier cosa, mendiga en Budapest, pupila de mala casa en Jujuy o sirvienta en Quetzaltenango, cualquier lado lejos y no reina. Pero sí Alina Reyes y por eso anoche fue otra vez, sentirla y el odio.

20 DE ENERO

A veces sé que tiene frío, que sufre, que le pegan. Puedo solamente odiarla tanto, aborrecer las manos que la tiran al suelo y también a ella, a ella todavía más porque le pegan, porque soy yo y le pegan. Ah, no me desespera tanto cuando estoy durmiendo o corto un vestido o son las horas de recibo de mamá y yo sirvo el té a la señora de Regules o al chico de los Rivas. Entonces me importa menos, es un poco cosa personal, yo conmigo; la siento más dueña de su infortunio, lejos y sola pero dueña. Que sufra, que se hiele; yo aguanto desde aquí, y creo que entonces la ayudo un poco. Como hacer vendas para un soldado que todavía no ha sido herido y sentir eso de grato, que se lo está aliviando desde antes, previsoramente.

Que sufra. Le doy un beso a la señora de Regules, el té al chico de los Rivas, y me reservo para resistir por dentro. Me digo: «Ahora estoy cruzando un puente helado, ahora la nieve me entra por los zapatos rotos». No es que sienta nada. Sé solamente que es así, que en algún lado cruzo un puente en el instante mismo (pero no sé si es en el instante mismo) en que el chico de los Rivas me acepta el té y pone su mejor cara de tarado. Y aguanto bien porque estoy sola entre esas gentes sin sentido, y no me desespera tanto. Nora se quedó anoche como tonta, dijo: «¿Pero qué te pasa?». Le pasaba a aquélla, a mí tan lejos. Algo horrible debió pasarle, le pegaban o se sentía enferma y justamente cuando Nora iba a cantar Fauré y yo en el piano, mirándolo tan feliz a Luis María acodado en la cola que le hacía como un marco, él mirándome contento con cara de perrito, esperando oír los arpegios, los dos tan cerca y tan queriéndonos. Así es peor, cuando conozco algo nuevo sobre ella y justo estoy bailando con Luis María, besándolo o solamente cerca de Luis María. Porque a mí, a la lejana, no la quieren. Es la parte que no quieren y cómo no me va a desgarrar por dentro sentir que me pegan o la nieve me entra por los zapatos cuando Luis María baila conmigo y su mano en la cintura me va subiendo como un calor a mediodía, un sabor a naranjas fuertes o tacuaras chicoteadas, y a ella le pegan y es imposible resistir y entonces tengo que decirle a Luis María que no estoy bien, que es la humedad, humedad entre esa nieve que no siento, que no siento y me está entrando por los zapatos.

25 DE ENERO

Claro, vino Nora a verme y fue la escena. «M'hijita, la última vez que te pido que me acompañes al piano. Hicimos un papelón.» Qué sabía yo de papelones, la acompañé como pude, me acuerdo que la oía con sordina. *Votre âme est un paysage choisi...* pero me veía las manos entre las teclas y parecía que tocaban bien, que acompañaban honestamente a Nora. Luis María también me miró las manos, el pobrecito, yo creo que era porque no se animaba a mirarme la cara. Debo ponerme tan rara.

Pobre Norita, que la acompañe otra. (Esto parece cada vez más un castigo, ahora sólo me conozco allá cuando voy a ser feliz, cuando soy feliz, cuando Nora canta Fauré me conozco allá y no queda más que el odio.)

NOCHE

A veces es ternura, una súbita y necesaria ternura hacia la que no es reina y anda por ahí. Me gustaría mandarle un telegrama, encomiendas, saber que sus hijos están bien o que no tiene hijos —porque yo creo que allá no tengo hijos— y necesita confortación, lástima, caramelos. Anoche me dormí confabulando mensajes, puntos de reunión. Estaré jueves stop espérame puente. ¿Qué puente? Idea que vuelve como vuelve Budapest, creer en la mendiga de Budapest donde habrá tanto puente y nieve que rezuma. Entonces me enderecé rígida en la cama y casi aúllo, casi corro a despertar a mamá, a morderla para que se despertara. Nada más que por pensar. Todavía no es fácil decirlo. Nada más que por pensar que yo podría irme ahora mismo a Budapest, si realmente se me antojara. O a Jujuy, o a Quetzaltenango. (Volví a buscar estos nombres páginas atrás.) No valen, igual sería decir Tres Arroyos, Kobe, Florida al cuatrocientos. Sólo queda Budapest porque *allí* es el frío, allí me pegan y me ultrajan. Allí (lo he soñado, no es más que un sueño, pero cómo adhiere y se insinúa hacia la vigilia) hay alguien que se llama Rod —o Erod, o Rodo— y él me pega y yo lo amo, no sé si lo amo pero me dejo pegar, eso vuelve de día en día, entonces es seguro que lo amo.

MÁS TARDE

Mentira. Soñé a Rod o lo hice con una imagen cualquiera de sueño, ya usada y a tiro. No hay Rod, a mí me han de castigar allá, pero quién sabe si es un hombre, una madre furiosa, una soledad.

Ir a buscarme. Decirle a Luis María: «Casémonos y me llevas a Budapest, a un puente donde hay nieve y alguien». Yo digo: ¿y si estoy? (Porque todo lo pienso con la secreta ventaja de no querer creerlo a fondo. ¿Y si estoy?) Bueno, si estoy... Pero solamente loca, solamente... ¡Qué luna de miel!

28 DE ENERO

Pensé una cosa curiosa. Hace tres días que no me viene nada de la lejana. Tal vez ahora no le pegan, o pudo conseguir abrigo. Mandarle un telegrama, unas medias... Pensé una cosa curiosa. Llegaba a la terrible ciudad y era de tarde, tarde verdosa y ácuea como no son nunca las tardes si no se las ayuda pensándolas. Por el lado de la Dobrina Stana, en la perspectiva Skorda, caballos erizados de estalagmitas y polizontes rígidos, hogazas humeantes y flecos de viento ensoberbeciendo las ventanas. Andar por la Dobrina con paso de turista, el mapa en el bolsillo de mi sastre azul (con ese frío y dejarme el abrigo en el Burglos), hasta una plaza contra el río, casi encima del río tronante de hielos rotos y barcazas y algún martín pescador que allá se llamará sbunáia tjéno o algo peor.

Después de la plaza supuse que venía el puente. Lo pensé y no quise seguir. Era la tarde del concierto de Elsa Piaggio de Tarelli en el Odeón, me vestí sin ganas sospechando que después me esperaría el insomnio. Este pensar de noche, tan de noche... Quién sabe si no me perdería. Una inventa nombres al viajar pensando, los recuerda en el momento: Dobrina Stana, sbunáia tjéno, Burglos. Pero no sé el nombre de la plaza, es un poco como si de veras hubiese llegado a una plaza de Budapest y estuviera perdida por no saber su nombre; ahí donde un nombre es una plaza.

Ya voy, mamá. Llegaremos bien a tu Bach y a tu Brahms. Es un camino tan simple. Sin plaza, sin Burglos. Aquí nosotras, allá Elsa Piaggio. Qué triste haberme interrumpido, saber que estoy en una plaza (pero esto ya no es cierto, solamente lo pienso y eso es menos que nada). Y que al final de la plaza empieza el puente.

Empieza, sigue. Entre el final del concierto y el primer bis hallé su nombre y el camino. La plaza Vladas, el puente de los Mercados. Por la plaza Vladas seguí hasta el nacimiento del puente, un poco andando y queriendo a veces quedarme en casas o vitrinas, en chicos abrigadísimos y fuentes con altos héroes de emblanquecidas pelerinas, Tadeo Alanko y Vladislas Néroy, bebedores de tokay y cimbalistas. Yo veía saludar a Elsa Piaggio entre un Chopin y otro Chopin, pobrecita, y de mi platea se salía abiertamente a la plaza, con la entrada del puente entre vastísimas columnas. Pero esto yo lo pensaba, ojo, lo mismo que anagramar *es la reina y...* en vez de Alina Reyes, o imaginarme a mamá en casa de los Suárez y no a mi lado. Es bueno no caer en la sonsera: eso es cosa mía, nada más que dárseme la gana, la real gana. Real porque Alina, vamos —no lo otro, no el sentirla tener frío o que la maltratan—. Esto se me antoja y lo sigo por gusto, por saber adónde va, para enterarme si Luis María me lleva a Budapest, si nos casamos y le pido que me lleve a Budapest. Más fácil salir a buscar ese puente, salir en busca mía y encontrarme como ahora porque ya he andado la mitad del puente entre gritos y aplausos, entre «¡Albéniz!» y más aplausos y «¡La polonesa!», como si esto tuviera sentido entre la nieve arriscada que me empuja con el viento por la espalda, manos de toalla de esponja llevándome por la cintura hacia el medio del puente.

(Es más cómodo hablar en presente. Esto era a las ocho, cuando Elsa Piaggio tocaba el tercer bis, creo que Julián Aguirre o Carlos Guastavino, algo con pasto y pajaritos.) Pero me he vuelto canalla con el tiempo, ya no le tengo respeto. Me acuerdo que un día pensé: «Allá me pegan, allá la nieve me entra por los zapatos y esto lo sé en el momento, cuando me está ocurriendo allá yo lo sé al mismo tiempo. ¿Pero por qué al mismo tiempo? A lo mejor me llega tarde, a lo mejor no ha ocurrido todavía. A lo mejor le pegarán dentro de catorce años, o ya es una cruz y una cifra en el cementerio de Santa Úrsula». Y me parecía bonito, posible, tan idiota. Porque detrás de eso una siempre cae en el tiempo parejo. Si ahora ella estuviera realmente entrando en el puente, sé que lo sentiría ya mismo y desde aquí. Me acuerdo que me paré a mirar el río que estaba como mayonesa cortada, batiendo contra los pilares, enfurecidísimo y sonando y chicoteando. (Esto yo lo pensaba.) Valía asomarse al parapeto del puente y sentir en las orejas la rotura del hielo ahí abajo. Valía quedarse un poco por la vista, un poco por el miedo que me venía de adentro —o era el desabrigo, la nevisca deshecha y mi tapado en el hotel—. Y después que yo soy modesta, soy una chica sin humos, pero vengan a decirme de otra que le haya pasado lo mismo, que viaje a Hungría en pleno Odeón. Eso le da frío a cualquiera, che, aquí o en Francia.

Pero mamá me tironeaba la manga, ya casi no había gente en la platea. Escribo hasta ahí, sin ganas de seguir acordándome lo que pensé. Me va a hacer mal si sigo acordándome. Pero es cierto, cierto; pensé una cosa curiosa.

30 DE ENERO

Pobre Luis María, qué idiota casarse conmigo. No sabe lo que se echa encima. O debajo, como dice Nora que posa de emancipada intelectual.

31 DE ENERO

Iremos allá. Estuvo tan de acuerdo que casi grito. Sentí miedo, me pareció que él entra demasiado fácilmente en este juego. Y no sabe nada, es como el peoncito de dama que remata la partida sin sospecharlo. Peoncito Luis María, al lado de su reina. De la reina y —

A curarse. No escribiré el final de lo que había pensado en el concierto. Anoche la sentí sufrir otra vez. Sé que allá me estarán pegando de nuevo. No puedo evitar saberlo, pero basta de crónica. Si me hubiese limitado a dejar constancia de eso por gusto, por desahogo... Era peor, un deseo de conocer al ir releyendo; de encontrar claves en cada palabra tirada al papel después de esas noches. Como cuando pensé la plaza, el río roto y los ruidos, y después... Pero no lo escribo, no lo escribiré ya nunca.

Ir allá y convencerme de que la soltería me dañaba, nada más que eso, tener veintisiete años y sin hombre. Ahora estará mi cachorro, mi bobo, basta de pensar y a ser, a ser al fin y para bien.

Y sin embargo, ya que cerraré este diario, porque una o se casa o escribe un diario, las dos cosas no marchan juntas —ya ahora no me gusta salirme de él sin decir esto con alegría de esperanza, con esperanza de alegría—. Vamos allá pero no ha de ser como lo pensé la noche del concierto. (Lo escribo, y basta de diario para bien mío.) En el puente la hallaré y nos miraremos. La noche del concierto yo sentía en las orejas la rotura del hielo ahí abajo. Y será la victoria de la reina sobre esa adherencia maligna, esa usurpación indebida y sorda. Se doblegará si realmente soy yo, se sumará a mi zona iluminada, más bella y cierta; con sólo ir a su lado y apoyarle una mano en el hombro.

Alina Reyes de Aráoz y su esposo llegaron a Budapest el 6 de abril y se alojaron en el Ritz. Eso era dos meses antes de su divorcio. En la tarde del segundo día Alina salió a conocer la ciudad y el deshielo. Como le gustaba caminar sola —era rápida y curiosa— anduvo por veinte lados buscando vagamente algo, pero sin proponérselo demasiado, dejando que el deseo escogiera y se expresara con bruscos arranques que la llevaban de una vidriera a otra, cambiando aceras y escaparates.

Llegó al puente y lo cruzó hasta el centro, andando ahora con trabajo porque la nieve se oponía y del Danubio crece un viento de abajo, difícil, que engancha y hostiga. Sentía cómo la pollera se le pegaba a los muslos (no estaba bien abrigada) y de pronto un deseo de dar vuelta, de volverse a la ciudad conocida. En el centro del puente desolado la harapienta mujer de pelo negro y lacio esperaba con algo fijo y ávido en la cara sinuosa, en el pliegue de las manos un poco cerradas pero ya tendiéndose. Alina estuvo junto a ella repitiendo, ahora lo sabía, gestos y distancias como después de un ensayo general. Sin temor, liberándose al fin —lo creía con un salto terrible de júbilo y frío—, estuvo junto a ella y alargó también las manos, negándose a pensar, y la mujer del puente se apretó contra su pecho y las dos se abrazaron rígidas y calladas en el puente, con el río trizado golpeando en los pilares.

A Alina le dolió el cierre de la cartera que la fuerza del abrazo le clavaba entre los senos con una laceración dulce, sostenible. Ceñía a la mujer delgadísima, sintiéndola entera y absoluta dentro de su abrazo, con un crecer de felicidad igual a un himno, a un soltarse de palomas, al río cantando. Cerró los ojos en la fusión total, rehuyendo las sensaciones de fuera, la luz crepuscular; repentinamente tan cansada, pero segura de su victoria, sin celebrarlo por tan suyo y por fin.

Le pareció que dulcemente una de las dos lloraba. Debía ser ella porque sintió mojadas las mejillas, y el pómulo mismo doliéndole como si tuviera allí un golpe. También el cuello, y de pronto los hombros, agobiados por fatigas incontables. Al abrir los ojos (tal vez gritaba ya) vio que se habían separado. Ahora sí gritó. De frío, porque la nieve le estaba entrando por los zapatos rotos, porque yéndose camino de la plaza iba Alina Reyes lindísima en su sastre gris, el pelo un poco suelto contra el viento, sin dar vuelta la cara y yéndose.

Ómnibus

—Si le viene bien, tráigame *El Hogar* cuando vuelva —pidió la señora Roberta, reclinándose en el sillón para la siesta. Clara ordenaba las medicinas en la mesita de ruedas, recorría la habitación con una mirada precisa. No faltaba nada, la niña Matilde se quedaría cuidando a la señora Roberta, la mucama estaba al corriente de lo necesario. Ahora podía salir, con toda la tarde del sábado para ella sola, su amiga Ana esperándola para charlar, el té dulcísimo a las cinco y media, la radio y los chocolates.

A las dos, cuando la ola de los empleados termina de romper en los umbrales de tanta casa, Villa del Parque se pone desierta y luminosa. Por Tinogasta y Zamudio bajó Clara taconeando distintamente, saboreando un sol de noviembre roto por islas de sombra que le tiraban a su paso los árboles de Agronomía. En la esquina de avenida San Martín y Nogoyá, mientras esperaba el ómnibus 168, oyó una batalla de gorriones sobre su cabeza, y la torre florentina de San Juan María Vianney le pareció más roja contra el cielo sin nubes, alto hasta dar vértigo. Pasó don Luis, el relojero, y la saludó apreciativo, como si alabara su figura prolija, los zapatos que la hacían más esbelta, su cuellito blanco sobre la blusa crema. Por la calle vacía vino remolonamente el 168, soltando su seco bufido insatisfecho al abrirse la puerta para Clara, sola pasajera en la esquina callada de la tarde.

Buscando las monedas en el bolso lleno de cosas, se demoró en pagar el boleto. El guarda esperaba con cara de pocos amigos, retacón y compadre sobre sus piernas combadas, canchero para aguantar los virajes y las frenadas. Dos veces le dijo Clara: «De quince», sin que el tipo le sacara los ojos de encima, como extrañado de algo. Después le dio el boleto rosado, y Clara se acordó de un verso de infancia, algo como: «Marca, marca, boletero, un boleto azul o rosa; canta, canta alguna cosa, mientras cuentas el dinero». Sonriendo para ella buscó asiento hacia el fondo, halló vacío el que correspondía a *Puerta de Emergencia,* y se instaló con el menudo placer de propietario que siempre da el lado de la ventanilla. Entonces vio que el guarda la seguía mirando. Y en la esquina del puente de avenida San Martín, antes de virar, el conductor se dio vuelta y también la miró, con trabajo por la distancia pero buscando hasta distinguirla muy hundida en su asiento. Era un rubio huesudo con cara de hambre, que cambió unas palabras con el guarda, los dos miraron a Clara, se miraron entre ellos, el ómnibus dio un salto y se metió por Chorroarín a toda carrera.

«Par de estúpidos», pensó Clara entre halagada y nerviosa. Ocupada en guardar su boleto en el monedero, observó de reojo a la señora del gran ramo de claveles que viajaba en el asiento de adelante. Entonces la señora la miró a ella, por sobre el ramo se dio vuelta y la miró dulcemente como una vaca sobre un cerco, y Clara sacó el espejito y estuvo enseguida absorta en el estudio de sus labios y sus cejas. Sentía ya en la nuca una impresión desagradable; la sospecha de otra impertinencia la hizo darse vuelta con rapidez, enojada de veras. A dos centímetros de su cara estaban los ojos de un viejo de cuello duro, con un ramo de margaritas componiendo un olor casi nauseabundo. En el fondo del ómnibus, instalados en el largo asiento verde, todos los pasajeros miraron hacia Clara, parecían criticar alguna cosa en Clara que sostuvo sus miradas con un esfuerzo creciente, sintiendo que cada vez era más difícil, no por la coincidencia de los ojos en ella ni por los ramos que llevaban los pasajeros; más bien porque había esperado un desenlace amable, una razón de risa como tener un tizne en la nariz (pero no lo tenía); y sobre su comienzo de risa se posaban helándola esas miradas atentas y continuas, como si los ramos la estuvieran mirando.

Súbitamente inquieta, dejó resbalar un poco el cuerpo, fijó los ojos en el estropeado respaldo delantero, examinando la palanca de la puerta de emergencia y su inscripción *Para abrir la puerta* TIRE LA MANIJA *hacia adentro y levántese*, considerando las letras una a una sin alcanzar a reunirlas en palabras. Lograba así una zona de seguridad, una tregua donde pensar. Es natural que los pasajeros miren al que recién asciende, está bien que la gente lleve ramos si va a Chacarita, y está casi bien que todos en el ómnibus tengan ramos. Pasaban delante del hospital Alvear, y del lado de Clara se tendían los baldíos en cuyo extremo lejano se levanta la Estrella, zona de charcos sucios, caballos amarillos con pedazos de soga colgándoles del pescuezo. A Clara le costaba apartarse de un paisaje que el brillo duro del sol no alcanzaba a alegrar, y apenas si una vez y otra se atrevía a dirigir una ojeada rápida al interior del coche. Rosas rojas y calas, más lejos gladiolos horribles, como machucados y sucios, color rosa viejo con manchas lívidas. El señor de la tercera ventanilla (la estaba mirando, ahora no, ahora de nuevo) llevaba claveles casi negros apretados en una sola masa continua, como una piel rugosa. Las dos muchachitas de nariz cruel que se sentaban adelante en uno de los asientos laterales sostenían entre ambas el ramo de los pobres, crisantemos y dalias, pero ellas no eran pobres, iban vestidas con saquitos bien cortados, faldas tableadas, medias blancas tres cuartos, y miraban a Clara con altanería. Quiso hacerles bajar los ojos, mocosas insolentes, pero eran cuatro pupilas fijas y también el guarda, el señor de los claveles, el calor en la nuca por toda esa gente de atrás, el viejo del cuello duro tan cerca, los jóvenes del asiento posterior, la Paternal: boletos de Cuenca terminan.

Nadie bajaba. El hombre ascendió ágilmente, enfrentando al guarda que lo esperaba a medio coche mirándole las manos. El hombre tenía veinte centavos en la derecha y con la otra se alisaba el saco. Esperó, ajeno al escrutinio: «De quince», oyó Clara. Como ella: de quince. Pero el guarda no cortaba el boleto, seguía mirando al hombre que al final se dio cuenta y le hizo un gesto de impaciencia cordial: «Le dije de quince». Tomó el boleto y esperó el vuelto. Antes de recibirlo, ya se había deslizado livianamente en un asiento vacío al lado del señor de los claveles. El guarda le dio los cinco centavos, lo miró otro poco, desde arriba, como si le examinara la cabeza; él ni se daba cuenta, absorto en la contemplación de los negros claveles. El señor lo observaba, una o dos veces lo miró rápido y él se puso a devolverle la mirada; los dos movían la cabeza casi a la vez, pero sin provocación, nada más que mirándose. Clara seguía furiosa con las chicas de adelante, que la miraban un rato largo y después al nuevo pasajero; hubo un momento, cuando el 168 empezaba su carrera pegado al paredón de Chacarita, en que todos los pasajeros estaban mirando al hombre y también a Clara, sólo que ya no la miraban directamente porque les interesaba más el recién llegado, pero era como si la incluyeran en su mirada, unieran a los dos en la misma observación. Qué cosa estúpida esa gente, porque hasta las mocosas no eran tan chicas, cada uno con su ramo y ocupaciones por delante, y portándose con esa grosería. Le hubiera gustado prevenir al otro pasajero, una oscura fraternidad sin razones crecía en Clara. Decirle: «Usted y yo sacamos boleto de quince», como si eso los acercara. Tocarle el brazo, aconsejarle: «No se dé por aludido, son unos impertinentes, metidos ahí detrás de las flores como zonzos». Le hubiera gustado que él viniera a sentarse a su lado, pero el muchacho —en realidad era joven, aunque tenía marcas duras en la cara— se había dejado caer en el primer asiento libre que tuvo a su alcance. Con un gesto entre divertido y azorado se empeñaba en devolver la mirada del guarda, de las dos chicas, de la señora con los gladiolos; y ahora el señor de los claveles rojos tenía vuelta la cabeza hacia atrás y miraba a Clara, la miraba inexpresivamente, con una blandura opaca y flotante de piedra pómez. Clara le respondía obstinada, sintiéndose como hueca; le venían ganas de bajarse (pero esa calle, a esa altura, y total por nada, por no tener un ramo); notó que el muchacho parecía inquieto, miraba a un lado y al otro, después hacia atrás, y se quedaba sorprendido al ver a los cuatro pasajeros del asiento posterior y al anciano del cuello duro con las margaritas. Sus ojos pasaron por el rostro de Clara, deteniéndose un segundo en su boca, en su mentón; de adelante tiraban las miradas del guarda y las dos chiquilinas, de la señora de los gladiolos, hasta que el muchacho se dio vuelta para mirarlos como aflojando. Clara midió su acoso de minutos antes por el que ahora inquietaba al pasajero. «Y el pobre con las manos vacías», pensó absurdamente. Le encontraba algo de indefenso, solo con sus ojos para parar aquel fuego frío cayéndole de todas partes.

Sin detenerse el 168 entró en las dos curvas que dan acceso a la explanada frente al peristilo del cementerio. Las muchachitas vinieron por el pasillo y se instalaron en la puerta de salida; detrás se alinearon las margaritas, los gladiolos, las calas. Atrás había un grupo confuso y las flores olían para Clara, quietita en su ventanilla pero tan aliviada al ver cuántos se bajaban, lo bien que se viajaría en el otro tramo. Los claveles negros aparecieron en lo alto, el pasajero se había parado para dejar salir a los claveles negros, y quedó ladeado, metido a medias en un asiento vacío delante del de Clara. Era un lindo muchacho, sencillo y franco, tal vez un dependiente de farmacia, o un tenedor de libros, o un constructor. El ómnibus se detuvo suavemente, y la puerta hizo un bufido al abrirse. El muchacho esperó que bajara la gente para elegir a gusto un asiento, mientras Clara participaba de su paciente espera y urgía con el deseo a los gladiolos y a las rosas para que bajasen de una vez. Ya la puerta abierta y todos en fila, mirándola y mirando al pasajero, sin bajar, mirándolos entre los ramos que se agitaban como si hubiera viento, un viento de debajo de la tierra que moviera las raíces de las plantas y agitara en bloque los ramos. Salieron las calas, los claveles rojos, los hombres de atrás con sus ramos, las dos chicas, el viejo de las margaritas. Quedaron ellos dos solos y el 168 pareció de golpe más pequeño, más gris, más bonito. Clara encontró bien y casi necesario que el pasajero se sentara a su lado, aunque tenía todo el ómnibus para elegir. Él se sentó y los dos bajaron la cabeza y se miraron las manos. Estaban ahí, eran simplemente manos; nada más.

—¡Chacarita! —gritó el guarda.

Clara y el pasajero contestaron su urgida mirada con una simple fórmula: «Tenemos boletos de quince». La pensaron tan sólo, y era suficiente.

La puerta seguía abierta. El guarda se les acercó.

—Chacarita —dijo, casi explicativamente.

El pasajero ni lo miraba, pero Clara le tuvo lástima.

—Voy a Retiro —dijo, y le mostró el boleto. Marca, marca, boletero, un boleto azul o rosa. El conductor estaba casi salido del asiento, mirándolos; el guarda se volvió indeciso, hizo una seña. Bufó la puerta trasera (nadie había subido adelante) y el 168 tomó velocidad con bandazos coléricos, liviano y suelto en una carrera que puso plomo en el estómago de Clara. Al lado del conductor, el guarda se tenía ahora del barrote cromado y los miraba profundamente. Ellos le devolvían la mirada, se estuvieron así hasta la curva de entrada a Dorrego. Después Clara sintió que el muchacho posaba despacio una mano en la suya, como aprovechando que no podían verlo desde adelante. Era una mano suave, muy tibia, y ella no retiró la suya pero la fue moviendo despacio hasta llevarla más al extremo del muslo, casi sobre la rodilla. Un viento de velocidad envolvía al ómnibus en plena marcha.

—Tanta gente —dijo él, casi sin voz—. Y de golpe se bajan todos.

—Llevaban flores a la Chacarita —dijo Clara—. Los sábados va mucha gente a los cementerios.

—Sí, pero...

—Un poco raro era, sí. ¿Usted se fijó...?

—Sí —dijo él, casi cerrándole el paso—. Y a usted le pasó igual, me di cuenta.

—Es raro. Pero ahora ya no sube nadie.

El coche frenó brutalmente, barrera del Central Argentino. Se dejaron ir hacia adelante, aliviados por el salto a una sorpresa, a un sacudón. El coche temblaba como un cuerpo enorme.

—Yo voy a Retiro —dijo Clara.

—Yo también.

El guarda no se había movido, ahora hablaba iracundo con el conductor. Vieron (sin querer reconocer que estaban atentos a la escena) cómo el conductor abandonaba su asiento y venía por el pasillo hacia ellos, con el guarda copiándole los pasos. Clara notó que los dos miraban al muchacho y que éste se ponía rígido, como reuniendo fuerzas; le temblaron las piernas, el hombro que se apoyaba en el suyo. Entonces aulló horriblemente una locomotora a toda carrera, un humo negro cubrió el sol. El fragor del rápido tapaba las palabras que debía estar diciendo el conductor; a dos asientos del de ellos se detuvo, agachándose como quien va a saltar. El guarda lo contuvo prendiéndole una mano en el hombro, le señaló imperioso las barreras que ya se alzaban mientras el último vagón pasaba con un estrépito de hierros. El conductor apretó los labios y se volvió corriendo a su puesto; con un salto de rabia el 168 encaró las vías, la pendiente opuesta.

El muchacho aflojó el cuerpo y se dejó resbalar suavemente.

—Nunca me pasó una cosa así —dijo, como hablándose.

Clara quería llorar. Y el llanto esperaba ahí, disponible pero inútil. Sin siquiera pensarlo tenía conciencia de que todo estaba bien, que viajaba en un 168 vacío aparte de otro pasajero, y que toda protesta contra ese orden podía resolverse tirando de la campanilla y descendiendo en la primera esquina. Pero todo estaba bien así; lo único que sobraba era la idea de bajarse, de apartar esa mano que de nuevo había apretado la suya.

—Tengo miedo —dijo, sencillamente—. Si por lo menos me hubiera puesto unas violetas en la blusa.

Él la miró, miró su blusa lisa.

—A mí a veces me gusta llevar un jazmín del país en la solapa —dijo—. Hoy salí apurado y ni me fijé.

—Qué lástima. Pero en realidad nosotros vamos a Retiro.

—Seguro, vamos a Retiro.

Era un diálogo, un diálogo. Cuidar de él, alimentarlo.

—¿No se podría levantar un poco la ventanilla? Me ahogo aquí adentro.

Él la miró sorprendido, porque más bien sentía frío. El guarda los observaba de reojo, hablando con el conductor; el 168 no había vuelto a detenerse después de la barrera y daban ya la vuelta en Cánning y Santa Fe.

—Este asiento tiene ventanilla fija —dijo él—. Usted ve que es el único asiento del coche que viene así, por la puerta de emergencia.

—Ah —dijo Clara.

—Nos podríamos pasar a otro.

—No, no —le apretó los dedos, deteniendo su movimiento de levantarse—. Cuanto menos nos movamos mejor.

—Bueno, pero podríamos levantar la ventanilla de adelante.

—No, por favor no.

Él esperó, pensando que Clara iba a agregar algo, pero ella se hizo más pequeña en el asiento. Ahora lo miraba de lleno para escapar a la atracción de allá adelante, de esa cólera que les llegaba como un silencio o un calor. El pasajero puso la otra mano sobre la rodilla de Clara, y ella acercó la suya y ambos se comunicaron oscuramente por los dedos, por el tibio acariciarse de las palmas.

—A veces una es tan descuidada —dijo tímidamente Clara—. Cree que lleva todo, y siempre olvida algo.

—Es que no sabíamos.

—Bueno, pero lo mismo. Me miraban sobre todo esas chicas, y me sentí tan mal.

—Eran insoportables —protestó él—. ¿Usted vio cómo se habían puesto de acuerdo para clavarnos los ojos?

—Al fin y al cabo, el ramo era de crisantemos y dalias —dijo Clara—. Pero presumían lo mismo.

—Porque los otros les daban alas —afirmó él con irritación—. El viejo de mi asiento con sus claveles apelmazados, con esa cara de pájaro. A los que no vi bien fue a los de atrás. ¿Usted cree que todos...?

—Todos —dijo Clara—. Los vi apenas había subido. Yo subí en Nogoyá y avenida San Martín, y casi enseguida me di vuelta y vi que todos, todos...

—Menos mal que se bajaron.

Pueyrredón, frenada en seco. Un policía moreno se abría en cruz acusándose de algo en su alto quiosco. El conductor salió del asiento como deslizándose, el guarda quiso sujetarlo de la manga, pero se soltó con violencia y vino por el pasillo, mirándolos alternadamente, encogido y con los labios húmedos parpadeando. «¡Ahí da paso!», gritó el guarda con una voz rara. Diez bocinas ladraban en la cola del ómnibus, y el conductor corrió afligido a su asiento. El guarda le habló al oído, dándose vuelta a cada momento para mirarlos.

—Si no estuviera usted... —murmuró Clara—. Yo creo que si no estuviera usted me habría animado a bajarme.

—Pero usted va a Retiro —dijo él, con alguna sorpresa.

—Sí, tengo que hacer una visita. No importa, me hubiera bajado igual.

—Yo saqué boleto de quince —dijo él—. Hasta Retiro.

—Yo también. Lo malo es que si una se baja, después hasta que viene otro coche...

—Claro, y además a lo mejor está completo.

—A lo mejor. Se viaja tan mal, ahora. ¿Usted ha visto los subtes?

—Algo increíble. Cansa más el viaje que el empleo.

Un aire verde y claro flotaba en el coche, vieron el rosa viejo del Museo, la nueva Facultad de Derecho, y el 168 aceleró todavía más en Leandro N. Alem, como rabioso por llegar. Dos veces lo detuvo algún policía de tráfico, y dos veces quiso el conductor tirarse contra ellos; a la segunda, el guarda se le puso por delante, negándose con rabia, como si le doliera. Clara sentía subírsele las rodillas hasta el pecho, y las manos de su compañero la desertaron bruscamente y se cubrieron de huesos salientes, de venas rígidas. Clara no había visto jamás el paso viril de la mano al puño, contempló esos objetos macizos con una humilde confianza casi perdida bajo el terror. Y hablaban todo el tiempo de los viajes, de las colas que hay que hacer en Plaza de Mayo, de la grosería de la gente, de la paciencia. Después callaron, mirando el paredón ferroviario, y su compañero sacó la billetera, la estuvo revisando muy serio, temblándole un poco los dedos.

—Falta apenas —dijo Clara, enderezándose—. Ya llegamos.

—Sí. Mire, cuando doble en Retiro nos levantamos rápido para bajar.

—Bueno. Cuando esté al lado de la plaza.

—Eso es. La parada queda más acá de la torre de los Ingleses. Usted baja primero.

—Oh, es lo mismo.

—No, yo me quedaré atrás por cualquier cosa. Apenas doblemos yo me paro y le doy paso. Usted tiene que levantarse rápido y bajar un escalón de la puerta; entonces yo me pongo atrás.

—Bueno, gracias —dijo Clara mirándolo emocionada, y se concentraron en el plan, estudiando la ubicación de sus piernas, los espacios a cubrir. Vieron que el 168 tendría paso libre en la esquina de la plaza; temblándole los vidrios y a punto de embestir el cordón de la plaza, tomó el viraje a toda carrera. El pasajero saltó del asiento hacia adelante, y detrás de él pasó veloz Clara, tirándose escalón abajo mientras él se volvía y la ocultaba con su cuerpo. Clara miraba la puerta, las tiras de goma negra y los rectángulos de sucio vidrio; no quería ver otra cosa y temblaba horriblemente. Sintió en el pelo el jadeo de su compañero, los arrojó a un lado la frenada brutal, y en el mismo momento en que la puerta se abría el conductor corrió por el pasillo con las manos tendidas. Clara saltaba ya a la plaza, y cuando se volvió su compañero saltaba también y la puerta bufó al cerrarse. Las gomas negras apresaron una mano del conductor, sus dedos rígidos y blancos. Clara vio a través de las ventanillas que el guarda se había echado sobre el volante para alcanzar la palanca que cerraba la puerta.

Él la tomó del brazo y caminaron rápidamente por la plaza llena de chicos y vendedores de helados. No se dijeron nada, pero temblaban como de felicidad y sin mirarse. Clara se dejaba guiar, notando vagamente el césped, los canteros, oliendo un aire de río que crecía de frente. El florista estaba a un lado de la plaza, y él fue a pararse ante el canasto montado en caballetes y eligió dos ramos de pensamientos. Alcanzó uno a Clara, después le hizo tener los dos mientras sacaba la billetera y pagaba. Pero cuando siguieron andando (él no volvió a tomarla del brazo) cada uno llevaba su ramo, cada uno iba con el suyo y estaba contento.

Cefalea

Debemos a la doctora Margaret L. Tyler las imágenes más hermosas del presente relato. Su admirable poema, Síntomas orientadores hacia los remedios más comunes del vértigo y cefaleas *apareció en la revista* Homeopatía *(publicada por la Asociación Médica Homeopática Argentina), año XIV, n. 32, abril de 1946, pp. 33 y ss. Asimismo agradecemos a Ireneo Fernando Cruz el habernos iniciado, durante un viaje a San Juan, en el conocimiento de las mancuspias.*

Cuidamos las mancuspias hasta bastante tarde, ahora con el calor del verano se llenan de caprichos y versatilidades, las más atrasadas reclaman alimentación especial y les llevamos avena malteada en grandes fuentes de loza; las mayores están mudando el pelaje del lomo, de manera que es preciso ponerlas aparte, atarles una manta de abrigo y cuidar que no se junten de noche con las mancuspias que duermen en jaulas y reciben alimento cada ocho horas.

No nos sentimos bien. Esto viene desde la mañana, tal vez por el viento caliente que soplaba al amanecer, antes de que naciera este sol alquitranado que dio en la casa todo el día. Nos cuesta atender a los animales enfermos —esto se hace a las once— y revisar las crías después de la siesta. Nos parece cada vez más penoso andar, seguir la rutina; sospechamos que una sola noche de desatención sería funesta para las mancuspias, la ruina irreparable de nuestra vida. Andamos entonces sin reflexionar, cumpliendo uno tras otro los actos que el hábito escalona, deteniéndonos apenas para comer (hay trozos de pan en la mesa y sobre la repisa del living) o mirarnos en el espejo que duplica el dormitorio. De noche caemos repentinamente en la cama, y la tendencia a cepillarnos los dientes antes de dormir cede a la fatiga, alcanza apenas a sustituirse por un gesto hacia la lámpara o los remedios. Afuera se oye andar y andar en círculo a las mancuspias adultas.

No nos sentimos bien. Uno de nosotros es *Aconitum*, es decir que debe medicamentarse con aconitum en diluciones altas si, por ejemplo, el miedo le ocasiona vértigo. *Aconitum es una violenta tormenta, que pasa pronto.* De qué otro modo describir el contraataque a una ansiedad que nace de cualquier insignificancia, de la nada. Una mujer se enfrenta repentinamente con un perro y comienza a sentirse violentamente mareada. Entonces aconitum, y al poco rato sólo queda un mareo dulce, con tendencia a marchar hacia atrás (esto nos ocurrió, pero era un caso *Bryonia*, lo mismo que sentir que nos hundíamos con, o a través de la cama).

El otro, en cambio, es marcadamente *Nux Vomica*. Después de llevar la avena malteada a las mancuspias, tal vez por agacharse demasiado al llenar la escudilla, siente de golpe como si le girara el cerebro, no que todo gire en torno —el vértigo en sí— sino que la visión es la que gira, dentro de él la conciencia gira como un giróscopo en su aro, y afuera todo está tremendamente inmóvil, sólo que huyendo e inasible. Hemos pensado si no será más bien un cuadro de *Phosphorus*, porque además le aterra el perfume de las flores (o el de las mancuspias pequeñas, que huelen débilmente a lila) y coincide físicamente con el cuadro fosfórico: es alto, delgado, anhela bebidas frías, helados y sal.

De noche no es tanto, nos ayudan la fatiga y el silencio —porque el rondar de las mancuspias escande dulcemente este silencio de la pampa— y a veces dormimos hasta el amanecer y nos despierta un esperanzado sentimiento de mejoría. Si uno de nosotros salta de la cama antes que el otro, puede ocurrir con todo que asistamos consternados a la repetición de un fenómeno *Camphora monobromata*, pues cree que marcha en una dirección cuando en realidad lo está haciendo en la opuesta. Es terrible, vamos con toda seguridad hacia el baño, y de improviso sentimos en la cara la piel desnuda del espejo alto. Casi siempre lo tomamos a broma, porque hay que pensar en el trabajo que espera y de nada serviría desanimarnos tan pronto. Se buscan los glóbulos, se cumplen sin comentarios ni desalientos las instrucciones del doctor Harbín. (Tal vez en secreto seamos un poco *Natrum muriaticum*. Típicamente, un natrum llora, pero nadie debe observarlo. Es triste, es reservado; le gusta la sal.)

¿Quién puede pensar en tantas vanidades si la tarea espera en los corrales, en el invernadero y en el tambo? Ya andan Leonor y el Chango alborotando afuera, y cuando salimos con los termómetros y las bateas para el baño, los dos se precipitan al trabajo como queriendo cansarse pronto, organizando su haraganeo de la tarde. Lo sabemos muy bien, por eso nos alegra tener salud para cumplir nosotros mismos con cada cosa. Mientras no pase de esto y no aparezcan las cefaleas, podemos seguir. Ahora es febrero, en mayo estarán vendidas las mancuspias y nosotros a salvo por todo el invierno. Se puede continuar todavía.

Las mancuspias nos entretienen mucho, en parte porque están llenas de sagacidad y malevolencia, en parte porque su cría es un trabajo sutil, necesitado de una precisión incesante y minuciosa. No tenemos por qué abundar, pero esto es un ejemplo: uno de nosotros saca las mancuspias madres de las jaulas de invernadero —son las 6.30 a.m.— y las reúne en el corral de pastos secos. Las deja retozar veinte minutos, mientras el otro retira los pichones de las casillas numeradas donde cada uno tiene su historia clínica, verifica rápidamente la temperatura rectal, devuelve a su casilla los que exceden los 37°C, y por una manga de hojalata trae el resto a reunirse con sus madres para la lactancia. Tal vez sea éste el momento más hermoso de la mañana, nos conmueve el alborozo de las pequeñas mancuspias y sus madres, su rumoroso parloteo sostenido. Apoyados en la baranda del corral olvidamos la figura del mediodía que se acerca, de la dura tarde inaplazable.

Por momentos tenemos un poco de miedo a mirar hacia el suelo del corral —un cuadro *Onosmodium* marcadísimo—, pero pasa y la luz nos salva del síntoma complementario, de la cefalea que se agrava con la oscuridad.

A las ocho es hora del baño, uno de nosotros va echando puñados de sales Krüschen y afrecho en las bateas, la otra dirige al Chango que trae cubos de agua tibia. A las mancuspias madres no les agrada el baño, hay que tomarlas con cuidado de las orejas y las patas, sujetándolas como conejos, y sumergirlas muchas veces en la batea. Las mancuspias se desesperan y erizan, eso es lo que queremos para que las sales penetren hasta la piel tan delicada.

A Leonor le toca dar de comer a las madres, y lo hace muy bien; nunca vimos que errara en la distribución de porciones. Se les da avena malteada, y dos veces por semana leche con vino blanco. Desconfiamos un poco del Chango, nos parece que se bebe el vino; sería mejor guardar la bordalesa adentro, pero la casa es chica y luego ese olor dulzón que rezuma en las horas de sol alto.

Tal vez esto que decimos fuera monótono e inútil si no estuviese cambiando lentamente dentro de su repetición; en los últimos días —ahora que entramos en el período crítico del destete— uno de nosotros ha debido reconocer, con qué amargo asentimiento, el avance de un cuadro *Silica*. Empieza en el momento mismo en que nos domina el sueño, es un perder la estabilidad, un salto adentro, un vértigo que trepa por la columna vertebral hacia el interior de la cabeza; como el mismo trepar reptante (no hay otra descripción) de las pequeñas mancuspias por los postes de los corrales. Entonces, de repente, sobre el pozo negro del sueño donde ya caíamos deliciosamente, somos ese poste duro y ácido al que trepan jugando las mancuspias. Y es peor cerrando los ojos. Así se va el sueño, nadie duerme con ojos abiertos, nos morimos de cansancio pero basta un leve abandono para sentir el vértigo que repta, un vaivén en el cráneo, como si la cabeza estuviera llena de cosas vivas que giran a su alrededor. Como mancuspias.

Y es tan ridículo, se ha probado que a los enfermos *sílica* les falta sílice, arena. Y nosotros aquí, rodeados de médanos, en un pequeño valle amenazado de médanos inmensos, faltándonos arena cuando íbamos a dormirnos.

Contra la probabilidad de que esto avance, hemos preferido perder algún tiempo dosificándonos severamente; advertimos a las doce horas que la reacción es favorable, y la tarde de trabajo sucede sin obstáculos, apenas, quizás, un leve desacomodo de las cosas, de pronto como si los objetos se pararan delante nuestro, irguiéndose sin moverse; una sensación de arista viva en cada plano. Sospechamos un viraje a *Dulcamara*, pero no es fácil estar seguros.

En el aire flotan leves las pelusas de las mancuspias adultas, después de la siesta vamos con tijeras y unas bolsas de caucho al corral alambrado donde el Chango las reúne para la esquila. Ya en febrero hace fresco de noche, las mancuspias necesitan el pelo porque duermen estiradas y carecen de la protección que se dan a sí mismos los animales que se ovillan replegando las patas. Sin embargo, pierden el pelo del lomo, pelechan despacio y a pleno aire, el viento alza del corral una fina niebla de pelos que cosquillean en la nariz y nos hostigan hasta dentro de la casa. Entonces reunimos a las mancuspias y les tusamos el lomo a media altura, cuidando no privarlas de calor; cuando cae ese pelo, demasiado corto para flotar en el aire, va formando un polvillo amarillento que Leonor moja con la manguera y junta diariamente en una bola de pasta que se tira al pozo.

Uno de nosotros tiene entre tanto que aparear los machos con las mancuspias jóvenes, pesar los pichones mientras el Chango lee en voz alta los pesos del día anterior, verificar el adelanto de cada mancuspia y apartar a las atrasadas para someterlas a la sobrealimentación. Esto nos lleva hasta el anochecer; sólo falta la avena de la segunda comida que Leonor reparte en un momento, y encerrar a las mancuspias madres mientras las pequeñas chillan y se obstinan en seguir a su lado. Es el Chango quien se ocupa del aparte, ya nosotros estamos en la veranda controlando. A las ocho se cierran las puertas y ventanas; a las ocho nos quedamos solos adentro.

Antes era un momento dulce, el recuento de episodios y de esperanzas. Pero desde que no nos sentimos bien parece como si esta hora fuese más pesada. Vanamente nos engañamos con el arreglo del botiquín —es frecuente que el orden alfabético de los remedios se altere por descuido—; siempre al final nos vamos quedando callados en la mesa, leyendo el manual de Álvarez de Toledo (*Estúdiate a ti mismo*) o el de Humphreys (*Mentor Homeopático*). Uno de nosotros ha tenido con intermitencias una fase *Pulsatilla*, vale decir que tiende a mostrarse voluble, llorona, exigente, irritable. Esto aflora al anochecer, y coincide con el cuadro *Petroleum* que afecta al otro, un estado en el que todo —cosas, voces, recuerdos— pasan por encima de él, entumeciéndolo y envarándolo. Así es que no hay choque, apenas un sufrir paralelo y tolerable. Después, a veces, viene el sueño.

Tampoco quisiéramos poner en estas notas un énfasis progresivo, un crecer articulándose hasta el estallido patético de la gran orquesta, tras la cual decrecen las voces y se reingresa a una calma de hartazgo. A veces estas cosas que inscribimos ya nos han ocurrido (como la gran cefalea *Glonoinum* el día en que nació la segunda camada de mancuspias), a veces es ahora o por la mañana. Creemos necesario documentar estas fases para que el doctor Harbín las agregue a nuestra historia clínica cuando volvamos a Buenos Aires. No somos hábiles, sabemos que de pronto nos salimos del tema, pero el doctor Harbín prefiere conocer los detalles circundantes de los cuadros. Ese roce contra la ventana del baño que oímos de noche puede ser importante. Puede ser un síntoma *Cannabis indica*; ya se sabe que un cannabis indica tiene sensaciones exaltadas, con exageración de tiempo y distancia. Puede ser una mancuspia que se ha escapado y viene como todas a la luz.

Al principio éramos optimistas, todavía no hemos perdido la esperanza de ganar una buena suma con la venta de las crías jóvenes. Nos levantamos temprano, midiendo el creciente valor del tiempo en la fase final, y al principio casi no nos afecta la fuga del Chango y Leonor. Sin preaviso, sin cumplir para nada el estatuto, se nos han ido anoche los muy hijos de puta, llevándose el caballo y el sulky, la manta de una de nosotras, el farol de carburo, el último número de *Mundo Argentino*. Por el silencio en los corrales sospechamos su ausencia, hay que apurarse a soltar las crías para la lactancia, preparar los baños, la avena malteada. Todo el tiempo pensamos que no se debe pensar en lo ocurrido, trabajamos sin admitir que ahora estamos solos, sin caballo para salvar las seis leguas hasta Puán, con provisiones para una semana, y rondados por linyeras inútiles ahora que en las otras poblaciones se ha difundido el rumor estúpido de que criamos mancuspias y nadie se arrima por miedo a enfermedades. Sólo trabajando y con salud podemos tolerar una conjuración que nos agobia hacia mediodía, en el alto del almuerzo (una de nosotros prepara bruscamente una lata de lenguas y otra de arvejas, fríe jamón con huevos), que rechaza la idea de no dormir la siesta, nos encierra en la sombra del dormitorio con más dureza que las puertas a doble cerrojo. Recién ahora recordamos con claridad el mal dormir de la noche, ese vértigo curioso, transparente, si se nos permite inventar esta expresión. Al despertar, al levantarnos, mirando hacia adelante, cualquier objeto —pongamos, por ejemplo, el ropero— es visto rotando a velocidad variable y desviándose en forma inconstante hacia un costado (lado derecho); mientras al mismo tiempo, a través del remolino, se observa el mismo ropero parado firmemente y sin moverse. No hay que pensar mucho para distinguir allí un cuadro *Cyclamen*, de modo que el tratamiento actúa en pocos minutos y nos equilibra para la marcha y el trabajo. Mucho peor es advertir en plena siesta (cuando las cosas son tan ellas mismas, cuando el sol las repliega duramente en sus aristas) que en el corral de las mancuspias grandes hay agitación y parloteo, una renuncia súbita e inquietante al reposo que las engorda. No queremos salir, el sol alto sería la cefalea, cómo admitir ahora la posibilidad de cefalea cuando todo depende de nuestro trabajo. Pero habrá que hacerlo, crece la inquietud de las mancuspias y es imposible seguir en la casa cuando de los corrales llega un rumor nunca oído, entonces nos lanzamos afuera protegidos por cascos de corcho, nos separamos después de un precipitado conciliábulo, una de nosotros corre a las jaulas de las madres en tanto que el otro verifica los cierres de portones, el nivel del agua en el tanque australiano, la posible irrupción de una zorra o un gato montés. Apenas llegamos a la entrada de los corrales y ya nos enceguece el sol, como albinos vacilamos entre las llamaradas blancas, quisiéramos continuar el trabajo pero es tarde, el cuadro *Belladona* nos arrasa hasta precipitarnos agotados en la hondura sombría del galpón. Congestionados, cara roja y caliente; pupilas dilatadas. Pulsación violenta en cerebro y carótidas. Violentas punzadas y lanzazos. Cefalea como sacudidas. A cada paso sacudida hacia abajo como si hubiera un peso en el occipital. Cuchilladas y punzadas. Dolor de estallido; como si se empujara el cerebro; peor agachándose, como si el cerebro cayera hacia afuera, como si fuera empujado hacia adelante, o los ojos estuvieran por salirse. (*Como* esto, *como* aquello; pero nunca como es de veras.) Peor con los ruidos, sacudidas, movimiento, luz. Y de pronto cesa, la sombra y la frescura se la lleva en un instante, nos deja una maravillada gratitud, un deseo de correr y sacudir la cabeza, asombrarse de que un minuto antes... Pero está el trabajo, y ahora sospechamos que la inquietud de las mancuspias obedece a falta de agua fresca, a la ausencia de Leonor y el Chango —son tan sensibles que han de sentir de algún modo esa ausencia—, y un poco a que extrañan el cambio en las labores de la mañana, nuestra torpeza, nuestro apuro.

Como no es día de esquila, uno de nosotros se ocupa del apareo prefijado y del control de peso; es fácil advertir que de ayer a hoy las crías han desmejorado bruscamente. Las madres comen mal, huelen prolongadamente la avena malteada antes de dignarse morder la tibia pasta alimenticia. Cumplimos silenciosos las últimas tareas, ahora la venida de la noche tiene otro sentido que no queremos examinar, ya no nos separamos como antes de un orden establecido y funcionando, de Leonor y el Chango y las mancuspias en sus sitios. Cerrar las puertas de la casa es dejar a solas un mundo sin legislación, librado a los sucesos de la noche y el alba. Entramos temerosos y prolijos, demorando el momento, incapaces de aplazarlo y por eso furtivos y esquivándonos, con toda la noche que espera como un ojo.

Por suerte tenemos sueño, la insolación y el trabajo pueden más que una inquietud incomunicada, nos vamos quedando dormidos sobre los restos fríos que masticamos penosamente, los recortes de huevo frito y pan mojado en leche. Algo rasca otra vez en la ventana del baño, en el techo parecen oírse corrimientos furtivos; no sopla viento, es noche de luna llena y los gallos cantarían antes de medianoche, si tuviéramos gallos. Vamos a la cama sin hablar, distribuyéndonos casi a tientas la última dosis del tratamiento. Con la luz apagada —pero no está bien dicho, no hay luz apagada, simplemente falta la luz, la casa es un fondo de tiniebla y por fuera todo luna llena— queremos decirnos algo y es apenas un preguntarse por mañana, por la forma de conseguir el alimento, llegar al pueblo. Y nos dormimos. Una hora, no más, el hilo ceniciento que tira la ventana apenas se ha movido hacia la cama. De pronto estamos sentados a oscuras, oyendo a oscuras porque se oye mejor. Algo les pasa a las mancuspias, el rumor es ahora un clamoreo rabioso o aterrado, se distingue el aullido afilado de las hembras y el ulular más bronco de los machos, se interrumpen de pronto y por la casa se mueve como una ráfaga de silencio, entonces otra vez el clamoreo crece contra la noche y la distancia. No pensamos en salir, demasiado es estar oyéndolas, uno de nosotros duda si los alaridos son afuera o aquí porque hay momentos en que nacen como desde adentro, y a lo largo de esa hora entramos en un cuadro *Aconitum* donde todo se confunde y nada es menos cierto que su contrario. Sí, las cefaleas vienen con tal violencia que apenas se las puede describir. Sensación de desgarro, de quemazón en el cerebro, en el cuero cabelludo, con miedo, con fiebre, con angustia. Plenitud y pesadez en la frente, como si allí hubiera un peso que presionara hacia afuera: como si todo fuera arrancado por la frente. *Aconitum* es repentino; salvaje; peor por vientos fríos; con inquietud, angustia, miedo. Las mancuspias rondan la casa, inútil repetirnos que están en los corrales, que los candados resisten.

No advertimos el amanecer, hacia las cinco nos abate un sueño sin reposo del que salen nuestras manos a hora fija para llevar los glóbulos a la boca. Hace rato que golpean en la puerta del living, los golpes crecen con rabia hasta que uno de nosotros deja que las zapatillas se pongan sus pies y se arrastren hasta la llave. Es la policía con la noticia del arresto del Chango; nos traen de vuelta el sulky, allá sospecharon el robo y el abandono. Hay que firmar una declaración, todo está bien, el sol alto y un gran silencio en los corrales. Los policías miran los corrales, uno se tapa la nariz con el pañuelo, hace como que tose. Decimos pronto lo que quieren, firmamos, y se van casi corriendo, pasan lejos de los corrales y los miran, también a nosotros nos han mirado, aventurando una ojeada al interior (sale un aire estancado por la puerta), y se van casi corriendo. Es muy curioso que estos brutos no quieran espiar más, huyen como apestados, ya pasan al galope por el camino del costado.

Uno de nosotros parece decidir personalmente que el otro irá enseguida a buscar alimento con el sulky, mientras se cumple la tarea matinal. Subimos sin ganas, el caballo está cansado porque lo han traído sin respiro, vamos saliendo de a poco y mirando atrás. Todo está en orden, entonces no eran las mancuspias las que hacían ruidos en la casa, habrá que fumigar las ratas del tejado, asombra el ruido que una sola rata puede hacer de noche. Abrimos los corrales, juntamos las madres pero apenas queda avena malteada y las mancuspias pelean ferozmente, se arrancan pedazos de lomo y de cuello, les salta la sangre y hay que separarlas a látigo y gritos. Después de eso la lactancia de las crías es penosa e imperfecta, se advierte que los pichones están hambrientos, algunos vacilan al correr o se apoyan en los alambrados. Hay un macho muerto a la entrada de su jaula, inexplicablemente. Y el caballo se resiste a trotar, ya estamos a diez cuadras de la casa y todavía al paso, con la cabeza caída y resollando. Desanimados emprendemos la vuelta, llegamos para ver cómo los últimos restos de alimento se pierden en un revuelo de pelea.

Volvemos sin obstinarnos a la veranda. En el primer peldaño hay un pichón de mancuspia muriéndose. Lo alzamos, lo ponemos en un canasto con paja, quisiéramos saber qué tiene pero se muere con la muerte oscura de los animales. Y los candados estaban intactos, no se sabe cómo pudo escapar esta mancuspia, si su muerte es la escapatoria o si ha escapado porque se estaba muriendo. Le echamos diez glóbulos de *Nux Vomica* en el pico, se quedan ahí como perlitas, ya no puede tragar. Desde donde estamos se ve a un macho caído sobre las manos; intenta alzarse con una sacudida, pero vuelve a caer como si rezara.

Nos parece oír gritos, tan cerca nuestro que miramos hasta debajo de las sillas de paja de la veranda; el doctor Harbín nos ha prevenido contra las reacciones animales que atacan de mañana, no habíamos pensado que pudiera ser una cefalea así. Dolor occipital, de tanto en tanto un grito: cuadro de *Apis*, dolores como picaduras de abejas. Doblamos la cabeza hacia atrás, o la hundimos contra la almohada (en algún momento hemos llegado a la cama). Sin sed, pero sudando; orina escasa, gritos penetrantes. Como magullados, sensibles al tacto; en un momento nos dimos la mano y fue terrible. Hasta que cesa, paulatina, dejándonos el temor de una repetición con variante animal, como ya una vez: tras de la abeja, el cuadro de la serpiente. Son las dos y media.

Preferimos completar estos informes mientras dura la luz y estamos bien. Uno de nosotros debería ir ahora al pueblo, si pasa la siesta se nos hará muy tarde para volver, y quedarnos solos toda la noche en la casa, quizá sin poder medicamentarnos... La siesta se estanca silenciosa, hace calor en las piezas, si vamos hasta la veranda nos rechaza el color de tiza de la tierra, los galpones, los tejados. Han muerto otras mancuspias pero el resto calla, sólo de cerca se las oiría jadear. Una de nosotros cree que alcanzaremos a venderlas, que debemos ir al pueblo. El otro hace estos apuntes y ya no cree en mucho. Que pase el calor, que sea de noche. Salimos casi a las siete, todavía hay unos puñados de alimento en el galpón, sacudiendo las bolsas cae un polvillo de avena que juntamos preciosamente. Ellas lo olfatean y la agitación en las jaulas es violenta. No nos atrevemos a soltarlas, es mejor poner una cucharada de pasta en cada jaula, así parece que están más satisfechas, que es más justo. Ni siquiera sacamos las mancuspias muertas, no nos explicamos cómo hay diez jaulas vacías, cómo parte de las crías anda mezclada con los machos en el corral. Se ve apenas, ahora anochece de golpe y el Chango nos robó el farol a carburo.

Parece como si en el camino, contra el monte de sauces, hubiera gente. Sería el momento de llamar para que alguien fuese al pueblo; todavía hay tiempo. A veces pensamos si no nos espían, la gente es tan ignorante y nos tiene tan entre ojos. Preferimos no pensar y cerramos la puerta con delicia, replegados a la casa donde todo es más nuestro. Quisiéramos consultar los manuales para precavernos de un nuevo *Apis*, o del otro animal todavía peor; dejamos la cena y leemos en voz alta, casi sin oír. Algunas frases suben sobre las otras, y afuera es igual, algunas mancuspias aúllan más alto que el resto, perduran y repiten un ulular lancinante. «*Crotalus cascavella* tiene alucinaciones peculiares...» Uno de nosotros repite la mención, nos alegra comprender tan bien el latín, crótalo cascabel, pero es decir lo mismo porque cascabel equivale a crótalo. Quizás el manual no quiere impresionar a los enfermos comunes con la mención directa del animal. Y sin embargo, lo nombra, esta terrible serpiente... «cuyo veneno actúa con espantosa intensidad». Tenemos que forzar la voz para oírnos entre el clamor de las mancuspias, otra vez las sentimos cerca de la casa, en los techos, rascando las ventanas, contra los dinteles. De alguna manera no es ya raro, por la tarde vimos tantas jaulas abiertas, pero la casa está cerrada y la luz en el comedor nos envuelve en una fría protección mientras nos ilustramos a gritos. Todo está claro en el manual, un lenguaje directo para enfermos sin prejuicios, la descripción del cuadro: cefalea y gran excitación, causadas por comenzar a dormir. (Pero por suerte no tenemos sueño.) El cráneo comprime el cerebro como un casco de acero —bien dicho—. Algo viviente camina en círculo dentro de la cabeza. (Entonces la casa es nuestra cabeza, la sentimos rondada, cada ventana es una oreja contra el aullar de las mancuspias ahí afuera.) Cabeza y pecho comprimidos por una armadura de hierro. Un hierro al rojo hundido en el vértex. No estamos seguros sobre el vértex, hace un momento que la luz vacila, cede poco a poco, nos olvidamos de poner en marcha el molino por la tarde. Cuando ya no se puede leer encendemos una vela junto al manual para terminar de enterarnos de los síntomas, es mejor saber por si más tarde —dolores lancinantes agudos en sien derecha, esta terrible serpiente cuyo veneno actúa con espantosa intensidad (ya leímos eso, es difícil alumbrar el manual con una vela), algo viviente camina en círculo dentro de la cabeza, también lo leímos y es así, algo viviente camina en círculo—. No estamos inquietos, peor es afuera, si hay afuera. Por sobre el manual nos estamos mirando, y si uno de nosotros alude con un gesto al aullar que crece más y más, volvemos a la lectura como seguros de que todo eso está ahora ahí, donde algo viviente camina en círculo aullando contra las ventanas, contra los oídos, el aullar de las mancuspias muriéndose de hambre.

Circe

And one kiss I had of her mouth, as I took the apple from
her hand. But while I bit it, my brain whirled and my foot
stumbled; and I felt my crashing fall through the tangled
boughs beneath her feet and saw the dead white faces that
welcomed me in the pit.

DANTE GABRIEL ROSSETTI, The Orchard-Pit

Porque ya no ha de importarle, pero esa vez le dolió la coincidencia de los chismes entrecortados, la cara servil de Madre Celeste contándole a tía Bebé, la incrédula desazón en el gesto de su padre. Primero fue la de la casa de altos, su manera vacuna de girar despacio la cabeza, rumiando las palabras con delicia de bolo vegetal. Y también la chica de la farmacia —«no porque yo lo crea, pero si fuese verdad qué horrible»— y hasta don Emilio, siempre discreto como sus lápices y sus libretas de hule. Todos hablaban de Delia Mañara con un resto de pudor, nada seguros de que pudiera ser así, pero en Mario se abría paso a puerta limpia un aire de rabia subiéndole a la cara. Odió de improviso a su familia con un ineficaz estallido de independencia. No los había querido nunca, sólo la sangre y el miedo a estar solo lo ataban a su madre y a los hermanos. Con los vecinos fue directo y brutal, a don Emilio lo puteó de arriba abajo la primera vez que se repitieron los comentarios. A la de la casa de altos le negó el saludo como si eso pudiera afligirla. Y cuando volvía del trabajo entraba ostensiblemente para saludar a los Mañara y acercarse —a veces con caramelos o un libro— a la muchacha que había matado a sus dos novios.

Yo me acuerdo mal de Delia, pero era fina y rubia, demasiado lenta en sus gestos (yo tenía doce años, el tiempo y las cosas son lentas entonces) y usaba vestidos claros con faldas de vuelo libre. Mario creyó un tiempo que la gracia de Delia y sus vestidos apoyaban el odio de la gente. Se lo dijo a Madre Celeste: «La odian porque no es chusma como ustedes, como yo mismo», y ni parpadeó cuando su madre hizo además de cruzarle la cara con una toalla. Después de eso fue la ruptura manifiesta; lo dejaban solo, le lavaban la ropa como por favor, los domingos se iban a Palermo o de picnic sin siquiera avisarle. Entonces Mario se acercaba a la ventana de Delia y le tiraba una piedrita. A veces ella salía, a veces la escuchaba reírse adentro, un poco malvadamente y sin darle esperanzas.

Vino la pelea Firpo-Dempsey y en cada casa se lloró y hubo indignaciones brutales, seguidas de una humillada melancolía casi colonial. Los Mañara se mudaron a cuatro cuadras y eso hace mucho en Almagro, de manera que otros vecinos empezaron a tratar a Delia, las familias de Victoria y Castro Barros se olvidaron del caso y Mario siguió viéndola dos veces por semana cuando volvía del banco. Era ya verano y Delia quería salir a veces, iban juntos a las confiterías de Rivadavia o a sentarse en Plaza Once. Mario cumplió diecinueve años, Delia vio llegar sin fiestas —todavía estaba de negro— los veintidós.

Los Mañara encontraban injustificado el luto por un novio, hasta Mario hubiera preferido un dolor sólo por dentro. Era penoso presenciar la sonrisa velada de Delia cuando se ponía el sombrero ante el espejo, tan rubia sobre el luto. Se dejaba adorar vagamente por Mario y los Mañara, se dejaba pasear y comprar cosas, volver con la última luz y recibir los domingos por la tarde. A veces salía sola hasta el antiguo barrio, donde Héctor la había festejado. Madre Celeste la vio pasar una tarde y cerró con ostensible desprecio las persianas. Un gato seguía a Delia, todos los animales se mostraban siempre sometidos a Delia, no se sabía si era cariño o dominación, le andaban cerca sin que ella los mirara. Mario notó una vez que un perro se apartaba cuando Delia iba a acariciarlo. Ella lo llamó (era en el Once, de tarde) y el perro vino manso, tal vez contento, hasta sus dedos. La madre decía que

Delia había jugado con arañas cuando chiquita. Todos se asombraban, hasta Mario que les tenía poco miedo. Y las mariposas venían a su pelo —Mario vio dos en una sola tarde, en San Isidro—, pero Delia las ahuyentaba con un gesto liviano. Héctor le había regalado un conejo blanco, que murió pronto, antes que Héctor. Pero Héctor se tiró en Puerto Nuevo, un domingo de madrugada. Fue entonces cuando Mario oyó los primeros chismes. La muerte de Rolo Médicis no había interesado a nadie desde que medio mundo se muere de un síncope. Cuando Héctor se suicidó los vecinos vieron demasiadas coincidencias, en Mario renacía la cara servil de Madre Celeste contándole a tía Bebé, la incrédula desazón en el gesto de su padre. Para colmo fractura del cráneo, porque Rolo cayó de una pieza al salir del zaguán de los Mañara, y aunque ya estaba muerto el golpe brutal contra el escalón fue otro feo detalle. Delia se había quedado adentro, raro que no se despidieran en la misma puerta, pero de todos modos estaba cerca de él y fue la primera en gritar. En cambio Héctor murió solo, en una noche de helada blanca, a las cinco horas de haber salido de casa de Delia como todos los sábados.

Yo me acuerdo mal de Mario, pero dicen que hacía linda pareja con Delia. Aunque ella estaba todavía con el luto por Héctor (nunca se puso luto por Rolo, vaya a saber el capricho), aceptaba la compañía de Mario para pasear por Almagro o ir al cine. Hasta ese entonces Mario se había sentido fuera de Delia, de su vida, hasta de la casa. Era siempre una «visita», y entre nosotros la palabra tiene un sentido exacto y divisorio. Cuando la tomaba del brazo para cruzar la calle, o al subir la escalera de la estación Medrano, miraba a veces su mano apretada contra la seda negra del vestido de Delia. Medía ese blanco sobre negro, esa distancia. Pero Delia se acercaría cuando volviera al gris, a los claros sombreros para el domingo de mañana.

Ahora que los chismes no eran un artificio absoluto, lo miserable para Mario estaba en que anexaban episodios indiferentes para darles un sentido. Mucha gente muere en Buenos Aires de ataques cardíacos o asfixia por inmersión. Muchos conejos languidecen y mueren en las casas, en los patios. Muchos perros rehúyen o aceptan las caricias. Las pocas líneas que Héctor dejó a su madre, los sollozos que la de la casa de altos dijo haber oído en el zaguán de los Mañara la noche en que murió Rolo (pero antes del golpe), el rostro de Delia los primeros días... La gente pone tanta inteligencia en esas cosas, y cómo de tantos nudos agregándose nace al final el trozo de tapiz —Mario vería a veces el tapiz, con asco, con terror, cuando el insomnio entraba en su piecita para ganarle la noche—.

«Perdoname mi muerte, es imposible que entiendas pero perdoname, mamá.» Un papelito arrancado al borde de *Crítica*, apretado con una piedra al lado del saco que quedó como un mojón para el primer marinero de la madrugada. Hasta esa noche había sido tan feliz, claro que lo habían visto raro las últimas semanas; no raro, mejor distraído, mirando el aire como si viera cosas. Igual que si tratara de escribir algo en el aire, descifrar un enigma. Todos los muchachos del café Rubí estaban de acuerdo. Mientras que Rolo no, le falló el corazón de golpe. Rolo era un muchacho solo y tranquilo, con plata y un Chevrolet doble faetón, de manera que pocos lo habían confrontado en ese tiempo final. En los zaguanes las cosas resuenan tanto, la de la casa de altos sostuvo días y días que el llanto de Rolo había sido como un alarido sofocado, un grito entre las manos que quieren ahogarlo y lo van cortando en pedazos. Y casi enseguida el golpe atroz de la cabeza contra el escalón, la carrera de Delia clamando, el revuelo ya inútil.

Sin darse cuenta, Mario juntaba pedazos de episodios, se descubría urdiendo explicaciones paralelas al ataque de los vecinos. Nunca preguntó a Delia, esperaba vagamente algo de ella. A veces pensaba si Delia sabría exactamente lo que se murmuraba. Hasta los Mañara eran raros, con su manera de aludir a Rolo y a Héctor sin violencia, como si estuviesen de viaje. Delia callaba protegida por ese acuerdo precavido e incondicional. Cuando Mario se agregó, discreto como ellos, los tres cubrieron a Delia con una sombra fina y constante, casi transparente los martes o los jueves, más palpable y solícita de sábado a lunes. Delia recobraba ahora una menuda vivacidad episódica, un día tocó el piano, otra vez jugó al ludo; era más dulce con Mario, lo hacía sentarse cerca de la ventana de la sala y le explicaba proyectos de costura o de bordado. Nunca le decía nada de los postres o los bombones, a Mario le extrañaba pero lo atribuía a delicadeza, a miedo de aburrirlo. Los Mañara alababan los licores de Delia; una noche quisieron servirle una copita, pero Delia dijo con brusquedad que eran licores para mujeres y que había volcado casi todas las botellas. «A Héctor...», empezó plañidera su madre, y no dijo más por no apenar a Mario. Después se dieron cuenta de que a Mario no lo molestaba la evocación de los novios. No volvieron a hablar de licores hasta que Delia recobró la animación y quiso probar recetas nuevas. Mario se acordaba de esa tarde porque acababan de ascenderlo, y lo primero que hizo fue comprarle bombones a Delia. Los Mañara picoteaban pacientemente la galena del aparatito con teléfonos, y lo hicieron quedarse un rato en el comedor para que escuchara cantar a Rosita Quiroga. Luego él les dijo lo del ascenso, y que le traía bombones a Delia.

—Hiciste mal en comprar eso, pero andá, lleváselos, está en la sala. —Y lo miraron salir y se miraron hasta que Mañara se sacó los teléfonos como si se quitara una corona de laurel, y la señora suspiró desviando los ojos. De pronto los dos parecían desdichados, perdidos. Con un gesto turbio Mañara levantó la palanquita de la galena.

Delia se quedó mirando la caja y no hizo mucho caso de los bombones, pero cuando estaba comiendo el segundo, de menta con una crestita de nuez, le dijo a Mario que sabía hacer bombones. Parecía excusarse por no haberle confiado antes tantas cosas, empezó a describir con agilidad la manera de hacer los bombones, el relleno y los baños de chocolate o moka. Su mejor receta eran unos bombones a la naranja rellenos de licor, con una aguja perforó uno de los que le traía Mario para mostrarle cómo se los manipulaba; Mario veía sus dedos demasiado blancos contra el bombón, mirándola explicar le parecía un cirujano pausando un delicado tiempo quirúrgico. El bombón como una menuda laucha entre los dedos de Delia, una cosa diminuta pero viva que la aguja laceraba. Mario sintió un raro malestar, una dulzura de abominable repugnancia. «Tire ese bombón», hubiera querido decirle. «Tírelo lejos, no vaya a llevárselo a la boca porque está vivo, es un ratón vivo.» Después le volvió la alegría del ascenso, oyó a Delia repetir la receta del licor de té, del licor de rosa... Hundió los dedos en la caja y comió dos, tres bombones seguidos. Delia se sonreía como burlándose. Él se imaginaba cosas, y fue temerosamente feliz. «El tercer novio», pensó raramente. «Decirle así: su tercer novio, pero vivo.»

Ahora ya es más difícil hablar de esto, está mezclado con otras historias que uno agrega a base de olvidos menores, de falsedades mínimas que tejen y tejen por detrás de los recuerdos; parece que él iba más seguido a lo de Mañara, la vuelta a la vida de Delia lo ceñía a sus gustos y a sus caprichos, hasta los Mañara le pidieron con algún recelo que alentara a Delia, y él compraba las sustancias para los licores, los filtros y embudos que ella recibía con una grave satisfacción en la que Mario sospechaba un poco de amor, por lo menos algún olvido de los muertos.

Los domingos se quedaba de sobremesa con los suyos, y Madre Celeste se lo agradecía sin sonreír, pero dándole lo mejor del postre y el café muy caliente. Por fin habían cesado los chismes, al menos no se hablaba de Delia en su presencia. Quién sabe si los bofetones al más chico de los Camiletti o el agrio encresparse frente a Madre Celeste entraban en eso; Mario llegó a creer que habían recapacitado, que absolvían a

Delia y hasta la consideraban de nuevo. Nunca habló de su casa en lo de Mañara, ni mencionó a su amiga en las sobremesas del domingo. Empezaba a creer posible esa doble vida a cuatro cuadras una de otra; la esquina de Rivadavia y Castro Barros era el puente necesario y eficaz. Hasta tuvo esperanza de que el futuro acercara las casas, las gentes, sordo al paso incomprensible que sentía —a veces, a solas— como íntimamente ajeno y oscuro.

Otras gentes no iban a ver a los Mañara. Asombraba un poco esa ausencia de parientes o de amigos. Mario no tenía necesidad de inventarse un toque especial de timbre, todos sabían que era él. En diciembre, con un calor húmedo y dulce, Delia logró el licor de naranja concentrado, lo bebieron felices un atardecer de tormenta. Los Mañara no quisieron probarlo, seguros de que les haría mal. Delia no se ofendió, pero estaba como transfigurada mientras Mario sorbía apreciativo el dedalito violáceo lleno de luz naranja, de olor quemante. «Me va a hacer morir de calor, pero está delicioso», dijo una o dos veces. Delia, que hablaba poco cuando estaba contenta, observó: «Lo hice para vos». Los Mañara la miraban como queriendo leerle la receta, la alquimia minuciosa de quince días de trabajo.

A Rolo le habían gustado los licores de Delia. Mario lo supo por unas palabras de Mañara dichas al pasar cuando Delia no estaba: «Ella le hizo muchas bebidas. Pero Rolo tenía miedo por el corazón. El alcohol es malo para el corazón». Tener un novio tan delicado, Mario comprendía ahora la liberación que asomaba en los gestos, en la manera de tocar el piano de Delia. Estuvo por preguntarle a los Mañara qué le gustaba a Héctor, si también Delia le hacía licores o postres a Héctor. Pensó en los bombones que Delia volvía a ensayar y que se alineaban para secarse en una repisa de la antecocina. Algo le decía a Mario que Delia iba a conseguir cosas maravillosas con los bombones. Después de pedir muchas veces, obtuvo que ella le hiciera probar uno. Ya se iba cuando Delia le trajo una muestra blanca y liviana en un platito de alpaca. Mientras lo saboreaba —algo apenas amargo, con un asomo de menta y nuez moscada mezclándose raramente—, Delia tenía los ojos bajos y el aire modesto. Se negó a aceptar los elogios, no era más que un ensayo y aún estaba lejos de lo que se proponía. Pero a la visita siguiente —también de noche, ya en la sombra de la despedida junto al piano— le permitió probar otro ensayo. Había que cerrar los ojos para adivinar el sabor, y Mario obediente cerró los ojos y adivinó un sabor a mandarina, levísimo, viniendo desde lo más hondo del chocolate. Sus dientes desmenuzaban trocitos crocantes, no alcanzó a sentir su sabor y era sólo la sensación agradable de encontrar un apoyo entre esa pulpa dulce y esquiva.

Delia estaba contenta del resultado, dijo a Mario que su descripción del sabor se acercaba a lo que había esperado. Todavía faltaban ensayos, había cosas sutiles por equilibrar. Los Mañara le dijeron a Mario que Delia no había vuelto a sentarse al piano, que se pasaba las horas preparando los licores, los bombones. No lo decían con reproche, pero tampoco estaban contentos; Mario adivinó que los gastos de Delia los afligían. Entonces pidió a Delia en secreto una lista de las esencias y sustancias necesarias. Ella hizo algo que nunca antes, le pasó los brazos por el cuello y lo besó en la mejilla. Su boca olía despacito a menta. Mario cerró los ojos, llevado por la necesidad de sentir el perfume y el sabor desde debajo de los párpados. Y el beso volvió, más duro y quejándose.

No supo si le había devuelto el beso, tal vez se quedó quieto y pasivo, catador de Delia en la penumbra de la sala. Ella tocó el piano, como casi nunca ahora, y le pidió que volviera al otro día. Nunca habían hablado con esa voz, nunca se habían callado así. Los Mañara sospecharon algo porque vinieron agitando los periódicos y con noticias de un aviador perdido en el Atlántico. Eran días en que muchos aviadores se quedaban a mitad del Atlántico. Alguien encendió la luz y

Delia se apartó enojada del piano, a Mario le pareció un instante que su gesto ante la luz tenía algo de la fuga enceguecida del ciempiés, una loca carrera por las paredes. Abría y cerraba las manos, en el vano de la puerta, y después volvió como avergonzada, mirando de reojo a los Mañara; los miraba de reojo y se sonreía.

Sin sorpresa, casi como una confirmación, midió Mario esa noche la fragilidad de la paz de Delia, el peso persistente de la doble muerte. Rolo, vaya y pase; Héctor era ya el desborde, el trizado que desnuda un espejo. De Delia quedaban las manías delicadas, la manipulación de esencias y animales, su contacto con cosas simples y oscuras, la cercanía de las mariposas y los gatos, el aura de su respiración a medias en la muerte. Se prometió una caridad sin límites, una cura de años en habitaciones claras y parques alejados del recuerdo; tal vez sin casarse con Delia, simplemente prolongando este amor tranquilo hasta que ella no viese más una tercera muerte andando a su lado, otro novio, el que sigue para morir.

Creyó que los Mañara iban a alegrarse cuando él empezara a traerle los extractos a Delia; en cambio se enfurruñaron y se replegaron hoscos, sin comentarios, aunque terminaban transando y yéndose, sobre todo cuando venía la hora de las pruebas, siempre en la sala y casi de noche, y había que cerrar los ojos y definir —con cuántas vacilaciones a veces por la sutilidad de la materia— el sabor de un trocito de pulpa nueva, pequeño milagro en el plato de alpaca.

A cambio de esas atenciones Mario obtenía de Delia una promesa de ir juntos al cine o pasear por Palermo. En los Mañara advertía gratitud y complicidad cada vez que venía a buscarla el sábado de tarde o la mañana del domingo. Como si prefiriesen quedarse solos en la casa para oír radio o jugar a las cartas. Pero también sospechó una repugnancia de Delia a irse de la casa cuando quedaban los viejos. Aunque no estaba triste junto a Mario, las pocas veces que salieron con los Mañara se alegró más, entonces se divertía de veras en la Exposición Rural, quería pastillas y aceptaba juguetes que a la vuelta miraba con fijeza, estudiándolos hasta cansarse. El aire puro le hacía bien, Mario le vio una tez más clara y un andar decidido. Lástima esa vuelta vespertina al laboratorio, el ensimismamiento interminable con la balanza o las tenacillas. Ahora los bombones la absorbían al punto de dejar los licores; ahora pocas veces daba a probar sus hallazgos. A los Mañara nunca; Mario sospechaba sin razones que los Mañara hubieran rehusado probar sabores nuevos; preferían los caramelos comunes y si Delia dejaba una caja sobre la mesa, sin invitarlos pero como invitándolos, ellos escogían las formas simples, las de antes, y hasta cortaban los bombones para examinar el relleno. A Mario le divertía el sordo descontento de Delia junto al piano, su aire falsamente distraído. Guardaba para él las novedades, a último momento venía de la cocina con el platito de alpaca; una vez se hizo tarde tocando el piano y Delia dejó que la acompañara hasta la cocina para buscar unos bombones nuevos. Cuando encendió la luz, Mario vio el gato dormido en su rincón, y las cucarachas que huían por las baldosas. Se acordó de la cocina de su casa, Madre Celeste desparramando polvo amarillo en los zócalos. Aquella noche los bombones tenían gusto a moka y un dejo raramente salado (en lo más lejano del sabor) como si al final del gusto se escondiera una lágrima; era idiota pensar en eso, en el resto de las lágrimas caídas la noche de Rolo en el zaguán.

—El pez de color está tan triste —dijo Delia mostrándole el bocal con piedritas y falsas vegetaciones. Un pececillo rosa translúcido dormitaba con un acompasado movimiento de la boca. Su ojo frío miraba a Mario como una perla viva. Mario pensó en el ojo salado como una lágrima que resbalaría entre los dientes al mascarlo.

—Hay que renovarle más seguido el agua —propuso.

—Es inútil, está viejo y enfermo. Mañana se va a morir.

A él le sonó el anuncio como un retorno a lo peor, a la Delia atormentada del luto y los primeros tiempos. Todavía tan cerca de aquello, del peldaño y el muelle, con fotos de Héctor apareciendo de golpe entre los pares de medias o las enaguas de verano. Y una flor seca —del velorio de Rolo— sujeta sobre una estampa en la hoja del ropero.

Antes de irse le pidió que se casara con él en el otoño. Delia no dijo nada, se puso a mirar el suelo como si buscara una hormiga en la sala. Nunca habían hablado de eso, Delia parecía querer habituarse y pensar antes de contestarle. Después lo miró brillantemente, irguiéndose de golpe. Estaba hermosa, le temblaba un poco la boca. Hizo un gesto como para abrir una puertecita en el aire, un ademán casi mágico.

—Entonces sos mi novio —dijo—. Qué distinto me parecés, qué cambiado.

Madre Celeste oyó sin hablar la noticia, puso a un lado la plancha y en todo el día no se movió de su cuarto, adonde entraban de a uno los hermanos para salir con caras largas y vasitos de Hesperidina. Mario se fue a ver fútbol y por la noche llevó rosas a Delia. Los Mañara lo esperaban en la sala, lo abrazaron y le dijeron cosas, hubo que destapar una botella de oporto y comer masas. Ahora el tratamiento era íntimo y a la vez más lejano. Perdían la simplicidad de amigos para mirarse con los ojos del pariente, del que lo sabe todo desde la primera infancia. Mario besó a Delia, besó a mamá Mañara, y al abrazar fuerte a su futuro suegro hubiera querido decirle que confiaran en él, nuevo soporte del hogar, pero no le venían las palabras. Se notaba que también los Mañara hubieran querido decirle algo y no se animaban. Agitando los periódicos volvieron a su cuarto, y Mario se quedó con Delia y el piano, con Delia y la llamada de amor indio.

Una o dos veces, durante esas semanas de noviazgo, estuvo a un paso de citar a papá Mañara fuera de la casa para hablarle de los anónimos. Después lo creyó inútilmente cruel porque nada podía hacerse contra esos miserables que lo hostigaban. El peor vino un sábado a mediodía en un sobre azul,

Mario se quedó mirando la fotografía de Héctor en *Última Hora* y los párrafos subrayados con tinta azul. «Sólo una honda desesperación pudo arrastrarlo al suicidio, según declaraciones de los familiares.» Pensó raramente que los familiares de Héctor no habían aparecido más por lo de Mañara. Quizá fueron alguna vez en los primeros días. Se acordaba ahora del pez de color, los Mañara habían dicho que era regalo de la madre de Héctor. Pez de color muerto el día anunciado por Delia. Sólo una honda desesperación pudo arrastrarlo. Quemó el sobre, el recorte, hizo un recuento de sospechosos y se propuso franquearse con Delia, salvarla en sí mismo de los hilos de baba, del rezumar intolerable de esos rumores. A los cinco días (no había hablado con Delia ni con los Mañara) vino el segundo. En la cartulina celeste había primero una estrellita (no se sabía por qué) y después: «Yo que usted tendría cuidado con el escalón de la cancel». Del sobre salió un perfume vago a jabón de almendra. Mario pensó si la de la casa de altos usaría jabón de almendra, hasta tuvo el torpe valor de revisar la cómoda de Madre Celeste y de su hermana. También quemó este anónimo, tampoco le dijo nada a Delia. Era en diciembre, con el calor de esos diciembres del veintitantos, ahora iba después de cenar a lo de Delia y hablaban paseándose por el jardincito de atrás o dando vuelta a la manzana. Con el calor comían menos bombones, no que Delia renunciara a sus ensayos pero traía pocas muestras a la sala, prefería guardarlos en cajas antiguas, protegidos en moldecitos, con un fino césped de papel verde claro por encima. Mario la notó inquieta, como alerta. A veces miraba hacia atrás en las esquinas, y la noche que hizo un gesto de rechazo al llegar al buzón de Medrano y Rivadavia, Mario comprendió que también a ella la estaban torturando desde lejos; que compartían sin decirlo un mismo hostigamiento.

Se encontró con papá Mañara en el Munich de Cangallo y Pueyrredón, lo colmó de cerveza y papas fritas sin arrancarlo de una vigilante modorra, como si desconfiara de la cita. Mario le dijo riendo que no iba a pedirle plata, sin rodeos le habló de los anónimos, la nerviosidad de Delia, el buzón de Medrano y Rivadavia.

—Ya sé que apenas nos casemos se acabarán estas infamias. Pero necesito que ustedes me ayuden, que la protejan. Una cosa así puede hacerle daño. Es tan delicada, tan sensible.

—Vos querés decir que se puede volver loca, ¿no es cierto?

—Bueno, no es eso. Pero si recibe anónimos como yo y se los calla, y eso se va juntando...

—Vos no la conocés a Delia. Los anónimos se los pasa... quiero decir que no le hacen mella. Es más dura de lo que te pensás.

—Pero mire que está como sobresaltada, que algo la trabaja —atinó a decir indefenso Mario.

—No es por eso, sabés —bebía su cerveza como para que le tapara la voz—. Antes fue igual, yo la conozco bien.

—¿Antes de qué?

—Antes de que se le murieran, sonso. Pagá que estoy apurado.

Quiso protestar pero papá Mañara estaba ya andando hacia la puerta. Le hizo un gesto vago de despedida y se fue para el Once con la cabeza gacha. Mario no se animó a seguirlo, ni siquiera pensar mucho lo que acababa de oír. Ahora estaba otra vez solo como al principio, frente a Madre Celeste, la de la casa de altos y los Mañara. Hasta los Mañara.

Delia sospechaba algo porque lo recibió distinta, casi parlanchina y sonsacadora. Tal vez los Mañara habían hablado del encuentro en el Munich, Mario esperó que tocara el tema para ayudarla a salir de ese silencio, pero ella prefería *Rose Marie* y un poco de Schumann, los tangos de Pacho con un compás cortado y entrador, hasta que los Mañara llegaron con galletitas y málaga y encendieron todas las luces. Se habló de Pola Negri, de un crimen en Liniers, del eclipse parcial y la descompostura del gato. Delia creía que el gato estaba empachado de pelos y apoyaba un tratamiento de aceite de castor. Los Mañara le daban la razón sin opinar pero no parecían convencidos. Se acordaron de un veterinario amigo, de unas hojas amargas. Optaban por dejarlo solo en el jardincito, que él mismo eligiera los pastos curativos. Pero Delia dijo que el gato se moriría, tal vez el aceite le prolongara la vida un poco más. Oyeron a un diarero en la esquina y los Mañara corrieron juntos a comprar *Última Hora*. A una muda consulta de Delia fue Mario a apagar las luces de la sala. Quedó la lámpara en la mesa del rincón, manchando de amarillo viejo la carpeta de bordados futuristas. En torno al piano había una luz velada.

Mario preguntó por la ropa de Delia, si trabajaba en su ajuar, si marzo era mejor que mayo para el casamiento. Esperaba un instante de valor para mencionar los anónimos, un resto de miedo a equivocarse lo detenía cada vez. Delia estaba junto a él en el sofá verde oscuro, su ropa celeste la recortaba débilmente en la penumbra. Una vez que quiso besarla, la sintió contraerse poco a poco.

—Mamá va a volver a despedirse. Esperá que se vayan a la cama...

Afuera se oía a los Mañara, el crujir del diario, su diálogo continuo. No tenían sueño esa noche, las once y media y seguían charlando. Delia volvió al piano, como obstinándose tocaba largos valses criollos con da capo al fine una vez y otra, escalas y adornos un poco cursis pero que a Mario le encantaban, y siguió en el piano hasta que los Mañara vinieron a decirles buenas noches, y que no se quedaran mucho rato, ahora que él era de la familia tenía que velar más que nunca por Delia y cuidar que no trasnochara. Cuando se fueron, como a disgusto pero rendidos de sueño, el calor entraba a bocanadas por la puerta del zaguán y la ventana de la sala. Mario quiso un vaso de agua fresca y fue a la cocina aunque Delia quería servírselo y se molestó un poco. Cuando estuvo de vuelta vio a Delia en la ventana, mirando la calle vacía por donde antes en noches iguales se iban Rolo y Héctor. Algo de luna se acostaba ya en el piso cerca de Delia, en el plato de alpaca que Delia guardaba en la mano como otra pequeña luna. No había querido pedirle a Mario que probara delante de los Mañara, él tenía que comprender cómo la cansaban los reproches de los Mañara, siempre encontraban que era abusar de la bondad de Mario pedirle que probara los nuevos bombones. Claro que si no tenía ganas, pero nadie le merecía más confianza, los Mañara eran incapaces de apreciar un sabor distinto. Le ofrecía el bombón como suplicando, pero Mario comprendió el deseo que poblaba su voz, ahora lo abarcaba con una claridad que no venía de la luna, ni siquiera de Delia. Puso el vaso de agua sobre el piano (no había bebido en la cocina) y sostuvo con dos dedos el bombón, con Delia a su lado esperando el veredicto, anhelosa la respiración como si todo dependiera de eso, sin hablar pero urgiéndolo con el gesto, los ojos crecidos —o era la sombra de la sala—, oscilando apenas el cuerpo al jadear, porque ahora era casi un jadeo cuando Mario acercó el bombón a la boca, iba a morder, bajaba la mano y Delia gemía como si en medio de un placer infinito se sintiera de pronto frustrada. Con la mano libre apretó apenas los flancos del bombón pero no lo miraba, tenía los ojos en Delia y la cara de yeso, un pierrot repugnante en la penumbra. Los dedos se separaban, dividiendo el bombón. La luna cayó de plano en la masa blanquecina de la cucaracha, el cuerpo desnudo de su revestimiento coriáceo, y alrededor, mezclados con la menta y el mazapán, los trocitos de patas y alas, el polvillo del caparacho triturado.

Cuando le tiró los pedazos a la cara, Delia se tapó los ojos y empezó a sollozar, jadeando en un hipo que la ahogaba, cada vez más agudo el llanto como la noche de Rolo, entonces los dedos de Mario se cerraron en su garganta como para protegerla de ese horror que le subía del pecho, un borborigmo de lloro y quejido, con risas quebradas por retorcimientos, pero él quería solamente que se callara y apretaba para que solamente se callara, la de la casa de altos estaría ya escuchando con miedo y delicia de modo que había que callarla a toda costa. A su espalda, desde la cocina donde había encontrado al gato con las astillas clavadas en los ojos, todavía arrastrándose para morir dentro de la casa, oía la respiración de los Mañara levantados, escondiéndose en el comedor para espiarlos, estaba seguro de que los Mañara habían oído y estaban ahí, contra la puerta, en la sombra del comedor, oyendo cómo él hacía callar a Delia. Aflojó el apretón y la dejó resbalar hasta el sofá, convulsa y negra pero viva. Oía jadear a los Mañara, le dieron lástima por tantas cosas, por Delia misma, por dejársela otra vez y viva. Igual que Héctor y Rolo se iba y se las dejaba. Tuvo mucha lástima de los Mañara que habían estado ahí agazapados y esperando que él —por fin alguno— hiciera callar a Delia que lloraba, hiciera cesar por fin el llanto de Delia.

Las puertas del cielo

A las ocho vino José María con la noticia, casi sin rodeos me dijo que Celina acababa de morir. Me acuerdo que reparé instantáneamente en la frase, Celina acabando de morirse, un poco como si ella misma hubiera decidido el momento en que eso debía concluir. Era casi de noche y a José María le temblaban los labios al decírmelo.

—Mauro lo ha tomado tan mal, lo dejé como loco. Mejor vamos.

Yo tenía que terminar unas notas, aparte de que le había prometido a una amiga llevarla a comer. Pegué un par de telefoneadas y salí con José María a buscar un taxi. Mauro y Celina vivían por Cánning y Santa Fe, de manera que le pusimos diez minutos desde casa. Ya al acercarnos vimos gente que se paraba en el zaguán con un aire culpable y cortado; en el camino supe que Celina había empezado a vomitar sangre a las seis, que Mauro trajo al médico y que su madre estaba con ellos. Parece que el médico empezaba a escribir una larga receta cuando Celina abrió los ojos y se acabó de morir con una especie de tos, más bien un silbido.

—Yo lo sujeté a Mauro, el doctor tuvo que salir porque Mauro se le quería tirar encima. Usté sabe cómo es él cuando se cabrea.

Yo pensaba en Celina, en la última cara de Celina que nos esperaba en la casa. Casi no escuché los gritos de las viejas y el revuelo en el patio, pero en cambio me acuerdo que el taxi costaba dos sesenta y que el chofer tenía una gorra de lustrina. Vi a dos o tres amigos de la barra de Mauro, que leían *La Razón* en la puerta; una nena de vestido azul tenía en brazos al gato barcino y le atusaba minuciosa los bigotes. Más adentro empezaban los clamoreos y el olor a encierro.

—Andá velo a Mauro —le dije a José María—. Ya sabés que conviene darle bastante alpiste.

En la cocina andaban ya con el mate. El velorio se organizaba solo, por sí mismo: las caras, las bebidas, el calor. Ahora que Celina acababa de morir, increíble cómo la gente de un barrio larga todo (hasta las audiciones de preguntas y respuestas) para constituirse en el lugar del hecho. Una bombilla rezongó fuerte cuando pasé al lado de la cocina y me asomé a la pieza mortuoria. Misia Martita y otra mujer me miraron desde el oscuro fondo, donde la cama parecía estar flotando en una jalea de membrillo. Me di cuenta por su aire superior que acababan de lavar y amortajar a Celina; hasta se olía débilmente a vinagre.

—Pobrecita la finadita —dijo Misia Martita—. Pase, doctor, pase a verla. Parece como dormida.

Aguantando las ganas de putearla me metí en el caldo caliente de la pieza. Hacía rato que estaba mirando a Celina sin verla y ahora me dejé ir a ella, al pelo negro y lacio naciendo de una frente baja que brillaba como nácar de guitarra, al plato playo blanquísimo de su cara sin remedio. Me di cuenta de que no tenía nada que hacer ahí, que esa pieza era ahora de las mujeres, de las plañideras llegando en la noche. Ni siquiera Mauro podría entrar en paz a sentarse al lado de Celina, ni siquiera Celina estaba ahí esperando, esa cosa blanca y negra se volcaba del lado de las lloronas, las favorecía con su tema inmóvil repitiéndose. Mejor Mauro, ir a buscar a Mauro que seguía del lado nuestro.

De la pieza al comedor había sordos centinelas fumando en el pasillo sin luz. Peña, el loco Bazán, los dos hermanos menores de Mauro y un viejo indefinible me saludaron con respeto.

—Gracias por venir, doctor —me dijo uno—. Usté siempre tan amigo del pobre Mauro.

—Los amigos se ven en estos trances —dijo el viejo, dándome una mano que me pareció una sardina viva.

Todo esto ocurría, pero yo estaba otra vez con Celina y Mauro en el Luna Park, bailando en el Carnaval del cuarenta y dos, Celina de celeste que le iba tan mal con su tipo achinado, Mauro de palm-beach y yo con seis whiskeys y una mamúa padre. Me gustaba salir con Mauro y Celina para asistir de costado a su dura y caliente felicidad. Cuanto más me reprochaban estas amistades, más me arrimaba a ellos (a mis días, a mis horas) para presenciar su existencia de la que ellos mismos no sabían nada.

Me arranqué del baile, un quejido venía de la pieza trepando por las puertas.

—Ésa debe ser la madre —dijo el loco Bazán, casi satisfecho.

«Silogística perfecta del humilde», pensé. «Celina muerta, llega madre, chillido madre.» Me daba asco pensar así, una vez más estar pensando todo lo que a los otros les bastaba sentir. Mauro y Celina no habían sido mis cobayos, no. Los quería, cuánto los sigo queriendo. Solamente que nunca pude entrar en su simpleza, solamente que me veía forzado a alimentarme por reflejo de su sangre; yo soy el doctor Hardoy, un abogado que no se conforma con el Buenos Aires forense o musical o hípico, y avanza todo lo que puede por otros zaguanes. Ya sé que detrás de eso está la curiosidad, las notas que llenan poco a poco mi fichero. Pero Celina y Mauro no, Celina y Mauro no.

—Quién iba a decir esto —le oí a Peña—. Así tan rápido...

—Bueno, vos sabés que estaba muy mal del pulmón.

—Sí, pero lo mismo...

Se defendían de la tierra abierta. Muy mal del pulmón, pero así y todo... Celina tampoco debió esperar su muerte,

183

para ella y Mauro la tuberculosis era «debilidad». Otra vez la vi girando entusiasta en brazos de Mauro, la orquesta de Canaro ahí arriba y un olor a polvo barato. Después bailó conmigo una machicha, la pista era un horror de gente y calina. «Qué bien baila, Marcelo», como extrañada de que un abogado fuera capaz de seguir una machicha. Ni ella ni Mauro me tutearon nunca, yo le hablaba de vos a Mauro pero a Celina le devolvía el tratamiento. A Celina le costó dejar el «doctor», tal vez la enorgullecía darme el título delante de otros, mi amigo el doctor. Yo le pedí a Mauro que se lo dijera, entonces empezó el «Marcelo». Así ellos se acercaron un poco a mí pero yo estaba tan lejos como antes. Ni yendo juntos a los bailes populares, al box, hasta al fútbol (Mauro jugó años atrás en Racing) o mateando hasta tarde en la cocina. Cuando acabó el pleito y le hice ganar cinco mil pesos a Mauro, Celina fue la primera en pedirme que no me alejara, que fuese a verlos. Ya no estaba bien, su voz siempre un poco ronca era cada vez más débil. Tosía por la noche, Mauro le compraba Neurofosfato Escay lo que era una idiotez, y también Hierro Quina Bisleri, cosas que se leen en las revistas y se les toma confianza.

Íbamos juntos a los bailes, y yo los miraba vivir.

—Es bueno que lo hable a Mauro —dijo José María que brotaba de golpe a mi lado—. Le va a hacer bien.

Fui, pero estuve todo el tiempo pensando en Celina. Era feo reconocerlo, en realidad lo que hacía era reunir y ordenar mis fichas sobre Celina, no escritas nunca pero bien a mano. Mauro lloraba a cara descubierta como todo animal sano y de este mundo, sin la menor vergüenza. Me tomaba las manos y me las humedecía con su sudor febril. Cuando José María lo forzaba a beber una ginebra, la tragaba entre dos sollozos con un ruido raro. Y las frases, ese barboteo de estupideces con toda su vida dentro, la oscura conciencia de la cosa irreparable que le había sucedido a Celina pero que sólo él acusaba y resentía. El gran narcisismo por fin excusado y en libertad para dar el espectáculo. Tuve asco de Mauro pero mucho más de mí mismo, y me puse a beber coñac barato que me abrasaba la boca sin placer. Ya el velorio funcionaba a todo tren, de Mauro abajo estaban todos perfectos, hasta la noche ayudaba caliente y pareja, linda para estarse en el patio y hablar de la finadita, para dejar venir el alba sacándole a Celina los trapos al sereno.

Esto fue un lunes, después tuve que ir a Rosario por un congreso de abogados donde no se hizo otra cosa que aplaudirse unos a otros y beber como locos, y volví a fin de semana. En el tren viajaban dos bailarinas del Moulin Rouge y reconocí a la más joven, que se hizo la zonza. Toda esa mañana había estado pensando en Celina, no que me importara tanto la muerte de Celina sino más bien la suspensión de un orden, de un hábito necesario. Cuando vi a las muchachas pensé en la carrera de Celina y el gesto de Mauro al sacarla de la milonga del griego Kasidis y llevársela con él. Se precisaba coraje para esperar alguna cosa de esa mujer, y fue en esa época que lo conocí, cuando vino a consultarme sobre el pleito de su vieja por unos terrenos en Sanagasta. Celina lo acompañó la segunda vez, todavía con un maquillaje casi profesional, moviéndose a bordadas anchas pero apretada a su brazo. No me costó medirlos, saborear la sencillez agresiva de Mauro y su esfuerzo inconfesado por incorporarse del todo a Celina. Cuando los empecé a tratar me pareció que lo había conseguido, al menos por fuera y en la conducta cotidiana. Después medí mejor, Celina se le escapaba un poco por la vía de los caprichos, su ansiedad de bailes populares, sus largos entresueños al lado de la radio, con un remiendo o un tejido en las manos. Cuando la oí cantar, una noche de Nebiolo y Racing cuatro a uno, supe que todavía estaba con Kasidis, lejos de una casa estable y de Mauro puestero del Abasto. Por conocerla mejor alenté sus deseos baratos, fuimos los tres a tanto sitio de altoparlantes cegadores, de pizza hirviendo y papelitos con grasa por el piso. Pero Mauro prefería el patio, las horas de charla con vecinos y el mate. Aceptaba de a poco, se sometía sin ceder. Entonces Celina fingía conformarse, tal vez ya estaba conformándose con salir menos y ser de su casa. Era yo el que le conseguía a Mauro para ir a los bailes, y sé que me lo agradeció desde un principio. Ellos se querían, y el contento de Celina alcanzaba para los dos, a veces para los tres.

Me pareció bien pegarme un baño, telefonear a Nilda que la iría a buscar el domingo de paso al hipódromo, y verlo enseguida a Mauro. Estaba en el patio, fumando entre largos mates. Me enternecieron los dos o tres agujeritos de su camiseta, y le di una palmada en el hombro al saludarlo. Tenía la misma cara de la última vez, al lado de la fosa, al tirar el puñado de tierra y echarse atrás como encandilado. Pero le encontré un brillo claro en los ojos, la mano dura al apretar.

—Gracias por venir a verme. El tiempo es largo, Marcelo.

—¿Tenés que ir al Abasto, o te reemplaza alguien?

—Puse a mi hermano el renguito. No tengo ánimo de ir, y eso que el día se me hace eterno.

—Claro, precisás distraerte. Vestite y damos una vuelta por Palermo.

—Vamos, lo mismo da.

Se puso un traje azul y pañuelo bordado, lo vi echarse perfume de un frasco que había sido de Celina. Me gustaba su forma de requintarse el sombrero, con el ala levantada, y su paso liviano y silencioso, bien compadre. Me resigné a escuchar —«los amigos se ven en estos trances»— y a la segunda botella de Quilmes Cristal se me vino con todo lo que tenía. Estábamos en una mesa del fondo del café, casi a solas; yo lo dejaba hablar pero de cuando en cuando le servía cerveza. Casi no me acuerdo de todo lo que dijo, creo que en realidad era

186

siempre lo mismo. Me ha quedado una frase: «La tengo aquí», y el gesto al clavarse el índice en el medio del pecho como si mostrara un dolor o una medalla.

—Quiero olvidar —decía también—. Cualquier cosa, emborracharme, ir a la milonga, tirarme cualquier hembra. Usté me comprende, Marcelo, usté... —el índice subía, enigmático, se plegaba de golpe como un cortaplumas. A esa altura ya estaba dispuesto a aceptar cualquier cosa, y cuando yo mencioné el Santa Fe Palace como de pasada, él dio por hecho que íbamos al baile y fue el primero en levantarse y mirar la hora. Caminamos sin hablar, muertos de calor, y todo el tiempo yo sospechaba un recuento por parte de Mauro, su repetida sorpresa al no sentir contra su brazo la caliente alegría de Celina camino del baile.

—Nunca la llevé a ese Palace —me dijo de repente—. Yo estuve antes de conocerla, era una milonga muy rea. ¿Usté la frecuenta?

En mis fichas tengo una buena descripción del Santa Fe Palace, que no se llama Santa Fe ni está en esa calle, aunque sí a un costado. Lástima que nada de eso pueda ser realmente descrito, ni la fachada modesta con sus carteles promisores y la turbia taquilla, menos todavía los junadores que hacen tiempo en la entrada y lo calan a uno de arriba abajo. Lo que sigue es peor, no que sea malo porque ahí nada es ninguna cosa precisa; justamente el caos, la confusión resolviéndose en un falso orden: el infierno y sus círculos. Un infierno de parque japonés a dos cincuenta la entrada y damas cero cincuenta. Compartimentos mal aislados, especie de patios cubiertos sucesivos donde en el primero una típica, en el segundo una característica, en el tercero una norteña con cantores y malambo. Puestos en un pasaje intermedio (yo Virgilio) oíamos las tres músicas y veíamos los tres círculos bailando; entonces se elegía el preferido, o se iba de baile en baile, de ginebra en ginebra, buscando mesitas y mujeres.

—No está mal —dijo Mauro con su aire tristón—. Lástima el calor. Debían poner estratores.

(Para una ficha: estudiar, siguiendo a Ortega, los contactos del hombre del pueblo y la técnica. Ahí donde se creería un choque hay en cambio asimilación violenta y aprovechamiento; Mauro hablaba de refrigeración o de superheterodinos con la suficiencia porteña que cree que todo le es debido.) Yo lo agarré del brazo y lo puse en camino de una mesa porque él seguía distraído y miraba el palco de la típica, al cantor que tenía con las dos manos el micrófono y lo zarandeaba despacito. Nos acodamos contentos delante de dos cañas secas y Mauro se bebió la suya de un solo viaje.

—Esto asienta la cerveza. Puta que está concurrida la milonga.

Llamó pidiendo otra, y me dio calce para desentenderme y mirar. La mesa estaba pegada a la pista, del otro lado había sillas contra una larga pared y un montón de mujeres se renovaba con ese aire ausente de las milongueras cuando trabajan o se divierten. No se hablaba mucho, oíamos muy bien la típica, rebasada de fuelles y tocando con ganas. El cantor insistía en la nostalgia, milagrosa su manera de dar dramatismo a un compás más bien rápido y sin alce. *Las trenzas de mi china las traigo en la maleta...* Se prendía al micrófono como a los barrotes de un vomitorio, con una especie de lujuria cansada, de necesidad orgánica. Por momentos metía los labios contra la rejilla cromada, y de los parlantes salía una voz pegajosa —«yo soy un hombre honrado...»—; pensé que sería negocio una muñeca de goma y el micrófono escondido dentro, así el cantor podría tenerla en brazos y calentarse a gusto al cantarle. Pero no serviría para los tangos, mejor el bastón cromado con la pequeña calavera brillante en lo alto, la sonrisa tetánica de la rejilla.

Me parece bueno decir aquí que yo iba a esa milonga por los monstruos, y que no sé de otra donde se den tantos juntos. Asoman con las once de la noche, bajan de regiones vagas de la ciudad, pausados y seguros de uno o de a dos, las mujeres casi enanas y achinadas, los tipos como javaneses o mocovíes, apretados en trajes a cuadros o negros, el pelo duro peinado con fatiga, brillantina en gotitas contra los reflejos azules y rosa, las mujeres con enormes peinados altos que las hacen más enanas, peinados duros y difíciles de los que les queda el cansancio y el orgullo. A ellos les da ahora por el pelo suelto y alto en el medio, jopos enormes y amaricados sin nada que ver con la cara brutal más abajo, el gesto de agresión disponible y esperando su hora, los torsos eficaces sobre finas cinturas. Se reconocen y se admiran en silencio sin darlo a entender, es su baile y su encuentro, la noche de color. (Para una ficha: de dónde salen, qué profesiones los disimulan de día, qué oscuras servidumbres los aíslan y disfrazan.) Van a eso, los monstruos se enlazan con grave acatamiento, pieza tras pieza giran despaciosos sin hablar, muchos con los ojos cerrados gozando al fin la paridad, la completación. Se recobran en los intervalos, en las mesas son jactanciosos y las mujeres hablan chillando para que las miren, entonces los machos se ponen más torvos y yo he visto volar un sopapo y darle vuelta la cara y la mitad del peinado a una china bizca vestida de blanco que bebía anís. Además está el olor, no se concibe a los monstruos sin ese olor a talco mojado contra la piel, a fruta pasada, uno sospecha los lavajes presurosos, el trapo húmedo por la cara y los sobacos, después lo importante, lociones, rímmel, el polvo en la cara de todas ellas, una costra blancuzca y detrás las placas pardas trasluciendo. También se oxigenan, las negras levantan mazorcas rígidas sobre la tierra espesa de la cara, hasta se estudian gestos de rubia, vestidos verdes, se convencen de su transformación y desdeñan condescendientes a las otras que defienden su color. Mirando de reojo a Mauro yo estudiaba la diferencia entre su cara de rasgos italianos, la cara del porteño orillero sin mezcla negra ni provinciana, y me acordé de repente de Celina más próxima a los monstruos, mucho más cerca de ellos que Mauro y yo. Creo que Kasidis la había elegido para complacer a la parte achinada de su clientela, los pocos que entonces se animaban a su cabaré. Nunca había estado en lo de Kasidis en tiempos de Celina, pero después bajé una noche (para conocer el sitio donde ella trabajaba antes que Mauro la sacara) y no vi más que blancas, rubias o morochas pero blancas.

—Me dan ganas de bailarme un tango —dijo Mauro quejoso. Ya estaba un poco bebido al entrar en la cuarta caña. Yo pensaba en Celina, tan en su casa aquí, justamente aquí donde Mauro no la había traído nunca. Anita Lozano recibía ahora los aplausos cerrados del público al saludar desde el palco, yo la había oído cantar en el Novelty cuando se cotizaba alto, ahora estaba vieja y flaca pero conservaba toda la voz para los tangos. Mejor todavía, porque su estilo era canalla, necesitado de una voz un poco ronca y sucia para esas letras llenas de diatriba. Celina tenía esa voz cuando había bebido, de pronto me di cuenta cómo el Santa Fe era Celina, la presencia casi insoportable de Celina.

Irse con Mauro había sido un error. Lo aguantó porque lo quería y él la sacaba de la mugre de Kasidis, la promiscuidad y los vasitos de agua azucarada entre los primeros rodillazos y el aliento pesado de los clientes contra su cara, pero si no hubiera tenido que trabajar en las milongas a Celina le hubiera gustado quedarse. Se le veía en las caderas y en la boca, estaba armada para el tango, nacida de arriba abajo para la farra. Por eso era necesario que Mauro la llevara a los bailes, yo la había visto transfigurarse al entrar, con las primeras bocanadas de aire caliente y fuelles. A esta hora, metido sin vuelta en el Santa Fe, medí la grandeza de Celina, su coraje de pagarle a Mauro con unos años de cocina y mate dulce en el patio. Había renunciado a su cielo de milonga, a su caliente vocación de anís y valses criollos. Como condenándose a sabiendas, por Mauro y la vida de Mauro, forzando apenas su mundo para que él la sacara a veces a una fiesta.

Ya Mauro andaba prendido con una negrita más alta que las otras, de talle fino como pocas y nada fea. Me hizo reír su instintiva pero a la vez meditada selección, la sirvientita era la menos igual a los monstruos; entonces me volvió la idea de que Celina había sido en cierto modo un monstruo como ellos, sólo que afuera y de día no se notaba como aquí. Me pregunté si Mauro lo habría advertido, temí un poco su reproche por traerlo a un sitio donde el recuerdo crecía de cada cosa como pelos en un brazo.

Esta vez no hubo aplausos, y él se acercó con la muchacha que parecía súbitamente entontecida y como boqueando fuera de su tango.

—Le presento a un amigo.

Nos dijimos los «encantados» porteños y ahí nomás le dimos de beber. Me alegraba verlo a Mauro entrando en la noche y hasta cambié unas frases con la mujer que se llamaba Emma, un nombre que no les va bien a las flacas. Mauro parecía bastante embalado y hablaba de orquestas con la frase breve y sentenciosa que le admiro. Emma se iba en nombres de cantores, en recuerdos de Villa Crespo y El Talar. Para entonces Anita Lozano anunció un tango viejo y hubo gritos y aplausos entre los monstruos, los tapes sobre todo que la favorecían sin distingos. Mauro no estaba tan curado como para olvidarse del todo, cuando la orquesta se abrió paso con un culebreo de los bandoneones, me miró de golpe, tenso y rígido, como acordándose. Yo me vi también en Racing, Mauro y Celina prendidos fuerte en ese tango que ella canturreó después toda la noche y en el taxi de vuelta.

—¿Lo bailamos? —dijo Emma, tragando su granadina con ruido.

Mauro ni la miraba. Me parece que fue en ese momento que los dos nos alcanzamos en lo más hondo. Ahora (ahora que escribo) no veo otra imagen que una de mis veinte años en Sportivo Barracas, tirarme a la pileta y encontrar otro nadador en el fondo, tocar el fondo a la vez y entrevernos en el agua verde y acre. Mauro echó atrás la silla y se sostuvo con un codo en la mesa. Miraba igual que yo la pista, y Emma quedó perdida y humillada entre los dos, pero lo disimulaba comiendo papas fritas. Ahora Anita se ponía a cantar quebrado, las parejas bailaban casi sin salir de su sitio y se veía que escuchaban la letra con deseo y desdicha y todo el negado placer de la farra. Las caras buscaban el palco y aun girando se las veía seguir a Anita inclinada y confidente en el micrófono. Algunos movían la boca repitiendo las palabras, otros sonreían estúpidamente como desde atrás de sí mismos, y cuando ella cerró su *tanto, tanto como fuiste mío, y hoy te busco y no te encuentro*, a la entrada en tutti de los fuelles respondió la renovada violencia del baile, las corridas laterales y los ochos entreverados en el medio de la pista. Muchos sudaban, una china que me hubiera llegado raspando al segundo botón del saco pasó contra la mesa y le vi el agua saliéndole de la raíz del pelo y corriendo por la nuca donde la grasa le hacía una canaleta más blanca. Había humo entrando del salón contiguo donde comían parrilladas y bailaban rancheras, el asado y los cigarrillos ponían una nube baja que deformaba las caras y las pinturas baratas de la pared de enfrente. Creo que yo ayudaba desde adentro con mis cuatro cañas, y Mauro se tenía el mentón con el revés de la mano, mirando fijo hacia adelante. No nos llamó la atención que el tango siguiera y siguiera allá arriba, una o dos veces vi a Mauro echar una ojeada al palco donde Anita hacía como que manejaba una batuta, pero después volvió a clavar los ojos en las parejas. No sé cómo decirlo, me parece que yo seguía su mirada y a la vez le mostraba el camino; sin vernos sabíamos (a mí me parece que Mauro sabía) la coincidencia de ese mirar, caíamos sobre las mismas parejas, los mismos pelos y pantalones. Yo oí que Emma decía algo, una excusa, y el espacio de mesa entre Mauro y yo quedó más claro, aunque no nos mirábamos. Sobre la pista parecía haber descendido un momento de inmensa felicidad, respiré hondo como asociándome y creo haber oído que Mauro hizo lo mismo. El humo era tan espeso que las caras se borroneaban más allá del centro de la pista, de modo que la zona de las sillas para las que planchaban no se veía entre los cuerpos interpuestos y la neblina. *Tanto como fuiste mío*, curiosa la crepitación que le daba el parlante a la voz de Anita, otra vez los bailarines se inmovilizaban (siempre moviéndose) y Celina que estaba sobre la derecha, saliendo del humo y girando obediente a la presión de su compañero, quedó un momento de perfil a mí, después de espaldas, el otro perfil, y alzó la cara para oír la música. Yo digo: Celina; pero entonces fue más bien saber sin comprender, Celina ahí sin estar, claro, cómo comprender eso en el momento. La mesa tembló de golpe, yo sabía que era el brazo de Mauro que temblaba, o el mío, pero no teníamos miedo, eso estaba más cerca del espanto y la alegría y el estómago. En realidad era estúpido, un sentimiento de cosa aparte que no nos dejaba salir, recobrarnos. Celina seguía siempre ahí, sin vernos, bebiendo el tango con toda la cara que una luz amarilla de humo desdecía y alteraba. Cualquiera de las negras podría haberse parecido más a Celina que ella en ese momento, la felicidad la transformaba de un modo atroz, yo no hubiese podido tolerar a Celina como la veía en ese momento y ese tango. Me quedó inteligencia para medir la devastación de su felicidad, su cara arrobada y estúpida en el paraíso al fin logrado; así pudo ser ella en lo de Kasidis de no existir el trabajo y los clientes. Nada la ataba ahora en su cielo sólo de ella, se daba con toda la piel a la dicha y entraba otra vez en el orden donde Mauro no podía seguirla. Era su duro cielo conquistado, su tango vuelto a tocar para ella sola y sus iguales, hasta el aplauso de vidrios rotos que cerró el refrán de Anita, Celina de espaldas, Celina de perfil, otras parejas contra ella y el humo.

No quise mirar a Mauro, ahora yo me rehacía y mi notorio cinismo apilaba comportamientos a todo vapor. Todo dependía de cómo entrara él en la cosa, de manera que me quedé como estaba, estudiando la pista que se vaciaba poco a poco.

—¿Vos te fijaste? —dijo Mauro.

—Sí.

—¿Vos te fijaste cómo se parecía?

No le contesté, el alivio pesaba más que la lástima. Estaba de este lado, el pobre estaba de este lado y no alcanzaba ya a creer lo que habíamos sabido juntos. Lo vi levantarse y caminar por la pista con paso de borracho, buscando a la mujer que se parecía a Celina. Yo me estuve quieto, fumándome un rubio sin apuro, mirándolo ir y venir sabiendo que perdía su tiempo, que volvería agobiado y sediento sin haber encontrado las puertas del cielo entre ese humo y esa gente.

Bestiario

Entre la última cucharada de arroz con leche —poca canela, una lástima— y los besos antes de subir a acostarse, llamó la campanilla en la pieza del teléfono e Isabel se quedó remoloneando hasta que Inés vino de atender y dijo algo al oído de su madre. Se miraron entre ellas y después las dos a Isabel, que pensó en la jaula rota y las cuentas de dividir y un poco en la rabia de misia Lucera por tocarle el timbre a la vuelta de la escuela. No estaba tan inquieta, su madre e Inés miraban como más allá de ella, casi tomándola por pretexto; pero la miraban.

—A mí, creeme que no me gusta que vaya —dijo Inés—. No tanto por el tigre, después de todo cuidan bien ese aspecto. Pero la casa tan triste, y ese chico solo para jugar con ella...

—A mí tampoco me gusta —dijo la madre, e Isabel supo como desde un tobogán que la mandarían a lo de Funes a pasar el verano. Se tiró en la noticia, en la enorme ola verde, lo de Funes, lo de Funes, claro que la mandaban. No les gustaba pero convenía. Bronquios delicados, Mar del Plata carísima, difícil manejarse con una chica consentida, boba, conducta regular con lo buena que es la señorita Tania, sueño inquieto y juguetes por todos lados, preguntas, botones, rodillas sucias. Sintió miedo, delicia, olor de sauces y la *u* de Funes se le mezclaba con el arroz con leche, tan tarde y a dormir, ya mismo a la cama.

Acostada, sin luz, llena de besos y miradas tristes de Inés y su madre, no bien decididas pero ya decididas del todo a mandarla. Antevivía la llegada en *break*, el primer desayuno, la alegría de Nino cazador de cucarachas, Nino sapo, Nino pescado (un recuerdo de tres años atrás, Nino mostrándole unas figuritas puestas con engrudo en un álbum, y diciéndole grave: «Éste es un sapo, y éste un pes-ca-do»). Ahora Nino en el parque esperándola con la red de mariposas, y también las manos blandas de Rema —las vio que nacían de la oscuridad, estaba con los ojos abiertos y en vez de la cara de Nino zas las manos de Rema, la menor de los Funes—. «Tía Rema me quiere tanto», y los ojos de Nino se hacían grandes y mojados, otra vez vio a Nino desgajarse flotando en el aire confuso del dormitorio, mirándola contento. Nino pescado. Se durmió queriendo que la semana pasara esa misma noche, y las despedidas, el viaje en tren, la legua en *break*, el portón, los eucaliptos del camino de entrada. Antes de dormirse tuvo un momento de horror cuando imaginó que podía estar soñando. Estirándose de golpe dio con los pies en los barrotes de bronce, le dolieron a través de las colchas, y en el comedor grande se oía hablar a su madre y a Inés, equipaje, ver al médico por lo de las erupciones, aceite de bacalao y hamamelis virgínica. No era un sueño, no era un sueño.

No era un sueño. La llevaron a Constitución una mañana ventosa, con banderitas en los puestos ambulantes de la plaza, torta en el Tren Mixto y gran entrada en el andén número catorce. La besaron tanto entre Inés y su madre que le quedó la cara como caminada, blanda y oliendo a rouge y polvo rachel de Coty, húmeda alrededor de la boca, un asco que el viento le sacó de un manotazo. No tenía miedo de viajar sola porque era una chica grande, con nada menos que veinte pesos en la cartera, Compañía Sansinena de Carnes Congeladas metiéndose por la ventanilla con un olor dulzón, el Riachuelo amarillo e Isabel repuesta ya del llanto forzado, contenta, muerta de miedo, activa en el ejercicio pleno de su asiento, su ventanilla, viajera casi única en un pedazo de coche donde se podía probar todos los lugares y verse en los espejitos. Pensó una o dos veces en su madre, en Inés —ya estarían en el 97, saliendo de Constitución—, leyó prohibido fumar, prohibido escupir, capacidad 42 pasajeros sentados, pasaban por Banfield a toda carrera, ¡vuuuúm! campo más campo más campo mezclado con el gusto del milkibar y las pastillas de mentol. Inés le había aconsejado que fuera tejiendo la mañanita de lana verde, de manera que Isabel la llevaba en lo más escondido del maletín, pobre Inés con cada idea tan pava.

En la estación le vino un poco de miedo, porque si el *break*... Pero estaba ahí, con don Nicanor florido y respetuoso, niña de aquí y niña de allá, si el viaje bueno, si doña Elisa siempre guapa, claro que había llovido — Oh andar del *break*, vaivén para traerle el entero acuario de su anterior venida a Los Horneros. Todo más menudo, más de cristal y rosa, sin el tigre entonces, con don Nicanor menos canoso, apenas tres años atrás, Nino un sapo, Nino un pescado, y las manos de Rema que daban deseos de llorar y sentirlas eternamente contra su cabeza, en una caricia casi de muerte y de vainillas con crema, las dos mejores cosas de la vida.

Le dieron un cuarto arriba, entero para ella, lindísimo. Un cuarto para grande (idea de Nino, todo rulos negros y ojos, bonito en su mono azul; claro que de tarde Luis lo hacía vestir muy bien, de gris pizarra con corbata colorada) y dentro otro cuarto chiquito con un cardenal enorme y salvaje. El baño quedaba a dos puertas (pero internas, de modo que se podía ir sin averiguar antes dónde estaba el tigre), lleno de canillas y metales, aunque a Isabel no la engañaban fácil y ya en el baño se notaba bien el campo, las cosas no eran tan perfectas como en un baño de ciudad. Olía a viejo, la segunda mañana encontró un bicho de humedad paseando por el lavabo. Lo tocó apenas, se hizo una bolita temerosa, perdió pie y se fue por el agujero gorgoteante.

Querida mamá tomo la pluma para — Comían en el comedor de cristales, donde se estaba más fresco. El Nene se quejaba a cada momento del calor, Luis no decía nada pero poco a poco se le veía brotar el agua en la frente y la barba. Solamente Rema estaba tranquila, pasaba los platos despacio y siempre como si la comida fuera de cumpleaños, un poco solemne y emocionante. (Isabel aprendía en secreto su manera de trinchar, de dirigir a las sirvientitas.) Luis casi siempre leía, los puños en las sienes y el libro apoyado en un sifón. Rema le tocaba el brazo antes de pasarle un plato, y a veces el Nene lo interrumpía y lo llamaba filósofo. A Isabel le dolía que Luis fuera filósofo, no por eso sino por el Nene, porque entonces el Nene tenía pretexto para burlarse y decírselo.

Comían así: Luis en la cabecera, Rema y Nino de un lado, el Nene e Isabel del otro, de manera que había un grande en la punta y a los lados un chico y un grande. Cuando Nino quería decirle algo de veras le daba con el zapato en la canilla. Una vez Isabel gritó y el Nene se puso furioso y le dijo malcriada. Rema se quedó mirándola, hasta que Isabel se consoló en su mirada y la sopa juliana.

Mamita, antes de ir a comer es como en todos los otros momentos, hay que fijarse si — Casi siempre era Rema la que iba a ver si se podía pasar al comedor de cristales. Al segundo día vino al living grande y les dijo que esperaran. Pasó un rato largo hasta que un peón avisó que el tigre estaba en el jardín de los tréboles, entonces Rema tomó a los chicos de la mano y entraron todos a comer. Esa mañana las papas estuvieron resecas, aunque solamente el Nene y Nino protestaron.

Vos me dijiste que no debo andar haciendo — Porque Rema parecía detener, con su tersa bondad, toda pregunta. Estaban tan bien que no era necesario preocuparse por lo de las piezas. Una casa grandísima, y en el peor de los casos había que no entrar en una habitación; nunca más de una, de modo que no importaba. A los dos días Isabel se habituó igual que Nino. Jugaban de la mañana a la noche en el bosque de sauces, y si no se podía en el bosque de sauces les quedaba el jardín de los tréboles, el parque de las hamacas y la costa del arroyo. En la casa era lo mismo, tenían sus dormitorios, el corredor del medio, la biblioteca de abajo (salvo un jueves en que no se pudo ir a la biblioteca) y el comedor de cristales. Al estudio de Luis no iban porque Luis leía todo el tiempo, a veces llamaba a su hijo y le daba libros con figuras; pero Nino los sacaba de ahí, se iban a mirarlos al living o al jardín del frente. No entraban nunca en el estudio del Nene porque tenían miedo de sus rabias. Rema les dijo que era mejor así, se los dijo como advirtiéndoles; ellos ya sabían leer en sus silencios.

Al fin y al cabo era una vida triste. Isabel se preguntó una noche por qué los Funes la habrían invitado a veranear. Le faltó edad para comprender que no era por ella sino por Nino, un juguete estival para alegrar a Nino. Sólo alcanzaba a advertir la casa triste, que Rema estaba como cansada, que apenas llovía y las cosas tenían, sin embargo, algo de húmedo y abandonado. Después de unos días se habituó al orden de la casa, a la no difícil disciplina de aquel verano en Los Horneros. Nino empezaba a comprender el microscopio que le regalara Luis, pasaron una semana espléndida criando bichos en una batea con agua estancada y hojas de cala, poniendo gotas en la placa de vidrio para mirar los microbios. «Son larvas de mosquito, con ese microscopio no van a ver microbios», les decía Luis desde su sonrisa un poco quemada y lejana. Ellos no podían creer que ese rebullente horror no fuese un microbio. Rema les trajo un calidoscopio que guardaba en su armario, pero siempre les gustó más descubrir microbios y numerarles las patas. Isabel llevaba una libreta con los apuntes de los experimentos, combinaba la biología con la química y la preparación de un botiquín. Hicieron el botiquín en el cuarto de Nino, después de requisar la casa para proveerse de cosas. Isabel se lo dijo a Luis: «Queremos de todo: cosas». Luis les dio pastillas de Andreu, algodón rosado, un tubo de ensayo. El Nene, una bolsa de goma y un frasco de píldoras verdes con la etiqueta raspada. Rema fue a ver el botiquín, leyó el inventario en la libreta, y les dijo que estaban aprendiendo cosas útiles. A ella o a Nino (que siempre se excitaba y quería lucirse delante de Rema) se les ocurrió montar un herbario. Como esa mañana se podía ir al jardín de los tréboles, anduvieron sacando muestras y a la noche tenían el piso de sus dormitorios lleno de hojas y flores sobre papeles, casi no quedaba dónde pisar. Antes de dormirse, Isabel apuntó: «Hoja número 74: verde, forma de corazón, con pintitas marrones». La fastidiaba un poco que casi todas las hojas fueran verdes, casi todas lisas, casi todas lanceoladas.

El día que salieron a cazar las hormigas, vio a los peones de la estancia. Al capataz y al mayordomo los conocía bien porque iban con las noticias a la casa. Pero estos otros peones, más jóvenes, estaban ahí del lado de los galpones con un aire de siesta, bostezando a ratos y mirando jugar a los niños. Uno le dijo a Nino: «Pa que vaj a juntar tó esos bichos», y le dio con dos dedos en la cabeza, entre los rulos. Isabel hubiera querido que Nino se enojara, que demostrase ser el hijo del patrón. Ya estaban con la botella hirviendo de hormigas y en la costa del arroyo dieron con un enorme cascarudo y lo tiraron también adentro, para ver. La idea del formicario la habían sacado del Tesoro de la Juventud, y Luis les prestó un largo y profundo cofre de cristal. Cuando se iban, llevándolo entre los dos, Isabel le oyó decirle a Rema: «Mejor que se estén así quietos en casa». También le pareció que Rema suspiraba. Se acordó antes de dormirse, a la hora de las caras en la oscuridad, lo vio otra vez al Nene saliendo a fumar al porche, delgado y canturreando, a Rema que le llevaba el café y él que tomaba la taza equivocándose, tan torpe que apretó los dedos de Rema al tomar la taza, Isabel había visto desde el comedor que Rema tiraba la mano atrás y el Nene salvaba apenas la taza de caerse, y se reía con la confusión. Mejor hormigas negras que coloradas: más grandes, más feroces. Soltar después un montón de coloradas, seguir la guerra detrás del vidrio, bien seguros. Salvo que no se pelearan. Dos hormigueros, uno en cada esquina de la caja de vidrio. Se consolarían estudiando las distintas costumbres, con una libreta especial para cada clase de hormigas. Pero casi seguro que se pelearían, guerra *sin cuartel* para mirar por los vidrios, y una sola libreta.

A Rema no le gustaba espiarlos, a veces pasaba delante de los dormitorios y los veía con el formicario al lado de la ventana, apasionados e importantes. Nino era especial para señalar enseguida las nuevas galerías, e Isabel ampliaba el plano trazado con tinta a doble página. Por consejo de Luis terminaron aceptando hormigas negras solamente, y el formicario ya era enorme, las hormigas parecían furiosas y trabajaban hasta la noche, cavando y removiendo con mil órdenes y evoluciones, avisado frotar de antenas y patas, repentinos arranques de furor o vehemencia, concentraciones y desbandes sin causa visible. Isabel no sabía ya qué apuntar, dejó poco a poco la libreta y se pasaban horas estudiando y olvidándose los descubrimientos. Nino empezaba a querer volverse al jardín, aludía a las hamacas y a los petisos. Isabel lo despreciaba un poco. El formicario valía más que todo Los Horneros, y a ella le encantaba pensar que las hormigas iban y venían sin miedo a ningún tigre, a veces le daba por imaginarse un tigrecito chico como una goma de borrar, rondando las galerías del formicario; tal vez por eso los desbandes, las concentraciones. Y le gustaba repetir el mundo grande en el de cristal, ahora que se sentía un poco presa, ahora que estaba prohibido bajar al comedor hasta que Rema les avisara.

Acercó la nariz a uno de los vidrios, de pronto atenta porque le gustaba que la consideraran; oyó a Rema detenerse en la puerta, callar, mirarla. Esas cosas las oía con tan nítida claridad cuando era Rema.

—¿Por qué así sola?

—Nino se fue a las hamacas. Me parece que ésta debe ser una reina, es grandísima.

El delantal de Rema se reflejaba en el vidrio. Isabel le vio una mano levemente alzada, con el reflejo en el vidrio parecía como si estuviera dentro del formicario, de pronto pensó en la misma mano dándole la taza de café al Nene, pero ahora eran las hormigas que le andaban por los dedos, las hormigas en vez de la taza y la mano del Nene apretándole las yemas.

—Saque la mano, Rema —pidió.

—¿La mano?

—Ahora está bien. El reflejo asustaba a las hormigas.

—Ah. Ya se puede bajar al comedor.

—Después. ¿El Nene está enojado con usted, Rema?

La mano pasó sobre el vidrio como un pájaro por una ventana. A Isabel le pareció que las hormigas se espantaban de veras, que huían del reflejo. Ahora ya no se veía nada, Rema se había ido, andaba por el corredor como escapando de algo. Isabel sintió miedo de su pregunta, un miedo sordo y sin sentido, quizá no de la pregunta como de verla irse así a Rema, del vidrio otra vez límpido donde las galerías desembocaban y se torcían como crispados dedos dentro de la tierra.

Una tarde hubo siesta, sandía, pelota a paleta en la pared que miraba al arroyo, y Nino estuvo espléndido sacando tiros que parecían perdidos y subiéndose al techo por la glicina para desenganchar la pelota metida entre dos tejas. Vino un peoncito del lado de los sauces y los acompañó a jugar, pero era lerdo y se le iban los tiros. Isabel olía hojas de aguaribay y en un momento, al devolver con un revés una pelota insidiosa que Nino le mandaba baja, sintió como muy adentro la felicidad del verano. Por primera vez entendía su presencia en Los Horneros, las vacaciones, Nino. Pensó en el formicario, allá arriba, y era una cosa muerta y rezumante, un horror de patas buscando salir, un aire viciado y venenoso. Golpeó la pelota con rabia, con alegría, cortó un tallo de aguaribay con los dientes y lo escupió asqueada, feliz, por fin de veras bajo el sol del campo.

Los vidrios cayeron como granizo. Era en el estudio del Nene. Lo vieron asomarse en mangas de camisa, con los anchos anteojos negros.

—¡Mocosos de porquería!

El peoncito escapaba. Nino se puso al lado de Isabel, ella lo sintió temblar con el mismo viento que los sauces.

—Fue sin querer, tío.

—De veras, Nene, fue sin querer.

Ya no estaba.

Le había pedido a Rema que se llevara el formicario y Rema se lo prometió. Después, charlando mientras la ayudaba a colgar su ropa y a ponerse el piyama, se olvidaron. Isabel sintió la cercanía de las hormigas cuando Rema le apagó la luz y se fue por el corredor a darle las buenas noches a Nino todavía lloroso y dolido, pero no se animó a llamarla de nuevo, Rema hubiera pensado que era una chiquilina. Se propuso dormir enseguida, y se desveló como nunca. Cuando fue el momento de las caras en la oscuridad, vio a su madre y a Inés mirándose con un sonriente aire de cómplices y poniéndose unos guantes de fosforescente amarillo. Vio a Nino llorando, a su madre y a Inés con los guantes que ahora eran gorros violeta que les giraban y giraban en la cabeza, a Nino con ojos enormes y huecos —tal vez por haber llorado tanto— y previó que ahora vería a Rema y a Luis, deseaba verlos y no al Nene, pero vio al Nene sin los anteojos, con la misma cara contraída que tenía cuando empezó a pegarle a Nino y Nino se iba echando atrás hasta quedar contra la pared y lo miraba como esperando que eso concluyera, y el Nene volvía a cruzarle la cara con un bofetón suelto y blando que sonaba a mojado, hasta que Rema se puso delante y él se rió con la cara casi tocando la de Rema, y entonces se oyó volver a Luis y decir desde lejos que ya podían ir al comedor de adentro. Todo tan rápido, todo porque Nino estaba ahí y Rema vino a decirles que no se movieran del living hasta que Luis verificara en qué pieza estaba el tigre, y se quedó con ellos mirándolos jugar a las damas. Nino ganaba y Rema lo elogió, entonces Nino se puso tan contento que le pasó los brazos por el talle y quiso besarla. Rema se había inclinado, riéndose, y Nino la besaba en los ojos y la nariz, los dos se reían y también Isabel, estaban tan contentos jugando así. No vieron acercarse al Nene, cuando estuvo al lado arrancó a Nino de un tirón, le dijo algo del pelotazo al vidrio de su cuarto y le empezó a pegar, miraba a Rema cuando pegaba, parecía furioso contra Rema y ella lo desafió un momento con los ojos, Isabel asustada la vio que lo encaraba y se ponía delante para proteger a Nino. Toda la cena fue un disimulo, una mentira, Luis creía que Nino lloraba por un porrazo, el Nene miraba a Rema como mandándola que se callara, Isabel lo veía ahora con la boca dura y hermosa, de labios rojísimos; en la tiniebla los labios eran todavía más escarlata, se le veía un brillo de dientes naciendo apenas. De los dientes salió una nube esponjosa, un triángulo verde, Isabel parpadeaba para borrar las imágenes y otra vez salieron Inés y su madre con guantes amarillos; las miró un momento y pensó en el formicario: eso estaba ahí y no se veía; los guantes amarillos no estaban y ella los veía en cambio como a pleno sol. Le pareció casi curioso, no podía hacer salir el formicario, más bien lo alcanzaba como un peso, un pedazo de espacio denso y vivo. Tanto lo sintió que se puso a buscar los fósforos, la vela de noche. El formicario saltó de la nada envuelto en penumbra oscilante. Isabel se acercaba llevando la vela. Pobres hormigas, iban a creer que era el sol que salía. Cuando pudo mirar uno de los lados, tuvo miedo; en plena oscuridad las hormigas habían estado trabajando. Las vio ir y venir, bullentes, en un silencio tan visible, tan palpable. Trabajaban allí adentro, como si no hubieran perdido todavía la esperanza de salir.

Casi siempre era el capataz el que avisaba de los movimientos del tigre; Luis le tenía la mayor confianza y como se pasaba casi todo el día trabajando en su estudio, no salía nunca ni dejaba moverse a los que venían del piso alto hasta que don Roberto mandaba su informe. Pero también tenían que confiar entre ellos. Rema, ocupada en los quehaceres de adentro, sabía bien lo que pasaba en la planta baja y arriba. Otras veces eran los chicos que traían la noticia al Nene o a Luis. No porque vieran nada, pero si don Roberto los encontraba afuera les marcaba el paradero del tigre y ellos volvían a avisar. A Nino le creían todo, a Isabel menos porque era nueva y podía equivocarse. Después, como andaba siempre con Nino pegado a sus polleras, terminaron creyéndole lo mismo. Eso, de mañana y de tarde; por la noche era el Nene quien salía a verificar si los perros estaban atados o si no había quedado rescoldo cerca de las casas. Isabel vio que llevaba el revólver y a veces un bastón con puño de plata.

A Rema no quería preguntarle porque Rema parecía encontrar en eso algo tan obvio y necesario; preguntarle hubiera sido pasar por tonta, y ella cuidaba su orgullo delante de otra mujer. Nino era fácil, hablaba y refería. Todo tan claro y evidente cuando él lo explicaba. Sólo por la noche, si quería repetirse esa claridad y esa evidencia, Isabel se daba cuenta de que las razones importantes continuaban faltando. Aprendió pronto lo que de veras importaba: verificar previamente si se podía salir de la casa o bajar al comedor de cristales, al estudio de Luis, a la biblioteca. «Hay que fiar en don Roberto», había dicho Rema. También en ella, y en Nino. A Luis no le preguntaba porque pocas veces sabía. Al Nene, que sabía siempre, no le preguntó jamás. Y así todo era fácil, la vida se organizaba para Isabel con algunas obligaciones más del lado de los movimientos, y algunas menos del lado de la ropa, las comidas, la hora de dormir. Un veraneo de veras, como debería ser el año entero.

... verte pronto. Ellos están bien. Con Nino tenemos un formicario y jugamos y llevamos un herbario muy grande. Rema te manda besos, está bien. Yo la encuentro triste, lo mismo a Luis que es muy bueno. Yo creo que Luis tiene algo, y eso que estudia tanto. Rema me dio unos pañuelos de colores preciosos, a Inés le van a gustar. Mamá esto es lindo y yo me divierto con Nino y don Roberto, es el capataz y nos dice cuándo podemos salir y adónde, una tarde casi se equivoca y nos manda a la costa del arroyo, en eso vino un peón a decir que no, vieras qué afligido estaba don Roberto y después Rema, lo alzó a Nino y lo estuvo besando, y a mí me apretó tanto. Luis anduvo diciendo que la casa no era para chicos, y Nino le preguntó quiénes eran los chicos y todos se rieron, hasta el Nene se reía. Don Roberto es el capataz.

Si vinieras a buscarme te quedarías unos días y podrías estar con Rema y alegrarla. Yo creo que ella...

Pero decirle a su madre que Rema lloraba de noche, que la había oído llorar pasando por el corredor a pasos titubeantes, pararse en la puerta de Nino, seguir, bajar la escalera (se estaría secando los ojos) y la voz de Luis, lejana: «¿Qué tenés, Rema? ¿No estás bien?», un silencio, toda la casa como una inmensa oreja, después un murmullo y otra vez la voz de Luis: «Es un miserable, un miserable...», casi como comprobando fríamente un hecho, una filiación, tal vez un destino.

...está un poco enferma, le haría bien que vinieras y la acompañaras. Tengo que mostrarte el herbario y unas piedras del arroyo que me trajeron los peones. Decile a Inés...

Era una noche como le gustaban a ella, con bichos, humedad, pan recalentado y flan de sémola con pasas de Corinto. Todo el tiempo ladraban los perros sobre la costa del arroyo, un mamboretá enorme se plantó de un vuelo en el mantel y Nino fue a buscar la lupa, lo taparon con un vaso ancho y lo hicieron rabiar para que mostrase los colores de las alas.

—Tirá ese bicho —pidió Rema—. Les tengo tanto asco.

—Es un buen ejemplar —admitió Luis—. Miren cómo sigue mi mano con los ojos. El único insecto que gira la cabeza.

—Qué maldita noche —dijo el Nene detrás de su diario.

Isabel hubiera querido decapitar al mamboretá, darle un tijeretazo y ver qué pasaba.

—Dejalo dentro del vaso —pidió a Nino—. Mañana lo podríamos meter en el formicario y estudiarlo.

El calor subía, a las diez y media no se respiraba. Los chicos se quedaron con Rema en el comedor de adentro, los hombres estaban en sus estudios. Nino fue el primero en decir que tenía sueño.

—Subí solo, yo voy después a verte. Arriba está todo bien. —Y Rema lo ceñía por la cintura, con un gesto que a él le gustaba tanto.

—¿Nos contás un cuento, tía Rema?

—Otra noche.

Se quedaron solas, con el mamboretá que las miraba. Vino Luis a darles las buenas noches, murmuró algo sobre la hora en que los chicos debían irse a la cama, Rema le sonrió al besarlo.

—Oso gruñón —dijo, e Isabel inclinada sobre el vaso del mamboretá pensó que nunca había visto a Rema besando al Nene y a un mamboretá de un verde tan verde. Le movía un poco el vaso y el mamboretá rabiaba. Rema se acercó para pedirle que fuera a dormir.

—Tirá ese bicho, es horrible.

—Mañana, Rema.

Le pidió que subiera a darle las buenas noches. El Nene tenía entornada la puerta de su estudio y estaba paseándose en mangas de camisa, con el cuello suelto. Le silbó al pasar.

—Me voy a dormir, Nene.

—Oime: decile a Rema que me haga una limonada bien fresca y me la traiga aquí. Después subís no más a tu cuarto.

Claro que iba a subir a su cuarto, no veía por qué tenía él que mandárselo. Volvió al comedor para decirle a Rema, vio que vacilaba.

—No subas todavía. Voy a hacer la limonada y se la llevás vos misma.

—Él dijo que...

—Por favor.

Isabel se sentó al lado de la mesa. Por favor. Había nubes de bichos girando bajo la lámpara de carburo, se hubiera quedado horas mirando la nada y repitiendo: Por favor, por favor. Rema, Rema. Cuánto la quería, y esa voz de tristeza sin fondo, sin razón posible, la voz misma de la tristeza. Por favor. Rema, Rema... Un calor de fiebre le ganaba la cara, un deseo de tirarse a los pies de Rema, de dejarse llevar en brazos por Rema, una voluntad de morirse mirándola y que Rema le tuviera lástima, le pasara finos dedos frescos por el pelo, por los párpados...

Ahora le alcanzaba una jarra verde llena de limones partidos y hielo.

—Llévasela.

—Rema...

Le pareció que temblaba, que se ponía de espaldas a la mesa para que ella no le viese los ojos.

—Ya tiré el mamboretá, Rema.

Se duerme mal con el calor pegajoso y tanto zumbar de mosquitos. Dos veces estuvo a punto de levantarse, salir al corredor o ir al baño a mojarse las muñecas y la cara. Pero oía andar a alguien, abajo, alguien se paseaba de un lado al otro del comedor, llegaba al pie de la escalera, volvía... No eran los pasos oscuros y espaciados de Luis, no era el andar de Rema. Cuánto calor tenía esa noche el Nene, cómo se habría bebido a largos sorbos la limonada. Isabel lo veía bebiendo de la jarra, las manos sosteniendo la jarra verde con rodajas amarillas oscilando en el agua bajo la lámpara; pero a la vez estaba segura de que el Nene no había bebido la limonada, que estaba aún mirando la jarra que ella le llevara hasta la mesa como alguien que mira una perversidad infinita. No quería pensar en la sonrisa del Nene, su ir hasta la puerta como para asomarse al comedor, su retorno lento.

—Ella tenía que traérmela. A vos te dije que subieras a tu cuarto.

Y no ocurrírsele más que una respuesta tan idiota:

—Está bien fresca, Nene.

Y la jarra verde como el mamboretá.

Nino se levantó el primero y le propuso ir a buscar caracoles al arroyo. Isabel casi no había dormido, recordaba salones con flores, campanillas, corredores de clínica, hermanas de caridad, termómetros en bocales con bicloruro, imágenes de primera comunión, Inés, la bicicleta rota, el Tren Mixto, el disfraz de gitana de los ocho años. Entre todo eso, como delgado aire entre hojas de álbum, se veía despierta, pensando en tantas cosas que no eran flores, campanillas, corredores de clínica. Se levantó de mala gana, se lavó duramente las orejas. Nino dijo que eran las diez y que el tigre estaba en la sala del piano, de modo que podían irse enseguida al arroyo. Bajaron juntos, saludando apenas a Luis y al Nene que leían con las puertas abiertas. Los caracoles quedaban en la costa sobre los trigales. Nino anduvo quejándose de la distracción de Isabel, la trató de mala compañera y de que no ayudaba a formar la colección. Ella lo veía de repente tan chico, tan un muchachito entre sus caracoles y sus hojas.

Volvió la primera, cuando en la casa izaban la bandera para el almuerzo. Don Roberto venía de inspeccionar e Isabel le preguntó como siempre. Ya Nino se acercaba despacio, cargando la caja de los caracoles y los rastrillos, Isabel lo ayudó a dejar los rastrillos en el porche y entraron juntos. Rema estaba ahí, blanca y callada. Nino le puso un caracol azul en la mano.

—Para vos, el más lindo.

El Nene ya comía, con el diario al lado, a Isabel le quedaba apenas sitio para apoyar el brazo. Luis vino el último de su cuarto, contento como siempre a mediodía. Comieron, Nino hablaba de los caracoles, los huevos de caracoles en las cañas, la colección por tamaños o colores. Él los mataría solo, porque a Isabel le daba pena, los pondrían a secar en una chapa de zinc. Después vino el café y Luis los miró con la pregunta usual, entonces Isabel se levantó la primera para buscar a don Roberto, aunque don Roberto ya le había dicho antes. Dio vuelta al porche y cuando entró otra vez, Rema y Nino tenían las cabezas juntas sobre los caracoles, estaban como en una fotografía de familia, solamente Luis la miró y ella dijo: «Está en el estudio del Nene», se quedó viendo cómo el Nene alzaba los hombros, fastidiado, y Rema que tocaba un caracol con la punta del dedo, tan delicadamente que también su dedo tenía algo de caracol. Después Rema se levantó para ir a buscar más azúcar, e Isabel fue detrás de ella charlando hasta que volvieron riendo por una broma que habían cambiado en la antecocina. Como a Luis le faltaba tabaco y mandó a Nino a su estudio, Isabel lo desafió a que encontraba primero los cigarrillos y salieron juntos. Ganó Nino, volvieron corriendo y empujándose, casi chocan con el Nene que se iba a leer el diario a la biblioteca, quejándose por no poder usar su estudio. Isabel se acercó a mirar los caracoles, y Luis esperando que le encendiera como siempre el cigarrillo la vio perdida, estudiando los caracoles que empezaban despacio a asomar y moverse, mirando de pronto a Rema, pero saliéndose de ella como una ráfaga, y obsesionada por los caracoles, tanto que no se movió al primer alarido del Nene, todos corrían ya y ella estaba sobre los caracoles como si no oyera el nuevo grito ahogado del Nene, los golpes de

Luis en la puerta de la biblioteca, don Roberto que entraba con perros, las quejas del Nene entre los ladridos furiosos de los perros, y Luis repitiendo: «¡Pero si estaba en el estudio de él! ¡Ella dijo que estaba en el estudio de él!», inclinada sobre los caracoles esbeltos como dedos, quizá como los dedos de Rema, o era la mano de Rema que le tomaba el hombro, le hacía alzar la cabeza para mirarla, para estarla mirando una eternidad, rota por su llanto feroz contra la pollera de Rema, su alterada alegría, y Rema pasándole la mano por el pelo, calmándola con un suave apretar de dedos y un murmullo contra su oído, un balbucear como de gratitud, de innominable aquiescencia.

FINAL DEL JUEGO
(1956)

I

Continuidad de los parques

Había empezado a leer la novela unos días antes. La abandonó por negocios urgentes, volvió a abrirla cuando regresaba en tren a la finca; se dejaba interesar lentamente por la trama, por el dibujo de los personajes. Esa tarde, después de escribir una carta a su apoderado y discutir con el mayordomo una cuestión de aparcerías, volvió al libro en la tranquilidad del estudio que miraba hacia el parque de los robles. Arrellanado en su sillón favorito, de espaldas a la puerta que lo hubiera molestado como una irritante posibilidad de intrusiones, dejó que su mano izquierda acariciara una y otra vez el terciopelo verde y se puso a leer los últimos capítulos. Su memoria retenía sin esfuerzo los nombres y las imágenes de los protagonistas; la ilusión novelesca lo ganó casi enseguida. Gozaba del placer casi perverso de irse desgajando línea a línea de lo que lo rodeaba, y sentir a la vez que su cabeza descansaba cómodamente en el terciopelo del alto respaldo, que los cigarrillos seguían al alcance de la mano, que más allá de los ventanales danzaba el aire del atardecer bajo los robles. Palabra a palabra, absorbido por la sórdida disyuntiva de los héroes, dejándose ir hacia las imágenes que se concertaban y adquirían color y movimiento, fue testigo del último encuentro en la cabaña del monte. Primero entraba la mujer, recelosa; ahora llegaba el amante, lastimada la cara por el chicotazo de una rama. Admirablemente restañaba ella la sangre con sus besos, pero él rechazaba las caricias, no había venido para repetir las ceremonias de una pasión secreta, protegida por un mundo de hojas secas y senderos furtivos. El puñal se entibiaba contra su pecho, y debajo latía la libertad agazapada. Un diálogo anhelante corría por las páginas como un arroyo de serpientes, y se sentía que todo estaba decidido desde siempre. Hasta esas caricias que enredaban el cuerpo del amante como queriendo retenerlo y disuadirlo dibujaban abominablemente la figura de otro cuerpo que era necesario destruir. Nada había sido olvidado: coartadas, azares, posibles errores. A partir de esa hora cada instante tenía su empleo minuciosamente atribuido. El doble repaso despiadado se interrumpía apenas para que una mano acariciara una mejilla. Empezaba a anochecer.

Sin mirarse ya, atados rígidamente a la tarea que los esperaba, se separaron en la puerta de la cabaña. Ella debía seguir por la senda que iba al norte. Desde la senda opuesta él se volvió un instante para verla correr con el pelo suelto. Corrió a su vez, parapetándose en los árboles y los setos, hasta distinguir en la bruma malva del crepúsculo la alameda que llevaba a la casa. Los perros no debían ladrar, y no ladraron. El mayordomo no estaría a esa hora, y no estaba. Subió los tres peldaños del porche y entró. Desde la sangre galopando en sus oídos le llegaban las palabras de la mujer: primero una sala azul, después una galería, una escalera alfombrada. En lo alto, dos puertas. Nadie en la primera habitación, nadie en la segunda. La puerta del salón, y entonces el puñal en la mano, la luz de los ventanales, el alto respaldo de un sillón de terciopelo verde, la cabeza del hombre en el sillón leyendo una novela.

No se culpe a nadie

El frío complica siempre las cosas, en verano se está tan cerca del mundo, tan piel contra piel, pero ahora a las seis y media su mujer lo espera en una tienda para elegir un regalo de casamiento, ya es tarde y se da cuenta de que hace fresco, hay que ponerse el pulóver azul, cualquier cosa que vaya bien con el traje gris, el otoño es un ponerse y sacarse pulóveres, irse encerrando, alejando. Sin ganas silba un tango mientras se aparta de la ventana abierta, busca el pulóver en el armario y empieza a ponérselo delante del espejo. No es fácil, a lo mejor por culpa de la camisa que se adhiere a la lana del pulóver, pero le cuesta hacer pasar el brazo, poco a poco va avanzando la mano hasta que al fin asoma un dedo fuera del puño de lana azul, pero a la luz del atardecer el dedo tiene un aire como de arrugado y metido para adentro, con una uña negra terminada en punta. De un tirón se arranca la manga del pulóver y se mira la mano como si no fuese suya, pero ahora que está fuera del pulóver se ve que es su mano de siempre y él la deja caer al extremo del brazo flojo y se le ocurre que lo mejor será meter el otro brazo en la otra manga a ver si así resulta más sencillo. Parecería que no lo es porque apenas la lana del pulóver se ha pegado otra vez a la tela de la camisa, la falta de costumbre de empezar por la otra manga dificulta todavía más la operación, y aunque se ha puesto a silbar de nuevo para distraerse, siente que la mano avanza apenas y que sin alguna maniobra complementaria no conseguirá hacerla llegar nunca a la salida. Mejor todo al mismo tiempo, agachar la cabeza para calzarla a la altura del cuello del pulóver a la vez que mete el brazo libre en la otra manga enderezándola y tirando simultáneamente con los dos brazos y el cuello. En la repentina penumbra azul que lo envuelve parece absurdo seguir silbando, empieza a sentir como un calor en la cara, aunque parte de la cabeza ya debería estar afuera, pero la frente y toda la cara siguen cubiertas y las manos andan apenas por la mitad de las mangas, por más que tira nada sale afuera y ahora se le ocurre pensar que a lo mejor se ha equivocado en esa especie de cólera irónica con que reanudó la tarea, y que ha hecho la tontería de meter la cabeza en una de las mangas y una mano en el cuello del pulóver. Si fuese así su mano tendría que salir fácilmente, pero aunque tira con todas sus fuerzas no logra hacer avanzar ninguna de las dos manos, aunque en cambio parecería que la cabeza está a punto de abrirse paso porque la lana azul le aprieta ahora con una fuerza casi irritante la nariz y la boca, lo sofoca más de lo que hubiera podido imaginarse, obligándolo a respirar profundamente mientras la lana se va humedeciendo contra la boca, probablemente desteñirá y le manchará la cara de azul. Por suerte en ese mismo momento su mano derecha asoma al aire, al frío de afuera, por lo menos ya hay una afuera aunque la otra siga apresada en la manga, quizás era cierto que su mano derecha estaba metida en el cuello del pulóver, por eso lo que él creía el cuello le está apretando de esa manera la cara, sofocándolo cada vez más, y en cambio la mano ha podido salir fácilmente. De todos modos y para estar seguro lo único que puede hacer es seguir abriéndose paso, respirando a fondo y dejando escapar el aire poco a poco, aunque sea absurdo porque nada le impide respirar perfectamente salvo que el aire que traga está mezclado con pelusas de lana del cuello o de la manga del pulóver, y además hay el gusto del pulóver, ese gusto azul de la lana que le debe estar manchando la cara ahora que la humedad del aliento se mezcla cada vez más con la lana, y aunque no puede verlo porque si abre los ojos las pestañas tropiezan dolorosamente con la lana, está seguro de que el azul le va envolviendo la boca mojada, los agujeros de la nariz, le gana las mejillas, y todo eso lo va llenando de ansiedad y quisiera terminar de ponerse de una vez el pulóver sin contar que debe ser tarde y su mujer estará impacientándose en la puerta de la tienda. Se dice que lo más sensato es concentrar la atención en su mano derecha, porque esa mano por fuera del pulóver está en contacto con el aire frío de la habitación, es como un anuncio de que ya falta poco y además puede ayudarlo, ir subiendo por la espalda hasta aferrar el borde inferior del pulóver con ese movimiento clásico que ayuda a ponerse cualquier pulóver tirando enérgicamente hacia abajo. Lo malo es que aunque la mano palpa la espalda buscando el borde de lana, parecería que el pulóver ha quedado completamente arrollado cerca del cuello y lo único que encuentra la mano es la camisa cada vez más arrugada y hasta salida en parte del pantalón, y de poco sirve traer la mano y querer tirar de la delantera del pulóver porque sobre el pecho no se siente más que la camisa, el pulóver debe haber pasado apenas por los hombros y estará ahí arrollado y tenso como si él tuviera los hombros demasiado anchos para ese pulóver, lo que en definitiva prueba que realmente se ha equivocado y ha metido una mano en el cuello y la otra en una manga, con lo cual la distancia que va del cuello a una de las mangas es exactamente la mitad de la que va de una manga a otra, y eso explica que él tenga la cabeza un poco ladeada a la izquierda, del lado donde la mano sigue prisionera en la manga, si es la manga, y que en cambio su mano derecha que ya está afuera se mueva con toda libertad en el aire aunque no consiga hacer bajar el pulóver que sigue como arrollado en lo alto de su cuerpo. Irónicamente se le ocurre que si hubiera una silla cerca podría descansar y respirar mejor hasta ponerse del todo el pulóver, pero ha perdido la orientación después de haber girado tantas veces con esa especie de gimnasia eufórica que inicia siempre la colocación de una prenda de ropa y que tiene algo de paso de baile disimulado, que nadie puede reprochar porque responde a una finalidad utilitaria y no a culpables tendencias coreográficas. En el fondo la verdadera solución sería sacarse el pulóver puesto que no ha podido ponérselo, y comprobar la entrada correcta de cada mano en las mangas y de la cabeza en el cuello, pero la mano derecha desordenadamente sigue yendo y viniendo como si ya fuera ridículo renunciar a esa altura de las cosas, y en algún momento hasta obedece y sube a la altura de la cabeza y tira hacia arriba sin que él comprenda a tiempo que el pulóver se le ha pegado en la cara con esa gomosidad húmeda del aliento mezclado con el azul de la lana, y cuando la mano tira hacia arriba es un dolor como si le desgarraran las orejas y quisieran arrancarle las pestañas. Entonces más despacio, entonces hay que utilizar la mano metida en la manga izquierda, si es la manga y no el cuello, y para eso con la mano derecha ayudar a la mano izquierda para que pueda avanzar por la manga o retroceder y zafarse, aunque es casi imposible coordinar los movimientos de las dos manos, como si la mano izquierda fuese una rata metida en una jaula y desde afuera otra rata quisiera ayudarla a escaparse, a menos que en vez de ayudarla la esté mordiendo porque de golpe le duele la mano prisionera y a la vez la otra mano se hinca con todas sus fuerzas en eso que debe ser su mano y que le duele, le duele a tal punto que renuncia a quitarse el pulóver, prefiere intentar un último esfuerzo para sacar la cabeza fuera del cuello y la rata izquierda fuera de la jaula y lo intenta luchando con todo el cuerpo, echándose hacia adelante y hacia atrás, girando en medio de la habitación, si es que está en el medio porque ahora alcanza a pensar que la ventana ha quedado abierta y que es peligroso seguir girando a ciegas, prefiere detenerse aunque su mano derecha siga yendo y viniendo sin ocuparse del pulóver, aunque su mano izquierda le duela cada vez más como si tuviera los dedos mordidos o quemados, y sin embargo esa mano le obedece, contrayendo poco a poco los dedos lacerados alcanza a aferrar a través de la manga el borde del pulóver arrollado en el hombro, tira hacia abajo casi sin fuerza, le duele demasiado y haría falta que la mano derecha ayudara en vez de trepar o bajar inútilmente por las piernas, en vez de pellizcarle el muslo como lo está haciendo, arañándolo y pellizcándolo a través de la ropa sin que pueda impedírselo porque toda su voluntad acaba en la mano izquierda, quizás ha caído de rodillas y se siente como colgado de la mano izquierda que tira una vez más del pulóver y de golpe es el frío en las cejas y en la frente, en los ojos, absurdamente no quiere abrir los ojos pero sabe que ha salido afuera, esa materia fría, esa delicia es el aire libre, y no quiere abrir los ojos y espera un segundo, dos segundos, se deja vivir en un tiempo frío y diferente, el tiempo de fuera del pulóver, está de rodillas y es hermoso estar así hasta que poco a poco agradecidamente entreabre los ojos libres de la baba azul de la lana de adentro, entreabre los ojos y ve las cinco uñas negras suspendidas apuntando a sus ojos, vibrando en el aire antes de saltar contra sus ojos, y tiene el tiempo de bajar los párpados y echarse atrás cubriéndose con la mano izquierda que es su mano, que es todo lo que le queda para que lo defienda desde dentro de la manga, para que tire hacia arriba el cuello del pulóver y la baba azul le envuelva otra vez la cara mientras se endereza para huir a otra parte, para llegar por fin a alguna parte sin mano y sin pulóver, donde solamente haya un aire fragoroso que lo envuelva y lo acompañe y lo acaricie y doce pisos.

El río

Y sí, parece que es así, que te has ido diciendo no sé qué cosa, que te ibas a tirar al Sena, algo por el estilo, una de esas frases de plena noche, mezcladas de sábana y boca pastosa, casi siempre en la oscuridad o con algo de mano o de pie rozando el cuerpo del que apenas escucha, porque hace tanto que apenas te escucho cuando dices cosas así, eso viene del otro lado de mis ojos cerrados, del sueño que otra vez me tira hacia abajo. Entonces está bien, qué me importa si te has ido, si te has ahogado o todavía andas por los muelles mirando el agua, y además no es cierto porque estás aquí dormida y respirando entrecortadamente, pero entonces no te has ido cuando te fuiste en algún momento de la noche antes de que yo me perdiera en el sueño, porque te habías ido diciendo alguna cosa, que te ibas a ahogar en el Sena, o sea que has tenido miedo, has renunciado y de golpe estás ahí casi tocándome, y te mueves ondulando como si algo trabajara suavemente en tu sueño, como si de verdad soñaras que has salido y que después de todo llegaste a los muelles y te tiraste al agua. Así una vez más, para dormir después con la cara empapada de un llanto estúpido, hasta las once de la mañana, la hora en que traen el diario con las noticias de los que se han ahogado de veras.

Me das risa, pobre. Tus determinaciones trágicas, esa manera de andar golpeando las puertas como una actriz de tournées de provincia, uno se pregunta si realmente crees en tus amenazas, tus chantajes repugnantes, tus inagotables escenas patéticas untadas de lágrimas y adjetivos y recuentos. Merecerías a alguien más dotado que yo para que te diera la réplica, entonces se vería alzarse a la pareja perfecta, con el hedor exquisito del hombre y la mujer que se destrozan mirándose en los ojos para asegurarse el aplazamiento más precario, para sobrevivir todavía y volver a empezar y perseguir inagotablemente su verdad de terreno baldío y fondo de cacerola. Pero ya ves, escojo el silencio, enciendo un cigarrillo y te escucho hablar, te escucho quejarte (con razón, pero qué puedo hacerle), o lo que es todavía mejor me voy quedando dormido, arrullado casi por tus imprecaciones previsibles, con los ojos entrecerrados mezclo todavía por un rato las primeras ráfagas de los sueños con tus gestos de camisón ridículo bajo la luz de la araña que nos regalaron cuando nos casamos, y creo que al final me duermo y me llevo, te lo confieso casi con amor, la parte más aprovechable de tus movimientos y tus denuncias, el sonido restallante que te deforma los labios lívidos de cólera. Para enriquecer mis propios sueños donde jamás a nadie se le ocurre ahogarse, puedes creerme.

Pero si es así me pregunto qué estás haciendo en esta cama que habías decidido abandonar por la otra más vasta y más huyente. Ahora resulta que duermes, que de cuando en cuando mueves una pierna que va cambiando el dibujo de la sábana, pareces enojada por alguna cosa, no demasiado enojada, es como un cansancio amargo, tus labios esbozan una mueca de desprecio, dejan escapar el aire entrecortadamente, lo recogen a bocanadas breves, y creo que si no estuviera tan exasperado por tus falsas amenazas admitiría que eres otra vez hermosa, como si el sueño te devolviera un poco de mi lado donde el deseo es posible y hasta reconciliación o nuevo plazo, algo menos turbio que este amanecer donde empiezan a rodar los primeros carros y los gallos abominablemente desnudan su horrenda servidumbre. No sé, ya ni siquiera tiene sentido preguntar otra vez si en algún momento te habías ido, si eras tú la que golpeó la puerta al salir en el instante mismo en que yo resbalaba al olvido, y a lo mejor es por eso que prefiero tocarte, no porque dude de que estés ahí, probablemente en ningún momento te fuiste del cuarto, quizás un golpe de viento cerró la puerta, soñé que te habías ido mientras tú, creyéndome despierto, me gritabas tu amenaza desde los pies de la cama. No es por eso que te toco, en la penumbra verde del amanecer es casi dulce pasar una mano por ese hombro que se estremece y me rechaza. La sábana te cubre a medias, mis dedos empiezan a bajar por el terso dibujo de tu garganta, inclinándome respiro tu aliento que huele a noche y a jarabe, no sé cómo mis brazos te han enlazado, oigo una queja mientras arqueas la cintura negándote, pero los dos conocemos demasiado ese juego para creer en él, es preciso que me abandones la boca que jadea palabras sueltas, de nada sirve que tu cuerpo amodorrado y vencido luche por evadirse, somos a tal punto una misma cosa en ese enredo de ovillo donde la lana blanca y la lana negra luchan como arañas en un bocal. De la sábana que apenas te cubría alcanzo a entrever la ráfaga instantánea que surca el aire para perderse en la sombra y ahora estamos desnudos, el amanecer nos envuelve y reconcilia en una sola materia temblorosa, pero te obstinas en luchar, encogiéndote, lanzando los brazos por sobre mi cabeza, abriendo como en un relámpago los muslos para volver a cerrar sus tenazas monstruosas que quisieran separarme de mí mismo. Tengo que dominarte lentamente (y eso, lo sabes, lo he hecho siempre con una gracia ceremonial), sin hacerte daño voy doblando los juncos de tus brazos, me ciño a tu placer de manos crispadas, de ojos enormemente abiertos, ahora tu ritmo al fin se ahonda en movimientos lentos de muaré, de profundas burbujas ascendiendo hasta mi cara, vagamente acaricio tu pelo derramado en la almohada, en la penumbra verde miro con sorpresa mi mano que chorrea, y antes de resbalar a tu lado sé que acaban de sacarte del agua, demasiado tarde, naturalmente, y que yaces sobre las piedras del muelle rodeada de zapatos y de voces, desnuda boca arriba con tu pelo empapado y tus ojos abiertos.

Los venenos

El sábado tío Carlos llegó a mediodía con la máquina de matar hormigas. El día antes había dicho en la mesa que iba a traerla, y mi hermana y yo esperábamos la máquina imaginando que era enorme, que era terrible. Conocíamos bien las hormigas de Banfield, las hormigas negras que se van comiendo todo, hacen los hormigueros en la tierra, en los zócalos, o en ese pedazo misterioso donde una casa se hunde en el suelo, allí hacen agujeros disimulados pero no pueden esconder su fila negra que va y viene trayendo pedacitos de hojas, y los pedacitos de hojas eran las plantas del jardín, por eso mamá y tío Carlos se habían decidido a comprar la máquina para acabar con las hormigas.

Me acuerdo que mi hermana vio venir a tío Carlos por la calle Rodríguez Peña, desde lejos lo vio venir en el tílburi de la estación, y entró corriendo por el callejón del costado gritando que tío Carlos traía la máquina. Yo estaba en los ligustros que daban a lo de Lila, hablando con Lila por el alambrado, contándole que por la tarde íbamos a probar la máquina, y Lila estaba interesada pero no mucho, porque a las chicas no les importan las máquinas y no les importan las hormigas, solamente le llamaba la atención que la máquina echaba humo y que eso iba a matar todas las hormigas de casa.

Al oír a mi hermana le dije a Lila que tenía que ir a ayudar a bajar la máquina, y corrí por el callejón con el grito de guerra de Sitting Bull, corriendo de una manera que había inventado en ese tiempo y que era correr sin doblar las rodillas, como pateando una pelota. Cansaba poco y era como un vuelo, aunque nunca como el sueño de volar que yo siempre tenía entonces, y que era recoger las piernas del suelo, y con apenas un movimiento de cintura volar a veinte centímetros del suelo, de una manera que no se puede contar por lo linda, volar por calles largas, subiendo a veces un poco y otra vez al ras del suelo, con una sensación tan clara de estar despierto, aparte que en ese sueño la contra era que yo siempre soñaba que estaba despierto, que volaba de verdad, que antes lo había soñado pero esta vez iba de veras, y cuando me despertaba era como caerme al suelo, tan triste salir andando o corriendo pero siempre pesado, vuelta abajo a cada salto. Lo único un poco parecido era esta manera de correr que había inventado, con las zapatillas de goma Keds Champion con puntera daba la impresión del sueño, claro que no se podía comparar.

Mamá y abuelita ya estaban en la puerta hablando con tío Carlos y el cochero. Me arrimé despacio porque a veces me gustaba hacerme esperar, y con mi hermana miramos el bulto envuelto en papel madera y atado con mucho hilo sisal, que el cochero y tío Carlos bajaban a la vereda. Lo primero que pensé fue que era una parte de la máquina, pero enseguida vi que era la máquina completa, y me pareció tan chica que se me vino el alma a los pies. Lo mejor fue al entrarla, porque ayudando a tío Carlos me di cuenta de que la máquina pesaba mucho, y el peso me devolvió confianza. Yo mismo le saqué los piolines y el papel, porque mamá y tío Carlos tenían que abrir un paquete chico donde venía la lata del veneno, y de entrada ya nos anunciaron que eso no se tocaba y que más de cuatro habían muerto retorciéndose por tocar la lata. Mi hermana se fue a un rincón porque se le había acabado el interés por todo y un poco también por miedo, pero yo la miré a mamá y nos reímos, y todo aquel discurso era por mi hermana, a mí me iban a dejar manejar la máquina con veneno y todo.

No era linda, quiero decir que no era una máquina máquina, por lo menos con una rueda que da vueltas o un pito que echa un chorro de vapor. Parecía una estufa de fierro negro, con tres patas combadas, una puerta para el fuego, otra para el veneno y de arriba salía un tubo de metal flexible (como el cuerpo de los gusanos) donde después se enchufaba otro tubo de goma con un pico. A la hora del almuerzo mamá nos leyó el manual de instrucciones, y cada vez que llegaba a las partes del veneno todos la mirábamos a mi hermana, y abuelita le volvió a decir que en Flores tres niños habían muerto por tocar una lata. Ya habíamos visto la calavera en la tapa, y tío Carlos buscó una cuchara vieja y dijo que ésa sería para el veneno y que las cosas de la máquina las guardarían en el estante de arriba del cuarto de las herramientas. Afuera hacía calor porque empezaba enero, y la sandía estaba helada, con las semillas negras que me hacían pensar en las hormigas.

Después de la siesta, la de los grandes porque mi hermana leía el *Billiken* y yo clasificaba las estampillas en el patio cerrado, fuimos al jardín y tío Carlos puso la máquina en la rotonda de las hamacas donde siempre salían hormigueros. Abuelita preparó brasas de carbón para cargar la hornalla, y yo hice un barro lindísimo en una batea vieja, revolviendo con la cuchara de albañil. Mamá y mi hermana se sentaron en las sillas de paja para ver, y Lila miraba entre el ligustro hasta que le gritamos que viniera y dijo que la madre no la dejaba pero que lo mismo veía. Del otro lado del jardín ya se estaban asomando las de Negri, que eran unos casos y por eso no nos tratábamos. Les decían la Chola, la Ela y la Cufina, pobres. Eran buenas pero pavas, y no se podía jugar con ellas. Abuelita les tenía lástima pero mamá no las invitaba nunca a casa porque se armaban líos con mi hermana y conmigo. Las tres querían mandar la parada pero no sabían ni rayuela ni bolita ni vigilante y ladrón ni el barco hundido, y lo único que sabían era reírse como sonsas y hablar de tanta cosa que yo no sé a quién le podía interesar. El padre era concejal y tenían

Orpington leonadas. Nosotros criábamos Rhode Island que es mejor ponedora.

La máquina parecía más grande por lo negra que se la veía entre el verde del jardín y los frutales. Tío Carlos la cargó con brasas, y mientras tomaba calor eligió un hormiguero y le puso el pico del tubo; yo eché barro alrededor y lo apisoné pero no muy fuerte, para impedir el desmoronamiento de las galerías como decía el manual. Entonces mi tío abrió la puerta para el veneno y trajo la lata y la cuchara. El veneno era violeta, un color precioso, y había que echar una cucharada grande y cerrar enseguida la puerta. Apenas la habíamos echado se oyó como un bufido y la máquina empezó a trabajar. Era estupendo, todo alrededor del pico salía un humo blanco, y había que echar más barro y aplastarlo con las manos. «Van a morir todas», dijo mi tío que estaba muy contento con el funcionamiento de la máquina, y yo me puse al lado de él con las manos llenas de barro hasta los codos, y se veía que era un trabajo para que lo hicieran los hombres.

—¿Cuánto tiempo hay que fumigar cada hormiguero? —preguntó mamá.

—Por lo menos media hora —dijo tío Carlos—. Algunos son larguísimos, más de lo que se cree.

Yo entendí que quería decir dos o tres metros, porque había tantos hormigueros en casa que no podía ser que fueran demasiado largos. Pero justo en ese momento oímos que la Cufina empezaba a chillar con esa voz que tenía que la escuchaban desde la estación, y toda la familia Negri vino al jardín diciendo que de un cantero de lechuga salía humo. Al principio yo no lo quería creer pero era cierto, porque en el mismo momento Lila me avisó desde los ligustros que en su casa también salía humo al lado de un duraznero, y tío Carlos se quedó pensando y después fue hasta el alambrado de los Negri y le pidió a la Chola que era la menos haragana que echara barro donde salía el humo, y yo salté a lo de Lila y taponé el hormiguero. Ahora salía humo en otras partes de casa, en el gallinero, más atrás de la puerta blanca, y al pie de la pared del costado. Mamá y mi hermana ayudaban a poner barro, era formidable pensar que por debajo de la tierra andaba tanto humo buscando salir, y que entre ese humo las hormigas estaban rabiando y retorciéndose como los tres niños de Flores.

Esa tarde trabajamos hasta la noche, y a mi hermana la mandaron a preguntar si en las casas de otros vecinos salía humo. Cuando apenas quedaba luz la máquina se apagó, y al sacar el pico del hormiguero yo cavé un poco con la cuchara de albañil y toda la cueva estaba llena de hormigas muertas y tenía un color violeta que olía a azufre. Eché barro encima como en los entierros, y calculé que habrían muerto unas cinco mil hormigas por lo menos. Ya todos se habían ido adentro porque era hora de bañarse y tender la mesa, pero tío Carlos y yo nos quedamos a repasar la máquina y a guardarla. Le pregunté si podía llevar las cosas al cuarto de las herramientas y dijo que sí. Por las dudas me enjuagué las manos después de tocar la lata y la cuchara, y eso que la cuchara la habíamos limpiado antes.

Al otro día fue domingo y vino mi tía Rosa con mis primos, y fue un día en que jugamos todo el tiempo al vigilante y ladrón con mi hermana y con Lila que tenía permiso de la madre. A la noche tía Rosa le dijo a mamá si mi primo Hugo podía quedarse a pasar toda la semana en Banfield porque estaba un poco débil de la pleuresía y necesitaba sol. Mamá dijo que sí y todos estábamos contentos. A Hugo le hicieron una cama en mi pieza, y el lunes fue la sirvienta a traer su ropa para la semana. Nos bañábamos juntos y Hugo sabía más cuentos que yo, pero no saltaba tan lejos. Se veía que era de Buenos Aires, con la ropa venían dos libros de Salgari y uno de botánica, porque tenía que preparar el ingreso a primer año. Dentro del libro venía una pluma de pavo real, la primera que yo veía, y él la usaba como señalador. Era verde con un ojo violeta y azul, toda salpicada de oro. Mi hermana se la pidió pero Hugo le dijo que no porque se la había regalado la madre. Ni siquiera se la dejó tocar, pero a mí sí porque me tenía confianza y yo la agarraba del canuto.

Los primeros días, como tío Carlos trabajaba en la oficina no volvimos a encender la máquina, aunque yo le había dicho a mamá que si ella quería yo la podía hacer andar. Mamá dijo que mejor esperáramos al sábado, que total no había muchos almácigos esa semana y que no se veían tantas hormigas como antes.

—Hay unas cinco mil menos —le dije yo, y ella se reía pero me dio la razón. Casi mejor que no me dejara encender la máquina, así Hugo no se metía, porque era de esos que todo lo saben y abren las puertas para mirar adentro. Sobre todo con el veneno mejor que no me ayudara.

A la siesta nos mandaban quedarnos quietos, porque tenían miedo de la insolación. Mi hermana desde que Hugo jugaba conmigo venía todo el tiempo con nosotros, y siempre quería jugar de compañera con Hugo. A las bolitas yo les ganaba a los dos, pero al balero Hugo no sé cómo se las sabía todas y me ganaba. Mi hermana lo elogiaba todo el tiempo y yo me daba cuenta que lo buscaba para novio, era cosa de decírselo a mamá para que le plantara un par de bifes, solamente que no se me ocurría cómo decírselo a mamá, total no hacían nada malo. Hugo se reía de ella pero disimulando, y yo en esos momentos lo hubiera abrazado, pero era siempre cuando estábamos jugando y había que ganar o perder pero nada de abrazos.

La siesta duraba de dos a cinco, y era la mejor hora para estar tranquilos y hacer lo que uno quería. Con Hugo revisábamos las estampillas y yo le daba las repetidas, le enseñaba a clasificarlas por países, y él pensaba al otro año tener una colección como la mía pero solamente de América. Se iba a perder las de Camerún, que son con animales, pero él decía que así las colecciones son más importantes. Mi hermana le daba la razón y eso que no sabía si una estampilla estaba del derecho o del revés, pero era para llevarme la contra. En cambio Lila que venía a eso de las tres, saltando por los ligustros, estaba de mi parte y le gustaban las estampillas de Europa. Una vez yo le había dado a Lila un sobre con todas estampillas diferentes, y ella siempre me lo recordaba y decía que el padre le iba a ayudar en la colección pero que la madre pensaba que eso no era de chicas y tenía microbios, y el sobre estaba guardado en el aparador.

Para que no se enojaran en casa por el ruido, cuando llegaba Lila nos íbamos al fondo y nos tirábamos debajo de los frutales. Las de Negri también andaban por el jardín de ellas, y yo sabía que las tres estaban locas con Hugo y se hablaban a gritos y siempre por la nariz, y la Cufina sobre todo se la pasaba preguntando: «¿Y dónde está el costurero con los hilos?» y la Ela le contestaba no sé qué, entonces se peleaban pero a propósito para llamar la atención, y menos mal que de ese lado los ligustros eran tupidos y no se veía mucho. Con Lila nos moríamos de risa al oírlas, y Hugo se tapaba la nariz y decía: «¿Y dónde está la pavita para el mate?». Entonces la Chola que era la mayor decía: «¿Vieron chicas cuántos groseros hay este año?», y nosotros nos metíamos pasto en la boca para no reírnos fuerte, porque lo bueno era dejarlas con las ganas y no seguírsela, así después cuando nos oían jugar a la mancha rabiaban mucho más y al final se peleaban entre ellas hasta que salía la tía y las mechoneaba y las tres se iban adentro llorando.

A mí me gustaba tener de compañera a Lila en los juegos, porque entre hermanos a uno no le gusta jugar si hay otros, y mi hermana lo buscaba enseguida a Hugo de compañero. Lila y yo les ganábamos a las bolitas, pero a Hugo le gustaba más el vigilante y ladrón y la escondida, siempre había que hacerle caso y jugar a eso, pero también era formidable, solamente que no podíamos gritar y los juegos así sin gritos no valen tanto. A la escondida casi siempre me tocaba contar a mí, no sé por qué me engañaban vuelta a vuelta, y piedra libre uno detrás de otro. A las cinco salía abuelita y nos retaba porque estábamos sudados y habíamos tomado demasiado sol, pero nosotros la hacíamos reír y le dábamos besos, hasta Hugo y Lila que no eran de casa. Yo me fijé en esos días que abuelita iba siempre a mirar el estante de las herramientas, y me di cuenta que tenía miedo de que anduviéramos hurgando con las cosas de la máquina. Pero a nadie se le iba a ocurrir una pavada así, con lo de los tres niños de Flores y encima la paliza que nos iban a dar.

A ratos me gustaba quedarme solo, y en esos momentos ni siquiera quería que estuviera Lila. Sobre todo al caer la tarde, un rato antes que abuelita saliera con su batón blanco y se pusiera a regar el jardín. A esa hora la tierra ya no estaba tan caliente, pero las madreselvas olían mucho y también los canteros de tomates donde había canaletas para el agua y bichos distintos que en otras partes. Me gustaba tirarme boca abajo y oler la tierra, sentirla debajo de mí, caliente con su olor a verano tan distinto de otras veces. Pensaba en muchas cosas, pero sobre todo en las hormigas, ahora que había visto lo que eran los hormigueros me quedaba pensando en las galerías que cruzaban por todos lados y que nadie veía. Como las venas en mis piernas, que apenas se distinguían debajo de la piel, pero llenas de hormigas y misterios que iban y venían. Si uno comía un poco de veneno, en realidad venía a ser lo mismo que el humo de la máquina, el veneno andaba por las venas del cuerpo igual que el humo en la tierra, no había mucha diferencia.

Después de un rato me cansaba de estar solo y estudiar los bichos de los tomates. Iba a la puerta blanca, tomaba impulso y me largaba a la carrera como Buffalo Bill, y al llegar al cantero de las lechugas lo saltaba limpio y ni tocaba el borde de gramilla. Con Hugo tirábamos al blanco con la diana de aire comprimido, o jugábamos en las hamacas cuando mi hermana o a veces Lila salían de bañarse y venían a las hamacas con ropa limpia. También Hugo y yo nos íbamos a bañar, y a última hora salíamos todos a la vereda, o mi hermana tocaba el piano en la sala y nosotros nos sentábamos en la balaustrada y veíamos volver a la gente del trabajo hasta que llegaba tío Carlos y todos lo íbamos a saludar y de paso a ver si traía algún paquete con hilo rosa o el *Billiken*. Justamente una de esas veces al correr a la puerta fue cuando Lila se tropezó en una laja y se lastimó la rodilla. Pobre Lila, no quería llorar pero le saltaban las lágrimas y yo pensaba en la madre que era tan severa y le diría machona y de todo cuando la viera lastimada. Hugo y yo hicimos la sillita de oro y la llevamos del lado de la puerta blanca mientras mi hermana iba a escondidas a buscar un trapo y alcohol. Hugo se hacía el comedido y quería curarla a Lila, lo mismo mi hermana para estar con Hugo, pero yo los saqué a empujones y le dije a Lila que aguantara nada más que un segundo, y que si quería cerrara los ojos. Pero ella no quiso y mientras yo le pasaba el alcohol ella lo miraba fijo a Hugo como para mostrarle lo valiente que era. Yo le soplé fuerte en la lastimadura y con la venda quedó muy bien y no le dolía.

—Mejor andate enseguida a tu casa —le dijo mi hermana—, así tu mamá no se cabrea.

Después que se fue Lila yo me empecé a aburrir con Hugo y mi hermana que hablaban de orquestas típicas, y Hugo había visto a De Caro en un cine y silbaba tangos para que mi hermana los sacara en el piano. Me fui a mi cuarto a buscar el álbum de las estampillas, y todo el tiempo pensaba que la madre la iba a retar a Lila y que a lo mejor estaba llorando o que se le iba a infectar la matadura como pasa tantas veces. Era increíble lo valiente que había sido Lila con el alcohol, y cómo lo miraba a Hugo sin llorar ni bajar la vista.

En la mesa de luz estaba la botánica de Hugo, y asomaba el canuto de la pluma de pavo real. Como él me la dejaba mirar la saqué con cuidado y me puse al lado de la lámpara para verla bien. Yo creo que no había ninguna pluma más linda que ésa. Parecía las manchas que se hacen en el agua de los charcos, pero no se podía comparar, era muchísimo más linda, de un verde brillante como esos bichos que viven en los damascos y tienen dos antenas largas con una bolita peluda en cada punta. En medio de la parte más ancha y más verde se abría un ojo azul y violeta, todo salpicado de oro, algo como no se ha visto nunca. Yo de golpe me daba cuenta por qué se llamaba pavo real, y cuanto más la miraba más pensaba en cosas raras, como en las novelas, y al final la tuve que dejar porque se la hubiera robado a Hugo y eso no podía ser. A lo mejor Lila estaba pensando en nosotros, sola en su casa (que era oscura y con sus padres tan severos), cuando yo me divertía con la pluma y las estampillas. Mejor guardar todo y pensar en la pobre Lila tan valiente.

Por la noche me costó dormirme, no sé por qué. Se me había metido en la cabeza que Lila no estaba bien y que tenía fiebre. Me hubiera gustado pedirle a mamá que fuera a preguntarle a la madre pero no se podía, primero con Hugo que se iba a reír, y después que mamá se enojaría si se enteraba de la lastimadura y que no le habíamos avisado. Me quise dormir tantas veces pero no podía, y al final pensé que lo mejor era ir por la mañana a lo de Lila y ver cómo estaba, o llamar por el ligustro. Al final me dormí pensando en Lila y Buffalo Bill y también en la máquina de las hormigas, pero sobre todo en Lila.

Al otro día me levanté antes que nadie y fui a mi jardín, que estaba cerca de las glicinas. Mi jardín era un cantero nada más que mío, que abuelita me había dado para que yo hiciese lo que quisiera. Una vez planté alpiste, después batatas, pero ahora me gustaban las flores y sobre todo mi jazmín del Cabo, que es el de olor más fuerte sobre todo de noche, y mamá siempre decía que mi jazmín era el más lindo de la casa. Con la pala fui cavando despacio alrededor del jazmín, que era lo mejor que yo tenía, y al final lo saqué con toda la tierra pegada a la raíz. Así fui a llamarla a Lila que también estaba levantada y no tenía casi nada en la rodilla.

—¿Hugo se va mañana? —me preguntó, y le dije que sí, porque tenía que seguir estudiando en Buenos Aires el ingreso a primer año. Le dije a Lila que le traía una cosa y ella me preguntó qué era, y entonces por entre el ligustro le mostré mi jazmín y le dije que se lo regalaba y que si quería la iba a ayudar a hacerse un jardín para ella sola. Lila dijo que el jazmín era muy lindo, y le pidió permiso a la madre y yo salté el ligustro para ayudarla a plantarlo. Elegimos un cantero chico, arrancamos unos crisantemos medio secos que había, y yo me puse a puntear la tierra, a darle otra forma al cantero, y después Lila me dijo dónde le gustaba que estuviera el jazmín, que era en el mismo medio. Yo lo planté, regamos con la regadera y el jardín quedó muy bien. Ahora yo tenía que conseguir un poco de gramilla, pero no había apuro. Lila estaba muy contenta y no le dolía nada la lastimadura. Quería que Hugo y mi hermana vieran enseguida lo que habíamos hecho, y yo los fui a buscar justo cuando mamá me llamaba para el café con leche. Las de Negri andaban peleándose en el jardín, y la Cufina chillaba como siempre. No sé cómo podían pelearse con una mañana tan linda.

El sábado por la tarde Hugo se tenía que volver a Buenos Aires y yo dentro de todo me alegré, porque tío Carlos no quería encender la máquina ese día y lo dejó para el domingo. Mejor que estuviéramos él y yo solamente, no fuera la mala pata que Hugo se saliera envenenando o cualquier cosa. Esa tarde lo extrañé un poco porque ya me había acostumbrado a tenerlo en mi cuarto, y sabía tantos cuentos y aventuras de memoria. Pero peor era mi hermana que andaba por toda la casa como sonámbula, y cuando mamá le preguntó qué le pasaba dijo que nada, pero ponía una cara que mamá se quedó mirándola y al final se fue diciendo que algunas se creían más grandes de lo que eran y eso que ni sonarse solas sabían. Yo encontraba que mi hermana se portaba como una estúpida, sobre todo cuando la vi que con tiza de colores escribía en el pizarrón del patio el nombre de Hugo, lo borraba y lo escribía de nuevo, siempre con otros colores y otras letras, mirándome de reojo, y después hizo un corazón con una flecha y yo me fui para no pegarle un par de bifes o ir a decírselo a mamá. Para peor esa tarde Lila se había vuelto a su casa temprano, diciendo que la madre no la dejaba quedarse por culpa de la lastimadura. Hugo le dijo que a las cinco venían a buscarlo de Buenos Aires, y que por qué no se quedaba hasta que él se fuera, pero Lila dijo que no podía y se fue corriendo y sin saludar. Por eso cuando lo vinieron a buscar, Hugo tuvo que ir a despedirse de Lila y la madre, y después se despidió de nosotros y se fue muy contento diciendo que volvería al otro fin de semana. Esa noche yo me sentí un poco solo en mi cuarto, pero por otro lado era una ventaja sentir que todo era de nuevo mío, y que podía apagar la luz cuando me daba la gana.

El domingo al levantarme oí que mamá hablaba por el alambrado con el señor Negri. Me acerqué a decir buen día y el señor Negri estaba diciéndole a mamá que en el cantero de las lechugas donde salía el humo el día que probamos la máquina, todas las lechugas se estaban marchitando. Mamá le dijo que era muy raro porque en el prospecto de la máquina decía que el humo no era dañino para las plantas, y el señor Negri le contestó que no hay que fiarse de los prospectos, que lo mismo es con los remedios que cuando uno lee el prospecto se va a curar de todo y después a lo mejor acaba entre cuatro velas. Mamá le dijo que podía ser que alguna de las chicas hubiera echado agua de jabón en el cantero sin querer (pero yo me di cuenta que mamá quería decir a propósito, de chusmas que eran y para buscar pelea) y entonces el señor Negri dijo que iba a averiguar pero que en realidad si la máquina mataba las plantas no se veía la ventaja de tomarse tanto trabajo. Mamá le dijo que no iba a comparar unas lechugas de mala muerte con el estrago que hacen las hormigas en los jardines, y que por la tarde la íbamos a encender, y si veían humo que avisaran que nosotros iríamos a tapar los hormigueros para que ellos no se molestaran. Abuelita me llamó para tomar el café y no sé qué más se dijeron, pero yo estaba entusiasmado pensando que otra vez íbamos a combatir las hormigas, y me pasé la mañana leyendo Raffles aunque no me gustaba tanto como Buffalo Bill y otras novelas.

A mi hermana se le había pasado la loca y andaba cantando por toda la casa, en una de ésas le dio por pintar con los lápices de colores y vino adonde yo estaba, y antes de darme cuenta ya había metido la nariz en lo que yo hacía, y justo por casualidad yo acababa de escribir mi nombre, que me gustaba escribirlo en todas partes, y el de Lila que por pura casualidad había escrito al lado del mío. Cerré el libro pero ella ya había leído y se puso a reír a carcajadas y me miraba como con lástima, y yo me le fui encima pero ella chilló y oí que mamá se acercaba, entonces me fui al jardín con toda la rabia. En el almuerzo ella me estuvo mirando con burla todo el tiempo, y me hubiera encantado pegarle una patada por abajo de la mesa, pero era capaz de ponerse a gritar y a la tarde íbamos a encender la máquina, así que me aguanté y no dije nada. A la hora de la siesta me trepé al sauce a leer y a pensar, y cuando a las cuatro y media salió tío Carlos de dormir, cebamos mate y después preparamos la máquina, y yo hice dos palanganas de barro. Las mujeres estaban adentro y hacía calor, sobre todo al lado de la máquina que era a carbón, pero el mate es bueno para eso si se toma amargo y muy caliente.

Habíamos elegido la parte del fondo del jardín cerca de los gallineros, porque parecía que las hormigas se estaban refugiando en esa parte y hacían mucho estrago en los almácigos. Apenas pusimos el pico en el hormiguero más grande empezó a salir humo por todas partes, y hasta por entre los ladrillos del piso del gallinero salía. Yo iba de un lado a otro taponando la tierra, y me gustaba echar el barro encima y aplastarlo con las manos hasta que dejaba de salir el humo. Tío Carlos se asomó al alambrado de las de Negri y le preguntó a la Chola, que era la menos sonsa, si no salía humo en su jardín, y la Cufina armaba gran revuelo y andaba por todas partes mirando porque a tío Carlos le tenían mucho respeto, pero no salía humo del lado de ellas. En cambio oí que Lila me llamaba y fui corriendo al ligustro y la vi que estaba con su vestido de lunares anaranjados que era el que más me gustaba, y la rodilla vendada. Me gritó que salía humo de su jardín, el que era solamente suyo, y yo ya estaba saltando el alambrado con una de las palanganas de barro mientras Lila me decía afligida que al ir a ver su jardín había oído que hablábamos con las de Negri y que entonces justo al lado de donde habíamos plantado el jazmín empezaba a salir humo. Yo estaba arrodillado echando barro con todas mis fuerzas. Era muy peligroso para el jazmín recién trasplantado y ahora con el veneno tan cerca, aunque el manual decía que no. Pensé si no podría cortar la galería de las hormigas unos metros antes del cantero, pero antes de nada eché el barro y taponé la salida lo mejor que pude. Lila se había sentado a la sombra con un libro y me miraba trabajar. Me gustaba que me estuviera mirando, y puse tanto barro que seguro por ahí no iba a salir más humo. Después me acerqué a preguntarle dónde había una pala para ver de cortar la galería antes que llegara al jazmín con todo el veneno. Lila se levantó y fue a buscar la pala, y como tardaba yo me puse a mirar el libro que era de cuentos con figuras, y me quedé asombrado al ver que Lila también tenía una pluma de pavo real preciosa en el libro, y que nunca me había dicho nada. Tío Carlos me estaba llamando para que taponara otros agujeros, pero yo me quedé mirando la pluma que no podía ser la de Hugo pero era tan idéntica que parecía del mismo pavo real, verde con el ojo violeta y azul, y las manchitas de oro. Cuando Lila vino con la pala le pregunté de dónde había sacado la pluma, y pensaba contarle que Hugo tenía una idéntica. Casi no me di cuenta de lo que me decía cuando se puso muy colorada y contestó que Hugo se la había regalado al ir a despedirse.

—Me dijo que en su casa hay muchas —agregó como disculpándose pero no me miraba, y tío Carlos me llamó más fuerte del otro lado de los ligustros y yo tiré la pala que me había dado Lila y me volví al alambrado, aunque Lila me llamaba y me decía que otra vez estaba saliendo humo en su jardín. Salté el alambrado y desde casa por entre los ligustros la miré a Lila que estaba llorando con el libro en la mano y la pluma que asomaba apenas, y vi que el humo salía ahora al lado mismo del jazmín, todo el veneno mezclándose con las raíces. Fui hasta la máquina aprovechando que tío Carlos hablaba de nuevo con las de Negri, abrí la lata del veneno y eché dos, tres cucharadas llenas en la máquina y la cerré; así el humo invadía bien los hormigueros y mataba todas las hormigas, no dejaba ni una hormiga viva en el jardín de casa.

La puerta condenada

A Petrone le gustó el hotel Cervantes por razones que hubieran desagradado a otros. Era un hotel sombrío, tranquilo, casi desierto. Un conocido del momento se lo recomendó cuando cruzaba el río en el vapor de la carrera, diciéndole que estaba en la zona céntrica de Montevideo. Petrone aceptó una habitación con baño en el segundo piso, que daba directamente a la sala de recepción. Por el tablero de llaves en la portería supo que había poca gente en el hotel; las llaves estaban unidas a unos pesados discos de bronce con el número de la habitación, inocente recurso de la gerencia para impedir que los clientes se las echaran al bolsillo.

El ascensor dejaba frente a la recepción, donde había un mostrador con los diarios del día y el tablero telefónico. Le bastaba caminar unos metros para llegar a la habitación. El agua salía hirviendo, y eso compensaba la falta de sol y de aire. En la habitación había una pequeña ventana que daba a la azotea del cine contiguo; a veces una paloma se paseaba por ahí. El cuarto de baño tenía una ventana más grande, que se abría tristemente a un muro y a un lejano pedazo de cielo, casi inútil. Los muebles eran buenos, había cajones y estantes de sobra. Y muchas perchas, cosa rara.

El gerente resultó ser un hombre alto y flaco, completamente calvo. Usaba anteojos con armazón de oro y hablaba con la voz fuerte y sonora de los uruguayos. Le dijo a Petrone que el segundo piso era muy tranquilo, y que en la única habitación contigua a la suya vivía una señora sola, empleada en

245

alguna parte, que volvía al hotel a la caída de la noche. Petrone la encontró al día siguiente en el ascensor. Se dio cuenta de que era ella por el número de la llave que tenía en la palma de la mano, como si ofreciera una enorme moneda de oro. El portero tomó la llave y la de Petrone para colgarlas en el tablero, y se quedó hablando con la mujer sobre unas cartas. Petrone tuvo tiempo de ver que era todavía joven, insignificante, y que se vestía mal como todas las orientales.

El contrato con los fabricantes de mosaicos llevaría más o menos una semana. Por la tarde Petrone acomodó la ropa en el armario, ordenó sus papeles en la mesa, y después de bañarse salió a recorrer el centro mientras se hacía hora de ir al escritorio de los socios. El día se pasó en conversaciones, cortadas por un copetín en Pocitos y una cena en casa del socio principal. Cuando lo dejaron en el hotel era más de la una. Cansado, se acostó y se durmió enseguida. Al despertarse eran casi las nueve, y en esos primeros minutos en que todavía quedan las sobras de la noche y del sueño, pensó que en algún momento lo había fastidiado el llanto de una criatura.

Antes de salir charló con el empleado que atendía la recepción y que hablaba con acento alemán. Mientras se informaba sobre líneas de ómnibus y nombres de calles, miraba distraído la gran sala en cuyo extremo estaban las puertas de su habitación y la de la señora sola. Entre las dos puertas había un pedestal con una nefasta réplica de la Venus de Milo. Otra puerta, en la pared lateral, daba a una salita con los infaltables sillones y revistas. Cuando el empleado y Petrone callaban, el silencio del hotel parecía coagularse, caer como ceniza sobre los muebles y las baldosas. El ascensor resultaba casi estrepitoso, y lo mismo el ruido de las hojas de un diario o el raspar de un fósforo.

Las conferencias terminaron al caer la noche y Petrone dio una vuelta por 18 de Julio antes de entrar a cenar en uno de los bodegones de la plaza Independencia. Todo iba bien, y quizá pudiera volverse a Buenos Aires antes de lo que pensaba.

Compró un diario argentino, un atado de cigarrillos negros, y caminó despacio hasta el hotel. En el cine de al lado daban dos películas que ya había visto, y en realidad no tenía ganas de ir a ninguna parte. El gerente lo saludó al pasar y le preguntó si necesitaba más ropa de cama. Charlaron un momento, fumando un pitillo, y se despidieron.

Antes de acostarse Petrone puso en orden los papeles que había usado durante el día, y leyó el diario sin mucho interés. El silencio del hotel era casi excesivo, y el ruido de uno que otro tranvía que bajaba por la calle Soriano no hacía más que pausarlo, fortalecerlo para un nuevo intervalo. Sin inquietud pero con alguna impaciencia, tiró el diario al canasto y se desvistió mientras se miraba distraído en el espejo del armario. Era un armario ya viejo, y lo habían adosado a una puerta que daba a la habitación contigua. A Petrone le sorprendió descubrir la puerta que se le había escapado en su primera inspección del cuarto. Al principio había supuesto que el edificio estaba destinado a hotel, pero ahora se daba cuenta de que pasaba lo que en tantos hoteles modestos, instalados en antiguas casas de escritorios o de familia. Pensándolo bien, en casi todos los hoteles que había conocido en su vida —y eran muchos— las habitaciones tenían alguna puerta condenada, a veces a la vista pero casi siempre con un ropero, una mesa o un perchero delante, que como en este caso les daba una cierta ambigüedad, un avergonzado deseo de disimular su existencia como una mujer que cree taparse poniéndose las manos en el vientre o los senos. La puerta estaba ahí, de todos modos, sobresaliendo del nivel del armario. Alguna vez la gente había entrado y salido por ella, golpeándola, entornándola, dándole una vida que todavía estaba presente en su madera tan distinta de las paredes. Petrone imaginó que del otro lado habría también un ropero y que la señora de la habitación pensaría lo mismo de la puerta.

No estaba cansado pero se durmió con gusto. Llevaría tres o cuatro horas cuando lo despertó una sensación de incomodidad, como si algo ya hubiera ocurrido, algo molesto e irritante. Encendió el velador, vio que eran las dos y media, y apagó otra vez. Entonces oyó en la pieza de al lado el llanto de un niño.

En el primer momento no se dio bien cuenta. Su primer movimiento fue de satisfacción; entonces era cierto que la noche antes un chico no lo había dejado descansar. Todo explicado, era más fácil volver a dormirse. Pero después pensó en lo otro y se sentó lentamente en la cama, sin encender la luz, escuchando. No se engañaba, el llanto venía de la pieza de al lado. El sonido se oía a través de la puerta condenada, se localizaba en ese sector de la habitación al que correspondían los pies de la cama. Pero no podía ser que en la pieza de al lado hubiera un niño; el gerente había dicho claramente que la señora vivía sola, que pasaba casi todo el día en su empleo. Por un segundo se le ocurrió a Petrone que tal vez esa noche estuviera cuidando al niño de alguna parienta o amiga. Pensó en la noche anterior. Ahora estaba seguro de que *ya* había oído el llanto, porque no era un llanto fácil de confundir, más bien una serie irregular de gemidos muy débiles, de hipos quejosos seguidos de un lloriqueo momentáneo, todo ello inconsistente, mínimo, como si el niño estuviera muy enfermo. Debía ser una criatura de pocos meses aunque no llorara con la estridencia y los repentinos cloqueos y ahogos de un recién nacido. Petrone imaginó a un niño —un varón, no sabía por qué— débil y enfermo, de cara consumida y movimientos apagados. *Eso* se quejaba en la noche, llorando pudoroso, sin llamar demasiado la atención. De no estar allí la puerta condenada, el llanto no hubiera vencido las fuertes espaldas de la pared, nadie hubiera sabido que en la pieza de al lado estaba llorando un niño.

Por la mañana Petrone lo pensó un rato mientras tomaba el desayuno y fumaba un cigarrillo. Dormir mal no le convenía para su trabajo del día. Dos veces se había despertado en plena noche, y las dos veces a causa del llanto. La segunda vez fue peor, porque a más del llanto se oía la voz de la mujer que trataba de calmar al niño. La voz era muy baja pero tenía un tono ansioso que le daba una calidad teatral, un susurro que atravesaba la puerta con tanta fuerza como si hablara a gritos. El niño cedía por momentos al arrullo, a las instancias; después volvía a empezar con un leve quejido entrecortado, una inconsolable congoja. Y de nuevo la mujer murmuraba palabras incomprensibles, el encantamiento de la madre para acallar al hijo atormentado por su cuerpo o su alma, por estar vivo o amenazado de muerte.

«Todo es muy bonito, pero el gerente me macaneó», pensaba Petrone al salir de su cuarto. Lo fastidiaba la mentira y no lo disimuló. El gerente se quedó mirándolo.

—¿Un chico? Usted se habrá confundido. No hay chicos pequeños en este piso. Al lado de su pieza vive una señora sola, creo que ya se lo dije.

Petrone vaciló antes de hablar. O el otro mentía estúpidamente, o la acústica del hotel le jugaba una mala pasada. El gerente lo estaba mirando un poco de soslayo, como si a su vez lo irritara la protesta. «A lo mejor me cree tímido y que ando buscando un pretexto para mandarme mudar», pensó. Era difícil, vagamente absurdo insistir frente a una negativa tan rotunda. Se encogió de hombros y pidió el diario.

—Habré soñado —dijo, molesto por tener que decir eso, o cualquier otra cosa.

El cabaré era de un aburrimiento mortal, y sus dos anfitriones no parecían demasiado entusiastas, de modo que a Petrone le resultó fácil alegar el cansancio del día y hacerse llevar al hotel. Quedaron en firmar los contratos al otro día por la tarde; el negocio estaba prácticamente terminado.

El silencio en la recepción del hotel era tan grande que Petrone se descubrió a sí mismo andando en puntillas. Le habían dejado un diario de la tarde al lado de la cama;

había también una carta de Buenos Aires. Reconoció la letra de su mujer.

Antes de acostarse estuvo mirando el armario y la parte sobresaliente de la puerta. Tal vez si pusiera sus dos valijas sobre el armario, bloqueando la puerta, los ruidos de la pieza de al lado disminuirían. Como siempre a esa hora, no se oía nada. El hotel dormía, las cosas y las gentes dormían. Pero a Petrone, ya malhumorado, se le ocurrió que era al revés y que todo estaba despierto, anhelosamente despierto en el centro del silencio. Su ansiedad inconfesada debía estarse comunicando a la casa, a las gentes de la casa, prestándoles una calidad de acecho, de vigilancia agazapada. Montones de pavadas.

Casi no lo tomó en serio cuando el llanto del niño lo trajo de vuelta a las tres de la mañana. Sentándose en la cama se preguntó si lo mejor sería llamar al sereno para tener un testigo de que en esa pieza no se podía dormir. El niño lloraba tan débilmente que por momentos no se lo escuchaba, aunque Petrone sentía que el llanto estaba ahí, continuo, y que no tardaría en crecer otra vez. Pasaban diez o veinte lentísimos segundos; entonces llegaba un hipo breve, un quejido apenas perceptible que se prolongaba dulcemente hasta quebrarse en el verdadero llanto.

Encendiendo un cigarrillo, se preguntó si no debería dar unos golpes discretos en la pared para que la mujer hiciera callar al chico. Recién cuando los pensó a los dos, a la mujer y al chico, se dio cuenta de que no creía en ellos, de que absurdamente no creía que el gerente le hubiera mentido. Ahora se oía la voz de la mujer, tapando por completo el llanto del niño con su arrebatado —aunque tan discreto— consuelo. La mujer estaba arrullando al niño, consolándolo, y Petrone se la imaginó sentada al pie de la cama, moviendo la cuna del niño o teniéndolo en brazos. Pero por más que lo quisiera no conseguía imaginar al niño, como si la afirmación del hotelero fuese más cierta que esa realidad que estaba escuchando. Poco a poco, a medida que pasaba el tiempo y los débiles quejidos se alternaban o crecían entre los murmullos de consuelo, Petrone empezó a sospechar que aquello era una farsa, un juego ridículo y monstruoso que no alcanzaba a explicarse. Pensó en viejos relatos de mujeres sin hijos, organizando en secreto un culto de muñecas, una inventada maternidad a escondidas, mil veces peor que los mimos a perros o gatos o sobrinos. La mujer estaba imitando el llanto de su hijo frustrado, consolando el aire entre sus manos vacías, tal vez con la cara mojada de lágrimas porque el llanto que fingía era a la vez su verdadero llanto, su grotesco dolor en la soledad de una pieza de hotel, protegida por la indiferencia y por la madrugada.

Encendiendo el velador, incapaz de volver a dormirse, Petrone se preguntó qué iba a hacer. Su malhumor era maligno, se contagiaba de ese ambiente donde de repente todo se le antojaba trucado, hueco, falso: el silencio, el llanto, el arrullo, lo único real de esa hora entre noche y día y que lo engañaba con su mentira insoportable. Golpear en la pared le pareció demasiado poco. No estaba completamente despierto aunque le hubiera sido imposible dormirse; sin saber bien cómo, se encontró moviendo poco a poco el armario hasta dejar al descubierto la puerta polvorienta y sucia. En piyama y descalzo, se pegó a ella como un ciempiés, y acercando la boca a las tablas de pino empezó a imitar en falsete, imperceptiblemente, un quejido como el que venía del otro lado. Subió de tono, gimió, sollozó. Del otro lado se hizo un silencio que habría de durar toda la noche; pero en el instante que lo precedió, Petrone pudo oír que la mujer corría por la habitación con un chicotear de pantuflas, lanzando un grito seco e instantáneo, un comienzo de alarido que se cortó de golpe como una cuerda tensa.

Cuando pasó por el mostrador de la gerencia eran más de las diez. Entre sueños, después de las ocho, había oído la voz del empleado y la de una mujer. Alguien había andado en la pieza de al lado moviendo cosas. Vio un baúl y dos grandes valijas cerca del ascensor. El gerente tenía un aire que a Petrone se le antojó de desconcierto.

—¿Durmió bien anoche? —le preguntó con el tono profesional que apenas disimulaba la indiferencia.

Petrone se encogió de hombros. No quería insistir, cuando apenas le quedaba por pasar otra noche en el hotel.

—De todas maneras ahora va a estar más tranquilo —dijo el gerente, mirando las valijas—. La señora se nos va a mediodía.

Esperaba un comentario, y Petrone lo ayudó con los ojos.

—Llevaba aquí mucho tiempo, y se va así de golpe. Nunca se sabe con las mujeres.

—No —dijo Petrone—. Nunca se sabe.

En la calle se sintió mareado, con un mareo que no era físico. Tragando un café amargo empezó a darle vueltas al asunto, olvidándose del negocio, indiferente al espléndido sol. Él tenía la culpa de que esa mujer se fuera del hotel, enloquecida de miedo, de vergüenza o de rabia. *Llevaba aquí mucho tiempo...* Era una enferma, tal vez, pero inofensiva. No era ella sino él quien hubiera debido irse del Cervantes. Tenía el deber de hablarle, de excusarse y pedirle que se quedara, jurándole discreción. Dio unos pasos de vuelta y a mitad del camino se paró. Tenía miedo de hacer un papelón, de que la mujer reaccionara de alguna manera insospechada. Ya era hora de encontrarse con los dos socios y no quería tenerlos esperando. Bueno, que se embromara. No era más que una histérica, ya encontraría otro hotel donde cuidar a su hijo imaginario.

Pero a la noche volvió a sentirse mal, y el silencio de la habitación le pareció todavía más espeso. Al entrar al hotel no había podido dejar de ver el tablero de las llaves, donde

252

faltaba ya la de la pieza de al lado. Cambió unas palabras con el empleado, que esperaba bostezando la hora de irse, y entró en su pieza con poca esperanza de poder dormir. Tenía los diarios de la tarde y una novela policial. Se entretuvo arreglando sus valijas, ordenando sus papeles. Hacía calor, y abrió de par en par la pequeña ventana. La cama estaba bien tendida, pero la encontró incómoda y dura. Por fin tenía todo el silencio necesario para dormir a pierna suelta, y le pesaba. Dando vueltas y vueltas, se sintió como vencido por ese silencio que había reclamado con astucia y que le devolvían entero y vengativo. Irónicamente pensó que extrañaba el llanto del niño, que esa calma perfecta no le bastaba para dormir y todavía menos para estar despierto. Extrañaba el llanto del niño, y cuando mucho más tarde lo oyó, débil pero inconfundible a través de la puerta condenada, por encima del miedo, por encima de la fuga en plena noche supo que estaba bien y que la mujer no había mentido, no se había mentido al arrullar al niño, al querer que el niño se callara para que ellos pudieran dormirse.

Las Ménades

Alcanzándome un programa impreso en papel crema, Don Pérez me condujo a mi platea. Fila nueve, ligeramente hacia la derecha: el perfecto equilibrio acústico. Conozco bien el teatro Corona y sé que tiene caprichos de mujer histérica. A mis amigos les aconsejo que no acepten jamás fila trece, porque hay una especie de pozo de aire donde no entra la música; ni tampoco el lado izquierdo de las tertulias, porque al igual que en el Teatro Comunale de Florencia, algunos instrumentos dan la impresión de apartarse de la orquesta, flotar en el aire, y es así como una flauta puede ponerse a sonar a tres metros de uno mientras el resto continúa correctamente en la escena, lo cual será pintoresco pero muy poco agradable.

Le eché una mirada al programa. Tendríamos *El sueño de una noche de verano*, *Don Juan*, *El mar* y la *Quinta sinfonía*. No pude menos de reírme al pensar en el Maestro. Una vez más el viejo zorro había ordenado su programa de concierto con esa insolente arbitrariedad estética que encubría un profundo olfato psicológico, rasgo común en los régisseurs de music hall, los virtuosos de piano y los matchmakers de lucha libre. Sólo yo de puro aburrido podía meterme en un concierto donde después de Strauss, Debussy, y sobre el pucho Beethoven contra todos los mandatos humanos y divinos. Pero el Maestro conocía a su público, armaba conciertos para los habitués del teatro Corona, es decir gente tranquila y bien dispuesta que prefiere lo malo conocido a lo bueno por conocer, y que exige ante todo profundo respeto por su digestión y su tranquilidad. Con Mendelssohn se pondrían cómodos, después el *Don Juan* generoso y redondo, con tonaditas silbables. Debussy los haría sentirse artistas, porque no cualquiera entiende su música. Y luego el plato fuerte, el gran masaje vibratorio beethoveniano, así llama el destino a la puerta, la V de la victoria, el sordo genial, y después volando a casa que mañana hay un trabajo loco en la oficina.

En realidad yo le tenía un enorme cariño al Maestro, que nos trajo buena música a esta ciudad sin arte, alejada de los grandes centros, donde hace diez años no se pasaba de *La Traviata* y la obertura de *El Guaraní.* El Maestro vino a la ciudad contratado por un empresario decidido, y armó esta orquesta que podía considerarse de primera línea. Poco a poco nos fue soltando Brahms, Mahler, los impresionistas, Strauss y Mussorgski. Al principio los abonados le gruñeron y el Maestro tuvo que achicar las velas y poner muchas «selecciones de ópera» en los programas; después empezaron a aplaudirle el Beethoven duro y parejo que nos plantaba, y al final lo ovacionaron por cualquier cosa, por sólo verlo, como ahora que su entrada estaba provocando un entusiasmo fuera de lo común. Pero a principios de temporada la gente tiene las manos frescas, aplaude con gusto, y además todo el mundo lo quería al Maestro que se inclinaba secamente, sin demasiada condescendencia, y se volvía a los músicos con su aire de jefe de brigantes. Yo tenía a mi izquierda a la señora de Jonatán, a quien no conozco mucho pero que pasa por melómana, y que sonrosadamente me dijo:

—Ahí tiene, ahí tiene a un hombre que ha conseguido lo que pocos. No sólo ha formado una orquesta sino un público. ¿No es admirable?

—Sí —dije yo con mi condescendencia habitual.

—A veces pienso que debería dirigir mirando hacia la sala, porque también nosotros somos un poco sus músicos.

—No me incluya, por favor —dije—. En materia de música tengo una triste confusión mental. Este programa, por ejemplo, me parece horrendo. Pero sin duda me equivoco.

La señora de Jonatán me miró con dureza y desvió el rostro, aunque su amabilidad pudo más y la indujo a darme una explicación.

—El programa es de puras obras maestras, y cada una ha sido solicitada especialmente por cartas de admiradores. ¿No sabe que el Maestro cumple esta noche sus bodas de plata con la música? ¿Y que la orquesta festeja los cinco años de formación? Lea al dorso del programa, hay un artículo tan delicado del doctor Palacín.

Leí el artículo del doctor Palacín en el intervalo, después de Mendelssohn y Strauss que le valieron al Maestro sendas ovaciones. Paseándome por el foyer me pregunté una o dos veces si las ejecuciones justificaban semejantes arrebatos de un público que, según me consta, no es demasiado generoso. Pero los aniversarios son las grandes puertas de la estupidez, y presumí que los adictos del Maestro no eran capaces de contener su emoción. En el bar encontré al doctor Epifanía con su familia, y me quedé a charlar unos minutos. Las chicas estaban rojas y excitadas, me rodearon como gallinitas cacareantes (hacen pensar en volátiles diversos) para decirme que Mendelssohn había estado bestial, que era una música como de terciopelo y de gasas, y que tenía un romanticismo divino. Uno podría quedarse toda la vida oyendo el nocturno, y el scherzo estaba tocado como por manos de hadas. A la Beba le gustaba más Strauss porque era fuerte, verdaderamente un Don Juan alemán, con esos cornos y esos trombones que le ponían carne de gallina —cosa que me resultó sorprendentemente literal—. El doctor Epifanía nos escuchaba con sonriente indulgencia.

—¡Ah, los jóvenes! Bien se ve que ustedes no escucharon tocar a Risler, ni dirigir a von Bülow. Ésos eran los grandes tiempos.

Las chicas lo miraban furiosas. Rosarito dijo que las orquestas estaban mucho mejor dirigidas que cincuenta años atrás, y la Beba negó a su padre todo derecho a disminuir la calidad extraordinaria del Maestro.

—Por supuesto, por supuesto —dijo el doctor Epifanía—. Considero que el Maestro está genial esta noche. ¡Qué fuego, qué arrebato! Yo mismo hacía años que no aplaudía tanto.

Y me mostró dos manos con las que se hubiera dicho que acababa de aplastar una remolacha. Lo curioso es que hasta ese momento yo había tenido la impresión contraria, y me parecía que el Maestro estaba en una de esas noches en que el hígado le molesta y él opta por un estilo escueto y directo, sin prodigarse mucho. Pero debía ser el único que pensaba así, porque Cayo Rodríguez casi me saltó al pescuezo al descubrirme, y me dijo que el *Don Juan* había estado brutal y que el Maestro era un director increíble.

—¿Vos no viste ese momento en el scherzo de Mendelssohn cuando parece que en vez de una orquesta son como susurros de voces de duendes?

—La verdad —dije yo— es que primero tendría que enterarme de cómo son las voces de los duendes.

—No seas bruto —dijo Cayo enrojeciendo, y vi que me lo decía sinceramente rabioso—. ¿Cómo no sos capaz de captar eso? El Maestro está genial, che, dirige como nunca. Parece mentira que seas tan coriáceo.

Guillermina Fontán venía presurosa hacia nosotros. Repitió todos los epítetos de las chicas de Epifanía, y ella y Cayo se miraron con lágrimas en los ojos, conmovidos por esa fraternidad en la admiración que por un momento hace tan buenos a los humanos. Yo los contemplaba con asombro, porque no me explicaba del todo un entusiasmo semejante; cierto que no voy todas las noches a los conciertos como ellos, y que a veces me ocurre confundir Brahms con Bruckner y viceversa, lo que en su grupo sería considerado como de una ignorancia inapelable. De todas maneras esos rostros rubicundos, esos cuellos transpirados, ese deseo latente de seguir aplaudiendo aunque fuera en el foyer o en el medio de la calle, me hacían pensar en las influencias atmosféricas, la humedad o las manchas solares, cosas que suelen afectar los comportamientos humanos. Me acuerdo de que en ese momento pensé si algún gracioso no estaría repitiendo el memorable experimento del doctor Ox para incandescer al público. Guillermina me arrancó de mis cavilaciones sacudiéndome del brazo con violencia (apenas nos conocemos).

—Y ahora viene Debussy —murmuró excitadísima—. Esa puntilla de agua, *La Mer*.

—Será magnífico escucharla —dije, siguiéndole la corriente marina.

—¿Usted se imagina cómo la va a dirigir el Maestro?

—Impecablemente —estimé, mirándola para ver cómo juzgaba mi advertencia. Pero era evidente que Guillermina esperaba más fuego, porque se volvió a Cayo que bebía soda como un camello sediento y los dos se entregaron a un cálculo beatífico sobre lo que sería el segundo tiempo de Debussy, y la fuerza grandiosa que tendría el tercero. Me fui de ronda por los pasillos, volví al foyer, y en todas partes era entre conmovedor e irritante ver el entusiasmo del público por lo que acababa de escuchar. Un enorme zumbido de colmena alborotada incidía poco a poco en los nervios, y yo mismo acabé sintiéndome un poco febril y dupliqué mi ración habitual de soda Belgrano. Me dolía un poco no estar del todo en el juego, mirar a esa gente desde afuera, a lo entomólogo. Qué le iba a hacer, es una cosa que me ocurre siempre en la vida y casi he llegado a aprovechar esta aptitud para no comprometerme en nada.

Cuando volví a la platea todo el mundo estaba ya en su sitio, y molesté a la entera fila para alcanzar mi butaca. Los músicos entraban desganadamente a escena, y me pareció curioso cómo la gente se había instalado antes que ellos, ávida de escuchar. Miré hacia el paraíso y las galerías altas; una masa negra, como moscas en un tarro de dulce. En las tertulias, más separadas, los trajes de los hombres daban la impresión de bandadas de cuervos; algunas linternas eléctricas se encendían y apagaban, los melómanos provistos de partituras ensayaban sus métodos de iluminación. La luz de la gran lucerna central bajó poco a poco, y en la oscuridad de la sala oí levantarse los aplausos que saludaban la entrada del Maestro. Me pareció curiosa esa sustitución progresiva de la luz por el ruido, y cómo uno de mis sentidos entraba en juego justamente cuando el otro se daba al descanso. A mi izquierda la señora de Jonatán batía palmas con fuerza, toda la fila aplaudía cerradamente; pero a la derecha, dos o tres plateas más allá, vi a un hombre que se estaba inmóvil, con la cabeza gacha. Un ciego, sin duda; adiviné el brillo del bastón blanco, los anteojos inútiles. Sólo él y yo nos negábamos a aplaudir y me atrajo su actitud. Hubiera querido sentarme a su lado, hablarle: alguien que no aplaudía esa noche era un ser digno de interés. Dos filas más adelante, las chicas de Epifanía se rompían las manos, y su padre no se quedaba atrás. El Maestro saludó brevemente, mirando una o dos veces hacia arriba, de donde el ruido bajaba como rolidos para encontrarse con el de la platea y los palcos. Me pareció verle un aire entre interesado y perplejo; su oído debía estarle mostrando la diferencia entre un concierto ordinario y el de unas bodas de plata. Ni qué decir que *La Mer* le valió una ovación apenas algo menor que la obtenida con Strauss, cosa por lo demás comprensible. Yo mismo me dejé atrapar por el último movimiento, con sus fragores y sus inmensos vaivenes sonoros, y aplaudí hasta que me dolieron las manos. La señora de Jonatán lloraba.

—Es tan inefable —murmuró volviendo hacia mí un rostro que parecía salir de la lluvia—. Tan increíblemente inefable...

El Maestro entraba y salía, con su destreza elegante y su manera de subir al podio como quien va a abrir un remate. Hizo levantarse a la orquesta, y los aplausos y los bravos redoblaron. A mi derecha, el ciego aplaudía suavemente, cuidándose las manos, era delicioso ver con qué parsimonia contribuía al homenaje popular, la cabeza gacha, el aire recogido y casi ausente. Los «¡bravo!», que resuenan siempre aisladamente y como expresiones individuales, restallaban desde todas direcciones. Los aplausos habían empezado con menos violencia que en la primera parte del concierto, pero ahora que la música quedaba olvidada y que no se aplaudía *Don Juan* ni *La Mer* (o, mejor, sus efectos), sino solamente al Maestro y al sentimiento colectivo que envolvía la sala, la fuerza de la ovación empezaba a alimentarse a sí misma, crecía por momentos y se tornaba casi insoportable. Irritado, miré hacia la izquierda; vi a una mujer vestida de rojo que corría aplaudiendo por el centro de la platea, y que se detenía al pie del podio, prácticamente a los pies del Maestro. Al inclinarse para saludar otra vez, el Maestro se encontró con la señora de rojo a tan poca distancia que se enderezó sorprendido. Pero de las galerías altas venía un fragor que lo obligó a alzar la cabeza y saludar, como raras veces lo hacía, levantando el brazo izquierdo. Aquello exacerbó el entusiasmo, y a los aplausos se agregaban truenos de zapatos batiendo el piso de las tertulias y los palcos. Realmente era una exageración.

No había intervalo, pero el Maestro se retiró a descansar dos minutos, y yo me levanté para ver mejor la sala. El calor, la humedad y la excitación habían convertido a la mayoría de los asistentes en lamentables langostinos sudorosos. Cientos de pañuelos funcionaban como olas de un mar que grotescamente prolongaba el que acabábamos de oír. Muchas personas corrían hacia el foyer, para tragar a toda velocidad una cerveza o una naranjada. Temerosos de perder algo, retornaban a punto de tropezarse con otros que salían, y en la puerta principal de la platea había una confusión considerable.

Pero no se producían altercados, la gente se sentía de una bondad infinita, era más bien como un gran reblandecimiento sentimental en que todos se encontraban fraternalmente y se reconocían. La señora de Jonatán, demasiado gorda para maniobrar en su platea, alzaba hasta mí, siempre de pie, un rostro extrañamente semejante a un rabanito. «Inefable», repetía. «Tan inefable.»

Casi me alegré de que volviera el Maestro, porque aquella multitud de la que yo formaba parte inexcusablemente me daba entre lástima y asco. De toda esa gente, los músicos y el Maestro parecían los únicos dignos. Y además el ciego a pocas plateas de la mía, rígido y sin aplaudir, con una atención exquisita y sin la menor bajeza.

—La Quinta —me humedeció en la oreja la señora de Jonatán—. El éxtasis de la tragedia.

Pensé que era más bien un título para película, y cerré los ojos. Tal vez buscaba en ese instante asimilarme al ciego, al único ser entre tanta cosa gelatinosa que me rodeaba. Y cuando veía ya pequeñas luces verdes cruzando mis párpados como golondrinas, la primera frase de la Quinta me cayó encima como una pala de excavadora, obligándome a mirar. El Maestro estaba casi hermoso, con su rostro fino y avizor, haciendo despegar la orquesta que zumbaba con todos sus motores. Un gran silencio se había hecho en la sala, sucediendo fulminantemente a los aplausos; hasta creo que el Maestro soltó la máquina antes de que terminaran de saludarlo. El primer movimiento pasó sobre nuestras cabezas con sus fuegos de recuerdo, sus símbolos, su fácil e involuntaria pega-pega. El segundo, magníficamente dirigido, repercutía en una sala donde el aire daba la impresión de estar incendiado pero con un incendio que fuera invisible y frío, que quemara de dentro afuera. Casi nadie oyó el primer grito porque fue ahogado y corto, pero como la muchacha estaba justamente delante de mí, su convulsión me sorprendió y al mismo tiempo la oí gritar, entre un gran acorde de metales y maderas. Un grito seco y breve como de espasmo amoroso o de histeria. Su cabeza se dobló hacia atrás, sobre esa especie de raro unicornio de bronce que tienen las plateas del Corona, y al mismo tiempo sus pies golpearon furiosamente el suelo mientras las personas a su lado la sujetaban por los brazos. Arriba, en la primera fila de tertulia, oí otro grito, otro golpe en el suelo. El Maestro cerró el segundo tiempo y soltó directamente el tercero; me pregunté si un director puede escuchar un grito de la platea, atrapado como está por el primer plano sonoro de la orquesta. La muchacha de la butaca delantera se doblaba ahora poco a poco y alguien (quizá su madre) la sostenía siempre de un brazo. Yo hubiera querido ayudar, pero menudo lío es meterse en las cosas de la fila de adelante, en pleno concierto y con gentes desconocidas. Quise decirle algo a la señora de Jonatán, por aquello de que las mujeres son las indicadas para atender esa clase de ataques, pero estaba con los ojos fijos en la espalda del Maestro, perdida en la música; me pareció que algo le brillaba debajo de la boca, en la barbilla. De golpe dejé de ver al Maestro, porque la rotunda espalda de un señor de esmoquin se enderezaba en la fila delantera. Era muy raro que alguien se levantara a mitad del movimiento, pero también eran raros esos gritos y la indiferencia de la gente ante la muchacha histérica. Algo como una mancha roja me obligó a mirar hacia el centro de la platea, y nuevamente vi a la señora que en el intervalo había corrido a aplaudir al pie del podio. Avanzaba lentamente, yo hubiera dicho que agazapada aunque su cuerpo se mantenía erecto, pero era más bien el tono de su marcha, un avance a pasos lentos, hipnóticos, como quien se prepara a dar un salto. Miraba fijamente al Maestro, vi por un instante la lumbre emocionada de sus ojos. Un hombre salió de las filas y se puso a andar tras ella; ahora estaban a la altura de la quinta fila y otras tres personas se les agregaban. La música concluía, saltaban los primeros grandes acordes finales desencadenados por el Maestro con espléndida sequedad, como masas escultóricas surgiendo de una sola vez, altas columnas blancas y verdes, un Karnak de sonido por cuya nave avanzaban paso a paso la mujer roja y sus seguidores.

Entre dos estallidos de la orquesta oí gritar otra vez, pero ahora el clamor venía de uno de los palcos de la derecha. Y con él los primeros aplausos, sobre la música, incapaces de retenerse por más tiempo, como si en ese jadeo de amor que venían sosteniendo el cuerpo masculino de la orquesta con la enorme hembra de la sala entregada, ésta no hubiera querido esperar el goce viril y se abandonara a su placer entre retorcimientos quejumbrosos y gritos de insoportable voluptuosidad. Incapaz de moverme en mi butaca, sentía a mis espaldas como un nacimiento de fuerzas, un avance paralelo al avance de la mujer de rojo y sus seguidores por el centro de la platea, que llegaban ya bajo el podio en el preciso momento en que el Maestro, igual a un matador que envaina su estoque en el toro, metía la batuta en el último muro de sonido y se doblaba hacia adelante, agotado, como si el aire vibrante lo hubiese corneado con el impulso final. Cuando se enderezó, la sala entera estaba de pie y yo con ella, y el espacio era un vidrio instantáneamente trizado por un bosque de lanzas agudísimas, los aplausos y los gritos confundiéndose en una materia insoportablemente grosera y rezumante pero llena a la vez de una cierta grandeza, como una manada de búfalos a la carrera o algo por el estilo. De todas partes confluía el público a la platea y casi sin sorpresa vi a dos hombres saltar de los palcos al suelo. Gritando como una rata pisoteada la señora de Jonatán había podido desencajarse de su asiento, y con la boca abierta y los brazos tendidos hacia la escena vociferaba su entusiasmo. Hasta ese instante el Maestro había permanecido de espaldas, casi desdeñoso, mirando a sus músicos con probable aprobación. Ahora se dio vuelta, lentamente, y bajó la cabeza en su primer saludo. Su cara estaba muy blanca, como si la fatiga lo venciera, y llegué a pensar (entre tantas otras sensaciones, trozos de pensamientos, ráfagas instantáneas de todo lo que me rodeaba en ese infierno del entusiasmo) que podía desmayarse. Saludó por segunda vez, y al hacerlo miró a la derecha donde un hombre de esmoquin y pelo rubio acababa de saltar al escenario seguido por otros dos. Me pareció que el Maestro iniciaba un movimiento como para descender del podio, pero entonces reparé en que ese movimiento tenía algo de espasmódico, como de querer librarse. Las manos de la mujer de rojo se cerraban en su tobillo derecho; tenía la cara alzada hacia el Maestro y gritaba, al menos yo veía su boca abierta y supongo que gritaba como los demás, probablemente como yo mismo. El Maestro dejó caer la batuta y se esforzó por soltarse, mientras decía algo imposible de escuchar. Uno de los seguidores de la mujer le abrazaba ya la otra pierna, desde la rodilla, y el Maestro se volvió hacia su orquesta como reclamando auxilio. Los músicos estaban de pie, en una enorme confusión de instrumentos, bajo la luz cegadora de las lámparas de escena. Los atriles caían como espigas a medida que por los dos lados del escenario subían hombres y mujeres de la platea, al punto que ya no podía saber quiénes eran músicos o no. Por eso el Maestro, al ver que un hombre trepaba por detrás del podio, se agarró de él para que lo ayudara a arrancarse de la mujer y sus seguidores que le cubrían ya las piernas con las manos, y en ese momento se dio cuenta de que el hombre no era uno de sus músicos y quiso rechazarlo, pero el otro lo abrazó por la cintura, vi que la mujer de rojo abría los brazos como reclamando, y el cuerpo del Maestro se perdió en un vórtice de gentes que lo envolvían y se lo llevaban amontonadamente. Hasta ese instante yo había mirado todo con una especie de espanto lúcido, por encima o por debajo de lo que estaba ocurriendo, pero en el mismo momento me distrajo un grito agudísimo a mi derecha y vi que el ciego se había levantado y revolvía los brazos como aspas, clamando, reclamando, pidiendo algo. Fue demasiado, entonces ya no pude seguir asistiendo, me sentí partícipe mezclado en ese desbordar del entusiasmo y corrí a mi vez hacia el escenario y salté por un costado, justamente cuando una multitud delirante rodeaba a los violinistas, les quitaba los instrumentos (se los oía crujir y reventarse como enormes cucarachas marrones) y empezaba a tirarlos del escenario a la platea, donde otros esperaban a los músicos para abrazarlos y hacerlos desaparecer en confusos remolinos. Es muy curioso pero yo no tenía ningún deseo de contribuir a esas demostraciones, solamente estar al lado y ver lo que ocurría, sobrepasado por ese homenaje inaudito. Me quedaba suficiente lucidez como para preguntarme por qué los músicos no escapaban a toda carrera por entre bambalinas, y enseguida vi que no era posible porque legiones de oyentes habían bloqueado las dos alas del escenario, formando un cordón móvil que avanzaba pisoteando los instrumentos, haciendo volar los atriles, aplaudiendo y vociferando al mismo tiempo, en un estrépito tan monstruoso que ya empezaba a asemejarse al silencio. Vi correr hacia mí un tipo gordo que traía su clarinete en la mano, y estuve tentado de agarrarlo al pasar o hacerle una zancadilla para que el público pudiera atraparlo. No me decidí, y una señora de rostro amarillento y gran escote donde galopaban montones de perlas me miró con odio y escándalo al pasar a mi lado y apoderarse del clarinetista que chilló débilmente y trató de proteger su instrumento. Se lo quitaron entre dos hombres, y el músico tuvo que dejarse llevar del lado de la platea donde la confusión alcanzaba su pleno.

Los gritos sobrepujaban ahora a los aplausos, la gente estaba demasiado ocupada abrazando y palmeando a los músicos para poder aplaudir, de modo que la calidad del estrépito iba virando a un tono cada vez más agudo, roto aquí y allá por verdaderos alaridos entre los que me pareció oír algunos con ese color especialísimo que da el sufrimiento, tanto que me pregunté si en las carreras y en los saltos no habría tipos quebrándose los brazos y las piernas, y a mi vez me tiré de vuelta a la platea ahora que el escenario estaba vacío y los músicos en posesión de sus admiradores que los llevaban en todas direcciones, parte hacia los palcos, donde confusamente se adivinaban movimientos y revuelos, parte hacia los estrechos pasillos que lateralmente conducen al foyer. Era de los palcos de donde venían los clamores más violentos como si los músicos, incapaces de resistir la presión y el ahogo de tantos abrazos, pidieran desesperadamente que los dejaran respirar. La gente de las plateas se amontonaba frente a las aberturas de los palcos-balcón, y cuando corrí por entre las butacas para acercarme a uno de ellos la confusión parecía mayor, las luces bajaron bruscamente y se redujeron a una lumbre rojiza que apenas permitía ver las caras, mientras los cuerpos se convertían en sombras epilépticas, en un amontonamiento de volúmenes informes tratando de rechazarse o confundirse unos con otros. Me pareció distinguir la cabellera plateada del Maestro en el segundo palco de mi lado, pero en ese instante mismo desapareció como si lo hubieran hecho caer de rodillas. A mi lado oí un grito seco y violento, y vi a la señora de Jonatán y a una de las chicas de Epifanía precipitándose hacia el palco del Maestro, porque ahora yo estaba seguro de que en ese palco estaba el Maestro rodeado de la mujer vestida de rojo y sus seguidores. Con una agilidad increíble la señora de Jonatán puso un pie entre las dos manos de la chica de Epifanía, que cruzaba los dedos para hacerle un estribo, y se precipitó de cabeza en el interior del palco. La chica de Epifanía me miró, reconociéndome, y me gritó algo, probablemente que la ayudara a subir, pero no le hice caso y me quedé a distancia del palco, poco dispuesto a disputarles su derecho a individuos absolutamente enloquecidos de entusiasmo, que se batían entre ellos a empellones. A Cayo Rodríguez, que se había distinguido en el escenario por su encarnizamiento en hacer bajar los músicos a la platea, acababan de partirle la nariz de una trompada, y andaba titubeando de un lado a otro con la cara cubierta de sangre. No me dio la menor lástima, ni tampoco ver al ciego arrastrándose por el suelo, dándose contra las plateas, perdido en ese bosque simétrico sin puntos de referencia. Ya no me importaba nada, solamente saber si los gritos iban a cesar de una vez porque de los palcos seguían saliendo gritos penetrantes que el público de la platea repetía y coreaba incansable, mientras cada uno trataba de desalojar a los demás y meterse por algún lado en los palcos. Era evidente que los pasillos exteriores estaban atiborrados, pues el asalto mayor se daba desde la platea misma, tratando de saltar como lo había hecho la señora de Jonatán. Yo veía todo eso, y me daba cuenta de todo eso, y al mismo tiempo no tenía el menor deseo de agregarme a la confusión, de modo que mi indiferencia me producía un extraño sentimiento de culpa, como si mi conducta fuera el escándalo final y absoluto de aquella noche. Sentándome en una platea solitaria dejé que pasaran los minutos, mientras al margen de mi inercia iba notando el decrecimiento del inmenso clamor desesperado, el debilitamiento de los gritos que al fin cesaron, la retirada confusa y murmurante de parte del público. Cuando me pareció que ya se podía salir, dejé atrás la parte central de la platea y atravesé el pasillo que da al foyer. Uno que otro individuo se desplazaba como borracho, secándose las manos o la boca con el pañuelo, alisándose el traje, componiéndose el cuello. En el foyer vi algunas mujeres que buscaban espejos y revolvían en sus carteras. Una de ellas debía haberse lastimado porque tenía sangre en el pañuelo. Vi salir corriendo a las chicas de Epifanía; parecían furiosas por no haber llegado a los palcos, y me miraron como si yo tuviera la culpa. Cuando consideré que ya estarían afuera, eché a andar hacia la escalinata de salida, y en ese momento asomaron al foyer la mujer vestida de rojo y sus seguidores. Los hombres marchaban detrás de ella como antes, y parecían cubrirse mutuamente para que no se viera el destrozo de sus ropas. Pero la mujer vestida de rojo iba al frente, mirando altaneramente, y cuando estuve a su lado vi que se pasaba la lengua por los labios, lenta y golosamente se pasaba la lengua por los labios que sonreían.

II

El ídolo de las Cícladas

—Me da lo mismo que me escuches o no —dijo Somoza—. Es así, y me parece justo que lo sepas.

Morand se sobresaltó como si regresara bruscamente de muy lejos. Recordó que antes de perderse en un vago fantaseo, había pensado que Somoza se estaba volviendo loco.

—Perdona, me distraje un momento —dijo—. Admitirás que todo esto... En fin, llegar aquí y encontrarte en medio de...

Pero dar por supuesto que Somoza se estaba volviendo loco era demasiado fácil.

—Sí, no hay palabras para eso —dijo Somoza—. Por lo menos nuestras palabras.

Se miraron un segundo, y Morand fue el primero en desviar los ojos mientras la voz de Somoza se alzaba otra vez con el tono impersonal de esas explicaciones que se perdían enseguida más allá de la inteligencia. Morand prefería no mirarlo, pero entonces recaía en la contemplación involuntaria de la estatuilla sobre la columna, y era como volver a aquella tarde dorada de cigarras y de olor a hierbas en que increíblemente Somoza y él la habían desenterrado en la isla. Se acordaba de cómo Thérèse, unos metros más allá sobre el peñón desde donde se alcanzaba a distinguir el litoral de Paros, había vuelto la cabeza al oír el grito de Somoza, y tras un segundo de vacilación había corrido hacia ellos olvidando que tenía en la mano el corpiño rojo de su *deux pièces*, para inclinarse sobre el pozo de donde brotaban las manos de Somoza con la estatuilla casi irreconocible de moho y adherencias calcáreas, hasta que Morand con una mezcla de cólera y risa le gritó que se cubriera, y Thérèse se enderezó mirándolo como si no comprendiera, y de golpe le dio la espalda y escondió los senos entre las manos mientras Somoza tendía la estatuilla a Morand y saltaba fuera del pozo. Casi sin transición Morand recordó las horas siguientes, la noche en las tiendas de campaña a orillas del torrente, la sombra de Thérèse caminando bajo la luna entre los olivos, y era como si ahora la voz de Somoza, reverberando monótona en el taller de escultura casi vacío, le llegara también desde aquella noche, formando parte de su recuerdo, cuando le había insinuado confusamente su absurda esperanza y él, entre dos tragos de vino resinoso, había reído alegremente y lo había tratado de falso arqueólogo y de incurable poeta.

«No hay palabras para eso», acababa de decir Somoza. «Por lo menos nuestras palabras.»

En la tienda de campaña en lo hondo del valle de Skoros, sus manos habían sostenido la estatuilla y la habían acariciado para terminar de quitarle su falso ropaje de tiempo y de olvido (Thérèse, entre los olivos, seguía enfurruñada por la represión de Morand, por sus estúpidos prejuicios), y la noche había girado lentamente mientras Somoza le confiaba su insensata esperanza de llegar alguna vez hasta la estatuilla por otras vías que las manos y los ojos y la ciencia, mientras el vino y el tabaco se mezclaban al diálogo con los grillos y el agua del torrente hasta no dejar más que una confusa sensación de no poder entenderse. Más tarde, cuando Somoza se fue a su tienda llevándose la estatuilla y Thérèse se cansó de estar sola y vino a acostarse, Morand le habló de las ilusiones de Somoza y los dos se preguntaron con amable ironía parisiense si toda la gente del Río de la Plata tendría la imaginación fácil. Antes de dormirse discutieron en voz baja lo ocurrido esa tarde, hasta que Thérèse aceptó las excusas de Morand, hasta que lo besó y fue como siempre en la isla, en todas partes, fueron él y ella y la noche por encima y el largo olvido.

—¿Alguien más lo sabe? —preguntó Morand.

—No. Tú y yo. Era justo, me parece —dijo Somoza—. Casi no me he movido de aquí en los últimos meses. Al principio venía una vieja a arreglar el taller y a lavarme la ropa, pero me molestaba.

—Parece increíble que se pueda vivir así en las afueras de París. El silencio... Oye, pero al menos bajas al pueblo para comprar provisiones.

—Antes sí, ya te dije. Ahora no hace falta. Hay todo lo necesario, ahí.

Morand miró en la dirección que mostraba el dedo de Somoza, más allá de la estatuilla y de las réplicas abandonadas en las estanterías. Vio madera, yeso, piedra, martillos, polvo, la sombra de los árboles contra los cristales. El dedo parecía señalar un rincón del taller donde no había nada, apenas un trapo sucio en el piso.

Pero poco había cambiado en el fondo, esos dos años entre ellos habían sido también un rincón vacío del tiempo, con un trapo sucio que era como todo lo que no se habían dicho y que quizás hubieran debido decirse. La expedición a las islas, una locura romántica nacida en una terraza de café del bulevar Saint-Michel, había terminado apenas encontraron el ídolo en las ruinas del valle. Tal vez el temor de que los descubrieran les fue limando la alegría de las primeras semanas, y llegó el día en que Morand sorprendió una mirada de Somoza mientras los tres bajaban a la playa, y esa noche habló con Thérèse y decidieron volver lo antes posible, porque estimaban a Somoza y les parecía casi injusto que él empezara —tan imprevisiblemente— a sufrir. En París siguieron viéndose espaciadamente, casi siempre por razones profesionales, pero Morand iba solo a las citas. La primera vez Somoza preguntó por Thérèse, después pareció no importarle. Todo lo que hubieran debido decirse pesaba entre los dos, quizás entre los tres. Morand estuvo de acuerdo en que Somoza guardara por un tiempo la estatuilla. Era imposible venderla antes de un par de años; Marcos, el hombre que conocía a un coronel que conocía a un aduanero ateniense, había impuesto el plazo como condición complementaria del soborno. Somoza se llevó la estatuilla a su departamento, y Morand la veía cada vez que se encontraban. Nunca se habló de que Somoza visitara alguna vez a los Morand, como tantas otras cosas que ya no se mencionaban y que en el fondo eran siempre Thérèse. A Somoza parecía preocuparle únicamente su idea fija, y si alguna vez invitaba a Morand a beber un coñac en su departamento no era más que para volver sobre eso. Nada muy extraordinario, después de todo Morand conocía demasiado bien los gustos de Somoza por ciertas literaturas marginales como para extrañarse de su nostalgia. Sólo lo sorprendía el fanatismo de esa esperanza a la hora de las confidencias casi automáticas y en las que él se sentía como innecesario, la repetida caricia de las manos en el cuerpecito de la estatua inexpresivamente bella, los ensalmos monótonos repitiendo hasta el cansancio las mismas fórmulas de pasaje. Vista desde Morand la obsesión de Somoza era analizable: todo arqueólogo se identifica en algún sentido con el pasado que explora y saca a luz. De ahí a creer que la intimidad con una de esas huellas podía enajenar, alterar el tiempo y el espacio, abrir una fisura por donde acceder a... Somoza no empleaba jamás ese vocabulario; lo que decía era siempre más o menos que eso, una suerte de lenguaje que aludía y conjuraba desde planos irreductibles. Ya por entonces había empezado a trabajar torpemente en las réplicas de la estatuilla; Morand alcanzó a ver la primera antes de que Somoza se fuera de París, y escuchó con amistosa cortesía los obstinados lugares comunes sobre la reiteración de los gestos y las situaciones como vía de abolición, la seguridad de Somoza de que su obstinado acercamiento llegaría a identificarlo con la estructura inicial, en una superposición que sería más que eso porque ya no habría dualidad sino fusión, contacto primordial (no eran sus palabras, pero de alguna manera tenía que traducirlas Morand cuando, más tarde, las reconstruía para Thérèse). Contacto que, como acababa de decirle Somoza, había ocurrido cuarenta y ocho horas antes, en la noche del solsticio de junio.

—Sí —admitió Morand, encendiendo otro cigarrillo—. Pero me gustaría que me explicaras por qué estás tan seguro de que... Bueno, de que has tocado fondo.

—Explicar... ¿No lo estás viendo?

Otra vez tendía la mano a una casa del aire, a un rincón del taller, describía un arco que incluía el techo y la estatuilla posada sobre una fina columna de mármol, envuelta por el cono brillante del reflector. Morand se acordó incongruentemente de que Thérèse había pasado la frontera llevando la estatuilla escondida en el perro de juguete fabricado por Marcos en un sótano de Placca.

—No podía ser que no ocurriera —dijo casi puerilmente Somoza—. A cada nueva réplica me acercaba un poco más. Las formas me iban conociendo. Quiero decir que... Ah, necesitaría explicarte durante días enteros... y lo absurdo es que ahí todo entra en un... Pero cuando es esto...

La mano iba y venía, acentuando el *ahí*, el *esto*.

—La verdad es que has llegado a convertirte en un escultor —dijo Morand, oyéndose hablar y encontrándose estúpido—. Las dos últimas réplicas son perfectas. Si alguna vez me dejas tener la estatua, nunca sabré si me has dado el original.

—No te la daré nunca —dijo Somoza simplemente—. Y no creas que me he olvidado de que es de los dos. Pero no te la daré nunca. Lo único que hubiera querido es que Thérèse y tú me siguieran, que encontraran conmigo. Sí, me hubiera gustado que estuvieran conmigo la noche en que llegué.

Era la primera vez desde hacía casi dos años que Morand le oía mencionar a Thérèse, como si hasta ese momento hubiera estado muerta para él, pero su manera de nombrar a Thérèse era incurablemente antigua, era Grecia aquella mañana en que habían bajado a la playa. Pobre Somoza. Todavía. Pobre loco. Pero aún más extraño era preguntarse por qué a último momento, antes de subir al auto después del llamado de Somoza, había sentido como una necesidad de telefonear a Thérèse a su oficina para pedirle que más tarde viniera a reunirse con ellos en el taller. Tendría que preguntárselo, saber qué había pensado Thérèse mientras escuchaba sus instrucciones para llegar hasta el pabellón solitario en la colina. Que Thérèse repitiera exactamente lo que le había oído decir, palabra por palabra. Morand maldijo en silencio esa manía sistemática de recomponer la vida como restauraba un vaso griego en el museo, pegando minuciosamente los ínfimos trozos, y la voz de Somoza ahí mezclada con el ir y venir de sus manos que también parecían querer pegar trozos de aire, armar un vaso transparente, sus manos que señalaban la estatuilla, obligando a Morand a mirar una vez más contra su voluntad ese blanco cuerpo lunar de insecto anterior a toda historia, trabajado en circunstancias inconcebibles por alguien inconcebiblemente remoto, a miles de años pero todavía más atrás, en una lejanía vertiginosa de grito animal, de salto, de ritos vegetales alternando con mareas y sicigias y épocas de celo y torpes ceremonias de propiciación, el rostro inexpresivo donde sólo la línea de la nariz quebraba su espejo ciego de insoportable tensión, los senos apenas definidos, el triángulo sexual y los brazos ceñidos al vientre, el ídolo de los orígenes, del primer terror bajo los ritos del tiempo sagrado, del hacha de piedra de las inmolaciones en los altares de las colinas. Era realmente para creer que también él se estaba volviendo imbécil, como si ser arqueólogo no fuera ya bastante.

—Por favor —dijo Morand—, ¿no podrías hacer un esfuerzo para explicarme aunque creas que nada de eso se puede explicar? En definitiva lo único que sé es que te has pasado estos meses tallando réplicas, y que hace dos noches...

—Es tan sencillo —dijo Somoza—. Siempre sentí que la piel estaba todavía en contacto con lo otro. Pero había que desandar cinco mil años de caminos equivocados. Curioso que ellos mismos, los descendientes de los egeos, fueran culpables de ese error. Pero nada importa ahora. *Mira, es así.*

Junto al ídolo, alzó una mano y la posó suavemente sobre los senos y el vientre. La otra acariciaba el cuello, subía hasta la boca ausente de la estatua y Morand oyó hablar a Somoza con una voz sorda y opaca, un poco como si fuesen sus manos o quizás esa boca inexistente las que hablaban de la cacería en las cavernas del humo, de los ciervos acorralados, del nombre que sólo debía decirse después, de los círculos de grasa azul, del juego de los ríos dobles, de la infancia de Pohk, de la marcha hacia las gradas del oeste y los altos en las sombras nefastas. Se preguntó si llamando por teléfono en un descuido de Somoza, alcanzaría a prevenir a Thérèse para que trajera al doctor Vernet. Pero Thérèse ya debía de estar en camino, y al borde de las rocas donde mugía la Múltiple, el jefe de los verdes cercenaba el cuerno izquierdo del macho más hermoso y lo tendía al jefe de los que cuidan la sal, para renovar el pacto con Haghesa.

—Oye, déjame respirar —dijo Morand, levantándose y dando un paso adelante—. Es fabuloso, y además tengo una sed terrible. Bebamos algo, puedo ir a buscar un...

—El whisky está ahí —dijo Somoza retirando lentamente las manos de la estatua—. Yo no beberé, tengo que ayunar antes del sacrificio.

—Una lástima —dijo Morand, buscando la botella—. No me gusta nada beber solo. ¿Qué sacrificio?

Se sirvió whisky hasta el borde del vaso.

—El de la unión, para hablar con tus palabras. ¿No los oyes? La flauta doble, como la de la estatuilla que vimos en el museo de Atenas. El sonido de la vida a la izquierda, el de la discordia a la derecha. La discordia es también la vida para Haghesa, pero cuando se cumpla el sacrificio los flautistas cesarán de soplar en la caña de la derecha y sólo se escuchará el silbido de la vida nueva que bebe la sangre derramada. Y los flautistas se llenarán la boca de sangre y la soplarán por la caña de la izquierda, y yo untaré de sangre su cara, ves, así, y le asomarán los ojos y la boca bajo la sangre.

—Déjate de tonterías —dijo Morand, bebiendo un largo trago—. La sangre le quedaría mal a nuestra muñequita de mármol. Sí, hace calor.

Somoza se había quitado la blusa con un lento gesto pausado. Cuando lo vio que se desabotonaba los pantalones, Morand se dijo que había hecho mal en permitir que se excitara, en consentirle esa explosión de su manía. Enjuto y moreno, Somoza se irguió desnudo bajo la luz del reflector y pareció perderse en la contemplación de un punto del espacio. De la boca entreabierta le caía un hilo de saliva y Morand, dejando precipitadamente el vaso en el suelo, calculó que para llegar a la puerta tendría que engañarlo de alguna manera. Nunca supo de dónde había salido el hacha de piedra que se balanceaba en la mano de Somoza. Comprendió.

—Era previsible —dijo, retrocediendo lentamente—. El pacto con Haghesa, ¿eh? La sangre va a donarla el pobre Morand, ¿no es cierto?

Sin mirarlo, Somoza empezó a moverse hacia él describiendo un arco de círculo, como si cumpliera un derrotero prefijado.

—Si realmente me quieres matar —le gritó Morand, retrocediendo hacia la zona en penumbra—, ¿a qué viene esta *mise en scène*? Los dos sabemos muy bien que es por Thérèse. ¿Pero de qué te va a servir si no te ha querido ni te querrá nunca?

El cuerpo desnudo salía ya del círculo iluminado por el reflector. Refugiado en la sombra del rincón, Morand pisó los trapos húmedos del suelo y supo que ya no podía ir más atrás. Vio levantarse el hacha y saltó como le había enseñado Nagashi en el gimnasio de la Place des Ternes. Somoza recibió el puntapié en mitad del muslo y el golpe nishi en el lado izquierdo del cuello. El hacha bajó en diagonal, demasiado lejos, y Morand repelió elásticamente el torso que se volcaba sobre él y atrapó la muñeca indefensa. Somoza era todavía un grito ahogado y atónito cuando el filo del hacha le cayó en mitad de la frente.

Antes de volver a mirarlo, Morand vomitó en el rincón del taller, sobre los trapos sucios. Se sentía como hueco, y vomitar le hizo bien. Levantó el vaso del suelo y bebió lo que quedaba de whisky, pensando que Thérèse llegaría de un momento a otro y que habría que hacer algo, avisar a la policía, explicarse. Mientras arrastraba por un pie el cuerpo de Somoza hasta exponerlo de lleno a la luz del reflector, pensó que no le sería difícil demostrar que había obrado en legítima defensa. Las excentricidades de Somoza, su alejamiento del mundo, la evidente locura. Agachándose, mojó las manos en la sangre que corría por la cara y el pelo del muerto, mirando al mismo tiempo su reloj pulsera que marcaba las siete y cuarenta. Thérèse no podía tardar, lo mejor sería salir, esperarla en el jardín o en la calle, evitarle el espectáculo del ídolo con la cara chorreante de sangre, los hilillos rojos que resbalaban por el cuello, contorneaban los senos, se juntaban en el fino triángulo del sexo, caían por los muslos. El hacha estaba profundamente hundida en la cabeza del sacrificado, y Morand la tomó sopesándola entre las manos pegajosas. Empujó un poco más el cadáver con un pie hasta dejarlo contra la columna, husmeó el aire y se acercó a la puerta. Lo mejor sería abrirla para que pudiera entrar Thérèse. Apoyando el hacha junto a la puerta empezó a quitarse la ropa porque hacía calor y olía a espeso, a multitud encerrada. Ya estaba desnudo cuando oyó el ruido del taxi y la voz de Thérèse dominando el sonido de las flautas; apagó la luz y con el hacha en la mano esperó detrás de la puerta, lamiendo el filo del hacha y pensando que Thérèse era la puntualidad en persona.

Una flor amarilla

Parece una broma, pero somos inmortales. Lo sé por la negativa, lo sé porque conozco al único mortal. Me contó su historia en un bistró de la rue Cambronne, tan borracho que no le costaba nada decir la verdad aunque el patrón y los viejos clientes del mostrador se rieran hasta que el vino se les salía por los ojos. A mí debió verme algún interés pintado en la cara, porque se me apiló firme y acabamos dándonos el lujo de una mesa en un rincón donde se podía beber y hablar en paz. Me contó que era jubilado de la municipalidad y que su mujer se había vuelto con sus padres por una temporada, un modo como otro cualquiera de admitir que lo había abandonado. Era un tipo nada viejo y nada ignorante, de cara reseca y ojos de tuberculoso. Realmente bebía para olvidar, y lo proclamaba a partir del quinto vaso de tinto. No le sentí ese olor que es la firma de París pero que al parecer sólo olemos los extranjeros. Y tenía las uñas cuidadas, y nada de caspa.

Contó que en un autobús de la línea 95 había visto a un chico de unos trece años, y que al rato de mirarlo descubrió que el chico se parecía mucho a él, por lo menos se parecía al recuerdo que guardaba de sí mismo a esa edad. Poco a poco fue admitiendo que se le parecía en todo, la cara y las manos, el mechón cayéndole en la frente, los ojos muy separados, y más aún en la timidez, la forma en que se refugiaba en una revista de historietas, el gesto de echarse el pelo hacia atrás, la torpeza irremediable de los movimientos. Se le parecía de tal manera que casi le dio risa, pero cuando el chico bajó en la rue de Rennes, él bajó también y dejó plantado a un amigo que lo esperaba en Montparnasse. Buscó un pretexto para hablar con el chico, le preguntó por una calle y oyó ya sin sorpresa una voz que era su voz de la infancia. El chico iba hacia esa calle, caminaron tímidamente juntos unas cuadras. A esa altura una especie de revelación cayó sobre él. Nada estaba explicado pero era algo que podía prescindir de explicación, que se volvía borroso o estúpido cuando se pretendía —como ahora— explicarlo.

Resumiendo, se las arregló para conocer la casa del chico, y con el prestigio que le daba un pasado de instructor de boy scouts se abrió paso hasta esa fortaleza de fortalezas, un hogar francés. Encontró una miseria decorosa y una madre avejentada, un tío jubilado, dos gatos. Después no le costó demasiado que un hermano suyo le confiara a su hijo que andaba por los catorce años, y los dos chicos se hicieron amigos. Empezó a ir todas las semanas a casa de Luc; la madre lo recibía con café recocido, hablaban de la guerra, de la ocupación, también de Luc. Lo que había empezado como una revelación se organizaba geométricamente, iba tomando ese perfil demostrativo que a la gente le gusta llamar fatalidad. Incluso era posible formularlo con las palabras de todos los días: Luc era otra vez él, no había mortalidad, éramos todos inmortales.

—Todos inmortales, viejo. Fíjese, nadie había podido comprobarlo y me toca a mí, en un 95. Un pequeño error en el mecanismo, un pliegue del tiempo, un avatar simultáneo en vez de consecutivo. Luc hubiera tenido que nacer después de mi muerte, y en cambio... Sin contar la fabulosa casualidad de encontrármelo en el autobús. Creo que ya se lo dije, fue una especie de seguridad total, sin palabras. Era eso y se acabó. Pero después empezaron las dudas, porque en esos casos uno se trata de imbécil o toma tranquilizantes. Y junto con las dudas, matándolas una por una, las demostraciones de que no estaba equivocado, de que no había razón para dudar.

Lo que le voy a decir es lo que más risa les da a esos imbéciles, cuando a veces se me ocurre contarles. Luc no solamente era yo otra vez, sino que iba a ser como yo, como este pobre infeliz que le habla. No había más que verlo jugar, verlo caerse siempre mal, torciéndose un pie o sacándose una clavícula, esos sentimientos a flor de piel, ese rubor que le subía a la cara apenas se le preguntaba cualquier cosa. La madre, en cambio, cómo le gusta hablar, cómo le cuentan a uno cualquier cosa aunque el chico esté ahí muriéndose de vergüenza, las intimidades más increíbles, las anécdotas del primer diente, los dibujos de los ocho años, las enfermedades... La buena señora no sospechaba nada, claro, y el tío jugaba conmigo al ajedrez, yo era como de la familia, hasta les adelanté dinero para llegar a un fin de mes. No me costó ningún trabajo conocer el pasado de Luc, bastaba intercalar preguntas entre los temas que interesaban a los viejos: el reumatismo del tío, las maldades de la portera, la política. Así fui conociendo la infancia de Luc entre jaques al rey y reflexiones sobre el precio de la carne, y así la demostración se fue cumpliendo infalible. Pero entiéndame, mientras pedimos otra copa: Luc era yo, lo que yo había sido de niño, pero no se lo imagine como un calco. Más bien una figura análoga, comprende, es decir que a los siete años yo me había dislocado una muñeca y Luc la clavícula, y a los nueve habíamos tenido respectivamente el sarampión y la escarlatina, y además la historia intervenía, viejo, a mí el sarampión me había durado quince días mientras que a Luc lo habían curado en cuatro, los progresos de la medicina y cosas por el estilo. Todo era análogo y por eso, para ponerle un ejemplo al caso, bien podría suceder que el panadero de la esquina fuese un avatar de Napoleón, y él no lo sabe porque el orden no se ha alterado, porque no podrá encontrarse nunca con la verdad en un autobús; pero si de alguna manera llegara a darse cuenta de esa verdad, podría comprender que ha repetido y que está repitiendo a Napoleón, que pasar de lavaplatos a dueño de una buena panadería en Montparnasse es la misma figura que saltar de Córcega al trono de Francia, y que escarbando despacio en la historia de su vida encontraría los momentos que corresponden a la campaña de Egipto, al consulado y a Austerlitz, y hasta se daría cuenta de que algo le va a pasar con su panadería dentro de unos años, y que acabará en una Santa Helena que a lo mejor es una piecita en un sexto piso, pero también vencido, también rodeado por el agua de la soledad, también orgulloso de su panadería que fue como un vuelo de águilas. Usted se da cuenta, ¿no?

Yo me daba cuenta, pero opiné que en la infancia todos tenemos enfermedades típicas a plazo fijo, y que casi todos nos rompemos alguna cosa jugando al fútbol.

—Ya sé, no le he hablado más que de las coincidencias visibles. Por ejemplo, que Luc se pareciera a mí no tenía importancia, aunque sí la tuvo para la revelación en el autobús. Lo verdaderamente importante eran las secuencias, y eso es difícil de explicar porque tocan al carácter, a recuerdos imprecisos, a fábulas de la infancia. En ese tiempo, quiero decir cuando tenía la edad de Luc, yo había pasado por una época amarga que empezó con una enfermedad interminable, después en plena convalecencia me fui a jugar con los amigos y me rompí un brazo, y apenas había salido de eso me enamoré de la hermana de un condiscípulo y sufrí como se sufre cuando se es incapaz de mirar en los ojos a una chica que se está burlando de uno. Luc se enfermó también, apenas convaleciente lo invitaron al circo y al bajar de las graderías resbaló y se dislocó un tobillo. Poco después su madre lo sorprendió una tarde llorando al lado de la ventana, con un pañuelito azul estrujado en la mano, un pañuelo que no era de la casa.

Como alguien tiene que hacer de contradictor en esta vida, dije que los amores infantiles son el complemento inevitable de los machucones y las pleuresías. Pero admití que lo del avión ya era otra cosa. Un avión con hélice a resorte, que él le había traído para su cumpleaños.

—Cuando se lo di me acordé una vez más del Meccano que mi madre me había regalado a los catorce años, y de lo que me pasó. Pasó que estaba en el jardín, a pesar de que se venía una tormenta de verano y se oían ya los truenos, y me había puesto a armar una grúa sobre la mesa de la glorieta, cerca de la puerta de calle. Alguien me llamó desde la casa, y tuve que entrar un minuto. Cuando volví, la caja del Meccano había desaparecido y la puerta estaba abierta. Gritando desesperado corrí a la calle donde ya no se veía a nadie, y en ese mismo instante cayó un rayo en el chalet de enfrente. Todo eso ocurrió como en un solo acto, y yo lo estaba recordando mientras le daba el avión a Luc y él se quedaba mirándolo con la misma felicidad con que yo había mirado mi Meccano. La madre vino a traerme una taza de café, y cambiábamos las frases de siempre cuando oímos un grito. Luc había corrido a la ventana como si quisiera tirarse al vacío. Tenía la cara blanca y los ojos llenos de lágrimas, alcanzó a balbucear que el avión se había desviado en su vuelo, pasando exactamente por el hueco de la ventana entreabierta. «No se lo ve más, no se lo ve más», repetía llorando. Oímos gritar más abajo, el tío entró corriendo para anunciar que había un incendio en la casa de enfrente. ¿Comprende, ahora? Sí, mejor nos tomamos otra copa.

Después, como yo me callaba, el hombre dijo que había empezado a pensar solamente en Luc, en la suerte de Luc. Su madre lo destinaba a una escuela de artes y oficios, para que modestamente se abriera lo que ella llamaba su camino en la vida, pero ese camino ya estaba abierto y solamente él, que no hubiera podido hablar sin que lo tomaran por loco y lo separaran para siempre de Luc, podía decirle a la madre y al tío que todo era inútil, que cualquier cosa que hicieran el resultado sería el mismo, la humillación, la rutina lamentable, los años monótonos, los fracasos que van royendo la ropa y el alma, el refugio en una soledad resentida, en un bistró de barrio. Pero lo peor de todo no era el destino de Luc; lo peor era que Luc moriría a su vez y otro hombre repetiría la figura de Luc y su propia figura, hasta morir para que otro hombre entrara a su vez en la rueda. Luc ya casi no le importaba; de noche, su insomnio se proyectaba más allá hasta otro Luc, hasta otros que se llamarían Robert o Claude o Michel, una teoría al infinito de pobres diablos repitiendo la figura sin saberlo, convencidos de su libertad y su albedrío. El hombre tenía el vino triste, no había nada que hacerle.

—Ahora se ríen de mí cuando les digo que Luc murió unos meses después, son demasiado estúpidos para entender que... Sí, no se ponga usted también a mirarme con esos ojos. Murió unos meses después, empezó por una especie de bronquitis, así como a esa misma edad yo había tenido una infección hepática. A mí me internaron en el hospital, pero la madre de Luc se empeñó en cuidarlo en casa, y yo iba casi todos los días, y a veces llevaba a mi sobrino para que jugara con Luc. Había tanta miseria en esa casa que mis visitas eran un consuelo en todo sentido, la compañía para Luc, el paquete de arenques o el pastel de damascos. Se acostumbraron a que yo me encargara de comprar los medicamentos, después que les hablé de una farmacia donde me hacían un descuento especial. Terminaron por admitirme como enfermero de Luc, y ya se imagina que en una casa como ésa, donde el médico entra y sale sin mayor interés, nadie se fija mucho si los síntomas finales coinciden del todo con el primer diagnóstico... ¿Por qué me mira así? ¿He dicho algo que no esté bien?

No, no había dicho nada que no estuviera bien, sobre todo a esa altura del vino. Muy al contrario, a menos de imaginar algo horrible la muerte del pobre Luc venía a demostrar que cualquiera dado a la imaginación puede empezar un fantaseo en un autobús 95 y terminarlo al lado de la cama donde se está muriendo calladamente un niño. Para tranquilizarlo, se lo dije. Se quedó mirando un rato el aire antes de volver a hablar.

—Bueno, como quiera. La verdad es que en esas semanas después del entierro sentí por primera vez algo que podía parecerse a la felicidad. Todavía iba cada tanto a visitar a la madre de Luc, le llevaba un paquete de bizcochos, pero poco me importaba ya de ella o de la casa, estaba como anegado por la certidumbre maravillosa de ser el primer mortal, de sentir que mi vida se seguía desgastando día tras día, vino tras vino, y que al final se acabaría en cualquier parte y a cualquier hora, repitiendo hasta lo último el destino de algún desconocido muerto vaya a saber dónde y cuándo, pero yo sí que estaría muerto de verdad, sin un Luc que entrara en la rueda para repetir estúpidamente una estúpida vida. Comprenda esa plenitud, viejo, envídieme tanta felicidad mientras duró.

Porque, al parecer, no había durado. El bistró y el vino barato lo probaban, y esos ojos donde brillaba una fiebre que no era del cuerpo. Y sin embargo había vivido algunos meses saboreando cada momento de su mediocridad cotidiana, de su fracaso conyugal, de su ruina a los cincuenta años, seguro de su mortalidad inalienable. Una tarde, cruzando el Luxemburgo, vio una flor.

—Estaba al borde de un cantero, una flor amarilla cualquiera. Me había detenido a encender un cigarrillo y me distraje mirándola. Fue un poco como si también la flor me mirara, esos contactos, a veces... Usted sabe, cualquiera los siente, eso que llaman la belleza. Justamente eso, la flor era bella, era una lindísima flor. Y yo estaba condenado, yo me iba a morir un día para siempre. La flor era hermosa, siempre habría flores para los hombres futuros. De golpe comprendí la nada, eso que había creído la paz, el término de la cadena. Yo me iba a morir y Luc ya estaba muerto, no habría nunca más una flor para alguien como nosotros, no habría nada, no habría absolutamente nada, y la nada era eso, que no hubiera nunca más una flor. El fósforo encendido me abrasó los dedos. En la plaza salté a un autobús que iba a cualquier lado y me puse absurdamente a mirar, a mirar todo lo que se veía en la calle y todo lo que había en el autobús. Cuando llegamos al término, bajé y subí a otro autobús que llevaba a los suburbios. Toda la tarde, hasta entrada la noche, subí y bajé de los autobuses pensando en la flor y en Luc, buscando entre los pasajeros a alguien que se pareciera a Luc, a alguien que se pareciera a mí o a Luc, a alguien que pudiera ser yo otra vez, a alguien a quien mirar sabiendo que era yo, y luego dejarlo irse sin decirle nada, casi protegiéndolo para que siguiera por su pobre vida estúpida, su imbécil vida fracasada hacia otra imbécil vida fracasada hacia otra imbécil vida fracasada hacia otra...

Pagué.

Sobremesa

El tiempo, un niño que juega
y mueve los peones.
HERÁCLITO, *fragmento 59.*

Carta del doctor Federico Moraes.

Buenos Aires, martes 15 de julio de 1958.

Señor Alberto Rojas,
Lobos, F.C.N.G.R.
Mi querido amigo:
Como siempre a esta altura del año, me invade un gran
deseo de volver a ver a los viejos amigos, tan alejados ya por
esas mil razones que la vida nos va obligando a acatar poco a
poco. Usted también, creo, es sensible a la amable melancolía de una sobremesa en la que nos hacemos la ilusión de haber sido menos usados por el tiempo, como si los recuerdos
comunes nos devolvieran por un rato el verdor perdido.
   Naturalmente, cuento con usted en primerísimo término
y le envío estas líneas con suficiente antelación como para
decidirlo a abandonar por unas horas su finca de Lobos donde el rosedal y la biblioteca tienen para usted más atractivos
que todo Buenos Aires. Anímese, y acepte el doble sacrificio
de subir al tren y soportar los ruidos de la capital. Cenaremos
en casa, como en años anteriores, y estaremos los amigos de
siempre, con excepción de... Pero antes prefiero dejar bien
establecida la fecha, para que usted se vaya haciendo a la idea;
ya ve que lo conozco y que preparo estratégicamente el terreno. Digamos, entonces, el...

Carta del doctor Alberto Rojas.

Lobos, 14 de julio de 1958.

Señor Federico Moraes,
Buenos Aires.
Querido amigo:
Quizá le sorprenda recibir estas líneas tan pocas horas después de nuestra grata reunión en su casa, pero un incidente ocurrido durante la velada me ha afectado de tal manera que me veo precisado a confiarle mi preocupación. Ya sabe que detesto el teléfono y que tampoco me apasiona escribir, pero tan pronto pude pensar a solas en lo sucedido me pareció que lo más lógico y hasta elemental era enviarle esta carta. Para serle franco, si Lobos no estuviera tan alejado de la capital (un hombre viejo y enfermo mide de otra manera los kilómetros) creo que hubiera vuelto hoy mismo a Buenos Aires para conversar con usted de este asunto. En fin, basta de exordios y vamos a los hechos. Pero antes, querido Federico, gracias otra vez por la magnífica cena que nos ofreció como solamente usted sabe hacerlo. Tanto Luis Funes como Barrios y Robirosa coincidieron conmigo en que es usted una de las delicias del género humano (Barrios *dixit*) y un anfitrión insuperable. No le extrañará, pues, que a pesar de lo acontecido guarde todavía la satisfacción un poco nostálgica de esa velada que me permitió alternar una vez más con los viejos amigos y pasar revista a tantos recuerdos que la soledad va limando inapelablemente.

Lo que voy a decirle, ¿es realmente una novedad para usted? Mientras le escribo no puedo dejar de pensar que quizá su condición de dueño de casa lo movió anoche a disimular la incomodidad que debía haberle producido el desagradable incidente entre Robirosa y Luis Funes. Por lo que toca a Barrios, distraído como siempre, no se dio cuenta de nada;

saboreaba con harta fruición su café, atento a las anécdotas y a las bromas, y siempre pronto a aportar esa gracia criolla que todos le festejamos tanto. En resumen, Federico, si esta carta no le dice nada de nuevo, mil perdones; de cualquier manera creo que hago bien en escribírsela.

Ya al llegar a su casa me di cuenta de que Robirosa, siempre tan cordial con todo el mundo, se mostraba evasivo cada vez que Funes le dirigía la palabra. Al mismo tiempo noté que Funes era sensible a esa frialdad, y que en varias ocasiones insistía en hablar con Robirosa como si quisiera asegurarse de que su actitud no era el mero producto de una distracción momentánea. Cuando se cuenta con comensales tan brillantes como Barrios, Funes y usted, el relativo silencio de los demás pasa inadvertido y no creo que fuese fácil reparar en que Robirosa sólo aceptaba el diálogo con usted, con Barrios y conmigo, en las raras ocasiones en que preferí hablar a escuchar.

Ya en la biblioteca, nos disponíamos a sentarnos junto al fuego (mientras usted daba algunas instrucciones a su fiel Ordóñez) cuando Robirosa se apartó del grupo, fue hacia una de las ventanas y se puso a tamborilear en los cristales. Yo había cambiado unas frases con Barrios —que se empeña en defender las abominables experiencias nucleares— y me disponía a ubicarme confortablemente cerca de la chimenea; en ese momento giré la cabeza sin ninguna razón especial, y vi que Funes se apartaba a su vez e iba hacia la ventana donde aún permanecía Robirosa. Ya Barrios había agotado sus argumentos y miraba distraídamente un número de *Esquire*, ajeno a lo que sucedía más allá. Una rareza acústica de su biblioteca me permitió percibir con una sorprendente claridad las palabras que se decían en voz baja junto a la ventana. Como me parece seguir oyéndolas, las repetiré textualmente. Hubo una pregunta de Funes: «¿Se puede saber qué te pasa, che?», y la respuesta inmediata de Robirosa: «Andá a saber qué nombre caritativo te dan en esa embajada. Para mí no hay más que una manera de llamarte, y no lo quiero hacer en casa ajena».

Lo insólito del diálogo, y sobre todo su tono, me confundieron al punto de que me pareció estar cometiendo una indiscreción y desvié la mirada. En ese mismo momento usted terminaba de hablar con Ordóñez y lo despedía; Barrios se refocilaba con un dibujo de Varga. Sin volver a mirar hacia la ventana, oí la voz de Funes: «Por lo que más quieras te pido que...», y la de Robirosa, cortándola como un látigo: «Esto ya no se arregla con palabras, che». Usted golpeó amablemente las manos, invitándonos a sentarnos cerca del fuego, y le quitó la revista a Barrios que se empeñaba en admirar una página particularmente atractiva. Entre las bromas y las risas, alcancé todavía a oír que Funes decía: «Por favor, que Matilde no se entere». Vi vagamente que Robirosa se encogía de hombros y le daba la espalda. Usted se había acercado a ellos, y no me sorprendería que hubiese escuchado el final del diálogo. Entonces Ordóñez apareció con los cigarros y el coñac. Funes vino a sentarse a mi lado, y la conversación nos envolvió una vez más y hasta muy tarde.

Mentiría, querido Federico, si no agregara que el incidente bastó para malograrme el fin de una velada tan grata. En estos tiempos de amenazas bélicas, fronteras cerradas y codiciables pozos de petróleo, una acusación semejante adquiere un peso que no hubiera tenido en épocas más felices; el hecho de que naciera de un hombre tan estratégicamente situado en las altas esferas como Robirosa, le da un peso que sería pueril negar, aparte del matiz de admisión que, lo reconocerá usted, se desprende del silencio y la súplica del acusado.

En rigor, lo que pueda haber ocurrido entre nuestros amigos sólo nos concierne indirectamente. En ese sentido estas líneas suplantan un comentario verbal que las circunstancias no me permitieron en el momento. Estimo demasiado a Luis Funes como para no desear haberme equivocado, y pienso que mi aislamiento y la misantropía que todos ustedes me reprochan cariñosamente pueden haber contribuido a la fabricación de un fantasma, de una mala interpretación que dos líneas suyas disiparán tal vez. Ojalá sea así, ojalá se eche usted a reír y me demuestre, en una carta que desde ya espero, que los años me dan en canas lo que me quitan en inteligencia.

Un gran abrazo de su amigo

Alberto Rojas.

Buenos Aires, miércoles 16 de julio de 1958.

Señor Alberto Rojas.
Querido Rojas:
Si se propuso asombrarme, alégrese: triunfo completo. Aunque me resisto a creerlo, por viejo y por escéptico, tengo que admitir sus poderes telepáticos a menos de atribuir su éxito a una casualidad aún más asombrosa. En fin, soy buen jugador, y me parece justo recompensarlo con la plena admisión de mi sorpresa y mi desconcierto. Pues sí, amigo mío: su carta me llegó en el momento exacto en que yo le garabateaba unas líneas, como hago todos los años, para invitarlo a cenar en casa dentro de un par de semanas. Empezaba un párrafo cuando se presentó Ordóñez con un sobre en la mano; reconocí de inmediato el papel gris que usa usted desde que nos conocemos, y la coincidencia me hizo soltar la estilográfica como si fuera un ciempiés. ¡Compañero, a eso le llamo yo hacer blanco a ojos cerrados!

Pero coincidencia aparte le confieso que su broma me ha dejado perplejo. Por lo pronto me maravilla que haya acertado con todos los detalles. Primero, sospechó que no tardaría en enviarle una invitación para cenar en casa; segundo (y esto ya me deja estupefacto) dio por sentado que este año no invitaría a Carlos Frers. ¿Cómo se las arregló para adivinar mis intenciones? Se me ocurre pensar que alguien del club pudo haberle dicho que Frers y yo andábamos distanciados después de la cuestión del Pacto Agrícola; pero por otra parte, usted vive aislado y sin alternar con nadie... En fin, me inclino ante su genio analítico, si de análisis se trata. Yo tengo más bien una impresión de brujería, admirablemente ilustrada por el recibo de su carta en el preciso momento en que me disponía a escribirle.

De todas maneras, querido Alberto, su habilísima invención tiene un reverso que me preocupa. ¿Qué objeto persigue con esa acusación indirecta contra Luis Funes? Que yo sepa, ustedes han sido siempre muy buenos amigos, aunque la vida nos vaya llevando a todos por caminos diferentes. Si realmente tiene algo que reprocharle a Funes, ¿por qué me escribe a mí y no a él? En último término, ¿por qué no hacer partícipe de su acusación a Robirosa, dadas las funciones especiales que sus amigos más íntimos sabemos que desempeña en la Cancillería? En vez de eso ensaya usted una complicada carambola a tres bandas, cuyo sentido prefiero no indagar por el momento. Con toda sinceridad le confieso mi desazón frente a una maniobra que me resisto a creer una mera broma puesto que toca al honor de uno de nuestros amigos más queridos. A usted lo he tenido siempre por hombre íntegro y leal, a quien sus mismas cualidades lo han llevado en tiempos de corrupción y venalidad a refugiarse en una finca solitaria, entre libros y flores más puros que nosotros. Y así, aunque me admire e incluso divierta el juego de casualidades o de aciertos de su carta, cada vez que la releo me invade un desasosiego en el que la definición misma de nuestra amistad parece amenazada. Perdóneme la franqueza; o si no me perdona, acláreme el malentendido y liquidemos la cuestión.

Huelga decir que todo esto no altera en nada mi intención de que nos reunamos en mi casa el 30 del corriente, tal como se lo anunciaba en una carta que interrumpió la llegada de la suya. Ya he escrito a Barrios y a Funes, que andan por las provincias, y Robirosa me ha telefoneado aceptando la invitación. Como las obras maestras no deben quedar ignoradas, no le extrañará que le haya hablado a Robirosa de su extraordinaria broma epistolar. Pocas veces lo he oído reírse con tantas ganas... A mí su carta me divierte menos que a nuestro amigo, y hasta creo que unas líneas suyas me quitarían eso que se da en llamar un peso de encima.

Hasta esas líneas, pues, o hasta que nos veamos en casa.

Muy sinceramente,

Federico Moraes.

Lobos, 18 de julio de 1958.

Señor Federico Moraes.

Querido amigo:

Usted habla de asombro, de casualidades, de triunfos epistolares. Muchas gracias, pero los cumplidos que sólo encubren una mixtificación no son los que prefiero. Si encuentra un tanto fuerte el término, aplíquese en carne propia el sentido crítico que tanto lo ha ilustrado en el foro y la política, y reconocerá que la calificación no es exagerada. O bien, cosa que preferiría, dé por terminada la broma si de broma se trata. Puedo comprender que usted —y quizás el resto de los que asistieron a la cena en su casa— traten de echar tierra sobre algo que alcancé a saber por un azar que deploro profundamente. También puedo comprender que su vieja amistad con Luis Funes lo mueva a fingir que mi carta es una pura broma, a la espera de que yo pesque el hilo y me llame a silencio. Lo que no entiendo es la necesidad de tantas complicaciones entre gentes como usted y yo. Bastaba con pedirme que olvidara lo que escuché en su biblioteca; ya deberían ustedes saber que mi capacidad de olvido es muy grande, apenas adquiero la certidumbre de que puede serle útil a alguien.

En fin, pongamos que la misantropía agregue su acíbar a estos párrafos; detrás, querido Federico, está su amigo de siempre. Un tanto desconcertado, eso sí, porque no alcanzo a entender la razón de que quiera reunirnos nuevamente. Además, ¿por qué llevar las cosas a un extremo casi ridículo, y referirse a una supuesta invitación, interrumpida al parecer por la llegada de mi carta? Si no tuviese el hábito de tirar casi todos los papeles que recibo, me complacería en devolverle adjunta su esquela del...

Interrumpí esta carta para cenar. Por el boletín de la radio acabo de enterarme del suicidio de Luis Funes. Ahora comprenderá usted, sin necesidad de más palabras, por qué quisiera no haber sido testigo involuntario de algo que explica bien claramente una muerte que asombrará a otras personas. No creo que entre estas últimas figure nuestro amigo Robirosa, a pesar de la risa que según usted le produjo el contenido de mi carta. Ya ve que a Robirosa no le faltaban razones para sentirse satisfecho de su labor, y presumo que hasta debió complacerle que hubiera un testigo presencial del penúltimo acto de la tragedia. Todos tenemos nuestra vanidad, y quizás a Robirosa le duele a veces que sus altos servicios a la nación se cumplan en el más indiferente de los secretos; por lo demás, sabe muy bien que en esta ocasión puede contar con nuestro silencio. ¿Acaso el suicidio de Funes no le da cumplidamente la razón?

Pero ni usted ni yo tenemos motivos para compartir hasta ese punto su alegría. Ignoro las culpas de Funes; en cambio recuerdo al buen amigo, al camarada de otros tiempos mejores y más felices. Usted sabrá decirle a la pobre Matilde todo lo que yo, desde mi encierro, que quizá no hubiera debido violar, siento frente a su desgracia.

Suyo,

Rojas.

Buenos Aires, lunes 21 de julio de 1958.

Señor Alberto Rojas.
De mi consideración:
Recibí su carta del 18 del corriente. Cumplo en avisarle que, en señal de duelo por la muerte de mi amigo Luis Funes, he decidido cancelar la reunión que había proyectado para el 30 del corriente.

Lo saluda atentamente,

Federico Moraes.

La banda

A la memoria de René Crevel,
que murió por cosas así.

En febrero de 1947, Lucio Medina me contó un divertido episodio que acababa de sucederle. Cuando en septiembre de ese año supe que había renunciado a su profesión y
abandonado el país, pensé oscuramente una relación entre
ambas cosas. No sé si a él se le ocurrió alguna vez el mismo
enlace. Por si le es útil a la distancia, por si aún anda vivo en
Roma o en Birmingham, narro su simple historia con la mayor cercanía posible.

Una ojeada a la cartelera previno a Lucio que en el
Gran Cine Ópera daban una película de Anatole Litvak que
se le había escapado en la época de su paso por las salas del
centro. Le llamó la atención que un cine como el Ópera diera otra vez esa película, pero en el 47 Buenos Aires ya andaba escaso de novedades. A las seis, liquidado su trabajo en
Sarmiento y Florida, se largó al centro con el gusto del buen
porteño y llegó al cine cuando iba a empezar la función. El
programa anunciaba un noticiario, un dibujo animado y la película de Litvak. Lucio pidió una platea en fila doce y compró
Crítica para evitarse tener que mirar las decoraciones de la sala y los balconcitos laterales que le producían legítimas náuseas. El noticiario empezó en ese momento, y mucha gente
entró a la sala mientras bañistas en Miami rivalizan con las si-
renas y en Túnez inauguran un dique gigante. A la derecha
de Lucio se sentó un cuerpo voluminoso que olía a *Cuero de
Rusia* de Atkinson, lo que ya es oler. El cuerpo venía acompañado de dos cuerpos menores que durante un rato bulleron

intranquilos y sólo se calmaron a la hora de Donald Duck. Todo eso era corriente en un cine de Buenos Aires, y sobre todo en la sección vermouth.

Cuando se encendieron las luces, borrando un tanto el indescriptible cielo estrellado y nebuloso, mi amigo prologó su lectura de *Crítica* con una ojeada a la sala. Había algo ahí que no andaba bien, algo no definible. Señoras preponderadamente obesas se diseminaban en la platea, y al igual que la que tenía al lado aparecían acompañadas de una prole más o menos numerosa. Le extrañó que gente así sacara plateas en el Ópera, varias de tales señoras tenían el cutis y el atuendo de respetables cocineras endomingadas, hablaban con abundancia de ademanes de neto corte italiano, y sometían a sus niños a un régimen de pellizcos e invocaciones. Señores con el sombrero sobre los muslos (y agarrado con ambas manos) representaban la contraparte masculina de una concurrencia que tenía perplejo a Lucio. Miró el programa impreso, sin encontrar más mención que la de las películas proyectadas y los programas venideros. Por fuera todo estaba en orden.

Desentendiéndose, se puso a leer el diario y despachó los telegramas del exterior. A mitad del editorial su noción del tiempo le insinuó que el intervalo era anormalmente largo, y volvió a echarle una ojeada a la sala. Llegaban parejas, grupos de tres o cuatro señoritas venidas con lo que Villa Crespo o el Parque Lezama estiman elegante, y había grandes encuentros, presentaciones y entusiasmos en distintos sectores de la platea. Lucio empezó a preguntarse si no se habría equivocado, aunque le costaba precisar cuál podía ser su equivocación. En ese momento bajaron las luces, pero al mismo tiempo ardieron brillantes proyectores de escena, se alzó el telón y Lucio vio, sin poder creerlo, una inmensa banda femenina de música formada en el escenario, con un cartelón donde podía leerse: BANDA DE «ALPARGATAS». Y mientras (me acuerdo de su cara al contármelo) jadeaba de

300

sorpresa y maravilla, el director alzó la batuta y un estrépito inconmensurable arrolló la platea so pretexto de una marcha militar.

—Vos comprendés, aquello era tan increíble que me llevó un rato salir de la estupidez en que había caído —dijo Lucio—. Mi inteligencia, si me permitís llamarla así, sintetizó instantáneamente todas las anomalías dispersas e hizo de ellas la verdad: una función para empleados y familias de la compañía «Alpargatas», que los ranas del Ópera ocultaban en los programas para vender las plateas sobrantes. Demasiado sabían que si los de afuera nos enterábamos de la banda no íbamos a entrar ni a tiros. Todo eso lo vi muy bien, pero no creas que se me pasó el asombro. Primero que yo jamás me había imaginado que en Buenos Aires hubiera una banda de mujeres tan fenomenal (aludo a la cantidad). Y después que la música que estaban tocando era tan terrible, que el sufrimiento de mis oídos no me permitía coordinar las ideas ni los reflejos. Tenía al mismo tiempo ganas de reírme a gritos, de putear a todo el mundo, y de irme. Pero tampoco quería perder el filme del viejo Anatole, che, de manera que no me movía.

La banda terminó la primera marcha y las señoras rivalizaron en el menester de celebrarla. Durante el segundo número (anunciado con un cartelito) Lucio empezó a hacer nuevas observaciones. Por lo pronto la banda era un enorme camelo, pues de sus ciento y pico de integrantes sólo una tercera parte tocaba los instrumentos. El resto era puro chiqué, las nenas enarbolaban trompetas y clarines al igual que las verdaderas ejecutantes, pero la única música que producían era la de sus hermosísimos muslos que Lucio encontró dignos de alabanza y cultivo, sobre todo después de algunas lúgubres experiencias en el Maipo. En suma, aquella banda descomunal se reducía a una cuarentena de sopladoras y tamborileras, mientras el resto se proponía en aderezo visual con ayuda de lindísimos uniformes y caruchas de fin de semana. El director era un joven por completo inexplicable si se piensa que estaba enfundado en un frac que, recortándose como una silueta china contra el fondo oro y rojo de la banda, le daba un aire de coleóptero totalmente ajeno al cromatismo del espectáculo. Este joven movía en todas direcciones una larguísima batuta, y parecía vehementemente dispuesto a ritmar la música de la banda, cosa que estaba muy lejos de conseguir a juicio de Lucio. Como calidad, la banda era una de las peores que había escuchado en su vida. Marcha tras marcha, la audición continuaba en medio del beneplácito general (repito sus términos sarcásticos y esdrújulos), y a cada pieza terminada renacía la esperanza de que por fin el centenar de budincitos se mandara mudar y reinara el silencio bajo la estrellada bóveda del Ópera. Cayó el telón y Lucio tuvo como un ataque de felicidad, hasta reparar en que los proyectores no se habían apagado, lo que lo hizo enderezarse desconfiado en la platea. Y ahí nomás telón arriba otra vez, pero ahora un nuevo cartelón: LA BANDA EN DESFILE. Las chicas se habían puesto de perfil, de los metales brotaba una ululante discordancia vagamente parecida a la marcha *El Tala*, y la banda entera, inmóvil en escena, movía rítmicamente las piernas como si estuviera desfilando. Bastaba con ser la madre de una de las chicas para hacerse la perfecta ilusión del desfile, máxime cuando al frente evolucionaban ocho imponderables churros esgrimiendo esos bastones con borlas que se revolean, se tiran al aire y se barajan. El joven coleóptero abría el desfile, fingiendo caminar con gran aplicación, y Lucio tuvo que escuchar interminables *da capo al fine* que en su opinión alcanzaron a durar entre cinco y ocho cuadras. Hubo una modesta ovación al finalizar, y el telón vino como un vasto párpado a proteger los manoseados derechos de la penumbra y el silencio.

—El asombro se me había pasado —me dijo Lucio— pero ni siquiera durante la película, que era excelente, pude quitarme de encima una sensación de extrañamiento. Salí a la calle, con el calor pegajoso y la gente de las ocho de la noche, y me metí en *El Galeón* a beber un *gin fizz*. De golpe me olvidé por completo de la película de Litvak, la banda me ocupaba como si yo fuera el escenario del Ópera. Tenía ganas de reírme pero estaba enojado, comprendés. Primero que yo hubiera debido acercarme a la taquilla del cine y cantarles cuatro verdades. No lo hice porque soy porteño, lo sé muy bien. Total, qué le vachaché, ¿no te parece? Pero no era eso lo que me irritaba, había otra cosa más profunda. A mitad del segundo copetín empecé a comprender.

Aquí el relato de Lucio se vuelve de difícil transcripción. En esencia (pero justamente lo esencial es lo que se fuga) sería así: hasta ese momento lo había preocupado una serie de elementos anómalos sueltos: el mentido programa, los espectadores inapropiados, la banda ilusoria en la que la mayoría era falsa, el director fuera de tono, el fingido desfile, y él mismo metido en algo que no le tocaba. De pronto le pareció entender aquello en términos que lo excedían infinitamente. Sintió como si le hubiera sido dado ver al fin la realidad. Un momento de la realidad que había parecido falsa porque era la verdadera, la que ahora ya no estaba viendo. Lo que acababa de presenciar era lo cierto, es decir lo falso. Dejó de sentir el escándalo de hallarse rodeado de elementos que no estaban en su sitio, porque en la misma conciencia de un mundo otro, comprendió que esa visión podía prolongarse a la calle, a *El Galeón*, a su traje azul, a su programa de la noche, a su oficina de mañana, a su plan de ahorro, a su veraneo de marzo, a su amiga, a su madurez, al día de su muerte. Por suerte ya no seguía viendo así, por suerte era otra vez Lucio Medina. Pero sólo por suerte.

A veces he pensado que esto hubiera sido realmente interesante si Lucio vuelve al cine, indaga, y descubre la inexistencia de tal festival. Pero es cosa verificable que la banda tocó esa tarde en el Ópera. En realidad no hay por qué andar exagerando las cosas. A lo mejor el cambio de vida y el destierro de Lucio le vienen del hígado o de alguna mujer. Y después que no es justo seguir hablando mal de la banda, pobres chicas.

Los amigos

En ese juego todo tenía que andar rápido. Cuando el Número Uno decidió que había que liquidar a Romero y que el Número Tres se encargaría del trabajo, Beltrán recibió la información pocos minutos más tarde. Tranquilo pero sin perder un instante, salió del café de Corrientes y Libertad y se metió en un taxi. Mientras se bañaba en su departamento, escuchando el noticioso, se acordó de que había visto por última vez a Romero en San Isidro, un día de mala suerte en las carreras. En ese entonces Romero era un tal Romero, y él un tal Beltrán; buenos amigos antes de que la vida los metiera por caminos tan distintos. Sonrió casi sin ganas, pensando en la cara que pondría Romero al encontrárselo de nuevo, pero la cara de Romero no tenía ninguna importancia y en cambio había que pensar despacio en la cuestión del café y del auto. Era curioso que al Número Uno se le hubiera ocurrido hacer matar a Romero en el café de Cochabamba y Piedras, y a esa hora; quizá, si había que creer en ciertas informaciones, el Número Uno ya estaba un poco viejo. De todos modos, la torpeza de la orden le daba una ventaja: podía sacar el auto del garaje, estacionarlo con el motor en marcha por el lado de Cochabamba, y quedarse esperando a que Romero llegara como siempre a encontrarse con los amigos a eso de las siete de la tarde. Si todo salía bien evitaría que Romero entrase en el café, y al mismo tiempo que los del café vieran o sospecharan su intervención. Era cosa de suerte y de cálculo, un simple gesto (que Romero no dejaría de ver, porque era un lince), y saber meterse en el tráfico y pegar la vuelta a toda máquina. Si los dos hacían las cosas como era debido —y Beltrán estaba tan seguro de Romero como de él mismo—, todo quedaría despachado en un momento. Volvió a sonreír pensando en la cara del Número Uno cuando más tarde, bastante más tarde, lo llamara desde algún teléfono público para informarle de lo sucedido.

Vistiéndose despacio, acabó el atado de cigarrillos y se miró un momento al espejo. Después sacó otro atado del cajón, y antes de apagar las luces comprobó que todo estaba en orden. Los gallegos del garaje le tenían el Ford como una seda. Bajó por Chacabuco, despacio, y a las siete menos diez se estacionó a unos metros de la puerta del café, después de dar dos vueltas a la manzana esperando que un camión de reparto le dejara el sitio. Desde donde estaba era imposible que los del café lo vieran. De cuando en cuando apretaba un poco el acelerador para mantener el motor caliente; no quería fumar, pero sentía la boca seca y le daba rabia.

A las siete menos cinco vio venir a Romero por la vereda de enfrente; lo reconoció enseguida por el chambergo gris y el saco cruzado. Con una ojeada a la vitrina del café, calculó lo que tardaría en cruzar la calle y llegar hasta ahí. Pero a Romero no podía pasarle nada a tanta distancia del café, era preferible dejarlo que cruzara la calle y subiera a la vereda. Exactamente en ese momento, Beltrán puso el coche en marcha y sacó el brazo por la ventanilla. Tal como había previsto, Romero lo vio y se detuvo sorprendido.

La primera bala le dio entre los ojos, después Beltrán tiró al montón que se derrumbaba. El Ford salió en diagonal, adelantándose limpio a un tranvía, y dio la vuelta por Tacuarí. Manejando sin apuro, el Número Tres pensó que la última visión de Romero había sido la de un tal Beltrán, un amigo del hipódromo en otros tiempos.

El móvil

No me lo van a creer, es como en las cintas de biógrafo, las cosas son como vienen y vos las tenés que aceptar, si no te gusta te vas y la plata nadie te la devuelve. Como quien no quiere ya son veinte años y el asunto está más que prescrito, así que lo voy a contar y el que crea que macaneo se puede ir a freír buñuelos.

A Montes lo mataron en el bajo una noche de agosto. A lo mejor era cierto que Montes le había faltado a una mujer, y que el macho se lo cobró con intereses. Lo que yo sé es que a Montes lo mataron de atrás, de un tiro en la cabeza, y eso no se perdona. Montes y yo éramos carne y uña, siempre juntos en la timba y el café del negro Padilla, pero ustedes no se han de acordar del negro. También a él lo mataron, un día si quieren les cuento.

La cosa es que cuando me avisaron ya Montes había espichado y a gatas llegué para ver cómo la hermana se le tiraba encima y le daba la pataleta. Yo lo miré un rato a Montes que estaba con los ojos abiertos, y le juré que el otro no se la iba a llevar de arriba. Esa noche hablé con Barros y aquí es donde el cuento les va a parecer macana. La cuestión es que Barros había sido el primero en llegar cuando se oyó el tiro, y lo encontró a Montes boqueando al lado de un paraíso. Barros que era una luz hizo lo imposible para que le dijera quién había sido. Montes quería hablar pero con un plomo en la cabeza no debe ser nada fácil, así que Barros no le pudo sacar gran cosa. De todas maneras Montes le alcanzó a decir, fíjense lo que es el delirio de un moribundo, algo así como «el del brazo azul», y después dijo una palabra que debía ser «tatuaje», y por ahí sacamos que el mozo era marinero y gracias. Dense cuenta, con lo fácil que era decir López o Fernández, pero con un balazo en el coco a cualquiera se la doy. A lo mejor Montes no sabía cómo se llamaba el otro, los tatuajes se ven pero un nombre hay que averiguarlo y en una de ésas es de grupo.

Ahora ustedes se van a reír cuando les diga que ocho días después Barros y yo lo localizamos al tipo, mientras la mejor del mundo seguía meta batidas al cuete en el puerto y por todas partes. Nosotros teníamos nuestros rebusques, y no los voy a cansar con detalles. Pero no es de eso que se van a reír, se van a reír de que el batidor no nos pudo dar la filiación del tipo, en cambio nos avisó que rajaba en un barco francés y que no iba de marinero, iba de pasajero y dense cuenta qué lujo. Por ahí sacamos que el mozo estaba retirado de la profesión, pero aprovechaba que conocía mundo para hacerse humo. Lo único que sabíamos era que viajaba de tercera y que era argentino. No hay que extrañarse, un gringo no lo hubiera podido a Montes, pero lo más raro del caso es que el batidor no nos pudo conseguir el apellido del mozo. Mejor dicho le dieron uno que después resultó que no figuraba entre los pasajeros. La gente a veces tiene miedo, che, y a lo mejor el tipo que por treinta nacionales le pasó el dato a nuestro batidor, le macaneó el nombre para curarse en salud. O andá a saber si el mozo a última hora no consiguió otros papeles. La cosa es que ahora sigue el biógrafo, porque yo y Barros hablamos toda una noche, y a la mañana me constituí en el Departamento y empecé con los papeles. En aquel entonces no daba tanto trabajo conseguir el pasaporte. Bueno, abreviando detalles la cosa es que en el comité me palanquearon el pasaje, y una noche a las diez este cuerpo estaba a bordo con destino a Marsella, que es un apeadero de los franchutes. Ya les estoy viendo la cara pero paciencia. Si quieren no lo sigo. Y bueno, entonces echá más caña y háganse de cuenta que están leyendo *El conde de Montecristo*. Ya les previne de entrada que estos casos no les ocurren a todos, aparte que eran otros tiempos.

En el barco que iba casi vacío me dieron para mí solo un camarote con cuatro camas, fíjense qué lujo. Podía poner la ropa bien estirada, y me sobraba lugar. ¿Ustedes viajaron a Europa, muchachos? Lo digo por reírme. Mirá, es así: los camarotes daban a un pasillo, y por el pasillo se iba a un cafecito que había en una punta; por el otro lado trepabas una escalera y subías adelante del barco. La primera noche me la pasé en la cubierta, mirando Buenos Aires que se perdía de a poco. Pero al otro día empecé a vichar alrededor. En Montevideo no se bajó nadie, el barco ni atracó siquiera. Cuando le metimos mar afuera, me aguanté los corcovos que me hacían las tripas y que no se los deseo. La cosa no iba a ser difícil porque en el café todo se sabe enseguida y resultó que de los veintitantos de tercera había como quince polleras, y el resto eran casi todos gallegos y tanos. No había más que tres argentinos sin contarme a mí, y ya al rato estábamos los cuatro pegándole al truco y a la cerveza.

De los tres uno ya era viejo, aunque le hubiera podido dar un susto al más pintado. Los otros dos andaban por los treinta como yo. Enseguida estuvimos como chanchos con Pereyra, pero Lamas era más reservado y parecía medio tristón. Yo paraba la oreja para ver cuál de los tres hablaba con el lunfardo de los marineros, y por ahí les soltaba comentarios a propósito del barco para ver si alguno pisaba el palito. Al rato ya me di cuenta que iba por mal camino, y que el interesado se cuidaba como de mearse en la cama. Decían cada pavada sobre el barco que hasta yo me daba cuenta. Y a todo esto hacía un frío bárbaro y nadie se sacaba el saco ni la tricota.

Ya los tres me habían dicho que iban a Marsella, de modo que en el Brasil estuve bien atento, pero era cierto y ninguno se las tomó. Cuando empezó a apretar el calor me puse en camiseta para dar el ejemplo, pero ellos andaban en mangas de camisa, y se las arrollaban hasta el codo nada más. El viejo Ferro se reía al verme afilar con la camarera, y me felicitaba por todos los colchones que tenía en el camarote. Pereyra se tiraba también su buen lance, y la Petrona que era una galleguita viva nos tenía a los dos a mal traer. Y no hablemos de cómo se movía el barco, y la puerca comida que nos daban.

Cuando me pareció que Pereyra atropellaba a fondo con la Petrona, tomé mis disposiciones. Apenas me la topé en el pasillo le dije que en mi camarote estaba entrando el agua. Me creyó y le cerré la puerta apenas estuvo adentro. Al primer manotón me tiró una cachetada, pero riéndose. Después estuvo mansita como oveja. Calculen con todas esas camas, como decía Ferro. En realidad esa noche no hicimos gran cosa, pero al otro día me le afirmé de veras, y la verdad es que gallega y todo valía la pena. Pucha si valía.

De pasada se lo dije a Lamas y a Pereyra, que al principio no lo querían creer o se hacían los asombrados. Lamas se quedó callado como siempre, pero Pereyra estaba embalado y le vi las intenciones. Me hice el sonso y se fue con todo lo que tenía. Esa noche la Petrona me faltó al camarote, yo los había visto ya charlando del lado de los baños. Les parecerá raro que la galleguita me largara tan pronto, y va a ser mejor que les diga todo. Con un canario y la promesa de otro si me conseguía la información necesaria, la Petrona había agarrado viaje al galope. Se imaginarán que no le dije por qué quería saber si Pereyra tenía alguna marca en el brazo; le hablé de una apuesta, de cualquier pavada. Nos reíamos como locos.

A la mañana siguiente charlé largo con Lamas, sentados en un rollo de sogas que había adelante del barco. Me dijo que iba a Francia a trabajar de ordenanza en la embajada, o una cosa así. Era un tipo callado, medio tristón, pero conmigo se franqueaba bastante. Yo le buscaba los ojos, y de repente se me pasaba por la memoria la cara de Montes muerto, los gritos de la hermana, el velorio cuando lo devolvieron de la autopsia. Me daban ganas de acorralarlo a Lamas y preguntarle derecho viejo si había sido él. Pero qué hubiera ganado, en esa forma lo echaba todo a perder. Mejor esperar que la Petrona cayera por mi camarote.

A eso de las cinco me golpeó la puerta. Venía muerta de risa y de entrada me anunció que Pereyra no tenía nada en los brazos. «Me sobró tiempo para mirarlo por todos lados», dijo, y se reía como loca. Yo pensé en Lamas que me había resultado el más simpático, y me di cuenta de lo infeliz que es uno por dejarse llevar así. Qué simpático ni qué carajo. Si Ferro y Pereyra quedaban afuera, no había vuelta que darle. De pura bronca la tumbé ahí nomás a la Petrona, que no quería, y le di unos chirlos para activar la desvestida. No la largué hasta la hora de comer, y eso para no comprometerla con los tipos del buque que ya la andarían buscando. Quedamos en que volvería al otro día por la tarde, y me fui a comer. Nos habían puesto a los cuatro criollos en una mesa, lejos de los gallegos y los tanos, y yo lo tenía de frente a Lamas. No saben lo que me costaba mirarlo natural, pensando en Montes. Ahora ya no extrañaba que lo hubiera ventajeado a Montes, a cualquiera lo sobraba con ese aire reconcentrado que inspiraba confianza. A Pereyra ya ni lo tenía en cuenta, pero al final me llamó la atención que no decía nada de la Petrona, él que antes se la pasaba anunciando cómo se iba a encamar con la galleguita. Se me vino a la cabeza que tampoco ella me había hablado mucho del mozo, fuera de decirme lo importante. Por las dudas me quedé de guardia con la puerta entornada, y a eso de la medianoche la vi que se metía en el camarote de Pereyra. Me acosté y me quedé pensando.

Al otro día la Petrona no vino. La arrinconé en uno de los cuartos de baño y le pregunté qué le pasaba. Dijo que nada, que andaba con mucho trabajo.

—¿Anoche volviste con Pereyra? —le pregunté de sopetón.

—¿Yo? ¿Por qué? No, no volví —me mintió.

Que a uno le saquen la mujer no es para reírse, pero si encima de eso la culpa la tenés vos, se imaginarán que no le veía la gracia. Cuando la apremié para que me viniera a ver esa misma noche, se puso a llorar y dijo que el cabo o el capataz de a bordo la tenía entre ojos y se sospechaba lo ocurrido, que no quería perder el conchabo, y otras bolas parecidas. Creo que fue en ese momento que me di cuenta de la cosa y me quedé pensando. De la gallega no me importaba mucho, aunque el amor propio me comía la sangre. Pero había otras cosas más serias, y tuve toda la noche para pensarlas. La noche aquella también me sirvió para verla a la Petrona cuando se colaba de nuevo en el camarote de Pereyra.

Al otro día me las arreglé para charlar con el viejo Ferro. Hacía rato que no le desconfiaba, pero quería estar seguro. Me repitió con detalles que iba a Francia a visitar a su hija que se había casado con un franchute y tenía una punta de hijos. El viejo quería ver a los nietos antes de espichar, y andaba con la billetera llena de fotos de la familia. Pereyra se presentó tarde y con cara de dormido. También... Y Lamas andaba con un método para aprender el francés. Fíjense qué compañía, che.

La cosa siguió así hasta la víspera de llegar a Marsella. Aparte de acorralarla una o dos veces en los pasillos, no pude conseguir que la Petrona volviera a mi camarote. Ya ni se acordaba de la plata prometida, y eso que se la mencionaba cada vez. Como ponía cara de asco al oír hablar de los pesos que le debía, me afirmé en mi idea y vi todo bien clarito. La noche antes de llegar me la encontré tomando fresco en la cubierta. Pereyra estaba al lado y se hizo el inocente al verme pasar. Yo esperé la ocasión y a la hora de ir a dormir la atajé a la galleguita que andaba muy atareada.

—¿No vas a venir? —le pregunté, haciéndole una caricia en las ancas.

Se echó atrás como si hubiera visto al diablo, pero después disimuló.

—No puedo —dijo—. Ya te expliqué que me tienen vigilada.

Me daban ganas de partirle la jeta de un revés, para que no siguiera tomándome pal churrete, pero me contuve. Ya no quedaba tiempo para pavadas.

—Decime —le pregunté—. ¿Estás bien segura de lo que me dijiste de Pereyra? Mirá que es importante, y a lo mejor no te fijaste bien.

Le vi en los ojos las ganas de reírse que tenía, mezcladas con miedo.

—Pero sí, ya te dije que no tenía nada. ¿Qué querés, que vaya otra vez con él para estar más segura?

Y se sonreía, la muy perra, convencida de que yo estaba en la luna. Le pegué un chirlo liviano y me volví al camarote. Ahora no me interesaba espiar si la Petrona se metía en lo de Pereyra.

Por la mañana ya tenía mi valija lista y lo necesario en la faja. El franchute que atendía el café chapurreaba un poco el español y me había explicado que al llegar a Marsella la policía subía a bordo y revisaba los documentos. Recién después de eso daban permiso de desembarco. Nos pusimos todos en fila, y fuimos pasando de a uno para mostrar los papeles. Yo lo dejé ir primero a Pereyra, y cuando estábamos del otro lado lo agarré del brazo y lo invité a despedirnos en mi camarote con un trago de caña. Como ya la había probado y le gustaba, vino enseguida. Cerré la puerta con pasador y me quedé mirándolo.

—¿Y la caña? —dijo él, pero cuando vio lo que tenía en la mano se puso blanco y se echó atrás—. No seas animal... Por una mujer como ésa... —me alcanzó a decir.

El camarote resultaba estrecho, tuve que saltar por encima del finado para tirar el facón al agua. Aunque ya sabía que era al ñudo, me agaché para ver si la Petrona no me había mentido. Agarré la valija, cerré con llave el camarote y salí. Ferro ya estaba en la planchada y me saludó a gritos. Lamas esperaba turno, callado como siempre. Me le acerqué y le dije un par de cosas a la oreja. Creí que se iba a caer redondo, pero no era más que la impresión. Pensó un momento y estuvo de acuerdo. Yo sabía hacía rato que iba a estar de acuerdo. Secreto por secreto, los dos cumplimos. De él nunca supe más nada, después que me acomodó entre sus amigos franchutes. A los tres años ya pude volverme. Tenía unas ganas de ver Buenos Aires...

Torito

A la memoria de don Jacinto Cúcaro,
que en las clases de pedagogía
del Normal «Mariano Acosta»,
allá por el año 30, nos contaba
las peleas de Suárez.

Qué le vas a hacer, ñato, cuando estás abajo todos te fajan. Todos, che, hasta el más maula. Te sacuden contra las sogas, te encajan la biaba. Andá, andá, qué venís con consuelos, vos. Te conozco, mascarita. Cada vez que pienso en eso, salí de ahí, salí. Vos te creés que yo me desespero, lo que pasa es que no doy más aquí tumbado todo el día. Pucha que son largas las noches de invierno, te acordás del pibe del almacén cómo lo cantaba. Pucha que son largas... Y es así, ñato. Más largas que esperanza'e pobre. Fijate que yo a la noche casi no la conozco, y venir a encontrarla ahora... Siempre a la cama temprano, a las nueve o a las diez. El patrón me decía: «Pibe, andate al sobre, mañana hay que meterle duro y parejo». Una noche que me le escapaba era una casualidad. El patrón... Y ahora todo el tiempo así, mirando el techo. Ahí tenés otra cosa que no sé hacer, mirar p'arriba. Todos dijeron que me hubiera convenido, que hice la gran macana de levantarme a los dos segundos, cabrero como la gran flauta. Tienen razón, si me quedo hasta los ocho no me agarra tan mal el rubio.

Y bueno, es así. Pa peor la tos. Después te vienen con el jarabe y los pinchazos. Pobre la hermanita, el trabajo que le doy. Ni mear solo puedo. Es buena la hermanita, me da leche caliente y me cuenta cosas. Quién te iba a decir, pibe. El patrón me llamaba siempre pibe. Dale áperca, pibe. A la cocina, pibe. Cuando pelié con el negro en Nueva York el patrón andaba preocupado. Yo lo juné en el hotel antes de salir. «Lo fajás en seis rounds, pibe», pero fumaba como loco. El negro, cómo se llamaba el negrito, Flores o algo así. Duro de pelar, che. Un estilo lindo, me sacaba distancia vuelta a vuelta. Áperca, pibe, metele áperca. Tenía razón el trompa. Al tercero se me vino abajo como un trapo. Amarillo, el negro. Flores, creo, algo así. Mirá cómo uno se ensarta, al principio me pareció que el rubio iba a ser más fácil. Lo que es la confianza, ñato. Me barajó de una piña que te la debo. Me agarró en frío el maula. Pobre patrón, no quería creer. Con qué bronca me levanté. Ni sentía las piernas, me lo quería comer ahí nomás. Mala suerte, pibe. Todo el mundo cobra a la final. La noche del Tani, te acordás pobre Tani, qué biaba. Se veía que el Tani estaba de vuelta. Guapo el indio, me sacudía con todo, dale que va, arriba, abajo. No me hacía nada, pobre Tani. Y eso que cuando lo fui a saludar al rincón me dolía bastante la cara, al fin y al cabo me arrimó una buena leñada. Pobre Tani, vos sabés que me miró, yo le puse el guante en la cabeza y me reía de contento, no me quería reír, te imaginás que no era de él, pobre pibe. Me miró apenas, pero me hizo no sé qué. Todos me agarraban, pibe lindo, pibe macho, ah criollo, y el Tani quieto entre los de él, más chatos que cinco'e queso. Pobre Tani. Por qué me acuerdo de él, decime un poco. A lo mejor yo lo miré así al rubio esa noche. Qué sé yo, para acordarme estaba. Qué biaba, hermano. Ahora no vas a andar disimulando. Te fajó y se acabó. Lo malo que yo no quería creer. Estaba acostado en el hotel, y el patrón fumaba y fumaba, casi no había luz. Me acuerdo que hacía calor. Después me pusieron hielo, fijate un poco yo con hielo. El trompa no decía nada, lo malo que no decía nada. Te juro que tenía ganas de llorar, como cuando ella... Pero para qué te vas a hacer mala sangre. Si llego a estar solo, te juro que moqueo. «Mala pata, patrón», le dije. Qué más le iba a decir. Él dale que dale al tabaco. Fue suerte dormirme. Como ahora, cada vez que agarro el sueño me saco la lotería. De día tenés la radio que trajo la hermanita, la radio que... Parece mentira, ñato. Bueno, te oís unos tanguitos y las transmisiones de los teatros. ¿Te gusta Canaro a vos? A mí Fresedo, che, y Pedro Maffia. Si los habré visto en el ringside, me iban a ver todas las veces. Podés pensar en eso, y se te acortan las horas. Pero a la noche qué lata, viejo. Ni la radio, ni la hermanita, y en una de ésas te agarra la tos, y dale que dale, y por ahí uno de otra cama se rechifla y te pega un grito. Pensar que antes... Fijate que ahora me cabreo más que antes. En los diarios salía que yo de pibe los peleaba a los carreros en la Quema. Puras macanas, che, nunca me agarré a trompadas en la calle. Una o dos veces, y no por mi culpa, te juro. Me podés creer. Cosas que pasan, estás con la barra, caen otros y en una de ésas se arma. No me gustaba, pero cuando me metí la primera vez me di cuenta que era lindo. Claro, cómo no va a ser lindo si el que cobraba era el otro. De pibe yo peleaba de zurda, no sabés lo que me gustaba fajar de zurda. Mi vieja se descompuso la primera vez que me vio pelearme con uno que tenía como treinta años. Se creía que me iba a matar, pobre vieja. Cuando el tipo se vino al suelo no lo quería creer. Te voy a decir que yo tampoco, creeme que las primeras veces me parecía cosa de suerte. Hasta que el amigo del trompa me fue a ver al club y me dijo que había que seguir. Te acordás de esos tiempos, pibe. Qué pestos. Había cada pesado que te la *voglio dire*. «Vos metele nomás», decía el amigo del patrón. Después hablaba de profesionales, del Parque Romano, de River. Yo qué sabía, si nunca tenía cincuenta guitas para ir a ver nada. También la noche que me dio veinte pesos, qué alegrón. Fue con Tala, o con aquel flaco zurdo, ya ni me acuerdo. Lo saqué en dos vueltas, ni me tocó. Vos sabés que siempre mezquiné la cara. Si me llego a sospechar lo del rubio... Vos creés que tenés la pera de fierro, y en eso te la hacen sonar de una piña. Qué fierro ni que ocho cuartos. Veinte pesos, pibe, imaginate un poco. Le di cinco a la vieja, te juro que de compadre, pa mostrarle. La pobre me quería poner agua de azahar en la muñeca resentida. Cosas de la vieja, pobre. Si te fijás, fue la única que tenía esas atenciones, porque la otra... Ahí tenés, apenas pienso en la otra, ya estoy de vuelta en Nueva York. De Lanús casi no me acuerdo, se me borra todo. Un vestido a cuadritos, sí, ahora veo, y el zaguán de Don Furcio, y también las mateadas. Cómo me tenían en esa casa, los pibes se juntaban a mirarme por la reja, y ella siempre pegando algún recorte de *Crítica* o de *Última Hora* en el álbum que había empezado, o me mostraba las fotos de *El Gráfico*. ¿Vos nunca te viste en foto? Te hace impresión la primera vez, vos pensás pero ése soy yo, con esa cara. Después te das cuenta que la foto es linda, casi siempre sos vos que estás fajando, o al final con el brazo levantado. Yo venía con mi Graham Paige, imaginate, me empilchaba para ir a verla, y el barrio se alborotaba. Era lindo matear en el patio, y todos me preguntaban qué sé yo cuánta cosa. Yo a veces no podía creer que era cierto, de noche antes de dormirme me decía que estaba soñando. Cuando le compré el terreno a la vieja, qué barullo que hacían todos. El trompa era el único que se quedaba tranquilo. «Hacés bien, pibe», decía, y dale al tabaco. Me parece estarlo viendo la primera vez, en el club de la calle Lima. No, era en Chacabuco, esperá que no me acuerdo, pero si era en Lima, infeliz, no te acordás del vestuario todo de verde, con más mugre... Esa noche el entrenador me presentó al patrón, resultaba que eran amigos, cuando me dijo el nombre casi me agarro de las sogas, apenas lo vi que me miraba yo pensé: «Vino para verme pelear», y cuando el entrenador me lo presentó me quería morir. Él no me había dicho nunca nada, de puro rana, pero hizo bien, así yo iba subiendo despacio, sin engolosinarme. Como el pobre zurdito, que lo llevaron a River en un año, y en dos meses se vino abajo que daba miedo. En ese entonces no era macana, pibe. Te venía cada tano de Italia, cada gallego que te daba miedo, y no te digo nada de los rubios. Claro que a veces la gozabas, como la vez del príncipe. Eso fue un plato, te juro, el príncipe en el ringside y el patrón que me dice en el camarín: «No te andés con vueltas, no te vayas a dejar vistear que para eso los yonis son una luz», y te acordás que decían que era el campeón de Inglaterra, o qué sé yo qué cosa. Pobre rubio, lindo pibe. Me daba no sé qué cuando nos saludamos, el tipo chamulló una cosa que andá a entenderle, y parecía que te iba a salir a pelear con galera. El patrón no te vayas a creer que estaba muy tranquilo, te puedo decir que él nunca se daba cuenta de cómo yo lo palpitaba. Pobre trompa, se creía que no me daba cuenta. Che, y el príncipe ahí abajo, eso fue grande, a la primera finta que me hace el rubio le largo la derecha en gancho y se la meto justo justo. Te juro que me quedé frío cuando lo vi patas arriba. Qué manera de dormir, pobre tipo. Esa vez no me dio gusto ganar, más lindo hubiera sido una linda agarrada, cuatro o cinco vueltas como con el Tani o con el yoni aquel, Herman se llamaba, uno que venía con un auto colorado y una pinta bárbara. Cobró, pero fue lindo. Qué leñada, mama mía. No quería aflojar y tenía más mañas que... Ahora que para mañas el Brujo, che. De dónde me lo fueron a sacar a ése. Era uruguayo, sabés, ya estaba acabado pero era peor que los otros, se te pegaba como sanguijuela y andá sacátelo de encima. Meta forcejeo, y el tipo con el guante por los ojos, pucha me daba una bronca. Al final lo fajé feo, me dejó un claro y lo entré con unas ganas... Muñeco al suelo, pibe. *Muñeco al suelo fastrás...* Vos sabés que me habían hecho un tango y todo. Todavía me acuerdo un cacho, *de Mataderos al centro, y del centro a Nueva York...* Me lo cantaban por todos lados, en los asados, por la radio... Era lindo oírse en la radio, che, la vieja me escuchaba todas las peleas. Y vos sabés que ella también me escuchaba, un día me dijo que me había conocido por la radio, porque el hermano puso la pelea con uno de los tanos... ¿Vos te acordás de los tanos? Yo no sé de dónde los iba a sacar el trompa, me los traía fresquitos de Italia, y se armaban unas leñadas en River... Hasta me hizo pelear con dos hermanos, con el primero fue colosal, al cuarto round se pone a llover, ñato, y nosotros con ganas de seguirla porque el tanito era de ley y nos fajábamos que era un contento, y en eso empezamos a refalar y dale al suelo yo, y al suelo él... Era una pantomima, hermano... La suspendieron, qué macana. A la otra vez el tano cobró por las dos, y el patrón me puso con el hermano, y otro pesto... Qué tiempos, pibe, aquí sí era lindo pelear, con toda la barra que venía, te acordás de los carteles y las bocinas de auto, che, qué lío que armaban en la popular... Una vez leí que el boxeador no oye nada cuando está peleando, qué macana, pibe. Claro que oye, vos te creés que yo no oía distinto entre los gringos, menos mal que lo tenía al trompa en el rincón, áperca, pibe, dale áperca. Y en el hotel, y los cafés, qué cosa tan rara, che, no te hallabas ahí. Después el gimnasio, con esos tipos que te hablaban y no les pescabas ni medio. Meta señas, pibe, como los mudos. Menos mal que estaba ella y el patrón para chamullar, y podíamos matear en el hotel y de cuando en cuando caía un criollo y dale con los autógrafos, y a ver si me lo fajás bien a ese gringo pa que aprendan cómo somos los argentinos. No hablaban más que del campeonato, qué le vas a hacer, me tenían fe, che, y me daban unas ganas de salir atropellando y no parar hasta el campeón. Pero lo mismo pensaba todo el tiempo en Buenos Aires, y el patrón ponía los discos de Carlitos y los de Pedro Maffia, y el tango que me hicieron, yo no sé si sabés que me habían hecho un tango. Como a Legui, igualito. Y una vez me acuerdo que fuimos con ella y el patrón a una playa, todo el día en el agua, fue macanudo. No te creas que podía divertirme mucho, siempre con el entrenamiento y la comida cuidada, y nada que hacerle, el trompa no me sacaba los ojos. «Ya te vas a dar el gusto, pibe», me decía el trompa. Me acuerdo cuando la pelea con Mocoroa, ésa fue pelea. Vos sabés que dos meses antes yo lo tenía al patrón dale que esa izquierda va mal, que no te dejés entrar así, y me cambiaba los *sparrings* y meta salto a la soga y bife jugoso... Menos mal que me dejaba matear un poco, pero siempre me quedaba con sed de verde. Y vuelta a empezar todos los días, tené cuidado con la derecha, la tirás muy abierta, mirá que el coso no es macana. Te creés que yo no lo sabía, más de una vez lo fui a ver y me gustaba el pibe, no se achicaba nunca, y un estilo, che. Vos sabés lo que es estilo, estás ahí y cuando hay que hacer una cosa vas y la hacés sobre el pucho, no como esos que la empiezan a zapallazo limpio, dale que va, arriba abajo los tres minutos. Una vez en *El Gráfico* un coso escribió que yo no tenía estilo. Me dio una bronca, te juro. No te voy a decir que yo era como Rayito, eso era para ir a verlo, pibe, y Mocoroa lo mismo. Yo qué te voy a decir, al rato de empezar ya veía todo colorado y le metía nomás, pero no te vas a creer que no me daba cuenta, solamente que me salía y si me salía bien para qué te vas a afligir. Vos ves cómo fue con Rayito, está bien que no lo saqué pero lo pude. Y a Mocoroa igual, qué querés. Flor de leñada, viejo, se me agachaba hasta el suelo y de abajo me zampaba cada piña que te la debo. Y yo meta a la cara, te juro que a la mitad ya estábamos con bronca y dale nomás. Esa vez no sentí nada, el patrón me agarraba la cabeza y decía pibe no te abrás tanto, dale abajo, pibe, guarda la derecha. Yo le oía todo pero después salíamos y meta biaba los dos, y hasta el final que no podíamos más, fue algo grande. Vos sabés que esa noche después de la pelea nos juntamos en un bodegón, estaba toda la barra y fue lindo verlo al pibe que se reía, y me dijo qué fenómeno, che, cómo fajás, y yo le dije te gané pero para mí que la empatamos, y todos brindaban y era un lío que no te puedo contar... Lástima esta tos, te agarra descuidado y te dobla. Y bueno, ahora hay que cuidarse, mucha leche y estar quieto, qué le vas a hacer. Una cosa que me duele es que no te dejan levantar, a las cinco estoy despierto y meta mirar p'arriba. Pensás y pensás, y siempre lo malo, claro. Y los sueños igual, la otra noche, estaba peleando de nuevo con Peralta. Por qué justo tengo que venir a embocarla en esa pelea, pensá lo que fue, pibe, mejor no acordarse. Vos sabés lo que es toda la barra ahí, todo de nuevo como antes, no como en Nueva York, con los gringos... Y la barra del ringside, toda la hinchada, y unas ganas de ganar para que vieran que... Otra que ganar, si no me salía nada, y vos sabés cómo pegaba Víctor. Ya sé, ya sé, yo le ganaba con una mano, pero a la vuelta era distinto. No tenía ánimo, che, el patrón menos todavía, qué te vas a entrenar bien si estás triste. Y bueno, yo aquí era el campeón y él me desafió, tenía derecho. No le voy a disparar, no te parece. El patrón pensaba que le podía ganar por puntos, no te abrás mucho y no te cansés de entrada, mirá que aquél te va a boxear todo el tiempo. Y claro, se me iba para todos lados, y después que yo no estaba bien, con la barra ahí y todo te juro que tenía un cansancio en el cuerpo... Como modorra, entendés, no te puedo explicar. A la mitad de la pelea la empecé a pasar mal, después no me acuerdo mucho. Mejor no acordarse, no te parece. Son cosas que para qué. Me quisiera olvidar de todo. Mejor dormirse, total aunque soñés con las peleas a veces le acertás una linda y la gozás de nuevo. Como cuando el príncipe, qué plato. Pero mejor cuando no soñás, pibe, y estás durmiendo que es un gusto y no tosés ni nada, meta dormir nomás toda la noche dale que dale.

III

Relato con un fondo de agua

No te preocupes, disculpame este gesto de impaciencia. Era perfectamente natural que nombraras a Lucio, que te acordaras de él a la hora de las nostalgias, cuando uno se deja corromper por esas ausencias que llamamos recuerdos y hay que remendar con palabras y con imágenes tanto hueco insaciable. Además no sé, te habrás fijado que este bungalow invita, basta que uno se instale en la veranda y mire un rato hacia el río y los naranjales, de golpe se está increíblemente lejos de Buenos Aires, perdido en un mundo elemental. Me acuerdo de Láinez cuando nos decía que el Delta hubiera tenido que llamarse el Alfa. Y esa otra vez en la clase de matemáticas, cuando vos... ¿Pero por qué nombraste a Lucio, era necesario que dijeras: Lucio?

El coñac está ahí, servite. A veces me pregunto por qué te molestás todavía en venir a visitarme. Te embarrás los zapatos, te aguantás los mosquitos y el olor de la lámpara a kerosene... Ya sé, no pongas la cara del amigo ofendido. No es eso, Mauricio, pero en realidad sos el único que queda, del grupo de entonces ya no veo a nadie. Vos, cada cinco o seis meses llega tu carta, y después la lancha te trae con un paquete de libros y botellas, con noticias de ese mundo remoto a menos de cincuenta kilómetros, a lo mejor con la esperanza de arrancarme alguna vez de este rancho medio podrido. No te ofendás, pero casi me da rabia tu fidelidad amistosa. Comprendé, tiene algo de reproche, cuando te vas me siento como enjuiciado, todas mis elecciones definitivas me parecen simples formas de la hipocondría, que un viaje a la ciudad bastaría para mandar al diablo. Vos pertenecés a esa especie de testigos cariñosos que hasta en los peores sueños nos acosan sonriendo. Y ya que hablamos de sueños, ya que nombraste a Lucio, por qué no habría de contarte el sueño como entonces se lo conté a él. Era aquí mismo, pero en esos tiempos —¿cuántos años ya, viejo?— todos ustedes venían a pasar temporadas al bungalow que me dejaban mis padres, nos daba por el remo, por leer poesía hasta la náusea, por enamorarnos desesperadamente de lo más precario y lo más perecedero, todo eso envuelto en una infinita pedantería inofensiva, en una ternura de cachorros sonsos. Éramos tan jóvenes, Mauricio, resultaba tan fácil creerse hastiado, acariciar la imagen de la muerte entre discos de jazz y mate amargo, dueños de una sólida inmortalidad de cincuenta o sesenta años por vivir. Vos eras el más retraído, mostrabas ya esa cortés fidelidad que no se puede rechazar como se rechazan otras fidelidades más impertinentes. Nos mirabas un poco desde afuera, y ya entonces aprendí a admirar en vos las cualidades de los gatos. Uno habla con vos y es como si al mismo tiempo estuviera solo, y a lo mejor es por eso que uno habla con vos como yo ahora. Pero entonces estaban los otros, y jugábamos a tomarnos en serio. Sabés, lo terrible de ese momento de la juventud es que en una hora oscura y sin nombre todo deja de ser serio para ceder a la sucia máscara de seriedad que hay que ponerse en la cara, y yo ahora soy el doctor fulano, y vos el ingeniero mengano, bruscamente nos hemos quedado atrás, empezamos a vernos de otro modo aunque por un tiempo persistamos en los rituales, en los juegos comunes, en las cenas de camaradería que tiran sus últimos salvavidas en medio de la dispersión y el abandono, y todo es tan horriblemente natural, Mauricio, y a algunos les duele más que a otros, los hay como vos que van pasando por sus edades sin sentirlo, que encuentran normal un álbum donde uno se ve con pantalones cortos, con un sombrero de paja o el uniforme de conscripto... En fin, hablábamos de un sueño que tuve en ese tiempo, y era un sueño que empezaba aquí en la veranda, conmigo mirando la luna llena sobre los cañaverales, oyendo las ranas que ladraban como no ladran ni siquiera los perros, y después siguiendo un vago sendero hasta llegar al río, andando despacio por la orilla con la sensación de estar descalzo y que los pies se me hundían en el barro. En el sueño yo estaba solo en la isla, lo que era raro en ese tiempo; si volviese a soñarlo ahora la soledad no me parecería tan vecina de la pesadilla como entonces. Una soledad con la luna apenas trepada en el cielo de la otra orilla, con el chapoteo del río y a veces el golpe aplastado de un durazno cayendo en una zanja. Ahora hasta las ranas se habían callado, el aire estaba pegajoso como esta noche, o como casi siempre aquí, y parecía necesario seguir, dejar atrás el muelle, meterse por la vuelta grande de la costa, cruzar los naranjales, siempre con la luna en la cara. No invento nada, Mauricio, la memoria sabe lo que debe guardar entero. Te cuento lo mismo que entonces le conté a Lucio, voy llegando al lugar donde los juncos raleaban poco a poco y una lengua de tierra avanzaba sobre el río, peligrosa por el barro y la proximidad del canal, porque en el sueño yo sabía que eso era un canal profundo y lleno de remansos, y me acercaba a la punta paso a paso, hundiéndome en el barro amarillo y caliente de luna. Y así me quedé al borde, viendo del otro lado los cañaverales negros donde el agua se perdía secreta mientras aquí, tan cerca, el río manoteaba solapado buscando dónde agarrarse, resbalando otra vez y empecinándose. Todo el canal era luna, una inmensa cuchillería confusa que me tajeaba los ojos, y encima un cielo aplastándose contra la nuca y los hombros, obligándome a mirar interminablemente el agua. Y cuando río arriba vi el cuerpo del ahogado, balanceándose lentamente como para desenredarse de los juncos de la otra orilla, la razón de la noche y de que yo estuviera en ella se resolvió en esa mancha negra a la deriva, que giraba apenas, retenida por un tobillo, por una mano, oscilando blandamente para soltarse saliendo de los juncos hasta ingresar en la corriente del canal, acercándose cadenciosa a la ribera desnuda donde la luna iba a darle de lleno en plena cara.

Estás pálido, Mauricio. Apelemos al coñac, si querés. Lucio también estaba un poco pálido cuando le conté el sueño. Me dijo solamente: «Cómo te acordás de los detalles». Y a diferencia de vos, cortés como siempre, él parecía adelantarse a lo que le estaba contando, como si temiera que de golpe se me olvidase el resto del sueño. Pero todavía faltaba algo, te estaba diciendo que la corriente del canal hacía girar el cuerpo, jugaba con él antes de traerlo de mi lado, y al borde de la lengua de tierra yo esperaba ese momento en que pasaría casi a mis pies y podría verle la cara. Otra vuelta, un brazo blandamente tendido como si eso nadara todavía, la luna hincándose en el pecho, mordiéndole el vientre, las piernas pálidas, desnudando otra vez al ahogado boca arriba. Tan cerca de mí que me hubiera bastado agacharme para sujetarlo del pelo, tan cerca que lo reconocí, Mauricio, le vi la cara y grité, creo, algo como un grito que me arrancó de mí mismo y me tiró en el despertar, en el jarro de agua que bebí jadeando, en la asombrada y confundida conciencia de que ya no me acordaba de esa cara que acababa de reconocer. Y eso seguiría ya corriente abajo, de nada serviría cerrar los ojos y querer volver al borde del agua, al borde del sueño, luchando por acordarme, queriendo precisamente eso que algo en mí no quería. En fin, vos sabés que más tarde uno se conforma, la máquina diurna está ahí con sus bielas bien lubricadas, con sus rótulos satisfactorios. Ese fin de semana viniste vos, vinieron Lucio y los otros, anduvimos de fiesta todo aquel verano, me acuerdo que después te fuiste al norte, llovió mucho en el delta, y hacia el fin Lucio se hartó de la isla, la lluvia y tantas cosas lo enervaban, de golpe nos mirábamos como yo nunca hubiera pensado que podríamos mirarnos. Entonces empezaron los refugios en el ajedrez o la lectura, el cansancio de tantas inútiles concesiones, y cuando Lucio volvía a Buenos Aires yo me juraba no esperarlo más, incluía a todos mis amigos, al verde mundo que día a día se iba cerrando y muriendo, en una misma hastiada condenación. Pero si algunos se daban por enterados y no aparecían más después de un impecable «hasta pronto», Lucio volvía sin ganas, yo estaba en el muelle esperándolo, nos mirábamos como desde lejos, realmente desde ese otro mundo cada vez más atrás, el pobre paraíso perdido que empecinadamente él volvía a buscar y yo me obstinaba en defenderle casi sin ganas. Vos nunca sospechaste demasiado todo eso, Mauricio, veraneante imperturbable en alguna quebrada norteña, pero ese fin de verano... ¿La ves, allá? Empieza a levantarse entre los juncos, dentro de un momento te dará en la cara. A esta hora es curioso cómo crece el chapoteo del río, no sé si porque los pájaros se han callado o porque la sombra consiente mejor ciertos sonidos. Ya ves, sería injusto no terminar lo que te estaba contando, a esta altura de la noche en que todo coincide cada vez más con esa otra noche en que se lo conté a Lucio. Hasta la situación es simétrica, en esa silla de hamaca llenás el hueco de Lucio que venía en ese fin de verano y se quedaba como vos sin hablar, él que tanto había hablado, y dejaba correr las horas bebiendo, resentido por nada o por la nada, por esa repleta nada que nos iba acosando sin que pudiéramos defendernos. Yo no creía que hubiera odio entre nosotros, era a la vez menos y peor que el odio, un hastío en el centro mismo de algo que había sido a veces una tormenta o un girasol o si preferís una espada, todo menos ese tedio, ese otoño pardo y sucio que crecía desde adentro como telas en los ojos. Salíamos a recorrer la isla, corteses y amables, cuidando de no herirnos; caminábamos sobre hojas secas, pesados colchones de hojas secas a la orilla del río. A veces me engañaba el silencio, a veces una palabra con el acento de antes, y tal vez Lucio caía conmigo en las astutas trampas inútiles del hábito, hasta que una mirada o el deseo acuciante de estar a solas nos ponía de nuevo frente a frente, siempre amables y corteses y extranjeros. Entonces él me dijo: «Es una hermosa noche; caminemos». Y como podríamos hacerlo ahora vos y yo, bajamos de la veranda y fuimos hacia allá, donde sale esa luna que te da en los ojos. No me acuerdo demasiado del camino, Lucio iba delante y yo dejaba que mis pasos cayeran sobre sus huellas y aplastaran otra vez las hojas muertas. En algún momento debí empezar a reconocer la senda entre los naranjos; quizá fue más allá, del lado de los últimos ranchos y los juncales. Sé que en ese momento la silueta de Lucio se volvió lo único incongruente en ese encuentro metro a metro, noche a noche, a tal punto coincidente que no me extrañé cuando los juncos se abrieron para mostrar a plena luna la lengua de tierra entrando en el canal, las manos del río resbalando sobre el barro amarillo. En alguna parte a nuestras espaldas un durazno podrido cayó con un golpe que tenía algo de bofetada, de torpeza indecible.

Al borde del agua, Lucio se volvió y me estuvo mirando un momento. Dijo: «¿Éste es el lugar, verdad?». Nunca habíamos vuelto a hablar del sueño, pero le contesté: «Sí, éste es el lugar». Pasó un tiempo antes que dijera: «Hasta eso me has robado, hasta mi deseo más secreto; porque yo he deseado un sitio así, yo he necesitado un sitio así. Has soñado un sueño ajeno». Y cuando dijo eso, Mauricio, cuando lo dijo con una voz monótona y dando un paso hacia mí, algo debió estallar en mi olvido, cerré los ojos y supe que iba a recordar, sin mirar hacia el río supe que iba a ver el final del sueño, y lo vi, Mauricio, vi al ahogado con la luna arrodillada sobre el pecho, y la cara del ahogado era la mía, Mauricio, la cara del ahogado era la mía.

¿Por qué te vas? Si te hace falta, hay un revólver en el cajón del escritorio, si querés podés alertar a la gente del otro rancho. Pero quedate, Mauricio, quedate otro poco oyendo el chapoteo del río, a lo mejor acabarás por sentir que entre todas esas manos de agua y juncos que resbalan en el barro y se deshacen en remolinos, hay unas manos que a esta hora se hincan en las raíces y no sueltan, algo trepa al muelle y se endereza cubierto de basuras y mordiscos de peces, viene hacia aquí a buscarme. Todavía puedo dar vuelta la moneda, todavía puedo matarlo otra vez, pero se obstina y vuelve y alguna noche me llevará con él. Me llevará, te digo, y el sueño cumplirá su imagen verdadera. Tendré que ir, la lengua de tierra y los cañaverales me verán pasar boca arriba, magnífico de luna, y el sueño estará al fin completo, Mauricio, el sueño estará al fin completo.

Después del almuerzo

Después del almuerzo yo hubiera querido quedarme en mi cuarto leyendo, pero papá y mamá vinieron casi enseguida a decirme que esa tarde tenía que llevarlo de paseo.

Lo primero que contesté fue que no, que lo llevara otro, que por favor me dejaran estudiar en mi cuarto. Iba a decirles otras cosas, explicarles por qué no me gustaba tener que salir con él, pero papá dio un paso adelante y se puso a mirarme en esa forma que no puedo resistir, me clava los ojos y yo siento que se me van entrando cada vez más hondo en la cara, hasta que estoy a punto de gritar y tengo que darme vuelta y contestar que sí, que claro, enseguida. Mamá en esos casos no dice nada y no me mira, pero se queda un poco atrás con las dos manos juntas, y yo le veo el pelo gris que le cae sobre la frente y tengo que darme vuelta y contestar que sí, que claro, enseguida. Entonces se fueron sin decir nada más y yo empecé a vestirme, con el único consuelo de que iba a estrenar unos zapatos amarillos que brillaban y brillaban.

Cuando salí de mi cuarto eran las dos, y tía Encarnación dijo que podía ir a buscarlo a la pieza del fondo, donde siempre le gusta meterse por la tarde. Tía Encarnación debía darse cuenta de que yo estaba desesperado por tener que salir con él, porque me pasó la mano por la cabeza y después se agachó y me dio un beso en la frente. Sentí que me ponía algo en el bolsillo.

—Para que te compres alguna cosa —me dijo al oído—. Y no te olvides de darle un poco, es preferible.

Yo la besé en la mejilla, más contento, y pasé delante de la puerta de la sala donde estaban papá y mamá jugando a las damas. Creo que les dije hasta luego, alguna cosa así, y después saqué el billete de cinco pesos para alisarlo bien y guardarlo en mi cartera donde ya había otro billete de un peso y monedas.

Lo encontré en un rincón del cuarto, lo agarré lo mejor que pude y salimos por el patio hasta la puerta que daba al jardín de adelante. Una o dos veces sentí la tentación de soltarlo, volver adentro y decirles a papá y a mamá que él no quería venir conmigo, pero estaba seguro de que acabarían por traerlo y obligarme a ir con él hasta la puerta de calle. Nunca me habían pedido que lo llevara al centro, era injusto que me lo pidieran porque sabían muy bien que la única vez que me habían obligado a pasearlo por la vereda había ocurrido esa cosa horrible con el gato de los Álvarez. Me parecía estar viendo todavía la cara del vigilante hablando con papá en la puerta, y después papá sirviendo dos vasos de caña, y mamá llorando en su cuarto. Era injusto que me lo pidieran.

Por la mañana había llovido y las veredas de Buenos Aires están cada vez más rotas, apenas se puede andar sin meter los pies en algún charco. Yo hacía lo posible para cruzar por las partes más secas y no mojarme los zapatos nuevos, pero enseguida vi que a él le gustaba meterse en el agua, y tuve que tironear con todas mis fuerzas para obligarlo a ir de mi lado. A pesar de eso consiguió acercarse a un sitio donde había una baldosa un poco más hundida que las otras, y cuando me di cuenta ya estaba completamente empapado y tenía hojas secas por todas partes. Tuve que pararme, limpiarlo, y todo el tiempo sentía que los vecinos estaban mirando desde los jardines, sin decir nada pero mirando. No quiero mentir, en realidad no me importaba tanto que nos miraran (que lo miraran a él, y a mí que lo llevaba de paseo); lo peor era estar ahí parado, con un pañuelo que se iba mojando y llenando de manchas de barro y pedazos de hojas secas, y teniendo que sujetarlo al mismo tiempo para que no volviera a acercarse al charco. Además yo estoy acostumbrado a andar por las calles, con las manos en los bolsillos del pantalón, silbando o mascando chicle, o leyendo las historietas mientras con la parte de abajo de los ojos voy adivinando las baldosas de las veredas que conozco perfectamente desde mi casa hasta el tranvía, de modo que sé cuándo paso delante de la casa de la Tita o cuándo voy a llegar a la esquina de Carabobo. Y ahora no podía hacer nada de eso, y el pañuelo me empezaba a mojar el forro del bolsillo y sentía la humedad en la pierna, era como para no creer en tanta mala suerte junta.

A esa hora el tranvía viene bastante vacío, y yo rogaba que pudiéramos sentarnos en el mismo asiento, poniéndolo a él del lado de la ventanilla para que molestara menos. No es que se mueva demasiado, pero a la gente le molesta lo mismo y yo comprendo. Por eso me afligí al subir, porque el tranvía estaba casi lleno y no había ningún asiento doble desocupado. El viaje era demasiado largo para quedarnos en la plataforma, el guarda me hubiera mandado que me sentara y lo pusiera en alguna parte; así que lo hice entrar enseguida y lo llevé hasta un asiento del medio donde una señora ocupaba el lado de la ventanilla. Lo mejor hubiera sido sentarme detrás de él para vigilarlo, pero el tranvía estaba lleno y tuve que seguir adelante y sentarme bastante más lejos. Los pasajeros no se fijaban mucho, a esa hora la gente va haciendo la digestión y está medio dormida con los barquinazos del tranvía. Lo malo fue que el guarda se paró al lado del asiento donde yo lo había instalado, golpeando con una moneda en el fierro de la máquina de los boletos, y yo tuve que darme vuelta y hacerle señas de que viniera a cobrarme a mí, mostrándole la plata para que comprendiera que tenía que darme dos boletos, pero el guarda era uno de esos chinazos que están viendo las cosas y no quieren entender, dale con la moneda golpeando contra la máquina. Me tuve que levantar (y ahora dos o tres pasajeros me miraban) y acercarme al otro asiento. «Dos boletos», le dije. Cortó uno, me miró un momento, y después me alcanzó el boleto y miró para abajo, medio de reojo. «Dos, por favor», repetí, seguro de que todo el tranvía ya estaba enterado. El chinazo cortó el otro boleto y me lo dio, iba a decirme algo pero yo le alcancé la plata justa y me volví en dos trancos a mi asiento, sin mirar para atrás. Lo peor era que a cada momento tenía que darme vuelta para ver si seguía quieto en el asiento de atrás, y con eso iba llamando la atención de algunos pasajeros. Primero decidí que sólo me daría vuelta al pasar cada esquina, pero las cuadras me parecían terriblemente largas y a cada momento tenía miedo de oír alguna exclamación o un grito, como cuando el gato de los Álvarez. Entonces me puse a contar hasta diez, igual que en las peleas, y eso venía a ser más o menos media cuadra. Al llegar a diez me daba vuelta disimuladamente, por ejemplo arreglándome el cuello de la camisa o metiendo la mano en el bolsillo del saco, cualquier cosa que diera la impresión de un tic nervioso o algo así.

Como a las ocho cuadras no sé por qué me pareció que la señora que iba del lado de la ventanilla se iba a bajar. Eso era lo peor, porque le iba a decir algo para que la dejara pasar, y cuando él no se diera cuenta o no quisiera darse cuenta, a lo mejor la señora se enojaba y quería pasar a la fuerza, pero yo sabía lo que iba a ocurrir en ese caso y estaba con los nervios de punta, de manera que empecé a mirar para atrás antes de llegar a cada esquina, y en una de ésas me pareció que la señora estaba ya a punto de levantarse, y hubiera jurado que le decía algo porque miraba de su lado y yo creo que movía la boca. Justo en ese momento una vieja gorda se levantó de uno de los asientos cerca del mío y empezó a andar por el pasillo, y yo iba detrás queriendo empujarla, darle una patada en las piernas para que se apurara y me dejara llegar al asiento donde la señora había agarrado una canasta o algo que tenía en el suelo y ya se levantaba para salir. Al final creo que la empujé, la oí que protestaba, no sé cómo llegué al lado del asiento y conseguí sacarlo a tiempo para que la señora pudiera bajarse en la esquina. Entonces lo puse contra la ventanilla y me senté a su lado, tan feliz aunque cuatro o cinco idiotas me estuvieran mirando desde los asientos de adelante y desde la plataforma donde a lo mejor el chinazo les había dicho alguna cosa.

Ya andábamos por el Once, y afuera se veía un sol precioso y las calles estaban secas. A esa hora si yo hubiera viajado solo me habría largado del tranvía para seguir a pie hasta el centro, para mí no es nada ir a pie desde el Once a Plaza de Mayo, una vez que me tomé el tiempo le puse justo treinta y dos minutos, claro que corriendo de a ratos y sobre todo al final. Pero ahora en cambio tenía que ocuparme de la ventanilla, porque un día alguien había contado que era capaz de abrir de golpe la ventanilla y tirarse afuera, nada más que por el gusto de hacerlo, como tantos otros gustos que nadie se explicaba. Una o dos veces me pareció que estaba a punto de levantar la ventanilla, y tuve que pasar el brazo por detrás y sujetarla por el marco. A lo mejor eran cosas mías, tampoco quiero asegurar que estuviera por levantar la ventanilla y tirarse. Por ejemplo, cuando lo del inspector me olvidé completamente del asunto y sin embargo no se tiró. El inspector era un tipo alto y flaco que apareció por la plataforma delantera y se puso a marcar los boletos con ese aire amable que tienen algunos inspectores. Cuando llegó a mi asiento le alcancé los dos boletos y él marcó uno, miró para abajo, después miró el otro boleto, lo fue a marcar y se quedó con el boleto metido en la ranura de la pinza, y todo el tiempo yo rogaba que lo marcara de una vez y me lo devolviera, me parecía que la gente del tranvía nos estaba mirando cada vez más. Al final lo marcó encogiéndose de hombros, me devolvió los dos boletos, y en la plataforma de atrás oí que alguien soltaba una carcajada, pero naturalmente no quise darme vuelta, volví a pasar el brazo y sujeté la ventanilla, haciendo como que no veía más al inspector y a todos los otros. En

Sarmiento y Libertad se empezó a bajar la gente, y cuando llegamos a Florida ya no había casi nadie. Esperé hasta San Martín y lo hice salir por la plataforma delantera, porque no quería pasar al lado del chinazo que a lo mejor me decía alguna cosa.

A mí me gusta mucho la Plaza de Mayo, cuando me hablan del centro pienso enseguida en la Plaza de Mayo. Me gusta por las palomas, por la Casa de Gobierno y porque trae tantos recuerdos de historia, de las bombas que cayeron cuando hubo revolución, y los caudillos que habían dicho que iban a atar sus caballos en la Pirámide. Hay maniseros y tipos que venden cosas, enseguida se encuentra un banco vacío y si uno quiere puede seguir un poco más y al rato llega al puerto y ve los barcos y los guinches. Por eso pensé que lo mejor era llevarlo a la Plaza de Mayo, lejos de los autos y los colectivos, y sentarnos un rato ahí hasta que fuera hora de ir volviendo a casa. Pero cuando bajamos del tranvía y empezamos a andar por San Martín sentí como un mareo, de golpe me daba cuenta de que me había cansado terriblemente, casi una hora de viaje y todo el tiempo teniendo que mirar hacia atrás, hacerme el que no veía que nos estaban mirando, y después el guarda con los boletos, y la señora que se iba a bajar, y el inspector. Me hubiera gustado tanto poder entrar en una lechería y pedir un helado o un vaso de leche, pero estaba seguro de que no iba a poder, que me iba a arrepentir si lo hacía entrar en un local cualquiera donde la gente estaría sentada y tendría más tiempo para mirarnos. En la calle la gente se cruza y cada uno sigue viaje, sobre todo en San Martín que está lleno de bancos y oficinas y todo el mundo anda apurado con portafolios debajo del brazo. Así que seguimos hasta la esquina de Cangallo, y entonces cuando íbamos pasando delante de las vidrieras de Peuser que estaban llenas de tinteros y cosas preciosas, sentí que él no quería seguir, se hacía cada vez más pesado y por más que yo tiraba (tratando de no llamar la atención) casi no podía caminar y al final tuve que pararme delante de la última vidriera, haciéndome el que miraba los juegos de escritorio repujados en cuero. A lo mejor estaba un poco cansado, a lo mejor no era un capricho. Total, estar ahí parados no tenía nada de malo, pero igual no me gustaba porque la gente que pasaba tenía más tiempo para fijarse, y dos o tres veces me di cuenta de que alguien le hacía algún comentario a otro, o se pegaban con el codo para llamarse la atención. Al final no pude más y lo agarré otra vez, haciéndome el que caminaba con naturalidad, pero cada paso me costaba como en esos sueños en que uno tiene unos zapatos que pesan toneladas y apenas puede despegarse del suelo. A la larga conseguí que se le pasara el capricho de quedarse ahí parado, y seguimos por San Martín hasta la esquina de la Plaza de Mayo. Ahora la cosa era cruzar, porque a él no le gusta cruzar una calle. Es capaz de abrir la ventanilla del tranvía y tirarse, pero no le gusta cruzar la calle. Lo malo es que para llegar a la Plaza de Mayo hay que cruzar siempre alguna calle con mucho tráfico, en Cangallo y Bartolomé Mitre no había sido tan difícil pero ahora yo estaba a punto de renunciar, me pesaba terriblemente en la mano, y dos veces que el tráfico se paró y los que estaban a nuestro lado en el cordón de la vereda empezaron a cruzar la calle, me di cuenta de que no íbamos a poder llegar al otro lado porque se plantaría justo en la mitad, y entonces preferí seguir esperando hasta que se decidiera. Y claro, el del puesto de revistas de la esquina ya estaba mirando cada vez más, y le decía algo a un pibe de mi edad que hacía muecas y le contestaba qué sé yo, y los autos seguían pasando y se paraban y volvían a pasar, y nosotros ahí plantados. En una de ésas se iba a acercar el vigilante, eso era lo peor que nos podía suceder porque los vigilantes son muy buenos y por eso meten la pata, se ponen a hacer preguntas, averiguan si uno anda perdido, y de golpe a él le puede dar uno de sus caprichos y yo no sé en lo que termina la cosa. Cuanto más pensaba más me afligía, y al final tuve miedo de veras, casi como ganas de vomitar, lo juro, y en un momento en que paró el tráfico lo agarré bien y cerré los ojos y tiré para adelante doblándome casi en dos, y cuando estuvimos en la plaza lo solté, seguí dando unos pasos solo, y después volví para atrás y hubiera querido que se muriera, que ya estuviera muerto, o que papá y mamá estuvieran muertos, y yo también al fin y al cabo, que todos estuvieran muertos y enterrados menos tía Encarnación.

Pero esas cosas se pasan enseguida, vimos que había un banco muy lindo completamente vacío, y yo lo sujeté sin tironearlo y fuimos a ponernos en ese banco y a mirar las palomas que por suerte no se dejan agarrar como los gatos. Compré manises y caramelos, le fui dando de las dos cosas y estábamos bastante bien con ese sol que hay por la tarde en la Plaza de Mayo y la gente que va de un lado a otro. Yo no sé en qué momento me vino la idea de abandonarlo ahí, lo único que me acuerdo es que estaba pelándole un maní y pensando al mismo tiempo que si me hacía el que iba a tirarles algo a las palomas que andaban más lejos, sería facilísimo dar la vuelta a la Pirámide y perderlo de vista. Me parece que en ese momento no pensaba en volver a casa ni en la cara de papá y mamá, porque si lo hubiera pensado no habría hecho esa pavada. Debe ser muy difícil abarcar todo al mismo tiempo como hacen los sabios y los historiadores, yo pensé solamente que lo podía abandonar ahí y andar solo por el centro con las manos en los bolsillos, y comprarme una revista o entrar a tomar un helado en alguna parte antes de volver a casa. Le seguí dando manises un rato pero ya estaba decidido, y en una de ésas me hice el que me levantaba para estirar las piernas y vi que no le importaba si seguía a su lado o me iba a darle manises a las palomas. Les empecé a tirar lo que me quedaba, y las palomas me andaban por todos lados, hasta que se me acabó el maní y se cansaron. Desde la otra punta de la plaza apenas se veía el banco; fue cosa de un momento cruzar a la Casa Rosada donde siempre hay dos granaderos de guardia, y por el costado me largué hasta el Paseo Colón, esa calle donde mamá dice que no deben ir los niños solos. Ya por costumbre me daba vuelta a cada momento, pero era imposible que me siguiera, lo más que podría estar haciendo sería revolcarse alrededor del banco hasta que se acercara alguna señora de la beneficencia o algún vigilante.

No me acuerdo muy bien de lo que pasó en ese rato en que yo andaba por el Paseo Colón, que es una avenida como cualquier otra. En una de ésas yo estaba sentado en una vidriera baja de una casa de importaciones y exportaciones, y entonces me empezó a doler el estómago, no como cuando uno tiene que ir enseguida al baño, era más arriba, en el estómago verdadero, como si se me retorciera poco a poco, y yo quería respirar y me costaba, entonces tenía que quedarme quieto y esperar que se pasara el calambre, y delante de mí se veía como una mancha verde y puntitos que bailaban, y la cara de papá, al final era solamente la cara de papá porque yo había cerrado los ojos, me parece, y en medio de la mancha verde estaba la cara de papá. Al rato pude respirar mejor, y unos muchachos me miraron un momento y uno le dijo al otro que yo estaba descompuesto, pero yo moví la cabeza y dije que no era nada, que siempre me daban calambres pero se me pasaban enseguida. Uno dijo que si yo quería que fuera a buscar un vaso de agua, y el otro me aconsejó que me secara la frente porque estaba sudando. Yo me sonreí y dije que ya estaba bien, y me puse a caminar para que se fueran y me dejaran solo. Era cierto que estaba sudando porque me caía el agua por las cejas y una gota salada me entró en un ojo, y entonces saqué el pañuelo y me lo pasé por la cara, y sentí un arañazo en el labio, y cuando miré era una hoja seca pegada en el pañuelo que me había arañado la boca.

No sé cuánto tardé en llegar otra vez a la Plaza de Mayo. A la mitad de la subida me caí pero volví a levantarme antes que nadie se diera cuenta, y crucé a la carrera entre todos los autos que pasaban por delante de la Casa Rosada. Desde lejos vi que no se había movido del banco, pero seguí corriendo y corriendo hasta llegar al banco, y me tiré como muerto mientras las palomas salían volando asustadas y la gente se daba vuelta con ese aire que toman para mirar a los chicos que corren, como si fuera un pecado. Después de un rato lo limpié un poco y dije que teníamos que volver a casa. Lo dije para oírme yo mismo y sentirme todavía más contento, porque con él lo único que servía era agarrarlo bien y llevarlo, las palabras no las escuchaba o se hacía el que no las escuchaba. Por suerte esta vez no se encaprichó al cruzar las calles, y el tranvía estaba casi vacío al comienzo del recorrido, así que lo puse en el primer asiento y me senté al lado y no me di vuelta ni una sola vez en todo el viaje, ni siquiera al bajarnos. La última cuadra la hicimos muy despacio, él queriendo meterse en los charcos y yo luchando para que pasara por las baldosas secas. Pero no me importaba, no me importaba nada. Pensaba todo el tiempo: «Lo abandoné», lo miraba y pensaba «Lo abandoné», y aunque no me había olvidado del Paseo Colón me sentía tan bien, casi orgulloso. A lo mejor otra vez... No era fácil, pero a lo mejor... Quién sabe con qué ojos me mirarían papá y mamá cuando me vieran llegar con él de la mano. Claro que estarían contentos de que yo lo hubiera llevado a pasear al centro, los padres siempre están contentos de esas cosas; pero no sé por qué en ese momento se me daba por pensar que también a veces papá y mamá sacaban el pañuelo para secarse, y que también en el pañuelo había una hoja seca que les lastimaba la cara.

Axolotl

Hubo un tiempo en que yo pensaba mucho en los axolotl. Iba a verlos al acuario del Jardin des Plantes y me quedaba horas mirándolos, observando su inmovilidad, sus oscuros movimientos. Ahora soy un axolotl.

El azar me llevó hasta ellos una mañana de primavera en que París abría su cola de pavorreal después de la lenta invernada. Bajé por el bulevar de Port-Royal, tomé St. Marcel y L'Hôpital, vi los verdes entre tanto gris y me acordé de los leones. Era amigo de los leones y las panteras, pero nunca había entrado en el húmedo y oscuro edificio de los acuarios. Dejé mi bicicleta contra las rejas y fui a ver los tulipanes. Los leones estaban feos y tristes y mi pantera dormía. Opté por los acuarios, soslayé peces vulgares hasta dar inesperadamente con los axolotl. Me quedé una hora mirándolos y salí, incapaz de otra cosa.

En la biblioteca Sainte-Geneviève consulté un diccionario y supe que los axolotl son formas larvales, provistas de branquias, de una especie de batracios del género amblistoma. Que eran mexicanos lo sabía ya por ellos mismos, por sus pequeños rostros rosados aztecas y el cartel en lo alto del acuario. Leí que se han encontrado ejemplares en África capaces de vivir en tierra durante los períodos de sequía, y que continúan su vida en el agua al llegar la estación de las lluvias. Encontré su nombre español, ajolote, la mención de que son comestibles y que su aceite se usaba (se diría que no se usa más) como el de hígado de bacalao.

343

No quise consultar obras especializadas, pero volví al día siguiente al Jardin des Plantes. Empecé a ir todas las mañanas, a veces de mañana y de tarde. El guardián de los acuarios sonreía perplejo al recibir el billete. Me apoyaba en la barra de hierro que bordea los acuarios y me ponía a mirarlos. No hay nada de extraño en esto, porque desde un primer momento comprendí que estábamos vinculados, que algo infinitamente perdido y distante seguía sin embargo uniéndonos. Me había bastado detenerme aquella primera mañana ante el cristal donde unas burbujas corrían en el agua. Los axolotl se amontonaban en el mezquino y angosto (sólo yo puedo saber cuán angosto y mezquino) piso de piedra y musgo del acuario. Había nueve ejemplares, y la mayoría apoyaba la cabeza contra el cristal, mirando con sus ojos de oro a los que se acercaban. Turbado, casi avergonzado, sentí como una impudicia asomarme a esas figuras silenciosas e inmóviles aglomeradas en el fondo del acuario. Aislé mentalmente una, situada a la derecha y algo separada de las otras, para estudiarla mejor. Vi un cuerpecito rosado y como translúcido (pensé en las estatuillas chinas de cristal lechoso), semejante a un pequeño lagarto de quince centímetros, terminado en una cola de pez de una delicadeza extraordinaria, la parte más sensible de nuestro cuerpo. Por el lomo le corría una aleta transparente que se fusionaba con la cola, pero lo que me obsesionó fueron las patas, de una finura sutilísima, acabadas en menudos dedos, en uñas minuciosamente humanas. Y entonces descubrí sus ojos, su cara. Un rostro inexpresivo, sin otro rasgo que los ojos, dos orificios como cabezas de alfiler, enteramente de un oro transparente, carentes de toda vida pero mirando, dejándose penetrar por mi mirada que parecía pasar a través del punto áureo y perderse en un diáfano misterio interior. Un delgadísimo halo negro rodeaba el ojo y lo inscribía en la carne rosa, en la piedra rosa de la cabeza vagamente triangular pero con lados curvos e irregulares, que le daban una total semejanza con una estatuilla corroída por el tiempo. La boca estaba disimulada por el plano triangular de la cara, sólo de perfil se adivinaba su tamaño considerable; de frente una fina hendedura rasgaba apenas la piedra sin vida. A ambos lados de la cabeza, donde hubieran debido estar las orejas, le crecían tres ramitas rojas como de coral, una excrecencia vegetal, las branquias, supongo. Y era lo único vivo en él, cada diez o quince segundos las ramitas se enderezaban rígidamente y volvían a bajarse. A veces una pata se movía apenas, yo veía los diminutos dedos posándose con suavidad en el musgo. Es que no nos gusta movernos mucho, y el acuario es tan mezquino; apenas avanzamos un poco nos damos con la cola o la cabeza de otro de nosotros; surgen dificultades, peleas, fatiga. El tiempo se siente menos si nos estamos quietos.

Fue su quietud lo que me hizo inclinarme fascinado la primera vez que vi los axolotl. Oscuramente me pareció comprender su voluntad secreta, abolir el espacio y el tiempo con una inmovilidad indiferente. Después supe mejor, la contracción de las branquias, el tanteo de las finas patas en las piedras, la repentina natación (algunos de ellos nadan con la simple ondulación del cuerpo), me probó que eran capaces de evadirse de ese sopor mineral en que pasaban horas enteras. Sus ojos, sobre todo, me obsesionaban. Al lado de ellos, en los restantes acuarios, diversos peces me mostraban la simple estupidez de sus hermosos ojos semejantes a los nuestros. Los ojos de los axolotl me decían de la presencia de una vida diferente, de otra manera de mirar. Pegando mi cara al vidrio (a veces el guardián tosía, inquieto) buscaba ver mejor los diminutos puntos áureos, esa entrada al mundo infinitamente lento y remoto de las criaturas rosadas. Era inútil golpear con el dedo en el cristal, delante de sus caras; jamás se advertía la menor reacción. Los ojos de oro seguían ardiendo con su dulce, terrible luz; seguían mirándome desde una profundidad insondable que me daba vértigo.

Y sin embargo estaban cerca. Lo supe antes de esto, antes de ser un axolotl. Lo supe el día en que me acerqué a ellos por primera vez. Los rasgos antropomórficos de un mono revelan, al revés de lo que cree la mayoría, la distancia que va de ellos a nosotros. La absoluta falta de semejanza de los axolotl con el ser humano me probó que mi reconocimiento era válido, que no me apoyaba en analogías fáciles. Sólo las manecitas... Pero una lagartija tiene también manos así, y en nada se nos parece. Yo creo que era la cabeza de los axolotl, esa forma triangular rosada con los ojillos de oro. Eso miraba y sabía. Eso reclamaba. No eran *animales*.

Parecía fácil, casi obvio, caer en la mitología. Empecé viendo en los axolotl una metamorfosis que no conseguía anular una misteriosa humanidad. Los imaginé conscientes, esclavos de su cuerpo, infinitamente condenados a un silencio abisal, a una reflexión desesperada. Su mirada ciega, el diminuto disco de oro inexpresivo y sin embargo terriblemente lúcido, me penetraba como un mensaje: «Sálvanos, sálvanos». Me sorprendía musitando palabras de consuelo, transmitiendo pueriles esperanzas. Ellos seguían mirándome, inmóviles; de pronto las ramillas rosadas de las branquias se enderezaban. En ese instante yo sentía como un dolor sordo; tal vez me veían, captaban mi esfuerzo por penetrar en lo impenetrable de sus vidas. No eran seres humanos, pero en ningún animal había encontrado una relación tan profunda conmigo. Los axolotl eran como testigos de algo, y a veces como horribles jueces. Me sentía innoble frente a ellos; había una pureza tan espantosa en esos ojos transparentes. Eran larvas, pero larva quiere decir máscara y también fantasma. Detrás de esas caras aztecas, inexpresivas y sin embargo de una crueldad implacable, ¿qué imagen esperaba su hora?

Les temía. Creo que de no haber sentido la proximidad de otros visitantes y del guardián, no me hubiese atrevido a quedarme solo con ellos. «Usted se los come con los ojos», me decía riendo el guardián, que debía suponerme un poco desequilibrado. No se daba cuenta de que eran ellos los que me devoraban lentamente por los ojos, en un canibalismo de oro.

Lejos del acuario no hacía más que pensar en ellos, era como si me influyeran a distancia. Llegué a ir todos los días, y de noche los imaginaba inmóviles en la oscuridad, adelantando lentamente una mano que de pronto encontraba la de otro. Acaso sus ojos veían en plena noche, y el día continuaba para ellos indefinidamente. Los ojos de los axolotl no tienen párpados.

Ahora sé que no hubo nada de extraño, que eso tenía que ocurrir. Cada mañana, al inclinarme sobre el acuario, el reconocimiento era mayor. Sufrían, cada fibra de mi cuerpo alcanzaba ese sufrimiento amordazado, esa tortura rígida en el fondo del agua. Espiaban algo, un remoto señorío aniquilado, un tiempo de libertad en que el mundo había sido de los axolotl. No era posible que una expresión tan terrible que alcanzaba a vencer la inexpresividad forzada de sus rostros de piedra no portara un mensaje de dolor, la prueba de esa condena eterna, de ese infierno líquido que padecían. Inútilmente quería probarme que mi propia sensibilidad proyectaba en los axolotl una conciencia inexistente. Ellos y yo sabíamos. Por eso no hubo nada de extraño en lo que ocurrió. Mi cara estaba pegada al vidrio del acuario, mis ojos trataban una vez más de penetrar el misterio de esos ojos de oro sin iris y sin pupila. Veía de muy cerca la cara de un axolotl inmóvil junto al vidrio. Sin transición, sin sorpresa, vi mi cara contra el vidrio, en vez del axolotl vi mi cara contra el vidrio, la vi fuera del acuario, la vi del otro lado del vidrio. Entonces mi cara se apartó y yo comprendí.

Sólo una cosa era extraña: seguir pensando como antes, saber. Darme cuenta de eso fue en el primer momento como el horror del enterrado vivo que despierta a su destino. Afuera, mi cara volvía a acercarse al vidrio, veía mi boca de labios apretados por el esfuerzo de comprender a los axolotl. Yo era un axolotl y sabía ahora instantáneamente que ninguna comprensión era posible. Él estaba fuera del acuario, su pensamiento era un pensamiento fuera del acuario. Conociéndolo, siendo él mismo, yo era un axolotl y estaba en mi mundo. El horror venía —lo supe en el mismo momento— de creerme prisionero en un cuerpo de axolotl, transmigrado a él con mi pensamiento de hombre, enterrado vivo en un axolotl, condenado a moverme lúcidamente entre criaturas insensibles. Pero aquello cesó cuando una pata vino a rozarme la cara, cuando moviéndome apenas a un lado vi a un axolotl junto a mí que me miraba, y supe que también él sabía, sin comunicación posible pero tan claramente. O yo estaba también en él, o todos nosotros pensábamos como un hombre, incapaces de expresión, limitados al resplandor dorado de nuestros ojos que miraban la cara del hombre pegada al acuario.

Él volvió muchas veces, pero viene menos ahora. Pasa semanas sin asomarse. Ayer lo vi, me miró largo rato y se fue bruscamente. Me pareció que no se interesaba tanto por nosotros, que obedecía a una costumbre. Como lo único que hago es pensar, pude pensar mucho en él. Se me ocurre que al principio continuamos comunicados, que él se sentía más que nunca unido al misterio que lo obsesionaba. Pero los puentes están cortados entre él y yo, porque lo que era su obsesión es ahora un axolotl, ajeno a su vida de hombre. Creo que al principio yo era capaz de volver en cierto modo a él —ah, sólo en cierto modo— y mantener alerta su deseo de conocernos mejor. Ahora soy definitivamente un axolotl, y si pienso como un hombre es sólo porque todo axolotl piensa como un hombre dentro de su imagen de piedra rosa. Me parece que de todo esto alcancé a comunicarle algo en los primeros días, cuando yo era todavía él. Y en esta soledad final, a la que él ya no vuelve, me consuela pensar que acaso va a escribir sobre nosotros, creyendo imaginar un cuento va a escribir todo esto sobre los axolotl.

La noche boca arriba

Y salían en ciertas épocas a cazar enemigos;
le llamaban la guerra florida.

A mitad del largo zaguán del hotel pensó que debía ser
tarde, y se apuró a salir a la calle y sacar la motocicleta del
rincón donde el portero de al lado le permitía guardarla. En
la joyería de la esquina vio que eran las nueve menos diez;
llegaría con tiempo sobrado adonde iba. El sol se filtraba entre los altos edificios del centro, y él —porque para sí mismo,
para ir pensando, no tenía nombre— montó en la máquina
saboreando el paseo. La moto ronroneaba entre sus piernas,
y un viento fresco le chicoteaba los pantalones.

Dejó pasar los ministerios (el rosa, el blanco) y la serie
de comercios con brillantes vitrinas de la calle Central. Ahora
entraba en la parte más agradable del trayecto, el verdadero
paseo: una calle larga, bordeada de árboles, con poco tráfico
y amplias villas que dejaban venir los jardines hasta las aceras, apenas demarcadas por setos bajos. Quizás algo distraído, pero corriendo sobre la derecha como correspondía, se
dejó llevar por la tersura, por la leve crispación de ese día
apenas empezado. Tal vez su involuntario relajamiento le impidió prevenir el accidente. Cuando vio que la mujer parada
en la esquina se lanzaba a la calzada a pesar de las luces verdes, ya era tarde para las soluciones fáciles. Frenó con el pie y
la mano, desviándose a la izquierda; oyó el grito de la mujer,
y junto con el choque perdió la visión. Fue como dormirse de
golpe.

Volvió bruscamente del desmayo. Cuatro o cinco hombres jóvenes lo estaban sacando de debajo de la moto. Sentía

gusto a sal y sangre, le dolía una rodilla, y cuando lo alzaron gritó, porque no podía soportar la presión en el brazo derecho. Voces que no parecían pertenecer a las caras suspendidas sobre él, lo alentaban con bromas y seguridades. Su único alivio fue oír la confirmación de que había estado en su derecho al cruzar la esquina. Preguntó por la mujer, tratando de dominar la náusea que le ganaba la garganta. Mientras lo llevaban boca arriba hasta una farmacia próxima, supo que la causante del accidente no tenía más que rasguños en las piernas. «Usté la agarró apenas, pero el golpe le hizo saltar la máquina de costado...» Opiniones, recuerdos, despacio, éntrenlo de espaldas, así va bien, y alguien con guardapolvo dándole a beber un trago que lo alivió en la penumbra de una pequeña farmacia de barrio.

La ambulancia policial llegó a los cinco minutos, y lo subieron a una camilla blanda donde pudo tenderse a gusto. Con toda lucidez, pero sabiendo que estaba bajo los efectos de un shock terrible, dio sus señas al policía que lo acompañaba. El brazo casi no le dolía; de una cortadura en la ceja goteaba sangre por toda la cara. Una o dos veces se lamió los labios para beberla. Se sentía bien, era un accidente, mala suerte; unas semanas quieto y nada más. El vigilante le dijo que la motocicleta no parecía muy estropeada. «Natural», dijo él. «Como que me la ligué encima...» Los dos se rieron, y el vigilante le dio la mano al llegar al hospital y le deseó buena suerte. Ya la náusea volvía poco a poco; mientras lo llevaban en una camilla de ruedas hasta un pabellón del fondo, pasando bajo árboles llenos de pájaros, cerró los ojos y deseó estar dormido o cloroformado. Pero lo tuvieron largo rato en una pieza con olor a hospital, llenando una ficha, quitándole la ropa y vistiéndolo con una camisa grisácea y dura. Le movían cuidadosamente el brazo, sin que le doliera. Las enfermeras bromeaban todo el tiempo, y si no hubiera sido por las contracciones del estómago se habría sentido muy bien, casi contento.

Lo llevaron a la sala de radio, y veinte minutos después, con la placa todavía húmeda puesta sobre el pecho como una lápida negra, pasó a la sala de operaciones. Alguien de blanco, alto y delgado, se le acercó y se puso a mirar la radiografía. Manos de mujer le acomodaban la cabeza, sintió que lo pasaban de una camilla a otra. El hombre de blanco se le acercó otra vez, sonriendo, con algo que le brillaba en la mano derecha. Le palmeó la mejilla e hizo una seña a alguien parado atrás.

Como sueño era curioso porque estaba lleno de olores y él nunca soñaba olores. Primero un olor a pantano, ya que a la izquierda de la calzada empezaban las marismas, los tembladerales de donde no volvía nadie. Pero el olor cesó, y en cambio vino una fragancia compuesta y oscura como la noche en que se movía huyendo de los aztecas. Y todo era tan natural, tenía que huir de los aztecas que andaban a caza de hombre, y su única probabilidad era la de esconderse en lo más denso de la selva, cuidando de no apartarse de la estrecha calzada que sólo ellos, los motecas, conocían.

Lo que más lo torturaba era el olor, como si aun en la absoluta aceptación del sueño algo se rebelara contra eso que no era habitual, que hasta entonces no había participado del juego. «Huele a guerra», pensó, tocando instintivamente el puñal de piedra atravesado en su ceñidor de lana tejida. Un sonido inesperado lo hizo agacharse y quedar inmóvil, temblando. Tener miedo no era extraño, en sus sueños abundaba el miedo. Esperó, tapado por las ramas de un arbusto y la noche sin estrellas. Muy lejos, probablemente del otro lado del gran lago, debían estar ardiendo fuegos de vivac; un resplandor rojizo teñía esa parte del cielo. El sonido no se repitió. Había sido como una rama quebrada. Tal vez un animal que escapaba como él del olor de la guerra. Se enderezó despacio, venteando. No se oía nada, pero el miedo seguía allí como el olor, ese incienso dulzón de la guerra florida. Había que seguir, llegar al corazón de la selva evitando las ciénagas. A tientas, agachándose a cada instante para tocar el suelo más duro de la calzada, dio algunos pasos. Hubiera querido echar a correr, pero los tembladerales palpitaban a su lado. En el sendero en tinieblas, buscó el rumbo. Entonces sintió una bocanada horrible del olor que más temía, y saltó desesperado hacia adelante.

—Se va a caer de la cama —dijo el enfermo de al lado—. No brinque tanto, amigazo.

Abrió los ojos y era de tarde, con el sol ya bajo en los ventanales de la larga sala. Mientras trataba de sonreír a su vecino, se despegó casi físicamente de la última visión de la pesadilla. El brazo, enyesado, colgaba de un aparato con pesas y poleas. Sintió sed, como si hubiera estado corriendo kilómetros, pero no querían darle mucha agua, apenas para mojarse los labios y hacer un buche. La fiebre lo iba ganando despacio y hubiera podido dormirse otra vez, pero saboreaba el placer de quedarse despierto, entornados los ojos, escuchando el diálogo de los otros enfermos, respondiendo de cuando en cuando a alguna pregunta. Vio llegar un carrito blanco que pusieron al lado de su cama, una enfermera rubia le frotó con alcohol la cara anterior del muslo y le clavó una gruesa aguja conectada con un tubo que subía hasta un frasco lleno de líquido opalino. Un médico joven vino con un aparato de metal y cuero que le ajustó al brazo sano para verificar alguna cosa. Caía la noche, y la fiebre lo iba arrastrando blandamente a un estado donde las cosas tenían un relieve como de gemelos de teatro, eran reales y dulces y a la vez ligeramente repugnantes; como estar viendo una película aburrida y pensar que sin embargo en la calle es peor; y quedarse.

Vino una taza de maravilloso caldo de oro oliendo a puerro, a apio, a perejil. Un trocito de pan, más precioso que todo un banquete, se fue desmigajando poco a poco. El brazo no le dolía nada y solamente en la ceja, donde lo habían suturado, chirriaba a veces una punzada caliente y rápida.

Cuando los ventanales de enfrente viraron a manchas de un azul oscuro, pensó que no le iba a ser difícil dormirse. Un poco incómodo, de espaldas, pero al pasarse la lengua por los labios resecos y calientes sintió el sabor del caldo, y suspiró de felicidad, abandonándose.

Primero fue una confusión, un atraer hacia sí todas las sensaciones por un instante embotadas o confundidas. Comprendía que estaba corriendo en plena oscuridad, aunque arriba el cielo cruzado de copas de árboles era menos negro que el resto. «La calzada», pensó. «Me salí de la calzada.» Sus pies se hundían en un colchón de hojas y barro, y ya no podía dar un paso sin que las ramas de los arbustos le azotaran el torso y las piernas. Jadeante, sabiéndose acorralado a pesar de la oscuridad y el silencio, se agachó para escuchar. Tal vez la calzada estaba cerca, con la primera luz del día iba a verla otra vez. Nada podía ayudarlo ahora a encontrarla. La mano que sin saberlo él aferraba el mango del puñal, subió como el escorpión de los pantanos hasta su cuello, donde colgaba el amuleto protector. Moviendo apenas los labios musitó la plegaria del maíz que trae las lunas felices, y la súplica a la Muy Alta, a la dispensadora de los bienes motecas. Pero sentía al mismo tiempo que los tobillos se le estaban hundiendo despacio en el barro, y la espera en la oscuridad del chaparral desconocido se le hacía insoportable. La guerra florida había empezado con la luna y llevaba ya tres días y tres noches. Si conseguía refugiarse en lo profundo de la selva, abandonando la calzada más allá de la región de las ciénagas, quizá los guerreros no le siguieran el rastro. Pensó en los muchos prisioneros que ya habrían hecho. Pero la cantidad no contaba, sino el tiempo sagrado. La caza continuaría hasta que los sacerdotes dieran la señal del regreso. Todo tenía su número y su fin, y él estaba dentro del tiempo sagrado, del otro lado de los cazadores.

Oyó los gritos y se enderezó de un salto, puñal en mano. Como si el cielo se incendiara en el horizonte, vio antorchas moviéndose entre las ramas, muy cerca. El olor a guerra era insoportable, y cuando el primer enemigo le saltó al cuello casi sintió placer en hundirle la hoja de piedra en pleno pecho. Ya lo rodeaban las luces, los gritos alegres. Alcanzó a cortar el aire una o dos veces, y entonces una soga lo atrapó desde atrás.

—Es la fiebre —dijo el de la cama de al lado—. A mí me pasaba igual cuando me operé del duodeno. Tome agua y va a ver que duerme bien.

Al lado de la noche de donde volvía, la penumbra tibia de la sala le pareció deliciosa. Una lámpara violeta velaba en lo alto de la pared del fondo como un ojo protector. Se oía toser, respirar fuerte, a veces un diálogo en voz baja. Todo era grato y seguro, sin ese acoso, sin... Pero no quería seguir pensando en la pesadilla. Había tantas cosas en qué entretenerse. Se puso a mirar el yeso del brazo, las poleas que tan cómodamente se lo sostenían en el aire. Le habían puesto una botella de agua mineral en la mesa de noche. Bebió del gollete, golosamente. Distinguía ahora las formas de la sala, las treinta camas, los armarios con vitrinas. Ya no debía tener tanta fiebre, sentía fresca la cara. La ceja le dolía apenas, como un recuerdo. Se vio otra vez saliendo del hotel, sacando la moto. ¿Quién hubiera pensado que la cosa iba a acabar así? Trataba de fijar el momento del accidente y le dio rabia advertir que había ahí como un hueco, un vacío que no alcanzaba a rellenar. Entre el choque y el momento en que lo habían levantado del suelo, un desmayo o lo que fuera no le dejaba ver nada. Y al mismo tiempo tenía la sensación de que ese hueco, esa nada, había durado una eternidad. No, ni siquiera tiempo, más bien como si en ese hueco él hubiera pasado a través de algo o recorrido distancias inmensas. El choque, el golpe brutal contra el pavimento. De todas maneras al salir del pozo negro había sentido casi un alivio mientras los hombres lo alzaban del suelo. Con el dolor del brazo roto, la sangre de la ceja partida, la contusión en la rodilla; con todo eso, un alivio al volver al día y sentirse sostenido y auxiliado. Y era raro. Le preguntaría alguna vez al médico de la oficina. Ahora volvía a ganarlo el sueño, a tirarlo despacio hacia abajo. La almohada era tan blanda, y en su garganta afiebrada la frescura del agua mineral. Quizá pudiera descansar de veras, sin las malditas pesadillas. La luz violeta de la lámpara en lo alto se iba apagando poco a poco.

Como dormía de espaldas, no lo sorprendió la posición en que volvía a reconocerse, pero en cambio el olor a humedad, a piedra rezumante de filtraciones, le cerró la garganta y lo obligó a comprender. Inútil abrir los ojos y mirar en todas direcciones; lo envolvía una oscuridad absoluta. Quiso enderezarse y sintió las sogas en las muñecas y los tobillos. Estaba estaqueado en el suelo, en un piso de lajas helado y húmedo. El frío le ganaba la espalda desnuda, las piernas. Con el mentón buscó torpemente el contacto con su amuleto, y supo que se lo habían arrancado. Ahora estaba perdido, ninguna plegaria podía salvarlo del final. Lejanamente, como filtrándose entre las piedras del calabozo, oyó los atabales de la fiesta. Lo habían traído al teocalli, estaba en las mazmorras del templo a la espera de su turno.

Oyó gritar, un grito ronco que rebotaba en las paredes. Otro grito, acabando en un quejido. Era él que gritaba en las tinieblas, gritaba porque estaba vivo, todo su cuerpo se defendía con el grito de lo que iba a venir, del final inevitable. Pensó en sus compañeros que llenarían otras mazmorras, y en los que ascendían ya los peldaños del sacrificio. Gritó de nuevo sofocadamente, casi no podía abrir la boca, tenía las mandíbulas agarrotadas y a la vez como si fueran de goma y se abrieran lentamente, con un esfuerzo interminable. El chirriar de los cerrojos lo sacudió como un látigo. Convulso, retorciéndose, luchó por zafarse de las cuerdas que se le hundían en la carne. Su brazo derecho, el más fuerte, tiraba hasta que el dolor se hizo intolerable y tuvo que ceder. Vio abrirse la doble puerta, y el olor de las antorchas le llegó antes que la luz. Apenas ceñidos con el taparrabos de la ceremonia, los acólitos de los sacerdotes se le acercaron mirándolo con desprecio. Las luces se reflejaban en los torsos sudados, en el pelo negro lleno de plumas. Cedieron las sogas, y en su lugar lo aferraron manos calientes, duras como bronce; se sintió alzado, siempre boca arriba, tironeado por los cuatro acólitos que lo llevaban por el pasadizo. Los portadores de antorchas iban adelante, alumbrando vagamente el corredor de paredes mojadas y techo tan bajo que los acólitos debían agachar la cabeza. Ahora lo llevaban, lo llevaban, era el final. Boca arriba, a un metro del techo de roca viva que por momentos se iluminaba con un reflejo de antorcha. Cuando en vez del techo nacieran las estrellas y se alzara frente a él la escalinata incendiada de gritos y danzas, sería el fin. El pasadizo no acababa nunca, pero ya iba a acabar, de repente olería el aire lleno de estrellas, pero todavía no, andaban llevándolo sin fin en la penumbra roja, tironeándolo brutalmente, y él no quería, pero cómo impedirlo si le habían arrancado el amuleto que era su verdadero corazón, el centro de la vida.

Salió de un brinco a la noche del hospital, al alto cielo raso dulce, a la sombra blanda que lo rodeaba. Pensó que debía haber gritado, pero sus vecinos dormían callados. En la mesa de noche, la botella de agua tenía algo de burbuja, de imagen translúcida contra la sombra azulada de los ventanales. Jadeó, buscando el alivio de los pulmones, el olvido de esas imágenes que seguían pegadas a sus párpados. Cada vez que cerraba los ojos las veía formarse instantáneamente, y se enderezaba aterrado pero gozando a la vez del saber que ahora estaba despierto, que la vigilia lo protegía, que pronto iba a amanecer, con el buen sueño profundo que se tiene a esa hora, sin imágenes, sin nada... Le costaba mantener los ojos abiertos, la modorra era más fuerte que él. Hizo un último esfuerzo, con la mano sana esbozó un gesto hacia la botella de agua; no llegó a tomarla, sus dedos se cerraron en un vacío otra vez negro, y el pasadizo seguía interminable, roca tras roca, con súbitas fulguraciones rojizas, y él boca arriba gimió apagadamente porque el techo iba a acabarse, subía, abriéndose como una boca de sombra, y los acólitos se enderezaban y de la altura una luna menguante le cayó en la cara donde los ojos no querían verla, desesperadamente se cerraban y abrían buscando pasar al otro lado, descubrir de nuevo el cielo raso protector de la sala. Y cada vez que se abrían era la noche y la luna mientras lo subían por la escalinata, ahora con la cabeza colgando hacia abajo, y en lo alto estaban las hogueras, las rojas columnas de humo perfumado, y de golpe vio la piedra roja, brillante de sangre que chorreaba, y el vaivén de los pies del sacrificado que arrastraban para tirarlo rodando por las escalinatas del norte. Con una última esperanza apretó los párpados, gimiendo por despertar. Durante un segundo creyó que lo lograría, porque otra vez estaba inmóvil en la cama, a salvo del balanceo cabeza abajo. Pero olía la muerte, y cuando abrió los ojos vio la figura ensangrentada del sacrificador que venía hacia él con el cuchillo de piedra en la mano. Alcanzó a cerrar otra vez los párpados, aunque ahora sabía que no iba a despertarse, que estaba despierto, que el sueño maravilloso había sido el otro, absurdo como todos los sueños; un sueño en el que había andado por extrañas avenidas de una ciudad asombrosa, con luces verdes y rojas que ardían sin llama ni humo, con un enorme insecto de metal que zumbaba bajo sus piernas. En la mentira infinita de ese sueño también lo habían alzado del suelo, también alguien se le había acercado con un cuchillo en la mano, a él tendido boca arriba, a él boca arriba con los ojos cerrados entre las hogueras.

Final del juego

Con Leticia y Holanda íbamos a jugar a las vías del Central Argentino los días de calor, esperando que mamá y tía Ruth empezaran su siesta para escaparnos por la puerta blanca. Mamá y tía Ruth estaban siempre cansadas después de lavar la loza, sobre todo cuando Holanda y yo secábamos los platos porque entonces había discusiones, cucharitas por el suelo, frases que sólo nosotras entendíamos, y en general un ambiente en donde el olor a grasa, los maullidos de José y la oscuridad de la cocina acababan en una violentísima pelea y el consiguiente desparramo. Holanda se especializaba en armar esta clase de líos, por ejemplo dejando caer un vaso ya lavado en el tacho del agua sucia, o recordando como al pasar que en la casa de las de Loza había dos sirvientas para todo servicio. Yo usaba otros sistemas, prefería insinuarle a tía Ruth que se le iban a paspar las manos si seguía fregando cacerolas en vez de dedicarse a las copas o los platos, que era precisamente lo que le gustaba lavar a mamá, con lo cual las enfrentaba sordamente en una lucha de ventajeo por la cosa fácil. El recurso heroico, si los consejos y las largas recordaciones familiares empezaban a saturarnos, era volcar agua hirviendo en el lomo del gato. Es una gran mentira eso del gato escaldado, salvo que haya que tomar al pie de la letra la referencia al agua fría; porque de la caliente José no se alejaba nunca, y hasta parecía ofrecerse, pobre animalito, a que le volcáramos media taza de agua a cien grados o poco menos, bastante menos probablemente porque nunca se le caía el pelo.

La cosa es que ardía Troya, y en la confusión coronada por el espléndido si bemol de tía Ruth y la carrera de mamá en busca del bastón de los castigos, Holanda y yo nos perdíamos en la galería cubierta, hacia las piezas vacías del fondo donde Leticia nos esperaba leyendo a Ponson du Terrail, lectura inexplicable.

Por lo regular mamá nos perseguía un buen trecho, pero las ganas de rompernos la cabeza se le pasaban con gran rapidez y al final (habíamos trancado la puerta y le pedíamos perdón con emocionantes partes teatrales) se cansaba y se iba, repitiendo la misma frase:

—Acabarán en la calle, estas mal nacidas.

Donde acabábamos era en las vías del Central Argentino, cuando la casa quedaba en silencio y veíamos al gato tenderse bajo el limonero para hacer también él su siesta perfumada y zumbante de avispas. Abríamos despacio la puerta blanca, y al cerrarla otra vez era como un viento, una libertad que nos tomaba de las manos, de todo el cuerpo y nos lanzaba hacia adelante. Entonces corríamos buscando impulso para trepar de un envión al breve talud del ferrocarril, y encaramadas sobre el mundo contemplábamos silenciosas nuestro reino.

Nuestro reino era así: una gran curva de las vías acababa su comba justo frente a los fondos de nuestra casa. No había más que el balasto, los durmientes y la doble vía; pasto ralo y estúpido entre los pedazos de adoquín donde la mica, el cuarzo y el feldespato —que son los componentes del granito— brillaban como diamantes legítimos contra el sol de las dos de la tarde. Cuando nos agachábamos a tocar las vías (sin perder tiempo porque hubiera sido peligroso quedarse mucho ahí, no tanto por los trenes como por los de casa si nos llegaban a ver) nos subía a la cara el fuego de las piedras, y al pararnos contra el viento del río era un calor mojado pegándose a las mejillas y las orejas. Nos gustaba flexionar las piernas y bajar, subir, bajar otra vez, entrando en una y otra zona de calor, estudiándonos las caras para apreciar la transpiración, con lo cual al rato éramos una sopa. Y siempre calladas, mirando al fondo de las vías o el río al otro lado, el pedacito de río color café con leche.

Después de esta primera inspección del reino bajábamos el talud y nos metíamos en la mala sombra de los sauces pegados a la tapia de nuestra casa, donde se abría la puerta blanca. Ahí estaba la capital del reino, la ciudad silvestre y la central de nuestro juego. La primera en iniciar el juego era Leticia, la más feliz de las tres y la más privilegiada. Leticia no tenía que secar los platos ni hacer las camas, podía pasarse el día leyendo o pegando figuritas, y de noche la dejaban quedarse hasta más tarde si lo pedía, aparte de la pieza solamente para ella, el caldo de hueso y toda clase de ventajas. Poco a poco se había ido aprovechando de los privilegios, y desde el verano anterior dirigía el juego, yo creo que en realidad dirigía el reino; por lo menos se adelantaba a decir las cosas y Holanda y yo aceptábamos sin protestar, casi contentas. Es probable que las largas conferencias de mamá sobre cómo debíamos portarnos con Leticia hubieran hecho su efecto, o simplemente que la queríamos bastante y no nos molestaba que fuese la jefa. Lástima que no tenía aspecto para jefa, era la más baja de las tres, y tan flaca. Holanda era flaca, y yo nunca pesé más de cincuenta kilos, pero Leticia era la más flaca de las tres, y para peor una de esas flacuras que se ven de fuera, en el pescuezo y las orejas. Tal vez el endurecimiento de la espalda la hacía parecer más flaca, como casi no podía mover la cabeza a los lados daba la impresión de una tabla de planchar parada, de esas forradas de género blanco como había en casa de las de Loza. Una tabla de planchar con la parte más ancha para arriba, parada contra la pared. Y nos dirigía.

La satisfacción más profunda era imaginarme que mamá o tía Ruth se enteraran un día del juego. Si llegaban a enterarse del juego se iba a armar una meresunda increíble. El si bemol y los desmayos, las inmensas protestas de devoción y sacrificio malamente recompensados, el amontonamiento de invocaciones a los castigos más célebres, para rematar con el anuncio de nuestros destinos, que consistían en que las tres terminaríamos en la calle. Esto último siempre nos había dejado perplejas, porque terminar en la calle nos parecía bastante normal.

Primero Leticia nos sorteaba. Usábamos piedritas escondidas en la mano, contar hasta veintiuno, cualquier sistema. Si usábamos el de contar hasta veintiuno, imaginábamos dos o tres chicas más y las incluíamos en la cuenta para evitar trampas. Si una de ellas salía veintiuna, la sacábamos del grupo y sorteábamos de nuevo, hasta que nos tocaba a una de nosotras. Entonces Holanda y yo levantábamos la piedra y abríamos la caja de los ornamentos. Suponiendo que Holanda hubiese ganado, Leticia y yo escogíamos los ornamentos. El juego marcaba dos formas: estatuas y actitudes. Las actitudes no requerían ornamentos pero sí mucha expresividad, para la envidia mostrar los dientes, crispar las manos y arreglárselas de modo de tener un aire amarillo. Para la caridad el ideal era un rostro angélico, con los ojos vueltos al cielo, mientras las manos ofrecían algo —un trapo, una pelota, una rama de sauce— a un pobre huerfanito invisible. La vergüenza y el miedo eran fáciles de hacer; el rencor y los celos exigían estudios más detenidos. Los ornamentos se destinaban casi todos a las estatuas, donde reinaba una libertad absoluta. Para que una estatua resultara, había que pensar bien cada detalle de la indumentaria. El juego marcaba que la elegida no podía tomar parte en la selección; las dos restantes debatían el asunto y aplicaban luego los ornamentos. La elegida debía inventar su estatua aprovechando lo que le habían puesto, y el juego era así mucho más complicado y excitante porque a veces había alianzas contra, y la víctima se veía ataviada con ornamentos que no le iban para nada; de su viveza dependía entonces que inventara una buena estatua. Por lo general cuando el juego marcaba actitudes la elegida salía bien parada pero hubo veces en que las estatuas fueron fracasos horribles.

Lo que cuento empezó vaya a saber cuándo, pero las cosas cambiaron el día en que el primer papelito cayó del tren. Por supuesto que las actitudes y las estatuas no eran para nosotras mismas, porque nos hubiéramos cansado enseguida. El juego marcaba que la elegida debía colocarse al pie del talud, saliendo de la sombra de los sauces, y esperar el tren de las dos y ocho que venía del Tigre. A esa altura de Palermo los trenes pasan bastante rápido, y no nos daba vergüenza hacer la estatua o la actitud. Casi no veíamos a la gente de las ventanillas, pero con el tiempo llegamos a tener práctica y sabíamos que algunos pasajeros esperaban vernos. Un señor de pelo blanco y anteojos de carey sacaba la cabeza por la ventanilla y saludaba a la estatua o la actitud con el pañuelo. Los chicos que volvían del colegio sentados en los estribos gritaban cosas al pasar, pero algunos se quedaban serios mirándonos. En realidad la estatua o la actitud no veía nada, por el esfuerzo de mantenerse inmóvil, pero las otras dos bajo los sauces analizaban con gran detalle el buen éxito o la indiferencia producidos. Fue un martes cuando cayó el papelito, al pasar el segundo coche. Cayó muy cerca de Holanda, que ese día era la maledicencia, y rebotó hasta mí. Era un papelito muy doblado y sujeto a una tuerca. Con letra de varón y bastante mala, decía: «Muy lindas las estatuas. Viajo en la tercera ventanilla del segundo coche. Ariel B.». Nos pareció un poco seco, con todo ese trabajo de atarle la tuerca y tirarlo, pero nos encantó. Sorteamos para saber quién se lo quedaría, y me lo gané. Al otro día ninguna quería jugar para poder ver cómo era Ariel B., pero temimos que interpretara mal nuestra interrupción, de manera que sorteamos y ganó Leticia. Nos alegramos mucho con Holanda porque Leticia era muy buena como estatua, pobre criatura. La parálisis no se notaba estando quieta, y ella era capaz de gestos de una enorme nobleza. Como actitudes elegía siempre la generosidad, la piedad, el sacrificio y el renunciamiento. Como estatuas buscaba el estilo de la Venus de la sala que tía Ruth llamaba la Venus del Nilo. Por eso le elegimos ornamentos especiales para que Ariel se llevara una buena impresión. Le pusimos un pedazo de terciopelo verde a manera de túnica, y una corona de sauce en el pelo. Como andábamos de manga corta, el efecto griego era grande. Leticia se ensayó un rato a la sombra, y decidimos que nosotras nos asomaríamos también y saludaríamos a Ariel con discreción pero muy amables.

Leticia estuvo magnífica, no se le movía ni un dedo cuando llegó el tren. Como no podía girar la cabeza la echaba para atrás, juntando los brazos al cuerpo casi como si le faltaran; aparte el verde de la túnica, era como mirar la Venus del Nilo. En la tercera ventanilla vimos a un muchacho de rulos rubios y ojos claros, que nos hizo una gran sonrisa al descubrir que Holanda y yo lo saludábamos. El tren se lo llevó en un segundo, pero eran las cuatro y media y todavía discutíamos si vestía de oscuro, si llevaba corbata roja y si era odioso o simpático. El jueves yo hice la actitud del desaliento y recibimos otro papelito que decía: «Las tres me gustan mucho. Ariel». Ahora él sacaba la cabeza y un brazo por la ventanilla y nos saludaba riendo. Le calculamos dieciocho años (seguras de que no tenía más de dieciséis) y convinimos en que volvía diariamente de algún colegio inglés. Lo más seguro de todo era el colegio inglés, no podíamos aceptar un incorporado cualquiera. Se veía que Ariel era muy bien.

Pasó que Holanda tuvo la suerte increíble de ganar tres días seguidos. Superándose, hizo las actitudes del desengaño y el latrocinio, y una estatua dificilísima de bailarina, sosteniéndose en un pie desde que el tren entró en la curva. Al otro día gané yo, y después de nuevo; cuando estaba haciendo la actitud del horror, recibí casi en la nariz un papelito de Ariel que al principio no entendimos: «La más linda es la más haragana». Leticia fue la última en darse cuenta, la vimos que se ponía colorada y se iba a un lado, y Holanda y yo nos miramos con un poco de rabia. Lo primero que se nos ocurrió sentenciar fue que Ariel era un idiota, pero no podíamos decirle eso a Leticia, pobre ángel, con su sensibilidad y la cruz que llevaba encima. Ella no dijo nada, pero pareció entender que el papelito era suyo y se lo guardó. Ese día volvimos bastante calladas a casa, y por la noche no jugamos juntas. En la mesa Leticia estuvo muy alegre, le brillaban los ojos, y mamá miró una o dos veces a tía Ruth como poniéndola de testigo de su propia alegría. En aquellos días estaban ensayando un nuevo tratamiento fortificante para Leticia, y por lo visto era una maravilla lo bien que le sentaba.

Antes de dormirnos, Holanda y yo hablamos del asunto. No nos molestaba el papelito de Ariel, desde un tren andando las cosas se ven como se ven, pero nos parecía que Leticia se estaba aprovechando demasiado de su ventaja sobre nosotras. Sabía que no le íbamos a decir nada, y que en una casa donde hay alguien con algún defecto físico y mucho orgullo, todos juegan a ignorarlo empezando por el enfermo, o más bien se hacen los que no saben que el otro sabe. Pero tampoco había que exagerar y la forma en que Leticia se había portado en la mesa, o su manera de guardarse el papelito, era demasiado. Esa noche yo volví a soñar mis pesadillas con trenes, anduve de madrugada por enormes playas ferroviarias cubiertas de vías llenas de empalmes, viendo a distancia las luces rojas de locomotoras que venían, calculando con angustia si el tren pasaría a mi izquierda, y a la vez amenazada por la posible llegada de un rápido a mi espalda o —lo que era peor— que a último momento uno de los trenes tomara uno de los desvíos y se me viniera encima. Pero de mañana me olvidé porque Leticia amaneció muy dolorida y tuvimos que ayudarla a vestirse. Nos pareció que estaba un poco arrepentida de lo de ayer y fuimos muy buenas con ella, diciéndole que esto le pasaba por andar demasiado, y que tal vez lo mejor sería que se quedara leyendo en su cuarto. Ella no dijo nada pero vino a almorzar a la mesa, y a las preguntas de mamá contestó que ya estaba muy bien y que casi no le dolía la espalda. Se lo decía y nos miraba.

Esa tarde gané yo, pero en ese momento me vino un no sé qué y le dije a Leticia que le dejaba mi lugar, claro que sin darle a entender por qué. Ya que el otro la prefería, que la mirara hasta cansarse. Como el juego marcaba estatua, le elegimos cosas sencillas para no complicarle la vida, y ella inventó una especie de princesa china, con aire vergonzoso, mirando al suelo y juntando las manos como hacen las princesas chinas. Cuando pasó el tren, Holanda se puso de espaldas bajo los sauces pero yo miré y vi que Ariel no tenía ojos más que para Leticia. La siguió mirando hasta que el tren se perdió en la curva, y Leticia estaba inmóvil y no sabía que él acababa de mirarla así. Pero cuando vino a descansar bajo los sauces vimos que sí sabía, y que le hubiera gustado seguir con los ornamentos toda la tarde, toda la noche.

El miércoles sorteamos entre Holanda y yo porque Leticia nos dijo que era justo que ella se saliera. Ganó Holanda con su suerte maldita, pero la carta de Ariel cayó de mi lado. Cuando la levanté tuve el impulso de dársela a Leticia que no decía nada, pero pensé que tampoco era cosa de complacerle todos los gustos, y la abrí despacio. Ariel anunciaba que al otro día iba a bajarse en la estación vecina y que vendría por el terraplén para charlar un rato. Todo estaba terriblemente escrito, pero la frase final era hermosa: «Saludo a las tres estatuas muy atentamente». La firma parecía un garabato aunque se notaba la personalidad.

Mientras le quitábamos los ornamentos a Holanda, Leticia me miró una o dos veces. Yo les había leído el mensaje y nadie hizo comentarios, lo que resultaba molesto porque al fin y al cabo Ariel iba a venir y había que pensar en esa novedad y decidir algo. Si en casa se enteraban, o por desgracia a alguna de las de Loza le daba por espiarnos, con lo envidiosas que eran esas enanas, seguro que se iba a armar la meresunda.

Además que era muy raro quedarnos calladas con una cosa así, sin mirarnos casi mientras guardábamos los ornamentos y volvíamos por la puerta blanca.

Tía Ruth nos pidió a Holanda y a mí que bañáramos a José, se llevó a Leticia para hacerle el tratamiento, y por fin pudimos desahogarnos tranquilas. Nos parecía maravilloso que viniera Ariel, nunca habíamos tenido un amigo así, a nuestro primo Tito no lo contábamos, un tilingo que juntaba figuritas y creía en la primera comunión. Estábamos nerviosísimas con la expectativa y José pagó el pato, pobre ángel. Holanda fue más valiente y sacó el tema de Leticia. Yo no sabía qué pensar, de un lado me parecía horrible que Ariel se enterara, pero también era justo que las cosas se aclararan porque nadie tiene por qué perjudicarse a causa de otro. Lo que yo hubiera querido es que Leticia no sufriera, bastante cruz tenía encima y ahora con el nuevo tratamiento y tantas cosas.

A la noche mamá se extrañó de vernos tan calladas y dijo qué milagro, si nos habían comido la lengua los ratones, después miró a tía Ruth y las dos pensaron seguro que habíamos hecho alguna gorda y que nos remordía la conciencia. Leticia comió muy poco y dijo que estaba dolorida, que la dejaran ir a su cuarto a leer Rocambole. Holanda le dio el brazo aunque ella no quería mucho, y yo me puse a tejer, que es una cosa que me viene cuando estoy nerviosa. Dos veces pensé ir al cuarto de Leticia, no me explicaba qué hacían esas dos ahí solas, pero Holanda volvió con aire de gran importancia y se quedó a mi lado sin hablar hasta que mamá y tía Ruth levantaron la mesa. «Ella no va a ir mañana. Escribió una carta y dijo que si él pregunta mucho que se la demos.» Entornando el bolsillo de la blusa me hizo ver un sobre violeta. Después nos llamaron para secar los platos, y esa noche nos dormimos casi enseguida por todas las emociones y el cansancio de bañar a José.

Al otro día me tocó a mí salir de compras al mercado y en toda la mañana no vi a Leticia que seguía en su cuarto.

Antes que llamaran a la mesa entré un momento y la encontré al lado de la ventana, con muchas almohadas y el tomo noveno de Rocambole. Se veía que estaba mal, pero se puso a reír y me contó de una abeja que no encontraba la salida y de un sueño cómico que había tenido. Yo le dije que era una lástima que no fuera a venir a los sauces, pero me parecía tan difícil decírselo bien. «Si querés podemos explicarle a Ariel que estabas descompuesta», le propuse, pero ella decía que no y se quedaba callada. Yo insistí un poco en que viniera, y al final me animé y le dije que no tuviese miedo, poniéndole como ejemplo que el verdadero cariño no conoce barreras y otras ideas preciosas que habíamos aprendido en *El Tesoro de la Juventud*, pero era cada vez más difícil decirle nada porque ella miraba la ventana y parecía como si fuera a ponerse a llorar. Al final me fui diciendo que mamá me precisaba. El almuerzo duró días, y Holanda se ganó un sopapo de tía Ruth por salpicar el mantel con tuco. Ni me acuerdo de cómo secamos los platos, de repente estábamos en los sauces y las dos nos abrazábamos llenas de felicidad y nada celosas una de otra. Holanda me explicó todo lo que teníamos que decir sobre nuestros estudios para que Ariel se llevara una buena impresión, porque los del secundario desprecian a las chicas que no han hecho más que la primaria y solamente estudian corte y repujado al aceite. Cuando pasó el tren de las dos y ocho Ariel sacó los brazos con entusiasmo, y con nuestros pañuelos estampados le hicimos señas de bienvenida. Unos veinte minutos después lo vimos llegar por el terraplén, y era más alto de lo que pensábamos y todo de gris.

Bien no me acuerdo de lo que hablamos al principio, él era bastante tímido a pesar de haber venido y los papelitos, y decía cosas muy pensadas. Casi enseguida nos elogió mucho las estatuas y las actitudes y preguntó cómo nos llamábamos y por qué faltaba la tercera. Holanda explicó que Leticia no había podido venir, y él dijo que era una lástima y que Leticia le parecía un nombre precioso. Después nos contó cosas del

Industrial, que por desgracia no era un colegio inglés, y quiso saber si le mostraríamos los ornamentos. Holanda levantó la piedra y le hicimos ver las cosas. A él parecían interesarle mucho, y varias veces tomó alguno de los ornamentos y dijo: «Éste lo llevaba Leticia un día», o: «Éste fue para la estatua oriental», con lo que quería decir la princesa china. Nos sentamos a la sombra de un sauce y él estaba contento pero distraído, se veía que sólo se quedaba de bien educado. Holanda me miró dos o tres veces cuando la conversación decaía, y eso nos hizo mucho mal a las dos, nos dio deseos de irnos o que Ariel no hubiese venido nunca. Él preguntó otra vez si Leticia estaba enferma, y Holanda me miró y yo creí que iba a decirle, pero en cambio contestó que Leticia no había podido venir. Con una ramita Ariel dibujaba cuerpos geométricos en la tierra, y de cuando en cuando miraba la puerta blanca y nosotras sabíamos lo que estaba pensando, por eso Holanda hizo bien en sacar el sobre violeta y alcanzárselo, y él se quedó sorprendido con el sobre en la mano, después se puso muy colorado mientras le explicábamos que eso se lo mandaba Leticia, y se guardó la carta en el bolsillo de adentro del saco sin querer leerla delante de nosotras. Casi enseguida dijo que había tenido un gran placer y que estaba encantado de haber venido, pero su mano era blanda y antipática de modo que fue mejor que la visita se acabara, aunque más tarde no hicimos más que pensar en sus ojos grises y en esa manera triste que tenía de sonreír. También nos acordamos de cómo se había despedido diciendo: «Hasta siempre», una forma que nunca habíamos oído en casa y que nos pareció tan divina y poética. Todo se lo contamos a Leticia que nos estaba esperando debajo del limonero del patio, y yo hubiese querido preguntarle qué decía su carta pero me dio no sé qué porque ella había cerrado el sobre antes de confiárselo a Holanda, así que no le dije nada y solamente le contamos cómo era Ariel y cuántas veces había preguntado por ella. Esto no era nada fácil de decírselo porque era una cosa linda y mala a la vez, nos dábamos cuenta que Leticia se sentía muy feliz y al mismo tiempo estaba casi llorando, hasta que nos fuimos diciendo que tía Ruth nos precisaba y la dejamos mirando las avispas del limonero.

Cuando íbamos a dormirnos esa noche, Holanda me dijo: «Vas a ver que desde mañana se acaba el juego». Pero se equivocaba aunque no por mucho, y al otro día Leticia nos hizo la seña convenida en el momento del postre. Nos fuimos a lavar la loza bastante asombradas y con un poco de rabia, porque eso era una desvergüenza de Leticia y no estaba bien. Ella nos esperaba en la puerta y casi nos morimos de miedo cuando al llegar a los sauces vimos que sacaba del bolsillo el collar de perlas de mamá y todos los anillos, hasta el grande con rubí de tía Ruth. Si las de Loza espiaban y nos veían con las alhajas, seguro que mamá iba a saberlo enseguida y que nos mataría, enanas asquerosas. Pero Leticia no estaba asustada y dijo que si algo sucedía ella era la única responsable. «Quisiera que me dejaran hoy a mí», agregó sin mirarnos. Nosotras sacamos enseguida los ornamentos, de golpe queríamos ser tan buenas con Leticia, darle todos los gustos y eso que en el fondo nos quedaba un poco de encono. Como el juego marcaba estatua, le elegimos cosas preciosas que iban bien con las alhajas, muchas plumas de pavo real para sujetar en el pelo, una piel que de lejos parecía un zorro plateado, y un velo rosa que ella se puso como un turbante. La vimos que pensaba, ensayando la estatua pero sin moverse, y cuando el tren apareció en la curva fue a ponerse al pie del talud con todas las alhajas que brillaban al sol. Levantó los brazos como si en vez de una estatua fuera a hacer una actitud, y con las manos señaló el cielo mientras echaba la cabeza hacia atrás (que era lo único que podía hacer, pobre) y doblaba el cuerpo hasta darnos miedo. Nos pareció maravillosa, la estatua más regia que había hecho nunca, y entonces vimos a Ariel que la miraba, salido de la ventanilla la miraba solamente a ella, girando la cabeza y mirándola sin vernos a nosotras hasta que el tren se lo llevó de golpe. No sé por qué las dos corrimos al mismo tiempo a sostener a Leticia que estaba con los ojos cerrados y grandes lagrimones por toda la cara. Nos rechazó sin enojo, pero la ayudamos a esconder las alhajas en el bolsillo, y se fue sola a casa mientras guardábamos por última vez los ornamentos en su caja. Casi sabíamos lo que iba a suceder, pero lo mismo al otro día fuimos las dos a los sauces, después que tía Ruth nos exigió silencio absoluto para no molestar a Leticia que estaba dolorida y quería dormir. Cuando llegó el tren vimos sin ninguna sorpresa la tercera ventanilla vacía, y mientras nos sonreíamos entre aliviadas y furiosas, imaginamos a Ariel viajando del otro lado del coche, quieto en su asiento, mirando hacia el río con sus ojos grises.

LAS ARMAS SECRETAS
(1959)

Cartas de mamá

Muy bien hubiera podido llamarse libertad condicional. Cada vez que la portera le entregaba un sobre, a Luis le bastaba reconocer la minúscula cara familiar de José de San Martín para comprender que otra vez más habría de franquear el puente. San Martín, Rivadavia, pero esos nombres eran también imágenes de calles y de cosas, Rivadavia al seis mil quinientos, el caserón de Flores, mamá, el café de San Martín y Corrientes donde lo esperaban a veces los amigos, donde el mazagrán tenía un leve gusto a aceite de ricino. Con el sobre en la mano, después del *Merci bien, madame Durand*, salir a la calle no era ya lo mismo que el día anterior, que todos los días anteriores. Cada carta de mamá (aun antes de esto que acababa de ocurrir, este absurdo error ridículo) cambiaba de golpe la vida de Luis, lo devolvía al pasado como un duro rebote de pelota. Aun antes de esto que acababa de leer —y que ahora releía en el autobús entre enfurecido y perplejo, sin acabar de convencerse—, las cartas de mamá eran siempre una alteración del tiempo, un pequeño escándalo inofensivo dentro del orden de cosas que Luis había querido y trazado y conseguido, calzándolo en su vida como había calzado a Laura en su vida y a París en su vida. Cada nueva carta insinuaba por un rato (porque después él las borraba en el acto mismo de contestarlas cariñosamente) que su libertad duramente conquistada, esa nueva vida recortada con feroces golpes de tijera en la madeja de lana que los demás habían llamado su vida, cesaba de justificarse, perdía pie, se borraba como el fondo de las calles mientras el autobús corría por la rue de Richelieu. No quedaba más que una parva libertad condicional, la irrisión de vivir a la manera de una palabra entre paréntesis, divorciada de la frase principal de la que sin embargo es casi siempre sostén y explicación. Y desazón, y una necesidad de contestar enseguida, como quien vuelve a cerrar una puerta.

Esa mañana había sido una de las tantas mañanas en que llegaba carta de mamá. Con Laura hablaban poco del pasado, casi nunca del caserón de Flores. No es que a Luis no le gustara acordarse de Buenos Aires. Más bien se trataba de evadir nombres (las personas, evadidas hacía ya tanto tiempo, pero los nombres, los verdaderos fantasmas que son los nombres, esa duración pertinaz). Un día se había animado a decirle a Laura: «Si se pudiera romper y tirar el pasado como el borrador de una carta o de un libro. Pero ahí queda siempre, manchando la copia en limpio, y yo creo que eso es el verdadero futuro». En realidad, por qué no habían de hablar de Buenos Aires donde vivía la familia, donde los amigos de cuando en cuando adornaban una postal con frases cariñosas. Y el rotograbado de *La Nación* con los sonetos de tantas señoras entusiastas, esa sensación de ya leído, de para qué. Y de cuando en cuando alguna crisis de gabinete, algún coronel enojado, algún boxeador magnífico. ¿Por qué no habían de hablar de Buenos Aires con Laura? Pero tampoco ella volvía al tiempo de antes, sólo al azar de algún diálogo, y sobre todo cuando llegaban cartas de mamá, dejaba caer un nombre o una imagen como monedas fuera de circulación, objetos de un mundo caduco en la lejana orilla del río.

—*Eh oui, fait lourd* —dijo el obrero sentado frente a él.

«Si supiera lo que es el calor —pensó Luis—. Si pudiera andar una tarde de febrero por la avenida de Mayo, por alguna callecita de Liniers.»

Sacó otra vez la carta del sobre, sin ilusiones: el párrafo estaba ahí, bien claro. Era perfectamente absurdo pero estaba ahí. Su primera reacción, después de la sorpresa, el golpe en plena nuca, era como siempre de defensa. Laura no debía leer la carta de mamá. Por más ridículo que fuese el error, la confusión de nombres (mamá habría querido escribir «Víctor» y había puesto «Nico»), de todos modos Laura se afligiría, sería estúpido. De cuando en cuando se pierden cartas; ojalá ésta se hubiera ido al fondo del mar. Ahora tendría que tirarla al water de la oficina, y por supuesto unos días después Laura se extrañaría: «Qué raro, no ha llegado carta de tu madre». Nunca decía *tu mamá*, tal vez porque había perdido a la suya siendo niña. Entonces él contestaría: «De veras, es raro. Le voy a mandar unas líneas hoy mismo», y las mandaría, asombrándose del silencio de mamá. La vida seguiría igual, la oficina, el cine por las noches, Laura siempre tranquila, bondadosa, atenta a sus deseos. Al bajar del autobús en la rue de Rennes se preguntó bruscamente (no era una pregunta, pero cómo decirlo de otro modo) por qué no quería mostrarle a Laura la carta de mamá. No por ella, por lo que ella pudiera sentir. No le importaba gran cosa lo que ella pudiera sentir, mientras lo disimulara. (¿No le importaba gran cosa lo que ella pudiera sentir, mientras lo disimulara?) No, no le importaba gran cosa. (¿No le importaba?) Pero la primera verdad, suponiendo que hubiera otra detrás, la verdad más inmediata, por decirlo así, era que le importaba la cara que pondría Laura, la actitud de Laura. Y le importaba por él, naturalmente, por el efecto que le haría la forma en que a Laura iba a importarle la carta de mamá. Sus ojos caerían en un momento dado sobre el nombre de Nico, y él sabía que el mentón de Laura empezaría a temblar ligeramente, y después Laura diría: «Pero qué raro... ¿qué le habrá pasado a tu madre?». Y él habría sabido todo el tiempo que Laura se contenía para no gritar, para no esconder entre las manos un rostro desfigurado ya por el llanto, por el dibujo del nombre de Nico temblándole en la boca.

En la agencia de publicidad donde trabajaba como diseñador, releyó la carta, una de las tantas cartas de mamá, sin nada de extraordinario fuera del párrafo donde se había equivocado de nombre. Pensó si no podría borrar la palabra, reemplazar Nico por Víctor, sencillamente reemplazar el error por la verdad, y volver con la carta a casa para que Laura la leyera. Las cartas de mamá interesaban siempre a Laura, aunque de una manera indefinible no le estuvieran destinadas. Mamá le escribía a él; agregaba al final, a veces a mitad de la carta, saludos muy cariñosos para Laura. No importaba, las leía con el mismo interés, vacilando ante alguna palabra ya retorcida por el reuma y la miopía. «Tomo Saridón, y el doctor me ha dado un poco de salicilato...» Las cartas se posaban dos o tres días sobre la mesa de dibujo; Luis hubiera querido tirarlas apenas las contestaba, pero Laura las releía, a las mujeres les gusta releer las cartas, mirarlas de un lado y de otro, parecen extraer un segundo sentido cada vez que vuelven a sacarlas y a mirarlas. Las cartas de mamá eran breves, con noticias domésticas, una que otra referencia al orden nacional (pero esas cosas ya se sabían por los telegramas de *Le Monde*, llegaban siempre tarde por su mano). Hasta podía pensarse que las cartas eran siempre la misma, escueta y mediocre, sin nada interesante. Lo mejor de mamá era que nunca se había abandonado a la tristeza que debía causarle la ausencia de su hijo y de su nuera, ni siquiera al dolor —tan a gritos, tan a lágrimas al principio— por la muerte de Nico. Nunca, en los dos años que llevaban ya en París, mamá había mencionado a Nico en sus cartas. Era como Laura, que tampoco lo nombraba. Ninguna de las dos lo nombraba, y hacía más de dos años que Nico había muerto. La repentina mención de su nombre a mitad de la carta era casi un escándalo. Ya el solo hecho de que el nombre de Nico apareciera de golpe en una frase, con la *N* larga y temblorosa, la *o* con una cola torcida; pero era peor, porque el nombre se situaba en una frase incomprensible y absurda, en algo que no podía ser otra cosa que un anuncio de senilidad. De golpe mamá perdía la noción del tiempo, se imaginaba que... El párrafo venía después de un breve acuse de recibo de una carta de Laura. Un punto apenas marcado con la débil tinta azul comprada en el almacén del barrio, y a quemarropa: «Esta mañana Nico preguntó por ustedes». El resto seguía como siempre: la salud, la prima Matilde se había caído y tenía una clavícula sacada, los perros estaban bien. Pero Nico había preguntado por ellos.

En realidad hubiera sido fácil cambiar Nico por Víctor, que era el que sin duda había preguntado por ellos. El primo Víctor, tan atento siempre. Víctor tenía dos letras más que Nico, pero con una goma y habilidad se podían cambiar los nombres. Esta mañana Víctor preguntó por ustedes. Tan natural que Víctor pasara a visitar a mamá y le preguntara por los ausentes.

Cuando volvió a almorzar, traía intacta la carta en el bolsillo. Seguía dispuesto a no decirle nada a Laura, que lo esperaba con su sonrisa amistosa, el rostro que parecía haberse desdibujado un poco desde los tiempos de Buenos Aires, como si el aire gris de París le quitara el color y el relieve. Llevaban más de dos años en París, habían salido de Buenos Aires apenas dos meses después de la muerte de Nico, pero en realidad Luis se había considerado como ausente desde el día mismo de su casamiento con Laura. Una tarde, después de hablar con Nico que estaba ya enfermo, se había jurado escapar de la Argentina, del caserón de Flores, de mamá y los perros y su hermano (que ya estaba enfermo). En aquellos meses todo había girado en torno a él como las figuras de una danza: Nico, Laura, mamá, los perros, el jardín. Su juramento había sido el gesto brutal del que hace trizas una botella en la pista, interrumpe el baile con un chicotear de vidrios rotos. Todo había sido brutal en esos días: su casamiento, la partida sin remilgos ni consideraciones para con mamá, el olvido de todos los deberes sociales, de los amigos entre sorprendidos y desencantados. No le había importado nada, ni siquiera el asomo de protesta de Laura. Mamá se quedaba sola en el caserón, con los perros y los frascos de remedios, con la ropa de Nico colgada todavía en un ropero. Que se quedara, que todos se fueran al demonio. Mamá había parecido comprender, ya no lloraba a Nico y andaba como antes por la casa, con la fría y resuelta recuperación de los viejos frente a la muerte. Pero Luis no quería acordarse de lo que había sido la tarde de la despedida, las valijas, el taxi en la puerta, la casa ahí con toda la infancia, el jardín donde Nico y él habían jugado a la guerra, los dos perros indiferentes y estúpidos. Ahora era casi capaz de olvidarse de todo eso. Iba a la agencia, dibujaba afiches, volvía a comer, bebía la taza de café que Laura le alcanzaba sonriendo. Iban mucho al cine, mucho a los bosques, conocían cada vez mejor París. Habían tenido suerte, la vida era sorprendentemente fácil, el trabajo pasable, el departamento bonito, las películas excelentes. Entonces llegaba carta de mamá.

No las detestaba; si le hubieran faltado habría sentido caer sobre él la libertad como un peso insoportable. Las cartas de mamá le traían un tácito perdón (pero de nada había que perdonarlo), tendían el puente por donde era posible seguir pasando. Cada una lo tranquilizaba o lo inquietaba sobre la salud de mamá, le recordaba la economía familiar, la permanencia de un orden. Y a la vez odiaba ese orden y lo odiaba por Laura, porque Laura estaba en París, pero cada carta de mamá la definía como ajena, como cómplice de ese orden que él había repudiado una noche en el jardín, después de oír una vez más la tos apagada, casi humilde de Nico.

No, no le mostraría la carta. Era innoble sustituir un nombre por otro, era intolerable que Laura leyera la frase de mamá. Su grotesco error, su tonta torpeza de un instante —la veía luchando con una pluma vieja, con el papel que se ladeaba, con su vista insuficiente—, crecería en Laura como una semilla fácil. Mejor tirar la carta (la tiró esa tarde misma) y por la noche ir al cine con Laura, olvidarse lo antes posible de que Víctor había preguntado por ellos. Aunque fuera Víctor, el primo tan bien educado, olvidarse de que Víctor había preguntado por ellos.

Diabólico, agazapado, relamiéndose, Tom esperaba que Jerry cayera en la trampa. Jerry no cayó, y llovieron sobre Tom catástrofes incontables. Después Luis compró helados, los comieron mientras miraban distraídamente los anuncios en colores. Cuando empezó la película, Laura se hundió un poco más en su butaca y retiró la mano del brazo de Luis. Él la sentía otra vez lejos, quién sabe si lo que miraban juntos era ya la misma cosa para los dos, aunque más tarde comentaran la película en la calle o en la cama. Se preguntó (no era una pregunta, pero cómo decirlo de otro modo) si Nico y Laura habían estado así de distantes en los cines, cuando Nico la festejaba y salían juntos. Probablemente habían conocido todos los cines de Flores, toda la rambla estúpida de la calle Lavalle, el león, el atleta que golpea el gongo, los subtítulos en castellano por Carmen de Pinillos, los personajes de esta película son ficticios, y toda relación... Entonces, cuando Jerry había escapado de Tom y empezaba la hora de Barbara Stanwyck o de Tyrone Power, la mano de Nico se acostaría despacio sobre el muslo de Laura (el pobre Nico, tan tímido, tan novio), y los dos se sentirían culpables de quién sabe qué. Bien le constaba a Luis que no habían sido culpables de nada definitivo; aunque no hubiera tenido la más deliciosa de las pruebas, el veloz desapego de Laura por Nico hubiera bastado para ver en ese noviazgo un mero simulacro urdido por el barrio, la vecindad, los círculos culturales y recreativos que son la sal de Flores. Había bastado el capricho de ir una noche a la misma sala de baile que frecuentaba Nico, el azar de una presentación fraternal. Tal vez por eso, por la facilidad del comienzo, todo el resto había sido inesperadamente duro y amargo. Pero no quería acordarse ahora, la comedia había terminado con la blanda derrota de Nico, su melancólico refugio en una muerte de tísico. Lo raro era que Laura no lo nombrara nunca, y que por eso tampoco él lo nombrara, que Nico no fuera ni siquiera el difunto, ni siquiera el cuñado muerto, el hijo de mamá. Al principio le había traído un alivio después del turbio intercambio de reproches, del llanto y los gritos de mamá, de la estúpida intervención del tío Emilio y del primo Víctor (Víctor preguntó esta mañana por ustedes), el casamiento apresurado y sin más ceremonia que un taxi llamado por teléfono y tres minutos delante de un funcionario con caspa en las solapas. Refugiados en un hotel de Adrogué, lejos de mamá y de toda la parentela desencadenada, Luis había agradecido a Laura que jamás hiciera referencia al pobre fantoche que tan vagamente había pasado de novio a cuñado. Pero ahora, con un mar de por medio, con la muerte y dos años de por medio, Laura seguía sin nombrarlo, y él se plegaba a su silencio por cobardía, sabiendo que en el fondo ese silencio lo agraviaba por lo que tenía de reproche, de arrepentimiento, de algo que empezaba a parecerse a la traición. Más de una vez había mencionado expresamente a Nico, pero comprendía que eso no contaba, que la respuesta de Laura tendía solamente a desviar la conversación. Un lento territorio prohibido se había ido formando poco a poco en su lenguaje, aislándolos de Nico, envolviendo su nombre y su recuerdo en un algodón manchado y pegajoso. Y del otro lado mamá hacía lo mismo, confabulada inexplicablemente en el silencio. Cada carta hablaba de los perros, de Matilde, de Víctor, del salicilato, del pago de la pensión. Luis había esperado que alguna vez mamá aludiera a su hijo para aliarse con ella frente a Laura, obligar cariñosamente a Laura a que aceptara la existencia póstuma de Nico. No porque fuera necesario, a quién le importaba nada de Nico vivo o muerto, pero la tolerancia de su recuerdo en el panteón del pasado hubiera sido la oscura, irrefutable prueba de que Laura lo había olvidado verdaderamente y para siempre. Llamado a la plena luz de su nombre el íncubo se hubiera desvanecido, tan débil e inane como cuando pisaba la tierra. Pero Laura seguía callando el nombre de Nico, y cada vez que lo callaba, en el momento preciso en que hubiera sido natural que lo dijera y exactamente lo callaba, Luis sentía otra vez la presencia de Nico en el jardín de Flores, escuchaba su tos discreta preparando el más perfecto regalo de bodas imaginable, su muerte en plena luna de miel de la que había sido su novia, del que había sido su hermano.

Una semana más tarde Laura se sorprendió de que no hubiera llegado carta de mamá. Barajaron las hipótesis usuales, y Luis escribió esa misma tarde. La respuesta no lo inquietaba demasiado, pero hubiera querido (lo sentía al bajar la escalera por las mañanas) que la portera le diese a él la carta en vez de subirla al tercer piso. Una quincena más tarde reconoció el sobre familiar, el rostro del almirante Brown y una vista de las cataratas del Iguazú. Guardó el sobre antes de salir a la calle y contestar al saludo de Laura asomada a la ventana. Le pareció ridículo tener que doblar la esquina antes de abrir la carta. El Boby se había escapado a la calle y unos días después había empezado a rascarse, contagio de algún perro sarnoso. Mamá iba a consultar a un veterinario amigo del tío Emilio, porque no era cosa de que el Boby le pegara la peste al Negro. El tío Emilio era de parecer que los bañara con acaroína, pero ella ya no estaba para esos trotes y sería mejor que el veterinario recetara algún polvo insecticida o algo para mezclar con la comida. La señora de al lado tenía un gato sarnoso, vaya a saber si los gatos no eran capaces de contagiar a los perros, aunque fuera a través del alambrado. Pero qué les iba a interesar a ellos esas charlas de vieja, aunque Luis siempre había sido muy cariñoso con los perros y de chico hasta dormía con uno a los pies de la cama, al revés de Nico que no le gustaban mucho. La señora de al lado aconsejaba espolvorearlos con dedeté por si no era sarna, los perros pescan toda clase de pestes cuando andan por la calle; en la esquina de Bacacay paraba un circo con animales raros, a lo mejor había microbios en el aire, esas cosas. Mamá no ganaba para sustos, entre el chico de la modista que se había quemado el brazo con leche hirviendo y el Boby sarnoso.

Después había como una estrellita azul (la pluma cucharita que se enganchaba en el papel, la exclamación de fastidio de mamá) y entonces unas reflexiones melancólicas sobre lo sola que se quedaría si también Nico se iba a Europa como parecía, pero ése era el destino de los viejos, los hijos son golondrinas que se van un día, hay que tener resignación mientras el cuerpo vaya tirando. La señora de al lado...

Alguien empujó a Luis, le soltó una rápida declaración de derechos y obligaciones con acento marsellés. Vagamente comprendió que estaba estorbando el paso de la gente que entraba por el angosto corredor del *métro*. El resto del día fue igualmente vago, telefoneó a Laura para decirle que no iría a almorzar, pasó dos horas en un banco de plaza releyendo la carta de mamá, preguntándose qué debería hacer frente a la insania. Hablar con Laura, antes de nada. Por qué (no era una pregunta, pero cómo decirlo de otro modo) seguir ocultándole a Laura lo que pasaba. Ya no podía fingir que esta carta se había perdido como la otra, ya no podía creer a medias que mamá se había equivocado y escrito Nico por Víctor, y que era tan penoso que se estuviera poniendo chocha. Resueltamente esas cartas eran Laura, eran lo que iba a ocurrir con Laura. Ni siquiera eso: lo que ya había ocurrido desde el día de su casamiento, la luna de miel en Adrogué, las noches en que se habían querido desesperadamente en el barco que los traía a Francia. Todo era Laura, todo iba a ser Laura ahora que Nico quería venir a Europa en el delirio de mamá. Cómplices como nunca, mamá le estaba hablando a Laura de Nico, le estaba anunciando que Nico iba a venir a Europa, y lo decía así, Europa a secas, sabiendo tan bien que Laura comprendería que Nico iba a desembarcar en Francia, en París, en una casa donde se fingía exquisitamente haberlo olvidado, pobrecito.

Hizo dos cosas: escribió al tío Emilio señalándole los síntomas que lo inquietaban y pidiéndole que visitara inmediatamente a mamá para cerciorarse y tomar las medidas del caso. Bebió un coñac tras otro y anduvo a pie hacia su casa para pensar en el camino lo que debía decirle a Laura, porque al fin y al cabo tenía que hablar con Laura y ponerla al corriente. De calle en calle fue sintiendo cómo le costaba situarse en el presente, en lo que tendría que suceder media hora más tarde. La carta de mamá lo metía, lo ahogaba en la realidad de esos dos años de vida en París, la mentira de una paz traficada, de una felicidad de puertas para afuera, sostenida por diversiones y espectáculos, de un pacto involuntario de silencio en que los dos se desunían poco a poco como en todos los pactos negativos. Sí, mamá, sí, pobre Boby sarnoso, mamá. Pobre Boby, pobre Luis, cuánta sarna, mamá. Un baile del club de Flores, mamá, fui porque él insistía, me imagino que quería darse corte con su conquista. Pobre Nico, mamá, con esa tos seca en que nadie creía todavía, con ese traje cruzado a rayas, esa peinada a la brillantina, esas corbatas de rayón tan cajetillas. Uno charla un rato, simpatiza, cómo no va a bailar esa pieza con la novia del hermano, oh, novia es mucho decir, Luis, supongo que puedo llamarlo Luis, verdad. Pero sí, me extraña que Nico no la haya llevado a casa todavía, usted le va a caer tan bien a mamá. Este Nico es más torpe, a que ni siquiera habló con su papá. Tímido, sí, siempre fue igual. Como yo. ¿De qué se ríe, no me cree? Pero si yo no soy lo que parezco... ¿Verdad que hace calor? De veras, usted tiene que venir a casa, mamá va a estar encantada. Vivimos los tres solos, con los perros. Che Nico, pero es una vergüenza, te tenías esto escondido, malandra. Entre nosotros somos así, Laura, nos decimos cada cosa. Con tu permiso, yo bailaría este tango con la señorita.

Tan poca cosa, tan fácil, tan verdaderamente brillantina y corbata rayón. Ella había roto con Nico por error, por ceguera, porque el hermano rana había sido capaz de ganar de arrebato y darle vuelta la cabeza. Nico no juega al tenis, qué va a jugar, usted no lo saca del ajedrez y la filatelia, hágame el favor. Callado, tan poca cosa el pobrecito, Nico se había ido quedando atrás, perdido en un rincón del patio, consolándose con el jarabe pectoral y el mate amargo. Cuando cayó en cama y le ordenaron reposo coincidió justamente con un baile en Gimnasia y Esgrima de Villa del Parque. Uno no se va a perder esas cosas, máxime cuando va a tocar Edgardo Donato y la cosa promete. A mamá le parecía tan bien que él sacara a pasear a Laura, le había caído como una hija apenas la llevaron una tarde a la casa. Vos fijate, mamá, el pibe está débil y capaz que le hace impresión si uno le cuenta. Los enfermos como él se imaginan cada cosa, de fija que va a creer que estoy afilando con Laura. Mejor que no sepa que vamos a Gimnasia. Pero yo no le dije eso a mamá, nadie de casa se enteró nunca que andábamos juntos. Hasta que se mejorara el enfermito, claro. Y así el tiempo, los bailes, dos o tres bailes, las radiografías de Nico, después el auto del petiso Ramos, la noche de la farra en casa de la Beba, las copas; el paseo en auto hasta el puente del arroyo, una luna, esa luna como una ventana de hotel allá arriba, y Laura en el auto negándose, un poco bebida, las manos hábiles, los besos, los gritos ahogados, la manta de vicuña, la vuelta en silencio, la sonrisa de perdón.

La sonrisa era casi la misma cuando Laura le abrió la puerta. Había carne al horno, ensalada, un flan. A las diez vinieron unos vecinos que eran sus compañeros de canasta. Muy tarde, mientras se preparaban para acostarse, Luis sacó la carta y la puso sobre la mesa de luz.

—No te hablé antes porque no quería afligirte. Me parece que mamá...

Acostado, dándole la espalda, esperó. Laura guardó la carta en el sobre, apagó el velador. La sintió contra él, no exactamente contra pero la oía respirar cerca de su oreja.

—¿Vos te das cuenta? —dijo Luis, cuidando su voz.

—Sí. ¿No creés que se habrá equivocado de nombre?

Tenía que ser. Peón cuatro rey, peón cuatro rey. Perfecto.

—A lo mejor quiso poner Víctor —dijo, clavándose lentamente las uñas en la palma de la mano.

—Ah, claro. Podría ser —dijo Laura. Caballo rey tres alfil.

Empezaron a fingir que dormían.

A Laura le había parecido bien que el tío Emilio fuera el único en enterarse, y los días pasaron sin que volvieran a hablar de eso. Cada vez que volvía a casa, Luis esperaba una frase o un gesto insólitos en Laura, un claro en esa guardia perfecta de calma y de silencio. Iban al cine como siempre, hacían el amor como siempre. Para Luis ya no había en Laura otro misterio que el de su resignada adhesión a esa vida en la que nada había llegado a ser lo que pudieron esperar dos años atrás. Ahora la conocía bien, a la hora de las confrontaciones definitivas tenía que admitir que Laura era como había sido Nico, de las que se quedan atrás y sólo obran por inercia, aunque empleara a veces una voluntad casi terrible en no hacer nada, en no vivir de veras para nada. Se hubiera entendido mucho mejor con Nico que con él, y los dos lo venían sabiendo desde el día de su casamiento, desde las primeras tomas de posición que siguen a la blanda aquiescencia de la luna de miel y el deseo. Ahora Laura volvía a tener la pesadilla. Soñaba mucho, pero la pesadilla era distinta, Luis la reconocía entre muchos otros movimientos de su cuerpo, palabras confusas o breves gritos de animal que se ahoga. Había empezado a bordo, cuando todavía hablaban de Nico porque Nico acababa de morir y ellos se habían embarcado unas pocas semanas después. Una noche, después de acordarse de Nico y cuando ya se insinuaba el tácito silencio que se instalaría luego entre ellos, Laura había tenido la pesadilla. Se repetía de tiempo en tiempo y era siempre lo mismo, Laura lo despertaba con un gemido ronco, una sacudida convulsiva de las piernas, y de golpe un grito que era una negativa total, un rechazo con las dos manos y todo el cuerpo y toda la voz de algo horrible que le caía desde el sueño como un enorme pedazo de materia pegajosa. Él la sacudía, la calmaba, le traía agua que bebía sollozando, acosada aún a medias por el otro lado de su vida. Decía no recordar nada, era algo horrible pero no se podía explicar, y acababa por dormirse llevándose su secreto, porque Luis sabía que ella sabía, que acababa de enfrentarse con aquel que entraba en su sueño, vaya a saber bajo qué horrenda máscara, y cuyas rodillas abrazaría Laura en un vértigo de espanto, quizá de amor inútil. Era siempre lo mismo, le alcanzaba un vaso de agua, esperando en silencio a que ella volviera a apoyar la cabeza en la almohada. Quizás un día el espanto fuera más fuerte que el orgullo, si eso era orgullo. Quizás entonces él podría luchar desde su lado. Quizá no todo estaba perdido, quizá la nueva vida llegara a ser realmente otra cosa que ese simulacro de sonrisas y de cine francés.

Frente a la mesa de dibujo, rodeado de gentes ajenas, Luis recobraba el sentido de la simetría y el método que le gustaba aplicar a la vida. Puesto que Laura no tocaba el tema, esperando con aparente indiferencia la contestación del tío Emilio, a él le correspondía entenderse con mamá. Contestó su carta limitándose a las menudas noticias de las últimas semanas, y dejó para la posdata una frase rectificatoria: «De modo que Víctor habla de venir a Europa. A todo el mundo le da por viajar, debe ser la propaganda de las agencias de turismo. Decile que escriba, le podemos mandar todos los datos que necesite. Decile también que desde ahora cuenta con nuestra casa».

El tío Emilio contestó casi a vuelta de correo, secamente como correspondía a un pariente tan cercano y tan resentido por lo que en el velorio de Nico había calificado de incalificable. Sin haberse disgustado de frente con Luis, había demostrado sus sentimientos con la sutileza habitual en casos parecidos, absteniéndose de ir a despedirlo al barco, olvidando dos años seguidos la fecha de su cumpleaños. Ahora se limitaba a cumplir con su deber de hermano político de mamá, y enviaba escuetamente los resultados. Mamá estaba muy bien pero casi no hablaba, cosa comprensible teniendo en cuenta los muchos disgustos de los últimos tiempos. Se notaba que estaba muy sola en la casa de Flores, lo cual era lógico puesto que ninguna madre que ha vivido toda la vida con sus dos hijos puede sentirse a gusto en una enorme casa llena de recuerdos. En cuanto a las frases en cuestión, el tío Emilio había procedido con el tacto que se requería en vista de lo delicado del asunto, pero lamentaba decirles que no había sacado gran cosa en limpio, porque mamá no estaba en vena de conversación y hasta lo había recibido en la sala, cosa que nunca hacía con su hermano político. A una insinuación de orden terapéutico, había contestado que aparte del reumatismo se sentía perfectamente bien, aunque en esos días la fatigaba tener que planchar tantas camisas. El tío Emilio se había interesado por saber de qué camisas se trataba, pero ella se había limitado a una inclinación de cabeza y un ofrecimiento de jerez y galletitas Bagley.

Mamá no les dio demasiado tiempo para discutir la carta del tío Emilio y su ineficacia manifiesta. Cuatro días después llegó un sobre certificado, aunque mamá sabía de sobra que no hay necesidad de certificar las cartas aéreas a París. Laura telefoneó a Luis y le pidió que volviera lo antes posible. Media hora más tarde la encontró respirando pesadamente, perdida en la contemplación de unas flores amarillas sobre la mesa. La carta estaba en la repisa de la chimenea, y Luis volvió a dejarla ahí después de la lectura. Fue a sentarse junto a Laura, esperó. Ella se encogió de hombros.

—Se ha vuelto loca —dijo.

Luis encendió un cigarrillo. El humo le hizo llorar los ojos. Comprendió que la partida continuaba, que a él le tocaba mover. Pero esa partida la estaban jugando tres jugadores, quizá cuatro. Ahora tenía la seguridad de que también mamá estaba al borde del tablero. Poco a poco resbaló en el sillón, y dejó que su cara se pusiera la inútil máscara de las manos juntas. Oía llorar a Laura, abajo corrían a gritos los chicos de la portera.

La noche trae consejo, etcétera. Les trajo un sueño pesado y sordo, después que los cuerpos se encontraron en una monótona batalla que en el fondo no habían deseado. Una vez más se cerraba el tácito acuerdo: por la mañana hablarían del tiempo, del crimen de Saint- Cloud, de James Dean. La carta seguía sobre la repisa y mientras bebían té no pudieron dejar de verla, pero Luis sabía que al volver del trabajo ya no la encontraría. Laura borraba las huellas con su fría, eficaz diligencia. Un día, otro día, otro día más. Una noche se rieron mucho con los cuentos de los vecinos, con una audición de Fernandel. Se habló de ir a ver una pieza de teatro, de pasar un fin de semana en Fontainebleau.

Sobre la mesa de dibujo se acumulaban los datos innecesarios, todo coincidía con la carta de mamá. El barco llegaba efectivamente a El Havre el viernes 17 por la mañana, y el tren especial entraba en Saint-Lazare a las 11.45. El jueves vieron la pieza de teatro y se divirtieron mucho. Dos noches antes Laura había tenido otra pesadilla, pero él no se molestó en traerle agua y la dejó que se tranquilizara sola, dándole la espalda. Después Laura durmió en paz, de día andaba ocupada cortando y cosiendo un vestido de verano. Hablaron de comprar una máquina de coser eléctrica cuando terminaran de pagar la heladera. Luis encontró la carta de mamá en el cajón de la mesa de luz y la llevó a la oficina. Telefoneó a la compañía naviera, aunque estaba seguro de que mamá daba las fechas exactas. Era su única seguridad, porque todo el resto no se podía siquiera pensar. Y ese imbécil del tío Emilio. Lo mejor sería escribir a Matilde, por más que estuviesen distanciados Matilde comprendería la urgencia de intervenir, de proteger a mamá. Pero ¿realmente (no era una pregunta, pero cómo decirlo de otro modo) había que proteger a mamá, precisamente a mamá? Por un momento pensó en pedir larga distancia y hablar con ella. Se acordó del jerez y las galletitas Bagley, se encogió de hombros. Tampoco había tiempo de escribir a Matilde, aunque en realidad había tiempo, pero quizá fuese preferible esperar al viernes 17 antes de... El coñac ya no lo ayudaba ni siquiera a no pensar, o por lo menos a pensar sin tener miedo. Cada vez recordaba con más claridad la cara de mamá en las últimas semanas de Buenos Aires, después del entierro de Nico. Lo que él había entendido como dolor se le mostraba ahora como otra cosa, algo en donde había una rencorosa desconfianza, una expresión de animal que siente que van a abandonarlo en un terreno baldío lejos de la casa, para deshacerse de él. Ahora empezaba a ver de veras la cara de mamá. Recién ahora la veía de veras en aquellos días en que toda la familia se había turnado para visitarla, darle el pésame por Nico, acompañarla de tarde, y también Laura y él venían de Adrogué para acompañarla, para estar con mamá. Se quedaban apenas un rato porque después aparecía el tío Emilio, o Víctor, o Matilde, y todos eran una misma fría repulsa, la familia indignada por lo sucedido, por Adrogué, porque eran felices mientras Nico, pobrecito, mientras Nico. Jamás sospecharían hasta qué punto habían colaborado para embarcarlos en el primer buque a mano; como si se hubieran asociado para pagarles los pasajes, llevarlos cariñosamente a bordo con regalos y pañuelos.

Claro que su deber de hijo lo obligaba a escribir enseguida a Matilde. Todavía era capaz de pensar cosas así antes del cuarto coñac. Al quinto las pensaba de nuevo y se reía (cruzaba París a pie para estar más solo y despejarse la cabeza), se reía de su deber de hijo, como si los hijos tuvieran deberes, como si los deberes fueran los de cuarto grado, los sagrados deberes para la sagrada señorita del inmundo cuarto grado. Porque su deber de hijo no era escribir a Matilde. ¿Para qué fingir (no era una pregunta, pero cómo decirlo de otro modo) que mamá estaba loca? Lo único que se podía hacer era no hacer nada, dejar que pasaran los días, salvo el viernes. Cuando se despidió como siempre de Laura diciéndole que no vendría a almorzar porque tenía que ocuparse de unos afiches urgentes, estaba tan seguro del resto que hubiera podido agregar: «Si querés vamos juntos». Se refugió en el café de la estación, menos por disimulo que para tener la pobre ventaja de ver sin ser visto. A las once y treinta y cinco descubrió a Laura por su falda azul, la siguió a distancia, la vio mirar el tablero, consultar a un empleado, comprar un boleto de plataforma, entrar en el andén donde ya se juntaba la gente con el aire de los que esperan. Detrás de una zorra cargada de cajones de fruta miraba a Laura que parecía dudar entre quedarse cerca de la salida del andén o internarse por él. La miraba sin sorpresa, como a un insecto cuyo comportamiento podía ser interesante. El tren llegó casi enseguida y Laura se mezcló con la gente que se acercaba a las ventanillas de los coches buscando cada uno lo suyo, entre gritos y manos que sobresalían como si dentro del tren se estuvieran ahogando. Bordeó la zorra y entró al andén entre más cajones de fruta y manchas de grasa. Desde donde estaba vería salir a los pasajeros, vería pasar otra vez a Laura, su rostro lleno de alivio porque el rostro de Laura, ¿no estaría lleno de alivio? (No era una pregunta, pero cómo decirlo de otro modo.) Y después, dándose el lujo de ser el último una vez que pasaran los últimos viajeros y los últimos changadores, entonces saldría a su vez, bajaría a la plaza llena de sol para ir a beber coñac al café de la esquina. Y esa misma tarde escribiría a mamá sin la menor referencia al ridículo episodio (pero no era ridículo) y después tendría valor y hablaría con Laura (pero no tendría valor y no hablaría con Laura). De todas maneras coñac, eso sin la menor duda, y que todo se fuera al demonio. Verlos pasar así en racimos, abrazándose con gritos y lágrimas, las parentelas desatadas, un erotismo barato como un carrusel de feria barriendo el andén, entre valijas y paquetes y por fin, por fin, cuánto tiempo sin vernos, qué quemada estás, Ivette, pero sí, hubo un sol estupendo, hija. Puesto a buscar semejanzas, por gusto de aliarse a la imbecilidad, dos de los hombres que pasaban cerca debían ser argentinos por el corte de pelo, los sacos, el aire de suficiencia disimulando el azoramiento de entrar en París. Uno sobre todo se parecía a Nico, puesto a buscar semejanzas. El otro no, y en realidad éste tampoco apenas se le miraba el cuello mucho más grueso y la cintura más ancha. Pero puesto a buscar semejanzas por puro gusto, ese otro que ya había pasado y avanzaba hacia el portillo de salida, con una sola valija en la mano izquierda, Nico era zurdo como él, tenía esa espalda un poco cargada, ese corte de hombros. Y Laura debía haber pensado lo mismo porque venía detrás mirándolo, y en la cara una expresión que él conocía bien, la cara de Laura cuando despertaba de la pesadilla y se incorporaba en la cama mirando fijamente el aire, mirando, ahora lo sabía, a aquel que se alejaba dándole la espalda, consumada la innominable venganza que la hacía gritar y debatirse en sueños.

Puestos a buscar semejanzas, naturalmente el hombre era un desconocido, lo vieron de frente cuando puso la valija en el suelo para buscar el billete y entregarlo al del portillo. Laura salió la primera de la estación, la dejó que tomara distancia y se perdiera en la plataforma del autobús. Entró en el café de la esquina y se tiró en una banqueta. Más tarde no se acordó si había pedido algo de beber, si eso que le quemaba la boca era el regusto del coñac barato. Trabajó toda la tarde en los afiches, sin tomarse descanso. A ratos pensaba que tendría que escribirle a mamá, pero lo fue dejando pasar hasta la hora de salida. Cruzó París a pie, al llegar a casa encontró a la portera en el zaguán y charló un rato con ella. Hubiera querido quedarse hablando con la portera o los vecinos, pero todos iban entrando en los departamentos y se acercaba la hora de cenar. Subió despacio (en realidad siempre subía despacio para no fatigarse los pulmones y no toser) y al llegar al tercero se apoyó en la puerta antes de tocar el timbre, para descansar un momento en la actitud del que escucha lo que pasa en el interior de una casa. Después llamó con los dos toques cortos de siempre.

—Ah, sos vos —dijo Laura, ofreciéndole una mejilla fría—. Ya empezaba a preguntarme si habrías tenido que quedarte más tarde. La carne debe estar recocida.

No estaba recocida, pero en cambio no tenía gusto a nada. Si en ese momento hubiera sido capaz de preguntarle a Laura por qué había ido a la estación, tal vez el café hubiese recobrado el sabor, o el cigarrillo. Pero Laura no se había movido de casa en todo el día, lo dijo como si necesitara mentir o esperara que él hiciera un comentario burlón sobre la fecha, las manías lamentables de mamá. Revolviendo el café, de codos sobre el mantel, dejó pasar una vez más el momento. La mentira de Laura ya no importaba, una más entre tantos besos ajenos, tantos silencios donde todo era Nico, donde no había nada en ella o en él que no fuera Nico. ¿Por qué (no era una pregunta, pero cómo decirlo de otro modo) no poner un tercer cubierto en la mesa? ¿Por qué no irse, por qué no cerrar el puño y estrellarlo en esa cara triste y sufrida que el humo del cigarrillo deformaba, hacía ir y venir como entre dos aguas, parecía llenar poco a poco de odio como si fuera la cara misma de mamá? Quizás estaba en la otra habitación, o quizás esperaba apoyado en la puerta como había esperado él, o se había instalado ya donde siempre había sido el amo, en el territorio blanco y tibio de las sábanas al que tantas veces había acudido en los sueños de Laura. Allí esperaría, tendido de espaldas, fumando también él su cigarrillo, tosiendo un poco, riéndose con una cara de payaso como la cara de los últimos días, cuando no le quedaba ni una gota de sangre sana en las venas.

Pasó al otro cuarto, fue a la mesa de trabajo, encendió la lámpara. No necesitaba releer la carta de mamá para contestarla como debía. Empezó a escribir, querida mamá. Escribió: querida mamá. Tiró el papel, escribió: mamá. Sentía la casa como un puño que se fuera apretando. Todo era más estrecho, más sofocante. El departamento había sido suficiente para dos, estaba pensado exactamente para dos. Cuando levantó los ojos (acababa de escribir: mamá), Laura estaba en la puerta, mirándolo. Luis dejó la pluma.

—¿A vos no te parece que está mucho más flaco? —dijo.

Laura hizo un gesto. Un brillo paralelo le bajaba por las mejillas.

—Un poco —dijo—. Uno va cambiando...

Los buenos servicios

A Marta Mosquera, que me habló
en París de madame Francinet

Desde hace un tiempo me cuesta encender el fuego. Los fósforos no son como los de antes, ahora hay que ponerlos cabeza abajo y esperar a que la llama tome fuerza; la leña viene húmeda, y por más que le recomiendo a Frédéric que me traiga troncos secos, siempre huelen a mojado y prenden mal. Desde que me empezaron a temblar las manos todo me cuesta mucho más. Antes yo tendía una cama en dos segundos, y las sábanas quedaban como recién planchadas. Ahora tengo que dar vueltas y más vueltas alrededor de la cama, y madame Beauchamp se enoja y dice que si me paga por hora es para que no pierda tiempo alisando un pliegue aquí y otro allá. Todo porque me tiemblan las manos, y porque las sábanas de ahora no son como las de antes, tan firmes y gruesas. El doctor Lebrun ha dicho que no tengo nada, solamente hay que cuidarse mucho, no tomar frío y acostarse temprano. «¿Y ese vaso de vino cada tanto, eh, madame Francinet? Sería mejor que lo suprimiéramos, y también el pernod a mediodía.» El doctor Lebrun es un médico joven, con ideas muy buenas para los jóvenes. En mi tiempo nadie hubiera creído que el vino era malo. Y después que yo nunca bebo lo que se llama beber, como la Germaine, la del tercero, o ese bruto de Félix, el carpintero. No sé por qué ahora me acuerdo del pobre monsieur Bébé, la noche en que me hizo beber una copa de whisky. ¡Monsieur Bébé! ¡Monsieur Bébé! En la cocina del departamento de madame Rosay, la noche de la fiesta. Yo salía mucho, entonces, todavía andaba de casa en casa, trabajando por horas. En lo de monsieur Renfeld, en lo de las hermanas que enseñaban piano y violín, en tantas casas, todas muy bien. Ahora apenas puedo ir tres veces por semana a lo de madame Beauchamp, y me parece que no durará mucho. Me tiemblan tanto las manos, y madame Beauchamp se enoja conmigo. Ahora ya no me recomendaría a madame Rosay, y madame Rosay no vendría a buscarme, ahora monsieur Bébé no se encontraría conmigo en la cocina. No, sobre todo monsieur Bébé.

Cuando madame Rosay vino a casa ya era tarde, y no se quedó más que un momento. En realidad mi casa es una sola pieza, pero como dentro tengo la cocina y lo que sobró de los muebles cuando murió Georges y hubo que vender todo, me parece que tengo derecho a llamarla mi casa. De todos modos hay tres sillas, y madame Rosay se quitó los guantes, se sentó y dijo que la pieza era pequeña pero simpática. Yo no me sentía impresionada por madame Rosay, aunque me hubiera gustado estar mejor vestida. Me tomó de sorpresa, y tenía puesta la falda verde que me habían regalado en lo de las hermanas. Madame Rosay no miraba nada, quiero decir que miraba y desviaba la vista enseguida, como para despegarse de lo que había mirado. Tenía la nariz un poco fruncida; a lo mejor le molestaba el olor a cebollas (me gustan mucho las cebollas) o el pis del pobre Minouche. Pero yo estaba contenta de que madame Rosay hubiera venido, y se lo dije.

—Ah, sí, madame Francinet. También yo me alegro de haberla encontrado, porque estoy tan ocupada... —fruncía la nariz como si las ocupaciones olieran mal—. Quiero pedirle que... Es decir, madame Beauchamp pensó que quizás usted dispondría de la noche del domingo.

—Pues naturalmente —dije yo—. ¿Qué puedo hacer el domingo, después de ir a misa? Entro un rato en lo de Gustave, y...

—Sí, claro —dijo madame Rosay—. Si usted está libre el domingo, quisiera que me ayudara en casa. Daremos una fiesta.

—¿Una fiesta? Mis felicitaciones, madame Rosay.

Pero a madame Rosay no pareció gustarle esto, y se levantó de golpe.

—Usted ayudaría en la cocina, habrá tanto que hacer. Si puede ir a las siete, mi mayordomo le explicará lo necesario.

—Naturalmente, madame Rosay.

—Ésta es mi dirección —dijo madame Rosay, y me dio una tarjeta color crema—. ¿Estará bien con quinientos francos?

—Quinientos francos.

—Digamos seiscientos. A medianoche quedará libre, y tendrá tiempo de alcanzar el último *métro*. Madame Beauchamp me ha dicho que usted es de confianza.

—¡Oh, madame Rosay!

Cuando se fue estuve por reírme al pensar que casi le había ofrecido una taza de té (hubiera tenido que buscar alguna que no estuviera desportillada). A veces no me doy cuenta con quién estoy hablando. Sólo cuando voy a casa de una señora me contengo y hablo como una criada. Debe ser porque en mi casa no soy criada de nadie, o porque me parece que todavía vivo en nuestro pabelloncito de tres piezas, cuando Georges y yo trabajábamos en la fábrica y no pasábamos necesidad. A lo mejor es porque a fuerza de retar al pobre Minouche, que hace pis debajo de la cocina, me parece que yo también soy una señora como madame Rosay.

Cuando iba a entrar en la casa, por poco se me sale el tacón de un zapato. Dije enseguida: «Buena suerte quiero verte y quererte, diablo aléjate». Y toqué el timbre.

Salió un señor de patillas grises como en el teatro, y me dijo que pasara. Era un departamento grandísimo que olía a cera de pisos. El señor de patillas era el mayordomo y olía a benjuí.

—En fin —dijo, y se apuró a hacerme seguir por un corredor que llevaba a las habitaciones de servicio—. Para otra vez llamará a la puerta de la izquierda.

—Madame Rosay no me había dicho nada.

—La señora no está para pensar en esas cosas. Alice, ésta es madame Francinet. Le dará usted uno de sus delantales.

Alice me llevó a su cuarto, más allá de la cocina (y qué cocina) y me dio un delantal demasiado grande. Parece que madame Rosay le había encargado que me explicara todo, pero al principio lo de los perros me pareció un error y me quedé mirando a Alice, la verruga que tenía Alice debajo de la nariz. Al pasar por la cocina todo lo que había podido ver era tan lujoso y reluciente que la sola idea de estar ahí esa noche, limpiando cosas de cristal y preparando las bandejas con las golosinas que se comen en esas casas, me pareció mejor que ir a cualquier teatro o al campo. A lo mejor fue por eso que al principio no entendí bien lo de los perros, y me quedé mirando a Alice.

—Eh, sí —dijo Alice, que era bretona y bien que se le notaba—. La señora ha dicho.

—¿Pero cómo? Y ese señor de las patillas, ¿no se puede ocupar él de los perros?

—El señor Rodolos es el mayordomo —dijo Alice, con santo respeto.

—Bueno, si no es él, cualquiera. No entiendo por qué yo.

Alice se puso insolente de golpe.

—¿Y por qué no, madame...?

—Francinet, para servirla.

—¿... madame Francinet? No es un trabajo difícil. Fido es el peor, la señorita Lucienne lo ha malcriado mucho...

Me explicaba, de nuevo amable como una gelatina.

—Azúcar a cada momento, y tenerlo en la falda. Monsieur Bébé también lo echa a perder en cuanto viene, lo mima tanto, sabe usted... Pero Médor es muy bueno, y Fifine no se moverá de un rincón.

—Entonces —dije yo, que no volvía de mi asombro—, hay muchísimos perros.

—Eh, sí, muchísimos.

—¡En un departamento! —dije, indignada y sin poder disimular—. No sé lo que pensará usted, señora...

—Señorita.

—Perdone usted. Pero en mis tiempos, señorita, los perros vivían en las perreras, y bien puedo decirlo, pues mi difunto esposo y yo teníamos una casa al lado de la villa de monsieur... —pero Alice no me dejó explicarle. No es que dijera nada, pero se veía que estaba impaciente y eso yo lo noto enseguida en la gente. Me callé, y empezó a decirme que madame Rosay adoraba a los perros, y que el señor respetaba todos sus gustos. Y también estaba su hija, que había heredado el mismo gusto.

—La señorita anda loca con Fido, y seguramente comprará una perra de la misma raza, para que tengan cachorros. No hay nada más que seis: Médor, Fifine, Fido, la Petite, Chow y Hannibal. El peor es Fido, la señorita Lucienne lo ha malcriado mucho. ¿No lo oye? Seguramente está ladrando en el recibimiento.

—¿Y dónde tendré que quedarme a cuidarlos? —pregunté con aire despreocupado, no fuera que Alice creyera que me sentía ofendida.

—Monsieur Rodolos la llevará al cuarto de los perros.

—¿Así que tienen un cuarto, los perros? —dije, siempre con mucha naturalidad. Alice no tenía la culpa, en el fondo, pero debo decir la verdad y es que le hubiera dado de bofetadas ahí mismo.

—Claro que tienen su cuarto —dijo Alice—. La señora quiere que los perros duerman cada uno en su colchón, y les ha hecho arreglar un cuarto para ellos solos. Ya llevaremos una silla para que usted pueda sentarse y vigilarlos.

Me ajusté lo mejor posible el delantal y volvimos a la cocina. Justamente en ese momento se abrió otra puerta y entró madame Rosay. Tenía una *robe de chambre* azul, con pieles blancas, y la cara llena de crema. Parecía un pastel, con perdón sea dicho. Pero estuvo muy amable y se veía que mi llegada le quitaba un peso de encima.

—Ah, madame Francinet. Ya Alice le habrá explicado de qué se trata. Quizá más tarde pueda ayudar en alguna otra cosa liviana, secar copas o algo así, pero lo principal es tener quietos a mis tesoros. Son deliciosos, pero no saben estar juntos, y sobre todo solos; enseguida se pelean, y no puedo *tolerar* la idea de que Fido muerda a Chow, pobrecito, o que Médor... —bajó la voz y se acercó un poco—. Además, tendrá que vigilar mucho a la Petite, es una pomerania de ojos preciosos. Me parece que... el momento se acerca... y no quisiera que Médor, o que Fido... ¿comprende usted? Mañana la haré llevar a nuestra finca, pero hasta entonces quiero que esté vigilada. Y no sabría dónde tenerla si no es con los otros en su cuarto. ¡Pobre tesoro, tan mimosa! No podría quitármela de al lado en toda la noche. Ya verá usted que no le darán trabajo. Al contrario, se va a divertir viendo lo inteligentes que son. Yo iré una que otra vez a ver cómo anda todo.

Me di cuenta de que no era una frase amable sino una advertencia, pero madame Rosay seguía sonriendo debajo de la crema que olía a flores.

—Lucienne, mi hija, irá también, naturalmente. No puede estar sin su Fido. Hasta duerme con él, figúrese usted... —pero esto último lo estaba diciendo a alguien que le pasaba por la cabeza, porque al mismo tiempo se volvió para salir y no la vi más. Alice, apoyada en la mesa, me miraba con aire idiota. No es que yo desprecie a la gente, pero me miraba con aire idiota.

—¿A qué hora es la fiesta? —dije yo, dándome cuenta de que sin querer seguía hablando con el tono de madame Rosay, esa manera de hacer las preguntas un poco al costado de la persona, como preguntándole a un perchero o a una puerta.

402

—Ya va a empezar —dijo Alice, y monsieur Rodolos que entraba en ese momento quitándose una mota de polvo de su traje negro, asintió con aire importante.

—Sí, no tardarán —dijo, haciendo una seña a Alice para que se ocupara de unas preciosas bandejas de plata—. Ya están ahí monsieur Fréjus y monsieur Bébé, y quieren cócteles.

—Ésos vienen siempre temprano —dijo Alice—. Así beben, también... Ya le he explicado todo a madame Francinet, y madame Rosay le habló de lo que tiene que hacer.

—Ah, perfectamente. Entonces lo mejor será que la lleve a la habitación donde tendrá que quedarse. Yo iré luego a traer a los perros; el señor y monsieur Bébé están jugando con ellos en la sala.

—La señorita Lucienne tenía a Fido en su dormitorio —dijo Alice.

—Sí, ella misma se lo traerá a madame Francinet. Por ahora, si quiere usted venir conmigo...

Así fue como me vi sentada en una vieja silla de Viena, exactamente en el medio de un grandísimo cuarto lleno de colchones por el suelo, y donde había una casilla con techo de paja, igual a las chozas de los negros, que según me explicó el señor Rodolos era un capricho de la señorita Lucienne para su Fido. Los seis colchones estaban tirados por todas partes, y había escudillas con agua y comida. La única lámpara eléctrica colgaba justamente encima de mi cabeza, y daba una luz muy pobre. Se lo dije al señor Rodolos, y que tenía miedo de quedarme dormida cuando no estuvieran más que los perros.

—Oh, no se quedará dormida, madame Francinet —me contestó—. Los perros son muy cariñosos pero están malcriados, y habrá que ocuparse de ellos todo el tiempo. Espere aquí un momento.

Cuando cerró la puerta y me dejó sola, sentada en medio de ese cuarto tan raro, con el olor a perro (un olor limpio, eso sí) y todos los colchones por el suelo, me sentí un poco rara porque era casi como estar soñando, sobre todo con esa luz amarilla encima de la cabeza, y el silencio. Claro que el tiempo pasaría pronto y no sería tan desagradable, pero a cada momento sentía como si algo no estuviera bien. No precisamente que me hubieran llamado para eso sin prevenirme, pero tal vez lo raro de tener que hacer ese trabajo, o a lo mejor yo realmente pensaba que eso no estaba bien. El suelo brillaba de bien lustrado, y los perros se veía que hacían sus necesidades en otra parte porque no había nada de olor, salvo el de ellos mismos, que no es tan feo cuando pasa un rato. Pero lo peor era estar sola y esperando, y casi me alegré cuando la señorita Lucienne entró trayendo en brazos a Fido, un pequinés horrible (no puedo aguantar a los pequineses), y el señor Rodolos vino gritando y llamando a los otros cinco perros hasta que estuvieron todos en la pieza. La señorita Lucienne estaba preciosa, toda de blanco, y tenía un pelo platinado que le llegaba a los hombros. Besó y acarició mucho rato a Fido, sin ocuparse de los otros que bebían y jugaban, y después me lo trajo y me miró por primera vez.

—¿Usted es la que los va a cuidar? —dijo. Tenía una voz un poco chillona, pero no se puede negar que era muy hermosa.

—Soy madame Francinet, para servirla —dije, saludando.

—Fido es muy delicado. Tómelo. Sí, en los brazos. No la va a ensuciar, lo baño yo misma todas las mañanas. Como le digo, es muy delicado. No le permita que se mezcle con *ésos*. Cada tanto ofrézcale agua.

El perro se quedó quieto en mi falda, pero lo mismo me daba un poco de asco. Un danés grandísimo lleno de manchas negras se acercó y se puso a olerlo, como hacen los perros, y la señorita Lucienne soltó un chillido y le dio de puntapiés. El señor Rodolos no se movía de la puerta, y se veía que estaba acostumbrado.

—Ya ve, ya ve —gritaba la señorita Lucienne—. Es lo que no quiero que suceda, y usted no debe permitirlo. Ya le explicó mamá, ¿verdad? No se moverá de aquí hasta que termine el *party*. Y si Fido se siente mal y se pone a llorar, golpee la puerta para que *ése* me avise.

Se fue sin mirarme, después de tomar otra vez en brazos al pequinés y besarlo hasta que el perro lloriqueó. Monsieur Rodolos se quedó todavía un momento.

—Los perros no son malos, madame Francinet —me dijo—. De todos modos, si tiene algún inconveniente, golpee a la puerta y vendré. Tómelo con calma —agregó como si se le hubiera ocurrido a último momento, y se fue cerrando con todo cuidado la puerta. Me pregunto si no le puso el cerrojo por fuera, pero resistí a la tentación de ir a ver, porque creo que me hubiera sentido mucho peor.

En realidad cuidar a los perros no fue difícil. No se peleaban, y lo que madame Rosay había dicho de la Petite no era cierto, por lo menos no había empezado todavía. Naturalmente apenas la puerta estuvo cerrada yo solté al asqueroso pequinés y lo dejé que se revolcara tranquilamente con los otros. Era el peor, les buscaba camorra todo el tiempo, pero ellos no le hacían nada y hasta se veía que lo invitaban a jugar. De cuando en cuando bebían, o comían la rica carne de las escudillas. Con perdón sea dicho, casi me daba hambre ver esa carne tan rica en las escudillas.

A veces, desde muy lejos, se oía reír a alguien y no sé si era porque estaba enterada de que iban a hacer música (Alice lo había dicho en la cocina), pero me pareció oír un piano, aunque a lo mejor era en otro departamento. El tiempo se hacía muy largo, sobre todo por culpa de la única luz que colgaba del techo, tan amarilla. Cuatro de los perros se durmieron pronto, y Fido y Fifine (no sé si era Fifine, pero me pareció que debía ser ella) jugaron un rato a mordisquearse las orejas, y terminaron bebiendo mucha agua y acostándose uno contra otro en un colchón. A veces me parecía oír pasos afuera, y corría a tomar en brazos a Fido, no fuera que entrara la señorita Lucienne. Pero no vino nadie y pasó mucho tiempo, hasta que empecé a dormitar en la silla, y casi hubiera querido apagar la luz y dormirme de veras en uno de los colchones vacíos.

No diré que no estuve contenta cuando Alice vino a buscarme. Alice tenía la cara muy colorada, y se veía que aún le duraba la excitación de la fiesta y todo lo que habrían comentado en la cocina con las otras mucamas y monsieur Rodolos.

—Madame Francinet, usted es una maravilla —dijo—. Seguramente la señora va a estar encantada y la llamará cada vez que haya una fiesta. La última que vino no consiguió que se quedaran tranquilos, y hasta la señorita Lucienne tuvo que dejar de bailar y venir a atenderlos. ¡Vea cómo duermen!

—¿Ya se fueron los invitados? —pregunté, un poco avergonzada de sus elogios.

—Los invitados sí, pero hay otros que son como de la casa y siempre se quedan un rato. Todos han bebido mucho, puedo asegurárselo. Hasta el señor, que en casa nunca bebe, vino muy contento a la cocina y nos hizo bromas a la Ginette y a mí sobre lo bien que había estado servida la cena, y nos regaló cien francos a cada una. Me parece que también a usted le darán alguna propina. Todavía están bailando la señorita Lucienne con su novio, y monsieur Bébé y sus amigos juegan a disfrazarse.

—¿Entonces tendré que quedarme?

—No, la señora ha dicho que cuando se fueran el diputado y los otros había que soltar a los perros. Les encanta jugar con ellos en el salón. Yo voy a llevar a Fido, y usted no tiene más que venir conmigo a la cocina.

La seguí, cansadísima y muerta de sueño, pero llena de curiosidad por ver algo de la fiesta, aunque fuera las copas y los platos en la cocina. Y los vi, porque había montones apilados en todas partes, y botellas de champaña y de whisky, algunas todavía con un fondo de bebida. En la cocina usaban tubos de luz azul, y me quedé deslumbrada al ver tantos armarios blancos, tantos estantes donde brillaban los cubiertos y las cacerolas. La Ginette era una pelirroja pequeñita, que también estaba muy excitada y recibió a Alice con risitas y gestos. Parecía bastante desvergonzada, como tantas en estos tiempos.

—¿Siguen igual? —preguntó Alice, mirando hacia la puerta.

—Sí —dijo la Ginette, retorciéndose—. ¿La señora es la que estuvo cuidando a los perros?

Yo tenía sed y sueño, pero no me ofrecían nada, ni siquiera donde sentarme. Estaban demasiado entusiasmadas por la fiesta, por todo lo que habían visto mientras servían la mesa o recibían los abrigos a la entrada. Sonó un timbre y Alice, que seguía con el pequinés en brazos, salió corriendo. Vino monsieur Rodolos y pasó sin mirarme, volviendo enseguida con los cinco perros que saltaban y le hacían fiestas. Vi que tenía la mano llena de terrones de azúcar, y que los iba repartiendo para que los perros lo siguieran al salón. Yo me apoyé en la gran mesa del centro, tratando de no mirar mucho a la Ginette, que apenas volvió Alice siguió charlando de monsieur Bébé y los disfraces, de monsieur Fréjus, de la pianista que parecía tuberculosa, y de cómo la señorita Lucienne había tenido un altercado con su padre. Alice tomó una de las botellas a medio vaciar, y se la llevó a la boca con una grosería que me dejó tan desconcertada que no sabía adónde mirar; pero lo peor fue que luego se la pasó a la pelirroja, que terminó de vaciarla. Las dos se reían como si también hubieran bebido mucho durante la fiesta. Tal vez por eso no pensaban que yo tenía hambre, y sobre todo sed. Con seguridad si hubieran estado en sus cabales se hubieran dado cuenta. La gente no es mala, y muchas desatenciones se cometen porque no se está en lo que se hace; igual ocurre en el autobús, en los almacenes y en las oficinas.

El timbre sonó otra vez, y las dos muchachas salieron corriendo. Se oían grandes carcajadas, y de cuando en cuando el piano. Yo no comprendía por qué me hacían esperar; no tenían más que pagarme y dejar que me fuera. Me senté en una silla y puse los codos sobre la mesa. Se me caían los ojos de sueño, y por eso no me di cuenta de que alguien acababa de entrar en la cocina. Primero oí un ruido de vasos que chocaban, y un silbido muy suave. Pensé que era la Ginette y me volví para preguntarle qué iban a hacer conmigo.

—Oh, perdón, señor —dije, levantándome—. No sabía que usted estaba aquí.

—No estoy, no estoy —dijo el señor, que era muy joven—. ¡Loulou, ven a ver!

Se tambaleaba un poco, apoyándose en uno de los estantes. Había llenado un vaso con una bebida blanca, y lo miraba al trasluz como si desconfiara. La llamada Loulou no aparecía, de modo que el joven señor se me acercó y me dijo que me sentara. Era rubio, muy pálido, y estaba vestido de blanco. Cuando me di cuenta de que estaba vestido de blanco en pleno invierno me pregunté si soñaba. Esto no es un modo de decir, cuando veo algo raro siempre me pregunto con todas las letras si estoy soñando. Podría ser, porque a veces sueño cosas raras. Pero el señor estaba ahí, sonriendo con un aire de fatiga y casi de aburrimiento. Me daba lástima ver lo pálido que era.

—Usted debe ser la que cuida los perros —dijo, y se puso a beber.

—Soy madame Francinet, para servirlo —dije. Era tan simpático, y no me producía ningún temor. Más bien el deseo de serle útil, de tener alguna atención con él. Ahora estaba mirando otra vez la puerta entornada.

—¡Loulou! ¿Vas a venir? Aquí hay vodka. ¿Por qué ha estado llorando, madame Francinet?

—Oh, no, señor. Debo haber bostezado, un momento antes de que usted entrara. Estoy un poco cansada, y la luz en el cuarto de... en el otro cuarto, no era muy buena. Cuando una bosteza...

—... le lloran los ojos —dijo él. Tenía unos dientes perfectos, y las manos más blancas que he visto en un hombre. Enderezándose de golpe, fue al encuentro de un joven que entraba tambaleándose.

—Esta señora —le explicó— es la que nos ha librado de esas bestias asquerosas. Loulou, di buenas noches.

Me levanté otra vez e hice un saludo. Pero el señor llamado Loulou ni siquiera me miraba. Había encontrado una botella de champaña en la heladera, y trataba de hacer saltar el corcho. El joven de blanco se acercó a ayudarlo, y los dos se pusieron a reír y a forcejear con la botella. Cuando uno se ríe pierde la fuerza, y ninguno de los dos podía descorchar la botella. Entonces quisieron hacerlo juntos, y tiraban de cada lado, hasta que terminaron apoyándose uno en el otro, cada vez más contentos pero sin poder abrir la botella. Monsieur Loulou decía: «Bébé, Bébé, por favor, vámonos ahora...», y monsieur Bébé se reía cada vez más y lo rechazaba jugando, hasta que al final descorchó la botella y dejó que un gran chorro de espuma cayera por la cara de monsieur Loulou, que soltó una palabrota y se frotó los ojos, yendo de un lado para otro.

—Pobre querido, está demasiado borracho —decía monsieur Bébé, poniéndole las manos en la espalda y empujándolo para que saliera—. Vaya a hacerle compañía a la pobre Nina que está muy triste... —y se reía, pero ya sin ganas.

Después volvió, y lo encontré más simpático que nunca. Tenía un tic nervioso que le hacía levantar una ceja. Lo repitió dos o tres veces, mirándome.

—Pobre madame Francinet —dijo, tocándome la cabeza muy suavemente—. La han dejado sola, y seguramente no le han dado nada de beber.

—Ya vendrán a decirme que puedo volver a casa, señor —contesté. No me molestaba que se hubiera tomado la libertad de tocarme la cabeza.

—Que puede volver, que puede volver... ¿Qué necesidad tiene nadie de que le den permiso para hacer algo? —dijo monsieur Bébé, sentándose frente a mí. Había levantado otra vez su vaso, pero lo dejó en la mesa, fue a buscar uno limpio y lo llenó de una bebida color té.

—Madame Francinet, vamos a beber juntos —dijo, alcanzándome el vaso—. A usted le gusta el whisky, claro.

—Dios mío, señor —dije, asustada—. Fuera del vino, y los sábados un pequeño pernod en lo de Gustave, no sé lo que es beber.

—¿No ha tomado nunca whisky, de verdad? —dijo monsieur Bébé, maravillado—. Un trago, nada más. Verá qué bueno es. Vamos, madame Francinet, anímese. El primer trago es el que cuesta... —y se puso a declamar una poesía que no recuerdo, donde hablaba de unos navegantes de algún sitio raro. Yo tomé un trago de whisky y lo encontré tan perfumado que tomé otro, y después otro más. Monsieur Bébé saboreaba su vodka, y me miraba encantado.

—Con usted es un placer, madame Francinet —decía—. Por suerte no es joven, con usted se puede ser amigo... No hay más que mirarla para ver que es buena, como una tía de provincia, alguien que uno puede mimar, y que lo puede mimar a uno, pero sin peligro, sin peligro... Vea, por ejemplo Nina tiene una tía en el Poitou que le manda pollos, canastas de legumbres y hasta miel... ¿No es admirable?

—Claro que sí, señor —dije, dejando que me sirviera otro poco, ya que le daba tanto placer—. Siempre es agradable tener a alguien que vele por uno, sobre todo cuando se es tan joven. En la vejez no queda más remedio que pensar en uno mismo, porque los demás... Aquí me tiene a mí, por ejemplo. Cuando murió mi Georges...

—Beba otro poco, madame Francinet. La tía de Nina vive lejos, y no hace más que mandar pollos... No hay peligro de historias de familia...

Yo estaba tan mareada que ni siquiera tenía miedo de lo que iba a ocurrir si entraba monsieur Rodolos y me sorprendía sentada en la cocina, hablando con uno de los invitados.

Me encantaba mirar a monsieur Bébé, oír su risa tan aguda, probablemente por efecto de la bebida. Y a él le gustaba que yo lo mirara, aunque primero me pareció un poco desconfiado, pero después no hacía más que sonreír y beber, mirándome todo el tiempo. Yo sé que estaba terriblemente borracho porque Alice me había dicho todo lo que habían bebido y además por la forma en que le brillaban los ojos a monsieur Bébé. Si no hubiera estado borracho, ¿qué tenía que hacer en la cocina con una vieja como yo? Pero los otros también estaban borrachos, y sin embargo monsieur Bébé era el único que me estaba acompañando, el único que me había dado una bebida y me había acariciado la cabeza, aunque no estaba bien que lo hubiera hecho. Por eso me sentía tan contenta con monsieur Bébé, y lo miraba más y más, y a él le gustaba que lo mirasen, porque una o dos veces se puso un poco de perfil, y tenía una nariz hermosísima, como una estatua. Todo él era como una estatua, sobre todo con su traje blanco. Hasta lo que bebía era blanco, y estaba tan pálido que me daba un poco de miedo por él. Se veía que se pasaba la vida encerrado, como tantos jóvenes de ahora. Me hubiera gustado decírselo, pero yo no era nadie para darle consejos a un señor como él, y además no me quedó tiempo porque se oyó un golpe en la puerta y monsieur Loulou entró arrastrando al danés, atado con una cortina que había retorcido para formar una especie de soga. Estaba mucho más bebido que monsieur Bébé, y casi se cae cuando el danés dio una vuelta y le enredó las piernas con la cortina. Se oían voces en el pasillo, y apareció un señor de cabellos grises, que debía ser monsieur Rosay, y enseguida madame Rosay muy roja y excitada, y un joven delgado y de pelo tan negro como no he visto nunca. Todos trataban de socorrer a monsieur Loulou, cada vez más enredado con el danés y la cortina, mientras se reían y bromeaban a gritos. Nadie se fijó en mí, hasta que madame Rosay me vio y se puso seria. No pude oír lo que le decía al señor de cabellos grises, que miró mi vaso (estaba vacío, pero con la botella al lado), y monsieur Rosay miró a monsieur Bébé y le hizo un gesto de indignación, mientras monsieur Bébé le guiñaba un ojo, y echándose atrás en su silla se reía a carcajadas. Yo estaba muy confundida, de modo que me pareció que lo mejor era levantarme y saludar a todos con una inclinación, y luego irme a un lado y esperar. Madame Rosay había salido de la cocina, y un instante después entraron Alice y monsieur Rodolos que se acercaron a mí y me indicaron que los acompañara. Saludé a todos los presentes con una inclinación, pero no creo que nadie me viera porque estaban calmando a monsieur Loulou que de pronto se había echado a llorar y decía cosas incomprensibles señalando a monsieur Bébé. Lo último que recuerdo fue la risa de monsieur Bébé, echado hacia atrás en su silla.

Alice esperó a que me quitara el delantal, y monsieur Rodolos me entregó seiscientos francos. En la calle estaba nevando, y el último *métro* había pasado hacía rato. Tuve que caminar más de una hora hasta llegar a mi casa, pero el calor del whisky me protegía, y el recuerdo de tantas cosas, y lo mucho que me había divertido en la cocina al final de la fiesta.

El tiempo vuela, como dice Gustave. Uno cree que es lunes y ya estamos a jueves. El otoño se termina, y de golpe es pleno verano. Cada vez que Robert aparece para preguntarme si no hay que limpiar la chimenea (es muy bueno, Robert, y me cobra la mitad que a los otros inquilinos), me doy cuenta de que el invierno está como quien dice en la puerta. Por eso no me acuerdo bien de cuánto tiempo había pasado hasta que vi otra vez a monsieur Rosay. Vino al caer la noche, casi a la misma hora que madame Rosay la primera vez. También él empezó diciendo que venía porque madame Beauchamp me había recomendado, y se sentó en la silla con aire confuso. Nadie se siente cómodo en mi casa, ni siquiera yo cuando hay visitas que no son de confianza. Empiezo a frotarme las manos como si las tuviera sucias, y después pienso que los otros van a creer que las tengo realmente sucias, y ya no sé dónde meterme. Menos mal que monsieur Rosay estaba tan confundido como yo, aunque lo disimulaba más. Con el bastón golpeaba despacio el piso, asustando muchísimo a Minouche, y miraba para todos lados con tal de no encontrarse con mis ojos. Yo no sabía a qué santo encomendarme, porque era la primera vez que un señor se turbaba tanto delante de mí, y no sabía qué hay que hacer en esos casos salvo ofrecerle una taza de té.

—No, no, gracias —dijo él, impaciente—. Vine a pedido de mi esposa... Usted me recuerda, ciertamente.

—Vaya, monsieur Rosay. Aquella fiesta en su casa, tan concurrida...

—Sí. Aquella fiesta. Justamente... Quiero decir, esto no tiene nada que ver con la fiesta, pero aquella vez usted nos fue muy útil, madame...

—Francinet, para servirlo.

—Madame Francinet, es cierto. Mi mujer ha pensado... Verá usted, es algo delicado. Pero ante todo deseo tranquilizarla. Lo que voy a proponerle no es... cómo decir... ilegal.

—¿Ilegal, monsieur Rosay?

—Oh, usted sabe, en estos tiempos... Pero le repito: se trata de algo muy delicado, pero perfectamente correcto en el fondo. Mi esposa está enterada de todo, y ha dado su consentimiento. Esto se lo digo para tranquilizarla.

—Si madame Rosay está de acuerdo, para mí es como pan bendito —dije yo para que se sintiera cómodo, aunque no sabía gran cosa de madame Rosay y más bien me caía antipática.

—En fin, la situación es ésta, madame... Francinet, eso es, madame Francinet. Uno de nuestros amigos... quizá sería mejor decir uno de nuestros conocidos, acaba de fallecer en circunstancias muy especiales.

—¡Oh, monsieur Rosay! Mi más sentido pésame.

—Gracias —dijo monsieur Rosay, e hizo una mueca muy rara, casi como si fuera a gritar de rabia o a ponerse a llorar. Una mueca de verdadero loco, que me dio miedo. Por suerte la puerta estaba entornada, y el taller de Fresnay queda al lado—. Este señor... se trata de un modisto muy conocido... vivía solo, es decir alejado de su familia, ¿comprende usted? No tenía a nadie, fuera de sus amigos, pues los clientes, usted sabe, eso no cuenta en estos casos. Ahora bien, por una serie de razones que sería largo explicarle, sus amigos hemos pensado que a los efectos del sepelio...

¡Qué bien hablaba! Elegía cada palabra, golpeando despacio el suelo con el bastón, y sin mirarme. Era como oír los comentarios por la radio, sólo que monsieur Rosay hablaba más lentamente, aparte de que se veía muy bien que no estaba leyendo. El mérito era entonces mucho mayor. Me sentí tan admirada que perdí la desconfianza, y acerqué un poco más mi silla. Sentía como un calor en el estómago, pensando que un señor tan importante venía a pedirme un servicio, cualquiera que fuese. Y estaba muerta de miedo, y me frotaba las manos sin saber qué hacer.

—Nos ha parecido —decía monsieur Rosay— que una ceremonia a la que sólo concurrieran sus amigos, unos pocos... en fin, no tendría ni la importancia necesaria en el caso de este señor... ni traduciría la consternación (así dijo) que ha producido su pérdida... ¿Comprende usted? Nos ha parecido que si usted hiciera acto de presencia en el velatorio, y naturalmente en el entierro... pongamos en calidad de parienta cercana del muerto... ¿ve lo que quiero decirle? Una parienta muy cercana... digamos una tía... y hasta me atrevería a sugerir...

—¿Sí, monsieur Rosay? —dije yo, en el colmo de la maravilla.

—Bueno, todo depende de usted, claro está... Pero si recibiera una recompensa adecuada..., pues no se trata, naturalmente, de que se moleste para nada... En ese caso, ¿no es verdad, madame Francinet?..., si la retribución le conviniera, como veremos ahora mismo... hemos creído que usted podría

414

estar presente como si fuera... usted me comprende... digamos la madre del difunto... Déjeme explicarle bien... La madre que acaba de llegar de Normandía, enterada del fallecimiento, y que acompañará a su hijo hasta la tumba... No, no, antes de decir nada... Mi esposa ha pensado que quizás usted aceptaría ayudarnos por amistad... y por mi parte mis amigos y yo hemos convenido ofrecerle diez mil... ¿estaría bien así, madame Francinet?, diez mil francos por su ayuda... Tres mil en este mismo momento, y el resto cuando salgamos del cementerio, una vez que...

Yo abrí la boca, solamente porque se me había abierto sola, pero monsieur Rosay no me dejó decir nada. Estaba muy rojo y hablaba rápidamente, como si quisiera terminar lo antes posible.

—Si usted acepta, madame Francinet... como todo nos hace esperar, dado que confiamos en su ayuda y no le pedimos nada... irregular, por decirlo así... en ese caso dentro de media hora estarán aquí mi esposa y su mucama, con las ropas adecuadas... y el auto, claro está, para llevarla a la casa... Por supuesto, será necesario que usted..., ¿cómo decirlo?, que usted se haga a la idea de que es... la madre del difunto... Mi esposa le dará los informes necesarios y usted, naturalmente, deberá dar la impresión, una vez en la casa... Usted comprende... El dolor, la desesperación... Se trata sobre todo de los clientes —agregó—. Delante de nosotros, bastará con que guarde silencio.

No sé cómo le había aparecido en la mano un fajo de billetes muy nuevos, y que me caiga muerta ahora mismo si sé cómo de repente los sentí dentro de mi mano, y monsieur Rosay se levantaba y se iba murmurando y olvidándose de cerrar la puerta como todos los que salen de mi casa.

Dios me perdonará esto y tantas otras cosas, lo sé. No estaba bien, pero monsieur Rosay me había asegurado que no era ilegal, y que en esa forma prestaría una ayuda muy valiosa (creo que habían sido sus mismas palabras). No estaba bien que me hiciera pasar por la madre del señor que había muerto, y que era modisto, porque no son cosas que deben hacerse, ni engañar a nadie. Pero había que pensar en los clientes, y si en el entierro faltaba la madre, o por lo menos una tía o hermana, la ceremonia no tendría la importancia necesaria ni daría la sensación de dolor producida por la pérdida. Con esas mismas palabras acababa de decirlo monsieur Rosay, y él sabía más que yo. No estaba bien que yo hiciera eso, pero Dios sabe que apenas gano tres mil francos por mes, deslomándome en casa de madame Beauchamp y en otras partes, y ahora iba a tener diez mil nada más que por llorar un poco, por lamentar la muerte de ese señor que iba a ser mi hijo hasta que lo enterraran.

La casa quedaba cerca de Saint-Cloud, y me llevaron en un auto como nunca había visto salvo por fuera. Madame Rosay y la mucama me habían vestido, y yo sabía que el difunto se llamaba monsieur Linard, de nombre Octave, y que era único hijo de su anciana madre que vivía en Normandía y acababa de llegar en el tren de las cinco. La anciana madre era yo, pero estaba tan excitada y confundida que oí muy poco de todo lo que me decía y recomendaba madame Rosay. Recuerdo que me rogó muchas veces en el auto (me rogaba, no me desdigo, había cambiado muchísimo desde la noche de la fiesta) que no exagerara en mi dolor, y que más bien diera la impresión de estar terriblemente fatigada y al borde de un ataque.

—Desgraciadamente no podré estar junto a usted —dijo cuando ya llegábamos—. Pero haga lo que le he indicado, y además mi esposo se ocupará de todo lo necesario. Por favor, *por favor*, madame Francinet, sobre todo cuando vea periodistas, y señoras... en especial los periodistas...

—¿No estará usted, madame Rosay? —pregunté asombradísima.

—No. Usted no puede comprender, sería largo de explicar. Estará mi esposo, que tiene intereses en el comercio

416

de monsieur Linard... Naturalmente, estará ahí por decoro... una cuestión comercial y humana... Pero yo no entraré, no corresponde que yo... No se preocupe por eso.

En la puerta vi a monsieur Rosay y a varios otros señores. Se acercaron, y madame Rosay me hizo una última recomendación y se echó atrás en el asiento para que no la vieran. Yo dejé que monsieur Rosay abriera la portezuela, y llorando a gritos bajé a la calle mientras monsieur Rosay me abrazaba y me llevaba adentro, seguido por algunos de los otros señores. No podía ver mucho de la casa, pues tenía una pañoleta que me tapaba casi los ojos, y además lloraba tanto que no alcanzaba a ver nada, pero por el olor se notaba el lujo, y también por las alfombras tan mullidas. Monsieur Rosay murmuraba frases de consuelo, y tenía una voz como si también él estuviera llorando. En un grandísimo salón con arañas de caireles, había algunos señores que me miraban con mucha compasión y simpatía, y estoy segura de que hubieran venido a consolarme si monsieur Rosay no me hubiera hecho seguir adelante, sosteniéndome por los hombros. En un sofá alcancé a ver a un señor muy joven, que tenía los ojos cerrados y un vaso en la mano. Ni siquiera se movió al oírme entrar, y eso que yo lloraba muy fuerte en ese momento. Abrieron una puerta, y dos señores salieron de adentro con el pañuelo en la mano. Monsieur Rosay me empujó un poco, y yo pasé a una habitación y tambaleándome me dejé llevar hasta donde estaba el muerto, y vi al muerto que era mi hijo, vi el perfil de monsieur Bébé más rubio y más pálido que nunca ahora que estaba muerto.

Me parece que me tomé del borde de la cama, porque monsieur Rosay se sobresaltó, y otros señores me rodearon y me sostuvieron, mientras yo miraba la cara tan hermosa de monsieur Bébé muerto, sus largas pestañas negras y su nariz como de cera, y no podía creer que fuera monsieur Linard, el señor que era modisto y acababa de morir, no podía convencerme de que ese muerto ahí delante fuera monsieur Bébé.

417

Sin darme cuenta, lo juro, me había puesto a llorar de veras, tomada del borde de la cama de gran lujo y de roble macizo, acordándome de cómo monsieur Bébé me había acariciado la cabeza la noche de la fiesta, y me había llenado el vaso de whisky, hablando conmigo y ocupándose de mí mientras los otros se divertían. Cuando monsieur Rosay murmuró algo como: «Dígale hijo, hijo...», no me costó nada mentir, y creo que llorar por él me hacía tanto bien como si fuera una recompensa por todo el miedo que había tenido hasta ese momento. Nada me parecía extraño, y cuando levanté los ojos y a un lado de la cama vi a monsieur Loulou con los ojos enrojecidos y los labios que le temblaban, me puse a llorar a gritos mirándolo en la cara, y él lloraba también a pesar de su sorpresa, lloraba porque yo estaba llorando, y lleno de sorpresa al comprender que yo lloraba como él, de verdad, porque los dos queríamos a monsieur Bébé, y casi nos desafiábamos a cada lado de la cama, sin que monsieur Bébé pudiera reír y burlarse como cuando estaba vivo, sentado en la mesa de la cocina y riéndose de todos nosotros.

Me llevaron hasta un sofá del gran salón con arañas, y una señora que había allí sacó del bolso un frasco con sales, y un mucamo puso a mi lado una mesita de ruedas con una bandeja donde había café hirviendo y un vaso de agua. Monsieur Rosay estaba mucho más tranquilo ahora que se daba cuenta de que yo era capaz de hacer lo que me habían pedido. Lo vi cuando se alejaba para hablar con otros señores, y pasó un largo rato sin que nadie entrara o saliera de la sala. En el sofá de enfrente seguía sentado el joven que había visto al entrar, y que lloraba con la cara entre las manos. Cada tanto sacaba el pañuelo y se sonaba. Monsieur Loulou apareció en la puerta y lo miró un momento, antes de venir a sentarse a su lado. Yo les tenía tanta lástima a los dos, se veía que habían sido muy amigos de monsieur Bébé, y eran tan jóvenes y sufrían tanto. Monsieur Rosay también los miraba desde un rincón de la sala, donde había estado hablando en voz baja con dos señoras que ya estaban por irse. Y así pasaban los minutos, hasta que monsieur Loulou soltó como un chillido y se apartó del otro joven que lo miraba furioso, y oí que monsieur Loulou decía algo como: «A ti nunca te importó nada, Nina», y yo me acordé de alguien que se llamaba Nina y que tenía una tía en el Poitou que le mandaba pollos y legumbres. Monsieur Loulou se encogió de hombros y volvió a decir que Nina era un mentiroso, y al final se levantó haciendo muecas y gestos de enojo. Entonces monsieur Nina se levantó también, y los dos fueron casi corriendo al cuarto donde estaba monsieur Bébé, y oí que discutían, pero enseguida entró monsieur Rosay a hacerlos callar y no se oyó nada más, hasta que monsieur Loulou vino a sentarse en el sofá, con un pañuelo mojado en la mano. Justamente detrás del sofá había una ventana que daba al patio interior. Creo que de todo lo que había en esa sala lo que mejor recuerdo es la ventana (y también las arañas, tan lujosas) porque al final de la noche la vi cambiar poco a poco de color y ponerse cada vez más gris y por fin rosa, antes de que saliera el sol. Y todo ese tiempo yo estuve pensando en monsieur Bébé, y de pronto no podía contenerme y lloraba, aunque solamente estaban ahí monsieur Rosay y monsieur Loulou, porque monsieur Nina se había ido o estaba en otra parte de la casa. Y así pasó la noche, y a ratos no podía contenerme al pensar en monsieur Bébé tan joven, y me ponía a llorar, aunque también era un poco por la fatiga; entonces monsieur Rosay venía a sentarse a mi lado, con una cara muy rara, y me decía que no era necesario que siguiera fingiendo, y que me preparara para cuando fuese la hora del entierro y llegaran la gente y los periodistas. Pero a veces es difícil saber cuándo se llora o no de veras, y le pedí a monsieur Rosay que me dejara quedarme velando a monsieur Bébé. Parecía muy extrañado de que no quisiera ir a dormir un rato, y me ofreció varias veces llevarme a un dormitorio, pero al final se convenció y me dejó tranquila. Aproveché un rato en que él había salido, probablemente para ir al excusado, y entré otra vez en el cuarto donde estaba monsieur Bébé.

Había pensado encontrarlo solo, pero monsieur Nina estaba ahí, mirándolo, parado a los pies de la cama. Como no nos conocíamos (quiero decir que él sabía que yo era la señora que pasaba por madre de monsieur Bébé, pero no nos habíamos visto antes) los dos nos miramos con desconfianza, aunque él no dijo nada cuando me acerqué y me puse al lado de monsieur Bébé. Estuvimos así un rato, y yo veía que le corrían las lágrimas por las mejillas, y que le habían hecho como un surco cerca de la nariz.

—Usted también estaba la noche de la fiesta —le dije, queriendo distraerlo—. Monsieur Bébé... monsieur Linard dijo que usted estaba muy triste, y le pidió a monsieur Loulou que fuera a acompañarlo.

Monsieur Nina me miró sin comprender. Movía la cabeza, y yo le sonreí para distraerlo.

—La noche de la fiesta en casa de monsieur Rosay —dije—. Monsieur Linard vino a la cocina y me ofreció whisky.

—¿Whisky?

—Sí. Fue el único que me ofreció de beber esa noche... Y monsieur Loulou abrió una botella de champaña, y entonces monsieur Linard le echó un chorro de espuma en la cara, y...

—Oh, cállese, cállese —murmuró monsieur Nina—. No nombre a ése... Bébé estaba loco, realmente loco...

—¿Y era por eso que usted estaba triste? —le pregunté, por decir algo, pero ya no me oía, miraba a monsieur Bébé como preguntándole alguna cosa, y movía la boca repitiendo siempre lo mismo, hasta que no pude seguir mirándolo. Monsieur Nina no era tan buen mozo como monsieur Bébé o monsieur Loulou, y me pareció muy pequeño, aunque la gente de negro siempre parece más pequeña, como dice Gustave. Yo hubiera querido consolar a monsieur Nina, tan afligido, pero monsieur Rosay entró en ese momento y me hizo señas de que volviera a la sala.

—Ya está amaneciendo, madame Francinet —me dijo. Tenía la cara color verde, el pobre—. Usted debería descansar un rato. No va a poder resistir la fatiga, y pronto empezará a llegar la gente. El entierro es a las nueve y media.

Realmente yo me caía de cansancio, y era mejor que durmiera una hora. Es increíble cómo una hora de sueño me quita la fatiga. Por eso dejé que monsieur Rosay me llevara del brazo, y cuando atravesamos la sala con las arañas la ventana ya estaba de color rosa vivo, y sentí frío a pesar de la chimenea encendida. En ese momento monsieur Rosay me soltó de golpe, y se quedó mirando la puerta que daba a la salida de la casa. Había entrado un hombre con una bufanda anudada al cuello, y me asusté por un momento pensando que a lo mejor nos habían descubierto (aunque no era nada ilegal) y que el hombre de la bufanda era un hermano o algo así de monsieur Bébé. Pero no podía ser, con ese aire tan rústico que tenía, como si Pierre o Gustave hubieran podido ser hermanos de alguien tan refinado como monsieur Bébé. Detrás del hombre de la bufanda vi de repente a monsieur Loulou con un aire como si tuviera miedo, pero me pareció que a la vez estaba como contento por algo que iba a suceder. Entonces monsieur Rosay me hizo seña de que me quedara donde estaba, y dio dos o tres pasos hacia el hombre de la bufanda, me parece que sin muchas ganas.

—¿Usted viene?... —empezó a decir, con la misma voz que usaba para hablar conmigo, y que no era nada amable en el fondo.

—¿Dónde está Bébé? —preguntó el hombre, con una voz como de haber estado bebiendo o gritando. Monsieur Rosay hizo un gesto vago, queriendo negarle la entrada, pero el hombre se adelantó y lo apartó a un lado con sólo mirarlo. Yo estaba muy extrañada de una actitud tan grosera en un momento tan triste, pero monsieur Loulou, que se había quedado en la puerta (yo creo que era él quien había dejado entrar a ese hombre), se puso a reír a carcajadas, y entonces monsieur Rosay se le acercó y le dio de bofetones como a un chico, realmente como a un chico. No oí bien lo que se decían, pero monsieur Loulou parecía contento a pesar de los bofetones, y decía algo así como: «Ahora verá... ahora verá esa puta...», aunque esté mal que repita sus palabras, y las dijo varias veces hasta que de golpe se echó a llorar y se tapó la cara, mientras monsieur Rosay lo empujaba y lo tironeaba hasta el sofá donde se quedó gritando y llorando, y todos se habían olvidado de mí como pasa siempre.

Monsieur Rosay parecía muy nervioso y no se decidía a entrar en el cuarto mortuorio, pero al cabo de un momento se oyó la voz de monsieur Nina que protestaba por alguna cosa, y monsieur Rosay se decidió y corrió a la puerta justamente cuando monsieur Nina salía protestando, y yo hubiera jurado que el hombre de la bufanda le había dado de empellones para echarlo. Monsieur Rosay retrocedió, mirando a monsieur Nina, y los dos se pusieron a hablar en voz muy baja, pero que lo mismo resultaba chillona, y monsieur Nina lloraba de despecho y hacía gestos, tanto que me daba mucha lástima. Al final se calmó un poco y monsieur Rosay lo llevó hasta el sofá donde estaba monsieur Loulou, que se reía de nuevo (era así, tan pronto reían como lloraban), pero monsieur Nina hizo una mueca de desprecio y fue a sentarse en otro sofá cerca de la chimenea. Yo me quedé en un rincón de la sala, esperando que llegaran las señoras y los periodistas como me había mandado madame Rosay, y al final el sol dio en los vidrios de la ventana y un mucamo de librea hizo entrar a dos señores muy elegantes y a una señora, que miró primero a monsieur Nina pensando tal vez que era de la familia, y después me miró a mí, y yo tenía la cara tapada con las manos, pero la veía muy bien por entre los dedos. Los señores, y otros que entraron luego, pasaban a ver a monsieur Bébé y luego se reunían en la sala, y algunos venían hasta donde yo estaba, acompañados por monsieur Rosay, y me daban el pésame y me estrechaban la mano con mucho sentimiento. Las señoras también eran muy amables, sobre todo una de ellas, muy joven y hermosa, que se sentó un momento a mi lado y dijo que monsieur Linard había sido un gran artista y que su muerte era una desgracia irreparable. Yo decía a todo que sí, y lloraba de veras aunque estuviera fingiendo todo el tiempo, pero me emocionaba pensar en monsieur Bébé ahí dentro, tan hermoso y tan bueno, y en lo gran artista que había sido. La señora joven me acarició varias veces las manos y me dijo que nadie olvidaría nunca a monsieur Linard, y que ella estaba segura de que monsieur Rosay continuaría con la casa de modas tal como lo había querido siempre monsieur Linard, para que no se perdiera su estilo, y muchas otras cosas que ya no recuerdo, pero siempre llenas de elogios para monsieur Bébé. Y entonces monsieur Rosay vino a buscarme, y después de mirar a los que me rodeaban para que comprendieran lo que iba a suceder, me dijo en voz baja que era hora de despedirme de mi hijo, porque pronto iban a cerrar el cajón. Yo sentí un miedo horrible, pensando que en ese momento tendría que hacer la escena más difícil, pero él me sostuvo y me ayudó a incorporarme, y entramos en el cuarto donde solamente estaba el hombre de la bufanda a los pies de la cama, mirando a monsieur Bébé, y monsieur Rosay le hizo una seña suplicante como para que comprendiera que debía dejarme a solas con mi hijo, pero el hombre le contestó con una mueca y se encogió de hombros y no se movió. Monsieur Rosay no sabía qué hacer, y volvió a mirar al hombre como implorándole que saliera, porque otros señores que debían ser los periodistas acababan de entrar detrás de nosotros, y realmente el hombre desentonaba allí con esa bufanda y esa manera de mirar a monsieur Rosay como si estuviera por insultarlo. Yo no pude esperar más, tenía miedo de todos, estaba segura de que iba a pasar algo terrible, y aunque monsieur Rosay no se ocupaba de mí y seguía haciendo señas para convencer al hombre de que se fuera, me acerqué a monsieur Bébé y me puse a llorar a gritos, y entonces monsieur Rosay me sujetó porque realmente yo hubiera querido besar en la frente a monsieur Bébé, que seguía siendo el más bueno de todos conmigo, pero él no me dejaba y me pedía que me calmara, y por fin me obligó a volver a la sala, consolándome mientras me apretaba el brazo hasta hacerme daño, pero esto último nadie podía sentirlo más que yo y no me importaba. Cuando estuve en el sofá, y el mucamo trajo agua y dos señoras me echaron aire con el pañuelo, hubo gran movimiento en la otra habitación, y nuevas personas entraron y se acercaron a mí hasta que ya no pude ver mucho de lo que ocurría. Entre los que acababan de llegar estaba el señor cura, y me alegré tanto de que hubiera venido a acompañar a monsieur Bébé. Pronto sería hora de salir para el cementerio, y estaba bien que el señor cura viniera con nosotros, con la madre y los amigos de monsieur Bébé. Seguramente ellos también estarían contentos de que viniera, sobre todo monsieur Rosay que estaba tan afligido por culpa del hombre de la bufanda, y que se preocupaba de que todo fuese correcto como debe ser, para que la gente supiera lo bien que había estado el entierro y lo mucho que todos querían a monsieur Bébé.

Las babas del diablo

Nunca se sabrá cómo hay que contar esto, si en primera persona o en segunda, usando la tercera del plural o inventando continuamente formas que no servirán de nada. Si se pudiera decir: yo vieron subir la luna, o: nos me duele el fondo de los ojos, y sobre todo así: tú la mujer rubia eran las nubes que siguen corriendo delante de mis tus sus nuestros vuestros sus rostros. Qué diablos.

Puestos a contar, si se pudiera ir a beber un bock por ahí y que la máquina siguiera sola (porque escribo a máquina), sería la perfección. Y no es un modo de decir. La perfección, sí, porque aquí el agujero que hay que contar es también una máquina (de otra especie, una Contax 1.1.2) y a lo mejor puede ser que una máquina sepa más de otra máquina que yo, tú, ella —la mujer rubia— y las nubes. Pero de tonto sólo tengo la suerte, y sé que si me voy, esta Remington se quedará petrificada sobre la mesa con ese aire de doblemente quietas que tienen las cosas movibles cuando no se mueven. Entonces tengo que escribir. Uno de todos nosotros tiene que escribir, si es que esto va a ser contado. Mejor que sea yo que estoy muerto, que estoy menos comprometido que el resto; yo que no veo más que las nubes y puedo pensar sin distraerme, escribir sin distraerme (ahí pasa otra, con un borde gris) y acordarme sin distraerme, yo que estoy muerto (y vivo, no se trata de engañar a nadie, ya se verá cuando llegue el momento, porque de alguna manera tengo que arrancar y he empezado por esta punta, la de atrás, la del comienzo, que al fin y al cabo es la mejor de las puntas cuando se quiere contar algo).

De repente me pregunto por qué tengo que contar esto, pero si uno empezara a preguntarse por qué hace todo lo que hace, si uno se preguntara solamente por qué acepta una invitación a cenar (ahora pasa una paloma, y me parece que un gorrión) o por qué cuando alguien nos ha contado un buen cuento, enseguida empieza como una cosquilla en el estómago y no se está tranquilo hasta entrar en la oficina de al lado y contar a su vez el cuento; recién entonces uno está bien, está contento y puede volverse a su trabajo. Que yo sepa nadie ha explicado esto, de manera que lo mejor es dejarse de pudores y contar, porque al fin y al cabo nadie se avergüenza de respirar o de ponerse los zapatos; son cosas que se hacen, y cuando pasa algo raro, cuando dentro del zapato encontramos una araña o al respirar se siente como un vidrio roto, entonces hay que contar lo que pasa, contarlo a los muchachos de la oficina o al médico. Ay, doctor, cada vez que respiro... Siempre contarlo, siempre quitarse esa cosquilla molesta del estómago.

Y ya que vamos a contarlo pongamos un poco de orden, bajemos por la escalera de esta casa hasta el domingo 7 de noviembre, justo un mes atrás. Uno baja cinco pisos y ya está en el domingo, con un sol insospechado para noviembre en París, con muchísimas ganas de andar por ahí, de ver cosas, de sacar fotos (porque éramos fotógrafos, soy fotógrafo). Ya sé que lo más difícil va a ser encontrar la manera de contarlo, y no tengo miedo de repetirme. Va a ser difícil porque nadie sabe bien quién es el que verdaderamente está contando, si soy yo o eso que ha ocurrido, o lo que estoy viendo (nubes, y a veces una paloma) o si sencillamente cuento una verdad que es solamente mi verdad, y entonces no es la verdad salvo para mi estómago, para estas ganas de salir corriendo y acabar de alguna manera con esto, sea lo que fuere.

Vamos a contarlo despacio, ya se irá viendo qué ocurre a medida que lo escribo. Si me sustituyen, si ya no sé qué decir, si se acaban las nubes y empieza alguna otra cosa (porque no puede ser que esto sea estar viendo continuamente nubes que pasan, y a veces una paloma), si algo de todo eso... Y después del «si», ¿qué voy a poner, cómo voy a clausurar correctamente la oración? Pero si empiezo a hacer preguntas no contaré nada; mejor contar, quizá contar sea como una respuesta, por lo menos para alguno que lo lea.

Roberto Michel, franco-chileno, traductor y fotógrafo aficionado a sus horas, salió del número 11 de la rue Monsieur-le-Prince el domingo 7 de noviembre del año en curso (ahora pasan dos más pequeñas, con los bordes plateados). Llevaba tres semanas trabajando en la versión al francés del tratado sobre recusaciones y recursos de José Norberto Allende, profesor en la Universidad de Santiago. Es raro que haya viento en París, y mucho menos un viento que en las esquinas se arremolinaba y subía castigando las viejas persianas de madera tras de las cuales sorprendidas señoras comentaban de diversas maneras la inestabilidad del tiempo en estos últimos años. Pero el sol estaba también ahí, cabalgando el viento y amigo de los gatos, por lo cual nada me impediría dar una vuelta por los muelles del Sena y sacar unas fotos de la Conserjería y la Sainte-Chapelle. Eran apenas las diez, y calculé que hacia las once tendría buena luz, la mejor posible en otoño; para perder tiempo derivé hasta la isla Saint-Louis y me puse a andar por el Quai d'Anjou, miré un rato el hotel de Lauzun, me recité unos fragmentos de Apollinaire que siempre me vienen a la cabeza cuando paso delante del hotel de Lauzun (y eso que debería acordarme de otro poeta, pero Michel es un porfiado), y cuando de golpe cesó el viento y el sol se puso por lo menos dos veces más grande (quiero decir más tibio, pero en realidad es lo mismo), me senté en el parapeto y me sentí terriblemente feliz en la mañana del domingo.

Entre las muchas maneras de combatir la nada, una de las mejores es sacar fotografías, actividad que debería enseñarse tempranamente a los niños, pues exige disciplina, educación estética, buen ojo y dedos seguros. No se trata de estar acechando la mentira como cualquier repórter, y atrapar la estúpida silueta del personajón que sale del número 10 de Downing Street, pero de todas maneras cuando se anda con la cámara hay como el deber de estar atento, de no perder ese brusco y delicioso rebote de un rayo de sol en una vieja piedra, o la carrera trenzas al aire de una chiquilla que vuelve con un pan o una botella de leche. Michel sabía que el fotógrafo opera siempre como una permutación de su manera personal de ver el mundo por otra que la cámara le impone insidiosa (ahora pasa una gran nube casi negra), pero no desconfiaba, sabedor de que le bastaba salir sin la Contax para recuperar el tono distraído, la visión sin encuadre, la luz sin diafragma ni 1/250. Ahora mismo (qué palabra, *ahora*, qué estúpida mentira) podía quedarme sentado en el pretil sobre el río, mirando pasar las pinazas negras y rojas, sin que se me ocurriera pensar fotográficamente las escenas, nada más que dejándome ir en el dejarse ir de las cosas, corriendo inmóvil con el tiempo. Y ya no soplaba viento.

Después seguí por el Quai de Bourbon hasta llegar a la punta de la isla, donde la íntima placita (íntima por pequeña y no por recatada, pues da todo el pecho al río y al cielo) me gusta y me regusta. No había más que una pareja y, claro, palomas; quizás alguna de las que ahora pasan por lo que estoy viendo. De un salto me instalé en el parapeto y me dejé envolver y atar por el sol, dándole la cara, las orejas, las dos manos (guardé los guantes en el bolsillo). No tenía ganas de sacar fotos, y encendí un cigarrillo por hacer algo; creo que en el momento en que acercaba el fósforo al tabaco vi por primera vez al muchachito.

Lo que había tomado por una pareja se parecía mucho más a un chico con su madre, aunque al mismo tiempo me daba cuenta de que no era un chico con su madre, de que era una pareja en el sentido que damos siempre a las parejas cuando las vemos apoyadas en los parapetos o abrazadas en los bancos de las plazas. Como no tenía nada que hacer me sobraba tiempo para preguntarme por qué el muchachito estaba tan nervioso, tan como un potrillo o una liebre, metiendo las manos en los bolsillos, sacando enseguida una y después la otra, pasándose los dedos por el pelo, cambiando de postura, y sobre todo por qué tenía miedo, pues eso se lo adivinaba en cada gesto, un miedo sofocado por la vergüenza, un impulso de echarse atrás que se advertía como si su cuerpo estuviera al borde de la huida, conteniéndose en un último y lastimoso decoro.

Tan claro era todo eso, ahí a cinco metros —y estábamos solos contra el parapeto, en la punta de la isla—, que al principio el miedo del chico no me dejó ver bien a la mujer rubia. Ahora, pensándolo, la veo mucho mejor en ese primer momento en que le leí la cara (de golpe había girado como una veleta de cobre, y los ojos, los ojos estaban ahí), cuando comprendí vagamente lo que podía estar ocurriéndole al chico y me dije que valía la pena quedarse y mirar (el viento se llevaba las palabras, los apenas murmullos). Creo que sé mirar, si es que algo sé, y que todo mirar rezuma falsedad, porque es lo que nos arroja más afuera de nosotros mismos, sin la menor garantía, en tanto que oler, o (pero Michel se bifurca fácilmente, no hay que dejarlo que declame a gusto). De todas maneras, si de antemano se prevé la probable falsedad, mirar se vuelve posible; basta quizás elegir bien entre el mirar y lo mirado, desnudar a las cosas de tanta ropa ajena. Y, claro, todo esto es más bien difícil.

Del chico recuerdo la imagen antes que el verdadero cuerpo (esto se entenderá después), mientras que ahora estoy seguro que de la mujer recuerdo mucho mejor su cuerpo que su imagen. Era delgada y esbelta, dos palabras injustas para decir lo que era, y vestía un abrigo de piel casi negro, casi largo, casi hermoso. Todo el viento de esa mañana (ahora soplaba apenas, y no hacía frío) le había pasado por el pelo rubio que recortaba su cara blanca y sombría —dos palabras injustas—

y dejaba al mundo de pie y horriblemente solo delante de sus ojos negros, sus ojos que caían sobre las cosas como dos águilas, dos saltos al vacío, dos ráfagas de fango verde. No describo nada, trato más bien de entender. Y he dicho dos ráfagas de fango verde.

Seamos justos, el chico estaba bastante bien vestido y llevaba unos guantes amarillos que yo hubiera jurado que eran de su hermano mayor, estudiante de derecho o ciencias sociales; era gracioso ver los dedos de los guantes saliendo del bolsillo de la chaqueta. Largo rato no le vi la cara, apenas un perfil nada tonto —pájaro azorado, ángel de Fra Filippo, arroz con leche— y una espalda de adolescente que quiere hacer judo y que se ha peleado un par de veces por una idea o una hermana. Al filo de los catorce, quizá de los quince, se lo adivinaba vestido y alimentado por sus padres pero sin un centavo en el bolsillo, teniendo que deliberar con los camaradas antes de decidirse por un café, un coñac, un atado de cigarrillos. Andaría por las calles pensando en las condiscípulas, en lo bueno que sería ir al cine y ver la última película, o comprar novelas o corbatas o botellas de licor con etiquetas verdes y blancas. En su casa (su casa sería respetable, sería almuerzo a las doce y paisajes románticos en las paredes, con un oscuro recibimiento y un paragüero de caoba al lado de la puerta) llovería despacio el tiempo de estudiar, de ser la esperanza de mamá, de parecerse a papá, de escribir a la tía de Avignon. Por eso tanta calle, todo el río para él (pero sin un centavo) y la ciudad misteriosa de los quince años, con sus signos en las puertas, sus gatos estremecedores, el cartucho de papas fritas a treinta francos, la revista pornográfica doblada en cuatro, la soledad como un vacío en los bolsillos, los encuentros felices, el fervor por tanta cosa incomprendida pero iluminada por un amor total, por la disponibilidad parecida al viento y a las calles.

Esta biografía era la del chico y la de cualquier chico, pero a éste lo veía ahora aislado, vuelto único por la presencia de la mujer rubia que seguía hablándole. (Me cansa insistir, pero acaban de pasar dos largas nubes desflecadas. Pienso que aquella mañana no miré ni una sola vez el cielo, porque tan pronto presentí lo que pasaba con el chico y la mujer no pude más que mirarlos y esperar, mirarlos y...) Resumiendo, el chico estaba inquieto y se podía adivinar sin mucho trabajo lo que acababa de ocurrir pocos minutos antes, a lo sumo media hora. El chico había llegado hasta la punta de la isla, vio a la mujer y la encontró admirable. La mujer esperaba eso porque estaba ahí para esperar eso, o quizás el chico llegó antes y ella lo vio desde un balcón o desde un auto, y salió a su encuentro, provocando el diálogo con cualquier cosa, segura desde el comienzo de que él iba a tenerle miedo y a querer escaparse, y que naturalmente se quedaría, engallado y hosco, fingiendo la veteranía y el placer de la aventura. El resto era fácil porque estaba ocurriendo a cinco metros de mí y cualquiera hubiese podido medir las etapas del juego, la esgrima irrisoria; su mayor encanto no era su presente, sino la previsión del desenlace. El muchacho acabaría por pretextar una cita, una obligación cualquiera, y se alejaría tropezando y confundido, queriendo caminar con desenvoltura, desnudo bajo la mirada burlona que lo seguiría hasta el final. O bien se quedaría, fascinado o simplemente incapaz de tomar la iniciativa, y la mujer empezaría a acariciarle la cara, a despeinarlo, hablándole ya sin voz, y de pronto lo tomaría del brazo para llevárselo, a menos que él, con una desazón que quizás empezara a teñir el deseo, el riesgo de la aventura, se animase a pasarle el brazo por la cintura y a besarla. Todo esto podía ocurrir pero aún no ocurría, y perversamente Michel esperaba, sentado en el pretil, aprontando casi sin darse cuenta la cámara para sacar una foto pintoresca en un rincón de la isla con una pareja nada común hablando y mirándose.

Curioso que la escena (la nada, casi: dos que están ahí, desigualmente jóvenes) tuviera como un aura inquietante. Pensé que eso lo ponía yo, y que mi foto, si la sacaba, restituiría las cosas a su tonta verdad. Me hubiera gustado saber qué pensaba el hombre del sombrero gris sentado al volante del auto detenido en el muelle que lleva a la pasarela, y que leía el diario o dormía. Acababa de descubrirlo, porque la gente dentro de un auto detenido casi desaparece, se pierde en esa mísera jaula privada de la belleza que le dan el movimiento y el peligro. Y sin embargo el auto había estado ahí todo el tiempo, formando parte (o deformando esa parte) de la isla. Un auto: como decir un farol de alumbrado, un banco de plaza. Nunca el viento, la luz del sol, esas materias siempre nuevas para la piel y los ojos, y también el chico y la mujer, únicos, puestos ahí para alterar la isla, para mostrármela de otra manera. En fin, bien podía suceder que también el hombre del diario estuviera atento a lo que pasaba y sintiera como yo ese regusto maligno de toda expectativa. Ahora la mujer había girado suavemente hasta poner al muchachito entre ella y el parapeto, los veía casi de perfil y él era más alto, pero no mucho más alto, y sin embargo ella lo sobraba, parecía como cernida sobre él (su risa, de repente, un látigo de plumas), aplastándolo con sólo estar ahí, sonreír, pasear una mano por el aire. ¿Por qué esperar más? Con un diafragma dieciséis, con un encuadre donde no entrara el horrible auto negro, pero sí ese árbol, necesario para quebrar un espacio demasiado gris...

Levanté la cámara, fingí estudiar un enfoque que no los incluía y me quedé al acecho, seguro de que atraparía por fin el gesto revelador, la expresión que todo lo resume, la vida que el movimiento acompasa pero que una imagen rígida destruye al seccionar el tiempo, si no elegimos la imperceptible fracción esencial. No tuve que esperar mucho. La mujer avanzaba en su tarea de maniatar suavemente al chico, de quitarle fibra a fibra sus últimos restos de libertad, en una lentísima tortura deliciosa. Imaginé los finales posibles (ahora asoma una pequeña nube espumosa, casi sola en el cielo), preví la llegada a la casa (un piso bajo probablemente, que ella saturaría de almohadones y de gatos) y sospeché el azoramiento del chico y su decisión desesperada de disimularlo y de dejarse llevar fingiendo que nada le era nuevo. Cerrando los ojos, si es que los cerré, puse en orden la escena, los besos burlones, la mujer rechazando con dulzura las manos que pretenderían desnudarla como en las novelas, en una cama que tendría un edredón lila, y obligándolo en cambio a dejarse quitar la ropa, verdaderamente madre e hijo bajo una luz amarilla de opalinas, y todo acabaría como siempre, quizá, pero quizá todo fuera de otro modo, y la iniciación del adolescente no pasara, no la dejaran pasar, de un largo proemio donde las torpezas, las caricias exasperantes, la carrera de las manos se resolviera quién sabe en qué, en un placer por separado y solitario, en una petulante negativa mezclada con el arte de fatigar y desconcertar tanta inocencia lastimada. Podía ser así, podía muy bien ser así; aquella mujer no buscaba un amante en el chico, y a la vez se lo adueñaba para un fin imposible de entender si no lo imaginaba como un juego cruel, deseo de desear sin satisfacción, de excitarse para algún otro, alguien que de ninguna manera podía ser ese chico.

Michel es culpable de literatura, de fabricaciones irreales. Nada le gusta más que imaginar excepciones, individuos fuera de la especie, monstruos no siempre repugnantes. Pero esa mujer invitaba a la invención, dando quizá las claves suficientes para acertar con la verdad. Antes de que se fuera, y ahora que llenaría mi recuerdo durante muchos días, porque soy propenso a la rumia, decidí no perder un momento más. Metí todo en el visor (con el árbol, el pretil, el sol de las once) y tomé la foto. A tiempo para comprender que los dos se habían dado cuenta y que me estaban mirando, el chico sorprendido y como interrogante, pero ella irritada, resueltamente hostiles su cuerpo y su cara que se sabían robados, ignominiosamente presos en una pequeña imagen química.

Lo podría contar con mucho detalle pero no vale la pena. La mujer habló de que nadie tenía derecho a tomar una foto sin permiso, y exigió que le entregara el rollo de película.

Todo esto con una voz seca y clara, de buen acento de París, que iba subiendo de color y de tono a cada frase. Por mi parte se me importaba muy poco darle o no el rollo de película, pero cualquiera que me conozca sabe que las cosas hay que pedírmelas por las buenas. El resultado es que me limité a formular la opinión de que la fotografía no sólo no está prohibida en los lugares públicos, sino que cuenta con el más decidido favor oficial y privado. Y mientras se lo decía gozaba socarronamente de cómo el chico se replegaba, se iba quedando atrás —con sólo no moverse— y de golpe (parecía casi increíble) se volvía y echaba a correr, creyendo el pobre que caminaba y en realidad huyendo a la carrera, pasando al lado del auto, perdiéndose como un hilo de la Virgen en el aire de la mañana.

Pero los hilos de la Virgen se llaman también babas del diablo, y Michel tuvo que aguantar minuciosas imprecaciones, oírse llamar entrometido e imbécil, mientras se esmeraba deliberadamente en sonreír y declinar, con simples movimientos de cabeza, tanto envío barato. Cuando empezaba a cansarme, oí golpear la portezuela de un auto. El hombre del sombrero gris estaba ahí, mirándonos. Sólo entonces comprendí que jugaba un papel en la comedia.

Empezó a caminar hacia nosotros, llevando en la mano el diario que había pretendido leer. De lo que mejor me acuerdo es de la mueca que le ladeaba la boca, le cubría la cara de arrugas, algo cambiaba de lugar y forma porque la boca le temblaba y la mueca iba de un lado a otro de los labios como una cosa independiente y viva, ajena a la voluntad. Pero todo el resto era fijo, payaso enharinado u hombre sin sangre, con la piel apagada y seca, los ojos metidos en lo hondo y los agujeros de la nariz negros y visibles, más negros que las cejas o el pelo o la corbata negra. Caminaba cautelosamente, como si el pavimento le lastimara los pies; le vi zapatos de charol, de suela tan delgada que debía acusar cada aspereza de la calle. No sé por qué me había bajado del pretil, no sé bien por qué decidí no darles la foto, negarme a esa exigencia en la que adivinaba miedo y cobardía. El payaso y la mujer se consultaban en silencio: hacíamos un perfecto triángulo insoportable, algo que tenía que romperse con un chasquido. Me les reí en la cara y eché a andar, supongo que un poco más despacio que el chico. A la altura de las primeras casas, del lado de la pasarela de hierro, me volví a mirarlos. No se movían, pero el hombre había dejado caer el diario; me pareció que la mujer, de espaldas al parapeto, paseaba las manos por la piedra, con el clásico y absurdo gesto del acosado que busca la salida.

Lo que sigue ocurrió aquí, casi ahora mismo, en una habitación de un quinto piso. Pasaron varios días antes de que Michel revelara las fotos del domingo; sus tomas de la Conserjería y de la Sainte-Chapelle eran lo que debían ser. Encontró dos o tres enfoques de prueba ya olvidados, una mala tentativa de atrapar un gato asombrosamente encaramado en el techo de un mingitorio callejero, y también la foto de la mujer rubia y el adolescente. El negativo era tan bueno que preparó una ampliación; la ampliación era tan buena que hizo otra mucho más grande, casi como un afiche. No se le ocurrió (ahora se lo pregunta y se lo pregunta) que sólo las fotos de la Conserjería merecían tanto trabajo. De toda la serie, la instantánea en la punta de la isla era la única que le interesaba; fijó la ampliación en una pared del cuarto, y el primer día estuvo un rato mirándola y acordándose, en esa operación comparativa y melancólica del recuerdo frente a la perdida realidad; recuerdo petrificado, como toda foto, donde nada faltaba, ni siquiera y sobre todo la nada, verdadera fijadora de la escena. Estaba la mujer, estaba el chico, rígido el árbol sobre sus cabezas, el cielo tan fijo como las piedras del parapeto, nubes y piedras confundidas en una sola materia inseparable (ahora pasa una con bordes afilados, corre como en una cabeza de tormenta). Los dos primeros días acepté lo que había hecho, desde la foto en sí hasta la ampliación en la pared, y no me pregunté siquiera por qué interrumpía a cada rato la traducción del tratado de José Norberto Allende para reencontrar la cara de la mujer, las manchas oscuras en el pretil. La primera sorpresa fue estúpida; nunca se me había ocurrido pensar que cuando miramos una foto de frente, los ojos repiten exactamente la posición y la visión del objetivo; son esas cosas que se dan por sentadas y que a nadie se le ocurre considerar. Desde mi silla, con la máquina de escribir por delante, miraba la foto ahí a tres metros, y entonces se me ocurrió que me había instalado exactamente en el punto de mira del objetivo. Estaba muy bien así; sin duda era la manera más perfecta de apreciar una foto, aunque la visión en diagonal pudiera tener sus encantos y aun sus descubrimientos. Cada tantos minutos, por ejemplo cuando no encontraba la manera de decir en buen francés lo que José Alberto Allende decía en tan buen español, alzaba los ojos y miraba la foto; a veces me atraía la mujer, a veces el chico, a veces el pavimento donde una hoja seca se había situado admirablemente para valorizar un sector lateral. Entonces descansaba un rato de mi trabajo, y me incluía otra vez con gusto en aquella mañana que empapaba la foto, recordaba irónicamente la imagen colérica de la mujer reclamándome la fotografía, la fuga ridícula y patética del chico, la entrada en escena del hombre de la cara blanca. En el fondo estaba satisfecho de mí mismo; mi partida no había sido demasiado brillante, pues si a los franceses les ha sido dado el don de la pronta respuesta, no veía bien por qué había optado por irme sin una acabada demostración de privilegios, prerrogativas y derechos ciudadanos. Lo importante, lo verdaderamente importante era haber ayudado al chico a escapar a tiempo (esto en caso de que mis teorías fueran exactas, lo que no estaba suficientemente probado, pero la fuga en sí parecía demostrarlo). De puro entrometido le había dado oportunidad de aprovechar al fin su miedo para algo útil; ahora estaría arrepentido, menoscabado, sintiéndose poco hombre. Mejor era eso que la compañía de una mujer capaz de mirar como lo miraban en la isla; Michel es puritano a ratos, cree que no se debe corromper por la fuerza. En el fondo, aquella foto había sido una buena acción.

No por buena acción la miraba entre párrafo y párrafo de mi trabajo. En ese momento no sabía por qué la miraba, por qué había fijado la ampliación en la pared; quizás ocurra así con todos los actos fatales, y sea ésa la condición de su cumplimiento. Creo que el temblor casi furtivo de las hojas del árbol no me alarmó, que seguí una frase empezada y la terminé redonda. Las costumbres son como grandes herbarios, al fin y al cabo una ampliación de ochenta por sesenta se parece a una pantalla donde proyectan cine, donde en la punta de una isla una mujer habla con un chico y un árbol agita unas hojas secas sobre sus cabezas.

Pero las manos ya eran demasiado. Acababa de escribir: *Donc, la seconde clé réside dans la nature intrinsèque des difficultés que les sociétés* —y vi la mano de la mujer que empezaba a cerrarse despacio, dedo por dedo—. De mí no quedó nada, una frase en francés que jamás habrá de terminarse, una máquina de escribir que cae al suelo, una silla que chirría y tiembla, una niebla. El chico había agachado la cabeza, como los boxeadores cuando no pueden más y esperan el golpe de desgracia; se había alzado el cuello del sobretodo, parecía más que nunca un prisionero, la perfecta víctima que ayuda a la catástrofe. Ahora la mujer le hablaba al oído, y la mano se abría otra vez para posarse en su mejilla, acariciarla y acariciarla, quemándola sin prisa. El chico estaba menos azorado que receloso, una o dos veces atisbó por sobre el hombro de la mujer y ella seguía hablando, explicando algo que lo hacía mirar a cada momento hacia la zona donde Michel sabía muy bien que estaba el auto con el hombre del sombrero gris, cuidadosamente descartado en la fotografía pero reflejándose en los ojos del chico y (cómo dudarlo ahora) en las palabras de la mujer, en las manos de la mujer, en la presencia vicaria de la mujer. Cuando vi venir al hombre, detenerse cerca de ellos y mirarlos, las manos en los bolsillos y un aire entre hastiado y exigente, patrón que va a silbar a su perro después de los retozos en la plaza, comprendí, si eso era comprender, lo que tenía que pasar, lo que tenía que haber pasado, lo que hubiera tenido que pasar en ese momento, entre esa gente, ahí donde yo había llegado a trastrocar un orden, inocentemente inmiscuido en eso que no había pasado pero que ahora iba a pasar, ahora se iba a cumplir. Y lo que entonces había imaginado era mucho menos horrible que la realidad, esa mujer que no estaba ahí por ella misma, no acariciaba ni proponía ni alentaba para su placer, para llevarse al ángel despeinado y jugar con su terror y su gracia deseosa. El verdadero amo esperaba, sonriendo petulante, seguro ya de la obra; no era el primero que mandaba a una mujer a la vanguardia, a traerle los prisioneros maniatados con flores. El resto sería tan simple, el auto, una casa cualquiera, las bebidas, las láminas excitantes, las lágrimas demasiado tarde, el despertar en el infierno. Y yo no podía hacer nada, esta vez no podía hacer absolutamente nada. Mi fuerza había sido una fotografía, ésa, ahí, donde se vengaban de mí mostrándome sin disimulo lo que iba a suceder. La foto había sido tomada, el tiempo había corrido; estábamos tan lejos unos de otros, la corrupción seguramente consumada, las lágrimas vertidas, y el resto conjetura y tristeza. De pronto el orden se invertía, ellos estaban vivos, moviéndose, decidían y eran decididos, iban a su futuro; y yo desde este lado, prisionero de otro tiempo, de una habitación en un quinto piso, de no saber quiénes eran esa mujer y ese hombre y ese niño, de ser nada más que la lente de mi cámara, algo rígido, incapaz de intervención. Me tiraban a la cara la burla más horrible, la de decidir frente a mi impotencia, la de que el chico mirara otra vez al payaso enharinado y yo comprendiera que iba a aceptar, que la propuesta contenía dinero o engaño, y que no podía gritarle que huyera, o simplemente facilitarle otra vez el camino con una nueva foto, una pequeña y casi humilde intervención que desbaratara el andamiaje de baba y de perfume. Todo iba a resolverse allí mismo, en ese instante; había como un inmenso silencio que no tenía nada que ver con el silencio físico. Aquello se tendía, se armaba. Creo que grité, que grité terriblemente, y que en ese mismo segundo supe que empezaba a acercarme, diez centímetros, un paso, otro paso, el árbol giraba cadenciosamente sus ramas en primer plano, una mancha del pretil salía del cuadro, la cara de la mujer, vuelta hacia mí como sorprendida iba creciendo, y entonces giré un poco, quiero decir que la cámara giró un poco, y sin perder de vista a la mujer empezó a acercarse al hombre que me miraba con los agujeros negros que tenía en el sitio de los ojos, entre sorprendido y rabioso miraba queriendo clavarme en el aire, y en ese instante alcancé a ver como un gran pájaro fuera de foco que pasaba de un solo vuelo delante de la imagen, y me apoyé en la pared de mi cuarto y fui feliz porque el chico acababa de escaparse, lo veía corriendo, otra vez en foco, huyendo con todo el pelo al viento, aprendiendo por fin a volar sobre la isla, a llegar a la pasarela, a volverse a la ciudad. Por segunda vez se les iba, por segunda vez yo lo ayudaba a escaparse, lo devolvía a su paraíso precario. Jadeando me quedé frente a ellos; no había necesidad de avanzar más, el juego estaba jugado. De la mujer se veía apenas un hombro y algo de pelo, brutalmente cortado por el cuadro de la imagen; pero de frente estaba el hombre, entreabierta la boca donde veía temblar una lengua negra, y levantaba lentamente las manos, acercándolas al primer plano, un instante aún en perfecto foco, y después todo él un bulto que borraba la isla, el árbol, y yo cerré los ojos y no quise mirar más, y me tapé la cara y rompí a llorar como un idiota.

Ahora pasa una gran nube blanca, como todos estos días, todo este tiempo incontable. Lo que queda por decir es siempre una nube, dos nubes, o largas horas de cielo perfectamente limpio, rectángulo purísimo clavado con alfileres en la pared de mi cuarto. Fue lo que vi al abrir los ojos y secármelos con los dedos: el cielo limpio, y después una nube que entraba por la izquierda, paseaba lentamente su gracia y se perdía por la derecha. Y luego otra, y a veces en cambio todo se pone gris, todo es una enorme nube, y de pronto restallan las salpicaduras de la lluvia, largo rato se ve llover sobre la imagen, como un llanto al revés, y poco a poco el cuadro se aclara, quizá sale el sol, y otra vez entran las nubes, de a dos, de a tres. Y las palomas, a veces, y uno que otro gorrión.

El perseguidor

In memoriam Ch. P.

> *Sé fiel hasta la muerte.*
> *Apocalipsis*, 2, 10

> *O make me a mask.*
> DYLAN THOMAS

Dédée me ha llamado por la tarde diciéndome que Johnny no estaba bien, y he ido enseguida al hotel. Desde hace unos días Johnny y Dédée viven en un hotel de la rue Lagrange, en una pieza del cuarto piso. Me ha bastado ver la puerta de la pieza para darme cuenta de que Johnny está en la peor de las miserias; la ventana da a un patio casi negro, y a la una de la tarde hay que tener la luz encendida si se quiere leer el diario o verse la cara. No hace frío, pero he encontrado a Johnny envuelto en una frazada, encajado en un roñoso sillón que larga por todos lados pedazos de estopa amarillenta. Dédée está envejecida, y el vestido rojo le queda muy mal; es un vestido para el trabajo, para las luces de la escena; en esa pieza del hotel se convierte en una especie de coágulo repugnante.

—El compañero Bruno es fiel como el mal aliento —ha dicho Johnny a manera de saludo, remontando las rodillas hasta apoyar en ellas el mentón. Dédée me ha alcanzado una silla y yo he sacado un paquete de Gauloises. Traía un frasco de ron en el bolsillo, pero no he querido mostrarlo hasta hacerme una idea de lo que pasa. Creo que lo más irritante era la lamparilla con su ojo arrancado colgando del hilo sucio de moscas. Después de mirarla una o dos veces, y ponerme la mano como pantalla, le he preguntado a Dédée si no podíamos apagar la lamparilla y arreglarnos con la luz de la ventana. Johnny seguía mis palabras y mis gestos con una gran atención distraída, como un gato que mira fijo pero se ve que está por completo en otra cosa; que es otra cosa. Por fin Dédée se ha levantado y ha apagado la luz. En lo que quedaba, una mezcla de gris y negro, nos hemos reconocido mejor. Johnny ha sacado una de sus largas manos flacas de debajo de la frazada, y yo he sentido la fláccida tibieza de su piel. Entonces Dédée ha dicho que iba a preparar unos nescafés. Me ha alegrado saber que por lo menos tienen una lata de nescafé. Siempre que una persona tiene una lata de nescafé me doy cuenta de que no está en la última miseria; todavía puede resistir un poco.

—Hace un rato que no nos veíamos —le he dicho a Johnny—. Un mes por lo menos.

—Tú no haces más que contar el tiempo —me ha contestado de mal humor—. El primero, el dos, el tres, el veintiuno. A todo le pones un número, tú. Y ésta es igual. ¿Sabes por qué está furiosa? Porque he perdido el saxo. Tiene razón, después de todo.

—¿Pero cómo has podido perderlo? —le he preguntado, sabiendo en el mismo momento que era justamente lo que no se le puede preguntar a Johnny.

—En el *métro* —ha dicho Johnny—. Para mayor seguridad lo había puesto debajo del asiento. Era magnífico viajar sabiendo que lo tenía debajo de las piernas, bien seguro.

—Se dio cuenta cuando estaba subiendo la escalera del hotel —ha dicho Dédée, con la voz un poco ronca—. Y yo tuve que salir como una loca a avisar a los del *métro*, a la policía.

Por el silencio siguiente me he dado cuenta de que ha sido tiempo perdido. Pero Johnny ha empezado a reírse como hace él, con una risa más atrás de los dientes y de los labios.

—Algún pobre infeliz estará tratando de sacarle algún sonido —ha dicho—. Era uno de los peores saxos que he tenido nunca; se veía que Doc Rodríguez había tocado en él, estaba completamente deformado por el lado del alma. Como aparato en sí no era malo, pero Rodríguez es capaz de echar a perder un Stradivarius con solamente afinarlo.

—¿Y no puedes conseguir otro?

—Es lo que estamos averiguando —ha dicho Dédée—. Parece que Rory Friend tiene uno. Lo malo es que el contrato de Johnny...

—El contrato —ha remedado Johnny—. Qué es eso del contrato. Hay que tocar y se acabó, y no tengo saxo ni dinero para comprar uno, y los muchachos están igual que yo.

Esto último no es cierto, y los tres lo sabemos. Nadie se atreve ya a prestarle un instrumento a Johnny, porque lo pierde o acaba con él enseguida. Ha perdido el saxo de Louis Rolling en Bordeaux, ha roto en tres pedazos, pisoteándolo y golpeándolo, el saxo que Dédée había comprado cuando lo contrataron para una gira por Inglaterra. Nadie sabe ya cuántos instrumentos lleva perdidos, empeñados o rotos. Y en todos ellos tocaba como yo creo que solamente un dios puede tocar un saxo alto, suponiendo que hayan renunciado a las liras y a las flautas.

—¿Cuándo empiezas, Johnny?

—No sé. Hoy, creo, ¿eh, Dé?

—No, pasado mañana.

—Todo el mundo sabe las fechas menos yo —rezonga Johnny, tapándose hasta las orejas con la frazada—. Hubiera jurado que era esta noche, y que esta tarde había que ir a ensayar.

—Lo mismo da —ha dicho Dédée—. La cuestión es que no tienes saxo.

—¿Cómo lo mismo da? No es lo mismo. Pasado mañana es después de mañana, y mañana es mucho después de hoy. Y hoy mismo es bastante después de ahora, en que estamos charlando con el compañero Bruno y yo me sentiría mucho mejor si me pudiera olvidar del tiempo y beber alguna cosa caliente.

—Ya va a hervir el agua, espera un poco.

—No me refería al calor por ebullición —ha dicho Johnny. Entonces he sacado el frasco de ron y ha sido como si encendiéramos la luz, porque Johnny ha abierto de par en par la boca, maravillado, y sus dientes se han puesto a brillar, y hasta Dédée ha tenido que sonreírse al verlo tan asombrado y contento. El ron con el nescafé no estaba mal del todo, y los tres nos hemos sentido mucho mejor después del segundo trago y de un cigarrillo. Ya para entonces he advertido que Johnny se retraía poco a poco y que seguía haciendo alusiones al tiempo, un tema que le preocupa desde que lo conozco. He visto pocos hombres tan preocupados por todo lo que se refiere al tiempo. Es una manía, la peor de sus manías, que son tantas. Pero él la despliega y la explica con una gracia que pocos pueden resistir. Me he acordado de un ensayo antes de una grabación, en Cincinnati, y esto era mucho antes de venir a París, en el cuarenta y nueve o el cincuenta. Johnny estaba en gran forma en esos días, y yo había ido al ensayo nada más que para escucharlo a él y también a Miles Davis. Todos tenían ganas de tocar, estaban contentos, andaban bien vestidos (de esto me acuerdo quizá por contraste, por lo mal vestido y lo sucio que anda ahora Johnny), tocaban con gusto, sin ninguna impaciencia, y el técnico de sonido hacía señales de contento detrás de su ventanilla, como un babuino satisfecho. Y justamente en ese momento, cuando Johnny estaba como perdido en su alegría, de golpe dejó de tocar y soltándole un puñetazo a no sé quién dijo: «Esto lo estoy tocando mañana», y los muchachos se quedaron cortados, apenas dos o tres siguieron unos compases, como un tren que tarda en frenar, y Johnny se golpeaba la frente y repetía: «Esto ya lo toqué mañana, es horrible, Miles, esto ya lo toqué mañana», y no lo podían hacer salir de eso, y a partir de entonces todo anduvo mal, Johnny tocaba sin ganas y deseando irse (a drogarse otra vez, dijo el técnico de sonido muerto de rabia), y cuando lo vi salir, tambaleándose y con la cara cenicienta, me pregunté si eso iba a durar todavía mucho tiempo.

—Creo que llamaré al doctor Bernard —ha dicho Dédée, mirando de reojo a Johnny, que bebe su ron a pequeños sorbos—. Tienes fiebre, y no comes nada.

—El doctor Bernard es un triste idiota —ha dicho Johnny, lamiendo su vaso—. Me va a dar aspirinas, y después dirá que le gusta muchísimo el jazz, por ejemplo Ray Noble. Te das una idea, Bruno. Si tuviera el saxo lo recibiría con una música que lo haría bajar de vuelta los cuatro pisos con el culo en cada escalón.

—De todos modos no te hará mal tomarte las aspirinas —he dicho, mirando de reojo a Dédée—. Si quieres yo telefonearé al salir, así Dédée no tiene que bajar. Oye, pero ese contrato... Si empiezas pasado mañana creo que se podrá hacer algo. También yo puedo tratar de sacarle un saxo a Rory Friend. Y en el peor de los casos... La cuestión es que vas a tener que andar con más cuidado, Johnny.

—Hoy no —ha dicho Johnny mirando el frasco de ron—. Mañana, cuando tenga el saxo. De manera que no hay por qué hablar de eso ahora. Bruno, cada vez me doy mejor cuenta de que el tiempo... Yo creo que la música ayuda siempre a comprender un poco este asunto. Bueno, no a comprender porque la verdad es que no comprendo nada. Lo único que hago es darme cuenta de que hay algo. Como esos sueños, no es cierto, en que empiezas a sospecharte que todo se va a echar a perder, y tienes un poco de miedo por adelantado; pero al mismo tiempo no estás nada seguro, y a lo mejor todo se da vuelta como un panqueque y de repente estás acostado con una chica preciosa y todo es divinamente perfecto.

Dédée está lavando las tazas y los vasos en un rincón del cuarto. Me he dado cuenta de que ni siquiera tienen agua corriente en la pieza; veo una palangana con flores rosadas y una jofaina que me hace pensar en un animal embalsamado. Y Johnny sigue hablando con la boca tapada a medias por la frazada, y también él parece un embalsamado con las rodillas contra el mentón y su cara negra y lisa que el ron y la fiebre empiezan a humedecer poco a poco.

—He leído algunas cosas sobre todo eso, Bruno. Es muy raro, y en realidad tan difícil... Yo creo que la música ayuda, sabes. No a entender, porque en realidad no entiendo nada. —Se golpea la cabeza con el puño cerrado. La cabeza le suena como un coco.

—No hay nada aquí dentro, Bruno, lo que se dice nada. Esto no piensa ni entiende nada. Nunca me ha hecho falta, para decirte la verdad. Yo empiezo a entender de los ojos para abajo, y cuanto más abajo mejor entiendo. Pero no es realmente entender, en eso estoy de acuerdo.

—Te va a subir la fiebre —ha rezongado Dédée desde el fondo de la pieza.

—Oh, cállate. Es verdad, Bruno. Nunca he pensado en nada, solamente de golpe me doy cuenta de lo que he pensado, pero eso no tiene gracia, ¿verdad? ¿Qué gracia va a tener darse cuenta de que uno ha pensado algo? Para el caso es lo mismo que si pensaras tú o cualquier otro. No soy yo, yo. Simplemente saco provecho de lo que pienso, pero siempre después, y eso es lo que no aguanto. Ah, es difícil, es tan difícil... ¿No ha quedado ni un trago?

Le he dado las últimas gotas de ron, justamente cuando Dédée volvía a encender la luz; ya casi no se veía en la pieza. Johnny está sudando, pero sigue envuelto en la frazada, y de cuando en cuando se estremece y hace crujir el sillón.

—Me di cuenta cuando era muy chico, casi enseguida de aprender a tocar el saxo. En mi casa había siempre un lío de todos los diablos, y no se hablaba más que de deudas, de hipotecas. ¿Tú sabes lo que es una hipoteca? Debe ser algo terrible, porque la vieja se tiraba de los pelos cada vez que el viejo hablaba de la hipoteca, y acababan a los golpes. Yo tenía trece años... pero ya has oído todo eso.

Vaya si lo he oído; vaya si he tratado de escribirlo bien y verídicamente en mi biografía de Johnny.

—Por eso en casa el tiempo no acababa nunca, sabes. De pelea en pelea, casi sin comer. Y para colmo la religión, ah, eso no te lo puedes imaginar. Cuando el maestro me consiguió un saxo que te hubieras muerto de risa si lo ves, entonces creo que me di cuenta enseguida. La música me sacaba del tiempo, aunque no es más que una manera de decirlo. Si quieres saber lo que realmente siento, yo creo que la música me metía en el tiempo. Pero entonces hay que creer que este tiempo no tiene nada que ver con... bueno, con nosotros, por decirlo así.

Como hace rato que conozco las alucinaciones de Johnny, de todos los que hacen su misma vida, lo escucho atentamente pero sin preocuparme demasiado por lo que dice. Me pregunto en cambio cómo habrá conseguido la droga en París. Tendré que interrogar a Dédée, suprimir su posible complicidad. Johnny no va a poder resistir mucho más en ese estado. La droga y la miseria no saben andar juntas. Pienso en la música que se está perdiendo, en las docenas de grabaciones donde Johnny podría seguir dejando esa presencia, ese adelanto asombroso que tiene sobre cualquier otro músico. «Esto lo estoy tocando mañana» se me llena de pronto de un sentido clarísimo, porque Johnny siempre está tocando mañana y el resto viene a la zaga, en este hoy que él salta sin esfuerzo con las primeras notas de su música.

Soy un crítico de jazz lo bastante sensible como para comprender mis limitaciones, y me doy cuenta de que lo que estoy pensando está por debajo del plano donde el pobre Johnny trata de avanzar con sus frases truncadas, sus suspiros, sus súbitas rabias y sus llantos. A él le importa un bledo que yo lo crea genial, y nunca se ha envanecido de que su música esté mucho más allá de la que tocan sus compañeros. Pienso melancólicamente que él está al principio de su saxo mientras yo vivo obligado a conformarme con el final. Él es la boca y yo la oreja, por no decir que él es la boca y yo... Todo crítico, ay, es el triste final de algo que empezó como sabor, como delicia de morder y mascar. Y la boca se mueve otra vez, golosamente la gran lengua de Johnny recoge un chorrito de saliva de los labios. Las manos hacen un dibujo en el aire.

—Bruno, si un día lo pudieras escribir... No por mí, entiendes, a mí qué me importa. Pero debe ser hermoso, yo siento que debe ser hermoso. Te estaba diciendo que cuando empecé a tocar de chico me di cuenta de que el tiempo cambiaba. Esto se lo conté una vez a Jim y me dijo que todo el mundo se siente lo mismo, y que cuando uno se abstrae... Dijo así, cuando uno se abstrae. Pero no, yo no me abstraigo cuando toco. Solamente que cambio de lugar. Es como en un ascensor, tú estás en el ascensor hablando con la gente, y no sientes nada raro, y entre tanto pasa el primer piso, el décimo, el veintiuno, y la ciudad se quedó ahí abajo, y tú estás terminando la frase que habías empezado al entrar, y entre las primeras palabras y las últimas hay cincuenta y dos pisos. Yo me di cuenta cuando empecé a tocar que entraba en un ascensor, pero era un ascensor de tiempo, si te lo puedo decir así. No creas que me olvidaba de la hipoteca o de la religión. Solamente que en esos momentos la hipoteca y la religión eran como el traje que uno no tiene puesto; yo sé que el traje está en el ropero, pero a mí no vas a decirme que en este momento ese traje existe. El traje existe cuando me lo pongo, y la hipoteca y la religión existían cuando terminaba de tocar y la vieja entraba con el pelo colgándole en mechones y se quejaba de que yo le rompía las orejas con esa-música-del-diablo.

Dédée ha traído otra taza de nescafé, pero Johnny mira tristemente su vaso vacío.

—Esto del tiempo es complicado, me agarra por todos lados. Me empiezo a dar cuenta poco a poco de que el tiempo no es como una bolsa que se rellena. Quiero decir que aunque cambie el relleno, en la bolsa no cabe más que una cantidad y se acabó. ¿Ves mi valija, Bruno? Caben dos trajes y dos pares de zapatos. Bueno, ahora imagínate que la vacías y después vas a poner de nuevo los dos trajes y los dos pares de zapatos, y entonces te das cuenta de que solamente caben un traje y un par de zapatos. Pero lo mejor no es eso. Lo mejor es cuando te das cuenta de que puedes meter una tienda entera en la valija, cientos y cientos de trajes, como yo meto la música en el tiempo cuando estoy tocando, a veces. La música y lo que pienso cuando viajo en el *métro*.

—Cuando viajas en el *métro*.

—Eh, sí, ahí está la cosa —ha dicho socarronamente Johnny—. El *métro* es un gran invento, Bruno. Viajando en el *métro* te das cuenta de todo lo que podría caber en la valija. A lo mejor no perdí el saxo en el *métro*, a lo mejor...

Se echa a reír, tose, y Dédée lo mira inquieta. Pero él hace gestos, y se ríe y tose mezclando todo, sacudiéndose debajo de la frazada como un chimpancé. Le caen lágrimas y se las bebe, siempre riendo.

—Mejor es no confundir las cosas —dice después de un rato—. Lo perdí y se acabó. Pero el *métro* me ha servido para darme cuenta del truco de la valija. Mira, esto de las cosas elásticas es muy raro, yo lo siento en todas partes. Todo es elástico, chico. Las cosas que parecen duras tienen una elasticidad...

Piensa, concentrándose.

—... una elasticidad retardada —agrega sorprendentemente. Yo hago un gesto de admiración aprobatoria. Bravo, Johnny. El hombre que dice que no es capaz de pensar. Vaya con Johnny. Y ahora estoy realmente interesado por lo que va a decir, y él se da cuenta y me mira más socarronamente que nunca.

—¿Tú crees que podré conseguir otro saxo para tocar pasado mañana, Bruno?

—Sí, pero tendrás que tener cuidado.

—Claro, tendré que tener cuidado.

—Un contrato de un mes —explica la pobre Dédée—. Quince días en la *boîte* de Rémy, dos conciertos y los discos. Podríamos arreglarnos tan bien.

—Un contrato de un mes —remeda Johnny con grandes gestos—. La *boîte* de Rémy, dos conciertos y los discos. Be-bata-bop bop bop, chrrr. Lo que tiene es sed, una sed, una sed. Y unas ganas de fumar, de fumar. Sobre todo unas ganas de fumar.

Le ofrezco un paquete de Gauloises, aunque sé muy bien que está pensando en la droga. Ya es de noche, en el pasillo empieza un ir y venir de gente, diálogos en árabe, una canción. Dédée se ha marchado, probablemente a comprar alguna cosa para la cena. Siento la mano de Johnny en la rodilla.

—Es una buena chica, sabes. Pero me tiene harto. Hace rato que no la quiero, que no puedo sufrirla. Todavía me excita, a ratos, sabe hacer el amor como... —junta los dedos a la italiana—. Pero tengo que librarme de ella, volver a Nueva York. Sobre todo tengo que volver a Nueva York, Bruno.

—¿Para qué? Allá te estaba yendo peor que aquí. No me refiero al trabajo, sino a tu vida misma. Aquí me parece que tienes más amigos.

—Sí, estás tú y la marquesa, y los chicos del club... ¿Nunca hiciste el amor con la marquesa, Bruno?

—No.

—Bueno, es algo que... Pero yo te estaba hablando del *métro* y no sé por qué cambiamos de tema. El *métro* es un gran invento, Bruno. Un día empecé a sentir algo en el *métro*, después me olvidé... Y entonces se repitió, dos o tres días después. Y al final me di cuenta. Es fácil de explicar, sabes, pero es fácil porque en realidad no es la verdadera explicación. La verdadera explicación sencillamente no se puede explicar. Tendrías que tomar el *métro* y esperar a que te ocurra, aunque me parece que eso solamente me ocurre a mí. Es un poco así, mira. ¿Pero de verdad nunca hiciste el amor con la marquesa? Le tienes que pedir que se suba al taburete dorado que tiene en el rincón del dormitorio, al lado de una lámpara muy bonita, y entonces... Bah, ya está ésa de vuelta.

Dédée entra con un bulto, y mira a Johnny.

—Tienes más fiebre. Ya telefoneé al doctor, va a venir a las diez. Dice que te quedes tranquilo.

—Bueno, de acuerdo, pero antes le voy a contar lo del *métro* a Bruno. El otro día me di bien cuenta de lo que pasaba. Me puse a pensar en mi vieja, después en Lan y los chicos, y claro, al momento me parecía que estaba caminando por mi barrio, y veía las caras de los muchachos, los de aquel tiempo. No era pensar, me parece que ya te he dicho muchas veces que yo no pienso nunca; estoy como parado en una esquina viendo pasar lo que pienso, pero no pienso lo que veo. ¿Te das cuenta? Jim dice que todos somos iguales, que en general (así dice) uno no piensa por su cuenta. Pongamos que sea así, la cuestión es que yo había tomado el *métro* en la estación de Saint-Michel y enseguida me puse a pensar en Lan y los chicos, y a ver el barrio. Apenas me senté me puse a pensar en ellos. Pero al mismo tiempo me daba cuenta de que estaba en el *métro*, y vi que al cabo de un minuto más o menos llegábamos a Odéon, y que la gente entraba y salía. Entonces seguí pensando en Lan y vi a mi vieja cuando volvía de hacer las compras, y empecé a verlos a todos, a estar con ellos de una manera hermosísima, como hacía mucho que no sentía. Los recuerdos son siempre un asco, pero esta vez me gustaba pensar en los chicos y verlos. Si me pongo a contarte todo lo que vi no lo vas a creer porque tendría para rato. Y eso que ahorraría detalles. Por ejemplo, para decirte una sola cosa, veía a Lan con un vestido verde que se ponía cuando iba al Club 33 donde yo tocaba con Hamp. Veía el vestido con unas cintas, un moño, una especie de adorno al costado y un cuello... No al mismo tiempo, sino que en realidad me estaba paseando alrededor del vestido de Lan y lo miraba despacito. Y después miré la cara de Lan y la de los chicos, y después me acordé de Mike que vivía en la pieza de al lado, y cómo Mike me había contado la historia de unos caballos salvajes en Colorado, y él que trabajaba en un rancho y hablaba sacando pecho como los domadores de caballos...

—Johnny —ha dicho Dédée desde su rincón.

—Fíjate que solamente te cuento un pedacito de todo lo que estaba pensando y viendo. ¿Cuánto hará que te estoy contando este pedacito?

—No sé, pongamos unos dos minutos.

—Pongamos unos dos minutos —remeda Johnny—. Dos minutos y te he contado un pedacito nada más. Si te contara todo lo que les vi hacer a los chicos, y cómo Hamp tocaba *Save it, pretty mamma* y yo escuchaba cada nota, entiendes, cada nota, y Hamp no es de los que se cansan, y si te contara que también le oí a mi vieja una oración larguísima, donde hablaba de repollos, me parece, pedía perdón por mi viejo y por mí y decía algo de unos repollos... Bueno, si te contara en detalle todo eso, pasarían más de dos minutos, ¿eh, Bruno?

—Si realmente escuchaste y viste todo eso, pasaría un buen cuarto de hora —le he dicho, riéndome.

—Pasaría un buen cuarto de hora, eh, Bruno. Entonces me vas a decir cómo puede ser que de repente siento que el *métro* se para y yo me salgo de mi vieja y Lan y todo aquello, y veo que estamos en Saint-Germain-des-Prés, que queda justo a un minuto y medio de Odéon.

Nunca me preocupo demasiado por las cosas que dice Johnny, pero ahora, con su manera de mirarme, he sentido frío.

—Apenas un minuto y medio por tu tiempo, por el tiempo de ésa —ha dicho rencorosamente Johnny—. Y también por el del *métro* y el de mi reloj, malditos sean. Entonces, ¿cómo puede ser que yo haya estado pensando un cuarto de hora, eh, Bruno? ¿Cómo se puede pensar un cuarto de hora en un minuto y medio? Te juro que ese día no había fumado ni un pedacito, ni una hojita —agrega como un chico que se excusa—. Y después me ha vuelto a suceder, ahora me empieza a suceder en todas partes. Pero —agrega astutamente— sólo en el *métro* me puedo dar cuenta porque viajar en el *métro* es como estar metido en un reloj. Las estaciones son

452

los minutos, comprendes, es ese tiempo de ustedes, de ahora; pero yo sé que hay otro, y he estado pensando, pensando...

Se tapa la cara con las manos y tiembla. Yo quisiera haberme ido ya, y no sé cómo hacer para despedirme sin que Johnny se resienta, porque es terriblemente susceptible con sus amigos. Si sigue así le va a hacer mal, por lo menos con Dédée no va a hablar de esas cosas.

—Bruno, si yo pudiera solamente vivir como en esos momentos, o como cuando estoy tocando y también el tiempo cambia... Te das cuenta de lo que podría pasar en un minuto y medio... Entonces un hombre, no solamente yo sino ésa y tú y todos los muchachos, podrían vivir cientos de años, si encontráramos la manera podríamos vivir mil veces más de lo que estamos viviendo por culpa de los relojes, de esa manía de minutos y de pasado mañana...

Sonrío lo mejor que puedo, comprendiendo vagamente que tiene razón, pero que lo que él sospecha y lo que yo presiento de su sospecha se va a borrar como siempre apenas esté en la calle y me meta en mi vida de todos los días. En ese momento estoy seguro de que Johnny dice algo que no nace solamente de que está medio loco, de que la realidad se le escapa y le deja en cambio una especie de parodia que él convierte en una esperanza. Todo lo que Johnny me dice en momentos así (y hace más de cinco años que Johnny me dice y les dice a todos cosas parecidas) no se puede escuchar prometiéndose volver a pensarlo más tarde. Apenas se está en la calle, apenas es el recuerdo y no Johnny quien repite las palabras, todo se vuelve un fantaseo de la marihuana, un manotear monótono (porque hay otros que dicen cosas parecidas, a cada rato se sabe de testimonios parecidos) y después de la maravilla nace la irritación, y a mí por lo menos me pasa que siento como si Johnny me hubiera estado tomando el pelo. Pero esto ocurre siempre al otro día, no cuando Johnny me lo está diciendo, porque entonces siento que hay algo que quiere ceder en alguna parte, una luz que busca encenderse, o más bien como si fuera necesario quebrar alguna cosa, quebrarla de arriba abajo como un tronco metiéndole una cuña y martillando hasta el final. Y Johnny ya no tiene fuerzas para martillar nada, y yo ni siquiera sé qué martillo haría falta para meter una cuña que tampoco me imagino.

De manera que al final me he ido de la pieza, pero antes ha pasado una de esas cosas que tienen que pasar —ésa u otra parecida—, y es que cuando me estaba despidiendo de Dédée y le daba la espalda a Johnny he sentido que algo ocurría, lo he visto en los ojos de Dédée y me he vuelto rápidamente (porque a lo mejor le tengo un poco de miedo a Johnny, a este ángel que es como mi hermano, a este hermano que es como mi ángel) y he visto a Johnny que se ha quitado de golpe la frazada con que estaba envuelto, y lo he visto sentado en el sillón completamente desnudo, con las piernas levantadas y las rodillas junto al mentón, temblando pero riéndose, desnudo de arriba abajo en el sillón mugriento.

—Empieza a hacer calor —ha dicho Johnny—. Bruno, mira qué hermosa cicatriz tengo entre las costillas.

—Tápate —ha mandado Dédée, avergonzada y sin saber qué decir. Nos conocemos bastante y un hombre desnudo no es más que un hombre desnudo, pero de todos modos Dédée ha tenido vergüenza y yo no sabía cómo hacer para no dar la impresión de que lo que estaba haciendo Johnny me chocaba. Y él lo sabía y se ha reído con toda su bocaza, obscenamente manteniendo las piernas levantadas, el sexo colgándole al borde del sillón como un mono en el zoo, y la piel de los muslos con unas raras manchas que me han dado un asco infinito. Entonces Dédée ha agarrado la frazada y lo ha envuelto presurosa, mientras Johnny se reía y parecía muy feliz. Me he despedido vagamente, prometiendo volver al otro día, y Dédée me ha acompañado hasta el rellano, cerrando la puerta para que Johnny no oiga lo que va a decirme.

—Está así desde que volvimos de la gira por Bélgica. Había tocado tan bien en todas partes, y yo estaba tan contenta.

—Me pregunto de dónde habrá sacado la droga —he dicho, mirándola en los ojos.

—No sé. Ha estado bebiendo vino y coñac casi todo el tiempo. Pero también ha fumado, aunque menos que allá...

Allá es Baltimore y Nueva York, son los tres meses en el hospital psiquiátrico de Bellevue, y la larga temporada en Camarillo.

—¿Realmente Johnny tocó bien en Bélgica, Dédée?

—Sí, Bruno, me parece que mejor que nunca. La gente estaba enloqucida, y los muchachos de la orquesta me lo dijeron muchas veces. De repente pasaban cosas raras, como siempre con Johnny, pero por suerte nunca delante del público. Yo creí... pero ya ve, ahora es peor que nunca.

—¿Peor que en Nueva York? Usted no lo conoció en esos años.

Dédée no es tonta, pero a ninguna mujer le gusta que le hablen de su hombre cuando aún no estaba en su vida, aparte de que ahora tiene que aguantarlo y lo de antes no son más que palabras. No sé cómo decírselo, y ni siquiera le tengo plena confianza, pero al final me decido.

—Me imagino que se han quedado sin dinero.

—Tenemos ese contrato para empezar pasado mañana —ha dicho Dédée.

—¿Usted cree que va a poder grabar y presentarse en público?

—Oh, sí —ha dicho Dédée un poco sorprendida—. Johnny puede tocar mejor que nunca si el doctor Bernard le corta la gripe. La cuestión es el saxo.

—Me voy a ocupar de eso. Aquí tiene, Dédée. Solamente que... Lo mejor sería que Johnny no lo supiera.

—Bruno...

Con un gesto, y empezando a bajar la escalera, he detenido las palabras imaginables, la gratitud inútil de Dédée. Separado de ella por cuatro o cinco peldaños me ha sido más fácil decírselo.

—Por nada del mundo tiene que fumar antes del primer concierto. Déjelo beber un poco, pero no le dé dinero para lo otro.

Dédée no ha contestado nada, aunque he visto cómo sus manos doblaban y doblaban los billetes, hasta hacerlos desaparecer. Por lo menos tengo la seguridad de que Dédée no fuma. Su única complicidad puede nacer del miedo o del amor. Si Johnny se pone de rodillas, como lo he visto en Chicago, y le suplica llorando... Pero es un riesgo como tantos otros con Johnny, y por el momento habrá dinero para comer y para remedios. En la calle me he subido el cuello de la gabardina porque empezaba a lloviznar, y he respirado hasta que me dolieron los pulmones; me ha parecido que París olía a limpio, a pan caliente. Sólo ahora me he dado cuenta de cómo olía la pieza de Johnny, el cuerpo de Johnny sudando bajo la frazada. He entrado en un café para beber un coñac y lavarme la boca, quizá también la memoria que insiste e insiste en las palabras de Johnny, sus cuentos, su manera de ver lo que yo no veo y en el fondo no quiero ver. Me he puesto a pensar en pasado mañana y era como una tranquilidad, como un puente bien tendido del mostrador hacia adelante.

Cuando no se está demasiado seguro de nada, lo mejor es crearse deberes a manera de flotadores. Dos o tres días después he pensado que tenía el deber de averiguar si la marquesa le está facilitando marihuana a Johnny Carter, y he ido al estudio de Montparnasse. La marquesa es verdaderamente una marquesa, tiene dinero a montones que le viene del marqués, aunque hace rato que se hayan divorciado a causa de la marihuana y otras razones parecidas. Su amistad con Johnny viene de Nueva York, probablemente del año en que Johnny se hizo famoso de la noche a la mañana simplemente porque alguien le dio la oportunidad de reunir a cuatro o cinco muchachos a quienes les gustaba su estilo, y Johnny pudo tocar a sus anchas por primera vez y los dejó a todos asombrados. Éste no es el momento de hacer crítica de jazz, y los interesados pueden leer mi libro sobre Johnny y el nuevo estilo de la posguerra, pero bien puedo decir que el cuarenta y ocho —digamos hasta el cincuenta— fue como una explosión de la música, pero una explosión fría, silenciosa, una explosión en la que cada cosa quedó en su sitio y no hubo gritos ni escombros, pero la costra de la costumbre se rajó en millones de pedazos y hasta sus defensores (en las orquestas y en el público) hicieron una cuestión de amor propio de algo que ya no sentían como antes. Porque después del paso de Johnny por el saxo alto no se puede seguir oyendo a los músicos anteriores y creer que son el non plus ultra; hay que conformarse con aplicar esa especie de resignación disfrazada que se llama sentido histórico, y decir que cualquiera de esos músicos ha sido estupendo y lo sigue siendo en-su-momento. Johnny ha pasado por el jazz como una mano que da vuelta la hoja, y se acabó.

La marquesa, que tiene unas orejas de lebrel para todo lo que sea música, ha admirado siempre una enormidad a Johnny y a sus amigos del grupo. Me imagino que debió darles no pocos dólares en los días del Club 33, cuando la mayoría de los críticos protestaban por las grabaciones de Johnny y juzgaban su jazz con arreglo a criterios más que podridos. Probablemente también en esa época la marquesa empezó a acostarse de cuando en cuando con Johnny, y a fumar con él. Muchas veces los he visto juntos antes de las sesiones de grabación o en los entreactos de los conciertos, y Johnny parecía enormemente feliz al lado de la marquesa, aunque en alguna otra platea o en su casa estaban Lan y los chicos esperándolo. Pero Johnny no ha tenido jamás idea de lo que es esperar nada, y tampoco se imagina que alguien pueda estar esperándolo. Hasta su manera de plantar a Lan lo pinta de cuerpo entero. He visto la postal que le mandó desde Roma, después de cuatro meses de ausencia (se había trepado a un avión con otros dos músicos sin que Lan supiera nada). La postal representaba a Rómulo y Remo, que siempre le han hecho mucha gracia a Johnny (una de sus grabaciones se llama así) y decía: «Ando solo en una multitud de amores», que es un fragmento de un poema de Dylan Thomas a quien Johnny lee todo el tiempo. Los agentes de Johnny en Estados Unidos se arreglaron para deducir una parte de sus regalías y entregarlas a Lan, que por su parte comprendió pronto que no había hecho tan mal negocio librándose de Johnny. Alguien me dijo que la marquesa dio también dinero a Lan, sin que Lan supiera de dónde procedía. No me extraña porque la marquesa es descabelladamente buena y entiende el mundo un poco como las tortillas que fabrica en su estudio cuando los amigos empiezan a llegar a montones, y que consiste en tener una especie de tortilla permanente a la cual echa diversas cosas y va sacando pedazos y ofreciéndolos a medida que hace falta.

He encontrado a la marquesa con Marcel Gavoty y con Art Boucaya, y precisamente estaban hablando de las grabaciones que había hecho Johnny la tarde anterior. Me han caído encima como si vieran llegar a un arcángel, la marquesa me ha besuqueado hasta cansarse, y los muchachos me han palmeado como pueden hacerlo un contrabajista y un saxo barítono. He tenido que refugiarme detrás de un sillón, defendiéndome como podía, y todo porque se han enterado de que soy el proveedor del magnífico saxo con el cual Johnny acaba de grabar cuatro o cinco de sus mejores improvisaciones. La marquesa ha dicho enseguida que Johnny era una rata inmunda, y que como estaba peleado con ella (no ha dicho por qué) la rata inmunda sabía muy bien que sólo pidiéndole perdón en debida forma hubiera podido conseguir el cheque para ir a comprarse un saxo. Naturalmente Johnny no ha querido pedir perdón desde que ha vuelto a París —la pelea parece que ha sido en Londres, dos meses atrás— y en esa forma nadie podía saber que había perdido su condenado saxo en el *métro*, etcétera. Cuando la marquesa echa a hablar uno se pregunta si el estilo de Dizzy no se le ha pegado al idioma, pues es una serie interminable de variaciones en los registros más inesperados, hasta que al final la marquesa se da un gran golpe en los muslos, abre de par en par la boca y se pone a reír como si la estuvieran matando a cosquillas. Y entonces Art Boucaya ha aprovechado para darme detalles de la sesión de ayer, que me he perdido por culpa de mi mujer con neumonía.

—Tica puede dar fe —ha dicho Art mostrando a la marquesa que se retuerce de risa—. Bruno, no te puedes imaginar lo que fue eso hasta que oigas los discos. Si Dios estaba ayer en alguna parte puedes creerme que era en esa condenada sala de grabación, donde hacía un calor de mil demonios, dicho sea de paso. ¿Te acuerdas de *Willow Tree*, Marcel?

—Si me acuerdo —ha dicho Marcel—. El estúpido pregunta si me acuerdo. Estoy tatuado de la cabeza a los pies con *Willow Tree*.

Tica nos ha traído *highballs* y nos hemos puesto cómodos para charlar. En realidad hemos hablado poco de la sesión de ayer, porque cualquier músico sabe que de esas cosas no se puede hablar, pero lo poco que han dicho me ha devuelto alguna esperanza y he pensado que tal vez mi saxo le traiga buena suerte a Johnny. De todas maneras no han faltado las anécdotas que enfriaran un poco esa esperanza, como por ejemplo que Johnny se ha sacado los zapatos entre grabación y grabación, y se ha paseado descalzo por el estudio. Pero en cambio se ha reconciliado con la marquesa y ha prometido venir al estudio a tomar una copa antes de su presentación de esta noche.

—¿Conoces a la muchacha que tiene ahora Johnny? —ha querido saber Tica. Le he hecho una descripción lo más sucinta posible, pero Marcel la ha completado a la francesa, con toda clase de matices y alusiones que han divertido muchísimo a la marquesa. No se ha hecho la menor referencia a la droga, aunque yo estoy tan aprensivo que me ha parecido olerla en el aire del estudio de Tica, aparte de que Tica se ríe de una manera que también noto a veces en Johnny y en Art, y que delata a los adictos. Me pregunto cómo se habrá procurado Johnny la marihuana si estaba peleado con la marquesa; mi confianza en Dédée se ha venido bruscamente al suelo, si es que en realidad le tenía confianza. En el fondo son todos iguales.

Envidio un poco esa igualdad que los acerca, que los vuelve cómplices con tanta facilidad; desde mi mundo puritano —no necesito confesarlo, cualquiera que me conozca sabe de mi horror al desorden moral— los veo como a ángeles enfermos, irritantes a fuerza de irresponsabilidad pero pagando los cuidados con cosas como los discos de Johnny, la generosidad de la marquesa. Y no digo todo, y quisiera forzarme a decirlo: los envidio, envidio a Johnny, a ese Johnny del otro lado, sin que nadie sepa qué es exactamente ese otro lado. Envidio todo menos su dolor, cosa que nadie dejará de comprender, pero aun en su dolor tiene que haber atisbos de algo que me es negado. Envidio a Johnny y al mismo tiempo me da rabia que se esté destruyendo por el mal empleo de sus dones, por la estúpida acumulación de insensatez que requiere su presión de vida. Pienso que si Johnny pudiera orientar esa vida, incluso sin sacrificarle nada, ni siquiera la droga, y si piloteara mejor ese avión que desde hace cinco años vuela a ciegas, quizás acabaría en lo peor, en la locura completa, en la muerte, pero no sin haber tocado a fondo lo que busca en sus tristes monólogos *a posteriori*, en sus recuentos de experiencias fascinantes pero que se quedan a mitad de camino. Y todo eso lo sostengo desde mi cobardía personal, y quizás en el fondo quisiera que Johnny acabara de una vez, como una estrella que se rompe en mil pedazos y deja idiotas a los astrónomos durante una semana, y después uno se va a dormir y mañana es otro día.

Parecería que Johnny ha tenido como una sospecha de todo lo que he estado pensando, porque me ha hecho un alegre saludo al entrar y ha venido casi enseguida a sentarse a mi lado, después de besar y hacer girar por el aire a la marquesa, y cambiar con ella y con Art un complicado ritual onomatopéyico que les ha producido una inmensa gracia a todos.

—Bruno —ha dicho Johnny, instalándose en el mejor sofá—, el cacharro es una maravilla y que digan éstos lo que le he sacado ayer del fondo. A Tica le caían unas lágrimas como bombillas eléctricas, y no creo que fuera porque le debe plata a la modista, ¿eh, Tica?

He querido saber algo más de la sesión, pero a Johnny le basta ese desborde de orgullo. Casi enseguida se ha puesto a hablar con Marcel del programa de esta noche y de lo bien que les caen a los dos los flamantes trajes grises con que van a presentarse en el teatro. Johnny está realmente muy bien y se ve que lleva días sin fumar demasiado; debe de tener exactamente la dosis que le hace falta para tocar con gusto. Y justamente cuando lo estoy pensando, Johnny me planta la mano en el hombro y se inclina para decirme:

—Dédée me ha contado que la otra tarde estuve muy mal contigo.

—Bah, ni te acuerdes.

—Pero si me acuerdo muy bien. Y si quieres mi opinión, en realidad estuve formidable. Deberías sentirte contento de que me haya portado así contigo; no lo hago con nadie, créeme. Es una muestra de cómo te aprecio. Tenemos que ir juntos a algún sitio para hablar de un montón de cosas. Aquí... —saca el labio inferior, desdeñoso, y se ríe, se encoge de hombros, parece estar bailando en el sofá—. Viejo Bruno. Dice Dédée que me porté muy mal, de veras.

—Tenías gripe. ¿Estás mejor?

—No era gripe. Vino el médico, y enseguida empezó a decirme que el jazz le gusta enormemente, y que una noche tengo que ir a su casa para escuchar discos. Dédée me contó que le habías dado dinero.

—Para que salieran del paso hasta que cobres. ¿Qué tal lo de esta noche?

—Bueno, tengo ganas de tocar y tocaría ahora mismo si tuviera el saxo, pero Dédée se emperró en llevarlo ella misma al teatro. Es un saxo formidable, ayer me parecía que estaba haciendo el amor cuando lo tocaba. Vieras la cara de Tica cuando acabé. ¿Estabas celosa, Tica?

Y se han vuelto a reír a gritos, y Johnny ha considerado conveniente correr por el estudio dando grandes saltos de contento, y entre él y Art han bailado sin música, levantando y bajando las cejas para marcar el compás. Es imposible impacientarse con Johnny o con Art; sería como enojarse con el viento porque nos despeina. En voz baja, Tica, Marcel y yo hemos cambiado impresiones sobre la presentación de la noche. Marcel está seguro de que Johnny va a repetir su formidable éxito de 1951, cuando vino por primera vez a París. Después de lo de ayer está seguro de que todo va a salir bien. Quisiera sentirme tan tranquilo como él, pero de todas maneras no podré hacer más que sentarme en las primeras filas y escuchar el concierto. Por lo menos tengo la tranquilidad de que Johnny no está drogado como la noche de Baltimore. Cuando le he dicho esto a Tica, me ha apretado la mano como si se estuviera por caer al agua. Art y Johnny se han ido hasta el piano, y Art le está mostrando un nuevo tema a Johnny que mueve la cabeza y canturrea. Los dos están elegantísimos con sus trajes grises, aunque a Johnny lo perjudica la grasa que ha juntado en estos tiempos.

Con Tica hemos hablado de la noche de Baltimore, cuando Johnny tuvo la primera gran crisis violenta. Mientras hablábamos he mirado a Tica en los ojos, porque quería estar seguro de que me comprende, y que no cederá esta vez. Si Johnny llega a beber demasiado coñac o a fumar una nada de droga, el concierto va a ser un fracaso y todo se vendrá al suelo. París no es un casino de provincia y todo el mundo tiene puestos los ojos en Johnny. Y mientras lo pienso no puedo impedirme un mal gusto en la boca, una cólera que no va contra Johnny ni contra las cosas que le ocurren; más bien contra mí y la gente que lo rodea, la marquesa y Marcel, por ejemplo. En el fondo somos una banda de egoístas, so pretexto de cuidar a Johnny lo que hacemos es salvar nuestra idea de él, prepararnos a los nuevos placeres que va a darnos Johnny, sacarle brillo a la estatua que hemos erigido entre todos y defenderla cueste lo que cueste. El fracaso de Johnny sería malo para mi libro (de un momento a otro saldrá la traducción al inglés y al italiano), y probablemente de cosas así está hecha una parte de mi cuidado por Johnny. Art y Marcel lo necesitan para ganarse el pan, y la marquesa, vaya a saber qué ve la marquesa en Johnny aparte de su talento. Todo esto no tiene nada que hacer con el otro Johnny, y de repente me he dado cuenta de que quizá Johnny quería decirme eso cuando se arrancó la frazada y se mostró desnudo como un gusano, Johnny sin saxo, Johnny sin dinero y sin ropa, Johnny obsesionado por algo que su pobre inteligencia no alcanza a entender pero que flota lentamente en su música, acaricia su piel, lo prepara quizá para un salto imprevisible que nosotros no comprenderemos nunca.

Y cuando se piensan cosas así acaba uno por sentir de veras mal gusto en la boca, y toda la sinceridad del mundo no paga el momentáneo descubrimiento de que uno es una pobre porquería al lado de un tipo como Johnny Carter, que ahora ha venido a beberse su coñac al sofá y me mira con aire divertido. Ya es hora de que nos vayamos todos a la sala Pleyel. Que la música salve por lo menos el resto de la noche, y cumpla a fondo una de sus peores misiones, la de ponernos un buen biombo delante del espejo, borrarnos del mapa durante un par de horas.

Como es natural mañana escribiré para *Jazz Hot* una crónica del concierto de esta noche. Pero aquí, con esta taquigrafía garabateada sobre una rodilla en los intervalos, no siento el menor deseo de hablar como crítico, es decir, de sancionar comparativamente. Sé muy bien que para mí

Johnny ha dejado de ser un jazzman y que su genio musical es como una fachada, algo que todo el mundo puede llegar a comprender y a admirar pero que encubre otra cosa, y esa otra cosa es lo único que debería importarme, quizá porque es lo único que verdaderamente le importa a Johnny.

Es fácil decirlo, mientras soy todavía la música de Johnny. Cuando se enfría... ¿Por qué no podré hacer como él, por qué no podré tirarme de cabeza contra la pared? Antepongo minuciosamente las palabras a la realidad que pretenden describirme, me escudo en consideraciones y sospechas que no son más que una estúpida dialéctica. Me parece comprender por qué la plegaria reclama instintivamente el caer de rodillas. El cambio de posición es el símbolo de un cambio en la voz, en lo que la voz va a articular, en lo articulado mismo. Cuando llego al punto de atisbar ese cambio, las cosas que hasta un segundo antes me habían parecido arbitrarias se llenan de sentido profundo, se simplifican extraordinariamente y al mismo tiempo se ahondan. Ni Marcel ni Art se han dado cuenta ayer de que Johnny no estaba loco cuando se sacó los zapatos en la sala de grabación. Johnny necesitaba en ese instante tocar el suelo con su piel, atarse a la tierra de la que su música era una confirmación y no una fuga. Porque también siento esto en Johnny, y es que no huye de nada, no se droga para huir como la mayoría de los viciosos, no toca el saxo para agazaparse detrás de un foso de música, no se pasa semanas encerrado en las clínicas psiquiátricas para sentirse al abrigo de las presiones que es incapaz de soportar. Hasta su estilo, lo más auténtico en él, ese estilo que merece nombres absurdos sin necesitar de ninguno, prueba que el arte de Johnny no es una sustitución ni una completación. Johnny ha abandonado el lenguaje *hot* más o menos corriente hasta hace diez años, porque ese lenguaje violentamente erótico era demasiado pasivo para él. En su caso el deseo se antepone al placer y lo frustra, porque el deseo le exige avanzar, buscar, negando por adelantado los encuentros fáciles del jazz tradicional. Por eso, creo, a Johnny no le gustan gran cosa los *blues*, donde el masoquismo y las nostalgias... Pero de todo esto ya he hablado en mi libro, mostrando cómo la renuncia a la satisfacción inmediata indujo a Johnny a elaborar un lenguaje que él y otros músicos están llevando hoy a sus últimas posibilidades. Este jazz desecha todo erotismo fácil, todo wagnerianismo por decirlo así, para situarse en un plano aparentemente desasido donde la música queda en absoluta libertad, así como la pintura sustraída a lo representativo queda en libertad para no ser más que pintura. Pero entonces, dueño de una música que no facilita los orgasmos ni las nostalgias, de una música que me gustaría poder llamar metafísica, Johnny parece contar con ella para explorarse, para morder en la realidad que se le escapa todos los días. Veo ahí la alta paradoja de su estilo, su agresiva eficacia. Incapaz de satisfacerse, vale como un acicate continuo, una construcción infinita cuyo placer no está en el remate sino en la reiteración exploradora, en el empleo de facultades que dejan atrás lo prontamente humano sin perder humanidad. Y cuando Johnny se pierde como esta noche en la creación continua de su música, sé muy bien que no está escapando de nada. Ir a un encuentro no puede ser nunca escapar, aunque releguemos cada vez el lugar de la cita; y en cuanto a lo que pueda quedarse atrás, Johnny lo ignora o lo desprecia soberanamente. La marquesa, por ejemplo, cree que Johnny teme la miseria, sin darse cuenta de que lo único que Johnny puede temer es no encontrarse una chuleta al alcance del cuchillo cuando se le da la gana de comerla, o una cama cuando tiene sueño, o cien dólares en la cartera cuando le parece normal ser dueño de cien dólares. Johnny no se mueve en un mundo de abstracciones como nosotros; por eso su música, esa admirable música que he escuchado esta noche, no tiene nada de abstracta. Pero sólo él puede hacer el recuento de lo que ha cosechado mientras tocaba, y probablemente ya estará en otra cosa, perdiéndose en una nueva conjetura o en una nueva sospecha. Sus conquistas son como un sueño, las olvida al despertar cuando los aplausos lo traen de vuelta, a él que anda tan lejos viviendo su cuarto de hora de minuto y medio.

Sería como vivir sujeto a un pararrayos en plena tormenta y creer que no va a pasar nada. A los cuatro o cinco días me he encontrado con Art Boucaya en el *Dupont* del barrio latino, y le ha faltado tiempo para poner los ojos en blanco y anunciarme las malas noticias. En el primer momento he sentido una especie de satisfacción que no me queda más remedio que calificar de maligna, porque bien sabía yo que la calma no podía durar mucho; pero después he pensado en las consecuencias y mi cariño por Johnny se ha puesto a retorcerme el estómago; entonces me he bebido dos coñacs mientras Art me describía lo ocurrido. En resumen, parece ser que esa tarde Delaunay había preparado una sesión de grabación para presentar un nuevo quinteto con Johnny a la cabeza, Art, Marcel Gavoty y dos chicos muy buenos de París en el piano y la batería. La cosa tenía que empezar a las tres de la tarde y contaban con todo el día y parte de la noche para entrar en calor y grabar unas cuantas cosas. Y qué pasa. Pasa que Johnny empieza por llegar a las cinco, cuando Delaunay estaba que hervía de impaciencia, y después de tirarse en una silla dice que no se siente bien y que ha venido solamente para no estropearles el día a los muchachos, pero que no tiene ninguna gana de tocar.

—Entre Marcel y yo tratamos de convencerlo de que descansara un rato, pero no hacía más que hablar de no sé qué campos con urnas que había encontrado, y dale con las urnas durante media hora. Al final empezó a sacar montones de hojas que había juntado en algún parque y guardado en los bolsillos. Resultado, que el piso del estudio parecía el jardín botánico, los empleados andaban de un lado a otro con cara de perros, y a todo esto sin grabar nada; fíjate que el ingeniero llevaba tres horas fumando en su cabina, y eso en París ya es mucho para un ingeniero.

»Al final Marcel convenció a Johnny de que lo mejor era probar, se pusieron a tocar los dos y nosotros los seguíamos de a poco, más bien para sacarnos el cansancio de no hacer nada. Hacía rato que me daba cuenta de que Johnny tenía una especie de contracción en el brazo derecho, y cuando empezó a tocar te aseguro que era terrible de ver. La cara gris, sabes, y de cuando en cuando como un escalofrío; yo no veía el momento de que se fuera al suelo. Y en una de ésas pega un grito, nos mira a todos uno a uno, muy despacio, y nos pregunta qué estamos esperando para empezar con *Amorous*. Ya sabes, ese tema de Alamo. Bueno, Delaunay le hace una seña al técnico, salimos todos lo mejor posible, y Johnny abre las piernas, se planta como en un bote que cabecea, y se larga a tocar de una manera que te juro no había oído jamás. Esto durante tres minutos, hasta que de golpe suelta un soplido capaz de arruinar la misma armonía celestial, y se va a un rincón dejándonos a todos en plena marcha, que acabáramos lo mejor que nos fuera posible.

»Pero ahora viene lo peor, y es que cuando acabamos, lo primero que dijo Johnny fue que todo había salido como el diablo, y que esa grabación no contaba para nada. Naturalmente, ni Delaunay ni nosotros le hicimos caso, porque a pesar de los defectos el solo de Johnny valía por mil de los que oyes todos los días. Una cosa distinta, que no te puedo explicar... Ya lo escucharás, te imaginas que ni Delaunay ni los técnicos piensan destruir la grabación. Pero Johnny insistía como un loco, amenazando romper los vidrios de la cabina si no le probaban que el disco había sido anulado. Por fin el ingeniero le mostró cualquier cosa y lo convenció, y entonces Johnny propuso que grabáramos *Streptomycine*, que salió mucho mejor y a la vez mucho peor, quiero decirte que es un disco impecable y redondo, pero ya no tiene esa cosa increíble que Johnny había soplado en *Amorous*».

Suspirando, Art ha terminado de beber su cerveza y me ha mirado lúgubremente. Le he preguntado qué ha hecho Johnny después de eso, y me ha dicho que después de hartarlos a todos con sus historias sobre las hojas y los campos llenos de urnas, se ha negado a seguir tocando y ha salido a tropezones del estudio. Marcel le ha quitado el saxo para evitar que vuelva a perderlo o pisotearlo, y entre él y uno de los chicos franceses lo han llevado al hotel.

¿Qué otra cosa puedo hacer sino ir enseguida a verlo? Pero de todos modos lo he dejado para mañana. Y a la mañana siguiente me he encontrado a Johnny en las noticias de policía del *Figaro*, porque durante la noche parece que Johnny ha incendiado la pieza del hotel y ha salido corriendo desnudo por los pasillos. Tanto él como Dédée han resultado ilesos, pero Johnny está en el hospital bajo vigilancia. Le he mostrado la noticia a mi mujer para alentarla en su convalecencia, y he ido enseguida al hospital donde mis credenciales de periodista no me han servido de nada. Lo más que he alcanzado a saber es que Johnny está delirando y que tiene adentro bastante marihuana como para enloquecer a diez personas. La pobre Dédée no ha sido capaz de resistir, de convencerlo de que siguiera sin fumar; todas las mujeres de Johnny acaban siendo sus cómplices, y estoy archiseguro de que la droga se la ha facilitado la marquesa.

En fin, la cuestión es que he ido inmediatamente a casa de Delaunay para pedirle que me haga escuchar *Amorous* lo antes posible. Vaya a saber si *Amorous* no resulta el testamento del pobre Johnny; y en ese caso, mi deber profesional...

Pero no, todavía no. A los cinco días me ha telefoneado Dédée diciéndome que Johnny está mucho mejor y que quiere verme. He preferido no hacerle reproches, primero porque supongo que voy a perder el tiempo, y segundo porque la voz de la pobre Dédée parece salir de una tetera rajada. He prometido ir enseguida, y le he dicho que tal vez cuando

Johnny esté mejor se pueda organizar una gira por las ciudades del interior. He colgado el tubo cuando Dédée empezaba a llorar.

Johnny está sentado en la cama, en una sala donde hay otros dos enfermos que por suerte duermen. Antes de que pueda decirle nada me ha atrapado la cabeza con sus dos manazas, y me ha besado muchas veces en la frente y las mejillas. Está terriblemente demacrado, aunque me ha dicho que le dan mucho de comer y que tiene apetito. Por el momento lo que más le preocupa es saber si los muchachos hablan mal de él, si su crisis ha dañado a alguien, y cosas así. Es casi inútil que le responda, pues sabe muy bien que los conciertos han sido anulados y que eso perjudica a Art, a Marcel y al resto; pero me lo pregunta como si creyera que entre tanto ha ocurrido algo de bueno, algo que componga las cosas. Y al mismo tiempo no me engaña, porque en el fondo de todo eso está su soberana indiferencia; a Johnny se le importa un bledo que todo se haya ido al diablo, y lo conozco demasiado como para no darme cuenta.

—Qué quieres que te diga, Johnny. Las cosas podrían haber salido mejor, pero tú tienes el talento de echarlo todo a perder.

—Sí, no lo puedo negar —ha dicho cansadamente Johnny—. Y todo por culpa de las urnas.

Me he acordado de las palabras de Art, me he quedado mirándolo.

—Campos llenos de urnas, Bruno. Montones de urnas invisibles, enterradas en un campo inmenso. Yo andaba por ahí y de cuando en cuando tropezaba con algo. Tú dirás que lo he soñado, eh. Era así, fíjate: de cuando en cuando tropezaba con una urna, hasta darme cuenta de que todo el campo estaba lleno de urnas, que había miles y miles, y que dentro de cada urna estaban las cenizas de un muerto. Entonces me acuerdo que me agaché y me puse a cavar con las uñas hasta que una de las urnas quedó a la vista. Sí, me acuerdo. Me acuerdo que pensé: «Ésta va a estar vacía porque es la que me toca a mí». Pero no, estaba llena de un polvo gris como sé muy bien que estaban las otras aunque no las había visto. Entonces... entonces fue cuando empezamos a grabar *Amorous*, me parece.

Discretamente he echado una ojeada al cuadro de temperatura. Bastante normal, quién lo diría. Un médico joven se ha asomado a la puerta, saludándome con una inclinación de cabeza, y ha hecho un gesto de aliento a Johnny, un gesto casi deportivo, muy de buen muchacho. Pero Johnny no le ha contestado, y cuando el médico se ha ido sin pasar de la puerta, he visto que Johnny tenía los puños cerrados.

—Eso es lo que no entenderán nunca —me ha dicho—. Son como un mono con un plumero, como las chicas del conservatorio de Kansas City que creían tocar Chopin, nada menos. Bruno, en Camarillo me habían puesto en una pieza con otros tres, y por la mañana entraba un interno lavadito y rosadito que daba gusto. Parecía hijo del Kleenex y del Tampax, créeme. Una especie de inmenso idiota que se me sentaba al lado y me daba ánimos, a mí que quería morirme, que ya no pensaba en Lan ni en nadie. Y lo peor era que el tipo se ofendía porque no le prestaba atención. Parecía esperar que me sentara en la cama, maravillado de su cara blanca y su pelo bien peinado y sus uñas cuidadas, y que me mejorara como esos que llegan a Lourdes y tiran la muleta y salen a los saltos...

»Bruno, ese tipo y todos los otros tipos de Camarillo estaban convencidos. ¿De qué, quieres saber? No sé, te juro, pero estaban convencidos. De lo que eran, supongo, de lo que valían, de su diploma. No, no es eso. Algunos eran modestos y no se creían infalibles. Pero hasta el más modesto se sentía seguro. Eso era lo que me crispaba, Bruno, *que se sintieran seguros*. Seguros de qué, dime un poco, cuando yo, un pobre diablo con más pestes que el demonio debajo de la piel, tenía bastante conciencia para sentir que todo era como una jalea, que todo temblaba alrededor, que no había más que fijarse un poco, sentirse un poco, callarse un poco, para descubrir los agujeros. En la puerta, en la cama: agujeros. En la mano, en el diario, en el tiempo, en el aire: todo lleno de agujeros, todo esponja, todo como un colador colándose a sí mismo... Pero ellos eran la ciencia americana, ¿comprendes, Bruno? El guardapolvo los protegía de los agujeros; no veían nada, aceptaban lo ya visto por otros, se imaginaban que estaban viendo. Y naturalmente no podían ver los agujeros, y estaban muy seguros de sí mismos, convencidísimos de sus recetas, sus jeringas, su maldito psicoanálisis, sus no fume y sus no beba... Ah, el día en que pude mandarme mudar, subirme al tren, mirar por la ventanilla cómo todo se iba para atrás, se hacía pedazos, no sé si has visto cómo el paisaje se va rompiendo cuando lo miras alejarse...».

Fumamos Gauloises. A Johnny le han dado permiso para beber un poco de coñac y fumar ocho o diez cigarrillos. Pero se ve que es su cuerpo el que fuma, que él está en otra cosa casi como si se negara a salir del pozo. Me pregunto qué ha visto, qué ha sentido estos últimos días. No quiero excitarlo, pero si se pusiera a hablar por su cuenta... Fumamos, callados, y a veces Johnny estira el brazo y me pasa los dedos por la cara, como para identificarme. Después juega con su reloj pulsera, lo mira con cariño.

—Lo que pasa es que se creen sabios —dice de golpe—. Se creen sabios porque han juntado un montón de libros y se los han comido. Me da risa, porque en realidad son buenos muchachos y viven convencidos de que lo que estudian y lo que hacen son cosas muy difíciles y profundas. En el circo es igual, Bruno, y entre nosotros es igual. La gente se figura que algunas cosas son el colmo de la dificultad, y por eso aplauden a los trapecistas, o a mí. Yo no sé qué se imaginan, que uno se está haciendo pedazos para tocar bien, o que el trapecista se rompe los tendones cada vez que da un salto. En realidad las cosas verdaderamente difíciles son otras tan distintas, todo lo que la gente cree poder hacer a cada momento. Mirar, por ejemplo, o comprender a un perro o a un gato. Ésas son las dificultades, las grandes dificultades. Anoche se me ocurrió mirarme en este espejito, y te aseguro que era tan terriblemente difícil que casi me tiro de la cama. Imagínate que te estás viendo a ti mismo; eso tan sólo basta para quedarse frío durante media hora. Realmente ese tipo no soy yo, en el primer momento he sentido claramente que no era yo. Lo agarré de sorpresa, de refilón, y supe que no era yo. Eso lo sentía, y cuando algo se siente... Pero es como en Palm Beach, sobre una ola te cae la segunda, y después otra... Apenas has sentido ya viene lo otro, vienen las palabras... No, no son las palabras, son lo que está en las palabras, esa especie de cola de pegar, esa baba. Y la baba viene y te tapa, y te convence de que el del espejo eres tú. Claro, pero cómo no darse cuenta. Pero si soy yo, con mi pelo, esta cicatriz. Y la gente no se da cuenta de que lo único que aceptan es la baba, y por eso les parece tan fácil mirarse al espejo. O cortar un pedazo de pan con un cuchillo. ¿Tú has cortado un pedazo de pan con un cuchillo?

—Me suele ocurrir —he dicho, divertido.

—Y te has quedado tan tranquilo. Yo no puedo, Bruno. Una noche tiré todo tan lejos que el cuchillo casi le saca un ojo al japonés de la mesa de al lado. Era en Los Ángeles, se armó un lío tan descomunal... Cuando les expliqué, me llevaron preso. Y eso que me parecía tan sencillo explicarles todo. Esa vez conocí al doctor Christie. Un tipo estupendo, y eso que yo a los médicos...

Ha pasado una mano por el aire, tocándolo por todos lados, dejándolo como marcado por su paso. Sonríe. Tengo la sensación de que está solo, completamente solo. Me siento como hueco a su lado. Si a Johnny se le ocurriera pasar su mano a través de mí me cortaría como manteca, como humo. A lo mejor es por eso que a veces me roza la cara con los dedos, cautelosamente.

—Tienes el pan ahí, sobre el mantel —dice Johnny mirando el aire—. Es una cosa sólida, no se puede negar, con un color bellísimo, un perfume. Algo que no soy yo, algo distinto, fuera de mí. Pero si lo toco, si estiro los dedos y lo agarro, entonces hay algo que cambia, ¿no te parece? El pan está fuera de mí, pero lo toco con los dedos, lo siento, siento que eso es el mundo, pero si yo puedo tocarlo y sentirlo, entonces no se puede decir realmente que sea otra cosa, o ¿tú crees que se puede decir?

—Querido, hace miles de años que un montón de barbudos se vienen rompiendo la cabeza para resolver el problema.

—En el pan es de día —murmura Johnny, tapándose la cara—. Y yo me atrevo a tocarlo, a cortarlo en dos, a metérmelo en la boca. No pasa nada, ya sé: eso es lo terrible. ¿Te das cuenta de que es terrible que no pase nada? Cortas el pan, le clavas el cuchillo, y todo sigue como antes. Yo no comprendo, Bruno.

Me ha empezado a inquietar la cara de Johnny, su excitación. Cada vez resulta más difícil hacerlo hablar de jazz, de sus recuerdos, de sus planes, traerlo a la realidad. (A la realidad; apenas lo escribo me da asco. Johnny tiene razón, la realidad no puede ser esto, no es posible que ser crítico de jazz sea la realidad, porque entonces hay alguien que nos está tomando el pelo. Pero al mismo tiempo a Johnny no se le puede seguir así la corriente porque vamos a acabar todos locos.)

Ahora se ha quedado dormido, o por lo menos ha cerrado los ojos y se hace el dormido. Otra vez me doy cuenta de lo difícil que resulta saber qué es lo que está haciendo, qué *es* Johnny. Si duerme, si se hace el dormido, si cree dormir. Uno está mucho más fuera de Johnny que de cualquier otro amigo. Nadie puede ser más vulgar, más común, más atado a las circunstancias de una pobre vida; accesible por todos lados, aparentemente. No es ninguna excepción, aparentemente. Cualquiera puede ser como Johnny, siempre que acepte ser un pobre diablo enfermo y vicioso y sin voluntad y lleno de poesía y de talento. Aparentemente. Yo que me he pasado la vida admirando a los genios, a los Picasso, a los Einstein, a toda la santa lista que cualquiera puede fabricar en un minuto (y Gandhi, y Chaplin, y Stravinsky), estoy dispuesto como cualquiera a admitir que esos fenómenos andan por las nubes, y que con ellos no hay que extrañarse de nada. Son diferentes, no hay vuelta que darle. En cambio la diferencia de Johnny es secreta, irritante por lo misteriosa, porque no tiene ninguna explicación. Johnny no es un genio, no ha descubierto nada, hace jazz como varios miles de negros y de blancos, y aunque lo hace mejor que todos ellos, hay que reconocer que eso depende un poco de los gustos del público, de las modas, del tiempo, en suma. Panassié, por ejemplo, encuentra que Johnny es francamente malo, y aunque nosotros creemos que el francamente malo es Panassié, de todas maneras hay materia abierta a la polémica. Todo esto prueba que Johnny no es nada del otro mundo, pero apenas lo pienso me pregunto si precisamente no hay en Johnny algo del otro mundo (que él es el primero en desconocer). Probablemente se reiría mucho si se lo dijeran. Yo sé bastante bien lo que piensa, lo que vive de estas cosas. Digo: lo que vive de estas cosas, porque Johnny... Pero no voy a eso, lo que quería explicarme a mí mismo es que la distancia que va de Johnny a nosotros no tiene explicación, no se funda en diferencias explicables. Y me parece que él es el primero en pagar las consecuencias de eso, que lo afecta tanto como a nosotros. Dan ganas de decir enseguida que Johnny es como un ángel entre los hombres, hasta que una elemental honradez obliga a tragarse la frase, a darla bonitamente vuelta, y a reconocer que quizá lo que pasa es que Johnny es un hombre entre los ángeles, una realidad entre las irrealidades que somos todos nosotros. Y a lo mejor es por eso que Johnny me toca la cara con los dedos y me hace sentir tan infeliz, tan transparente, tan poca cosa con mi buena salud, mi casa, mi mujer, mi prestigio. Mi prestigio, sobre todo. Sobre todo mi prestigio.

Pero es lo de siempre, he salido del hospital y apenas he calzado en la calle, en la hora, en todo lo que tengo que hacer, la tortilla ha girado blandamente en el aire y se ha dado vuelta. Pobre Johnny, tan fuera de la realidad. (Es así, es así. Me es más fácil creer que es así, ahora que estoy en un café y a dos horas de mi visita al hospital, que todo lo que escribí más arriba forzándome como un condenado a ser por lo menos un poco decente conmigo mismo.)

Por suerte lo del incendio se ha arreglado O.K., pues como cabía suponer la marquesa ha hecho de las suyas para que lo del incendio se arreglara O.K. Dédée y Art Boucaya han venido a buscarme al diario, y los tres nos hemos ido a *Vix* para escuchar la ya famosa —aunque todavía secreta— grabación de *Amorous*. En el taxi Dédée me ha contado sin muchas ganas cómo la marquesa lo ha sacado a Johnny del lío del incendio, que por lo demás no había pasado de un colchón chamuscado y un susto terrible de todos los argelinos que viven en el hotel de la rue Lagrange. Multa (ya pagada), otro hotel (ya conseguido por Tica), y Johnny está convaleciente en una cama grandísima y muy linda, toma leche a baldes y lee el *París Match* y el *New Yorker*, mezclando a veces su famoso (y roñoso) librito de bolsillo con poemas de Dylan Thomas y anotaciones a lápiz por todas partes.

Con estas noticias y un coñac en el café de la esquina, nos hemos instalado en la sala de audiciones para escuchar *Amorous* y *Streptomycine*. Art ha pedido que apagaran las luces y se ha acostado en el suelo para escuchar mejor. Y entonces ha entrado Johnny y nos ha pasado su música por la cara, ha entrado ahí aunque esté en su hotel y metido en la cama, y nos ha barrido con su música durante un cuarto de hora. Comprendo que le enfurezca la idea de que vayan a publicar *Amorous*, porque cualquiera se da cuenta de las fallas, del soplido perfectamente perceptible que acompaña algunos finales de frase, y sobre todo la salvaje caída final, esa nota sorda y breve que me ha parecido un corazón que se rompe, un cuchillo entrando en un pan (y él hablaba del pan hace unos días). Pero en cambio a Johnny se le escaparía lo que para nosotros es terriblemente hermoso, la ansiedad que busca salida en esa improvisación llena de huidas en todas direcciones, de interrogación, de manoteo desesperado. Johnny no puede comprender (porque lo que para él es fracaso a nosotros nos parece un camino, por lo menos la señal de un camino) que *Amorous* va a quedar como uno de los momentos más grandes del jazz. El artista que hay en él va a ponerse frenético de rabia cada vez que oiga ese remedo de su deseo, de todo lo que quiso decir mientras luchaba, tambaleándose, escapándosele la saliva de la boca junto con la música, más que nunca solo frente a lo que persigue, a lo que se le huye mientras más lo persigue. Es curioso, ha sido necesario escuchar esto, aunque ya todo convergía a esto, a *Amorous*, para que yo me diera cuenta de que Johnny no es una víctima, no es un perseguido como lo cree todo el mundo, como yo mismo lo he dado a entender en mi biografía (por cierto que la edición en inglés acaba de aparecer y se vende como la coca-cola). Ahora sé que no es así, que Johnny persigue en vez de ser perseguido, que todo lo que le está ocurriendo en la vida son azares del cazador y no del animal acosado. Nadie puede saber qué es lo que persigue Johnny, pero es así, está ahí, en *Amorous*, en la marihuana, en sus absurdos discursos sobre tanta cosa, en las recaídas, en el librito de Dylan Thomas, en todo lo pobre diablo que es Johnny y que lo agranda y lo convierte en un absurdo viviente, en un cazador sin brazos y sin piernas, en una liebre que corre tras de un tigre que duerme. Y me veo precisado a decir que en el fondo *Amorous* me ha dado ganas de vomitar, como si eso pudiera librarme de él, de todo lo que en él corre contra mí y contra todos, esa masa negra informe sin manos y sin pies, ese chimpancé enloquecido que me pasa los dedos por la cara y me sonríe enternecido.

Art y Dédée no ven (me parece que no quieren ver) más que la belleza formal de *Amorous*. Incluso a Dédée le gusta más *Streptomycine*, donde Johnny improvisa con su soltura corriente, lo que el público entiende por perfección y a mí me parece que en Johnny es más bien distracción, dejar correr la música, estar en otro lado. Ya en la calle le he preguntado a Dédée cuáles son sus planes, y me ha dicho que apenas Johnny pueda salir del hotel (la policía se lo impide por el momento) una nueva marca de discos le hará grabar todo lo que él quiera y le pagará muy bien. Art sostiene que Johnny está lleno de ideas estupendas, y que él y Marcel Gavoty van a «trabajar» las novedades junto con Johnny, aunque después de las últimas semanas se ve que Art no las tiene todas consigo, y yo sé por mi parte que anda en conversaciones con un agente para volverse a Nueva York lo antes posible. Cosa que comprendo de sobra, pobre muchacho.

—Tica se está portando muy bien —ha dicho rencorosamente Dédée—. Claro, para ella es tan fácil. Siempre llega a último momento, y no tiene más que abrir el bolso y arreglarlo todo. Yo, en cambio...

Art y yo nos hemos mirado. ¿Qué le podríamos decir? Las mujeres se pasan la vida dando vueltas alrededor de Johnny y de los que son como Johnny. No es extraño, no es necesario ser mujer para sentirse atraído por Johnny. Lo difícil es girar en torno a él sin perder la distancia, como un buen satélite, un buen crítico. Art no estaba entonces en Baltimore, pero me acuerdo de los tiempos en que conocí a Johnny, cuando vivía con Lan y los niños. Daba lástima ver a Lan. Pero después de tratar un tiempo a Johnny, de aceptar poco a poco el imperio de su música, de sus terrores diurnos, de sus explicaciones inconcebibles sobre cosas que jamás habían ocurrido, de sus repentinos accesos de ternura, entonces uno comprendía por qué Lan tenía esa cara y cómo era imposible que tuviese otra cara y viviera a la vez con Johnny. Tica es otra cosa, se le escapa por la vía de la promiscuidad, de la gran vida, y además tiene al dólar sujeto por la cola y eso es más eficaz que una ametralladora, por lo menos es lo que dice Art Boucaya cuando anda resentido con Tica o le duele la cabeza.

—Venga lo antes posible —me ha pedido Dédée—. A él le gusta hablar con usted.

Me hubiera gustado sermonearla por lo del incendio (por la causa del incendio, de la que es seguramente cómplice), pero sería tan inútil como decirle al mismo Johnny que tiene que convertirse en un ciudadano útil. Por el momento todo va bien, y es curioso (es inquietante) que apenas las cosas andan bien por el lado de Johnny yo me siento inmensamente contento. No soy tan inocente como para creer en una simple reacción amistosa. Es más bien como un aplazamiento, un respiro. No necesito buscarle explicaciones cuando lo siento tan claramente como puedo sentir la nariz pegada a la cara. Me da rabia ser el único que siente esto, que lo padece todo el tiempo. Me da rabia que Art Boucaya, Tica o Dédée no se den cuenta de que cada vez que Johnny sufre, va a la cárcel, quiere matarse, incendia un colchón o corre desnudo por los pasillos de un hotel, está pagando algo por ellos, está muriéndose por ellos. Sin saberlo, y no como los que pronuncian grandes discursos en el patíbulo o escriben libros para denunciar los males de la humanidad o tocan el piano con el aire de quien está lavando los pecados del mundo. Sin saberlo, pobre saxofonista, con todo lo que esta palabra tiene de ridículo, de poca cosa, de uno más entre tantos pobres saxofonistas.

Lo malo es que si sigo así voy a acabar escribiendo más sobre mí mismo que sobre Johnny. Empiezo a parecerme a un evangelista y no me hace ninguna gracia. Mientras volvía a casa he pensado con el cinismo necesario para recobrar la confianza, que en mi libro sobre Johnny sólo menciono de paso, discretamente, el lado patológico de su persona. No me ha parecido necesario explicarle a la gente que Johnny cree pasearse por campos llenos de urnas, o que las pinturas se mueven cuando él las mira; fantasmas de la marihuana, al fin y al cabo, que se acaban con la cura de desintoxicación. Pero se diría que Johnny me deja en prenda esos fantasmas, me los pone como otros tantos pañuelos en el bolsillo hasta que llega la hora de recobrarlos. Y creo que soy el único que los aguanta, los convive y los teme; y nadie lo sabe, ni siquiera Johnny. Uno no puede confesarle cosas así a Johnny, como las confesaría a un hombre realmente grande, al maestro ante quien nos humillamos a cambio de un consejo. ¿Qué mundo es este que me toca cargar como un fardo? ¿Qué clase de evangelista soy? En Johnny no hay la menor grandeza, lo he sabido desde que lo conocí, desde que empecé a admirarlo. Ya hace rato que esto no me sorprende, aunque al principio me resultara desconcertante esa falta de grandeza, quizá porque es una dimensión que uno no está dispuesto a aplicar al primero que llega, y sobre todo a los jazzmen. No sé por qué (no *sé* por qué) creí en un momento que en Johnny había una grandeza que él desmiente de día en día (o que nosotros desmentimos, y en realidad no es lo mismo; porque, seamos honrados, en Johnny hay como el fantasma de otro Johnny que pudo ser, y ese otro Johnny está lleno de grandeza; al fantasma se le nota como la falta de esa dimensión que sin embargo negativamente evoca y contiene).

Esto lo digo porque las tentativas que ha hecho Johnny para cambiar de vida, desde su aborto de suicidio hasta la marihuana, son las que cabía esperar de alguien tan sin grandeza como él. Creo que lo admiro todavía más por eso, porque es realmente el chimpancé que quiere aprender a leer, un pobre tipo que se da con la cara contra las paredes, y no se convence, y vuelve a empezar.

Ah, pero si un día el chimpancé se pone a leer, qué quiebra en masa, qué desparramo, qué sálvese el que pueda, yo el primero. Es terrible que un hombre sin grandeza alguna se tire de esa manera contra la pared. Nos denuncia a todos con el choque de sus huesos, nos hace trizas con la primera frase de su música. (Los mártires, los héroes, de acuerdo: uno está seguro con ellos. ¡Pero Johnny!)

Secuencias. No sé decirlo mejor, es como una noción de que bruscamente se arman secuencias terribles o idiotas en la vida de un hombre, sin que se sepa qué ley fuera de las leyes clasificadas decide que a cierta llamada telefónica va a seguir inmediatamente la llegada de nuestra hermana que vive en Auvernia, o se va a ir la leche al fuego, o vamos a ver desde el balcón a un chico debajo de un auto. Como en los equipos de fútbol y en las comisiones directivas, parecería que el destino nombra siempre algunos suplentes por si le fallan los titulares. Y así es que esta mañana, cuando todavía me duraba el contento por saberlo mejorado y contento a Johnny Carter, me telefonean de urgencia al diario, y la que telefonea es Tica, y la noticia es que en Chicago acaba de morirse Bee, la hija menor de Lan y de Johnny, y que naturalmente Johnny está como loco y sería bueno que yo fuera a darles una mano a los amigos.

He vuelto a subir una escalera de hotel —y van ya tantas en mi amistad con Johnny— para encontrarme con Tica tomando té, con Dédée mojando una toalla, con Art, Delaunay y Pepe Ramírez que hablan en voz baja de las últimas noticias de Lester Young, y con Johnny muy quieto en la cama, una toalla en la frente y un aire perfectamente tranquilo y casi desdeñoso. Inmediatamente me he puesto en el bolsillo la cara de circunstancias, limitándome a apretarle fuerte la mano a Johnny, encender un cigarrillo y esperar.

—Bruno, me duele aquí —ha dicho Johnny al cabo de un rato, tocándose el sitio convencional del corazón—. Bruno, ella era como una piedrecita blanca en mi mano. Y yo no soy nada más que un pobre caballo amarillo, y nadie, nadie, limpiará las lágrimas de mis ojos.

Todo esto dicho solemnemente, casi recitado, y Tica mirando a Art, y los dos haciéndose señas de indulgencia, aprovechando que Johnny tiene la cara tapada con la toalla mojada y no puede verlos. Personalmente me repugnan las frases baratas, pero todo esto que ha dicho Johnny, aparte de que me parece haberlo leído en algún sitio, me ha sonado como una máscara que se pusiera a hablar, así de hueco, así de inútil. Dédée ha venido con otra toalla y le ha cambiado el apósito, y en el intervalo he podido vislumbrar el rostro de Johnny y lo he visto de un gris ceniciento, con la boca torcida y los ojos apretados hasta arrugarse. Y como siempre con Johnny, las cosas han ocurrido de otra manera que la que uno esperaba, y Pepe Ramírez que no lo conoce gran cosa está todavía bajo los efectos de la sorpresa y yo creo que del escándalo, porque al cabo de un rato Johnny se ha sentado en la cama y se ha puesto a insultar lentamente, mascando cada palabra, y soltándola después como un trompo se ha puesto a insultar a los responsables de la grabación de *Amorous*, sin mirar a nadie pero clavándonos a todos como bichos en un cartón nada más que con la increíble obscenidad de sus palabras, y así ha estado dos minutos insultando a todos los de *Amorous*, empezando por Art y Delaunay, pasando por mí (aunque yo...) y acabando en Dédée, en Cristo omnipotente y en la puta que los parió a todos sin la menor excepción. Y eso ha sido en el fondo, eso y lo de la piedrecita blanca, la oración fúnebre de Bee, muerta en Chicago de neumonía.

Pasarán quince días vacíos; montones de trabajo, artículos periodísticos, visitas aquí y allá —un buen resumen de la vida de un crítico, ese hombre que sólo puede vivir de prestado, de las novedades y las decisiones ajenas—. Hablando de lo cual una noche estaremos Tica, Baby Lennox y yo en el Café de Flore, tarareando muy contentos *Out of nowhere* y comentando un solo de piano de Billy Taylor que a los tres nos parece bueno, y sobre todo a Baby Lennox, que además se ha vestido a la moda de Saint-Germain-des-Prés y hay que ver cómo le queda. Baby verá aparecer a Johnny con el arrobamiento de sus veinte años, y Johnny la mirará sin verla y seguirá de largo, hasta sentarse solo en otra mesa, completamente borracho o dormido. Sentiré la mano de Tica en la rodilla.

—Lo ves, ha vuelto a fumar anoche. O esta tarde. Esa mujer...

Le he contestado sin ganas que Dédée es tan culpable como cualquier otra, empezando por ella que ha fumado docenas de veces con Johnny y volverá a hacerlo el día que le dé la santa gana. Me vendrá un gran deseo de irme y de estar solo, como siempre que es imposible acercarse a Johnny, estar con él y de su lado. Lo veré hacer dibujos en la mesa con el dedo, quedarse mirando al camarero que le pregunta qué va a beber, y por fin Johnny dibujará en el aire una especie de flecha y la sostendrá con las dos manos como si pesara una barbaridad, y en las otras mesas la gente empezará a divertirse con mucha discreción como corresponde en el Flore. Entonces Tica dirá: «Mierda», se pasará a la mesa de Johnny, y después de dar una orden al camarero se pondrá a hablarle en la oreja a Johnny. Ni qué decir que Baby se apresurará a confiarme sus más caras esperanzas, pero yo le diré vagamente que esa noche hay que dejar tranquilo a Johnny y que las niñas buenas se van temprano a la cama, si es posible en compañía de un crítico de jazz. Baby reirá amablemente, su mano me acariciará el pelo, y después nos quedaremos tranquilos viendo pasar a la muchacha que se cubre la cara con una capa de albayalde y se pinta de verde los ojos y hasta la boca. Baby dirá que no le parece tan mal, y yo le pediré que me cante bajito uno de esos *blues* que le están dando fama en Londres y en Estocolmo. Y después volveremos a *Out of nowhere*, que esta noche nos persigue interminablemente como un perro que también fuera de albayalde y de ojos verdes.

Pasarán por ahí dos de los chicos del nuevo quinteto de Johnny, y aprovecharé para preguntarles cómo ha andado la cosa esa noche; me enteraré así de que Johnny apenas ha podido tocar, pero que lo que ha tocado valía por todas las ideas juntas de un John Lewis, suponiendo que este último sea capaz de tener alguna idea porque, como ha dicho uno de los chicos, lo único que tiene siempre a mano es las notas para tapar un agujero, que no es lo mismo. Y yo me preguntaré entre tanto hasta dónde va a poder resistir Johnny, y sobre todo el público que cree en Johnny. Los chicos no aceptarán una cerveza, Baby y yo nos quedaremos nuevamente solos, y acabaré por ceder a sus preguntas y explicarle a Baby, que realmente merece su apodo, por qué Johnny está enfermo y acabado, por qué los chicos del quinteto están cada día más hartos, por qué la cosa va a estallar en una de ésas como ya ha estallado en San Francisco, en Baltimore y en Nueva York media docena de veces.

Entrarán otros músicos que tocan en el barrio, y algunos irán a la mesa de Johnny y lo saludarán, pero él los mirará como desde lejos, con una cara horriblemente idiota, los ojos húmedos y mansos, la boca incapaz de contener la saliva que le brilla en los labios. Será divertido observar el doble manejo de Tica y de Baby, Tica apelando a su dominio sobre los hombres para alejarlos de Johnny con una rápida explicación y una sonrisa, Baby soplándome en la oreja su admiración por Johnny y lo bueno que sería llevarlo a un sanatorio para que lo desintoxicaran, y todo ello simplemente porque está en celo y quisiera acostarse con Johnny esta misma noche, cosa por lo demás imposible según puede verse, y que me alegra bastante. Como me ocurre desde que la conozco, pensaré en lo bueno que sería poder acariciar los muslos de Baby y estaré a un paso de proponerle que nos vayamos a tomar un trago a otro lugar más tranquilo (ella no querrá y en el fondo yo tampoco, porque esa otra mesa nos tendrá atados e infelices) hasta que de repente, sin nada que anuncie lo que va a suceder, veremos levantarse lentamente a Johnny, mirarnos y reconocernos, venir hacia nosotros —digamos hacia mí, porque Baby no cuenta— y al llegar a la mesa se doblará un poco con toda naturalidad, como quien va a tomar una papa frita del plato, y lo veremos arrodillarse frente a mí, con toda naturalidad se pondrá de rodillas y me mirará en los ojos, y yo veré que está llorando, y sabré sin palabras que Johnny está llorando por la pequeña Bee.

Mi reacción es tan natural, he querido levantar a Johnny, evitar que hiciera el ridículo, y al final el ridículo lo he hecho yo porque nada hay más lamentable que un hombre esforzándose por mover a otro que está muy bien como está, que se siente perfectamente en la posición que le da la gana, de manera que los parroquianos del Flore, que no se alarman por pequeñas cosas, me han mirado poco amablemente, aun sin saber en su mayoría que ese negro arrodillado es Johnny Carter me han mirado como miraría la gente a alguien que se trepara a un altar y tironeara de Cristo para sacarlo de la cruz. El primero en reprochármelo ha sido Johnny, nada más que llorando silenciosamente ha alzado los ojos y me ha mirado, y entre eso y la censura evidente de los parroquianos no me ha quedado más remedio que volver a sentarme frente a Johnny, sintiéndome peor que él, queriendo estar en cualquier parte menos en esa silla y frente a Johnny de rodillas.

El resto no ha sido tan malo, aunque no sé cuántos siglos han pasado sin que nadie se moviera, sin que las lágrimas dejaran de correr por la cara de Johnny, sin que sus ojos estuvieran continuamente fijos en los míos mientras yo trataba de ofrecerle un cigarrillo, de encender otro para mí, de hacerle un gesto de entendimiento a Baby que estaba, me parece, a punto de salir corriendo o de ponerse a llorar por su parte. Como siempre, ha sido Tica la que ha arreglado el lío sentándose con su gran tranquilidad en nuestra mesa, arrimando una silla del lado de Johnny y poniéndole la mano en el hombro, sin forzarlo, hasta que al final Johnny se ha enderezado un poco y ha pasado de ese horror a la conveniente actitud del amigo sentado, nada más que levantando unos centímetros las rodillas y dejando que entre sus nalgas y el suelo (iba a decir y la cruz, realmente esto es contagioso) se interpusiera la aceptadísima comodidad de una silla. La gente se ha cansado de mirar a Johnny, él de llorar, y nosotros de sentirnos como perros. De golpe me he explicado el cariño que algunos pintores les tienen a las sillas, cualquiera de las sillas del Flore me ha parecido de repente un objeto maravilloso, una flor, un perfume, el perfecto instrumento del orden y la honradez de los hombres en su ciudad.

Johnny ha sacado un pañuelo, ha pedido disculpas sin forzar la cosa, y Tica ha hecho traer un café doble y se lo ha dado a beber. Baby ha estado maravillosa, renunciando de golpe a toda su estupidez cuando se trata de Johnny y se ha puesto a tararear *Mamie's blues* sin dar la impresión de que lo hacía a propósito, y Johnny la ha mirado y se ha sonreído, y me parece que Tica y yo hemos pensado al mismo tiempo que la imagen de Bee se perdía poco a poco en el fondo de los ojos de Johnny, y que una vez más Johnny aceptaba volver por un rato a nuestro lado, acompañarnos hasta la próxima fuga. Como siempre, apenas ha pasado el momento en que me siento como un perro, mi superioridad frente a Johnny me ha permitido mostrarme indulgente, charlar de todo un poco sin entrar en zonas demasiado personales (hubiera sido horrible ver deslizarse a Johnny de la silla, volver a...), y por suerte Tica y Baby se han portado como ángeles y la gente del Flore se ha ido renovando a lo largo de una hora, por lo cual los parroquianos de la una de la madrugada no han sospechado siquiera lo que acababa de pasar, aunque en realidad no haya pasado gran cosa si se lo piensa bien. Baby se ha ido la primera (es una chica estudiosa, Baby, a las nueve ya estará ensayando con Fred Callender para grabar por la tarde) y Tica ha tomado su tercer vaso de coñac y nos ha ofrecido llevarnos a casa. Entonces Johnny ha dicho que no, que prefería seguir charlando conmigo, y Tica ha encontrado que estaba muy bien y se ha ido, no sin antes pagar las vueltas de todos como corresponde a una marquesa. Y Johnny y yo nos hemos tomado una copita de chartreuse, dado que entre amigos están permitidas estas debilidades, y hemos empezado a caminar por Saint-Germain-des-Prés porque Johnny ha insistido en que le hará bien caminar y yo no soy de los que dejan caer a los camaradas en esas circunstancias.

Por la rue de l'Abbaye vamos bajando hasta la plaza Furstenberg, que a Johnny le recuerda peligrosamente un teatro de juguete que según parece le regaló su padrino cuando tenía ocho años. Trato de llevármelo hacia la rue Jacob por miedo de que los recuerdos lo devuelvan a Bee, pero se diría que Johnny ha cerrado el capítulo por lo que falta de la noche. Anda tranquilo, sin titubear (otras veces lo he visto tambalearse en la calle, y no por estar borracho; algo en los reflejos que no funciona) y el calor de la noche y el silencio de las calles nos hace bien a los dos. Fumamos Gauloises, nos dejamos ir hacia el río y frente a una de las cajas de latón de los libreros del Quai de Conti un recuerdo cualquiera o un silbido de algún estudiante nos trae a la boca un tema de Vivaldi y los dos nos ponemos a cantarlo con mucho sentimiento y entusiasmo, y Johnny dice que si tuviera su saxo se pasaría la noche tocando Vivaldi, cosa que yo encuentro exagerada.

—En fin, también tocaría un poco de Bach y de Charles Ives —dice Johnny, condescendiente—. No sé por qué a los franceses no les interesa Charles Ives. ¿Conoces sus canciones? La del leopardo, tendrías que conocer la canción del leopardo. *A leopard...*

Y con su flaca voz de tenor se explaya sobre el leopardo, y ni qué decir que muchas de las frases que canta no son en absoluto de Ives, cosa que a Johnny lo tiene sin cuidado mientras esté seguro de que está cantando algo bueno. Al final nos sentamos sobre el pretil, frente a la rue Gît-le-Coeur y fumamos otro cigarrillo porque la noche es magnífica y dentro de un rato el tabaco nos obligará a beber cerveza en un café y esto nos gusta por anticipado a Johnny y a mí. Casi no le presto atención cuando menciona por primera vez mi libro, porque enseguida vuelve a hablar de Charles Ives y de cómo se ha divertido en citar muchas veces temas de Ives en sus discos, sin que nadie se diera cuenta (ni el mismo Ives, supongo), pero al rato me pongo a pensar en lo del libro y trato de traerlo al tema.

—Oh, he leído algunas páginas —dice Johnny—. En lo de Tica hablaban mucho de tu libro, pero yo no entendía ni el título. Ayer Art me trajo la edición inglesa y entonces me enteré de algunas cosas. Está muy bien tu libro.

Adopto la actitud natural en esos casos, mezclando un aire de displicente modestia con una cierta dosis de interés, como si su opinión fuera a revelarme —a mí, el autor— la verdad sobre mi libro.

—Es como en un espejo —dice Johnny—. Al principio yo creía que leer lo que escriben sobre uno era más o menos como mirarse a uno mismo y no en el espejo. Admiro mucho a los escritores, es increíble las cosas que dicen. Toda esa parte sobre los orígenes del *bebop*...

—Bueno, no hice más que transcribir literalmente lo que me contaste en Baltimore —digo, defendiéndome sin saber de qué.

—Sí, está todo, pero en realidad es como en un espejo —se emperra Johnny.

—¿Qué más quieres? Los espejos son fieles.

—Faltan cosas, Bruno —dice Johnny—. Tú estás mucho más enterado que yo, pero me parece que faltan cosas.

—Las que te habrás olvidado de decirme —contesto bastante picado. Este mono salvaje es capaz de... (Habrá que hablar con Delaunay, sería lamentable que una declaración imprudente malograra un sano esfuerzo crítico que... *Por ejemplo el vestido rojo de Lan* —está diciendo Johnny. Y en todo caso aprovechar las novedades de esta noche para incorporarlas a una nueva edición; no estaría mal—. *Tenía como un olor a perro* —está diciendo Johnny— *y es lo único que vale en ese disco.* Sí, escuchar atentamente y proceder con rapidez, porque en manos de otras gentes estos posibles desmentidos podrían tener consecuencias lamentables. *Y la urna del medio, la más grande, llena de un polvo casi azul* —está diciendo Johnny— *y tan parecida a una polvera que tenía mi hermana.* Mientras no pase de las alucinaciones, lo peor sería que desmintiera las ideas de fondo, el sistema estético que tantos elogios... —*Y además el* cool *no es ni por casualidad lo que has escrito* —está diciendo Johnny. Atención.)

—¿Cómo que no es lo que yo he escrito? Johnny, está bien que las cosas cambien, pero no hace seis meses que tú...

—Hace seis meses —dice Johnny, bajándose del pretil y acodándose para descansar la cabeza entre las manos—. *Six months ago.* Ah, Bruno, lo que yo podría tocar ahora mismo si tuviera a los muchachos... Y a propósito: muy ingenioso lo que has escrito sobre el saxo y el sexo, muy bonito el juego de palabras. *Six months ago. Six, sax, sex.* Positivamente precioso, Bruno. Maldito seas, Bruno.

No me voy a poner a decirle que su edad mental no le permite comprender que ese inocente juego de palabras encubre un sistema de ideas bastante profundo (a Leonard Feather le pareció exactísimo cuando se lo expliqué en Nueva York) y que el paraerotismo del jazz evoluciona desde tiempos del *washboard*, etcétera. Es lo de siempre, de pronto me alegra poder pensar que los críticos son mucho más necesarios de lo que yo mismo estoy dispuesto a reconocer (en privado, en esto que escribo) porque los creadores, desde el inventor de la música hasta Johnny pasando por toda la condenada serie, son incapaces de extraer las consecuencias dialécticas de su obra, postular los fundamentos y la trascendencia de lo que están escribiendo o improvisando. Tendría que recordar esto en los momentos de depresión en que me da lástima no ser nada más que un crítico. —*El nombre de la estrella es Ajenjo* —está diciendo Johnny, y de golpe oigo su otra voz, la voz de cuando está... ¿cómo decir esto, cómo describir a Johnny cuando está de su lado, ya solo otra vez, ya salido? Inquieto, me bajo del pretil, lo miro de cerca. Y el nombre de la estrella es Ajenjo, no hay nada que hacerle.

—El nombre de la estrella es Ajenjo —dice Johnny, hablando para sus dos manos—. Y sus cuerpos serán echados en las plazas de la grande ciudad. Hace seis meses.

Aunque nadie me vea, aunque nadie lo sepa, me encojo de hombros para las estrellas (el nombre de la estrella es Ajenjo). Volvemos a lo de siempre: «Esto lo estoy tocando mañana». El nombre de la estrella es Ajenjo y sus cuerpos serán echados hace seis meses. En las plazas de la grande ciudad. Salido, lejos. Y yo con sangre en el ojo, simplemente porque no ha querido decirme nada más sobre el libro, y en realidad no he llegado a saber qué piensa del libro que tantos miles de fans están leyendo en dos idiomas (muy pronto en tres, y ya se habla de la edición española, parece que en Buenos Aires no solamente se tocan tangos).

—Era un vestido precioso —dice Johnny—. No quieras saber cómo le quedaba a Lan, pero va a ser mejor que te lo explique delante de un whisky, si es que tienes dinero. Dédée me ha dejado apenas trescientos francos.

Ríe burlonamente, mirando el Sena. Como si él no supiera procurarse la bebida y la marihuana. Empieza a explicarme que Dédée es muy buena (y del libro nada) y que lo hace por bondad, pero por suerte está el compañero Bruno (que ha escrito un libro, pero nada) y lo mejor será ir a sentarse a un café del barrio árabe, donde lo dejan a uno tranquilo siempre que se vea que pertenece un poco a la estrella llamada Ajenjo (esto lo pienso yo, estamos entrando por el lado de Saint-Sévérin y son las dos de la mañana, hora en que mi mujer suele despertarse y ensayar todo lo que me va a decir junto con el café con leche). Así pasa con Johnny, así nos bebemos un horrible coñac barato, así doblamos la dosis y nos sentimos tan contentos. Pero del libro nada, solamente la polvera en forma de cisne, la estrella, pedazos de cosas que van pasando por pedazos de frases, por pedazos de miradas, por pedazos de sonrisas, por gotas de saliva sobre la mesa, pegadas a los bordes del vaso (del vaso de Johnny). Sí, hay momentos en que quisiera que ya estuviese muerto. Supongo que muchos en mi caso pensarían lo mismo. Pero cómo resignarse a que Johnny se muera llevándose lo que no quiere decirme esta noche, que desde la muerte siga cazando, siga salido (yo ya no sé cómo escribir todo esto) aunque me valga la paz, la cátedra, esa autoridad que dan las tesis incontrovertidas y los entierros bien capitaneados.

De cuando en cuando Johnny interrumpe un largo tamborileo sobre la mesa, me mira, hace un gesto incomprensible y vuelve a tamborilear. El patrón del café nos conoce desde los tiempos en que veníamos con un guitarrista árabe. Hace rato que Ben Aifa quisiera irse a dormir, somos los únicos en el mugriento café que huele a ají y a pasteles con grasa. También yo me caigo de sueño, pero la cólera me sostiene, una rabia sorda y que no va contra Johnny, más bien como cuando se ha hecho el amor toda una tarde y se siente la necesidad de una ducha, de que el agua y el jabón se lleven eso que empieza a volverse rancio, a mostrar demasiado claramente lo que al principio... Y Johnny marca un ritmo obstinado sobre la mesa, y a ratos canturrea, casi sin mirarme. Muy bien puede ocurrir que no vuelva a hacer comentarios sobre el libro. Las cosas se lo van llevando de un lado a otro, mañana será una mujer, otro lío cualquiera, un viaje. Lo más prudente sería quitarle disimuladamente la edición en inglés, y para eso hablar con Dédée y pedirle el favor a cambio de tantos otros. Es absurda esta inquietud, esta casi cólera. No cabía esperar ningún entusiasmo de parte de Johnny; en realidad jamás se me había ocurrido pensar que leería el libro. Sé muy bien que el libro no dice la verdad sobre Johnny (tampoco miente), sino que se limita a la música de Johnny. Por discreción, por bondad, no he querido mostrar al desnudo su incurable esquizofrenia, el sórdido trasfondo de la droga, la promiscuidad de esa vida lamentable. Me he impuesto mostrar las líneas esenciales, poniendo el acento en lo que verdaderamente cuenta, el arte incomparable de Johnny. ¿Qué más podía decir? Pero a lo mejor es precisamente ahí donde está él esperándome, como siempre al acecho esperando algo, agazapado para dar uno de esos saltos absurdos de los que salimos todos lastimados. Y es ahí donde acaso está esperándome para desmentir todas las bases estéticas sobre las cuales he fundado la razón última de su música, la gran teoría del jazz contemporáneo que tantos elogios me ha valido en todas partes.

Honestamente, ¿qué me importa su vida? Lo único que me inquieta es que se deje llevar por esa conducta que no soy capaz de seguir (digamos que no quiero seguir) y acabe desmintiendo las conclusiones de mi libro. Que deje caer por ahí que mis afirmaciones son falsas, que su música es otra cosa.

—Oye, hace un rato dijiste que en el libro faltaban cosas.

(Atención, ahora.)

—¿Que faltan cosas, Bruno? Ah, sí, te dije que faltaban cosas. Mira, no es solamente el vestido rojo de Lan. Están... ¿Serán realmente urnas, Bruno? Anoche volví a verlas, un campo inmenso, pero ya no estaban tan enterradas. Algunas tenían inscripciones y dibujos, se veían gigantes con cascos como en el cine, y en las manos unos garrotes enormes. Es terrible andar entre las urnas y saber que no hay nadie más, que soy el único que anda entre ellas buscando. No te aflijas, Bruno, no importa que se te haya olvidado poner todo eso. Pero, Bruno —y levanta un dedo que no tiembla—, de lo que te has olvidado es de mí.

—Vamos, Johnny.

—De mí, Bruno, de mí. Y no es culpa tuya no haber podido escribir lo que yo tampoco soy capaz de tocar. Cuando dices por ahí que mi verdadera biografía está en mis discos, yo sé que lo crees de verdad y además suena muy bien, pero no es así. Y si yo mismo no he sabido tocar como debía, tocar lo que soy de veras... ya ves que no se te pueden pedir milagros, Bruno. Hace calor aquí adentro, vámonos.

Lo sigo a la calle, erramos unos metros hasta que en una calleja nos interpela un gato blanco y Johnny se queda largo tiempo acariciándolo. Bueno, ya es bastante; en la plaza Saint-Michel encontraré un taxi para llevarlo al hotel e irme a casa. Después de todo no ha sido tan terrible; por un momento temí que Johnny hubiera elaborado una especie de antiteoría del libro, y que la probara conmigo antes de soltarla por ahí a todo trapo. Pobre Johnny acariciando un gato blanco. En el fondo lo único que ha dicho es que nadie sabe nada de nadie, y no es una novedad. Toda biografía da eso por supuesto y sigue adelante, qué diablos. Vamos, Johnny, vamos a casa que es tarde.

—No creas que solamente es eso —dice Johnny, enderezándose de golpe como si supiera lo que estoy pensando—. Está Dios, querido. Ahí sí que no has pegado una.

—Vamos, Johnny, vamos a casa que es tarde.

—Está lo que tú y los que son como mi compañero Bruno llaman Dios. El tubo de dentífrico por la mañana, a eso le llaman Dios. El tacho de basura, a eso le llaman Dios. El miedo a reventar, a eso le llaman Dios. Y has tenido la desvergüenza de mezclarme con esa porquería, has escrito que mi infancia, y mi familia, y no sé qué herencias ancestrales... Un montón de huevos podridos y tú cacareando en el medio, muy contento con tu Dios. No quiero tu Dios, no ha sido nunca el mío.

—Lo único que he dicho es que la música negra...

—No quiero tu Dios —repite Johnny—. ¿Por qué me lo has hecho aceptar en tu libro? Yo no sé si hay Dios, yo toco mi música, yo hago mi Dios, no necesito de tus inventos, déjaselos a Mahalia Jackson y al Papa, y ahora mismo vas a sacar esa parte de tu libro.

—Si insistes —digo por decir algo—. En la segunda edición.

—Estoy tan solo como este gato, y mucho más solo porque lo sé y él no. Condenado, me está plantando las uñas en la mano. Bruno, el jazz no es solamente música, yo no soy solamente Johnny Carter.

—Justamente es lo que quería decir cuando escribí que a veces tú tocas como...

—Como si me lloviera en el culo —dice Johnny, y es la primera vez en la noche que lo siento enfurecerse—. No se puede decir nada, inmediatamente lo traduces a tu sucio idioma. Si cuando yo toco tú ves a los ángeles, no es culpa mía. Si los otros abren la boca y dicen que he alcanzado la perfección, no es culpa mía. Y esto es lo peor, lo que verdaderamente te has olvidado de decir en tu libro, Bruno, y es que yo no valgo nada, que lo que toco y lo que la gente me aplaude no vale nada, realmente no vale nada.

Rara modestia, en verdad, a esa hora de la noche. Este Johnny...

—¿Cómo te puedo explicar? —grita Johnny poniéndome las manos en los hombros, sacudiéndome a derecha y a izquierda. (*La paix!*, chillan desde una ventana.)—. No es una cuestión de más música o de menos música, es otra cosa... por ejemplo, es la diferencia entre que Bee haya muerto y que esté viva. Lo que yo toco es Bee muerta, sabes, mientras que lo que yo quiero, lo que yo quiero... Y por eso a veces pisoteo el saxo y la gente cree que se me ha ido la mano en la bebida. Claro que en realidad siempre estoy borracho cuando lo hago, porque al fin y al cabo un saxo cuesta muchísimo dinero.

—Vamos por aquí. Te llevaré al hotel en taxi.

—Eres la mar de bueno, Bruno —se burla Johnny—. El compañero Bruno anota en su libreta todo lo que uno le dice, salvo las cosas importantes. Nunca creí que pudieras equivocarte tanto hasta que Art me pasó el libro. Al principio me

pareció que hablabas de algún otro, de Ronnie o de Marcel, y
después Johnny de aquí y Johnny de allá, es decir que se trataba de mí y yo me preguntaba ¿pero éste soy yo?, y dale conmigo en Baltimore, y el *Birdland*, y que mi estilo... Oye
—agrega casi fríamente—, no es que no me dé cuenta de que
has escrito un libro para el público. Está muy bien y todo lo
que dice sobre mi manera de tocar y de sentir el jazz me parece perfectamente O.K. ¿Para qué vamos a seguir discutien-
do sobre el libro? Una basura en el Sena, esa paja que flota al
lado del muelle, tu libro. Y yo esa otra paja, y tú esa botella
que pasa por ahí cabeceando. Bruno, yo me voy a morir sin
haber encontrado..., sin...

Lo sostengo por debajo de los brazos, lo apoyo en el
pretil del muelle. Se está hundiendo en el delirio de siempre,
murmura pedazos de palabras, escupe.

—Sin haber encontrado —repite—. Sin haber encontrado...

—¿Qué querías encontrar, hermano? —le digo—. No
hay que pedir imposibles, lo que tú has encontrado bastaría
para...

—Para ti, ya sé —dice rencorosamente Johnny—. Para
Art, para Dédée, para Lan... No sabes cómo... Sí, a veces la
puerta ha empezado a abrirse... Mira las dos pajas, se han encontrado, están bailando una frente a la otra... Es bonito,
eh... Ha empezado a abrirse... El tiempo... yo te he dicho, me
parece, que eso del tiempo... Bruno, toda mi vida he buscado
en mi música que esa puerta se abriera al fin. Una nada, una
rajita... Me acuerdo en Nueva York, una noche... Un vestido
rojo. Sí, rojo, y le quedaba precioso. Bueno, una noche estábamos con Miles y Hal... llevábamos yo creo que una hora
dándole a lo mismo, solos, tan felices... Miles tocó algo tan
hermoso que casi me tira de la silla, y entonces me largué, cerré los ojos, volaba. Bruno, te juro que volaba... Me oía como
si desde un sitio lejanísimo pero dentro de mí mismo, al lado
de mí mismo, alguien estuviera de pie... No exactamente al-

guien... Mira la botella, es increíble cómo cabecea... No era alguien, uno busca comparaciones... Era la seguridad, el encuentro, como en algunos sueños, ¿no te parece?, cuando todo está resuelto, Lan y las chicas te esperan con un pavo al horno, en el auto no atrapas ninguna luz roja, todo va dulce como una bola de billar. Y lo que había a mi lado era como yo mismo pero sin ocupar ningún sitio, sin estar en Nueva York, y sobre todo sin tiempo, sin que después... sin que hubiera después... Por un rato no hubo más que siempre... Y yo no sabía que era mentira, que eso ocurría porque estaba perdido en la música, y que apenas acabara de tocar, porque al fin y al cabo alguna vez tenía que dejar que el pobre Hal se quitara las ganas en el piano, en ese mismo instante me caería de cabeza en mí mismo...

Llora dulcemente, se frota los ojos con sus manos sucias. Yo ya no sé qué hacer, es tan tarde, del río sube la humedad, nos vamos a resfriar los dos.

—Me parece que he querido nadar sin agua —murmura Johnny—. Me parece que he querido tener el vestido rojo de Lan pero sin Lan. Y Bee está muerta, Bruno. Yo creo que tú tienes razón, que tu libro está muy bien.

—Vamos, Johnny, no pienso ofenderme por lo que le encuentres de malo.

—No es eso, tu libro está bien porque... porque no tiene urnas, Bruno. Es como lo que toca Satchmo, tan limpio, tan puro. ¿A ti no te parece que lo que toca Satchmo es como un cumpleaños o una buena acción? Nosotros... Te digo que he querido nadar sin agua. Me pareció... pero hay que ser idiota... me pareció que un día iba a encontrar otra cosa. No estaba satisfecho, pensaba que las cosas buenas, el vestido rojo de Lan, y hasta Bee, eran como trampas para ratones, no sé explicarme de otra manera... Trampas para que uno se conforme, sabes, para que uno diga que todo está bien. Bruno, yo creo que Lan y el jazz, sí, hasta el jazz, eran como anuncios en una revista, cosas bonitas para que me quedara conforme como te quedas tú porque tienes París y tu mujer y tu trabajo... Yo tenía mi saxo... y mi sexo, como dice el libro. Todo lo que hacía falta. Trampas, querido... porque no puede ser que no haya otra cosa, no puede ser que estemos tan cerca, tan del otro lado de la puerta...

—Lo único que cuenta es dar de sí todo lo posible —digo, sintiéndome insuperablemente estúpido.

—Y ganar todos los años el referéndum de *Down Beat*, claro —asiente Johnny—. Claro que sí, claro que sí, claro que sí. Claro que sí.

Lo llevo poco a poco hacia la plaza. Por suerte hay un taxi en la esquina.

—Sobre todo no acepto a tu Dios —murmura Johnny—. No me vengas con eso, no lo permito. Y si realmente está del otro lado de la puerta, maldito si me importa. No tiene ningún mérito pasar al otro lado porque él te abra la puerta. Desfondarla a patadas, eso sí. Romperla a puñetazos, eyacular contra la puerta, mear un día entero contra la puerta. Aquella vez en Nueva York yo creo que abrí la puerta con mi música, hasta que tuve que parar y entonces el maldito me la cerró en la cara nada más que porque no le he rezado nunca, porque no le voy a rezar nunca, porque no quiero saber nada con ese portero de librea, ese abridor de puertas a cambio de una propina, ese...

Pobre Johnny, después se queja de que uno no ponga esas cosas en un libro. Las tres de la madrugada, madre mía.

Tica se había vuelto a Nueva York, Johnny se había vuelto a Nueva York (sin Dédée, muy bien instalada ahora en casa de Louis Perron, que promete como trombonista). Baby Lennox se había vuelto a Nueva York. La temporada no era gran cosa en París y yo extrañaba a mis amigos. Mi libro sobre Johnny se vendía muy bien en todas partes, y naturalmente Sammy Pretzal hablaba ya de una posible adaptación en Hollywood, cosa siempre interesante cuando se calcula la relación franco-dólar. Mi mujer seguía furiosa por mi historia con Baby Lennox, nada demasiado grave por lo demás, al fin y al cabo Baby es acentuadamente promiscua y cualquier mujer inteligente debería comprender que esas cosas no comprometen el equilibrio conyugal, aparte de que Baby ya se había vuelto a Nueva York con Johnny, finalmente se había dado el gusto de irse con Johnny en el mismo barco. Ya estaría fumando marihuana con Johnny, perdida como él, pobre muchacha. Y *Amorous* acababa de salir en París, justo cuando la segunda edición de mi libro entraba en prensa y se hablaba de traducirlo al alemán. Yo había pensado mucho en las posibles modificaciones de la segunda edición. Honrado en la medida en que la profesión lo permite, me preguntaba si no hubiera sido necesario mostrar bajo otra luz la personalidad de mi biografiado. Discutimos varias veces con Delaunay y con Hodeir, ellos no sabían realmente qué aconsejarme porque encontraban que el libro era estupendo y que a la gente le gustaba así. Me pareció advertir que los dos temían un contagio literario, que yo acabara tiñendo la obra con matices que poco o nada tenían que ver con la música de Johnny, al menos según la entendíamos todos nosotros. Me pareció que la opinión de gentes autorizadas (y mi decisión personal, sería tonto negarlo a esta altura de las cosas) justificaba dejar tal cual la segunda edición. La lectura minuciosa de las revistas especializadas de los Estados Unidos (cuatro reportajes a Johnny, noticias sobre una nueva tentativa de suicidio, esta vez con tintura de yodo, sonda gástrica y tres semanas de hospital, de nuevo tocando en Baltimore como si nada) me tranquilizó bastante, aparte de la pena que me producían estas recaídas lamentables. Johnny no había dicho ni una palabra comprometedora sobre el libro. Ejemplo (en *Stomping Around*, una revista musical de Chicago, entrevista de Teddy Rogers a Johnny): «¿Has leído lo que ha escrito Bruno V... sobre ti en París?». «Sí. Está muy bien.» «¿Nada que decir sobre ese libro?» «Nada, fuera de que está muy bien. Bruno es un gran muchacho.» Quedaba por saber lo que pudiera decir Johnny cuando anduviera borracho o drogado, pero por lo menos no había rumores de ningún desmentido de su parte. Decidí no tocar la segunda edición del libro, seguir presentando a Johnny como lo que era en el fondo: un pobre diablo de inteligencia apenas mediocre, dotado como tanto músico, tanto ajedrecista y tanto poeta del don de crear cosas estupendas sin tener la menor conciencia (a lo sumo un orgullo de boxeador que se sabe fuerte) de las dimensiones de su obra. Todo me inducía a conservar tal cual ese retrato de Johnny; no era cosa de crearse complicaciones con un público que quiere mucho jazz pero nada de análisis musicales o psicológicos, nada que no sea la satisfacción momentánea y bien recortada, las manos que marcan el ritmo, las caras que se aflojan beatíficamente, la música que se pasea por la piel, se incorpora a la sangre y a la respiración, y después basta, nada de razones profundas.

Primero llegaron los telegramas (a Delaunay, a mí, por la tarde ya salían en los diarios con comentarios idiotas); veinte días después tuve carta de Baby Lennox, que no se había olvidado de mí. «En Bellevue lo trataron espléndidamente y yo lo fui a buscar cuando salió. Vivíamos en el departamento de Mike Russolo, que anda en gira por Noruega. Johnny estaba muy bien, y aunque no quería tocar en público aceptó grabar discos con los chicos del Club 28. A ti te lo puedo decir, en realidad estaba muy débil (ya me imagino lo que quería dar a entender Baby con esto, después de nuestra aventura en París) y de noche me daba miedo la forma en que respiraba y se quejaba. Lo único que me consuela —agregaba deliciosamente Baby— es que murió contento y sin saberlo. Estaba mirando la televisión y de golpe se cayó al suelo. Me dijeron que fue instantáneo». De donde se deducía que Baby no había estado presente, y así era porque luego supimos que Johnny vivía en casa de Tica y que había pasado cinco días con ella, preocupado y abatido, hablando de abandonar el jazz, irse a vivir a México y trabajar en el campo (a todos les da por ahí en algún momento de su vida, es casi aburrido), y que Tica lo vigilaba y hacía lo posible por tranquilizarlo y obligarlo a pensar en el futuro (esto lo dijo luego Tica, como si ella o Johnny hubieran tenido jamás la menor idea del futuro). A mitad de un programa de televisión que le hacía mucha gracia a Johnny, empezó a toser, de golpe se dobló bruscamente, etcétera. No estoy tan seguro de que la muerte fuese instantánea como lo declaró Tica a la policía (tratando de salir del lío descomunal en que la había metido la muerte de Johnny en su departamento, la marihuana que había al alcance de la mano, algunos líos anteriores de la pobre Tica, y los resultados no del todo convincentes de la autopsia. Ya se imagina uno todo lo que un médico podía encontrar en el hígado y en los pulmones de Johnny). «No quieras saber lo que me dolió su muerte, aunque podría contarte otras cosas —agregaba dulcemente esta querida Baby—, pero alguna vez cuando tenga más ánimos te escribiré o te contaré (parece que Rogers quiere contratarme para París y Berlín) todo lo que es necesario que sepas, tú que eras el mejor amigo de Johnny.» Y después de una carilla entera dedicada a insultar a Tica, que de creerle no sólo sería causante de la muerte de Johnny, sino del ataque a Pearl Harbour y de la Peste Negra, esta pobrecita Baby terminaba: «Antes de que se me olvide, un día en Bellevue preguntó mucho por ti, se le mezclaban las ideas y pensaba que estabas en Nueva York y que no querías ir a verlo, hablaba siempre de unos campos llenos de cosas, y después te llamaba y hasta te decía palabrotas, pobre. Ya sabes lo que es la fiebre. Tica le dijo a Bob Carey que las últimas palabras de Johnny habían sido algo así como: «Oh, hazme una máscara», pero ya te imaginas que en ese momento...». Vaya si me lo imaginaba. «Se había puesto muy gordo», agregaba Baby al final de su carta, «y jadeaba al caminar». Eran los detalles que cabía esperar de una persona tan delicada como Baby Lennox.

Todo esto coincidió con la aparición de la segunda edición de mi libro, pero por suerte tuve tiempo de incorporar una nota necrológica redactada a toda máquina, y una fotografía del entierro donde se veía a muchos jazzmen famosos. En esa forma la biografía quedó, por decirlo así, completa. Quizá no esté bien que yo diga esto, pero como es natural me sitúo en un plano meramente estético. Ya hablan de una nueva traducción, creo que al sueco o al noruego. Mi mujer está encantada con la noticia.

Las armas secretas

Curioso que la gente crea que tender una cama es exactamente lo mismo que tender una cama, que dar la mano es siempre lo mismo que dar la mano, que abrir una lata de sardinas es abrir al infinito la misma lata de sardinas. «Pero si todo es excepcional», piensa Pierre alisando torpemente el gastado cobertor azul. «Ayer llovía, hoy hubo sol, ayer estaba triste, hoy va a venir Michèle. Lo único invariable es que jamás conseguiré que esta cama tenga un aspecto presentable.» No importa, a las mujeres les gusta el desorden de un cuarto de soltero, pueden sonreír (la madre asoma en todos sus dientes) y arreglar las cortinas, cambiar de sitio un florero o una silla, decir sólo a ti se te podía ocurrir poner esa mesa donde no hay luz. Michèle dirá probablemente cosas así, andará tocando y moviendo libros y lámparas, y él la dejará hacer mirándola todo el tiempo, tirado en la cama o hundido en el viejo sofá, mirándola a través del humo de una Gauloise y deseándola.

«Las seis, la hora grave», piensa Pierre. La hora dorada en que todo el barrio de Saint-Sulpice empieza a cambiar, a prepararse para la noche. Pronto saldrán las chicas del estudio del notario, el marido de madame Lenôtre arrastrará su pierna por las escaleras, se oirán las voces de las hermanas del sexto piso, inseparables a la hora de comprar el pan y el diario. Michèle ya no puede tardar, a menos que se pierda o se vaya demorando por la calle, con su especial aptitud para detenerse en cualquier parte y echar a viajar por los pequeños mundos particulares de las vitrinas. Después le contará: un oso de cuerda, un disco de Couperin, una cadena de bronce con una piedra azul, las obras completas de Stendhal, la moda de verano. Razones tan comprensibles para llegar un poco tarde. Otra Gauloise, entonces, otro trago de coñac. Le dan ganas de escuchar unas canciones de MacOrlan, busca sin mucho esfuerzo entre montones de papeles y cuadernos. Seguro que Roland o Babette se han llevado el disco; bien podrían avisarle cuando se llevan algo suyo. ¿Por qué no llega Michèle? Se sienta al borde de la cama, arrugando el cobertor. Ya está, ahora tendrá que tirar de un lado y de otro, reaparecerá el maldito borde de la almohada. Huele terriblemente a tabaco, Michèle va a fruncir la nariz y a decirle que huele terriblemente a tabaco. Cientos y cientos de Gauloises fumadas en cientos y cientos de días: una tesis, algunas amigas, dos crisis hepáticas, novelas, aburrimiento. ¿Cientos y cientos de Gauloises? Siempre lo sorprende descubrirse inclinado sobre lo nimio, dándole importancia a los detalles. Se acuerda de viejas corbatas que ha tirado a la basura hace diez años, del color de una estampilla del Congo Belga, orgullo de una infancia filatélica. Como si en el fondo de la memoria supiera exactamente cuántos cigarrillos ha fumado en su vida, qué gusto tenía cada uno, en qué momento lo encendió, dónde tiró la colilla. A lo mejor las cifras absurdas que a veces aparecen en sus sueños son asomos de esa implacable contabilidad. «Pero entonces Dios existe», piensa Pierre. El espejo del armario le devuelve su sonrisa, obligándolo como siempre a recomponer el rostro, a echar hacia atrás el mechón de pelo negro que Michèle amenaza cortarle. ¿Por qué no llega Michèle? «Porque no quiere entrar en mi cuarto», piensa Pierre. Pero para poder cortarle un día el mechón de la frente tendrá que entrar en su cuarto y acostarse en su cama. Alto precio paga Dalila, no se llega sin más al pelo de un hombre. Pierre se dice que es un estúpido por haber pensado que Michèle no quiere subir a su cuarto. Lo ha pensado sordamente, como desde lejos. A veces el pensamiento parece tener que abrirse camino por incontables barreras, hasta proponerse y ser escuchado. Es idiota haber pensado que Michèle no quiere subir a su cuarto. Si no viene es porque está absorta delante de la vitrina de una ferretería o una tienda, encantada con la visión de una pequeña foca de porcelana o una litografía de Zao-Wu-Ki. Le parece verla, y a la vez se da cuenta de que está imaginando una escopeta de doble caño, justamente cuando traga el humo del cigarrillo y se siente como perdonado de su tontería. Una escopeta de doble caño no tiene nada de raro, pero qué puede hacer a esa hora y en su pieza la idea de una escopeta de doble caño, y esa sensación como de extrañamiento. No le gusta esa hora en que todo vira al lila, al gris. Estira indolentemente el brazo para encender la lámpara de la mesa. ¿Por qué no llega Michèle? Ya no vendrá, es inútil seguir esperando. Habrá que pensar que realmente no quiere venir a su cuarto. En fin, en fin. Nada de tomarlo a lo trágico; otro coñac, la novela empezada, bajar a comer algo al bistró de León. Las mujeres serán siempre las mismas, en Enghien o en París, jóvenes o maduras. Su teoría de los casos excepcionales empieza a venirse al suelo, la ratita retrocede antes de entrar en la ratonera. Pero ¿qué ratonera? Un día u otro, antes o después... La ha estado esperando desde las cinco, aunque ella debía llegar a las seis; ha alisado especialmente para ella el cobertor azul, se ha trepado como un idiota a una silla, plumero en mano, para desprender una insignificante tela de araña que no hacía mal a nadie. Y sería tan natural que en ese mismo momento ella bajara del autobús en Saint-Sulpice y se acercara a su casa, deteniéndose ante las vitrinas o mirando las palomas de la plaza. No hay ninguna razón para que no quiera subir a su cuarto. Claro que tampoco hay ninguna razón para pensar en una escopeta de doble caño, o decidir que en este momento Michaux sería mejor lectura que Graham Greene. La elección instantánea preocupa siempre a Pierre. No puede ser que todo sea gratuito, que un mero azar decida Greene contra Michaux, Michaux contra Enghien, es decir, contra Greene. Incluso confundir una localidad como Enghien con un escritor como Greene... «No puede ser que todo sea tan absurdo», piensa Pierre tirando el cigarrillo. «Y si no viene es porque le ha pasado algo; no tiene nada que ver con nosotros dos.»

Baja a la calle, espera un rato en la puerta. Ve encenderse las luces en la plaza. En lo de León no hay casi nadie cuando se sienta en una mesa de la calle y pide una cerveza. Desde donde está puede ver la entrada de su casa, de modo que si todavía... León habla de la Vuelta de Francia; llegan Nicole y su amiga, la florista de la voz ronca. La cerveza está helada, será cosa de pedir unas salchichas. En la entrada de su casa el chico de la portera juega a saltar sobre un pie. Cuando se cansa se pone a saltar sobre el otro, sin moverse de la puerta.

—Qué tontería —dice Michèle—. ¿Por qué no iba a querer ir a tu casa, si habíamos quedado en eso?

Edmond trae el café de las once de la mañana. No hay casi nadie a esa hora, y Edmond se demora al lado de la mesa para comentar la Vuelta de Francia. Después Michèle explica lo presumible, lo que Pierre hubiera debido pensar. Los frecuentes desvanecimientos de su madre, papá que se asusta y telefonea a la oficina, saltar a un taxi para que luego no sea nada, un mareo insignificante. Todo eso no ocurre por primera vez, pero hace falta ser Pierre para...

—Me alegro de que ya esté bien —dice tontamente Pierre.

Pone una mano sobre la mano de Michèle. Michèle pone su otra mano sobre la de Pierre. Pierre pone su otra mano sobre la de Michèle. Michèle saca la mano de abajo y la pone encima. Pierre saca la mano de abajo y la pone encima. Michèle saca la mano de abajo y apoya la palma contra la nariz de Pierre.

—Fría como la de un perrito.

Pierre admite que la temperatura de su nariz es un enigma insondable.

—Bobo —dice Michèle, resumiendo la situación.

Pierre la besa en la frente, sobre el pelo. Como ella agacha la cabeza, le toma el mentón y la obliga a que lo mire antes de besarla en la boca. La besa una, dos veces. Huele a algo fresco, a la sombra bajo los árboles. *Im wunderschonen Monat Mai*, oye distintamente la melodía. Lo admira vagamente recordar tan bien las palabras, que sólo traducidas tienen pleno sentido para él. Pero le gusta la melodía, las palabras suenan tan bien contra el pelo de Michèle, contra su boca húmeda. *Im wunderschonen Monat Mai, als...*

La mano de Michèle se hinca en su hombro, le clava las uñas.

—Me haces daño —dice Michèle rechazándolo, pasándose los dedos por los labios.

Pierre ve la marca de sus dientes en el borde del labio. Le acaricia la mejilla y la besa otra vez, livianamente. ¿Michèle está enojada? No, no está. ¿Cuándo, cuándo, cuándo van a encontrarse a solas? Le cuesta comprender, las explicaciones de Michèle parecen referirse a otra cosa. Obstinado en la idea de verla llegar algún día a su casa, de que va a subir los cinco pisos y entrar en su cuarto, no entiende que todo se ha despejado de golpe, que los padres de Michèle se van por quince días a la granja. Que se vayan, mejor así, porque entonces Michèle... De golpe se da cuenta, se queda mirándola. Michèle ríe.

—¿Vas a estar sola en tu casa estos quince días?

—Qué bobo eres —dice Michèle. Alarga un dedo y dibuja invisibles estrellas, rombos, suaves espirales. Por supuesto su madre cuenta con que la fiel Babette la acompañará esas dos semanas, ha habido tantos robos y asaltos en los suburbios. Pero Babette se quedará en París todo lo que ellos quieran.

Pierre no conoce el pabellón, aunque lo ha imaginado tantas veces que es como si ya estuviera en él, entra con Michèle en un saloncito agobiado de muebles vetustos, sube una escalera después de rozar con los dedos la bola de vidrio donde nace el pasamanos. No sabe por qué la casa le desagrada, tiene ganas de salir al jardín aunque cuesta creer que un pabellón tan pequeño pueda tener un jardín. Se desprende con esfuerzo de la imagen, descubre que es feliz, que está en el café con Michèle, que la casa será distinta de eso que imagina y que lo ahoga un poco con sus muebles y sus alfombras desvaídas. «Tengo que pedirle la motocicleta a Xavier», piensa Pierre. Vendrá a esperar a Michèle y en media hora estarán en Clamart, tendrán dos fines de semana para hacer excursiones, habrá que conseguir un termo y comprar nescafé.

—¿Hay una bola de vidrio en la escalera de tu casa?

—No —dice Michèle—, te confundes con...

Calla, como si algo le molestara en la garganta. Hundido en la banqueta, la cabeza apoyada en el alto espejo con que Edmond pretende multiplicar las mesas del café, Pierre admite vagamente que Michèle es como una gata o un retrato anónimo. La conoce desde hace tan poco, quizá también ella lo encuentra difícil de entender. Por lo pronto quererse no es nunca una explicación, como no lo es tener amigos comunes o compartir opiniones políticas. Siempre se empieza por creer que no hay misterio en nadie, es tan fácil acumular noticias: Michèle Duvernois, veinticuatro años, pelo castaño, ojos grises, empleada de escritorio. Y ella también sabe que Pierre Jolivet, veintitrés años, pelo rubio... Pero mañana irá con ella a su casa, en media hora de viaje estarán en Enghien. «Dale con Enghien», piensa Pierre, rechazando el nombre como si fuera una mosca. Tendrán quince días para estar juntos, y en la casa hay un jardín, probablemente tan distinto del que imagina, tendrá que preguntarle a Michèle cómo es el jardín, pero Michèle está llamando a Edmond, son más de las once y media y el gerente fruncirá la nariz si la ve volver tarde.

—Quédate un poco más —dice Pierre—. Ahí vienen Roland y Babette. Es increíble cómo nunca podemos estar solos en este café.

—¿Solos? —dice Michèle—. Pero si venimos para encontrarnos con ellos.

—Ya sé, pero lo mismo.

Michèle se encoge de hombros, y Pierre sabe que lo comprende y que en el fondo también lamenta que los amigos aparezcan tan puntualmente. Babette y Roland traen su aire habitual de plácida felicidad que esta vez lo irrita y lo impacienta. Están del otro lado, protegidos por el rompeolas del tiempo; sus cóleras y sus insatisfacciones pertenecen al mundo, a la política o al arte, nunca a ellos mismos, a su relación más profunda. Salvados por la costumbre, por los gestos mecánicos. Todo alisado, planchado, guardado, numerado. Cerditos contentos, pobres muchachos tan buenos amigos. Está a punto de no estrechar la mano que le tiende Roland, traga saliva, lo mira en los ojos, después le aprieta los dedos como si quisiera rompérselos. Roland ríe y se sienta frente a ellos; trae noticias de un cineclub, habrá que ir sin falta el lunes. «Cerditos contentos», mastica Pierre. Es idiota, es injusto. Pero un film de Pudovkin, vamos, ya se podría ir buscando algo nuevo.

—Lo nuevo —se burla Babette—. Lo nuevo. Qué viejo estás, Pierre.

Ninguna razón para no querer darle la mano a Roland.

—Y se había puesto una blusa naranja que le quedaba tan bien —cuenta Michèle.

Roland ofrece Gauloises y pide café. Ninguna razón para no querer darle la mano a Roland.

—Sí, es una chica inteligente —dice Babette.

Roland mira a Pierre y le guiña un ojo. Tranquilo, sin problemas. Absolutamente sin problemas, cerdito tranquilo. A Pierre le da asco esa tranquilidad, que Michèle pueda estar hablando de una blusa naranja, tan lejos de él como siempre.

No tiene nada que ver con ellos, ha entrado el último en el grupo, lo toleran apenas.

Mientras habla (ahora es cuestión de unos zapatos) Michèle se pasa un dedo por el borde del labio. Ni siquiera es capaz de besarla bien, le ha hecho daño y Michèle se acuerda. Y todo el mundo le hace daño a él, le guiñan un ojo, le sonríen, lo quieren mucho. Es como un peso en el pecho, una necesidad de irse y estar solo en su cuarto preguntándose por qué no ha venido Michèle, por qué Babette y Roland se han llevado un disco sin avisarle.

Michèle mira el reloj y se sobresalta. Arreglan lo del cineclub, Pierre paga el café. Se siente mejor, quisiera charlar un poco más Roland y Babette, los saluda con afecto. Cerditos buenos, tan amigos de Michèle.

Roland los ve alejarse, salir a la calle bajo el sol. Bebe despacio su café.

—Me pregunto —dice Roland.

—Yo también —dice Babette.

—¿Por qué no, al fin y al cabo?

—Por qué no, claro. Pero sería la primera vez desde entonces.

—Ya es tiempo de que Michèle haga algo de su vida —dice Roland—. Y si quieres mi opinión, está muy enamorada.

—Los dos están muy enamorados.

Roland se queda pensando.

Se ha citado con Xavier en un café de la plaza Saint-Michel, pero llega demasiado temprano. Pide cerveza y hojea el diario; no se acuerda bien de lo que ha hecho desde que se separó de Michèle en la puerta de la oficina. Los últimos meses son tan confusos como la mañana que aún no ha transcurrido y es ya una mezcla de falsos recuerdos, de equivocaciones. En esa remota vida que lleva, la única certidumbre es haber estado lo más cerca posible de Michèle, esperando y dándose cuenta de que no basta con eso, que todo es vagamente asombroso, que no sabe nada de Michèle, absolutamente nada en realidad (tiene ojos grises, tiene cinco dedos en cada mano, es soltera, se peina como una chiquilla), absolutamente nada en realidad. Entonces si uno no sabe nada de Michèle, basta dejar de verla un momento para que el hueco se vuelva una maraña espesa y amarga; te tiene miedo, te tiene asco, a veces te rechaza en lo más hondo de un beso, no se quiere acostar contigo, tiene horror de algo, esta misma mañana te ha rechazado con violencia (y qué encantadora estaba, y cómo se ha pegado contra ti en el momento de despedirse, y cómo lo ha preparado todo para reunirse contigo mañana e ir juntos a su casa de Enghien) y tú le has dejado la marca de los dientes en la boca, la estabas besando y la has mordido y ella se ha quejado, se ha pasado los dedos por la boca y se ha quejado sin enojo, un poco asombrada solamente, *als alle Knospen sprangen*, tú cantabas por dentro Schumann, pedazo de bruto, cantabas mientras la mordías en la boca y ahora te acuerdas, además subías una escalera, sí, la subías, rozabas con la mano la bola de vidrio donde nace el pasamanos, pero después Michèle ha dicho que en su casa no hay ninguna bola de vidrio.

Pierre resbala en la banqueta, busca los cigarrillos. En fin, tampoco Michèle sabe mucho de él, no es nada curiosa aunque tenga esa manera atenta y grave de escuchar las confidencias, esa aptitud para compartir un momento de vida, cualquier cosa, un gato que sale de una puerta cochera, una tormenta en la Cité, una hoja de trébol, un disco de Gerry Mulligan. Atenta, entusiasta y grave a la vez, tan igual para escuchar y para hacerse escuchar. Es así cómo de encuentro en encuentro, de charla en charla, han derivado a la soledad de la pareja en la multitud, un poco de política, novelas, ir al cine, besarse cada vez más hondamente, permitir que su mano baje por la garganta, roce los senos, repita la interminable pregunta sin respuesta. Llueve, hay que refugiarse en un portal; el sol cae sobre la cabeza, entraremos en esa librería, mañana te presentaré a Babette, es una vieja amiga, te va a gustar. Y después sucederá que el amigo de Babette es un antiguo camarada de Xavier que es el mejor amigo de Pierre, y el círculo se irá cerrando, a veces en casa de Babette y Roland, a veces en el consultorio de Xavier o en los cafés del barrio latino por la noche. Pierre agradecerá, sin explicarse la causa de su gratitud, que Babette y Roland sean tan amigos de Michèle y que den la impresión de protegerla discretamente, sin que Michèle necesite ser protegida. Nadie habla mucho de los demás en ese grupo; prefieren los grandes temas, la política o los procesos, y sobre todo mirarse satisfechos, cambiar cigarrillos, sentarse en los cafés y vivir sintiéndose rodeados de camaradas. Ha tenido suerte de que lo acepten y lo dejen entrar; no son fáciles, conocen los métodos más seguros para desanimar a los advenedizos. «Me gustan», se dice Pierre, bebiendo el resto de la cerveza. Quizá crean que ya es el amante de Michèle, por lo menos Xavier ha de creerlo; no le entraría en la cabeza que Michèle haya podido negarse todo ese tiempo, sin razones precisas, simplemente negarse y seguir encontrándose con él, saliendo juntos, dejándolo hablar o hablando ella. Hasta a la extrañeza es posible acostumbrarse, creer que el misterio se explica por sí mismo y que uno acaba por vivir dentro, aceptando lo inaceptable, despidiéndose en las esquinas o en los cafés cuando todo sería tan simple, una escalera con una bola de vidrio en el nacimiento del pasamanos que lleva al encuentro, al verdadero. Pero Michèle ha dicho que no hay ninguna bola de vidrio.

Alto y flaco, Xavier trae su cara de los días de trabajo. Habla de unos experimentos, de la biología como una incitación al escepticismo. Se mira un dedo, manchado de amarillo. Pierre le pregunta:

—¿Te ocurre pensar de golpe en cosas completamente ajenas a lo que estabas pensando?

—Completamente ajenas es una hipótesis de trabajo y nada más —dice Xavier.

—Me siento bastante raro estos días. Deberías darme alguna cosa, una especie de objetivador.

—¿De objetivador? —dice Xavier—. Eso no existe, viejo.

—Pienso demasiado en mí mismo —dice Pierre—. Es idiota.

—¿Y Michèle, no te objetiva?

—Precisamente, ayer me ocurrió que...

Se oye hablar, ve a Xavier que lo está viendo, ve la imagen de Xavier en un espejo, la nuca de Xavier, se ve a sí mismo hablando para Xavier (pero por qué se me tiene que ocurrir que hay una bola de vidrio en el nacimiento del pasamanos), y de cuando en cuando asiste al movimiento de cabeza de Xavier, el gesto profesional tan ridículo cuando no se está en un consultorio y el médico no tiene puesto el guardapolvo que lo sitúa en otro plano y le confiere otras potestades.

—Enghien —dice Xavier—. No te preocupes por eso, yo confundo siempre Le Mans con Menton. La culpa será de alguna maestra, allá en la lejana infancia.

Im wunderschonen Monat Mai, tararea la memoria de Pierre.

—Si no duermes bien avísame y te daré alguna cosa —dice Xavier—. De todas maneras estos quince días en el paraíso bastarán, estoy seguro. No hay como compartir una almohada, eso aclara completamente las ideas; a veces hasta acaba con ellas, lo cual es una tranquilidad.

Quizá si trabajara más, si se cansara más, si pintara su habitación o hiciera a pie el trayecto hasta la Facultad en vez de tomar el autobús. Si tuviera que ganar los setenta mil francos que le mandan sus padres. Apoyado en el pretil del Pont Neuf mira pasar las barcazas y siente el sol de verano en el cuello y los hombros. Un grupo de muchachas ríe y juega, se oye el trote de un caballo; un ciclista pelirrojo silba largamente al cruzarse con las muchachas, que ríen con más fuerza, y es como si las hojas secas se levantaran y le comieran la cara en un solo y horrible mordisco negro.

Pierre se frota los ojos, se endereza lentamente. No han sido palabras, tampoco una visión: algo entre las dos, una imagen descompuesta en tantas palabras como hojas secas en el suelo (que se ha levantado para darle en plena cara). Ve que su mano derecha está temblando contra el pretil. Aprieta el puño, lucha hasta dominar el temblor. Xavier ya andará lejos, sería inútil correr tras él, agregar una nueva anécdota al muestrario insensato. «Hojas secas», dirá Xavier. «Pero no hay hojas secas en el Pont Neuf.» Como si él no supiera que no hay hojas secas en el Pont Neuf, que las hojas secas están en Enghien.

Ahora voy a pensar en ti, querida, solamente en ti toda la noche. Voy a pensar solamente en ti, es la única manera de sentirme a mí mismo, tenerte en el centro de mí mismo como un árbol, desprenderme poco a poco del tronco que me sostiene y me guía, flotar a tu alrededor cautelosamente, tanteando el aire con cada hoja (verdes, verdes, yo mismo y tú misma, tronco de savia y hojas verdes: verdes, verdes), sin alejarme de ti, sin dejar que lo otro penetre entre tú y yo, me distraiga de ti, me prive por un solo segundo de saber que esta noche está girando hacia el amanecer y que allá del otro lado, donde vives y estás durmiendo, será otra vez de noche cuando lleguemos juntos y entremos a tu casa, subamos los peldaños del porche, encendamos las luces, acariciemos a tu perro, bebamos café, nos miremos tanto antes de que yo te abrace (tenerte en el centro de mí mismo como un árbol) y te lleve hasta la escalera (pero no hay ninguna bola de vidrio) y empecemos a subir, subir, la puerta está cerrada, pero tengo la llave en el bolsillo...

Pierre salta de la cama, mete la cabeza bajo la canilla del lavabo. Pensar solamente en ti, pero cómo puede ocurrir que lo que está pensando sea un deseo oscuro y sordo donde Michèle no es ya Michèle (tenerte en el centro de mí mismo como un árbol), donde no alcanza a sentirla en sus brazos mientras sube la escalera, porque apenas ha pisado un peldaño ha visto la bola de vidrio y está solo, está subiendo solo la escalera y Michèle está arriba, encerrada, está detrás de la puerta sin saber que él tiene otra llave en el bolsillo y que está subiendo.

Se seca la cara, abre de par en par la ventana al fresco de la madrugada. Un borracho monologa amistosamente en la calle, balanceándose como si flotara en un agua pegajosa. Canturrea, va y viene cumpliendo una especie de danza suspendida y ceremoniosa en la grisalla que muerde poco a poco las piedras del pavimento, los portales cerrados. *Als alle Knospen sprangen*, las palabras se dibujan en los labios resecos de Pierre, se pegan al canturreo de abajo que no tiene nada que ver con la melodía, pero tampoco las palabras tienen que ver con nada, vienen como todo el resto, se pegan a la vida por un momento y después hay como una ansiedad rencorosa, huecos volcándose para mostrar jirones que se enganchan en cualquier otra cosa, una escopeta de dos caños, un colchón de hojas secas, el borracho que danza acompasadamente una especie de pavana, con reverencias que se despliegan en harapos y tropezones y vagas palabras masculladas.

La moto ronronea a lo largo de la rue d'Alésia. Pierre siente los dedos de Michèle que aprietan un poco más su cintura cada vez que pasan pegados a un autobús o viran en una esquina. Cuando las luces rojas los detienen, echa atrás la cabeza y espera una caricia, un beso en el pelo.

—Ya no tengo miedo —dice Michèle—. Manejas muy bien. Ahora hay que tomar a la derecha.

El pabellón está perdido entre docenas de casas parecidas, en una colina más allá de Clamart. Para Pierre la palabra pabellón suena como un refugio, la seguridad de que todo será tranquilo y aislado, de que habrá un jardín con sillas de mimbre y quizá, por la noche, alguna luciérnaga.

—¿Hay luciérnagas en tu jardín?

—No creo —dice Michèle—. Qué ideas tan absurdas tienes.

Es difícil hablar en la moto, el tráfico obliga a concentrarse y Pierre está cansado, apenas si ha dormido unas horas por la mañana. Tendrá que acordarse de tomar los comprimidos que le ha dado Xavier, pero naturalmente no se acordará de tomarlos y además no los va a necesitar. Echa atrás la cabeza y gruñe porque Michèle tarda en besarlo, Michèle se ríe y le pasa una mano por el pelo. Luz verde. «Déjate de estupideces», ha dicho Xavier, evidentemente desconcertado. Por supuesto que pasará, dos comprimidos antes de dormir, un trago de agua. ¿Cómo dormirá Michèle?

—Michèle, ¿cómo duermes?

—Muy bien —dice Michèle—. A veces tengo pesadillas, como todo el mundo.

Claro, como todo el mundo, solamente que al despertarse sabe que el sueño ha quedado atrás, sin mezclarse con los ruidos de la calle, las caras de los amigos, eso que se infiltra en las ocupaciones más inocentes (pero Xavier ha dicho que con dos comprimidos todo irá bien), dormirá con la cara hundida en la almohada, las piernas un poco encogidas, respirando levemente, y así va a verla ahora, va a tenerla contra su cuerpo así dormida, oyéndola respirar, indefensa y desnuda cuando él le sujete el pelo con una mano, y luz amarilla, luz roja, stop.

Frena con tanta violencia que Michèle grita y después se queda muy quieta, como si tuviera vergüenza de su grito. Con un pie en el suelo, Pierre gira la cabeza, sonríe a algo que no es Michèle y se queda como perdido en el aire, siempre sonriendo. Sabe que la luz va a pasar al verde, detrás de la moto hay un camión y un auto, alguien hace sonar la bocina, dos, tres veces.

—¿Qué te pasa? —dice Michèle.

El del auto lo insulta al pasarlo, y Pierre arranca lentamente. Estábamos en que iba a verla tal como es, indefensa y desnuda. Dijimos eso, habíamos llegado exactamente al momento en que la veíamos dormir indefensa y desnuda, es decir que no hay ninguna razón para suponer ni siquiera por un momento que va a ser necesario... Sí, ya he oído, primero a la izquierda y después otra vez a la izquierda. ¿Allá, aquel techo de pizarra? Hay pinos, qué bonito, pero qué bonito es tu pabellón, un jardín con pinos y tus papás que se han ido a la granja, casi no se puede creer, Michèle, una cosa así casi no se puede creer.

Bobby, que los ha recibido con un gran aparato de ladridos, salva las apariencias olfateando minuciosamente los pantalones de Pierre, que empuja la motocicleta hasta el porche. Ya Michèle ha entrado en la casa, abre las persianas, vuelve a recibir a Pierre que mira las paredes y descubre que nada de eso se parece a lo que había imaginado.

—Aquí debería haber tres peldaños —dice Pierre—. Y este salón, pero claro... No me hagas caso, uno se figura siempre otra cosa. Hasta los muebles, cada detalle. ¿A ti te pasa lo mismo?

—A veces sí —dice Michèle—. Pierre, yo tengo hambre. No, Pierre, escucha, sé bueno y ayúdame; habrá que cocinar alguna cosa.

—Querida —dice Pierre.

—Abre esa ventana, que entre el sol. Quédate quieto, Bobby va a creer que...

—Michèle —dice Pierre.

—No, déjame que suba a cambiarme. Quítate el saco si quieres, en ese armario vas a encontrar bebidas, yo no entiendo de eso.

La ve correr, trepar por la escalera, perderse en el rellano. En el armario hay bebidas, ella no entiende de eso. El salón es profundo y oscuro, la mano de Pierre acaricia el nacimiento del pasamanos. Michèle se lo había dicho, pero es como un sordo desencanto, entonces no hay una bola de vidrio.

Michèle vuelve con unos pantalones viejos y una blusa inverosímil.

—Pareces un hongo —dice Pierre con la ternura de todo hombre hacia una mujer que se pone ropas demasiado grandes—. ¿No me muestras la casa?

—Si quieres —dice Michèle—. ¿No encontraste las bebidas? Espera, no sirves para nada.

Llevan los vasos al salón y se sientan en el sofá frente a la ventana entornada. Bobby les hace fiestas, se echa en la alfombra y los mira.

—Te ha aceptado enseguida —dice Michèle, lamiendo el borde del vaso—. ¿Te gusta mi casa?

—No —dice Pierre—. Es sombría, burguesa a morirse, llena de muebles abominables. Pero estás tú, con esos horribles pantalones.

Le acaricia la garganta, la atrae contra él, la besa en la boca. Se besan en la boca, en Pierre se dibuja el calor de la mano de Michèle, se besan en la boca, resbalan un poco, pero Michèle gime y busca desasirse, murmura algo que él no entiende. Piensa confusamente que lo más difícil es taparle la boca, no quiere que se desmaye. La suelta bruscamente, se mira las manos como si no fueran suyas, oyendo la respiración precipitada de Michèle, el sordo gruñido de Bobby en la alfombra.

—Me vas a volver loco —dice Pierre, y el ridículo de la frase es menos penoso que lo que acaba de pasar. Como una orden, un deseo incontenible, taparle la boca pero que no se desmaye. Estira la mano, acaricia desde lejos la mejilla de Michèle, está de acuerdo en todo, en comer algo improvisado, en que tendrá que elegir el vino, en que hace muchísimo calor al lado de la ventana.

Michèle come a su manera, mezclando el queso con las anchoas en aceite, la ensalada y los trozos de cangrejo. Pierre bebe vino blanco, la mira y le sonríe. Si se casara con ella bebería todos los días su vino blanco en esa mesa, y la miraría y sonreiría.

—Es curioso —dice Pierre—. Nunca hemos hablado de los años de guerra.

—Cuanto menos se hable... —dice Michèle, rebañando el plato.

—Ya sé, pero los recuerdos vuelven a veces. Para mí no fue tan malo, al fin y al cabo éramos niños entonces. Como unas vacaciones interminables, un absurdo total y casi divertido.

—Para mí no hubo vacaciones —dice Michèle—. Llovía todo el tiempo.

—¿Llovía?

—Aquí —dice ella, tocándose la frente—. Delante de mis ojos, detrás de mis ojos. Todo estaba húmedo, todo parecía sudado y húmedo.

—¿Vivías en esta casa?

—Al principio, sí. Después, cuando la ocupación, me llevaron a casa de unos tíos en Enghien.

Pierre no ve que el fósforo arde entre sus dedos, abre la boca, sacude la mano y maldice. Michèle sonríe, contenta de poder hablar de otra cosa. Cuando se levanta para traer la fruta, Pierre enciende el cigarrillo y traga el humo como si se estuviera ahogando, pero ya ha pasado, todo tiene una explicación si se la busca, cuántas veces Michèle habrá mencionado a Enghien en las charlas de café, esas frases que parecen insignificantes y olvidables, hasta que después resultan el tema central de un sueño o un fantaseo. Un durazno, sí, pero pelado. Ah, lo lamenta mucho, pero las mujeres siempre le han pelado los duraznos y Michèle no tiene por qué ser una excepción.

—Las mujeres. Si te pelaban los duraznos eran unas tontas como yo. Harías mejor en moler el café.

—Entonces viviste en Enghien —dice Pierre, mirando las manos de Michèle con el leve asco que siempre le produce ver pelar una fruta—. ¿Qué hacía tu viejo durante la guerra?

—Oh, no hacía gran cosa. Vivíamos, esperando que todo terminara de una vez.

—¿Los alemanes no los molestaron nunca?

—No —dice Michèle, dando vueltas al durazno entre los dedos húmedos.

—Es la primera vez que me dices que vivieron en Enghien.

—No me gusta hablar de esos tiempos —dice Michèle.

—Pero alguna vez habrás hablado —dice contradictoriamente Pierre—. No sé cómo, pero yo estaba enterado de que viviste en Enghien.

El durazno cae en el plato y los pedazos de piel vuelven a pegarse a la pulpa. Michèle limpia el durazno con un cuchillo y Pierre siente otra vez asco, hace girar el molino de café con todas sus fuerzas. ¿Por qué no le dice nada? Parecería que sufre, aplicada a la limpieza del horrible durazno chorreante. ¿Por qué no habla? Está llena de palabras, no hay más que mirarle las manos, el parpadeo nervioso que a veces termina en una especie de tic, todo un lado de la cara se alza apenas y vuelve a su sitio, ya otra vez, en un banco del Luxemburgo, ha notado ese tic que siempre coincide con una desazón o un silencio.

Michèle prepara el café de espaldas a Pierre, que enciende un cigarrillo con otro. Vuelven al salón llevando las tazas de porcelana con pintas azules. El olor del café les hace bien, se miran como extrañados de esa tregua y de todo lo que la ha precedido; cambian palabras sueltas, mirándose y sonriendo, beben el café distraídos, como se beben los filtros que atan para siempre. Michèle ha entornado las persianas y del jardín entra una luz verdosa y caliente que los envuelve como el humo de los cigarrillos y el coñac que Pierre saborea perdido en un blando abandono. Bobby duerme sobre la alfombra, estremeciéndose y suspirando.

—Sueña todo el tiempo —dice Michèle—. A veces llora y se despierta de golpe, nos mira a todos como si acabara de pasar por un inmenso dolor. Y es casi un cachorro...

La delicia de estar ahí, de sentirse tan bien en ese instante, de cerrar los ojos, de suspirar como Bobby, de pasarse la mano por el pelo, una, dos veces, sintiendo la mano que anda por el pelo casi como si no fuera suya, la leve cosquilla al llegar a la nuca, el reposo. Cuando abre los ojos ve la cara de Michèle, su boca entreabierta, la expresión como si de golpe se hubiera quedado sin una gota de sangre. La mira sin entender, un vaso de coñac rueda por la alfombra. Pierre está de pic frente al espejo; casi le hace gracia ver que tiene el pelo partido al medio, como los galanes del cine mudo. ¿Por qué tiene que llorar Michèle? No está llorando, pero una cara entre las manos es siempre alguien que llora. Se las aparta bruscamente, la besa en el cuello, busca su boca. Nacen las palabras, las suyas, las de ella, como bestezuelas buscándose, un encuentro que se demora en caricias, un olor a siesta, a casa sola, a escalera esperando con la bola de vidrio en el nacimiento del pasamanos. Pierre quisiera alzar en vilo a Michèle, subir a la carrera, tiene la llave en el bolsillo, entrará en el dormitorio, se tenderá contra ella, la sentirá estremecerse, empezará torpemente a buscar cintas, botones, pero no hay una bola de vidrio en el nacimiento del pasamanos, todo es lejano y horrible, Michèle ahí a su lado está tan lejos y llorando, su cara llorando entre los dedos mojados, su cuerpo que respira y tiene miedo y lo rechaza.

Arrodillándose, apoya la cabeza en el regazo de Michèle. Pasan horas, pasa un minuto o dos, el tiempo es algo lleno de látigos y baba. Los dedos de Michèle acarician el pelo de Pierre y él le ve otra vez la cara, un asomo de sonrisa, Michèle lo peina con los dedos, lo lastima casi a fuerza de echarle el pelo hacia atrás, y entonces se inclina y lo besa y le sonríe.

—Me diste miedo, por un momento me pareció... Qué tonta soy, pero estabas tan distinto.

—¿A quién viste?

—A nadie —dice Michèle.

Pierre se agazapa esperando, ahora hay algo como una puerta que oscila y va a abrirse. Michèle respira pesadamente, tiene algo de nadador a la espera del pistoletazo de salida.

—Me asusté, porque... No sé, me hiciste pensar en que...

Oscila, la puerta oscila, la nadadora espera el disparo para zambullirse. El tiempo se estira como un pedazo de goma, entonces Pierre tiende los brazos y apresa a Michèle, se alza hasta ella y la besa profundamente, busca sus senos bajo la blusa, la oye gemir y también gime besándola, ven, ven ahora, tratando de alzarla en vilo (hay quince peldaños y una puerta a la derecha), oyendo la queja de Michèle, su protesta inútil, se endereza teniéndola en los brazos, incapaz de esperar más, ahora, en este mismo momento, de nada valdrá que quiera aferrarse a la bola de vidrio, al pasamanos (pero no hay ninguna bola de vidrio en el pasamanos), lo mismo ha de llevarla arriba y entonces como a una perra, todo él es un nudo de músculos, como la perra que es, para que aprenda, oh Michèle, oh mi amor, no llores así, no estés triste, amor mío, no me dejes caer de nuevo en ese pozo negro, cómo he podido pensar eso, no llores, Michèle.

—Déjame —dice Michèle en voz baja, luchando por soltarse. Acaba de rechazarlo, lo mira un instante como si no fuera él y corre fuera del salón, cierra la puerta de la cocina, se oye girar una llave, Bobby ladra en el jardín.

El espejo le muestra a Pierre una cara lisa, inexpresiva, unos brazos que cuelgan como trapos, un faldón de la camisa por fuera del pantalón. Mecánicamente se arregla las ropas, siempre mirándose en su reflejo. Tiene tan apretada la garganta que el coñac le quema la boca, negándose a pasar, hasta que se obliga y sigue bebiendo de la botella, un trago interminable. Bobby ha dejado de ladrar, hay un silencio de siesta, la luz en el pabellón es cada vez más verdosa. Con un cigarrillo entre los labios resecos sale al porche, baja al jardín, pasa al lado de la moto y va hacia los fondos. Huele a zumbido de abejas, a colchón de agujas de pino, y ahora Bobby se ha puesto a ladrar entre los árboles, le ladra a él, de repente se ha puesto a gruñir y a ladrar sin acercarse a él, cada vez más cerca y a él.

La pedrada lo alcanza en mitad del lomo; Bobby aúlla y escapa, desde lejos vuelve a ladrar. Pierre apunta despacio y le acierta en una pata trasera. Bobby se esconde entre los matorrales. «Tengo que encontrar un sitio donde pensar», se dice Pierre. «Ahora mismo tengo que encontrar un sitio y esconderme a pensar.» Su espalda resbala en el tronco de un pino, se deja caer poco a poco. Michèle lo está mirando desde la ventana de la cocina. Habrá visto cuando apedreaba al perro, me mira como si no me viera, me está mirando y no llora, no dice nada, está tan sola en la ventana, tengo que acercarme y ser bueno con ella, yo quiero ser bueno, quiero tomarle la mano y besarle los dedos, cada dedo, su piel tan suave.

—¿A qué estamos jugando, Michèle?

—Espero que no lo hayas lastimado.

—Le tiré una piedra para asustarlo. Parece que me desconoció, igual que tú.

—No digas tonterías.

—Y tú no cierres las puertas con llave.

Michèle lo deja entrar, acepta sin resistencia el brazo que rodea su cintura. El salón está más oscuro, casi no se ve el nacimiento de la escalera.

—Perdóname —dice Pierre—. No puedo explicarte, es tan insensato.

Michèle levanta el vaso caído y tapa la botella de coñac. Hace cada vez más calor, es como si la casa respirara pesadamente por sus bocas. Un pañuelo que huele a musgo limpia el sudor de la frente de Pierre. Oh Michèle, cómo seguir así, sin hablarnos, sin querer entender esto que nos está haciendo pedazos en el momento mismo en que... Sí, querida, me sentaré a tu lado y no seré tonto, te besaré, me perderé en tu pelo, en tu garganta, y comprenderás que no hay razón... sí, comprenderás que cuando quiero tomarte en brazos y llevarte conmigo, subir a tu habitación sin hacerte daño, apoyando tu cabeza en mi hombro...

—No, Pierre, no. Hoy no, querido, por favor.

—Michèle, Michèle...

—Por favor.

—¿Por qué? Dime por qué.

—No sé, perdóname... No te reproches nada, toda la culpa es mía. Pero tenemos tiempo, tanto tiempo...

—No esperemos más, Michèle. Ahora.

—No, Pierre, hoy no.

—Pero me prometiste —dice estúpidamente Pierre—. Vinimos... Después de tanto tiempo, de tanto esperar que me quisieras un poco... No sé lo que digo, todo se ensucia cuando lo digo...

—Si pudieras perdonarme, si yo...

—¿Cómo te puedo perdonar si no hablas, si apenas te conozco? ¿Qué te tengo que perdonar?

Bobby gruñe en el porche. El calor les pega las ropas, les pega el tictac del reloj, el pelo en la frente de Michèle hundida en el sofá mirando a Pierre.

—Yo tampoco te conozco tanto, pero no es eso... Vas a creer que estoy loca.

Bobby gruñe de nuevo.

—Hace años... —dice Michèle, y cierra los ojos—. Vivíamos en Enghien, ya te hablé de eso. Creo que te dije que vivíamos en Enghien. No me mires así.

—No te miro —dice Pierre.

—Sí, me haces daño.

Pero no es cierto, no puede ser que le haga daño por esperar sus palabras, inmóvil esperando que siga, viendo moverse apenas sus labios, y ahora va a ocurrir, va a juntar las manos y suplicar, una flor de delicia que se abre mientras ella implora, debatiéndose y llorando entre sus brazos, una flor húmeda que se abre, el placer de sentirla debatirse en vano... Bobby entra arrastrándose, va a tenderse en un rincón. «No me mires así», ha dicho Michèle, y Pierre ha respondido: «No te miro», y entonces ella ha dicho que sí, que le hace daño sentirse mirada de ese modo, pero no puede seguir hablando porque ahora Pierre se endereza mirando a Bobby, mirándose en el espejo, se pasa una mano por la cara, respira con un quejido largo, un silbido que no se acaba, y de pronto cae de rodillas contra el sofá y entierra la cara entre los dedos, convulso y jadeante, luchando por arrancarse las imágenes como una tela de araña que se pega en pleno rostro, como hojas secas que se pegan en la cara empapada.

—Oh, Pierre —dice Michèle con un hilo de voz.

El llanto pasa entre los dedos que no pueden retenerlo, llena el aire de una materia torpe, obstinadamente renace y se continúa.

—Pierre, Pierre —dice Michèle—. Por qué, querido, por qué.

Lentamente le acaricia el pelo, le alcanza el pañuelo con su olor a musgo.

—Soy un pobre imbécil, perdóname. Me es... me estabas di...

Se incorpora, se deja caer en el otro extremo del sofá. No advierte que Michèle se ha replegado bruscamente, que otra vez lo mira como antes de escapar. Repite: «Me es... me estabas diciendo», con un esfuerzo, tiene la garganta cerrada, y qué es eso, Bobby gruñe otra vez, Michèle de pie, retrocediendo paso a paso sin volverse, mirándolo y retrocediendo, qué es eso, por qué ahora eso, por qué se va, por qué. El golpe de la puerta lo deja indiferente. Sonríe, ve su sonrisa en el espejo, sonríe otra vez, *als alle Knospen sprangen*, tararea con los labios apretados, hay un silencio, el clic del teléfono que alguien descuelga, el zumbido del dial, una letra, otra letra, la primera cifra, la segunda. Pierre se tambalea, vagamente se dice que debería ir a explicarse con Michèle, pero ya está afuera al lado de la moto. Bobby gruñe en el porche, la casa devuelve con violencia el ruido del arranque, primera, calle arriba, segunda, bajo el sol.

—Era la misma voz, Babette. Y entonces me di cuenta de que...

—Tonterías —contesta Babette—. Si estuviera allá creo que te daría una paliza.

—Pierre se ha ido —dice Michèle.

—Casi es lo mejor que podía hacer.

—Babette, si pudieras venir.

—¿Para qué? Claro que iré, pero es idiota.

—Tartamudeaba, Babette, te juro... No es una alucinación, ya te dije que antes... Fue como si otra vez... Ven pronto, así por teléfono no puedo explicarte... Y ahora acabo de oír la moto, se ha ido y me da una pena tan horrible, cómo puede comprender lo que me pasa, pobrecito, pero él también está como loco, Babette, es tan extraño.

—Te imaginaba curada de todo aquello —dice Babette con una voz demasiado desapegada—. En fin, Pierre no es tonto y comprenderá. Yo creía que estaba enterado desde hace rato.

—Iba a decírselo, quería decírselo y entonces... Babette, te juro que me habló tartamudeando, y antes, antes...

—Ya me dijiste, pero estás exagerando. Roland también se peina a veces como le da la gana y no por eso lo confundes, qué demonios.

—Y ahora se ha ido —repite monótonamente Michèle.

—Ya volverá —dice Babette—. Bueno, prepara algo sabroso para Roland que está cada día más hambriento.

—Me estás difamando —dice Roland desde la puerta—. ¿Qué le pasa a Michèle?

—Vamos —dice Babette—. Vamos enseguida.

El mundo se maneja con un cilindro de caucho que cabe en la mano; girando apenas a la derecha, todos los árboles son un solo árbol tendido a la vera del camino; entonces se hace girar una nada a la izquierda, el gigante verde se deshace en cientos de álamos que corren hacia atrás, las torres de alta tensión avanzan pausadamente, una a una, la marcha es una cadencia feliz en la que ya pueden entrar palabras, jirones de imágenes que no son las de la ruta, el cilindro de caucho gira a la derecha, el sonido sube y sube, una cuerda de sonido se tiende insoportablemente, pero ya no se piensa más, todo es máquina, cuerpo pegado a la máquina y viento en la cara como un olvido, Corbeil, Arpajon, Linas-Montlhéry, otra vez los álamos, la garita del agente de tránsito, la luz cada vez más violeta, un aire fresco que llena la boca entreabierta, más despacio, más despacio, en esa encrucijada tomar a la derecha, París a dieciocho kilómetros, Cinzano, París a diecisiete kilómetros. «No me he matado», piensa Pierre entrando lentamente en el camino de la izquierda. «Es increíble que no me haya matado.» El cansancio pesa como un pasajero a sus espaldas, algo cada vez más dulce y necesario. «Yo creo que me perdonará», piensa Pierre. «Los dos somos tan absurdos, es necesario que comprenda, que comprenda, que comprenda, nada se sabe de verdad hasta no haberse amado, quiero su pelo entre mis manos, su cuerpo, la quiero, la quiero...» El bosque nace al lado del camino, las hojas secas invaden la carretera, traídas por el viento. Pierre mira las hojas que la moto va tragando y agitando; el cilindro de caucho empieza a girar otra vez a la derecha, más y más. Y de pronto es la bola de vidrio que brilla débilmente en el nacimiento del pasamanos. No hay ninguna necesidad de dejar la moto lejos del pabellón, pero Bobby va a ladrar y por eso uno esconde la moto entre los árboles y llega a pie con las últimas luces, entra en el salón buscando a Michèle que estará ahí, pero Michèle no está sentada en el sofá, hay solamente la botella de coñac y los vasos usados, la puerta que lleva a la cocina ha quedado abierta y por ahí entra una luz rojiza, el sol que se pone en el fondo del jardín, y solamente silencio, de modo que lo mejor es ir hacia la escalera orientándose por la bola de vidrio que brilla, o son los ojos de Bobby tendido en el primer peldaño con el pelo erizado, gruñendo apenas, no es difícil pasar por encima de Bobby, subir lentamente los peldaños para que no crujan y Michèle no se asuste, la puerta entornada, no puede ser que la puerta esté entornada y que él no tenga la llave en el bolsillo, pero si la puerta está entornada ya no hay necesidad de llave, es un placer pasarse las manos por el pelo mientras se avanza hacia la puerta, se entra apoyando ligeramente el pie derecho, empujando apenas la puerta que se abre sin ruido, y Michèle sentada al borde de la cama levanta los ojos y lo mira, se lleva las manos a la boca, parecería que va a gritar (pero por qué no tiene el pelo suelto, por qué no tiene puesto el camisón celeste, ahora está vestida con unos pantalones y parece mayor), y entonces Michèle sonríe, suspira, se endereza tendiéndole los brazos, dice: «Pierre, Pierre», en vez de juntar las manos y suplicar y resistirse dice su nombre y lo está esperando, lo mira y tiembla como de felicidad o de vergüenza, como la perra delatora que es, como si la estuviera viendo a pesar del colchón de hojas secas que otra vez le cubren la cara y que se arranca con las dos manos mientras Michèle retrocede, tropieza con el borde de la cama, mira desesperadamente hacia atrás, grita, grita, todo el placer que sube y lo baña, grita, así, el pelo entre los dedos, así, aunque suplique, así entonces, perra, así.

—Por Dios, pero si es un asunto más que olvidado —dice Roland, tomando un viraje a toda máquina.

—Eso creía yo. Casi siete años. Y de golpe salta, justamente ahora...

—En eso te equivocas —dice Roland—. Si alguna vez tenía que saltar es ahora, dentro de lo absurdo resulta bastante lógico. Yo mismo... A veces sueño con todo eso, sabes. La forma en que matamos al tipo no es de las que se olvidan. En fin, uno no podía hacer las cosas mejor en esos tiempos —dice Roland, acelerando a fondo.

—Ella no sabe nada —dice Babette—. Solamente que lo mataron poco después. Era justo decirle por lo menos eso.

—Por supuesto. Pero a él no le pareció nada justo. Me acuerdo de su cara cuando lo sacamos del auto en pleno bosque, se dio cuenta inmediatamente de que estaba liquidado. Era valiente, eso sí.

—Ser valiente es siempre más fácil que ser hombre —dice Babette—. Abusar de una criatura que... Cuando pienso en lo que tuve que luchar para que Michèle no se matara. Esas primeras noches... No me extraña que ahora vuelva a sentirse la de antes, es casi natural.

El auto entra a toda velocidad en la calle que lleva al pabellón.

—Sí, era un cochino —dice Roland—. El ario puro, como lo entendían ellos en ese tiempo. Pidió un cigarrillo, naturalmente, la ceremonia completa. También quiso saber por qué íbamos a liquidarlo, y se lo explicamos, vaya si se lo explicamos. Cuando sueño con él es sobre todo en ese momento, su aire de sorpresa desdeñosa, su manera casi elegante de tartamudear. Me acuerdo de cómo cayó, con la cara hecha pedazos entre las hojas secas.

—No sigas, por favor —dice Babette.

—Se lo merecía, aparte de que no teníamos otras armas. Un cartucho de caza bien usado... ¿Es a la izquierda, allá en el fondo?

—Sí, a la izquierda.

—Espero que haya coñac —dice Roland, empezando a frenar.

HISTORIAS DE CRONOPIOS Y DE FAMAS
(1962)

Manual de instrucciones

Manual de instrucciones

La tarea de ablandar el ladrillo todos los días, la tarea de abrirse paso en la masa pegajosa que se proclama mundo, cada mañana topar con el paralelepípedo de nombre repugnante, con la satisfacción perruna de que todo esté en su sitio, la misma mujer al lado, los mismos zapatos, el mismo sabor de la misma pasta dentífrica, la misma tristeza de las casas de enfrente, del sucio tablero de ventanas de tiempo con su letrero «Hotel de Belgique».

Meter la cabeza como un toro desganado contra la masa transparente en cuyo centro tomamos café con leche y abrimos el diario para saber lo que ocurrió en cualquiera de los rincones del ladrillo de cristal. Negarse a que el acto delicado de girar el picaporte, ese acto por el cual todo podría transformarse, se cumpla con la fría eficacia de un reflejo cotidiano. Hasta luego, querida. Que te vaya bien.

Apretar una cucharita entre los dedos y sentir su latido de metal, su advertencia sospechosa. Cómo duele negar una cucharita, negar una puerta, negar todo lo que el hábito lame hasta darle suavidad satisfactoria. Tanto más simple aceptar la fácil solicitud de la cuchara, emplearla para revolver el café.

Y no que esté mal si las cosas nos encuentran otra vez cada día y son las mismas. Que a nuestro lado haya la misma mujer, el mismo reloj, y que la novela abierta sobre la mesa eche a andar otra vez en la bicicleta de nuestros anteojos, ¿por qué estaría mal? Pero como un toro triste hay que agachar la cabeza, del centro del ladrillo de cristal empujar hacia afuera, hacia lo otro tan cerca de nosotros, inasible como el picador tan cerca del toro. Castigarse los ojos mirando eso que anda por el cielo y acepta taimadamente su nombre de nube, su réplica catalogada en la memoria. No creas que el teléfono va a darte los números que buscas. ¿Por qué te los daría? Solamente vendrá lo que tienes preparado y resuelto, el triste reflejo de tu esperanza, ese mono que se rasca sobre una mesa y tiembla de frío. Rómpele la cabeza a ese mono, corre desde el centro hacia la pared y ábrete paso. ¡Oh, cómo cantan en el piso de arriba! Hay un piso de arriba en esta casa, con otras gentes. Hay un piso de arriba donde vive gente que no sospecha su piso de abajo, y estamos todos en el ladrillo de cristal. Y si de pronto una polilla se para al borde de un lápiz y late como un fuego ceniciento, mírala, yo la estoy mirando, estoy palpando su corazón pequeñísimo, y la oigo, esa polilla resuena en la pasta de cristal congelado, no todo está perdido. Cuando abra la puerta y me asome a la escalera, sabré que abajo empieza la calle; no el molde ya aceptado, no las casas ya sabidas, no el hotel de enfrente: la calle, la viva floresta donde cada instante puede arrojarse sobre mí como una magnolia, donde las caras van a nacer cuando las mire, cuando avance un poco más, cuando con los codos y las pestañas y las uñas me rompa minuciosamente contra la pasta del ladrillo de cristal, y juegue mi vida mientras avanzo paso a paso para ir a comprar el diario a la esquina.

Instrucciones para llorar

Dejando de lado los motivos, atengámonos a la manera correcta de llorar, entendiendo por esto un llanto que no ingrese en el escándalo, ni que insulte a la sonrisa con su paralela y torpe semejanza. El llanto medio u ordinario consiste en una contracción general del rostro y un sonido espasmódico acompañado de lágrimas y mocos, estos últimos al final, pues el llanto se acaba en el momento en que uno se suena enérgicamente.

Para llorar, dirija la imaginación hacia usted mismo, y si esto le resulta imposible por haber contraído el hábito de creer en el mundo exterior, piense en un pato cubierto de hormigas o en esos golfos del estrecho de Magallanes *en los que no entra nadie, nunca.*

Llegado el llanto, se tapará con decoro el rostro usando ambas manos con la palma hacia dentro. Los niños llorarán con la manga del saco contra la cara, y de preferencia en un rincón del cuarto. Duración media del llanto, tres minutos.

Instrucciones para cantar

Empiece por romper los espejos de su casa, deje caer los brazos, mire vagamente la pared, *olvídese*. Cante una sola nota, escuche por dentro. Si oye (pero esto ocurrirá mucho después) algo como un paisaje sumido en el miedo, con hogueras entre las piedras, con siluetas semidesnudas en cuclillas, creo que estará bien encaminado, y lo mismo si oye un río por donde bajan barcas pintadas de amarillo y negro, si oye un sabor de pan, un tacto de dedos, una sombra de caballo.

Después compre solfeos y un frac, y por favor no cante por la nariz y deje en paz a Schumann.

Instrucciones-ejemplos sobre la forma
de tener miedo

En un pueblo de Escocia venden libros con una página en blanco perdida en algún lugar del volumen. Si un lector desemboca en esa página al dar las tres de la tarde, muere.

En la plaza del Quirinal, en Roma, hay un punto que conocían los iniciados hasta el siglo XIX, y desde el cual, con luna llena, se ven moverse lentamente las estatuas de los Dióscuros que luchan con sus caballos encabritados.

En Amalfi, al terminar la zona costanera, hay un malecón que entra en el mar y la noche. Se oye ladrar a un perro más allá de la última farola.

Un señor está extendiendo pasta dentífrica en el cepillo. De pronto ve, acostada de espaldas, una diminuta imagen de mujer, de coral o quizá de miga de pan pintada.

Al abrir el ropero para sacar una camisa, cae un viejo almanaque que se deshace, se deshoja, cubre la ropa blanca con miles de sucias mariposas de papel.

Se sabe de un viajante de comercio a quien le empezó a doler la muñeca izquierda, justamente debajo del reloj pulsera. Al arrancarse el reloj, saltó la sangre: la herida mostraba la huella de unos dientes muy finos.

El médico termina de examinarnos y nos tranquiliza. Su voz grave y cordial precede los medicamentos cuya receta escribe ahora, sentado ante su mesa. De cuando en cuando alza la cabeza y sonríe, alentándonos. No es de cuidado, en una semana estaremos bien. Nos arrellanamos en nuestro sillón, felices, y miramos distraídamente en torno. De pronto, en la penumbra debajo de la mesa vemos las piernas del médico. Se ha subido los pantalones hasta los muslos, y tiene medias de mujer.

Instrucciones para entender tres pinturas famosas

El amor sagrado y el amor profano
por TIZIANO

Esta detestable pintura representa un velorio a orillas del Jordán. Pocas veces la torpeza de un pintor pudo aludir con más abyección a las esperanzas del mundo en un Mesías que *brilla por su ausencia;* ausente del cuadro que es el mundo, brilla horriblemente en el obsceno bostezo del sarcófago de mármol, mientras el ángel encargado de proclamar la resurrección de su carne patibularia espera inobjetable que se cumplan los signos. No será necesario explicar que el ángel es la figura desnuda, prostituyéndose en su gordura maravillosa, y que se ha disfrazado de Magdalena, irrisión de irrisiones a la hora en que la verdadera Magdalena avanza por el camino (donde en cambio crece la venenosa blasfemia de dos conejos).

El niño que mete la mano en el sarcófago es Lutero, o sea el diablo. De la figura vestida se ha dicho que representa la Gloria en el momento de anunciar que todas las ambiciones humanas caben en una jofaina; pero está mal pintada y mueve a pensar en un artificio de jazmines o un relámpago de sémola.

La dama del unicornio
por RAFAEL

Saint-Simon creyó ver en este retrato una confesión herética. El unicornio, el narval, la obscena perla del medallón que pretende ser una pera, y la mirada de Maddalena Strozzi fija terriblemente en un punto donde habría fustigamientos o posturas lascivas: Rafael Sanzio mintió aquí su más terrible verdad.

El intenso color verde de la cara del personaje se atribuyó mucho tiempo a la gangrena o al *solsticio de primavera*. El unicornio, animal fálico, la habría contaminado: en su cuerpo duermen los pecados del mundo. Después se vio que bastaba levantar las falsas capas de pintura puestas por los tres enconados enemigos de Rafael: Carlos Hog, Vincent Grosjean, llamado «Mármol», y Rubens el Viejo. La primera capa era verde, la segunda verde, la tercera blanca. No es difícil atisbar aquí el triple símbolo de la falena letal, que a su cuerpo cadavérico une las alas que la confunden con las hojas de la rosa. Cuántas veces Maddalena Strozzi cortó una rosa blanca y la sintió gemir entre sus dedos, retorcerse y gemir débilmente como una pequeña mandrágora o uno de esos lagartos que cantan como las liras cuando se les muestra un espejo. Y ya era tarde y la falena la habría picado: Rafael lo supo y la sintió morirse. Para pintarla con verdad agregó el unicornio, símbolo de castidad, cordero y narval a la vez, que bebe de la mano de una virgen. Pero pintaba a la falena en su imagen, y este unicornio mata a su dueña, penetra en su seno majestuoso con el cuerno labrado de impudicia, repite la operación de todos los principios. Lo que esta mujer sostiene en sus manos es la copa misteriosa de la que hemos bebido sin saber, la sed que hemos calmado por otras bocas, el vino rojo y lechoso de donde salen las estrellas, los gusanos y las estaciones ferroviarias.

Retrato de Enrique VIII de Inglaterra
por HOLBEIN

Se ha querido ver en este cuadro una cacería de elefantes, un mapa de Rusia, la constelación de la Lira, el retrato de un papa disfrazado de Enrique VIII, una tormenta en el mar de los Sargazos, o ese pólipo dorado que crece en las latitudes de Java y que bajo la influencia del limón estornuda levemente y sucumbe con un pequeño soplido.

Cada una de estas interpretaciones es exacta atendiendo a la configuración general de la pintura, tanto si se la mira en el orden en que está colgada como cabeza abajo o de costado. Las diferencias son reductibles a detalles; queda el centro que es ORO, el número SIETE, la OSTRA observable en las partes sombrero-cordón, con la PERLA-cabeza (centro irradiante de las perlas del traje o país central) y el GRITO general absolutamente verde que brota del conjunto.

Hágase la sencilla experiencia de ir a Roma y apoyar la mano sobre el corazón del rey, y se comprenderá la génesis del mar. Menos difícil aún es acercarle una vela encendida a la altura de los ojos; entonces se verá que *eso no es una cara* y que la luna, enceguecida de simultaneidad, corre por un fondo de ruedecillas y cojinetes transparentes, decapitada en el recuerdo de las hagiografías. No yerra aquel que ve en esta petrificación tempestuosa un combate de leopardos. Pero también hay lentas dagas de marfil, pajes que se consumen de tedio en largas galerías, y un diálogo sinuoso entre la lepra y las alabardas. El reino del hombre es una página de historial, pero él no lo sabe y juega displicente con guantes y cervatillos. Este hombre que te mira vuelve del infierno; aléjate del cuadro y lo verás sonreír poco a poco, porque *está hueco*, está relleno de aire, atrás lo sostienen unas manos secas, como una figura de barajas cuando se empieza a levantar el castillo y todo tiembla. Y su moraleja es así: «No hay tercera dimensión, la tierra es plana, el hombre repta. ¡Aleluya!». Quizá sea el diablo quien dice estas cosas, y quizá tú las crees porque te las dice un rey.

Instrucciones para matar hormigas en Roma

Las hormigas se comerán a Roma, está dicho. Entre las lajas andan; loba, ¿qué carrera de piedras preciosas te secciona la garganta? Por algún lado salen las aguas de las fuentes, las pizarras vivas, los camafeos temblorosos que en plena noche mascullan la historia, las dinastías y las conmemoraciones. Habría que encontrar el corazón que hace latir las fuentes para precaverlo de las hormigas, y organizar en esta ciudad de sangre crecida, de cornucopias erizadas como manos de ciego, un rito de salvación para que el futuro se lime los dientes en los montes, se arrastre manso y sin fuerza, completamente sin hormigas.

Primero buscaremos la orientación de las fuentes, lo cual es fácil porque en los mapas de colores, en las plantas monumentales, las fuentes tienen también surtidores y cascadas color celeste, solamente hay que buscarlas bien y envolverlas en un recinto de lápiz azul, no de rojo pues un buen mapa de Roma es rojo como Roma. Sobre el rojo de Roma el lápiz azul marcará un recinto violeta alrededor de cada fuente, y ahora estamos seguros de que las tenemos a todas y que conocemos el follaje de las aguas.

Más difícil, más recogido y sigiloso es el menester de horadar la piedra opaca bajo la cual serpentean las venas de mercurio, entender a fuerza de paciencia la cifra de cada fuente, guardar en noches de luna penetrante una vigilia enamorada junto a los vasos imperiales, hasta que de tanto susurro verde, de tanto gorgotear como de flores, vayan naciendo las direcciones, las confluencias, *las otras calles*, las vivas. Y sin dormir seguirlas, con varas de avellano en forma de horqueta, de triángulo, con dos varillas en cada mano, con una sola sostenida entre los dedos flojos, pero todo esto invisible a los carabineros y a la población amablemente recelosa, andar por el Quirinal, subir al Campidoglio, correr a gritos por el Pincio, aterrar con una aparición inmóvil como un globo de fuego el orden de la Piazza della Essedra, y así extraer de los sordos metales del suelo la nomenclatura de los ríos subterráneos. Y no pedir ayuda a nadie, nunca.

Después se irá viendo cómo en esta mano de mármol desollado las venas vagan armoniosas, por placer de aguas, por artificio de juego, hasta poco a poco acercarse, confluir, enlazarse, crecer a arterias, derramarse duras en la plaza central donde palpita el tambor de vidrio líquido, la raíz de copas pálidas, el caballo profundo. Y ya sabremos dónde está, en qué napa de bóvedas calcáreas, entre menudos esqueletos de lémur, bate su tiempo el corazón del agua.

Costará saberlo, pero se sabrá. Entonces mataremos las hormigas que codician las fuentes, calcinaremos las galerías que esos mineros horribles tejen para acercarse a la vida secreta de Roma. Mataremos las hormigas con sólo llegar antes a la fuente central. Y nos iremos en un tren nocturno huyendo de lamias vengadoras, oscuramente felices, confundidos con soldados y con monjas.

Instrucciones para subir una escalera

Nadie habrá dejado de observar que con frecuencia el suelo se pliega de manera tal que una parte sube en ángulo recto con el plano del suelo, y luego la parte siguiente se coloca paralela a este plano, para dar paso a una nueva perpendicular, conducta que se repite en espiral o en línea quebrada hasta alturas sumamente variables. Agachándose y poniendo la mano izquierda en una de las partes verticales, y la derecha en la horizontal correspondiente, se está en posesión momentánea de un peldaño o escalón. Cada uno de estos peldaños, formados como se ve por dos elementos, se sitúa un tanto más arriba y más adelante que el anterior, principio que da sentido a la escalera, ya que cualquier otra combinación produciría formas quizá más bellas o pintorescas, pero incapaces de trasladar de una planta baja a un primer piso.

Las escaleras se suben de frente, pues hacia atrás o de costado resultan particularmente incómodas. La actitud natural consiste en mantenerse de pie, los brazos colgando sin esfuerzo, la cabeza erguida aunque no tanto que los ojos dejen de ver los peldaños inmediatamente superiores al que se pisa, y respirando lenta y regularmente. Para subir una escalera se comienza por levantar esa parte del cuerpo situada a la derecha abajo, envuelta casi siempre en cuero o gamuza, y que salvo excepciones cabe exactamente en el escalón. Puesta en el primer peldaño dicha parte, que para abreviar llamaremos pie, se recoge la parte equivalente de la izquierda (también llamada pie, pero que no ha de confundirse con el pie antes citado), y llevándola a la altura del pie, se la hace seguir hasta colocarla en el segundo peldaño, con lo cual en éste descansará el pie, y en el primero descansará el pie. (Los primeros peldaños son siempre los más difíciles, hasta adquirir la coordinación necesaria. La coincidencia de nombres entre el pie y el pie hace difícil la explicación. Cuídese especialmente de no levantar al mismo tiempo el pie y el pie.)

Llegado en esta forma al segundo peldaño, basta repetir alternadamente los movimientos hasta encontrarse con el final de la escalera. Se sale de ella fácilmente, con un ligero golpe de talón que la fija en su sitio, del que no se moverá hasta el momento del descenso.

Preámbulo a las instrucciones
para dar cuerda al reloj

Piensa en esto: cuando te regalan un reloj te regalan un pequeño infierno florido, una cadena de rosas, un calabozo de aire. No te dan solamente el reloj, que los cumplas muy felices y esperamos que te dure porque es de buena marca, suizo con áncora de rubíes; no te regalan solamente ese menudo picapedrero que te atarás a la muñeca y pasearás contigo. Te regalan —no lo saben, lo terrible es que no lo saben—, te regalan un nuevo pedazo frágil y precario de ti mismo, algo que es tuyo pero no es tu cuerpo, que hay que atar a tu cuerpo con su correa como un bracito desesperado colgándose de tu muñeca. Te regalan la necesidad de darle cuerda todos los días, la obligación de darle cuerda para que siga siendo un reloj; te regalan la obsesión de atender a la hora exacta en las vitrinas de las joyerías, en el anuncio por la radio, en el servicio telefónico. Te regalan el miedo de perderlo, de que te lo roben, de que se te caiga al suelo y se rompa. Te regalan su marca, y la seguridad de que es una marca mejor que las otras, te regalan la tendencia a comparar tu reloj con los demás relojes. No te regalan un reloj, tú eres el regalado, a ti te ofrecen para el cumpleaños del reloj.

Instrucciones para dar cuerda al reloj

Allá en el fondo está la muerte, pero no tenga miedo. Sujete el reloj con una mano, tome con dos dedos la llave de la cuerda, remóntela suavemente. Ahora se abre otro plazo, los árboles despliegan sus hojas, las barcas corren regatas, el tiempo como un abanico se va llenando de sí mismo y de él brotan el aire, las brisas de la tierra, la sombra de una mujer, el perfume del pan.

¿Qué más quiere, qué más quiere? Átelo pronto a su muñeca, déjelo latir en libertad, imítelo anhelante. El miedo herrumbra las áncoras, cada cosa que pudo alcanzarse y fue olvidada va corroyendo las venas del reloj, gangrenando la fría sangre de sus pequeños rubíes. Y allá en el fondo está la muerte si no corremos y llegamos antes y comprendemos que ya no importa.

Ocupaciones raras

Simulacros

Somos una familia rara. En este país donde las cosas se hacen por obligación o fanfarronería, nos gustan las ocupaciones libres, las tareas porque sí, los simulacros que no sirven para nada.

Tenemos un defecto: nos falta originalidad. Casi todo lo que decidimos hacer está inspirado —digamos francamente, copiado— de modelos célebres. Si alguna novedad aportamos es siempre inevitable: los anacronismos o las sorpresas, los escándalos. Mi tío el mayor dice que somos como las copias en papel carbónico, idénticas al original salvo que otro color, otro papel, otra finalidad. Mi hermana la tercera se compara con el ruiseñor mecánico de Andersen; su romanticismo llega a la náusea.

Somos muchos y vivimos en la calle Humboldt.

Hacemos cosas, pero contarlo es difícil porque falta lo más importante, la ansiedad y la expectativa de estar haciendo las cosas, las sorpresas tanto más importantes que los resultados, los fracasos en que toda la familia cae al suelo como un castillo de naipes y durante días enteros no se oyen más que deploraciones y carcajadas. Contar lo que hacemos es apenas una manera de rellenar los huecos inevitables, porque a veces estamos pobres o presos o enfermos, a veces se muere alguno o (me duele mencionarlo) alguno traiciona, renuncia, o entra en la Dirección Impositiva. Pero no hay que deducir de esto que nos va mal o que somos melancólicos. Vivimos en el barrio de Pacífico, y hacemos cosas cada vez que podemos. Somos muchos que tienen ideas y ganas de llevarlas a la práctica. Por ejemplo, el patíbulo, hasta hoy nadie se ha puesto de acuerdo sobre el origen de la idea, mi hermana la quinta afirma que fue de uno de mis primos carnales, que son muy filósofos, pero mi tío el mayor sostiene que se le ocurrió a él después de leer una novela de capa y espada. En el fondo nos importa poco, lo único que vale es hacer cosas, y por eso las cuento casi sin ganas, nada más que para no sentir tan de cerca la lluvia de esta tarde vacía.

La casa tiene jardín delantero, cosa rara en la calle Humboldt. No es más grande que un patio, pero está tres escalones más alto que la vereda, lo que le da un vistoso aspecto de plataforma, emplazamiento ideal para un patíbulo. Como la verja es de mampostería y de fierro, se puede trabajar sin que los transeúntes estén por así decirlo metidos en casa; pueden apostarse en la verja y quedarse horas, pero eso no nos molesta. «Empezaremos con la luna llena», mandó mi padre. De día íbamos a buscar maderas y fierros a los corralones de la avenida Juan B. Justo, pero mis hermanas se quedaban en la sala practicando el aullido de los lobos, después que mi tía la menor sostuvo que los patíbulos atraen a los lobos y los incitan a aullar a la luna. Por cuenta de mis primos corría la provisión de clavos y herramientas; mi tío el mayor dibujaba los planos, discutía con mi madre y mi tío segundo la variedad y calidad de los instrumentos de suplicio. Recuerdo el final de la discusión: se decidieron adustamente por una plataforma bastante alta, sobre la cual se alzarían una horca y una rueda, con un espacio libre destinado a dar tormento o decapitar según los casos. A mi tío el mayor le parecía mucho más pobre y mezquino que su idea original, pero las dimensiones del jardín delantero y el costo de los materiales restringen siempre las ambiciones de la familia.

Empezamos la construcción un domingo por la tarde, después de los ravioles. Aunque nunca nos ha preocupado lo que puedan pensar los vecinos, era evidente que los pocos mirones suponían que íbamos a levantar una o dos piezas para agrandar la casa. El primero en sorprenderse fue don Cresta, el viejito de enfrente, y vino a preguntar para qué instalábamos semejante plataforma. Mis hermanas se reunieron en un rincón del jardín y soltaron algunos aullidos de lobo. Se amontonó bastante gente, pero nosotros seguimos trabajando hasta la noche y dejamos terminada la plataforma y las dos escalerillas (para el sacerdote y el condenado, que no deben subir juntos). El lunes una parte de la familia se fue a sus respectivos empleos y ocupaciones, ya que de algo hay que morir, y los demás empezamos a levantar la horca mientras mi tío el mayor consultaba dibujos antiguos para la rueda. Su idea consistía en colocar la rueda lo más alto posible sobre una pértiga ligeramente irregular, por ejemplo un tronco de álamo bien desbastado. Para complacerlo, mi hermano el segundo y mis primos carnales se fueron con la camioneta a buscar un álamo; entre tanto mi tío el mayor y mi madre encajaban los rayos de la rueda en el cubo, y yo preparaba un suncho de fierro. En esos momentos nos divertíamos enormemente porque se oía martillear en todas partes, mis hermanas aullaban en la sala, los vecinos se amontonaban en la verja cambiando impresiones, y entre el solferino y el malva del atardecer ascendía el perfil de la horca y se veía a mi tío el menor a caballo en el travesaño para fijar el gancho y preparar el nudo corredizo.

A esa altura de las cosas la gente de la calle no podía dejar de darse cuenta de lo que estábamos haciendo, y un coro de protestas y amenazas nos alentó agradablemente a rematar la jornada con la erección de la rueda. Algunos desaforados habían pretendido impedir que mi hermano el segundo y mis primos entraran en casa el magnífico tronco de álamo que traían en la camioneta. Un conato de cinchada fue ganado de punta a punta por la familia en pleno que, tirando disciplinadamente del tronco, lo metió en el jardín junto con una criatura de corta edad prendida de las raíces. Mi padre en persona devolvió la criatura a sus exasperados padres, pasándola cortésmente por la verja, y mientras la atención se concentraba en estas alternativas sentimentales, mi tío el mayor, ayudado por mis primos carnales, calzaba la rueda en un extremo del tronco y procedía a erigirla. La policía llegó en momentos en que la familia, reunida en la plataforma, comentaba favorablemente el buen aspecto del patíbulo. Sólo mi hermana la tercera permanecía cerca de la puerta, y le tocó dialogar con el subcomisario en persona; no le fue difícil convencerlo de que trabajábamos dentro de nuestra propiedad, en una obra que sólo el uso podía revestir de un carácter anticonstitucional, y que las murmuraciones del vecindario eran hijas del odio y fruto de la envidia. La caída de la noche nos salvó de otras pérdidas de tiempo.

A la luz de una lámpara de carburo cenamos en la plataforma, espiados por un centenar de vecinos rencorosos; jamás el lechón adobado nos pareció más exquisito, y más negro y dulce el nebiolo. Una brisa del norte balanceaba suavemente la cuerda de la horca; una o dos veces chirrió la rueda, como si ya los cuervos se hubieran posado para comer. Los mirones empezaron a irse, mascullando vagas amenazas; aferrados a la verja quedaron veinte o treinta que parecían esperar alguna cosa. Después del café apagamos la lámpara para dar paso a la luna que subía por los balaústres de la terraza, mis hermanas aullaron y mis primos y tíos recorrieron lentamente la plataforma, haciendo temblar los fundamentos con sus pasos. En el silencio que siguió, la luna vino a ponerse a la altura del nudo corredizo, y en la rueda pareció tenderse una nube de bordes plateados. Las mirábamos, tan felices que era un gusto, pero los vecinos murmuraban en la verja, como al borde de una decepción. Encendieron cigarrillos y se fueron yendo, unos en piyama y otros más despacio. Quedó la calle, una pitada de vigilante a lo lejos, y el colectivo 108 que pasaba cada tanto; nosotros ya nos habíamos ido a dormir y soñábamos con fiestas, elefantes y vestidos de seda.

Etiqueta y prelaciones

Siempre me ha parecido que el rasgo distintivo de nuestra familia es el recato. Llevamos el pudor a extremos increíbles, tanto en nuestra manera de vestirnos y de comer como en la forma de expresarnos y de subir a los tranvías. Los sobrenombres, por ejemplo, que se adjudican tan desaprensivamente en el barrio de Pacífico, son para nosotros motivo de cuidado, de reflexión y hasta de inquietud. Nos parece que no se puede atribuir un apodo cualquiera a alguien que deberá absorberlo y sufrirlo como un atributo durante toda su vida. Las señoras de la calle Humboldt llaman Toto, Coco o Cacho a sus hijos, y Negra o Beba a las chicas, pero en nuestra familia ese tipo corriente de sobrenombre no existe, y mucho menos otros rebuscados y espamentosos como Chirola, Cachuzo o Matagatos, que abundan por el lado de Paraguay y Godoy Cruz. Como ejemplo del cuidado que tenemos en estas cosas bastará citar el caso de mi tía la segunda. Visiblemente dotada de un trasero de imponentes dimensiones, jamás nos hubiéramos permitido ceder a la fácil tentación de los sobrenombres habituales; así, en vez de darle el apodo brutal de Ánfora Etrusca, estuvimos de acuerdo en el más decente y familiar de la Culona. Siempre procedemos con el mismo tacto, aunque nos ocurre tener que luchar con los vecinos y amigos que insisten en los motes tradicionales. A mi primo segundo el menor, marcadamente cabezón, le rehusamos siempre el sobrenombre de Atlas que le habían puesto en la parrilla de la esquina, y preferimos el infinitamente más delicado de Cucuzza. Y así siempre.

Quisiera aclarar que estas cosas no las hacemos por diferenciarnos del resto del barrio. Tan sólo desearíamos modificar, gradualmente y sin vejar los sentimientos de nadie, las rutinas y las tradiciones. No nos gusta la vulgaridad en ninguna de sus formas, y basta que alguno de nosotros oiga en la cantina frases como: «Fue un partido de trámite violento», o: «Los remates de Faggioli se caracterizaron por un notable trabajo de infiltración preliminar del eje medio», para que inmediatamente dejemos constancia de las formas más castizas y aconsejables en la emergencia, es decir: «Hubo una de patadas que te la debo», o: «Primero los arrollamos y después fue la goleada». La gente nos mira con sorpresa, pero nunca falta alguno que recoja la lección escondida en estas frases delicadas. Mi tío el mayor, que lee a los escritores argentinos, dice que con muchos de ellos se podría hacer algo parecido, pero nunca nos ha explicado en detalle. Una lástima.

Correos y Telecomunicaciones

Una vez que un pariente de lo más lejano llegó a ministro, nos arreglamos para que nombrase a buena parte de la familia en la sucursal de Correos de la calle Serrano. Duró poco, eso sí. De los tres días que estuvimos, dos los pasamos atendiendo al público con una celeridad extraordinaria que nos valió la sorprendida visita de un inspector del Correo Central y un suelto laudatorio en *La Razón*. Al tercer día estábamos seguros de nuestra popularidad, pues la gente ya venía de otros barrios a despachar su correspondencia y a hacer giros a Purmamarca y a otros lugares igualmente absurdos. Entonces mi tío el mayor dio piedra libre, y la familia empezó a atender con arreglo a sus principios y predilecciones. En la ventanilla de franqueo, mi hermana la segunda obsequiaba un globo de colores a cada comprador de estampillas. La primera en recibir su globo fue una señora gorda que se quedó como clavada, con el globo en la mano y la estampilla de un peso ya humedecida que se le iba enroscando poco a poco en el dedo. Un joven melenudo se negó de plano a recibir su globo, y mi hermana lo amonestó severamente mientras en la cola de la ventanilla empezaban a suscitarse opiniones encontradas. Al lado, varios provincianos empeñados en girar insensatamente parte de sus salarios a los familiares lejanos, recibían con algún asombro vasitos de grapa y de cuando en cuando una empanada de carne, todo esto a cargo de mi padre que además les recitaba a gritos los mejores consejos del viejo Vizcacha. Entre tanto mis hermanos, a cargo de la ventanilla de encomiendas, las untaban con alquitrán y las metían en un balde lleno de plumas. Luego las presentaban al estupefacto expedidor y le hacían notar con cuánta alegría serían recibidos los paquetes así mejorados. «Sin piolín a la vista», decían. «Sin el lacre tan vulgar, y con el nombre del destinatario que parece que va metido debajo del ala de un cisne, fíjese.» No todos se mostraban encantados, hay que ser sincero.

Cuando los mirones y la policía invadieron el local, mi madre cerró el acto de la manera más hermosa, haciendo volar sobre el público una multitud de flechitas de colores fabricadas con los formularios de los telegramas, giros y cartas certificadas. Cantamos el himno nacional y nos retiramos en buen orden; vi llorar a una nena que había quedado tercera en la cola de franqueo y sabía que ya era tarde para que le dieran un globo.

Pérdida y recuperación del pelo

Para luchar contra el pragmatismo y la horrible tendencia a la consecución de fines útiles, mi primo el mayor propugna el procedimiento de sacarse un buen pelo de la cabeza, hacerle un nudo en el medio y dejarlo caer suavemente por el agujero del lavabo. Si este pelo se engancha en la rejilla que suele cundir en dichos agujeros, bastará abrir un poco la canilla para que se pierda de vista.

Sin malgastar un instante, hay que iniciar la tarea de recuperación del pelo. La primera operación se reduce a desmontar el sifón del lavabo para ver si el pelo se ha enganchado en alguna de las rugosidades del caño. Si no se lo encuentra, hay que poner en descubierto el tramo de caño que va del sifón a la cañería de desagüe principal. Es seguro que en esta parte aparecerán muchos pelos, y habrá que contar con la ayuda del resto de la familia para examinarlos uno a uno en busca del nudo. Si no aparece, se planteará el interesante problema de romper la cañería hasta la planta baja, pero esto significa un esfuerzo mayor, pues durante ocho o diez años habrá que trabajar en algún ministerio o casa de comercio para reunir el dinero que permita comprar los cuatro departamentos situados debajo del de mi primo el mayor, todo ello con la desventaja extraordinaria de que mientras se trabaja durante esos ocho o diez años no se podrá evitar la penosa sensación de que el pelo ya no está en la cañería y que sólo por una remota casualidad permanece enganchado en alguna saliente herrumbrada del caño.

Llegará el día en que podamos romper los caños de todos los departamentos, y durante meses viviremos rodeados de palanganas y otros recipientes llenos de pelos mojados, así como de asistentes y mendigos a los que pagaremos generosamente para que busquen, separen, clasifiquen y nos traigan los pelos posibles a fin de alcanzar la deseada certidumbre. Si el pelo no aparece, entraremos en una etapa mucho más vaga y complicada, porque el tramo siguiente nos lleva a las cloacas mayores de la ciudad. Luego de comprar un traje especial, aprenderemos a deslizarnos por las alcantarillas a altas horas de la noche, armados de una linterna poderosa y una máscara de oxígeno, y exploraremos las galerías menores y mayores, ayudados si es posible por individuos del hampa con quienes habremos trabado relación y a los que tendremos que dar gran parte del dinero que de día ganamos en un ministerio o una casa de comercio.

Con mucha frecuencia tendremos la impresión de haber llegado al término de la tarea, porque encontraremos (o nos traerán) pelos semejantes al que buscamos; pero como no se sabe de ningún caso en que un pelo tenga un nudo en el medio sin intervención de mano humana, acabaremos casi siempre por comprobar que el nudo en cuestión es un simple engrosamiento del calibre del pelo (aunque tampoco sabemos de ningún caso parecido) o un depósito de algún silicato u óxido cualquiera producido por una larga permanencia contra una superficie húmeda. Es probable que avancemos así por diversos tramos de cañerías menores y mayores, hasta llegar a ese sitio donde ya nadie se decidiría a penetrar: el caño maestro enfilado en dirección al río, la reunión torrentosa de los detritus en la que ningún dinero, ninguna barca, ningún soborno nos permitirán continuar la búsqueda.

Pero antes de eso, y quizá mucho antes, por ejemplo a pocos centímetros de la boca del lavabo, a la altura del departamento del segundo piso, o en la primera cañería subterránea, puede suceder que encontremos el pelo. Basta pensar en la alegría que eso nos produciría, en el asombrado cálculo de los esfuerzos ahorrados por pura buena suerte, para justificar, para escoger, para exigir prácticamente una tarea semejante, que todo maestro consciente debería aconsejar a sus alumnos desde la más tierna infancia, en vez de secarles el alma con la regla de tres compuesta o las tristezas de Cancha Rayada.

Tía en dificultades

¿Por qué tendremos una tía tan temerosa de caerse de espaldas? Hace años que la familia lucha para curarla de su obsesión, pero ha llegado la hora de confesar nuestro fracaso. Por más que hagamos, tía tiene miedo de caerse de espaldas; y su inocente manía nos afecta a todos, empezando por mi padre que fraternalmente la acompaña a cualquier parte y va mirando el piso para que tía pueda caminar sin preocupaciones, mientras mi madre se esmera en barrer el patio varias veces al día, mis hermanas recogen las pelotas de tenis con que se divierten inocentemente en la terraza y mis primos borran toda huella imputable a los perros, gatos, tortugas y gallinas que proliferan en casa. Pero no sirve de nada, tía sólo se resuelve a cruzar las habitaciones después de un largo titubeo, interminables observaciones oculares y palabras destempladas a todo chico que ande por ahí en ese momento. Después se pone en marcha, apoyando primero un pie y moviéndolo como un boxeador en el cajón de resina, después el otro, trasladando el cuerpo en un desplazamiento que en nuestra infancia nos parecía majestuoso, y tardando varios minutos para ir de una puerta a otra. Es algo horrible.

Varias veces la familia ha procurado que mi tía explicara con alguna coherencia su temor a caerse de espaldas. En una ocasión fue recibida con un silencio que se hubiera podido cortar con guadaña; pero una noche, después de su vasito de hesperidina, tía condescendió a insinuar que si se caía de espaldas no podría volver a levantarse. A la elemental observación de que treinta y dos miembros de la familia estaban dispuestos a acudir en su auxilio, respondió con una mirada lánguida y dos palabras: «Lo mismo». Días después mi hermano el mayor me llamó por la noche a la cocina y me mostró una cucaracha caída de espaldas debajo de la pileta. Sin decirnos nada asistimos a su vana y larga lucha por enderezarse, mientras otras cucarachas, venciendo la intimidación de la luz, circulaban por el piso y pasaban rozando a la que yacía en posición decúbito dorsal. Nos fuimos a la cama con una marcada melancolía, y por una razón u otra nadie volvió a interrogar a tía; nos limitamos a aliviar en lo posible su miedo, acompañarla a todas partes, darle el brazo y comprarle cantidad de zapatos con suelas antideslizantes y otros dispositivos estabilizadores. La vida siguió así, y no era peor que otras vidas.

Tía explicada o no

Quien más quien menos, mis cuatro primos carnales se dedican a la filosofía. Leen libros, discuten entre ellos, y son admirados a distancia por el resto de la familia, fiel al principio de no meterse en las preferencias ajenas e incluso favorecerlas en la medida de lo posible. Estos muchachos, que me merecen gran respeto, se plantearon más de una vez el problema del miedo de mi tía, llegando a conclusiones oscuras pero tal vez atendibles. Como suele ocurrir en casos parecidos, mi tía era la menos enterada de estos cabildeos, pero desde esa época la deferencia de la familia se acentuó todavía más. Durante años hemos acompañado a tía en sus titubeantes expediciones de la sala al antepatio, del dormitorio al cuarto de baño, de la cocina a la alacena. Nunca nos pareció fuera de lugar que se acostara de lado, y que durante la noche observara la inmovilidad más absoluta, los días pares del lado derecho, y los impares del izquierdo. En las sillas del comedor y del patio, tía se instala muy erguida; por nada aceptaría la comodidad de una mecedora o de un sillón Morris. La noche del Sputnik la familia se tiró al suelo en el patio para observar el satélite, pero tía permaneció sentada y al día siguiente tuvo una tortícolis horrenda. Poco a poco nos fuimos convenciendo, y hoy estamos resignados. Nos ayudan nuestros primos carnales, que aluden a la cuestión con miradas de inteligencia y dicen cosas tales como: «Tiene razón». ¿Pero por qué? No lo sabemos, y ellos no quieren explicarnos. Para mí, por ejemplo, estar de espaldas me parece comodísimo.

Todo el cuerpo se apoya en el colchón o en las baldosas del patio, uno siente los talones, las pantorrillas, los muslos, las nalgas, el lomo, las paletas, los brazos y la nuca que se reparten el peso del cuerpo y lo difunden, por decir así, en el suelo, lo acercan tan bien y tan naturalmente a esa superficie que nos atrae vorazmente y parecería querer tragarnos. Es curioso que a mí estar de espaldas me resulte la posición más natural, y a veces sospecho que mi tía le tiene horror por eso. Yo la encuentro perfecta, y creo que en el fondo es la más cómoda. Sí, he dicho bien: en el fondo, bien en el fondo, de espaldas. Hasta me da un poco de miedo, algo que no consigo explicar. Cómo me gustaría ser como ella, y cómo no puedo.

Los posatigres

Mucho antes de llevar nuestra idea a la práctica sabíamos que el posado de los tigres planteaba un doble problema, sentimental y moral. El primero no se refería tanto al posado como al tigre mismo, en la medida en que a estos felinos no les agrada que los posen y acuden a todas sus energías, que son enormes, para resistirse. ¿Cabía en esas circunstancias arrostrar la idiosincrasia de dichos animales? Pero la pregunta nos trasladaba al plano moral, donde toda acción puede ser causa o efecto de esplendor o de infamia. De noche, en nuestra casita de la calle Humboldt, meditábamos frente a los tazones de arroz con leche, olvidados de rociarlos con canela y azúcar. No estábamos verdaderamente seguros de poder posar un tigre, y nos dolía.

Se decidió por último que posaríamos uno, al solo efecto de ver jugar el mecanismo en toda su complejidad, y que más tarde evaluaríamos los resultados. No hablaré aquí de la obtención del primer tigre: fue un trabajo sutil y penoso, un correr por consulados y droguerías, una complicada urdimbre de billetes, cartas por avión y trabajo de diccionario. Una noche mis primos llegaron cubiertos de tintura de yodo: era el éxito. Bebimos tanto nebiolo que mi hermana la menor acabó destendiendo la mesa con el rastrillo. En esa época éramos más jóvenes.

Ahora que el experimento ha dado los resultados que conocemos, puedo facilitar detalles del posado. Quizá lo más difícil sea todo lo que se refiere al ambiente, pues se requiere una habitación con el mínimo de muebles, cosa rara en la calle Humboldt. En el centro se coloca el dispositivo: dos tablones cruzados, un juego de varillas elásticas y algunas jarras de barro con leche y agua. Posar el tigre no es demasiado difícil, aunque puede ocurrir que la operación fracase y haya que repetirla; la verdadera dificultad empieza en el momento en que, ya posado, el tigre recobra la libertad y opta —de múltiples maneras posibles— por ejercitarla. En esa etapa, que llamaré intermedia, las reacciones de mi familia son fundamentales; todo depende de cómo se conduzcan mis hermanas, de la habilidad con que mi padre vuelva a posar el tigre, utilizándolo al máximo como un alfarero su arcilla. La menor falla sería la catástrofe, los fusibles quemados, la leche por el suelo, el horror de unos ojos fosforescentes rayando las tinieblas, los chorros tibios a cada zarpazo; me resisto a imaginarlo siquiera, puesto que hasta ahora hemos posado el tigre sin consecuencias peligrosas. Tanto el dispositivo como las diferentes funciones que debemos desempeñar todos, desde el tigre hasta mis primos segundos, parecen eficaces y se articulan armoniosamente. Para nosotros el hecho en sí de posar el tigre no es importante, sino que la ceremonia se cumpla hasta el final sin transgresión. Es preciso que el tigre acepte ser posado, o que lo sea de manera tal que su aceptación o su rechazo carezcan de importancia. En los instantes que uno sentiría la tentación de llamar cruciales —quizá por los dos tablones, quizá por mero lugar común—, la familia se siente poseída de una exaltación extraordinaria; mi madre no disimula las lágrimas, y mis primas carnales tejen y destejen convulsivamente los dedos. Posar el tigre tiene algo de total encuentro, de alineación frente a un absoluto; el equilibrio depende de tan poco y lo pagamos a un precio tan alto, que los breves instantes que siguen al posado y que deciden de su perfección nos arrebatan como de nosotros mismos, arrasan con la tigredad y la humanidad en un solo movimiento inmóvil que es vértigo, pausa y arribo. No hay tigre, no hay familia, no hay posado. Imposible saber lo que hay: un temblor que no es de esta carne, un tiempo central, una columna de contacto. Y después salimos todos al patio cubierto, y nuestras tías traen la sopa como si algo cantara, como si fuéramos a un bautismo.

Conducta en los velorios

No vamos por el anís, ni porque hay que ir. Ya se habrá sospechado: vamos porque no podemos soportar las formas más solapadas de la hipocresía. Mi prima segunda la mayor se encarga de cerciorarse de la índole del duelo, y si es de verdad, si se llora porque llorar es lo único que les queda a esos hombres y a esas mujeres entre el olor a nardos y a café, entonces nos quedamos en casa y los acompañamos desde lejos. A lo sumo mi madre va un rato y saluda en nombre de la familia; no nos gusta interponer insolentemente nuestra vida ajena a ese diálogo con la sombra. Pero si de la pausada investigación de mi prima surge la sospecha de que en un patio cubierto o en la sala se han armado los trípodes del camelo, entonces la familia se pone sus mejores trajes, espera a que el velorio esté a punto, y se va presentando de a poco pero implacablemente.

En Pacífico las cosas ocurren casi siempre en un patio con macetas y música de radio. Para estas ocasiones los vecinos condescienden a apagar las radios, y quedan solamente los jazmines y los parientes, alternándose contra las paredes. Llegamos de a uno o de a dos, saludamos a los deudos, a quienes se reconoce fácilmente porque lloran apenas ven entrar a alguien, y vamos a inclinarnos ante el difunto, escoltados por algún pariente cercano. Una o dos horas después toda la familia está en la casa mortuoria, pero aunque los vecinos nos conocen bien, procedemos como si cada uno hubiera venido por su cuenta y apenas hablamos entre nosotros. Un mé-

todo preciso ordena nuestros actos, escoge los interlocuto-
res con quienes se departe en la cocina, bajo el naranjo, en
los dormitorios, en el zaguán, y de cuando en cuando se
sale a fumar al patio o a la calle, o se da una vuelta a la manzana para ventilar opiniones políticas y deportivas. No nos
lleva demasiado tiempo sondear los sentimientos de los deudos más inmediatos, los vasitos de caña, el mate dulce y los
Particulares livianos son el puente confidencial; antes de medianoche estamos seguros, podemos actuar sin remordimien-
tos. Por lo común mi hermana la menor se encarga de la primera escaramuza; diestramente ubicada a los pies del ataúd,
se tapa los ojos con un pañuelo violeta y empieza a llorar, primero en silencio, empapando el pañuelo a un punto increíble, después con hipos y jadeos, y finalmente le acomete un
ataque terrible de llanto que obliga a las vecinas a llevarla a la
cama preparada para esas emergencias, darle a oler agua de
azahar y consolarla, mientras otras vecinas se ocupan de los
parientes cercanos bruscamente contagiados por la crisis.
Durante un rato hay un amontonamiento de gente en la
puerta de la capilla ardiente, preguntas y noticias en voz baja,
encogimientos de hombros por parte de los vecinos. Agotados por un esfuerzo en que han debido emplearse a fondo,
los deudos amenguan en sus manifestaciones, y en ese mismo
momento mis tres primas segundas se largan a llorar sin afec-
tación, sin gritos, pero tan conmovedoramente que los parientes y vecinos sienten la emulación, comprenden que no
es posible quedarse así descansando mientras extraños de la
otra cuadra se afligen de tal manera, y otra vez se suman a la
deploración general, otra vez hay que hacer sitio en las camas, apantallar a señoras ancianas, aflojar el cinturón a viejitos convulsionados. Mis hermanos y yo esperamos por lo regular este momento para entrar en la sala mortuoria y
ubicarnos junto al ataúd. Por extraño que parezca estamos
realmente afligidos, jamás podemos oír llorar a nuestras hermanas sin que una congoja infinita nos llene el pecho y nos

recuerde cosas de la infancia, unos campos cerca de Villa Albertina, un tranvía que chirriaba al tomar la curva en la calle General Rodríguez, en Banfield, cosas así, siempre tan tristes. Nos basta ver las manos cruzadas del difunto para que el llanto nos arrase de golpe, nos obligue a taparnos la cara avergonzados, y somos cinco hombres que lloran de verdad en el velorio, mientras los deudos juntan desesperadamente el aliento para igualarnos, sintiendo que cueste lo que cueste deben demostrar que el velorio es el de ellos, que solamente ellos tienen derecho a llorar así en esa casa. Pero son pocos, y mienten (eso lo sabemos por mi prima segunda la mayor, y nos da fuerzas). En vano acumulan los hipos y los desmayos, inútilmente los vecinos más solidarios los apoyan con sus consuelos y sus reflexiones, llevándolos y trayéndolos para que descansen y se reincorporen a la lucha. Mis padres y mi tío el mayor nos reemplazan ahora, hay algo que impone respeto en el dolor de estos ancianos que han venido desde la calle Humboldt, cinco cuadras contando desde la esquina, para velar al finado. Los vecinos más coherentes empiezan a perder pie, dejan caer a los deudos, se van a la cocina a beber grapa y a comentar; algunos parientes, extenuados por una hora y media de llanto sostenido, duermen estertorosamente. Nosotros nos relevamos en orden, aunque sin dar la impresión de nada preparado; antes de las seis de la mañana somos los dueños indiscutidos del velorio, la mayoría de los vecinos se han ido a dormir a sus casas, los parientes yacen en diferentes posturas y grados de abotagamiento, el alba nace en el patio. A esa hora mis tías organizan enérgicos refrigerios en la cocina, bebemos café hirviendo, nos miramos brillantemente al cruzarnos en el zaguán o los dormitorios; tenemos algo de hormigas yendo y viniendo, frotándose las antenas al pasar. Cuando llega el coche fúnebre las disposiciones están tomadas, mis hermanas llevan a los parientes a despedirse del finado antes del cierre del ataúd, los sostienen y confortan mientras mis primas y mis hermanos se van adelantando hasta desalojarlos, abreviar el último adiós y quedarse solos junto al muerto. Rendidos, extraviados, comprendiendo vagamente pero incapaces de reaccionar, los deudos se dejan llevar y traer, beben cualquier cosa que se les acerca a los labios y responden con vagas protestas inconsistentes a las cariñosas solicitudes de mis primas y mis hermanas. Cuando es hora de partir y la casa está llena de parientes y amigos, una organización invisible pero sin brechas decide cada movimiento, el director de la funeraria acata las órdenes de mi padre, la remoción del ataúd se hace de acuerdo con las indicaciones de mi tío el mayor. Alguna que otra vez los parientes llegados a último momento adelantan una reivindicación destemplada; los vecinos, convencidos ya de que todo es como debe ser, los miran escandalizados y los obligan a callarse. En el coche de duelo se instalan mis padres y mis tíos, mis hermanos suben al segundo y mis primas condescienden a aceptar a alguno de los deudos en el tercero, donde se ubican envueltas en grandes pañoletas negras y moradas. El resto sube donde puede, y hay parientes que se ven precisados a llamar un taxi. Y si algunos, refrescados por el aire matinal y el largo trayecto, traman una reconquista en la necrópolis, amargo es su desengaño. Apenas llega el cajón al peristilo, mis hermanos rodean al orador designado por la familia o los amigos del difunto, y fácilmente reconocible por su cara de circunstancias y el rollito que le abulta el bolsillo del saco. Estrechándole las manos, le empapan las solapas con sus lágrimas, lo palmean con un blando sonido de tapioca y el orador no puede impedir que mi tío el menor suba a la tribuna y abra los discursos con una oración que es siempre un modelo de verdad y discreción. Dura tres minutos, se refiere exclusivamente al difunto, acota sus virtudes y da cuenta de sus defectos, sin quitar humanidad a nada de lo que dice; está profundamente emocionado, y a veces le cuesta terminar. Apenas ha bajado, mi hermano el mayor ocupa la tribuna y se encarga del panegírico en nombre del vecindario, mientras el vecino designado a tal efecto trata de abrirse paso entre mis primas y hermanas, que lloran colgadas de su chaleco. Un gesto afable pero imperioso de mi padre moviliza al personal de la funeraria; dulcemente empieza a rodar el catafalco, y los oradores oficiales se quedan al pie de la tribuna, mirándose y estrujando los discursos en sus manos húmedas. Por lo regular no nos molestamos en acompañar al difunto hasta la bóveda o sepultura, sino que damos media vuelta y salimos todos juntos, comentando las incidencias del velorio. Desde lejos vemos cómo los parientes corren desesperadamente para agarrar alguno de los cordones del ataúd y se pelean con los vecinos que entre tanto se han posesionado de los cordones y prefieren llevarlos ellos a que los lleven los parientes.

Material plástico

Trabajos de oficina

Mi fiel secretaria es de las que toman su función al-pie-de-la-letra, y ya se sabe que eso significa pasarse al otro lado, invadir territorios, meter los cinco dedos en el vaso de leche para sacar un pobre pelito.

Mi fiel secretaria se ocupa o querría ocuparse de todo en mi oficina. Nos pasamos el día librando una cordial batalla de jurisdicciones, un sonriente intercambio de minas y contraminas, de salidas y retiradas, de prisiones y rescates. Pero ella tiene tiempo para todo, no sólo busca adueñarse de la oficina, sino que cumple escrupulosa sus funciones. Las palabras, por ejemplo, no hay día en que no las lustre, las cepille, las ponga en su justo estante, las prepare y acicale para sus obligaciones cotidianas. Si se me viene a la boca un adjetivo prescindible —porque todos ellos nacen fuera de la órbita de mi secretaria, y en cierto modo de mí mismo—, ya está ella lápiz en mano atrapándolo y matándolo sin darle tiempo a soldarse al resto de la frase y sobrevivir por descuido o costumbre. Si la dejara, si en este mismo instante la dejara, tiraría estas hojas al canasto, enfurecida. Está tan resuelta a que yo viva una vida ordenada, que cualquier movimiento imprevisto la mueve a enderezarse, toda orejas, toda rabo parado, temblando como un alambre al viento. Tengo que disimular, y so pretexto de que estoy redactando un informe, llenar algunas hojitas de papel rosa o verde con las palabras que me gustan, con sus juegos y sus brincos y sus rabiosas querellas. Mi fiel secretaria arregla entre tanto la oficina, distraída en

apariencia pero pronta al salto. A mitad de un verso que nacía tan contento, el pobre, la oigo que inicia su horrible chillido de censura, y entonces mi lápiz vuelve al galope hacia
las palabras vedadas, las tacha presuroso, ordena el desorden,
fija, limpia y da esplendor, y lo que queda está probablemente muy bien, pero esta tristeza, este gusto a traición en la lengua, esta cara de jefe con su secretaria.

Maravillosas ocupaciones

Qué maravillosa ocupación cortarle una pata a una araña, ponerla en un sobre, escribir Señor Ministro de Relaciones Exteriores, agregar la dirección, bajar a saltos la escalera, despachar la carta en el correo de la esquina.

Qué maravillosa ocupación ir andando por el bulevar Arago contando los árboles, y cada cinco castaños detenerse un momento sobre un solo pie y esperar que alguien mire, y entonces soltar un grito seco y breve, y girar como una peonza, con los brazos bien abiertos, idéntico al ave cakuy que se duele en los árboles del norte argentino.

Qué maravillosa ocupación entrar en un café y pedir azúcar, otra vez azúcar, tres o cuatro veces azúcar, e ir formando un montón en el centro de la mesa, mientras crece la ira en los mostradores y debajo de los delantales blancos, y exactamente en medio del montón de azúcar escupir suavemente, y seguir el descenso del pequeño glaciar de saliva, oír el ruido de piedras rotas que lo acompaña y que nace en las gargantas contraídas de cinco parroquianos y del patrón, hombre honesto a sus horas.

Qué maravillosa ocupación tomar el ómnibus, bajarse delante del Ministerio, abrirse paso a golpes de sobres con sellos, dejar atrás al último secretario y entrar, firme y serio, en el gran despacho de espejos, exactamente en el momento en que un ujier vestido de azul entrega al Ministro una carta, y verlo abrir el sobre con una plegadera de origen histórico, meter dos dedos delicados y retirar la pata de araña, quedarse mirándola, y entonces imitar el zumbido de una mosca y ver cómo el Ministro palidece, quiere tirar la pata pero no puede, está atrapado por la pata, y darle la espalda y salir, silbando, anunciar en los pasillos la renuncia del Ministro, y saber que al día siguiente entrarán las tropas enemigas y todo se irá al diablo y será un jueves de un mes impar de un año bisiesto.

Vietato introdurre biciclette

En los bancos y casas de comercio de este mundo a nadie le importa un pito que alguien entre con un repollo bajo el brazo, o con un tucán, o soltando de la boca como un piolincito las canciones que me enseñó mi madre, o llevando de la mano un chimpancé con tricota a rayas. Pero apenas una persona entra con una bicicleta se produce un revuelo excesivo, y el vehículo es expulsado con violencia a la calle mientras su propietario recibe admoniciones vehementes de los empleados de la casa.

Para una bicicleta, ente dócil y de conducta modesta, constituye una humillación y una befa la presencia de carteles que la detienen altaneros delante de las bellas puertas de cristales de la ciudad. Se sabe que las bicicletas han tratado por todos los medios de remediar su triste condición social. Pero en absolutamente todos los países de la Tierra *está prohibido entrar con bicicletas.* Algunos agregan: «y perros», lo cual duplica en las bicicletas y en los canes su complejo de inferioridad. Un gato, una liebre, una tortuga, pueden en principio entrar en Bunge & Born o en los estudios de los abogados de la calle San Martín sin ocasionar más que sorpresa, gran encanto entre telefonistas ansiosas, o a lo sumo una orden al portero para que arroje a los susodichos animales a la calle. Esto último puede suceder pero no es humillante, primero porque sólo constituye una probabilidad entre muchas, y luego porque nace como efecto de una causa y no de una fría maquinación preestablecida, horrendamente impresa en chapas de bronce o de esmalte, tablas de la ley inexorable que aplastan la sencilla espontaneidad de las bicicletas, seres inocentes.

De todas maneras, ¡cuidado, gerentes! También las rosas son ingenuas y dulces, pero quizá sepáis que en una guerra de dos rosas murieron príncipes que eran como rayos negros, cegados por pétalos de sangre. No ocurra que las bicicletas amanezcan un día cubiertas de espinas, que las astas de sus manubrios crezcan y embistan, que acorazadas de furor arremetan en legión contra los cristales de las compañías de seguros, y que el día luctuoso se cierre con baja general de acciones, con luto en veinticuatro horas, con duelos despedidos por tarjeta.

Conducta de los espejos en la isla de Pascua

Cuando se pone un espejo al oeste de la isla de Pascua, atrasa. Cuando se pone un espejo al este de la isla de Pascua, adelanta. Con delicadas mediciones puede encontrarse el punto en que ese espejo estará en hora, pero el punto que sirve para ese espejo no es garantía de que sirva para otro, pues los espejos adolecen de distintos materiales y reaccionan según les da la real gana. Así Salomón Lemos, el antropólogo becado por la Fundación Guggenheim, se vio a sí mismo muerto de tifus al mirar su espejo de afeitarse, todo ello al este de la isla. Y al mismo tiempo un espejito que había olvidado al oeste de la isla de Pascua reflejaba para nadie (estaba tirado entre las piedras) a Salomón Lemos de pantalón corto yendo a la escuela; después a Salomón Lemos desnudo en una bañadera, jabonado entusiastamente por su papá y su mamá, después a Salomón Lemos diciendo ajó para emoción de su tía Remeditos en una estancia del partido de Trenque Lauquen.

Posibilidades de la abstracción

Trabajo desde hace años en la Unesco y otros organismos internacionales, pese a lo cual conservo algún sentido del humor y especialmente una notable capacidad de abstracción, es decir que si no me gusta un tipo lo borro del mapa con sólo decidirlo, y mientras él habla y habla yo me paso a Melville y el pobre cree que lo estoy escuchando. De la misma manera si me gusta una chica puedo abstraerle la ropa apenas entra en mi campo visual, y mientras me habla de lo fría que está la mañana yo me paso largos minutos admirándole el ombliguito. A veces es casi malsana esta facilidad que tengo.

El lunes pasado fueron las orejas. A la hora de entrada era extraordinario el número de orejas que se desplazaban en la galería de entrada. En mi oficina encontré seis orejas; en la cantina, a mediodía, había más de quinientas, simétricamente ordenadas en dobles filas. Era divertido ver de cuando en cuando dos orejas que remontaban, salían de la fila y se alejaban. Parecían alas.

El martes elegí algo que creía menos frecuente: los relojes pulsera. Me engañé, porque a la hora del almuerzo pude ver cerca de doscientos que sobrevolaban las mesas con un movimiento hacia atrás y adelante, que recordaba particularmente la acción de seccionar un bife. El miércoles preferí (con cierto embarazo) algo más fundamental, y elegí los botones. ¡Oh espectáculo! El aire de la galería lleno de cardúmenes de ojos opacos que se desplazaban horizontalmente, mientras a los lados de cada pequeño batallón horizontal se balanceaban pendularmente dos, tres o cuatro botones. En el ascensor la saturación era indescriptible: centenares de botones inmóviles, o moviéndose apenas, en un asombroso cubo cristalográfico. Recuerdo especialmente una ventana (era por la tarde) contra el cielo azul. Ocho botones rojos dibujaban una delicada vertical, y aquí y allá se movían suavemente unos pequeños discos nacarados y secretos. Esa mujer debía ser tan hermosa.

El miércoles era de ceniza, día en que los procesos digestivos me parecieron ilustración adecuada a la circunstancia, por lo cual a las nueve y media fui mohíno espectador de la llegada de centenares de bolsas llenas de una papilla grisácea, resultante de la mezcla de *cornflakes*, café con leche y medialunas. En la cantina vi cómo una naranja se dividía en prolijos gajos, que en un momento dado perdían su forma y bajaban uno tras otro hasta formar a cierta altura un depósito blanquecino. En ese estado la naranja recorrió el pasillo, bajó cuatro pisos, y luego de entrar en una oficina fue a inmovilizarse en un punto situado entre los dos brazos de un sillón. Algo más lejos se veía en análogo reposo un cuarto de litro de té cargado. Como curioso paréntesis (mi facultad de abstracción suele ejercerse arbitrariamente) podía ver además una bocanada de humo que se entubaba verticalmente, se dividía en dos translúcidas vejigas, subía otra vez por el tubo y luego de una graciosa voluta se dispersaba en barrocos resultados. Más tarde (yo estaba en otra oficina) encontré un pretexto para volver a visitar la naranja, el té y el humo. Pero el humo había desaparecido, y en vez de la naranja y el té había dos desagradables tubos retorcidos. Hasta la abstracción tiene su lado penoso; saludé a los tubos y me volví a mi despacho. Mi secretaria lloraba, leyendo el decreto por el cual me dejaban cesante. Para consolarme decidí abstraer sus lágrimas, y por un rato me deleité con esas diminutas fuentes cristalinas que nacían en el aire y se aplastaban en los biblioratos, el secante y el boletín oficial. La vida está llena de hermosuras así.

El diario a diario

Un señor toma el tranvía después de comprar el diario y ponérselo bajo el brazo. Media hora más tarde desciende con el mismo diario bajo el mismo brazo.

Pero ya no es el mismo diario, ahora es un montón de hojas impresas que el señor abandona en un banco de plaza.

Apenas queda solo en el banco, el montón de hojas impresas se convierte otra vez en un diario, hasta que un muchacho lo ve, lo lee, y lo deja convertido en un montón de hojas impresas.

Apenas queda solo en el banco, el montón de hojas impresas se convierte otra vez en un diario, hasta que una anciana lo encuentra, lo lee, y lo deja convertido en un montón de hojas impresas. Luego se lo lleva a su casa y en el camino lo usa para empaquetar medio kilo de acelgas, que es para lo que sirven los diarios después de estas excitantes metamorfosis.

Pequeña historia tendiente a ilustrar lo precario de la estabilidad dentro de la cual creemos existir, o sea que las leyes podrían ceder terreno a las excepciones, azares o improbabilidades, y ahí te quiero ver

*Informe confidencial CVN/475 a/W
del Secretario de la OCLUSIOM
al Secretario de la VERPERTUIT.*

...confusión horrible. Todo marchaba perfectamente y nunca hubo dificultades con los reglamentos. Ahora de pronto se decide reunir al Comité Ejecutivo en sesión extraordinaria, y empiezan las dificultades, ya va a ver usted qué clase de líos inesperados. Desconcierto absoluto en las filas. Incertidumbre en cuanto al futuro. Pasa que el Comité se reúne y procede a elegir a los nuevos miembros del cuerpo, en reemplazo de los seis titulares fallecidos en trágicas circunstancias al precipitarse al agua el helicóptero en el cual sobrevolaban el paisaje, pereciendo todos ellos en el hospital de la región por haberse equivocado la enfermera y aplicádoles inyecciones de sulfamida en dosis inaceptables por el organismo humano. Reunido el Comité, compuesto del único titular sobreviviente (retenido en su domicilio el día de la catástrofe por causa de resfrío) y de seis miembros suplentes, procédese a votar los candidatos propuestos por los diferentes estados asociados de la OCLUSIOM. Se elige por unanimidad al señor Félix Voll (Aplausos). Se elige por unanimidad al señor Félix Romero (Aplausos). Se practica una nueva votación, y resulta elegido por unanimidad el señor Félix Lupescu (Desconcierto). El Presidente interino toma la palabra y hace una observación jocosa sobre la coincidencia de los nombres de pila. Pide la palabra el delegado de Grecia y declara que aunque le parece ligeramente estrambótico, tiene encargo de su gobierno de proponer como candidato al señor Félix Paparemólogos. Se vota, y resulta elegido por mayoría. Se pasa a la votación siguiente, y triunfa el candidato por Pakistán, señor Félix Abib. A esta altura hay gran confusión en el Comité, el cual se apresura a celebrar la votación final, resultando elegido el candidato por la Argentina, señor Félix Camusso. Entre los aplausos acentuadamente incómodos de los presentes, el titular decano del Comité da la bienvenida a los seis nuevos miembros, a quienes califica cordialmente de tocayos (Estupefacción). Se lee la composición del Comité, el cual queda integrado en la siguiente forma: Presidente y miembro más antiguo sobreviviente del siniestro, Sr. Félix Smith. Miembros, Sres. Félix Voll, Félix Romero, Félix Lupescu, Félix Paparemólogos, Félix Abib y Félix Camusso.

Ahora bien, las consecuencias de esta elección son cada vez más comprometedoras para la OCLUSIOM. Los diarios de la tarde reproducen con comentarios jocosos e impertinentes la composición del Comité Ejecutivo. El Ministro del Interior habló esta mañana por teléfono con el Director General. Éste, a falta de mejor cosa, ha hecho preparar una nota informativa que contiene el *curriculum vitae* de los nuevos miembros del Comité, todos ellos eminentes personalidades en el campo de las ciencias económicas.

El Comité debe celebrar su primera sesión el próximo jueves, pero se murmura que los Sres. Félix Camusso, Félix Voll y Félix Lupescu elevarán su renuncia en las últimas horas de esta tarde. El Sr. Camusso ha solicitado instrucciones sobre la redacción de su renuncia; en efecto, no tiene ningún motivo valedero para retirarse del Comité y sólo lo guía, al igual que a los Sres. Voll y Lupescu, el deseo de que el Comité se integre con personas que no respondan al nombre de Félix. Probablemente las renuncias aducirán razones de salud, y serán aceptadas por el Director General.

Fin del mundo del fin

Como los escribas continuarán, los pocos lectores que en el mundo había van a cambiar de oficio y se pondrán también de escribas. Cada vez más los países serán de escribas y de fábricas de papel y tinta, los escribas de día y las máquinas de noche para imprimir el trabajo de los escribas. Primero las bibliotecas desbordarán de las casas; entonces las municipalidades deciden (ya estamos en la cosa) sacrificar los terrenos de juegos infantiles para ampliar las bibliotecas. Después ceden los teatros, las maternidades, los mataderos, las cantinas, los hospitales. Los pobres aprovechan los libros como ladrillos, los pegan con cemento y hacen paredes de libros y viven en cabañas de libros. Entonces pasa que los libros rebasan las ciudades y entran en los campos, van aplastando los trigales y los campos de girasol, apenas si la dirección de vialidad consigue que las rutas queden despejadas entre dos altísimas paredes de libros. A veces una pared cede y hay espantosas catástrofes automovilísticas. Los escribas trabajan sin tregua porque la humanidad respeta las vocaciones, y los impresos llegan ya a orillas del mar. El presidente de la república habla por teléfono con los presidentes de las repúblicas, y propone inteligentemente precipitar al mar el sobrante de libros, lo cual se cumple al mismo tiempo en todas las costas del mundo. Así los escribas siberianos ven sus impresos precipitados al mar glacial, y los escribas indonesios etcétera. Esto permite a los escribas aumentar su producción, porque en la tierra vuelve a haber espacio para almacenar sus libros. No piensan que el mar tiene fondo, y que en el fondo del mar empiezan a amontonarse los impresos, primero en forma de pasta aglutinante, después en forma de pasta consolidante, y por fin como un piso resistente aunque viscoso que sube diariamente algunos metros y que terminará por llegar a la superficie. Entonces muchas aguas invaden muchas tierras, se produce una nueva distribución de continentes y océanos, y presidentes de diversas repúblicas son sustituidos por lagos y penínsulas, presidentes de otras repúblicas ven abrirse inmensos territorios a sus ambiciones etcétera. El agua marina, puesta con tanta violencia a expandirse, se evapora más que antes, o busca reposo mezclándose con los impresos para formar la pasta aglutinante, al punto que un día los capitanes de los barcos de las grandes rutas advierten que los barcos avanzan lentamente, de treinta nudos bajan a veinte, a quince, y los motores jadean y las hélices se deforman. Por fin todos los barcos se detienen en distintos puntos de los mares, atrapados por la pasta, y los escribas del mundo entero escriben millares de impresos explicando el fenómeno y llenos de una gran alegría. Los presidentes y los capitanes deciden convertir los barcos en islas y casinos, el público va a pie sobre los mares de cartón a las islas y casinos donde orquestas típicas y características amenizan el ambiente climatizado y se baila hasta avanzadas horas de la madrugada. Nuevos impresos se amontonan a orillas del mar, pero es imposible meterlos en la pasta, y así crecen murallas de impresos y nacen montañas a orillas de los antiguos mares. Los escribas comprenden que las fábricas de papel y tinta van a quebrar, y escriben con letra cada vez más menuda, aprovechando hasta los rincones más imperceptibles de cada papel. Cuando se termina la tinta escriben con lápiz etcétera; al terminarse el papel escriben en tablas y baldosas etcétera. Empieza a difundirse la costumbre de intercalar un texto en otro para aprovechar las entrelíneas, o se borra con hojas de afeitar las letras impresas para usar de nuevo el papel. Los escribas trabajan lentamente, pero su número es tan inmenso que los impresos separan ya por completo las tierras de los lechos de los antiguos mares. En la tierra vive precariamente la raza de los escribas, condenada a extinguirse, y en el mar están las islas y los casinos o sea los transatlánticos donde se han refugiado los presidentes de las repúblicas, y donde se celebran grandes fiestas y se cambian mensajes de isla a isla, de presidente a presidente, y de capitán a capitán.

Acefalía

A un señor le cortaron la cabeza, pero como después estalló una huelga y no pudieron enterrarlo, este señor tuvo que seguir viviendo sin cabeza y arreglárselas bien o mal.

Enseguida notó que cuatro de los cinco sentidos se le habían ido con la cabeza. Dotado solamente de tacto, pero lleno de buena voluntad, el señor se sentó en un banco de la plaza Lavalle y tocaba las hojas de los árboles una por una, tratando de distinguirlas y nombrarlas. Así, al cabo de varios días pudo tener la certeza de que había juntado sobre sus rodillas una hoja de eucalipto, una de plátano, una de magnolia foscata y una piedrita verde.

Cuando el señor advirtió que esto último era una piedra verde, pasó un par de días muy perplejo. Piedra era correcto y posible, pero no verde. Para probar imaginó que la piedra era roja, y en el mismo momento sintió como una profunda repulsión, un rechazo de esa mentira flagrante, de una piedra roja absolutamente falsa ya que la piedra era por completo verde y en forma de disco, muy dulce al tacto.

Cuando se dio cuenta de que además la piedra era dulce, el señor pasó cierto tiempo atacado de gran sorpresa. Después optó por la alegría, lo que siempre es preferible, pues se veía que, a semejanza de ciertos insectos que regeneran sus partes cortadas, era capaz de sentir diversamente. Estimulado por el hecho abandonó el banco de la plaza y bajó por la calle Libertad hasta la Avenida de Mayo, donde como es sabido proliferan las frituras originadas en los restaurantes españoles. Enterado de este detalle que le restituía un nuevo sentido, el señor se encaminó vagamente hacia el este o hacia el oeste, pues de eso no estaba seguro, y anduvo infatigable, esperando de un momento a otro oír alguna cosa, ya que el oído era lo único que le faltaba. En efecto, veía un cielo pálido como de amanecer, tocaba sus propias manos con dedos húmedos y uñas que se hincaban en la piel, olía como a sudor, y en la boca tenía gusto a metal y a coñac. Sólo le faltaba oír y justamente entonces oyó, y fue como un recuerdo, porque lo que oía era otra vez las palabras del capellán de la cárcel, palabras de consuelo y esperanza muy hermosas en sí, lástima que con cierto aire de usadas, de dichas muchas veces, de gastadas a fuerza de sonar y sonar.

Esbozo de un sueño

Bruscamente siente gran deseo de ver a su tío y se apresura por callejuelas retorcidas y empinadas, que parecen esforzarse por alejarlo de la vieja casa solariega. Después de largo andar (pero es como si tuviera los zapatos pegados al suelo) ve el portal y oye vagamente ladrar un perro, si eso es un perro. En el momento de subir los cuatro gastados peldaños, y cuando alarga la mano hacia el llamador, que es otra mano que aprieta una esfera de bronce, los dedos del llamador se mueven, primero el meñique y poco a poco los otros, que van soltando interminablemente la bola de bronce. La bola cae como si fuera de plumas, rebota sin ruido en el umbral y le salta hasta el pecho, pero ahora es una gorda araña negra. La rechaza con un manotón desesperado, y en ese instante se abre la puerta: el tío está de pie, sonriendo sin expresión, como si desde mucho antes esperara sonriendo detrás de la puerta cerrada. Cambian algunas frases que parecen preparadas, un ajedrez elástico. «Ahora yo tengo que contestar...» «Ahora él va a decir...» Y todo ocurre exactamente así. Ya están en una habitación brillantemente iluminada, el tío saca cigarros envueltos en papel plateado y le ofrece uno. Largo rato busca los fósforos, pero en toda la casa no hay fósforos ni fuego de ninguna especie; no pueden encender los cigarros, el tío parece ansioso de que la visita termine, y por fin hay una confusa despedida en un pasillo lleno de cajones a medio abrir, y donde apenas queda lugar para moverse.

Al salir de la casa sabe que no debe mirar hacia atrás, *porque*... No sabe más que eso, pero lo sabe, y se retira rápidamente, con los ojos fijos en el fondo de la calle. Poco a poco se va sintiendo más aliviado. Cuando llega a su casa está tan rendido que se acuesta enseguida, casi sin desvestirse. Entonces sueña que está en el Tigre y que pasa todo el día remando con su novia y comiendo chorizos en el recreo *Nuevo Toro*.

Qué tal, López

Un señor encuentra a un amigo y lo saluda, dándole la mano e inclinando un poco la cabeza.

Así es como cree que lo saluda, pero el saludo ya está inventado y este buen señor no hace más que calzar en el saludo.

Llueve. Un señor se refugia bajo una arcada. Casi nunca estos señores saben que acaban de resbalar por un tobogán prefabricado desde la primera lluvia y la primera arcada. Un húmedo tobogán de hojas marchitas.

Y los gestos del amor, ese dulce museo, esa galería de figuras de humo. Consuélese tu vanidad: la mano de Antonio buscó lo que busca tu mano, y ni aquélla ni la tuya buscaban nada que ya no hubiera sido encontrado desde la eternidad. Pero las cosas invisibles necesitan encarnarse, las ideas caen a la tierra como palomas muertas.

Lo verdaderamente nuevo da miedo o maravilla. Estas dos sensaciones igualmente cerca del estómago acompañan siempre la presencia de Prometeo; el resto es la comodidad, lo que siempre sale más o menos bien; los verbos activos contienen el repertorio completo.

Hamlet no duda: busca la solución auténtica y no las puertas de la casa o los caminos ya hechos —por más atajos y encrucijadas que propongan—. Quiere la tangente que triza el misterio, la quinta hoja del trébol. Entre sí y no, qué infinita rosa de los vientos. Los príncipes de Dinamarca, esos halcones que eligen morirse de hambre antes de comer carne muerta.

Cuando los zapatos aprietan, buena señal. Algo cambia ahí, algo que nos muestra, que sordamente nos pone, nos plantea. Por eso los monstruos son tan populares y los diarios se extasían con los terneros bicéfalos. ¡Qué oportunidades, qué esbozo de un gran salto hacia lo otro!

Ahí viene López.

—¿Qué tal, López?

—¿Qué tal, che?

Y así es como creen que se saludan.

Geografías

Probado que las hormigas son las verdaderas reinas de la creación (el lector puede tomarlo como una hipótesis o una fantasía; de todas maneras le hará bien un poco de antropofuguismo), he aquí una página de su geografía:

(P. 84 del libro; se señalan entre paréntesis los posibles equivalentes de ciertas expresiones, según la clásica interpretación de Gastón Loeb.)

«...mares paralelos (¿ríos?). El agua infinita (¿un mar?) crece en ciertos momentos como una hiedra-hiedra-hiedra (¿idea de una pared muy alta, que expresaría la marea?). Si se va-va-va-va (noción análoga aplicada a la distancia) se llega a la Gran Sombra Verde (¿un campo sembrado, un soto, un bosque?) donde el Gran Dios alza el granero continuo para sus Mejores Obreras. En esta región abundan los Horribles Inmensos Seres (¿hombres?) que destrozan nuestros senderos. Al otro lado de la Gran Sombra Verde empieza el Cielo Duro (¿una montaña?). Y todo es nuestro, pero con amenazas.»

Esta geografía ha sido objeto de otra interpretación (Dick Fry y Niels Peterson Jr.). El pasaje correspondería topográficamente a un pequeño jardín de la calle Laprida 628, Buenos Aires. Los mares paralelos son dos canaletas de desagüe; el agua infinita, un bañadero de patos; la Gran Sombra Verde, un almácigo de lechuga. Los Horribles Inmensos Seres insinuarían patos o gallinas, aunque no debe descartarse la posibilidad de que realmente se trate de los hombres. Sobre el Cielo Duro se cierne ya una polémica que no terminará pronto. A la opinión de Fry y Peterson, que ven en él una medianera de ladrillos, se opone la de Guillermo Sofovich, que presume un bidé abandonado entre las lechugas.

Progreso y retroceso

Inventaron un cristal que dejaba pasar las moscas. La mosca venía, empujaba un poco con la cabeza y, pop, ya estaba del otro lado. Alegría enormísima de la mosca.

Todo lo arruinó un sabio húngaro al descubrir que la mosca podía entrar pero no salir, o viceversa, a causa de no se sabe qué macana en la flexibilidad de las fibras de este cristal que era muy fibroso. Enseguida inventaron el cazamoscas con un terrón de azúcar adentro, y muchas moscas morían desesperadas. Así acabó toda posible confraternidad con estos animales dignos de mejor suerte.

Historia verídica

A un señor se le caen al suelo los anteojos, que hacen un ruido terrible al chocar con las baldosas. El señor se agacha afligidísimo porque los cristales de anteojos cuestan muy caro, pero descubre con asombro que por milagro no se le han roto.

Ahora este señor se siente profundamente agradecido, y comprende que lo ocurrido vale por una advertencia amistosa, de modo que se encamina a una casa de óptica y adquiere enseguida un estuche de cuero almohadillado doble protección, a fin de curarse en salud. Una hora más tarde se le cae el estuche, y al agacharse sin mayor inquietud descubre que los anteojos se han hecho polvo. A este señor le lleva un rato comprender que los designios de la Providencia son inescrutables, y que en realidad el milagro ha ocurrido ahora.

Historia con un oso blando

Mira tú esa bola de coaltar que rezuma estirándose y creciendo por la juntura ventana de dos árboles. Más allá de los árboles hay un calvero y es ahí donde el coaltar medita y proyecta su ingreso a la forma bola, a la forma bola y patas, a la forma coaltar pelos patas que después el diccionario OSO.

Ahora el coaltar bola emerge húmedo y blando sacudiéndose hormigas infinitas y redondas, las va tirando en cada huella que se ordena armoniosa a medida que camina. Es decir que el coaltar proyecta una pata oso sobre las agujas de pino, hiende la tierra lisa y al soltarse marca una pantufla hecha jirones adelante y deja naciente un hormiguero múltiple y redondo, fragante de coaltar. Así a cada lado del camino, fundador de imperios simétricos, va la forma pelos patas aplicando una construcción para hormigas redondas que se sacude húmedo.

Por fin sale el sol y el oso blando alza una cara transitada y pueril hacia el gongo de miel que vanamente ansía. El coaltar se pone a oler con vehemencia, la bola crece al nivel del día, pelos y patas solamente coaltar, pelos patas coaltar que musita un ruego y atisba la respuesta, la profunda resonancia del gongo arriba, la miel del cielo en su lengua hocico, en su alegría pelos patas.

Tema para un tapiz

El general tiene sólo ochenta hombres, y el enemigo cinco mil. En su tienda el general blasfema y llora. Entonces escribe una proclama inspirada, que palomas mensajeras derraman sobre el campamento enemigo. Doscientos infantes se pasan al general. Sigue una escaramuza que el general gana fácilmente, y dos regimientos se pasan a su bando. Tres días después el enemigo tiene sólo ochenta hombres y el general cinco mil. Entonces el general escribe otra proclama, y setenta y nueve hombres se pasan a su bando. Sólo queda un enemigo, rodeado por el ejército del general, que espera en silencio. Transcurre la noche y el enemigo no se ha pasado a su bando. El general blasfema y llora en su tienda. Al alba el enemigo desenvaina lentamente la espada y avanza hacia la tienda del general. Entra y lo mira. El ejército del general se desbanda. Sale el sol.

Propiedades de un sillón

En casa del Jacinto hay un sillón para morirse.

Cuando la gente se pone vieja, un día la invitan a sentarse en el sillón que es un sillón como todos pero con una estrellita plateada en el centro del respaldo. La persona invitada suspira, mueve un poco las manos como si quisiera alejar la invitación, y después va a sentarse en el sillón y se muere.

Los chicos, siempre traviesos, se divierten en engañar a las visitas en ausencia de la madre, y las invitan a sentarse en el sillón. Como las visitas están enteradas pero saben que de eso no se debe hablar, miran a los chicos con gran confusión y se excusan con palabras que nunca se emplean cuando se habla con los chicos, cosa que a éstos los regocija extraordinariamente. Al final las visitas se valen de cualquier pretexto para no sentarse, pero más tarde la madre se da cuenta de lo sucedido y a la hora de acostarse hay palizas terribles. No por eso escarmientan, de cuando en cuando consiguen engañar a alguna visita cándida y la hacen sentarse en el sillón. En esos casos los padres disimulan, pues temen que los vecinos lleguen a enterarse de las propiedades del sillón y vengan a pedirlo prestado para hacer sentar a una u otra persona de su familia o amistad. Entre tanto los chicos van creciendo y llega un día en que sin saber por qué dejan de interesarse por el sillón y las visitas. Más bien evitan entrar en la sala, hacen un rodeo por el patio, y los padres, que ya están muy viejos, cierran con llave la puerta de la sala y miran atentamente a sus hijos como queriendo leer-en-su-pensamiento. Los hijos desvían la mirada y dicen que ya es hora de comer o de acostarse. Por las mañanas el padre se levanta el primero y va siempre a mirar si la puerta de la sala sigue cerrada con llave, o si alguno de los hijos no ha abierto la puerta para que se vea el sillón desde el comedor, porque la estrellita de plata brilla hasta en la oscuridad y se la ve perfectamente desde cualquier parte del comedor.

Sabio con agujero en la memoria

Sabio eminente, historia romana en veintitrés tomos, candidato seguro Premio Nobel, gran entusiasmo en su país. Súbita consternación: rata de biblioteca a *fulltime* lanza grosero panfleto denunciando omisión Caracalla. Relativamente poco importante, de todas maneras omisión. Admiradores estupefactos consultan Pax Romana qué artista pierde el mundo Varo devuélveme mis legiones hombre de todas las mujeres y mujer de todos los hombres (cuídate de los Idus de marzo) el dinero no tiene olor con este signo vencerás. Ausencia incontrovertible de Caracalla, consternación, teléfono desconectado, sabio no puede atender al Rey Gustavo de Suecia pero ese rey ni piensa en llamarlo, más bien otro que disca y disca vanamente el número maldiciendo en una lengua muerta.

Plan para un poema

Que sea Roma la que Faustina, que el viento aguce los lápices de plomo del escriba sentado, o atrás de enredaderas centenarias aparezca escrita una mañana esta frase convincente: No hay enredaderas centenarias, la botánica es una ciencia, al diablo los inventores de imágenes presuntas. Y Marat en su bañadera.

También veo la persecución de un grillo por una bandeja de plata, con la señora Delia que suavemente acerca una mano semejante a un sustantivo y cuando va a atraparlo el grillo está en la sal (entonces cruzaron a pie enjuto, y Faraón los maldecía en la ribera) o salta al delicado mecanismo que de la flor del trigo extrae la mano seca de la tostada. Señora Delia, señora Delia, deje a ese grillo andar por platos playos. Un día cantará con tan terrible venganza que sus relojes de péndulo se ahorcarán en sus ataúdes parados, o la doncella para la ropa blanca dará a luz un monograma vivo, que correrá por la casa repitiendo sus iniciales como un tamborilero. Señora Delia, los invitados se impacientan porque hace frío. Y Marat en su bañadera.

Por fin que sea Buenos Aires en un día salido y rehilado, con trapos al sol y todas las radios de la cuadra vociferando al mismo tiempo la cotización del mercado libre de girasoles. Por un girasol sobrenatural se pagó en Liniers ochenta y ocho pesos, y el girasol hizo manifestaciones oprobiosas al repórter Esso, un poco por cansancio luego del recuento de sus granos, en parte porque su destino ulterior no figuraba en la boleta de venta. Al atardecer habrá una concentración de fuerzas vivas en la Plaza de Mayo. Las fuerzas irán por distintas calles hasta equilibrarse en la pirámide, y se verá que viven gracias a un sistema de reflejos instalado por la municipalidad. Nadie duda de que los actos se cumplirán con la máxima brillantez, lo que ha provocado como es de suponer una extraordinaria expectativa. Se han vendido palcos, irán el señor cardenal, las palomas, los presos políticos, los tranviarios, los relojeros, las dádivas, las gruesas señoras. Y Marat en su bañadera.

Camello declarado indeseable

Aceptan todas las solicitudes de paso de frontera pero Guk, camello, inesperadamente declarado indeseable. Acude Guk a la central de policía donde le dicen nada que hacer, vuélvete al oasis, declarado indeseable inútil tramitar solicitud. Tristeza de Guk, retorno a las tierras de infancia. Y los camellos de familia, y los amigos, rodeándolo y qué te pasa, y no es posible, por qué precisamente tú. Entonces una delegación al Ministerio de Tránsito a apelar por Guk, con escándalo de funcionarios de carrera: esto no se ha visto jamás, ustedes se vuelven inmediatamente al oasis, se hará un sumario.

Guk en el oasis come pasto un día, pasto otro día. Todos los camellos han pasado la frontera, Guk sigue esperando. Así se van el verano, el otoño. Luego Guk de vuelta a la ciudad, parado en una plaza vacía. Muy fotografiado por turistas, contestando reportajes. Vago prestigio de Guk en la plaza. Aprovechando busca salir, en la puerta todo cambia: declarado indeseable. Guk baja la cabeza, busca los ralos pastitos de la plaza. Un día lo llaman por el altavoz y entra feliz en la central. Allí es declarado indeseable. Guk vuelve al oasis y se acuesta. Come un poco de pasto, y después apoya el hocico en la arena. Va cerrando los ojos mientras se pone el sol. De su nariz brota una burbuja que dura un segundo más que él.

Discurso del oso

Soy el oso de los caños de la casa, subo por los caños en las horas de silencio, los tubos de agua caliente, de la calefacción, del aire fresco, voy por los tubos de departamento en departamento y soy el oso que va por los caños.

Creo que me estiman porque mi pelo mantiene limpios los conductos, incesantemente corro por los tubos y nada me gusta más que pasar de piso en piso resbalando por los caños. A veces saco una pata por la canilla y la muchacha del tercero grita que se ha quemado, o gruño a la altura del horno del segundo y la cocinera Guillermina se queja de que el aire tira mal. De noche ando callado y es cuando más ligero ando, me asomo al techo por la chimenea para ver si la luna baila arriba, y me dejo resbalar como el viento hasta las calderas del sótano. Y en verano nado de noche en la cisterna picoteada de estrellas, me lavo la cara primero con una mano después con la otra, después con las dos juntas, y eso me produce una grandísima alegría.

Entonces resbalo por todos los caños de la casa, gruñendo contento, y los matrimonios se agitan en sus camas y deploran la instalación de las tuberías. Algunos encienden la luz y escriben un papelito para acordarse de protestar cuando vean al portero. Yo busco la canilla que siempre queda abierta en algún piso, por allí saco la nariz y miro la oscuridad de las habitaciones donde viven esos seres que no pueden andar por los caños, y les tengo algo de lástima al verlos tan torpes y grandes, al oír cómo roncan y sueñan en voz alta, y están tan solos. Cuando de mañana se lavan la cara, les acaricio las mejillas, les lamo la nariz y me voy, vagamente seguro de haber hecho bien.

Retrato del casoar

La primera cosa que hace el casoar es mirarlo a uno con altanería desconfiada. Se limita a mirar sin moverse, a mirar de una manera tan dura y continua que es casi como si nos estuviera inventando, como si gracias a un terrible esfuerzo nos sacara de la nada que es el mundo de los casoares y nos pusiera delante de él, en el acto inexplicable de estarlo contemplando.

De esta doble contemplación, que acaso sólo es una y quizás en el fondo ninguna, nacemos el casoar y yo, nos situamos, aprendemos a desconocernos. No sé si el casoar me recorta y me inscribe en su simple mundo; por mi parte sólo puedo describirlo, aplicar a su presencia un capítulo de gustos y disgustos. Sobre todo de disgustos porque el casoar es antipático y repulsivo. Imagínese un avestruz con una cubretetera de cuerno en la cabeza, una bicicleta aplastada entre dos autos y que se amontona en sí misma, una calcomanía mal sacada y donde predominan un violeta sucio y una especie de crepitación. Ahora el casoar da un paso adelante y adopta un aire más seco; es como un par de anteojos cabalgando una pedantería infinita. Vive en Australia el casoar; es cobarde y temible a la vez; los guardianes entran en su jaula con altas botas de cuero y un lanzallamas. Cuando el casoar cesa de correr despavorido alrededor de la cazuela de afrecho que le ponen, y se precipita con saltos de camello sobre el guardián, no queda otro recurso que abrir el lanzallamas. Entonces se ve esto: el río de fuego lo envuelve y el casoar, con todas las plumas ardiendo, avanza sus últimos pasos mientras prorrumpe en un chillido abominable. Pero su cuerno no se quema: la seca materia escamosa, que es su orgullo y su desprecio, entra en fusión fría, se enciende en un azul prodigioso, en un escarlata que semeja un puño desollado, y por fin cuaja en el verde más transparente, en la esmeralda, piedra de la sombra y la esperanza. El casoar se deshoja, rápida nube de ceniza, y el guardián corre ávido a posesionarse de la gema recién nacida. El director del zoológico aprovecha siempre ese instante para iniciarle proceso por maltrato a las bestias, y despedirlo.

¿Qué más diremos del casoar después de esta doble desgracia?

Aplastamiento de las gotas

Yo no sé, mira, es terrible cómo llueve. Llueve todo el tiempo, afuera tupido y gris, aquí contra el balcón con goterones cuajados y duros, que hacen plaf y se aplastan como bofetadas uno detrás de otro, qué hastío. Ahora aparece una gotita en lo alto del marco de la ventana, se queda temblequeando contra el cielo que la triza en mil brillos apagados, va creciendo y se tambalea, ya va a caer y no se cae, todavía no se cae. Está prendida con todas las uñas, no quiere caerse y se la ve que se agarra con los dientes mientras le crece la barriga, ya es una gotaza que cuelga majestuosa, y de pronto zup, ahí va, plaf, deshecha, nada, una viscosidad en el mármol.

Pero las hay que se suicidan y se entregan enseguida, brotan en el marco y ahí mismo se tiran, me parece ver la vibración del salto, sus piernitas desprendiéndose y el grito que las emborracha en esa nada del caer y aniquilarse. Tristes gotas, redondas inocentes gotas. Adiós gotas. Adiós.

Cuento sin moraleja

Un hombre vendía gritos y palabras, y le iba bien aunque encontraba mucha gente que discutía los precios y solicitaba descuentos. El hombre accedía casi siempre, y así pudo vender muchos gritos de vendedores callejeros, algunos suspiros que le compraban señoras rentistas, y palabras para consignas, eslóganes, membretes y falsas ocurrencias.

Por fin el hombre supo que había llegado la hora y pidió audiencia al tiranuelo del país, que se parecía a todos sus colegas y lo recibió rodeado de generales, secretarios y tazas de café.

—Vengo a venderle sus últimas palabras —dijo el hombre—. Son muy importantes porque a usted nunca le van a salir bien en el momento, y en cambio le conviene decirlas en el duro trance para configurar fácilmente un destino histórico retrospectivo.

—Traducí lo que dice —mandó el tiranuelo a su intérprete.

—Habla en argentino, Excelencia.

—¿En argentino? ¿Y por qué no entiendo nada?

—Usted ha entendido muy bien —dijo el hombre—. Repito que vengo a venderle sus últimas palabras.

El tiranuelo se puso de pie como es de práctica en estas circunstancias, y reprimiendo un temblor mandó que arrestaran al hombre y lo metieran en los calabozos especiales que siempre existen en esos ambientes gubernativos.

—Es lástima —dijo el hombre mientras se lo llevaban—. En realidad usted querrá decir sus últimas palabras cuando llegue el momento, y necesitaría decirlas para configurar fácilmente un destino histórico retrospectivo. Lo que yo iba a venderle es lo que usted querrá decir, de modo que no hay engaño. Pero como no acepta el negocio, como no va a aprender por adelantado esas palabras, cuando llegue el momento en que quieran brotar por primera vez y naturalmente usted no podrá decirlas.

—¿Por qué no podré decirlas, si son las que he de querer decir? —preguntó el tiranuelo, ya frente a otra taza de café.

—Porque el miedo no lo dejará —dijo tristemente el hombre—. Como estará con una soga al cuello, en camisa y temblando de terror y de frío, los dientes se le entrechocarán y no podrá articular palabra. El verdugo y los asistentes, entre los cuales habrá algunos de estos señores, esperarán por decoro un par de minutos, pero cuando de su boca brote solamente un gemido entrecortado por hipos y súplicas de perdón (porque eso sí lo articulará sin esfuerzo) se impacientarán y lo ahorcarán.

Muy indignados, los asistentes y en especial los generales, rodearon al tiranuelo para pedirle que hiciera fusilar inmediatamente al hombre. Pero el tiranuelo, que estaba-pálido-como-la-muerte, los echó a empellones y se encerró con el hombre para comprarle sus últimas palabras.

Entre tanto, los generales y secretarios, humilladísimos por el trato recibido, prepararon un levantamiento y a la mañana siguiente prendieron al tiranuelo mientras comía uvas en su glorieta preferida. Para que no pudiera decir sus últimas palabras lo mataron en el acto pegándole un tiro. Después se pusieron a buscar al hombre, que había desaparecido de la casa de gobierno, y no tardaron en encontrarlo, pues se paseaba por el mercado vendiendo pregones a los saltimbanquis. Metiéndolo en un coche celular lo llevaron a la fortaleza y lo torturaron para que revelase cuáles hubieran podido ser las últimas palabras del tiranuelo. Como no pudieron arrancarle la confesión, lo mataron a puntapiés.

Los vendedores callejeros que le habían comprado gritos siguieron gritándolos en las esquinas, y uno de esos gritos sirvió más adelante como santo y seña de la contrarrevolución que acabó con los generales y los secretarios. Algunos, antes de morir, pensaron confusamente que en realidad todo aquello había sido una torpe cadena de confusiones, y que las palabras y los gritos eran cosas que en rigor pueden venderse pero no comprarse, aunque parezca absurdo.

Y se fueron pudriendo todos, el tiranuelo, el hombre, y los generales y secretarios, pero los gritos resonaban de cuando en cuando en las esquinas.

Las líneas de la mano

De una carta tirada sobre la mesa sale una línea que corre por la plancha de pino y baja por una pata. Basta mirar bien para descubrir que la línea continúa por el piso de parqué, remonta el muro, entra en una lámina que reproduce un cuadro de Boucher, dibuja la espalda de una mujer reclinada en un diván, y por fin escapa de la habitación por el techo y desciende en la cadena del pararrayos hasta la calle. Ahí es difícil seguirla a causa del tránsito, pero con atención se la verá subir por la rueda del autobús estacionado en la esquina y que lleva al puerto. Allí baja por la media de nailon cristal de la pasajera más rubia, entra en el territorio hostil de las aduanas, rampa y repta y zigzaguea hasta el muelle mayor, y allí (pero es difícil verla, sólo las ratas la siguen para trepar a bordo) sube al barco de turbinas sonoras, corre por las planchas de la cubierta de primera clase, salva con dificultad la escotilla mayor, y en una cabina, donde un hombre triste bebe coñac y escucha la sirena de partida, remonta por la costura del pantalón, por el chaleco de punto, se desliza hasta el codo, y con un último esfuerzo se guarece en la palma de la mano derecha, que en ese instante empieza a cerrarse sobre la culata de una pistola.

Historias de cronopios y de famas

I. Primera y aún incierta aparición de los cronopios, famas y esperanzas. Fase mitológica

Costumbres de los famas

Sucedió que un fama bailaba tregua y bailaba catala delante de un almacén lleno de cronopios y esperanzas. Las más irritadas eran las esperanzas porque buscan siempre que los famas no bailen tregua ni catala sino espera, que es el baile que conocen los cronopios y las esperanzas.

Los famas se sitúan a propósito delante de los almacenes, y esta vez el fama bailaba tregua y bailaba catala para molestar a las esperanzas. Una de las esperanzas dejó en el suelo su pez de flauta —pues las esperanzas, como el Rey del Mar, están siempre asistidas de peces de flauta— y salió a imprecar al fama, diciéndole así:

—Fama, no bailes tregua ni catala delante de este almacén.

El fama seguía bailando y se reía.

La esperanza llamó a otras esperanzas, y los cronopios formaron corro para ver lo que pasaría.

—Fama —dijeron las esperanzas—. No bailes tregua ni catala delante de este almacén.

Pero el fama bailaba y se reía, para menoscabar a las esperanzas.

Entonces las esperanzas se arrojaron sobre el fama y lo lastimaron. Lo dejaron caído al lado de un palenque, y el fama se quejaba, envuelto en su sangre y su tristeza.

Los cronopios vinieron furtivamente, esos objetos verdes y húmedos. Rodeaban al fama y lo compadecían, diciéndole así:

—Cronopio cronopio cronopio.
Y el fama comprendía, y su soledad era menos amarga.

El baile de los famas

Los famas cantan alrededor
los famas cantan y se mueven

—CATALA TREGUA TREGUA ESPERA

Los famas bailan en el cuarto
con farolitos y cortinas
bailan y cantan de manera tal

—CATALA TREGUA ESPERA TREGUA

Guardianes de las plazas, ¿cómo dejan salir a los famas, que
anden sueltos cantando y bailando, los famas, cantando
catala tregua tregua, bailando tregua espera tregua,
cómo pueden?
Si todavía los cronopios (esos verdes, erizados, húmedos
objetos)
anduvieran por las calles, se podría evitarlos
con un saludo: —Buenas salenas cronopios cronopios.
Pero los famas.

Alegría del cronopio

Encuentro de un cronopio y un fama en la liquidación de la tienda *La Mondiale*.

—Buenas salenas cronopio cronopio.

—Buenas tardes, fama. Tregua catala espera.

—¿Cronopio cronopio?

—Cronopio cronopio.

—¿Hilo?

—Dos, pero uno azul.

El fama considera al cronopio. Nunca hablará hasta no saber que sus palabras son las que convienen, temeroso de que las esperanzas siempre alertas no se deslicen en el aire, esos microbios relucientes, y por una palabra equivocada invadan el corazón bondadoso del cronopio.

—Afuera llueve —dice el cronopio—. Todo el cielo.

—No te preocupes —dice el fama—. Iremos en mi automóvil. Para proteger los hilos.

Y mira el aire, pero no ve ninguna esperanza, y suspira satisfecho. Además le gusta observar la conmovedora alegría del cronopio, que sostiene contra su pecho los dos hilos —uno azul— y espera ansioso que el fama lo invite a subir a su automóvil.

Tristeza del cronopio

A la salida del Luna Park un cronopio advierte
    que su reloj atrasa, que su reloj atrasa, que su reloj.
Tristeza del cronopio frente a una multitud de famas
    que remonta Corrientes a las once y veinte
    y él, objeto verde y húmedo, marcha a las once y cuarto.
Meditación del cronopio: «Es tarde, pero menos tarde para
                    [mí que para los famas,
    para los famas es cinco minutos más tarde,
    llegarán a sus casas más tarde,
    se acostarán más tarde.
Yo tengo un reloj con menos vida, con menos casa y menos
acostarme,
    yo soy un cronopio desdichado y húmedo».
Mientras toma café en el Richmond de Florida,
    moja el cronopio una tostada con sus lágrimas naturales.

II. Historias de cronopios y de famas

Viajes

Cuando los famas salen de viaje, sus costumbres al pernoctar en una ciudad son las siguientes: Un fama va al hotel y averigua cautelosamente los precios, la calidad de las sábanas y el color de las alfombras. El segundo se traslada a la comisaría y labra un acta declarando los muebles e inmuebles de los tres, así como el inventario del contenido de sus valijas. El tercer fama va al hospital y copia las listas de los médicos de guardia y sus especialidades.

Terminadas estas diligencias, los viajeros se reúnen en la plaza mayor de la ciudad, se comunican sus observaciones, y entran en el café a beber un aperitivo. Pero antes se toman de las manos y danzan en ronda. Esta danza recibe el nombre de «Alegría de los famas».

Cuando los cronopios van de viaje, encuentran los hoteles llenos, los trenes ya se han marchado, llueve a gritos, y los taxis no quieren llevarlos o les cobran precios altísimos. Los cronopios no se desaniman porque creen firmemente que estas cosas les ocurren a todos, y a la hora de dormir se dicen unos a otros: «La hermosa ciudad, la hermosísima ciudad». Y sueñan toda la noche que en la ciudad hay grandes fiestas y que ellos están invitados. Al otro día se levantan contentísimos, y así es como viajan los cronopios.

Las esperanzas, sedentarias, se dejan viajar por las cosas y los hombres, y son como las estatuas que hay que ir a ver porque ellas no se molestan.

Conservación de los recuerdos

Los famas para conservar sus recuerdos proceden a embalsamarlos en la siguiente forma: Luego de fijado el recuerdo con pelos y señales, lo envuelven de pies a cabeza en una sábana negra y lo colocan parado contra la pared de la sala, con un cartelito que dice: «Excursión a Quilmes», o: «Frank Sinatra».

Los cronopios, en cambio, esos seres desordenados y tibios, dejan los recuerdos sueltos por la casa, entre alegres gritos, y ellos andan por el medio y cuando pasa corriendo uno, lo acarician con suavidad y le dicen: «No vayas a lastimarte», y también: «Cuidado con los escalones». Es por eso que las casas de los famas son ordenadas y silenciosas, mientras en las de los cronopios hay gran bulla y puertas que golpean. Los vecinos se quejan siempre de los cronopios, y los famas mueven la cabeza comprensivamente y van a ver si las etiquetas están todas en su sitio.

Relojes

Un fama tenía un reloj de pared y todas las semanas le daba cuerda CON GRAN CUIDADO. Pasó un cronopio y al verlo se puso a reír, fue a su casa e inventó el reloj-alcachofa o alcaucil, que de una y otra manera puede y debe decirse.

El reloj alcaucil de este cronopio es un alcaucil de la gran especie, sujeto por el tallo a un agujero de la pared. Las innumerables hojas del alcaucil marcan la hora presente y además todas las horas, de modo que el cronopio no hace más que sacarle una hoja y ya sabe una hora. Como las va sacando de izquierda a derecha, siempre la hoja da la hora justa, y cada día el cronopio empieza a sacar una nueva vuelta de hojas. Al llegar al corazón el tiempo no puede ya medirse, y en la infinita rosa violeta del centro el cronopio encuentra un gran contento, entonces se la come con aceite, vinagre y sal, y pone otro reloj en el agujero.

El almuerzo

No sin trabajo un cronopio llegó a establecer un termómetro de vidas. Algo entre termómetro y topómetro, entre fichero y *curriculum vitae*.

Por ejemplo, el cronopio en su casa recibía a un fama, una esperanza y un profesor de lenguas. Aplicando sus descubrimientos estableció que el fama era infra-vida, la esperanza para-vida, y el profesor de lenguas inter-vida. En cuanto al cronopio mismo, se consideraba ligeramente super-vida, pero más por poesía que por verdad.

A la hora del almuerzo este cronopio gozaba en oír hablar a sus contertulios, porque todos creían estar refiriéndose a las mismas cosas y no era así. La inter-vida manejaba abstracciones tales como espíritu y conciencia, que la para-vida escuchaba como quien oye llover —tarea delicada—. Por supuesto, la infra-vida pedía a cada instante el queso rallado, y la super-vida trinchaba el pollo en cuarenta y dos movimientos, método Stanley Fitzsimmons. A los postres las vidas se saludaban y se iban a sus ocupaciones, y en la mesa quedaban solamente pedacitos sueltos de la muerte.

Pañuelos

Un fama es muy rico y tiene sirvienta. Este fama usa un pañuelo y lo tira al cesto de los papeles. Usa otro, y lo tira al cesto. Va tirando al cesto todos los pañuelos usados. Cuando se le acaban, compra otra caja.

La sirvienta recoge los pañuelos y los guarda para ella. Como está muy sorprendida por la conducta del fama, un día no puede contenerse y le pregunta si verdaderamente los pañuelos son para tirar.

—Gran idiota —dice el fama—, *no había que preguntar.* Desde ahora lavarás mis pañuelos y yo ahorraré dinero.

Comercio

Los famas habían puesto una fábrica de mangueras, y emplearon a numerosos cronopios para el enrollado y depósito. Apenas los cronopios estuvieron en el lugar del hecho, una grandísima alegría. Había mangueras verdes, rojas, azules, amarillas y violetas. Eran transparentes y al ensayarlas se veía correr el agua con todas sus burbujas y a veces un sorprendido insecto. Los cronopios empezaron a lanzar grandes gritos, y querían bailar tregua y bailar catala en vez de trabajar. Los famas se enfurecieron y aplicaron enseguida los artículos 21, 22 y 23 del reglamento interno. A fin de evitar la repetición de tales hechos.

Como los famas son muy descuidados, los cronopios esperaron *circunstancias favorables* y cargaron muchísimas mangueras en un camión. Cuando encontraban una niña, cortaban un pedazo de manguera azul y se la obsequiaban para que pudiese saltar a la manguera. Así, en todas las esquinas se vieron nacer bellísimas burbujas azules transparentes, con una niña adentro que parecía una ardilla en su jaula. Los padres de la niña aspiraban a quitarle la manguera para regar el jardín, pero se supo que los astutos cronopios las habían pinchado de modo que el agua se hacía pedazos en ellas y no servía para nada. Al final los padres se cansaban y la niña iba a la esquina y saltaba y saltaba.

Con las mangueras amarillas los cronopios adornaron diversos monumentos, y con las mangueras verdes tendieron trampas al modo africano en pleno rosedal, para ver cómo las

esperanzas caían una a una. Alrededor de las esperanzas caídas los cronopios bailaban tregua y bailaban catala, y las esperanzas les reprochaban su acción diciendo así:

—Crueles cronopios cruentos. ¡Crueles!

Los cronopios, que no deseaban ningún mal a las esperanzas, las ayudaban a levantarse y les regalaban pedazos de
manguera roja. Así las esperanzas pudieron ir a sus casas y
cumplir el más intenso de sus anhelos: regar los jardines verdes con mangueras rojas.

Los famas cerraron la fábrica y dieron un banquete lleno
de discursos fúnebres y camareros que servían el pescado en
medio de grandes suspiros. Y no invitaron a ningún cronopio, y solamente a las esperanzas que no habían caído en las
trampas del rosedal, porque las otras se habían quedado con
pedazos de manguera y los famas estaban enojados con esas
esperanzas.

Filantropía

Los famas son capaces de gestos de una gran generosidad, como por ejemplo cuando este fama encuentra a una pobre esperanza caída al pie de un cocotero, y alzándola en su automóvil la lleva a su casa y se ocupa de nutrirla y ofrecerle esparcimiento hasta que la esperanza tiene fuerza y se atreve a subir otra vez al cocotero. El fama se siente muy bueno después de este gesto, y en realidad es muy bueno, solamente que no se le ocurre pensar que dentro de pocos días la esperanza va a caerse otra vez del cocotero. Entonces mientras la esperanza está de nuevo caída al pie del cocotero, este fama en su club se siente muy bueno y piensa en la forma en que ayudó a la pobre esperanza cuando la encontró caída.

Los cronopios no son generosos por principio. Pasan al lado de las cosas más conmovedoras, como ser una pobre esperanza que no sabe atarse el zapato y gime, sentada en el cordón de la vereda. Estos cronopios ni miran a la esperanza, ocupadísimos en seguir con la vista una baba del diablo. Con seres así no se puede practicar coherentemente la beneficencia, por eso en las sociedades filantrópicas las autoridades son todas famas, y la bibliotecaria es una esperanza. Desde sus puestos los famas ayudan muchísimo a los cronopios, que se ne fregan.

El canto de los cronopios

Cuando los cronopios cantan sus canciones preferidas, se entusiasman de tal manera que con frecuencia se dejan atropellar por camiones y ciclistas, se caen por la ventana, y pierden lo que llevaban en los bolsillos y hasta la cuenta de los días.

Cuando un cronopio canta, las esperanzas y los famas acuden a escucharlo aunque no comprenden mucho su arrebato y en general se muestran algo escandalizados. En medio del corro el cronopio levanta sus bracitos como si sostuviera el sol, como si el cielo fuera una bandeja y el sol la cabeza del Bautista, de modo que la canción del cronopio es Salomé desnuda danzando para los famas y las esperanzas que están ahí boquiabiertos y preguntándose si el señor cura, si las conveniencias. Pero como en el fondo son buenos (los famas son buenos y las esperanzas bobas), acaban aplaudiendo al cronopio que se recobra sobresaltado, mira en torno y se pone también a aplaudir, pobrecito.

Historia

Un cronopio pequeñito buscaba la llave de la puerta de calle en la mesa de luz, la mesa de luz en el dormitorio, el dormitorio en la casa, la casa en la calle. Aquí se detenía el cronopio, pues para salir a la calle precisaba la llave de la puerta.

La cucharada estrecha

Un fama descubrió que la virtud era un microbio redondo y lleno de patas. Instantáneamente dio a beber una gran cucharada de virtud a su suegra. El resultado fue horrible: esta señora renunció a sus comentarios mordaces, fundó un club para la protección de alpinistas extraviados, y en menos de dos meses se condujo de manera tan ejemplar que los defectos de su hija, hasta entonces inadvertidos, pasaron a primer plano con gran sobresalto y estupefacción del fama. No le quedó más remedio que dar una cucharada de virtud a su mujer, la cual lo abandonó esa misma noche por encontrarlo grosero, insignificante, y en un todo diferente de los arquetipos morales que flotaban rutilando ante sus ojos.

El fama lo pensó largamente, y al final se tomó un frasco de virtud. Pero lo mismo sigue viviendo solo y triste. Cuando se cruza en la calle con su suegra o su mujer, ambos se saludan respetuosamente y desde lejos. No se atreven ni siquiera a hablarse, tanta es su respectiva perfección y el miedo que tienen de contaminarse.

La foto salió movida

Un cronopio va a abrir la puerta de calle, y al meter la mano en el bolsillo para sacar la llave lo que saca es una caja de fósforos, entonces este cronopio se aflige mucho y empieza a pensar que si en vez de la llave encuentra los fósforos, sería horrible que el mundo se hubiera desplazado de golpe, y a lo mejor si los fósforos están donde la llave, puede suceder que encuentre la billetera llena de fósforos, y la azucarera llena de dinero, y el piano lleno de azúcar, y la guía del teléfono llena de música, y el ropero lleno de abonados, y la cama llena de trajes, y los floreros llenos de sábanas, y los tranvías llenos de rosas, y los campos llenos de tranvías. Así es que este cronopio se aflige horriblemente y corre a mirarse al espejo, pero como el espejo está algo ladeado lo que ve es el paragüero del zaguán, y sus presunciones se confirman y estalla en sollozos, cae de rodillas y junta sus manecitas no sabe para qué. Los famas vecinos acuden a consolarlo, y también las esperanzas, pero pasan horas antes de que el cronopio salga de su desesperación y acepte una taza de té, que mira y examina mucho antes de beber, no vaya a pasar que en vez de una taza de té sea un hormiguero o un libro de Samuel Smiles.

Eugenesia

Pasa que los cronopios no quieren tener hijos, porque lo primero que hace un cronopio recién nacido es insultar groseramente a su padre, en quien oscuramente ve la acumulación de desdichas que un día serán las suyas.

Dadas estas razones, los cronopios acuden a los famas para que fecunden a sus mujeres, cosa que los famas están siempre dispuestos a hacer por tratarse de seres libidinosos. Creen además que en esta forma irán minando la superioridad moral de los cronopios, pero se equivocan torpemente pues los cronopios educan a sus hijos a su manera, y en pocas semanas les quitan toda semejanza con los famas.

Su fe en las ciencias

Una esperanza creía en los tipos fisonómicos, tales como los ñatos, los de cara de pescado, los de gran toma de aire, los cetrinos y los cejudos, los de cara intelectual, los de estilo peluquero, etc. Dispuesta a clasificar definitivamente estos grupos, empezó por hacer grandes listas de conocidos y los dividió en los grupos citados más arriba. Tomó entonces el primer grupo, formado por ocho ñatos, y vio con sorpresa que en realidad estos muchachos se subdividían en tres grupos, a saber: los ñatos bigotudos, los ñatos tipo boxeador y los ñatos estilo ordenanza de ministerio, compuestos respectivamente por 3, 3 y 2 ñatos. Apenas los separó en sus nuevos grupos (en el Paulista de San Martín, donde los había reunido con gran trabajo y no poco mazagrán bien frappé) se dio cuenta de que el primer subgrupo no era parejo, porque dos de los ñatos bigotudos pertenecían al tipo carpincho, mientras el restante era con toda seguridad un ñato de corte japonés. Haciéndolo a un lado con ayuda de un buen sándwich de anchoa y huevo duro, organizó al subgrupo de los dos carpinchos, y se disponía a inscribirlo en su libreta de trabajos científicos cuando uno de los carpinchos miró para un lado y el otro carpincho miró hacia el lado opuesto, a consecuencia de lo cual la esperanza y los demás concurrentes pudieron percatarse de que mientras el primero de los carpinchos era evidentemente un ñato braquicéfalo, el otro ñato producía un cráneo mucho más apropiado para colgar un sombrero que para encasquetárselo. Así fue como se le disolvió el subgrupo, y del resto no hablemos porque los demás sujetos habían pasado del mazagrán a la caña quemada, y en lo único que se parecían a esa altura de las cosas era en su firme voluntad de seguir bebiendo a expensas de la esperanza.

Inconvenientes en los servicios públicos

Vea lo que pasa cuando se confía en los cronopios. Apenas lo habían nombrado Director General de Radiodifusión, este cronopio llamó a unos traductores de la calle San Martín y les hizo traducir todos los textos, avisos y canciones al rumano, lengua no muy popular en la Argentina.

A las ocho de la mañana los famas empezaron a encender sus receptores, deseosos de escuchar los boletines así como los anuncios del Geniol y del Aceite Cocinero que es de todos el primero.

Y los escucharon, pero en rumano, de modo que solamente entendían la marca del producto. Profundamente asombrados, los famas sacudían los receptores pero todo seguía en rumano, hasta el tango *Esta noche me emborracho*, y el teléfono de la Dirección General de Radiodifusión estaba atendido por una señorita que contestaba en rumano a las clamorosas reclamaciones, con lo cual se fomentaba una confusión padre.

Enterado de esto el Superior Gobierno mandó fusilar al cronopio que así mancillaba las tradiciones de la patria. Por desgracia el pelotón estaba formado por cronopios conscriptos, que en vez de tirar sobre el ex Director General lo hicieron sobre la muchedumbre congregada en la Plaza de Mayo, con tan buena puntería que bajaron a seis oficiales de marina y a un farmacéutico. Acudió un pelotón de famas, el cronopio fue debidamente fusilado, y en su reemplazo se designó a un distinguido autor de canciones folklóricas y de un ensayo sobre la materia gris. Este fama restableció el idioma nacional en la radiotelefonía, pero pasó que los famas habían perdido la confianza y casi no encendían los receptores. Muchos famas, pesimistas por naturaleza, habían comprado diccionarios y manuales de rumano, así como vidas del rey Carol y de la señora Lupescu. El rumano se puso de moda a pesar de la cólera del Superior Gobierno, y a la tumba del cronopio iban furtivamente delegaciones que dejaban caer sus lágrimas y sus tarjetas donde proliferaban nombres conocidos en Bucarest, ciudad de filatelistas y atentados.

Haga como si estuviera en su casa

Una esperanza se hizo una casa y le puso una baldosa que decía: *Bienvenidos los que llegan a este hogar.*

Un fama se hizo una casa y no le puso mayormente baldosas.

Un cronopio se hizo una casa y siguiendo la costumbre puso en el porche diversas baldosas que compró o hizo fabricar. Las baldosas estaban colocadas de manera que se las pudiera leer en orden. La primera decía: *Bienvenidos los que llegan a este hogar.* La segunda decía: *La casa es chica, pero el corazón es grande.* La tercera decía: *La presencia del huésped es suave como el césped.* La cuarta decía: *Somos pobres de verdad, pero no de voluntad.* La quinta decía: *Este cartel anula todos los anteriores. Rajá, perro.*

Terapias

Un cronopio se recibe de médico y abre un consultorio en la calle Santiago del Estero. Enseguida viene un enfermo y le cuenta cómo hay cosas que le duelen y cómo de noche no duerme y de día no come.

—Compre un gran ramo de rosas —dice el cronopio.

El enfermo se retira sorprendido, pero compra el ramo y se cura instantáneamente. Lleno de gratitud acude al cronopio, y además de pagarle le obsequia, fino testimonio, un hermoso ramo de rosas. Apenas se ha ido, el cronopio cae enfermo, le duele por todos lados, de noche no duerme y de día no come.

Lo particular y lo universal

Un cronopio iba a lavarse los dientes junto a su balcón, y poseído de una grandísima alegría al ver el sol de la mañana y las hermosas nubes que corrían por el cielo, apretó enormemente el tubo de pasta dentífrica y la pasta empezó a salir en una larga cinta rosa. Después de cubrir su cepillo con una verdadera montaña de pasta, el cronopio se encontró con que le sobraba todavía una cantidad, entonces empezó a sacudir el tubo en la ventana y los pedazos de pasta rosa caían por el balcón a la calle donde varios famas se habían reunido a comentar las novedades municipales. Los pedazos de pasta rosa caían sobre los sombreros de los famas, mientras arriba el cronopio cantaba y se frotaba los dientes lleno de contento. Los famas se indignaron ante esta increíble inconsciencia del cronopio, y decidieron nombrar una delegación para que lo imprecara inmediatamente, con lo cual la delegación formada por tres famas subió a la casa del cronopio y lo increpó, diciéndole así:

—Cronopio, has estropeado nuestros sombreros, por lo cual tendrás que pagar.

Y después, con mucha más fuerza:

—¡¡Cronopio, no deberías derrochar así la pasta dentífrica!!

Los exploradores

Tres cronopios y un fama se asocian espeleológicamente para descubrir las fuentes subterráneas de un manantial. Llegados a la boca de la caverna, un cronopio desciende sostenido por los otros, llevando a la espalda un paquete con sus sándwiches preferidos (de queso). Los dos cronopios-cabrestante lo dejan bajar poco a poco, y el fama escribe en un gran cuaderno los detalles de la expedición. Pronto llega un primer mensaje del cronopio: furioso porque se han equivocado y le han puesto sándwiches de jamón. Agita la cuerda y exige que lo suban. Los cronopios-cabrestante se consultan afligidos, y el fama se yergue en toda su terrible estatura y dice: NO, con tal violencia que los cronopios sueltan la soga y acuden a calmarlo. Están en eso cuando llega otro mensaje, porque el cronopio ha caído justamente sobre las fuentes del manantial, y desde ahí comunica que todo va mal, entre injurias y lágrimas informa que los sándwiches son todos de jamón, que por más que mira y mira, entre los sándwiches de jamón no hay ni uno solo de queso.

Educación de príncipe

Los cronopios no tienen casi nunca hijos, pero si los tienen pierden la cabeza y ocurren cosas extraordinarias. Por ejemplo, un cronopio tiene un hijo, y enseguida lo invade la maravilla y está seguro de que su hijo es el pararrayos de la hermosura y que por sus venas corre la química completa con aquí y allá islas llenas de bellas artes y poesía y urbanismo. Entonces este cronopio no puede ver a su hijo sin inclinarse profundamente ante él y decirle palabras de respetuoso homenaje.

El hijo, como es natural, lo odia minuciosamente. Cuando entra en la edad escolar, su padre lo inscribe en primero inferior y el niño está contento entre otros pequeños cronopios, famas y esperanzas. Pero se va desmejorando a medida que se acerca el mediodía, porque sabe que a la salida lo estará esperando su padre, quien al verlo levantará las manos y dirá diversas cosas, a saber:

—¡Buenas salenas cronopio cronopio, el más bueno y más crecido y más arrebolado, el más prolijo y más respetuoso y más aplicado de los hijos!

Con lo cual los famas y las esperanzas júnior se retuercen de risa en el cordón de la vereda, y el pequeño cronopio odia empecinadamente a su padre y acabará siempre por hacerle una mala jugada entre la primera comunión y el servicio militar. Pero los cronopios no sufren demasiado con eso, porque también ellos odiaban a sus padres, y hasta parecería que ese odio es otro nombre de la libertad o del vasto mundo.

Pegue la estampilla en el ángulo superior derecho del sobre

Un fama y un cronopio son muy amigos y van juntos al correo a despachar unas cartas a sus esposas que viajan por Noruega gracias a la diligencia de Thos. Cook & Son. El fama pega sus estampillas con prolijidad, dándoles golpecitos para que se fijen bien, pero el cronopio lanza un grito terrible sobresaltando a los empleados, y con inmensa cólera declara que las imágenes de los sellos son repugnantes de mal gusto y que jamás podrán obligarlo a prostituir sus cartas de amor conyugal con semejantes tristezas. El fama se siente muy incómodo porque ya ha pegado sus estampillas, pero como es muy amigo del cronopio, quisiera solidarizarse y aventura que en efecto la vista de la estampilla de veinte centavos es más bien vulgar y *repetida*, pero que la de un peso tiene un color borra de vino sentador. Nada de esto calma al cronopio, que agita su carta y apostrofa a los empleados que lo contemplan estupefactos. Acude el jefe de correos, y apenas veinte segundos más tarde el cronopio está en la calle, con la carta en la mano y una gran pesadumbre. El fama, que furtivamente ha puesto la suya en el buzón, acude a consolarlo y le dice:

—Por suerte nuestras esposas viajan juntas, y en mi carta anuncié que estabas bien, de modo que tu señora se enterará por la mía.

Telegramas

Una esperanza cambió con su hermana los siguientes telegramas, de Ramos Mejía a Viedma:

OLVIDASTE SEPIA CANARIO. ESTÚPIDA. INÉS.
ESTÚPIDA VOS. TENGO REPUESTO. EMMA.

Tres telegramas de cronopios:

INESPERADAMENTE EQUIVOCADO DE TREN EN LUGAR 7.12 TOMÉ 8.24 ESTOY EN SITIO RARO. HOMBRES SINIESTROS CUENTAN ESTAMPILLAS. LUGAR ALTAMENTE LÚGUBRE. NO CREO APRUEBEN TELEGRAMA. PROBABLEMENTE CAERÉ ENFERMO. TE DIJE QUE DEBÍA TRAER BOLSA AGUA CALIENTE. MUY DEPRIMIDO SIÉNTOME ESCALÓN ESPERAR TREN VUELTA. ARTURO.

NO. CUATRO PESOS SESENTA O NADA. SI TE LAS DEJAN A MENOS, COMPRA DOS PARES, UNO LISO Y OTRO A RAYAS.

ENCONTRÉ TÍA ESTHER LLORANDO, TORTUGA ENFERMA. RAÍZ VENENOSA, PARECE, O QUESO MALAS CONDICIONES. TORTUGAS ANIMALES DELICADOS. ALGO TONTOS, NO DISTINGUEN. UNA LÁSTIMA.

Sus historias naturales

LEÓN Y CRONOPIO

Un cronopio que anda por el desierto se encuentra con un león, y tiene lugar el diálogo siguiente:

León. —Te como.

Cronopio (afligidísimo pero con dignidad). —Y bueno.

León. —Ah, eso no. Nada de mártires conmigo. Échate a llorar, o lucha, una de dos. Así no te puedo comer. Vamos, estoy esperando. ¿No dices nada?

El cronopio no dice nada, y el león está perplejo, hasta que le viene una idea.

León. —Menos mal que tengo una espina en la mano izquierda que me fastidia mucho. Sácamela y te perdonaré.

El cronopio le saca la espina y el león se va, gruñendo de mala gana:

—Gracias, Androcles.

CÓNDOR Y CRONOPIO

Un cóndor cae como un rayo sobre un cronopio que pasea por Tinogasta, lo acorrala contra una pared de granito, y dice con gran petulancia, a saber:

Cóndor. —Atrévete a afirmar que no soy hermoso.

Cronopio. —Usted es el pájaro más hermoso que he visto nunca.

Cóndor. —Más todavía.

Cronopio. —Usted es más hermoso que el ave del paraíso.

Cóndor. —Atrévete a decir que no vuelo alto.

Cronopio. —Usted vuela a alturas vertiginosas, y es por completo supersónico y estratosférico.

Cóndor. —Atrévete a decir que huelo mal.

Cronopio. —Usted huele mejor que un litro entero de colonia Jean-Marie Farina.

Cóndor. —Mierda de tipo. No deja ni un claro donde sacudirle un picotazo.

FLOR Y CRONOPIO

Un cronopio encuentra una flor solitaria en medio de los campos. Primero la va a arrancar,
pero piensa que es una crueldad inútil
y se pone de rodillas a su lado y juega alegremente con la flor, a saber: le acaricia los pétalos, la sopla para que baile, zumba como una abeja, huele su perfume, y finalmente se acuesta debajo de la flor y se duerme envuelto en una gran paz.

La flor piensa: «Es como una flor».

FAMA Y EUCALIPTO

Un fama anda por el bosque y aunque no necesita leña mira codiciosamente los árboles. Los árboles tienen un miedo terrible porque conocen las costumbres de los famas y temen lo peor. En medio de todos está un eucalipto hermoso, y el fama al verlo da un grito de alegría y baila tregua y baila catala en torno del perturbado eucalipto, diciendo así:

—Hojas antisépticas, invierno con salud, gran higiene.

Saca un hacha y golpea al eucalipto en el estómago, sin importársele nada. El eucalipto gime, herido de muerte, y los otros árboles oyen que dice entre suspiros:

—Pensar que este imbécil no tenía más que comprarse unas pastillas Valda.

TORTUGAS Y CRONOPIOS

Ahora pasa que las tortugas son grandes admiradoras de la velocidad, como es natural.

Las esperanzas lo saben, y no se preocupan.

Los famas lo saben, y se burlan.

Los cronopios lo saben, y cada vez que encuentran una tortuga, sacan la caja de tizas de colores y sobre la redonda pizarra de la tortuga dibujan una golondrina.

III. Historias (inesperadas) de cronopios

Nota de los editores:

Completamos esta edición de *Historias de cronopios y de famas* con las tres piezas que aparecen a continuación, publicadas en el volumen *Papeles inesperados* (Alfaguara, 2009).

Vialidad

Un pobre cronopio va en su automóvil y al llegar a una esquina le fallan los frenos y choca contra otro auto. Un vigilante se acerca terriblemente y saca una libreta con tapas azules.

—¿No sabe manejar, usted? —grita el vigilante.

El cronopio lo mira un momento, y luego pregunta:

—¿Usted quién es?

El vigilante se queda duro, echa una ojeada a su uniforme como para convencerse de que no hay error.

—¿Cómo que quién soy? ¿No ve quién soy?

—Yo veo un uniforme de vigilante —explica el cronopio muy afligido—. Usted está dentro del uniforme pero el uniforme no me dice quién es usted.

El vigilante levanta la mano para pegarle, pero en la mano tiene la libreta y en la otra mano el lápiz, de manera que no le pega y se va adelante a copiar el número de la chapa. El cronopio está muy afligido y quisiera no haber chocado, porque ahora le seguirán haciendo preguntas y él no podrá contestarlas ya que no sabe quién se las hace y entre desconocidos uno no puede entenderse.

Almuerzos

En el restaurante de los cronopios pasan estas cosas, a saber que un fama pide con gran concentración un bife con papas fritas, y se queda deunapieza cuando el cronopio camarero le pregunta cuántas papas fritas quiere.

—¿Cómo cuántas? —vocifera el fama—. ¡Usted me trae papas fritas y se acabó, qué joder!

—Es que aquí las servimos de a siete, treinta y dos, o noventa y ocho —explica el cronopio.

El fama medita un momento, y el resultado de su meditación consiste en decirle al cronopio:

—Vea, mi amigo, váyase al carajo.

Para inmensa sorpresa del fama, el cronopio obedece instantáneamente, es decir que desaparece como si se lo hubiera bebido el viento. Por supuesto el fama no llegará a saber jamás dónde queda el tal carajo, y el cronopio probablemente tampoco, pero en todo caso el almuerzo dista de ser un éxito.

Never stop the press

Un fama trabajaba tanto en el ramo de la yerba mate que-no-le-quedaba-tiempo-para-nada. Así este fama languidecía por momentos, y alzando-los-ojos-al-cielo exclamaba con frecuencia: «¡Cuán sufro! ¡Soy la víctima del trabajo, y aunque ejemplo de laboriosidad, mi-vida-es-un-martirio!».

Enterado de su congoja, una esperanza que trabajaba de mecanógrafo en el despacho del fama se permitió dirigirse al fama, diciéndole así:

—Buenas salenas fama fama. Si usted incomunicado causa trabajo, yo solución bolsillo izquierdo saco ahora mismo.

El fama, con la amabilidad característica de su raza, frunció las cejas y estiró la mano. ¡Oh milagro! Entre sus dedos quedó enredado el mundo y el fama ya no tuvo motivos para quejarse de su suerte. Todas las mañanas venía la esperanza con una nueva ración de milagro y el fama, instalado en su sillón, recibía una declaración de guerra, y/o una declaración de paz, un buen crimen, una vista escogida del Tirol y/o de Bariloche y/o de Porto Alegre, una novedad en motores, un discurso, una foto de una actriz y/o de un actor, etc. Todo lo cual le costaba diez guitas, que no es mucha plata para comprarse el mundo.

TODOS LOS FUEGOS EL FUEGO
(1966)

A Francisco Porrúa

La autopista del sur

*Gli automobilisti accaldati sembrano non avere
storia... Come realtà, un ingorgo automobilistico
impressiona ma non ci dice gran che.*

ARRIGO BENEDETTI, *L'Espresso*,
Roma, 21/6/1964.

Al principio la muchacha del Dauphine había insistido
en llevar la cuenta del tiempo, aunque al ingeniero del Peu-
geot 404 le daba ya lo mismo. Cualquiera podía mirar su reloj pero era como si ese tiempo atado a la muñeca derecha o
el *bip bip* de la radio midieran otra cosa, fuera el tiempo de los
que no han hecho la estupidez de querer regresar a París por
la autopista del sur un domingo de tarde y, apenas salidos de
Fontainebleau, han tenido que ponerse al paso, detenerse,
seis filas a cada lado (ya se sabe que los domingos la autopista
está íntegramente reservada a los que regresan a la capital),
poner en marcha el motor, avanzar tres metros, detenerse,
charlar con las dos monjas del 2HP a la derecha, con la muchacha del Dauphine a la izquierda, mirar por el retrovisor al
hombre pálido que conduce un Caravelle, envidiar irónicamente la felicidad avícola del matrimonio del Peugeot 203
(detrás del Dauphine de la muchacha) que juega con su niñi-
ta y hace bromas y come queso, o sufrir de a ratos los desbor-
des exasperados de los dos jovencitos del Simca que precede
al Peugeot 404, y hasta bajarse en los altos y explorar sin alejarse mucho (porque nunca se sabe en qué momento los autos de más adelante reanudarán la marcha y habrá que correr
para que los de atrás no inicien la guerra de las bocinas y los
insultos), y así llegar a la altura de un Taunus delante del
Dauphine de la muchacha que mira a cada momento la hora,
y cambiar unas frases descorazonadas o burlonas con los dos

hombres que viajan con el niño rubio cuya inmensa diversión en esas precisas circunstancias consiste en hacer correr libremente su autito de juguete sobre los asientos y el reborde posterior del Taunus, o atreverse y avanzar todavía un poco más, puesto que no parece que los autos de adelante vayan a reanudar la marcha, y contemplar con alguna lástima al matrimonio de ancianos en el ID Citroën que parece una gigantesca bañadera violeta donde sobrenadan los dos viejitos, él descansando los antebrazos en el volante con un aire de paciente fatiga, ella mordisqueando una manzana con más aplicación que ganas.

A la cuarta vez de encontrarse con todo eso, de hacer todo eso, el ingeniero había decidido no salir más de su coche, a la espera de que la policía disolviese de alguna manera el embotellamiento. El calor de agosto se sumaba a ese tiempo a ras de neumáticos para que la inmovilidad fuese cada vez más enervante. Todo era olor a gasolina, gritos destemplados de los jovencitos del Simca, brillo del sol rebotando en los cristales y en los bordes cromados, y para colmo la sensación contradictoria del encierro en plena selva de máquinas pensadas para correr. El 404 del ingeniero ocupaba el segundo lugar de la pista de la derecha contando desde la franja divisoria de las dos pistas, con lo cual tenía otros cuatro autos a su derecha y siete a su izquierda, aunque de hecho sólo pudiera ver distintamente los ocho coches que lo rodeaban y sus ocupantes que ya había detallado hasta cansarse. Había charlado con todos, salvo con los muchachos del Simca que le caían antipáticos; entre trecho y trecho se había discutido la situación en sus menores detalles, y la impresión general era que hasta Corbeil-Essonnes se avanzaría al paso o poco menos, pero que entre Corbeil y Juvisy el ritmo iría acelerándose una vez que los helicópteros y los motociclistas lograran quebrar lo peor del embotellamiento. A nadie le cabía duda de que algún accidente muy grave debía haberse producido en la zona, única explicación de una lentitud tan increíble. Y

708

con eso el gobierno, el calor, los impuestos, la vialidad, un tópico tras otro, tres metros, otro lugar común, cinco metros, una frase sentenciosa o una maldición contenida.

A las dos monjitas del 2HP les hubiera convenido tanto llegar a Milly-la-Fôret antes de las ocho, pues llevaban una cesta de hortalizas para la cocinera. Al matrimonio del Peugeot 203 le importaba sobre todo no perder los juegos televisados de las nueve y media; la muchacha del Dauphine le había dicho al ingeniero que le daba lo mismo llegar más tarde a París pero que se quejaba por principio, porque le parecía un atropello someter a millares de personas a un régimen de caravana de camellos. En esas últimas horas (debían ser casi las cinco pero el calor los hostigaba insoportablemente) habían avanzado unos cincuenta metros a juicio del ingeniero, aunque uno de los hombres del Taunus que se había acercado a charlar llevando de la mano al niño con su autito, mostró irónicamente la copa de un plátano solitario y la muchacha del Dauphine recordó que ese plátano (si no era un castaño) había estado en la misma línea que su auto durante tanto tiempo que ya ni valía la pena mirar el reloj pulsera para perderse en cálculos inútiles.

No atardecía nunca, la vibración del sol sobre la pista y las carrocerías dilataba el vértigo hasta la náusea. Los anteojos negros, los pañuelos con agua de colonia en la cabeza, los recursos improvisados para protegerse, para evitar un reflejo chirriante o las bocanadas de los caños de escape a cada avance, se organizaban y perfeccionaban, eran objeto de comunicación y comentario. El ingeniero bajó otra vez para estirar las piernas, cambió unas palabras con la pareja de aire campesino del Ariane que precedía al 2HP de las monjas. Detrás del 2HP había un Volkswagen con un soldado y una muchacha que parecían recién casados. La tercera fila hacia el exterior dejaba de interesarle porque hubiera tenido que alejarse peligrosamente del 404; veía colores, formas, Mercedes Benz, ID, 4R, Lancia, Skoda, Morris Minor, el catálogo completo.

A la izquierda, sobre la pista opuesta, se tendía otra maleza inalcanzable de Renault, Anglia, Peugeot, Porsche, Volvo; era tan monótono que al final, después de charlar con los dos hombres del Taunus y de intentar sin éxito un cambio de impresiones con el solitario conductor del Caravelle, no quedaba nada mejor que volver al 404 y reanudar la misma conversación sobre la hora, las distancias y el cine con la muchacha del Dauphine.

A veces llegaba un extranjero, alguien que se deslizaba entre los autos viniendo desde el otro lado de la pista o desde las filas exteriores de la derecha, y que traía alguna noticia probablemente falsa repetida de auto en auto a lo largo de calientes kilómetros. El extranjero saboreaba el éxito de sus novedades, los golpes de las portezuelas cuando los pasajeros se precipitaban para comentar lo sucedido, pero al cabo de un rato se oía alguna bocina o el arranque de un motor, y el extranjero salía corriendo, se lo veía zigzaguear entre los autos para reintegrarse al suyo y no quedar expuesto a la justa cólera de los demás. A lo largo de la tarde se había sabido así del choque de un Floride contra un 2HP cerca de Corbeil, tres muertos y un niño herido, el doble choque de un Fiat 1500 contra un furgón Renault que había aplastado un Austin lleno de turistas ingleses, el vuelco de un autocar de Orly colmado de pasajeros procedentes del avión de Copenhague. El ingeniero estaba seguro de que todo o casi todo era falso, aunque algo grave debía haber ocurrido cerca de Corbeil e incluso en las proximidades de París para que la circulación se hubiera paralizado hasta ese punto. Los campesinos del Ariane, que tenían una granja del lado de Montereau y conocían bien la región, contaban de otro domingo en que el tránsito había estado detenido durante cinco horas, pero ese tiempo empezaba a parecer casi nimio ahora que el sol, acostándose hacia la izquierda de la ruta, volcaba en cada auto una última avalancha de jalea anaranjada que hacía hervir los metales y ofuscaba la vista, sin que jamás una copa de árbol desapareciera del todo a la espalda, sin que otra sombra apenas entrevista a la distancia se acercara como para poder sentir de verdad que la columna se estaba moviendo aunque fuera apenas, aunque hubiera que detenerse y arrancar y bruscamente clavar el freno y no salir nunca de la primera velocidad, del desencanto insultante de pasar una vez más de la primera al punto muerto, freno de pie, freno de mano, stop, y así otra vez y otra vez y otra.

En algún momento, harto de inacción, el ingeniero se había decidido a aprovechar un alto especialmente interminable para recorrer las filas de la izquierda, y dejando a su espalda el Dauphine había encontrado un DKW, otro 2HP, un Fiat 600, y se había detenido junto a un De Soto para cambiar impresiones con el azorado turista de Washington que no entendía casi el francés pero que tenía que estar a las ocho en la Place de l'Opéra sin falta *you understand, my wife will be awfully anxious, damn it*, y se hablaba un poco de todo cuando un hombre con aire de viajante de comercio salió del DKW para contarles que alguien había llegado un rato antes con la noticia de que un Piper Cub se había estrellado en plena autopista, varios muertos. Al americano el Piper Cub lo tenía profundamente sin cuidado, y también al ingeniero que oyó un coro de bocinas y se apresuró a regresar al 404, transmitiendo de paso las novedades a los dos hombres del Taunus y al matrimonio del 203. Reservó una explicación más detallada para la muchacha del Dauphine mientras los coches avanzaban lentamente unos pocos metros (ahora el Dauphine estaba ligeramente retrasado con relación al 404, y más tarde sería al revés, pero de hecho las doce filas se movían prácticamente en bloque, como si un gendarme invisible en el fondo de la autopista ordenara el avance simultáneo sin que nadie pudiese obtener ventajas). Piper Cub, señorita, es un pequeño avión de paseo. Ah. Y la mala idea de estrellarse en plena autopista un domingo de tarde. Esas cosas. Si por lo menos hiciera menos calor en los condenados autos, si esos árboles de la derecha quedaran por fin a la espalda, si la última cifra del cuentakilómetros acabara de caer en su agujerito negro en vez de seguir suspendida por la cola, interminablemente.

En algún momento (suavemente empezaba a anochecer, el horizonte de techos de automóviles se teñía de lila) una gran mariposa blanca se posó en el parabrisas del Dauphine, y la muchacha y el ingeniero admiraron sus alas en la breve y perfecta suspensión de su reposo; la vieron alejarse con una exasperada nostalgia, sobrevolar el Taunus, el ID violeta de los ancianos, ir hacia el Fiat 600 ya invisible desde el 404, regresar hacia el Simca donde una mano cazadora trató inútilmente de atraparla, aletear amablemente sobre el Ariane de los campesinos que parecían estar comiendo alguna cosa, y perderse después hacia la derecha. Al anochecer la columna hizo un primer avance importante, de casi cuarenta metros; cuando el ingeniero miró distraídamente el cuentakilómetros, la mitad del 6 había desaparecido y un asomo de 7 empezaba a descolgarse de lo alto. Casi todo el mundo escuchaba sus radios, los del Simca la habían puesto a todo trapo y coreaban un twist con sacudidas que hacían vibrar la carrocería; las monjas pasaban las cuentas de sus rosarios, el niño del Taunus se había dormido con la cara pegada a un cristal, sin soltar el auto de juguete. En algún momento (ya era noche cerrada) llegaron extranjeros con más noticias, tan contradictorias como las otras ya olvidadas. No había sido un Piper Cub sino un planeador piloteado por la hija de un general. Era exacto que un furgón Renault había aplastado un Austin, pero no en Juvisy sino casi en las puertas de París; uno de los extranjeros explicó al matrimonio del 203 que el macadam de la autopista había cedido a la altura de Igny y que cinco autos habían volcado al meter las ruedas delanteras en la grieta. La idea de una catástrofe natural se propagó hasta el ingeniero, que se encogió de hombros sin hacer comentarios. Más tarde, pensando en esas primeras horas de oscuridad en que habían respirado un poco más libremente, recordó que en algún momento había sacado el brazo por la ventanilla para tamborilear en la carrocería del Dauphine y despertar a la muchacha que se había dormido reclinada sobre el volante, sin preocuparse de un nuevo avance. Quizá ya era medianoche cuando una de las monjas le ofreció tímidamente un sándwich de jamón, suponiendo que tendría hambre. El ingeniero lo aceptó por cortesía (en realidad sentía náuseas) y pidió permiso para dividirlo con la muchacha del Dauphine, que aceptó y comió golosamente el sándwich y la tableta de chocolate que le había pasado el viajante del DKW, su vecino de la izquierda. Mucha gente había salido de los autos recalentados, porque otra vez llevaban horas sin avanzar; se empezaba a sentir sed, ya agotadas las botellas de limonada, la coca-cola y hasta los vinos de a bordo. La primera en quejarse fue la niña del 203, y el soldado y el ingeniero abandonaron los autos junto con el padre de la niña para buscar agua. Delante del Simca, donde la radio parecía suficiente alimento, el ingeniero encontró un Beaulieu ocupado por una mujer madura de ojos inquietos. No, no tenía agua pero podía darle unos caramelos para la niña. El matrimonio del ID se consultó un momento antes de que la anciana metiera la mano en un bolso y sacara una pequeña lata de jugo de frutas. El ingeniero agradeció y quiso saber si tenían hambre y si podía serles útil; el viejo movió negativamente la cabeza, pero la mujer pareció asentir sin palabras. Más tarde la muchacha del Dauphine y el ingeniero exploraron juntos las filas de la izquierda, sin alejarse demasiado; volvieron con algunos bizcochos y los llevaron a la anciana del ID, con el tiempo justo para regresar corriendo a sus autos bajo una lluvia de bocinas.

Aparte de esas mínimas salidas, era tan poco lo que podía hacerse que las horas acababan por superponerse, por ser siempre la misma en el recuerdo; en algún momento el ingeniero pensó en tachar ese día en su agenda y contuvo una risotada, pero más adelante, cuando empezaron los cálculos contradictorios de las monjas, los hombres del Taunus y la muchacha del Dauphine, se vio que hubiera convenido llevar mejor la cuenta. Las radios locales habían suspendido las emisiones, y sólo el viajante del DKW tenía un aparato de ondas cortas que se empeñaba en transmitir noticias bursátiles. Hacia las tres de la madrugada pareció llegarse a un acuerdo tácito para descansar, y hasta el amanecer la columna no se movió. Los muchachos del Simca sacaron unas camas neumáticas y se tendieron al lado del auto; el ingeniero bajó el respaldo de los asientos delanteros del 404 y ofreció las cuchetas a las monjas, que rehusaron; antes de acostarse un rato, el ingeniero pensó en la muchacha del Dauphine, muy quieta contra el volante, y como sin darle importancia le propuso que cambiaran de autos hasta el amanecer; ella se negó, alegando que podía dormir muy bien de cualquier manera. Durante un rato se oyó llorar al niño del Taunus, acostado en el asiento trasero donde debía tener demasiado calor. Las monjas rezaban todavía cuando el ingeniero se dejó caer en la cucheta y se fue quedando dormido, pero su sueño seguía demasiado cerca de la vigilia y acabó por despertarse sudoroso e inquieto, sin comprender en un primer momento dónde estaba; enderezándose, empezó a percibir los confusos movimientos del exterior, un deslizarse de sombras entre los autos, y vio un bulto que se alejaba hacia el borde de la autopista; adivinó las razones, y más tarde también él salió del auto sin hacer ruido y fue a aliviarse al borde de la ruta; no había setos ni árboles, solamente el campo negro y sin estrellas, algo que parecía un muro abstracto limitando la cinta blanca del macadam con su río inmóvil de vehículos. Casi tropezó con el campesino del Ariane, que balbuceó una frase ininteligible; al olor de la gasolina, persistente en la autopista recalentada, se sumaba ahora la presencia más ácida del hombre, y el ingeniero volvió lo antes posible a su auto. La chica del Dauphine dormía apoyada sobre el volante, un mechón de pelo contra los ojos; antes de subir al 404, el ingeniero se divirtió explorando en la sombra su perfil, adivinando la curva de los labios que soplaban suavemente. Del otro lado, el hombre del DKW miraba también dormir a la muchacha, fumando en silencio.

Por la mañana se avanzó muy poco pero lo bastante como para darles la esperanza de que esa tarde se abriría la ruta hacia París. A las nueve llegó un extranjero con buenas noticias: habían rellenado las grietas y pronto se podría circular normalmente. Los muchachos del Simca encendieron la radio y uno de ellos trepó al techo del auto y gritó y cantó. El ingeniero se dijo que la noticia era tan dudosa como las de la víspera, y que el extranjero había aprovechado la alegría del grupo para pedir y obtener una naranja que le dio el matrimonio del Ariane. Más tarde llegó otro extranjero con la misma treta, pero nadie quiso darle nada. El calor empezaba a subir y la gente prefería quedarse en los autos a la espera de que se concretaran las buenas noticias. A mediodía la niña del 203 empezó a llorar otra vez, y la muchacha del Dauphine fue a jugar con ella y se hizo amiga del matrimonio. Los del 203 no tenían suerte: a su derecha estaba el hombre silencioso del Caravelle, ajeno a todo lo que ocurría en torno, y a su izquierda tenían que aguantar la verbosa indignación del conductor de un Floride, para quien el embotellamiento era una afrenta exclusivamente personal. Cuando la niña volvió a quejarse de sed, al ingeniero se le ocurrió ir a hablar con los campesinos del Ariane, seguro de que en ese auto había cantidad de provisiones. Para su sorpresa los campesinos se mostraron muy amables; comprendían que en una situación semejante era necesario ayudarse, y pensaban que si alguien se encargaba de dirigir el grupo (la mujer hacía un gesto circular con la mano, abarcando la docena de autos que los rodeaba) no se pasarían apreturas hasta llegar a París. Al ingeniero lo molestaba la idea de erigirse en organizador, y prefirió llamar a los hombres del Taunus para conferenciar con ellos y con el matrimonio del Ariane. Un rato después consultaron sucesivamente a todos los del grupo. El joven soldado del Volkswagen estuvo inmediatamente de acuerdo, y el matrimonio del 203 ofreció las pocas provisiones que les quedaban (la muchacha del Dauphine había conseguido un vaso de granadina con agua para la niña, que reía y jugaba). Uno de los hombres del Taunus, que había ido a consultar a los muchachos del Simca, obtuvo un asentimiento burlón; el hombre pálido del Caravelle se encogió de hombros y dijo que le daba lo mismo, que hicieran lo que les pareciese mejor. Los ancianos del ID y la señora del Beaulieu se mostraron visiblemente contentos, como si se sintieran más protegidos. Los pilotos del Floride y del DKW no hicieron observaciones, y el americano del De Soto los miró asombrado y dijo algo sobre la voluntad de Dios. Al ingeniero le resultó fácil proponer que uno de los ocupantes del Taunus, en el que tenía una confianza instintiva, se encargara de coordinar las actividades. A nadie le faltaría de comer por el momento, pero era necesario conseguir agua; el jefe, al que los muchachos del Simca llamaban Taunus a secas para divertirse, pidió al ingeniero, al soldado y a uno de los muchachos que exploraran la zona circundante de la autopista y ofrecieran alimentos a cambio de bebidas. Taunus, que evidentemente sabía mandar, había calculado que deberían cubrirse las necesidades de un día y medio como máximo, poniéndose en la posición menos optimista. En el 2HP de las monjas y en el Ariane de los campesinos había provisiones suficientes para ese tiempo, y si los exploradores volvían con agua el problema quedaría resuelto. Pero solamente el soldado regresó con una cantimplora llena, cuyo dueño exigía en cambio comida para dos personas. El ingeniero no encontró a nadie que pudiera ofrecer agua, pero el viaje le sirvió para advertir que más allá de su grupo se estaban constituyendo otras células con problemas semejantes; en un momento dado el ocupante de un Alfa Romeo se negó a hablar con él del asunto, y le dijo que se dirigiera al representante de su grupo, cinco autos atrás en la misma fila. Más tarde vieron volver al muchacho del Simca que no había podido conseguir agua, pero Taunus calculó que ya tenían bastante para los dos niños, la anciana del ID y el resto de las mujeres. El ingeniero le estaba contando a la muchacha del Dauphine su circuito por la periferia (era la una de la tarde, y el sol los acorralaba en los autos) cuando ella lo interrumpió con un gesto y le señaló el Simca. En dos saltos el ingeniero llegó hasta el auto y sujetó por el codo a uno de los muchachos, que se repantigaba en su asiento para beber a grandes tragos de la cantimplora que había traído escondida en la chaqueta. A su gesto iracundo, el ingeniero respondió aumentando la presión en el brazo; el otro muchacho bajó del auto y se tiró sobre el ingeniero, que dio dos pasos atrás y lo esperó casi con lástima. El soldado ya venía corriendo, y los gritos de las monjas alertaron a Taunus y a su compañero; Taunus escuchó lo sucedido, se acercó al muchacho de la botella y le dio un par de bofetadas. El muchacho gritó y protestó, lloriqueando, mientras el otro rezongaba sin atreverse a intervenir. El ingeniero le quitó la botella y se la alcanzó a Taunus. Empezaban a sonar bocinas y cada cual regresó a su auto, por lo demás inútilmente puesto que la columna avanzó apenas cinco metros.

A la hora de la siesta, bajo un sol todavía más duro que la víspera, una de las monjas se quitó la toca y su compañera le mojó las sienes con agua de colonia. Las mujeres improvisaban de a poco sus actividades samaritanas, yendo de un auto a otro, ocupándose de los niños para que los hombres estuvieran más libres; nadie se quejaba pero el buen humor era forzado, se basaba siempre en los mismos juegos de palabras, en un escepticismo de buen tono. Para el ingeniero y la muchacha del Dauphine, sentirse sudorosos y sucios era la vejación más grande; los enternecía casi la rotunda indiferencia del matrimonio de campesinos al olor que les brotaba de las axilas cada vez que venían a charlar con ellos o a repetir alguna noticia de último momento. Hacia el atardecer el ingeniero miró casualmente por el retrovisor y encontró como siempre la cara pálida y de rasgos tensos del hombre del Caravelle, que al igual que el gordo piloto del Floride se había mantenido ajeno a todas las actividades. Le pareció que sus facciones se habían afilado todavía más, y se preguntó si no estaría enfermo. Pero después, cuando al ir a charlar con el soldado y su mujer tuvo ocasión de mirarlo desde más cerca, se dijo que ese hombre no estaba enfermo; era otra cosa, una separación, por darle algún nombre. El soldado del Volkswagen le contó más tarde que a su mujer le daba miedo ese hombre silencioso que no se apartaba jamás del volante y que parecía dormir despierto. Nacían hipótesis, se creaba un folklore para luchar contra la inacción. Los niños del Taunus y el 203 se habían hecho amigos y se habían peleado y luego se habían reconciliado; sus padres se visitaban, y la muchacha del Dauphine iba cada tanto a ver cómo se sentían la anciana del ID y la señora del Beaulieu. Cuando al atardecer soplaron bruscamente unas ráfagas tormentosas y el sol se perdió entre las nubes que se alzaban al oeste, la gente se alegró pensando que iba a refrescar. Cayeron algunas gotas, coincidiendo con un avance extraordinario de casi cien metros; a lo lejos brilló un relámpago y el calor subió todavía más. Había tanta electricidad en la atmósfera que Taunus, con un instinto que el ingeniero admiró sin comentarios, dejó al grupo en paz hasta la noche, como si temiera los efectos del cansancio y el calor. A las ocho las mujeres se encargaron de distribuir las provisiones; se había decidido que el Ariane de los campesinos sería el almacén general, y que el 2HP de las monjas serviría de depósito suplementario. Taunus había ido en persona a hablar con los jefes de los cuatro o cinco grupos vecinos; después, con ayuda del soldado y el hombre del 203, llevó una cantidad de alimentos a los otros grupos, regresando con más agua y un poco de vino. Se decidió que los muchachos del Simca cederían sus colchones neumáticos a la anciana del ID y la señora del Beaulieu; la muchacha del Dauphine les llevó dos mantas escocesas y el ingeniero ofreció su coche, que llamaba burlonamente el wagon-lit, a quienes lo necesitaran. Para su sorpresa, la muchacha del Dauphine aceptó el ofrecimiento y esa noche compartió las cuchetas del 404 con una de las monjas; la otra fue a dormir al 203 junto a la niña y su madre, mientras el marido pasaba la noche sobre el macadam, envuelto en una frazada. El ingeniero no tenía sueño y jugó a los dados con Taunus y su amigo; en algún momento se les agregó el campesino del Ariane y hablaron de política bebiendo unos tragos del aguardiente que el campesino había entregado a Taunus esa mañana. La noche no fue mala; había refrescado y brillaban algunas estrellas entre las nubes.

Hacia el amanecer los ganó el sueño, esa necesidad de estar a cubierto que nacía con la grisalla del alba. Mientras Taunus dormía junto al niño en el asiento trasero, su amigo y el ingeniero descansaron un rato en la delantera. Entre dos imágenes de sueño, el ingeniero creyó oír gritos a la distancia y vio un resplandor indistinto; el jefe de otro grupo vino a decirles que treinta autos más adelante había habido un principio de incendio en un Estafette, provocado por alguien que había querido hervir clandestinamente unas legumbres. Taunus bromeó sobre lo sucedido mientras iba de auto en auto para ver cómo habían pasado todos la noche, pero a nadie se le escapó lo que quería decir. Esa mañana la columna empezó a moverse muy temprano y hubo que correr y agitarse para recuperar los colchones y las mantas, pero como en todas partes debía estar sucediendo lo mismo casi nadie se impacientaba ni hacía sonar las bocinas. A mediodía habían avanzado más de cincuenta metros, y empezaba a divisarse la sombra de un bosque a la derecha de la ruta. Se envidiaba la suerte de los que en ese momento podían ir hasta la banquina y aprovechar la frescura de la sombra; quizás había un arroyo, o un grifo de agua potable. La muchacha del Dauphine cerró los ojos y pensó en una ducha cayéndole por el cuello y la espalda, corriéndole por las piernas; el ingeniero, que la miraba de reojo, vio dos lágrimas que le resbalaban por las mejillas.

Taunus, que acababa de adelantarse hasta el ID, vino a buscar a las mujeres más jóvenes para que atendieran a la anciana que no se sentía bien. El jefe del tercer grupo a retaguardia contaba con un médico entre sus hombres, y el soldado corrió a buscarlo. El ingeniero, que había seguido con irónica benevolencia los esfuerzos de los muchachitos del Simca para hacerse perdonar su travesura, entendió que era el momento de darles su oportunidad. Con los elementos de una tienda de campaña los muchachos cubrieron las ventanillas del 404, y el wagon-lit se transformó en ambulancia para que la anciana descansara en una oscuridad relativa. Su marido se tendió a su lado, teniéndole la mano, y los dejaron solos con el médico. Después las monjas se ocuparon de la anciana, que se sentía mejor, y el ingeniero pasó la tarde como pudo, visitando otros autos y descansando en el de Taunus cuando el sol castigaba demasiado; sólo tres veces le tocó correr hasta su auto, donde los viejitos parecían dormir, para hacerlo avanzar junto con la columna hasta el alto siguiente. Los ganó la noche sin que hubiesen llegado a la altura del bosque.

Hacia las dos de la madrugada bajó la temperatura, y los que tenían mantas se alegraron de poder envolverse en ellas. Como la columna no se movería hasta el alba (era algo que se sentía en el aire, que venía desde el horizonte de autos inmóviles en la noche) el ingeniero y Taunus se sentaron a fumar y a charlar con el campesino del Ariane y el soldado. Los cálculos de Taunus no correspondían ya a la realidad, y lo dijo francamente; por la mañana habría que hacer algo para conseguir más provisiones y bebidas. El soldado fue a buscar a los jefes de los grupos vecinos, que tampoco dormían, y se discutió el problema en voz baja para no despertar a las mujeres. Los jefes habían hablado con los responsables de los grupos más alejados, en un radio de ochenta o cien automóviles, y tenían la seguridad de que la situación era análoga en todas partes. El campesino conocía bien la región y propuso que dos o tres hombres de cada grupo salieran al alba para comprar provisiones en las granjas cercanas, mientras Taunus se ocupaba de designar pilotos para los autos que quedaran sin dueño durante la expedición. La idea era buena y no resultó difícil reunir dinero entre los asistentes; se decidió que el campesino, el soldado y el amigo de Taunus irían juntos y llevarían todas las bolsas, redes y cantimploras disponibles. Los jefes de los otros grupos volvieron a sus unidades para organizar expediciones similares, y al amanecer se explicó la situación a las mujeres y se hizo lo necesario para que la columna pudiera seguir avanzando. La muchacha del Dauphine le dijo al ingeniero que la anciana ya estaba mejor y que insistía en volver a su ID; a las ocho llegó el médico, que no vio inconveniente en que el matrimonio regresara a su auto. De todos modos, Taunus decidió que el 404 quedaría habilitado permanentemente como ambulancia; los muchachos, para divertirse, fabricaron un banderín con una cruz roja y lo fijaron en la antena del auto. Hacía ya rato que la gente prefería salir lo menos posible de sus coches; la temperatura seguía bajando y a mediodía empezaron los chaparrones y se vieron relámpagos a la distancia. La mujer del campesino se apresuró a recoger agua con un embudo y una jarra de plástico, para especial regocijo de los muchachos del Simca. Mirando todo eso, inclinado sobre el volante donde había un libro abierto que no le interesaba demasiado, el ingeniero se preguntó por qué los expedicionarios tardaban tanto en regresar; más tarde Taunus lo llamó discretamente a su auto y cuando estuvieron dentro le dijo que habían fracasado. El amigo de Taunus dio detalles: las granjas estaban abandonadas o la gente se negaba a venderles nada, aduciendo las reglamentaciones sobre ventas a particulares y sospechando que podían ser inspectores que se valían de las circunstancias para ponerlos a prueba. A pesar de todo habían podido traer una pequeña cantidad de agua y algunas provisiones, quizá robadas por el soldado que sonreía sin entrar en detalles. Desde luego ya no podía pasar mucho tiempo sin que cesara el embotellamiento, pero los alimentos de que se disponía no eran los más adecuados para los dos niños y la anciana. El médico, que vino hacia las cuatro y media para ver a la enferma, hizo un gesto de exasperación y cansancio y dijo a Taunus que en su grupo y en todos los grupos vecinos pasaba lo mismo. Por la radio se había hablado de una operación de emergencia para despejar la autopista, pero aparte de un helicóptero que apareció brevemente al anochecer no se vieron otros aprestos. De todas maneras hacía cada vez menos calor, y la gente parecía esperar la llegada de la noche para taparse con las mantas y abolir en el sueño algunas horas más de espera. Desde su auto el ingeniero escuchaba la charla de la muchacha del Dauphine con el viajante del DKW, que le contaba cuentos y la hacía reír sin ganas. Los sorprendió ver a la señora del Beaulieu que casi nunca abandonaba su auto, y bajó para saber si necesitaba alguna cosa, pero la señora buscaba solamente las últimas noticias y se puso a hablar con las monjas. Un hastío sin nombre pesaba sobre ellos al anochecer; se esperaba más del sueño que de las noticias siempre contradictorias o desmentidas. El amigo de Taunus llegó discretamente a buscar al ingeniero, al soldado y al hombre del 203. Taunus les anunció que el tripulante del Floride acababa de desertar; uno de los muchachos del Simca había visto el coche vacío, y después de un rato se había puesto a buscar a su dueño para matar el tedio. Nadie conocía mucho al hombre gordo del Floride, que tanto había protestado el primer día aunque después acabara por quedarse tan callado como el piloto del Caravelle. Cuando a las cinco de la mañana no quedó la menor duda de que Floride, como se divertían en llamarlo los chicos del Simca, había desertado llevándose una valija de mano y abandonando otra llena de camisas y ropa interior, Taunus decidió que uno de los muchachos se haría cargo del auto abandonado para no inmovilizar la columna. A todos los había fastidiado vagamente esa deserción en la oscuridad, y se preguntaban hasta dónde habría podido llegar Floride en su fuga a través de los campos. Por lo demás parecía ser la noche de las grandes decisiones: tendido en su cucheta del 404, al ingeniero le pareció oír un quejido, pero pensó que el soldado y su mujer serían responsables de algo que, después de todo, resultaba comprensible en plena noche y en esas circunstancias. Después lo pensó mejor y levantó la lona que cubría la ventanilla trasera; a la luz de unas pocas estrellas vio a un metro y medio el eterno parabrisas del Caravelle y detrás, como pegada al vidrio y un poco ladeada, la cara convulsa del hombre. Sin hacer ruido salió por el lado izquierdo para no despertar a las monjas, y se acercó al Caravelle. Después buscó a Taunus, y el soldado corrió a prevenir al médico. Desde luego el hombre se había suicidado tomando algún veneno; las líneas a lápiz en la agenda bastaban, y la carta dirigida a una tal Yvette, alguien que lo había abandonado en Vierzon. Por suerte la costumbre de dormir en los autos estaba bien establecida (las noches eran ya tan frías que a nadie se le hubiera ocurrido quedarse afuera) y a pocos les preocupaba que otros anduvieran entre los coches y se deslizaran hacia los bordes de la autopista para aliviarse. Taunus llamó a un consejo de guerra, y el médico estuvo de acuerdo con su propuesta. Dejar el cadáver al borde de la autopista significaba someter a los que venían más atrás a una sorpresa por lo menos penosa; llevarlo más lejos, en pleno campo, podía provocar la violenta repulsa de los lugareños, que la noche anterior habían amenazado y golpeado a un muchacho de otro grupo que buscaba de comer. El campesino del Ariane y el viajante del DKW tenían lo necesario para cerrar herméticamente el portaequipajes del Caravelle. Cuando empezaban su trabajo se les agregó la muchacha del Dauphine, que se colgó temblando del brazo del ingeniero. Él le explicó en voz baja lo que acababa de ocurrir y la devolvió a su auto, ya más tranquila. Taunus y sus hombres habían metido el cuerpo en el portaequipajes, y el viajante trabajó con scotch tape y tubos de cola líquida a la luz de la linterna del soldado. Como la mujer del 203 sabía conducir, Taunus resolvió que su marido se haría cargo del Caravelle que quedaba a la derecha del 203; así, por la mañana, la niña del 203 descubrió que su papá tenía otro auto, y jugó horas y horas a pasar de uno a otro y a instalar parte de sus juguetes en el Caravelle.

Por primera vez el frío se hacía sentir en pleno día, y nadie pensaba en quitarse las chaquetas. La muchacha del Dauphine y las monjas hicieron el inventario de los abrigos disponibles en el grupo. Había unos pocos pulóveres que aparecían por casualidad en los autos o en alguna valija, mantas, alguna gabardina o abrigo ligero. Se estableció una lista de prioridades, se distribuyeron los abrigos. Otra vez volvía a faltar el agua, y Taunus envió a tres de sus hombres, entre ellos el ingeniero, para que trataran de establecer contacto con los lugareños. Sin que pudiera saberse por qué, la resistencia exterior era total; bastaba salir del límite de la autopista para que desde cualquier sitio llovieran piedras. En plena noche alguien tiró una guadaña que golpeó sobre el techo del DKW y cayó al lado del Dauphine. El viajante se puso muy pálido y no se movió de su auto, pero el americano del De Soto (que no formaba parte del grupo de Taunus pero que todos apreciaban por su buen humor y sus risotadas) vino a la carrera y después de revolear la guadaña la devolvió campo afuera con todas sus fuerzas, maldiciendo a gritos. Sin embargo, Taunus no creía que conviniera ahondar la hostilidad; quizá fuese todavía posible hacer una salida en busca de agua.

Ya nadie llevaba la cuenta de lo que se había avanzado ese día o esos días; la muchacha del Dauphine creía que entre ochenta y doscientos metros; el ingeniero era menos optimista pero se divertía en prolongar y complicar los cálculos con su vecina, interesado de a ratos en quitarle la compañía del viajante del DKW que le hacía la corte a su manera profesional. Esa misma tarde el muchacho encargado del Floride corrió a avisar a Taunus que un Ford Mercury ofrecía agua a buen precio. Taunus se negó, pero al anochecer una de las monjas le pidió al ingeniero un sorbo de agua para la anciana del ID que sufría sin quejarse, siempre tomada de la mano de su marido y atendida alternativamente por las monjas y la muchacha del Dauphine. Quedaba medio litro de agua, y las mujeres lo destinaron a la anciana y a la señora del Beaulieu. Esa misma noche Taunus pagó de su bolsillo dos litros de agua; el Ford Mercury prometió conseguir más para el día siguiente, al doble del precio.

Era difícil reunirse para discutir, porque hacía tanto frío que nadie abandonaba los autos como no fuera por un motivo imperioso. Las baterías empezaban a descargarse y no se podía hacer funcionar todo el tiempo la calefacción; Taunus decidió que los dos coches mejor equipados se reservarían llegado el caso para los enfermos. Envueltos en mantas (los muchachos del Simca habían arrancado el tapizado de su auto para fabricarse chalecos y gorros, y otros empezaban a imitarlos), cada uno trataba de abrir lo menos posible las portezuelas para conservar el calor. En alguna de esas noches heladas el ingeniero oyó llorar ahogadamente a la muchacha del Dauphine. Sin hacer ruido, abrió poco a poco la portezuela y tanteó en la sombra hasta rozar una mejilla mojada. Casi sin resistencia la chica se dejó atraer al 404; el ingeniero la ayudó a tenderse en la cucheta, la abrigó con la única manta y le echó encima su gabardina. La oscuridad era más densa en el coche ambulancia, con sus ventanillas tapadas por las lonas de la tienda. En algún momento el ingeniero bajó los dos parasoles y colgó de ellos su camisa y un pulóver para aislar completamente el auto. Hacia el amanecer ella le dijo al oído que antes de empezar a llorar había creído ver a lo lejos, sobre la derecha, las luces de una ciudad.

Quizá fuera una ciudad pero las nieblas de la mañana no dejaban ver ni a veinte metros. Curiosamente ese día la columna avanzó bastante más, quizá doscientos o trescientos metros. Coincidió con nuevos anuncios de la radio (que casi nadie escuchaba, salvo Taunus que se sentía obligado a mantenerse al corriente); los locutores hablaban enfáticamente de medidas de excepción que liberarían la autopista, y se hacían referencias al agotador trabajo de las cuadrillas camineras y de las fuerzas policiales. Bruscamente, una de las monjas deliró. Mientras su compañera la contemplaba aterrada y la muchacha del Dauphine le humedecía las sienes con un resto de perfume, la monja habló de Armagedón, del noveno día, de la cadena de cinabrio. El médico vino mucho después, abriéndose paso entre la nieve que caía desde el mediodía y amurallaba poco a poco los autos. Deploró la carencia de una inyección calmante y aconsejó que llevaran a la monja a un auto con buena calefacción. Taunus la instaló en su coche, y el niño pasó al Caravelle donde también estaba su amiguita del 203; jugaban con sus autos y se divertían mucho porque eran los únicos que no pasaban hambre. Todo ese día y los siguientes nevó casi de continuo, y cuando la columna avanzaba unos metros había que despejar con medios improvisados las masas de nieve amontonadas entre los autos.

A nadie se le hubiera ocurrido asombrarse por la forma en que se obtenían las provisiones y el agua. Lo único que podía hacer Taunus era administrar los fondos comunes y tratar de sacar el mejor partido posible de algunos trueques. El Ford Mercury y un Porsche venían cada noche a traficar con las vituallas; Taunus y el ingeniero se encargaban de distribuirlas de acuerdo con el estado físico de cada uno. Increíblemente la anciana del ID sobrevivía, perdida en un sopor que las mujeres se cuidaban de disipar. La señora del Beaulieu que unos días antes había sufrido de náuseas y vahídos, se había repuesto con el frío y era de las que más ayudaban a la monja a cuidar a su compañera, siempre débil y un poco extraviada. La mujer del soldado y la del 203 se encargaban de los dos niños; el viajante del DKW, quizá para consolarse de que la ocupante del Dauphine hubiera preferido al ingeniero, pasaba horas contándoles cuentos a los niños. En la noche los grupos ingresaban en otra vida sigilosa y privada; las portezuelas se abrían silenciosamente para dejar entrar o salir alguna silueta aterida; nadie miraba a los demás, los ojos estaban tan ciegos como la sombra misma. Bajo mantas sucias, con manos de uñas crecidas, oliendo a encierro y a ropa sin cambiar, algo de felicidad duraba aquí y allá. La muchacha del Dauphine no se había equivocado: a lo lejos brillaba una ciudad, y poco a poco se irían acercando. Por las tardes el chico del Simca se trepaba al techo de su coche, vigía incorregible envuelto en pedazos de tapizado y estopa verde. Cansado de explorar el horizonte inútil, miraba por milésima vez los autos que lo rodeaban; con alguna envidia descubría a Dauphine en el auto del 404, una mano acariciando un cuello, el final de un beso. Por pura broma, ahora que había reconquistado la amistad del 404, les gritaba que la columna iba a moverse; entonces Dauphine tenía que abandonar al 404 y entrar en su auto, pero al rato volvía a pasarse en busca de calor, y al muchacho del Simca le hubiera gustado tanto poder traer a su coche a alguna chica de otro grupo, pero no era ni para pensarlo con ese frío y esa hambre, sin contar que el grupo de más adelante estaba en franco tren de hostilidad con el de Taunus por una historia de un tubo de leche condensada, y salvo las transacciones oficiales con Ford Mercury y con Porsche no había relación posible con los otros grupos. Entonces el muchacho del Simca suspiraba descontento y volvía a hacer de vigía hasta que la nieve y el frío lo obligaban a meterse tiritando en su auto.

Pero el frío empezó a ceder, y después de un período de lluvias y vientos que enervaron los ánimos y aumentaron las dificultades de aprovisionamiento, siguieron días frescos y soleados en que ya era posible salir de los autos, visitarse, reanudar relaciones con los grupos vecinos. Los jefes habían discutido la situación, y finalmente se logró hacer la paz con el grupo de más adelante. De la brusca desaparición de Ford Mercury se habló mucho tiempo sin que nadie supiera lo que había podido ocurrirle, pero Porsche siguió viniendo y controlando el mercado negro. Nunca faltaban del todo el agua o las conservas, aunque los fondos del grupo disminuían y Taunus y el ingeniero se preguntaban qué ocurriría el día en que no hubiera más dinero para Porsche. Se habló de un golpe de mano, de hacerlo prisionero y exigirle que revelara la fuente de los suministros, pero en esos días la columna había avanzado un buen trecho y los jefes prefirieron seguir esperando y evitar el riesgo de echarlo todo a perder por una decisión violenta. Al ingeniero, que había acabado por ceder a una indiferencia casi agradable, lo sobresaltó por un momento el tímido anuncio de la muchacha del Dauphine, pero después comprendió que no se podía hacer nada para evitarlo y la idea de tener un hijo de ella acabó por parecerle tan natural como el reparto nocturno de las provisiones o los viajes furtivos hasta el borde de la autopista. Tampoco la muerte de la anciana del ID podía sorprender a nadie. Hubo que trabajar otra vez en plena noche, acompañar y consolar al marido que no se resignaba a entender. Entre dos de los grupos de vanguardia estalló una pelea y Taunus tuvo que oficiar de árbitro y resolver precariamente la diferencia. Todo sucedía en cualquier momento, sin horarios previsibles; lo más importante empezó cuando ya nadie lo esperaba, y al menos responsable le tocó darse cuenta el primero. Trepado en el techo del Simca, el alegre vigía tuvo la impresión de que el horizonte había cambiado (era al atardecer, un sol amarillento deslizaba su luz rasante y mezquina) y que algo inconcebible estaba ocurriendo a quinientos metros, a trescientos, a doscientos cincuenta. Se lo gritó al 404 y el 404 le dijo algo a Dauphine que se pasó rápidamente a su auto cuando ya Taunus, el soldado y el campesino venían corriendo y desde el techo del Simca el muchacho señalaba hacia adelante y repetía interminablemente el anuncio como si quisiera convencerse de que lo que estaba viendo era verdad; entonces oyeron la conmoción, algo como un pesado pero incontenible movimiento migratorio que despertaba de un interminable sopor y ensayaba sus fuerzas. Taunus les ordenó a gritos que volvieran a sus coches; el Beaulieu, el ID, el Fiat 600 y el De Soto arrancaron con un mismo impulso. Ahora el 2HP, el Taunus, el Simca y el Ariane empezaban a moverse, y el muchacho del Simca, orgulloso de algo que era como su triunfo, se volvía hacia el 404 y agitaba el brazo mientras el 404, el Dauphine, el 2HP de las monjas y el DKW se ponían a su vez en marcha. Pero todo estaba en saber cuánto iba a durar eso; el 404 se lo preguntó casi por rutina mientras se mantenía a la par de Dauphine y le sonreía para darle ánimo. Detrás, el Volkswagen, el Caravelle, el 203 y el Floride arrancaban a su vez lentamente, un trecho en primera velocidad, después la segunda, interminablemente la segunda pero ya sin desembragar como tantas veces, con el pie firme en el acelerador, esperando poder pasar a tercera. Estirando el brazo izquierdo el 404 buscó la mano de Dauphine, rozó apenas la punta de sus dedos, vio en su cara una sonrisa de incrédula esperanza y pensó que iban a llegar a París y que se bañarían, que irían juntos a cualquier lado, a su casa o a la de ella a bañarse, a comer, a bañarse interminablemente y a comer y beber, y que después habría muebles, habría un dormitorio con muebles y un cuarto de baño con espuma de jabón para afeitarse de verdad, y retretes, comidas y retretes y sábanas, París era un retrete y dos sábanas y el agua caliente por el pecho y las piernas, y una tijera de uñas, y vino blanco, beberían vino blanco antes de besarse y sentirse oler a lavanda y a colonia, antes de conocerse de verdad a plena luz, entre sábanas limpias, y volver a bañarse por juego, amarse y bañarse y beber y entrar en la peluquería, entrar en el baño, acariciar las sábanas y acariciarse entre las sábanas y amarse entre la espuma y la lavanda y los cepillos antes de empezar a pensar en lo que iban a hacer, en el hijo y los problemas y el futuro, y todo eso siempre que no se detuvieran, que la columna continuara aunque todavía no se pudiese subir a la tercera velocidad, seguir así en segunda, pero seguir. Con los paragolpes rozando el Simca, el 404 se echó atrás en el asiento, sintió aumentar la velocidad, sintió que podía acelerar sin peligro de irse contra el Simca, y que el Simca aceleraba sin peligro de chocar contra el Beaulieu, y que detrás venía el Caravelle y que todos aceleraban más y más, y que ya se podía pasar a tercera sin que el motor penara, y la palanca calzó increíblemente en la tercera y la marcha se hizo suave y se aceleró todavía más, y el 404 miró enternecido y deslumbrado a su izquierda buscando los ojos de Dauphine. Era natural que con tanta aceleración las filas ya no se mantuvieran paralelas, Dauphine se había adelantado casi un metro y el 404 le veía la nuca y apenas el perfil, justamente cuando ella se volvía para mirarlo y hacía un gesto de sorpresa al ver que el 404 se retrasaba todavía más. Tranquilizándola con una sonrisa el 404 aceleró bruscamente, pero casi enseguida tuvo que frenar porque estaba a punto de rozar el Simca; le tocó secamente la bocina y el muchacho del Simca lo miró por el retrovisor y le hizo un gesto de impotencia, mostrándole con la mano izquierda el Beaulieu pegado a su auto. El Dauphine iba tres metros más adelante, a la altura del Simca, y la niña del 203, al nivel del 404, agitaba los brazos y le mostraba su muñeca. Una mancha roja a la derecha desconcertó al 404; en vez del 2HP de las monjas o del Volkswagen del soldado vio un Chevrolet desconocido, y casi enseguida el Chevrolet se adelantó seguido por un Lancia y por un Renault 8. A su izquierda se le apareaba un ID que empezaba a sacarle ventaja metro a metro, pero antes de que fuera sustituido por un 403, el 404 alcanzó a distinguir todavía en la delantera el 203 que ocultaba ya a Dauphine. El grupo se dislocaba, ya no existía, Taunus debía de estar a más de veinte metros adelante, seguido de Dauphine; al mismo tiempo la tercera fila de la izquierda se atrasaba porque en vez del DKW del viajante, el 404 alcanzaba a ver la parte trasera de un viejo furgón negro, quizás un Citroën o un Peugeot. Los autos corrían en tercera, adelantándose o perdiendo terreno según el ritmo de su fila, y a los lados de la autopista se veían huir los árboles, algunas casas entre las masas de niebla y el anochecer. Después fueron las luces rojas que todos encendían siguiendo el ejemplo de los que iban adelante, la noche que se cerraba bruscamente. De cuando en cuando sonaban bocinas, las agujas de los velocímetros subían cada vez más, algunas filas corrían a setenta kilómetros, otras a sesenta y cinco, algunas a sesenta. El 404 había esperado todavía que el avance y el retroceso de las filas le permitiera alcanzar otra vez a Dauphine, pero cada minuto lo iba convenciendo de que era inútil, que el grupo se había disuelto irrevocablemente, que ya no volverían a repetirse los encuentros rutinarios, los mínimos rituales, los consejos de guerra en el auto de Taunus, las caricias de Dauphine en la paz de la madrugada, las risas de los niños jugando con sus autos, la imagen de la monja pasando las cuentas del rosario. Cuando se encendieron las luces de los frenos del Simca, el 404 redujo la marcha con un absurdo sentimiento de esperanza, y apenas puesto el freno de mano saltó del auto y corrió hacia adelante. Fuera del Simca y el Beaulieu (más atrás estaría el Caravelle, pero poco le importaba) no reconoció ningún auto; a través de cristales diferentes lo miraban con sorpresa y quizás escándalo otros rostros que no había visto nunca. Sonaban las bocinas, y el 404 tuvo que volver a su auto; el chico del Simca le hizo un gesto amistoso, como si comprendiera, y señaló alentadoramente en dirección de París. La columna volvía a ponerse en marcha, lentamente durante unos minutos y luego como si la autopista estuviera definitivamente libre. A la izquierda del 404 corría un Taunus, y por un segundo al 404 le pareció que el grupo se recomponía, que todo entraba en el orden, que se podría seguir adelante sin destruir nada. Pero era un Taunus verde, y en el volante había una mujer con anteojos ahumados que miraba fijamente hacia adelante. No se podía hacer otra cosa que abandonarse a la marcha, adaptarse mecánicamente a la velocidad de los autos que lo rodeaban, no pensar. En el Volkswagen del soldado debía estar su chaqueta de cuero. Taunus tenía la novela que él había leído en los primeros días. Un frasco de lavanda casi vacío en el 2HP de las monjas. Y él tenía ahí, tocándolo a veces con la mano derecha, el osito de felpa que Dauphine le había regalado como mascota. Absurdamente se aferró a la idea de que a las nueve y media se distribuirían los alimentos, habría que visitar a los enfermos, examinar la situación con Taunus y el campesino del Ariane; después sería la noche, sería Dau-phine subiendo sigilosamente a su auto, las estrellas o las nubes, la vida. Sí, tenía que ser así, no era posible que eso hubiera terminado para siempre. Tal vez el soldado consiguiera una ración de agua, que había escaseado en las últimas horas; de todos modos se podía contar con Porsche, siempre que se le pagara el precio que pedía. Y en la antena de la radio flotaba locamente la bandera con la cruz roja, y se corría a ochenta kilómetros por hora hacia las luces que crecían poco a poco, sin que ya se supiera bien por qué tanto apuro, por qué esa carrera en la noche entre autos desconocidos donde nadie sabía nada de los otros, donde todo el mundo miraba fijamente hacia adelante, exclusivamente hacia adelante.

La salud de los enfermos

Cuando inesperadamente tía Clelia se sintió mal en la familia hubo un momento de pánico y por varias horas nadie fue capaz de reaccionar y discutir un plan de acción, ni siquiera tío Roque que encontraba siempre la salida más atinada. A Carlos lo llamaron por teléfono a la oficina, Rosa y Pepa despidieron a los alumnos de piano y solfeo, y hasta tía Clelia se preocupó más por mamá que por ella misma. Estaba segura de que lo que sentía no era grave, pero a mamá no se le podían dar noticias inquietantes con su presión y su azúcar, de sobra sabían todos que el doctor Bonifaz había sido el primero en comprender y aprobar que le ocultaran a mamá lo de Alejandro. Si tía Clelia tenía que guardar cama era necesario encontrar alguna manera de que mamá no sospechara que estaba enferma, pero ya lo de Alejandro se había vuelto tan difícil y ahora se agregaba esto; la menor equivocación, y acabaría por saber la verdad. Aunque la casa era grande, había que tener en cuenta el oído tan afinado de mamá y su inquietante capacidad para adivinar dónde estaba cada uno. Pepa, que había llamado al doctor Bonifaz desde el teléfono de arriba, avisó a sus hermanos que el médico vendría lo antes posible y que dejaran entornada la puerta cancel para que entrase sin llamar. Mientras Rosa y tío Roque atendían a tía Clelia que había tenido dos desmayos y se quejaba de un insoportable dolor de cabeza, Carlos se quedó con mamá para contarle las novedades del conflicto diplomático con el Brasil y leerle las últimas noticias. Mamá estaba de buen humor esa tarde y no le dolía la cintura como casi siempre a la hora de la siesta. A todos les fue preguntando qué les pasaba que parecían tan nerviosos, y en la casa se habló de la baja presión y de los efectos nefastos de los mejoradores en el pan. A la hora del té vino tío Roque a charlar con mamá, y Carlos pudo darse un baño y quedarse a la espera del médico. Tía Clelia seguía mejor, pero le costaba moverse en la cama y ya casi no se interesaba por lo que tanto la había preocupado al salir del primer vahído. Pepa y Rosa se turnaron junto a ella, ofreciéndole té y agua sin que les contestara; la casa se apaciguó con el atardecer y los hermanos se dijeron que tal vez lo de tía Clelia no era grave, y que a la tarde siguiente volvería a entrar en el dormitorio de mamá como si no le hubiese pasado nada.

Con Alejandro las cosas habían sido mucho peores, porque Alejandro se había matado en un accidente de auto a poco de llegar a Montevideo donde lo esperaban en casa de un ingeniero amigo. Ya hacía casi un año de eso, pero siempre seguía siendo el primer día para los hermanos y los tíos, para todos menos para mamá, ya que para mamá Alejandro estaba en el Brasil donde una firma de Recife le había encargado la instalación de una fábrica de cemento. La idea de preparar a mamá, de insinuarle que Alejandro había tenido un accidente y que estaba levemente herido, no se les había ocurrido siquiera después de las prevenciones del doctor Bonifaz. Hasta María Laura, más allá de toda comprensión en esas primeras horas, había admitido que no era posible darle la noticia a mamá. Carlos y el padre de María Laura viajaron al Uruguay para traer el cuerpo de Alejandro, mientras la familia cuidaba como siempre de mamá que ese día estaba dolorida y difícil. El club de ingeniería aceptó que el velorio se hiciera en su sede y Pepa, la más ocupada con mamá, ni siquiera alcanzó a ver el ataúd de Alejandro mientras los otros se turnaban de hora en hora y acompañaban a la pobre María Laura perdida en un horror sin lágrimas. Como casi siempre, a tío Roque le tocó pensar. Habló de madrugada con Carlos, que lloraba silenciosamente a su hermano con la cabeza apoyada en la carpeta verde de la mesa del comedor donde tantas veces habían jugado a las cartas. Después se les agregó tía Clelia, porque mamá dormía toda la noche y no había que preocuparse por ella. Con el acuerdo tácito de Rosa y de Pepa, decidieron las primeras medidas, empezando por el secuestro de *La Nación* —a veces mamá se animaba a leer el diario unos minutos— y todos estuvieron de acuerdo con lo que había pensado el tío Roque. Fue así como una empresa brasileña contrató a Alejandro para que pasara un año en Recife, y Alejandro tuvo que renunciar en pocas horas a sus breves vacaciones en casa del ingeniero amigo, hacer su valija y saltar al primer avión. Mamá tenía que comprender que eran nuevos tiempos, que los industriales no entendían de sentimientos, pero Alejandro ya encontraría la manera de tomarse una semana de vacaciones a mitad de año y bajar a Buenos Aires. A mamá le pareció muy bien todo eso, aunque lloró un poco y hubo que darle a respirar sus sales. Carlos, que sabía hacerla reír, le dijo que era una vergüenza que llorara por el primer éxito del benjamín de la familia, y que a Alejandro no le hubiera gustado enterarse de que recibían así la noticia de su contrato. Entonces mamá se tranquilizó y dijo que bebería un dedo de málaga a la salud de Alejandro. Carlos salió bruscamente a buscar el vino, pero fue Rosa quien lo trajo y quien brindó con mamá.

La vida de mamá era bien penosa, y aunque poco se quejaba había que hacer todo lo posible por acompañarla y distraerla. Cuando al día siguiente del entierro de Alejandro se extrañó de que María Laura no hubiese venido a visitarla como todos los jueves, Pepa fue por la tarde a casa de los Novalli para hablar con María Laura. A esa hora tío Roque estaba en el estudio de un abogado amigo, explicándole la situación; el abogado prometió escribir inmediatamente a su hermano que trabajaba en Recife (las ciudades no se elegían al azar en casa de mamá) y organizar lo de la correspondencia. El doctor Bonifaz ya había visitado como por casualidad a mamá, y después de examinarle la vista la encontró bastante mejor pero le pidió que por unos días se abstuviera de leer los diarios. Tía Clelia se encargó de comentarle las noticias más interesantes; por suerte a mamá no le gustaban los noticieros radiales porque eran vulgares y a cada rato había avisos de remedios nada seguros que la gente tomaba contra viento y marea y así les iba.

María Laura vino el viernes por la tarde y habló de lo mucho que tenía que estudiar para los exámenes de arquitectura.

—Sí, mi hijita —dijo mamá, mirándola con afecto—. Tenés los ojos colorados de leer, y eso es malo. Ponete unas compresas con hamamelis, que es lo mejor que hay.

Rosa y Pepa estaban ahí para intervenir a cada momento en la conversación, y María Laura pudo resistir y hasta sonrió cuando mamá se puso a hablar de ese pícaro de novio que se iba tan lejos y casi sin avisar. La juventud moderna era así, el mundo se había vuelto loco y todos andaban apurados y sin tiempo para nada. Después mamá se perdió en las ya sabidas anécdotas de padres y abuelos, y vino el café y después entró Carlos con bromas y cuentos, y en algún momento tío Roque se paró en la puerta del dormitorio y los miró con su aire bonachón, y todo pasó como tenía que pasar hasta la hora del descanso de mamá.

La familia se fue habituando, a María Laura le costó más pero en cambio sólo tenía que ver a mamá los jueves; un día llegó la primera carta de Alejandro (mamá se había extrañado ya dos veces de su silencio) y Carlos se la leyó al pie de la cama. A Alejandro le había encantado Recife, hablaba del puerto, de los vendedores de papagayos y del sabor de los refrescos, a la familia se le hacía agua la boca cuando se enteraba de que los ananás no costaban nada, y que el café era de verdad y con una fragancia... Mamá pidió que le mostraran el sobre, y dijo que habría que darle la estampilla al chico de los

736

Marolda que era filatelista, aunque a ella no le gustaba nada que los chicos anduvieran con las estampillas porque después no se lavaban las manos y las estampillas habían rodado por todo el mundo.

—Les pasan la lengua para pegarlas —decía siempre mamá— y los microbios quedan ahí y se incuban, es sabido. Pero dásela lo mismo, total ya tiene tantas que una más...

Al otro día mamá llamó a Rosa y le dictó una carta para Alejandro, preguntándole cuándo iba a poder tomarse vacaciones y si el viaje no le costaría demasiado. Le explicó cómo se sentía y le habló del ascenso que acababan de darle a Carlos y del premio que había sacado uno de los alumnos de piano de Pepa. También le dijo que María Laura la visitaba sin faltar ni un solo jueves, pero que estudiaba demasiado y que eso era malo para la vista. Cuando la carta estuvo escrita, mamá la firmó al pie con un lápiz, y besó suavemente el papel. Pepa se levantó con el pretexto de ir a buscar un sobre, y tía Clelia vino con las pastillas de las cinco y unas flores para el jarrón de la cómoda.

Nada era fácil, porque en esa época la presión de mamá subió todavía más y la familia llegó a preguntarse si no habría alguna influencia inconsciente, algo que desbordaba del comportamiento de todos ellos, una inquietud y un desánimo que hacían daño a mamá a pesar de las precauciones y la falsa alegría. Pero no podía ser, porque a fuerza de fingir las risas todos habían acabado por reírse de veras con mamá, y a veces se hacían bromas y se tiraban manotazos aunque no estuvieran con ella, y después se miraban como si se despertaran bruscamente, y Pepa se ponía muy colorada y Carlos encendía un cigarrillo con la cabeza gacha. Lo único importante en el fondo era que pasara el tiempo y que mamá no se diese cuenta de nada. Tío Roque había hablado con el doctor Bonifaz, y todos estaban de acuerdo en que había que continuar indefinidamente la comedia piadosa, como la calificaba tía Clelia. El único problema eran las visitas de María Laura porque mamá insistía naturalmente en hablar de Alejandro, quería saber si se casarían apenas él volviera de Recife o si ese loco de hijo iba a aceptar otro contrato lejos y por tanto tiempo. No quedaba más remedio que entrar a cada momento en el dormitorio y distraer a mamá, quitarle a María Laura que se mantenía muy quieta en su silla, con las manos apretadas hasta hacerse daño, pero un día mamá le preguntó a tía Clelia por qué todos se precipitaban en esa forma cuando María Laura venía a verla, como si fuera la única ocasión que tenían de estar con ella. Tía Clelia se echó a reír y le dijo que todos veían un poco a Alejandro en María Laura, y que por eso les gustaba estar con ella cuando venía.

—Tenés razón, María Laura es tan buena —dijo mamá—. El bandido de mi hijo no se la merece, creeme.

—Mirá quién habla —dijo tía Clelia—. Si se te cae la baba cuando nombrás a tu hijo.

Mamá también se puso a reír, y se acordó de que en esos días iba a llegar carta de Alejandro. La carta llegó y tío Roque la trajo junto con el té de las cinco. Esa vez mamá quiso leer la carta y pidió sus anteojos de ver cerca. Leyó aplicadamente, como si cada frase fuera un bocado que había que dar vueltas y vueltas paladeándolo.

—Los muchachos de ahora no tienen respeto —dijo sin darle demasiada importancia—. Está bien que en mi tiempo no se usaban esas máquinas, pero yo no me hubiera atrevido jamás a escribir así a mi padre, ni vos tampoco.

—Claro que no —dijo tío Roque—. Con el genio que tenía el viejo.

—A vos no se te cae nunca eso del viejo, Roque. Sabés que no me gusta oírtelo decir, pero te da igual. Acordate cómo se ponía mamá.

—Bueno, está bien. Lo de viejo es una manera de decir, no tiene nada que ver con el respeto.

—Es muy raro —dijo mamá, quitándose los anteojos y mirando las molduras del cielo raso—. Ya van cinco o seis cartas de Alejandro, y en ninguna me llama... Ah, pero es un secreto entre los dos. Es raro, sabés. ¿Por qué no me ha llamado así ni una sola vez?

—A lo mejor al muchacho le parece tonto escribírtelo. Una cosa es que te diga... ¿cómo te dice...?

—Es un secreto —dijo mamá—. Un secreto entre mi hijito y yo.

Ni Pepa ni Rosa sabían de ese nombre, y Carlos se encogió de hombros cuando le preguntaron.

—¿Qué querés, tío? Lo más que puedo hacer es falsificarle la firma. Yo creo que mamá se va a olvidar de eso, no te lo tomés tan a pecho.

A los cuatro o cinco meses, después de una carta de Alejandro en la que explicaba lo mucho que tenía que hacer (aunque estaba contento porque era una gran oportunidad para un ingeniero joven), mamá insistió en que ya era tiempo de que se tomara unas vacaciones y bajara a Buenos Aires. A Rosa, que escribía la respuesta de mamá, le pareció que dictaba más lentamente, como si hubiera estado pensando mucho cada frase.

—Vaya a saber si el pobre podrá venir —comentó Rosa como al descuido—. Sería una lástima que se malquiste con la empresa justamente ahora que le va tan bien y está tan contento.

Mamá siguió dictando como si no hubiera oído. Su salud dejaba mucho que desear y le hubiera gustado ver a Alejandro, aunque sólo fuese por unos días. Alejandro tenía que pensar también en María Laura, no porque ella creyese que descuidaba a su novia, pero un cariño no vive de palabras bonitas y promesas a la distancia. En fin, esperaba que Alejandro le escribiera pronto con buenas noticias. Rosa se fijó que mamá no besaba el papel después de firmar, pero que miraba fijamente la carta como si quisiera grabársela en la memoria. «Pobre Alejandro», pensó Rosa, y después se santiguó bruscamente sin que mamá la viera.

—Mirá —le dijo tío Roque a Carlos cuando esa noche se quedaron solos para su partida de dominó—, yo creo que esto se va a poner feo. Habrá que inventar alguna cosa plausible, o al final se dará cuenta.

—Qué sé yo, tío. Lo mejor será que Alejandro conteste de una manera que la deje contenta por un tiempo más. La pobre está tan delicada, no se puede ni pensar en...

—Nadie habló de eso, muchacho. Pero yo te digo que tu madre es de las que no aflojan. Está en la familia, che.

Mamá leyó sin hacer comentarios la respuesta evasiva de Alejandro, que trataría de conseguir vacaciones apenas entregara el primer sector instalado de la fábrica. Cuando esa tarde llegó María Laura, le pidió que intercediera para que Alejandro viniese aunque no fuera más que una semana a Buenos Aires. María Laura le dijo después a Rosa que mamá se lo había pedido en el único momento en que nadie más podía escucharla. Tío Roque fue el primero en sugerir lo que todos habían pensado ya tantas veces sin animarse a decirlo por lo claro, y cuando mamá le dictó a Rosa otra carta para Alejandro, insistiendo en que viniera, se decidió que no quedaba más remedio que hacer la tentativa y ver si mamá estaba en condiciones de recibir una primera noticia desagradable. Carlos consultó al doctor Bonifaz, que aconsejó prudencia y unas gotas. Dejaron pasar el tiempo necesario, y una tarde tío Roque vino a sentarse a los pies de la cama de mamá, mientras Rosa cebaba un mate y miraba por la ventana del balcón, al lado de la cómoda de los remedios.

—Fijate que ahora empiezo a entender un poco por qué este diablo de sobrino no se decide a venir a vernos —dijo tío Roque—. Lo que pasa es que no te ha querido afligir, sabiendo que todavía no estás bien.

Mamá lo miró como si no comprendiera.

—Hoy telefonearon los Novalli, parece que María Laura recibió noticias de Alejandro. Está bien, pero no va a poder viajar por unos meses.

—¿Por qué no va a poder viajar? —preguntó mamá.

—Porque tiene algo en un pie, parece. En el tobillo, creo. Hay que preguntarle a María Laura para que diga lo que pasa. El viejo Novalli habló de una fractura o algo así.

—¿Fractura de tobillo? —dijo mamá.

Antes de que tío Roque pudiera contestar, ya Rosa estaba con el frasco de sales. El doctor Bonifaz vino enseguida, y todo pasó en unas horas, pero fueron horas largas y el doctor Bonifaz no se separó de la familia hasta entrada la noche. Recién dos días después mamá se sintió lo bastante repuesta como para pedirle a Pepa que le escribiera a Alejandro. Cuando Pepa, que no había entendido bien, vino como siempre con el bloc y la lapicera, mamá cerró los ojos y negó con la cabeza.

—Escribile vos, nomás. Decile que se cuide.

Pepa obedeció, sin saber por qué escribía una frase tras otra puesto que mamá no iba a leer la carta. Esa noche le dijo a Carlos que todo el tiempo, mientras escribía al lado de la cama de mamá, había tenido la absoluta seguridad de que mamá no iba a leer ni a firmar esa carta. Seguía con los ojos cerrados y no los abrió hasta la hora de la tisana; parecía haberse olvidado, estar pensando en otras cosas.

Alejandro contestó con el tono más natural del mundo, explicando que no había querido contar lo de la fractura para no afligirla. Al principio se habían equivocado y le habían puesto un yeso que hubo que cambiar, pero ya estaba mejor y en unas semanas podría empezar a caminar. En total tenía para unos dos meses, aunque lo malo era que su trabajo se había retrasado una barbaridad en el peor momento, y...

Carlos, que leía la carta en voz alta, tuvo la impresión de que mamá no lo escuchaba como otras veces. De cuando en cuando miraba el reloj, lo que en ella era signo de impaciencia. A las siete Rosa tenía que traerle el caldo con las gotas del doctor Bonifaz, y eran las siete y cinco.

—Bueno —dijo Carlos, doblando la carta—. Ya ves que todo va bien, al pibe no le ha pasado nada serio.

—Claro —dijo mamá—. Mirá, decile a Rosa que se apure, querés.

A María Laura, mamá le escuchó atentamente las explicaciones sobre la fractura de Alejandro, y hasta le dijo que le recomendara unas fricciones que tanto bien le habían hecho a su padre cuando la caída del caballo en Matanzas. Casi enseguida, como si formara parte de la misma frase, preguntó si no le podían dar unas gotas de agua de azahar, que siempre le aclaraban la cabeza.

La primera en hablar fue María Laura, esa misma tarde. Se lo dijo a Rosa en la sala, antes de irse, y Rosa se quedó mirándola como si no pudiera creer lo que había oído.

—Por favor —dijo Rosa—. ¿Cómo podés imaginarte una cosa así?

—No me la imagino, es la verdad —dijo María Laura—. Y yo no vuelvo más, Rosa, pídanme lo que quieran, pero yo no vuelvo a entrar en esa pieza.

En el fondo a nadie le pareció demasiado absurda la fantasía de María Laura. Pero tía Clelia resumió el sentimiento de todos cuando dijo que en una casa como la de ellos un deber era un deber. A Rosa le tocó ir a lo de los Novalli, pero María Laura tuvo un ataque de llanto tan histérico que no quedó más remedio que acatar su decisión; Pepa y Rosa empezaron esa misma tarde a hacer comentarios sobre lo mucho que tenía que estudiar la pobre chica y lo cansada que estaba. Mamá no dijo nada, y cuando llegó el jueves no preguntó por María Laura. Ese jueves se cumplían diez meses de la partida de Alejandro al Brasil. La empresa estaba tan satisfecha de sus servicios, que unas semanas después le propusieron una renovación del contrato por otro año, siempre que aceptara irse de inmediato a Belén para instalar otra fábrica. A tío Roque le parecía eso formidable, un gran triunfo para un muchacho de tan pocos años.

—Alejandro fue siempre el más inteligente —dijo mamá—. Así como Carlos es el más tesonero.

—Tenés razón —dijo tío Roque, preguntándose de pronto qué mosca le habría picado aquel día a María Laura—. La verdad es que te han salido unos hijos que valen la pena, hermana.

—Oh, sí, no me puedo quejar. A su padre le hubiera gustado verlos ya grandes. Las chicas, tan buenas, y el pobre Carlos, tan de su casa.

—Y Alejandro, con tanto porvenir.

—Ah, sí —dijo mamá.

—Fijate nomás en ese nuevo contrato que le ofrecen... En fin, cuando estés con ánimo le contestarás a tu hijo; debe andar con la cola entre las piernas pensando que la noticia de la renovación no te va a gustar.

—Ah, sí —repitió mamá, mirando al cielo raso—. Decile a Pepa que le escriba, ella ya sabe.

Pepa escribió, sin estar muy segura de lo que debía decirle a Alejandro, pero convencida de que siempre era mejor tener un texto completo para evitar contradicciones en las respuestas. Alejandro, por su parte, se alegró mucho de que mamá comprendiera la oportunidad que se le presentaba. Lo del tobillo iba muy bien, apenas pudiera pediría vacaciones para venirse a estar con ellos una quincena. Mamá asintió con un leve gesto, y preguntó si ya había llegado *La Razón* para que Carlos le leyera los telegramas. En la casa todo se había ordenado sin esfuerzo, ahora que parecían haber terminado los sobresaltos y la salud de mamá se mantenía estacionaria. Los hijos se turnaban para acompañarla; tío Roque y tía Clelia entraban y salían en cualquier momento. Carlos le leía el diario a mamá por la noche, y Pepa por la mañana. Rosa y tía Clelia se ocupaban de los medicamentos y los baños; tío Roque tomaba mate en su cuarto dos o tres veces al día. Mamá no estaba nunca sola, no preguntaba nunca por María Laura; cada tres semanas recibía sin comentarios las noticias de Alejandro; le decía a Pepa que contestara y hablaba de otra cosa, siempre inteligente y atenta y alejada.

Fue en esa época cuando tío Roque empezó a leerle las noticias de la tensión con el Brasil. Las primeras las había escrito en los bordes del diario, pero mamá no se preocupaba por la perfección de la lectura y después de unos días tío Roque se acostumbró a inventar en el momento. Al principio acompañaba los inquietantes telegramas con algún comentario sobre los problemas que eso podría traerle a Alejandro y a los demás argentinos en el Brasil, pero como mamá no parecía preocuparse dejó de insistir aunque cada tantos días agravaba un poco la situación. En las cartas de Alejandro se mencionaba la posibilidad de una ruptura de relaciones, aunque el muchacho era el optimista de siempre y estaba convencido de que los cancilleres arreglarían el litigio.

Mamá no hacía comentarios, tal vez porque aún faltaba mucho para que Alejandro pudiera pedir licencia, pero una noche le preguntó bruscamente al doctor Bonifaz si la situación con el Brasil era tan grave como decían los diarios.

—¿Con el Brasil? Bueno, sí, las cosas no andan muy bien —dijo el médico—. Esperemos que el buen sentido de los estadistas...

Mamá lo miraba como sorprendida de que le hubiese respondido sin vacilar. Suspiró levemente, y cambió la conversación. Esa noche estuvo más animada que otras veces, y el doctor Bonifaz se retiró satisfecho. Al otro día se enfermó tía Clelia; los desmayos parecían cosa pasajera, pero el doctor Bonifaz habló con tío Roque y aconsejó que internaran a tía Clelia en un sanatorio. A mamá, que en ese momento escuchaba las noticias del Brasil que le traía Carlos con el diario de la noche, le dijeron que tía Clelia estaba con una jaqueca que no la dejaba moverse de la cama. Tuvieron toda la noche para pensar en lo que harían, pero tío Roque estaba como anonadado después de hablar con el doctor Bonifaz, y a Carlos y a las chicas les tocó decidir. A Rosa se le ocurrió lo de la quinta de Manolita Valle y el aire puro; al segundo día de la jaqueca de tía Clelia, Carlos llevó la conversación con tanta habilidad que fue como si mamá en persona hubiera aconsejado una temporada en la quinta de Manolita que tanto bien le haría a Clelia. Un compañero de oficina de Carlos se ofreció para llevarla en su auto, ya que el tren era fatigoso con esa jaqueca. Tía Clelia fue la primera en querer despedirse de mamá, y entre Carlos y tío Roque la llevaron pasito a paso para que mamá le recomendase que no tomara frío en esos autos de ahora y que se acordara del laxante de frutas cada noche.

—Clelia estaba muy congestionada —le dijo mamá a Pepa por la tarde—. Me hizo mala impresión, sabés.

—Oh, con unos días en la quinta se va a reponer lo más bien. Estaba un poco cansada estos meses; me acuerdo de que Manolita le había dicho que fuera a acompañarla a la quinta.

—¿Sí? Es raro, nunca me lo dijo.

—Por no afligirte, supongo.

—¿Y cuánto tiempo se va a quedar, hijita?

Pepa no sabía, pero ya le preguntarían al doctor Bonifaz que era el que había aconsejado el cambio de aire. Mamá no volvió a hablar del asunto hasta algunos días después (tía Clelia acababa de tener un síncope en el sanatorio, y Rosa se turnaba con tío Roque para acompañarla).

—Me pregunto cuándo va a volver Clelia —dijo mamá.

—Vamos, por una vez que la pobre se decide a dejarte y a cambiar un poco de aire...

—Sí, pero lo que tenía no era nada, dijeron ustedes.

—Claro que no es nada. Ahora se estará quedando por gusto, o por acompañar a Manolita; ya sabés cómo son de amigas.

—Telefoneá a la quinta y averiguá cuándo va a volver —dijo mamá.

Rosa telefoneó a la quinta, y le dijeron que tía Clelia estaba mejor, pero que todavía se sentía un poco débil, de manera que iba a aprovechar para quedarse. El tiempo estaba espléndido en Olavarría.

—No me gusta nada eso —dijo mamá—. Clelia ya tendría que haber vuelto.

—Por favor, mamá, no te preocupés tanto. ¿Por qué no te mejorás vos lo antes posible, y te vas con Clelia y Manolita a tomar sol a la quinta?

—¿Yo? —dijo mamá, mirando a Carlos con algo que se parecía al asombro, al escándalo, al insulto. Carlos se echó a reír para disimular lo que sentía (tía Clelia estaba gravísima, Pepa acababa de telefonear) y la besó en la mejilla como a una niña traviesa.

—Mamita tonta —dijo, tratando de no pensar en nada.

Esa noche mamá durmió mal y desde el amanecer preguntó por Clelia, como si a esa hora se pudieran tener noticias de la quinta (tía Clelia acababa de morir y habían decidido velarla en la funeraria). A las ocho llamaron a la quinta desde el teléfono de la sala, para que mamá pudiera escuchar la conversación, y por suerte tía Clelia había pasado bastante buena noche aunque el médico de Manolita aconsejaba que se quedase mientras siguiera el buen tiempo. Carlos estaba muy contento con el cierre de la oficina por inventario y balance, y vino en piyama a tomar mate al pie de la cama de mamá y a darle conversación.

—Mirá —dijo mamá—, yo creo que habría que escribirle a Alejandro que venga a ver a su tía. Siempre fue el preferido de Clelia, y es justo que venga.

—Pero si tía Clelia no tiene nada, mamá. Si Alejandro no ha podido venir a verte a vos, imaginate...

—Allá él —dijo mamá—. Vos escribile y decile que Clelia está enferma y que debería venir a verla.

—¿Pero cuántas veces te vamos a repetir que lo de tía Clelia no es grave?

—Si no es grave, mejor. Pero no te cuesta nada escribirle.

Le escribieron esa misma tarde y le leyeron la carta a mamá. En los días en que debía llegar la respuesta de Alejandro (tía Clelia seguía bien, pero el médico de Manolita insistía en que aprovechara el buen aire de la quinta), la situación diplomática con el Brasil se agravó todavía más y Carlos le dijo a mamá que no sería raro que las cartas de Alejandro se demoraran.

—Parecería a propósito —dijo mamá—. Ya vas a ver que tampoco podrá venir él.

Ninguno de ellos se decidía a leerle la carta de Alejandro. Reunidos en el comedor, miraban al lugar vacío de tía Clelia, se miraban entre ellos, vacilando.

—Es absurdo —dijo Carlos—. Ya estamos tan acostumbrados a esta comedia, que una escena más o menos.

—Entonces llevásela vos —dijo Pepa, mientras se le llenaban los ojos de lágrimas y se los secaba con la servilleta.

—Qué querés, hay algo que no anda. Ahora cada vez que entro en su cuarto estoy como esperando una sorpresa, una trampa, casi.

—La culpa la tiene María Laura —dijo Rosa—. Ella nos metió la idea en la cabeza y ya no podemos actuar con naturalidad. Y para colmo tía Clelia...

—Mirá, ahora que lo decís se me ocurre que convendría hablar con María Laura —dijo tío Roque—. Lo más lógico sería que viniera después de sus exámenes y le diera a tu madre la noticia de que Alejandro no va a poder viajar.

—¿Pero a vos no te hiela la sangre que mamá no pregunte más por María Laura, aunque Alejandro la nombra en todas sus cartas?

—No se trata de la temperatura de mi sangre —dijo tío Roque—. Las cosas se hacen o no se hacen, y se acabó.

A Rosa le llevó dos horas convencer a María Laura, pero era su mejor amiga y María Laura los quería mucho, hasta a mamá aunque le diera miedo. Hubo que preparar una nueva carta, que María Laura trajo junto con un ramo de flores y las pastillas de mandarina que le gustaban a mamá. Sí, por suerte ya habían terminado los exámenes peores, y podría irse unas semanas a descansar a San Vicente.

—El aire del campo te hará bien —dijo mamá—. En cambio a Clelia... ¿Hoy llamaste a la quinta, Pepa? Ah, sí, recuerdo que me dijiste... Bueno, ya hace tres semanas que se fue Clelia, y mirá vos...

María Laura y Rosa hicieron los comentarios del caso, vino la bandeja del té, y María Laura le leyó a mamá unos párrafos de la carta de Alejandro con la noticia de la internación provisional de todos los técnicos extranjeros, y la gracia que le hacía estar alojado en un espléndido hotel por cuenta del gobierno, a la espera de que los cancilleres arreglaran el conflicto. Mamá no hizo ninguna reflexión, bebió su taza de tilo y se fue adormeciendo. Las muchachas siguieron charlando en la sala, más aliviadas. María Laura estaba por irse cuando se le ocurrió lo del teléfono y se lo dijo a Rosa. A Rosa le parecía que también Carlos había pensado en eso, y más tarde le habló a tío Roque, que se encogió de hombros. Frente a cosas así no quedaba más remedio que hacer un gesto y seguir leyendo el diario. Pero Rosa y Pepa se lo dijeron también a Carlos, que renunció a encontrarle explicación a menos de aceptar lo que nadie quería aceptar.

—Ya veremos —dijo Carlos—. Todavía puede ser que se le ocurra y nos lo pida. En ese caso...

Pero mamá no pidió nunca que le llevaran el teléfono para hablar personalmente con tía Clelia. Cada mañana preguntaba si había noticias de la quinta, y después se volvía a su silencio donde el tiempo parecía contarse por dosis de remedios y tazas de tisana. No le desagradaba que tío Roque viniera con *La Razón* para leerle las últimas noticias del conflicto con el Brasil, aunque tampoco parecía preocuparse si el diariero llegaba tarde o tío Roque se entretenía más que de costumbre con un problema de ajedrez. Rosa y Pepa llegaron a convencerse de que a mamá la tenía sin cuidado que le leyeran las noticias, o telefonearan a la quinta, o trajeran una carta de Alejandro. Pero no se podía estar seguro porque a veces mamá levantaba la cabeza y las miraba con la mirada profunda de siempre, en la que no había ningún cambio, ninguna aceptación. La rutina los abarcaba a todos, y para Rosa telefonear a un agujero negro en el extremo del hilo era tan simple y cotidiano como para tío Roque seguir leyendo falsos telegramas sobre un fondo de anuncios de remates o noticias de fútbol, o para Carlos entrar con las anécdotas de su visita a la quinta de Olavarría y los paquetes de frutas que les mandaban Manolita y tía Clelia. Ni siquiera durante los últimos meses de mamá cambiaron las costumbres, aunque poca importancia tuviera ya. El doctor Bonifaz les dijo que por suerte mamá no sufriría nada y que se apagaría sin sentirlo. Pero mamá se mantuvo lúcida hasta el fin, cuando ya los hijos la rodeaban sin poder fingir lo que sentían.

—Qué buenos fueron todos conmigo —dijo mamá con ternura—. Todo ese trabajo que se tomaron para que no sufriera.

Tío Roque estaba sentado junto a ella y le acarició jovialmente la mano, tratándola de tonta. Pepa y Rosa, fingiendo buscar algo en la cómoda, sabían ya que María Laura había tenido razón; sabían lo que de alguna manera habían sabido siempre.

—Tanto cuidarme... —dijo mamá, y Pepa apretó la mano de Rosa, porque al fin y al cabo esas dos palabras volvían a poner todo en orden, restablecían la larga comedia necesaria. Pero Carlos, a los pies de la cama, miraba a mamá como si supiera que iba a decir algo más.

—Ahora podrán descansar —dijo mamá—. Ya no les daremos más trabajo.

Tío Roque iba a protestar, a decir algo, pero Carlos se le acercó y le apretó violentamente el hombro. Mamá se perdía poco a poco en una modorra, y era mejor no molestarla.

Tres días después del entierro llegó la última carta de Alejandro, donde como siempre preguntaba por la salud de mamá y de tía Clelia. Rosa, que la había recibido, la abrió y empezó a leerla sin pensar, y cuando levantó la vista porque de golpe las lágrimas la cegaban, se dio cuenta de que mientras la leía había estado pensando en cómo habría que darle a Alejandro la noticia de la muerte de mamá.

Reunión

Recordé un viejo cuento de Jack London,
donde el protagonista, apoyado
en un tronco de árbol, se dispone a acabar
con dignidad su vida.

ERNESTO «CHE» GUEVARA,
en *La sierra y el llano*, La Habana, 1961

Nada podía andar peor, pero al menos ya no estábamos en la maldita lancha, entre vómitos y golpes de mar y pedazos de galleta mojada, entre ametralladoras y babas, hechos un asco, consolándonos cuando podíamos con el poco tabaco que se conservaba seco porque Luis (que no se llamaba Luis, pero habíamos jurado no acordarnos de nuestros nombres hasta que llegara el día) había tenido la buena idea de meterlo en una caja de lata que abríamos con más cuidado que si estuviera llena de escorpiones. Pero qué tabaco ni tragos de ron en esa condenada lancha, bamboleándose cinco días como una tortuga borracha, haciéndole frente a un norte que la cacheteaba sin lástima, y ola va y ola viene, los baldes despellejándonos las manos, yo con un asma del demonio y medio mundo enfermo, doblándose para vomitar como si fueran a partirse por la mitad. Hasta Luis, la segunda noche, una bilis verde que le sacó las ganas de reírse, entre eso y el norte que no nos dejaba ver el faro de Cabo Cruz, un desastre que nadie se había imaginado; y llamarle a eso una expedición de desembarco era como para seguir vomitando pero de pura tristeza. En fin, cualquier cosa con tal de dejar atrás la lancha, cualquier cosa aunque fuera lo que nos esperaba en tierra —pero sabíamos que nos estaba esperando y por eso no importaba tanto—, el tiempo que se compone justamente en el peor momento y zas la avioneta de reconocimiento, nada que hacerle, a vadear la ciénaga o lo que fuera con el agua hasta las costillas buscando el abrigo de los sucios pastizales, de los mangles, y yo como un idiota con mi pulverizador de adrenalina para poder seguir adelante, con Roberto que me llevaba el Springfield para ayudarme a vadear mejor la ciénaga (si era una ciénaga, porque a muchos ya se nos había ocurrido que a lo mejor habíamos errado el rumbo y que en vez de tierra firme habíamos hecho la estupidez de largarnos en algún cayo fangoso dentro del mar, a veinte millas de la isla...); y todo así, mal pensado y peor dicho, en una continua confusión de actos y nociones, una mezcla de alegría inexplicable y de rabia contra la maldita vida que nos estaban dando los aviones y lo que nos esperaba del lado de la carretera si llegábamos alguna vez, si estábamos en una ciénaga de la costa y no dando vueltas como alelados en un circo de barro y de total fracaso para diversión del babuino en su Palacio.

Ya nadie se acuerda cuánto duró, el tiempo lo medíamos por los claros entre los pastizales, los tramos donde podían ametrallarnos en picada, el alarido que escuché a mi izquierda, lejos, y que creo fue de Roque (a él le puedo dar su nombre, a su pobre esqueleto entre las lianas y los sapos), porque de los planes ya no quedaba más que la meta final, llegar a la Sierra y reunirnos con Luis si también él conseguía llegar; el resto se había hecho trizas con el norte, el desembarco improvisado, los pantanos. Pero seamos justos: algo se cumplía sincronizadamente, el ataque de los aviones enemigos. Había sido previsto y provocado: no falló. Y por eso, aunque todavía me doliera en la cara el aullido de Roque, mi maligna manera de entender el mundo me ayudaba a reírme por lo bajo (y me ahogaba todavía más, y Roberto me llevaba el Springfield para que yo pudiese inhalar adrenalina con la nariz casi al borde del agua, tragando más barro que otra cosa), porque si los aviones estaban ahí entonces no podía ser que hubiéramos equivocado la playa, a lo sumo nos habíamos desviado algunas millas, pero la carretera estaría detrás de los pastizales, y después el llano abierto y en el norte las primeras colinas. Tenía su gracia que el enemigo nos estuviera certificando desde el aire la bondad del desembarco.

Duró vaya a saber cuánto, y después fue de noche y éramos seis debajo de unos flacos árboles, por primera vez en terreno casi seco, mascando tabaco húmedo y unas pobres galletas. De Luis, de Pablo, de Lucas, ninguna noticia; desperdigados, probablemente muertos, en todo caso tan perdidos y mojados como nosotros. Pero me gustaba sentir cómo con el fin de esa jornada de batracio se me empezaban a ordenar las ideas, y cómo la muerte, más probable que nunca, no sería ya un balazo al azar en plena ciénaga, sino una operación dialéctica en seco, perfectamente orquestada por las partes en juego. El ejército debía controlar la carretera, cercando los pantanos a la espera de que apareciéramos de a dos o de a tres, liquidados por el barro y las alimañas y el hambre. Ahora todo se veía clarísimo, tenía otra vez los puntos cardinales en el bolsillo, me hacía reír sentirme tan vivo y tan despierto al borde del epílogo. Nada podía resultarme más gracioso que hacer rabiar a Roberto recitándole al oído unos versos del viejo Pancho que le parecían abominables. «Si por lo menos nos pudiéramos sacar el barro», se quejaba el Teniente. «O fumar de verdad» (alguien, más a la izquierda, ya no sé quién, alguien que se perdió al alba). Organización de la agonía: centinelas, dormir por turnos, mascar tabaco, chupar galletas infladas como esponjas. Nadie mencionaba a Luis, el temor de que lo hubieran matado era el único enemigo real, porque su confirmación nos anularía mucho más que el acoso, la falta de armas o las llagas en los pies. Sé que dormí un rato mientras Roberto velaba, pero antes estuve pensando que todo lo que habíamos hecho en esos días era demasiado insensato para admitir así de golpe la posibilidad de que hubieran matado a Luis. De alguna manera la insensatez tendría que continuar hasta el final, que quizá fuera la victoria, y en ese juego absurdo donde se había llegado hasta el escándalo de prevenir al enemigo que desembarcaríamos, no entraba la posibilidad de perder a Luis. Creo que también pensé que si triunfábamos, que si conseguíamos reunirnos otra vez con Luis, sólo entonces empezaría el juego en serio, el rescate de tanto romanticismo necesario y desenfrenado y peligroso. Antes de dormirme tuve como una visión: Luis junto a un árbol, rodeado por todos nosotros, se llevaba lentamente la mano a la cara y se la quitaba como si fuese una máscara. Con la cara en la mano se acercaba a su hermano Pablo, a mí, al Teniente, a Roque, pidiéndonos con un gesto que la aceptáramos, que nos la pusiéramos. Pero todos se iban negando uno a uno, y yo también me negué, sonriendo hasta las lágrimas, y entonces Luis volvió a ponerse la cara y le vi un cansancio infinito mientras se encogía de hombros y sacaba un cigarro del bolsillo de la guayabera. Profesionalmente hablando, una alucinación de la duermevela y la fiebre, fácilmente interpretable. Pero si realmente habían matado a Luis durante el desembarco, ¿quién subiría ahora a la Sierra con su cara? Todos trataríamos de subir pero nadie con la cara de Luis, nadie que pudiera o quisiera asumir la cara de Luis. «Los diádocos», pensé ya entredormido. «Pero todo se fue al diablo con los diádocos, es sabido.»

Aunque esto que cuento pasó hace rato, quedan pedazos y momentos tan recortados en la memoria que sólo se pueden decir en presente, como estar tirado otra vez boca arriba en el pastizal, junto al árbol que nos protege del cielo abierto. Es la tercera noche, pero al amanecer de ese día franqueamos la carretera a pesar de los jeeps y la metralla. Ahora hay que esperar otro amanecer porque nos han matado al baqueano y seguimos perdidos, habrá que dar con algún paisano que nos lleve adonde se pueda comprar algo de comer, y cuando digo comprar casi me da risa y me ahogo de nuevo, pero en eso como en lo demás a nadie se le ocurriría desobedecer a Luis, y la comida hay que pagarla y explicarle antes a la gente quiénes somos y por qué andamos en lo que andamos. La cara de Roberto en la choza abandonada de la loma, dejando cinco pesos debajo de un plato a cambio de la poca cosa que encontramos y que sabía a cielo, a comida en el Ritz si es que ahí se come bien. Tengo tanta fiebre que se me va pasando el asma, no hay mal que por bien no venga, pero pienso de nuevo en la cara de Roberto dejando los cinco pesos en la choza vacía, y me da un tal ataque de risa que vuelvo a ahogarme y me maldigo. Habría que dormir, Tinti monta la guardia, los muchachos descansan unos contra otros, yo me he ido un poco más lejos porque tengo la impresión de que los fastidio con la tos y los silbidos del pecho, y además hago una cosa que no debería hacer, y es que dos o tres veces en la noche fabrico una pantalla de hojas y meto la cara por debajo y enciendo despacito el cigarro para reconciliarme un poco con la vida.

En el fondo lo único bueno del día ha sido no tener noticias de Luis, el resto es un desastre, de los ochenta nos han matado por lo menos a cincuenta o sesenta; Javier cayó entre los primeros, el Peruano perdió un ojo y agonizó tres horas sin que yo pudiera hacer nada, ni siquiera rematarlo cuando los otros no miraban. Todo el día temimos que algún enlace (hubo tres con un riesgo increíble, en las mismas narices del ejército) nos trajera la noticia de la muerte de Luis. Al final es mejor no saber nada, imaginarlo vivo, poder esperar todavía. Fríamente peso las posibilidades y concluyo que lo han matado, todos sabemos cómo es, de qué manera el gran condenado es capaz de salir al descubierto con una pistola en la mano, y el que venga atrás que arree. No, pero López lo habrá cuidado, no hay como él para engañarlo a veces, casi como a un chico, convencerlo de que tiene que hacer lo contrario de lo que le da la gana en ese momento. Pero y si López... Inútil quemarse la sangre, no hay elementos para la menor hipótesis, y además es rara esta calma, este bienestar boca arriba como si todo estuviera bien así, como si todo se estuviera cumpliendo (casi pensé: «consumando», hubiera sido idiota) de conformidad con los planes. Será la fiebre o el cansancio, será que nos van a liquidar a todos como a sapos antes de que salga el sol. Pero ahora vale la pena aprovechar de este respiro absurdo, dejarse ir mirando el dibujo que hacen las ramas del árbol contra el cielo más claro, con algunas estrellas, siguiendo con ojos entornados ese dibujo casual de las ramas y las hojas, esos ritmos que se encuentran, se cabalgan y se separan, y a veces cambian suavemente cuando una bocanada de aire hirviendo pasa por encima de las copas, viniendo de las ciénagas. Pienso en mi hijo pero está lejos, a miles de kilómetros, en un país donde todavía se duerme en la cama, y su imagen me parece irreal, se me adelgaza y pierde entre las hojas del árbol, y en cambio me hace tanto bien recordar un tema de Mozart que me ha acompañado desde siempre, el movimiento inicial del cuarteto *La caza*, la evocación del alalí en la mansa voz de los violines, esa transposición de una ceremonia salvaje a un claro goce pensativo. Lo pienso, lo repito, lo canturreo en la memoria, y siento al mismo tiempo cómo la melodía y el dibujo de la copa del árbol contra el cielo se van acercando, traban amistad, se tantean una y otra vez hasta que el dibujo se ordena de pronto en la presencia visible de la melodía, un ritmo que sale de una rama baja, casi a la altura de mi cabeza, remonta hasta cierta altura y se abre como un abanico de tallos, mientras el segundo violín es esa rama más delgada que se yuxtapone para confundir sus hojas en un punto situado a la derecha, hacia el final de la frase, y dejarla terminar para que el ojo descienda por el tronco y pueda, si quiere, repetir la melodía. Y todo eso es también nuestra rebelión, es lo que estamos haciendo aunque Mozart y el árbol no puedan saberlo, también nosotros a nuestra manera hemos querido transponer una torpe guerra a un orden que le dé sentido, la justifique y en último término la lleve a una victoria que sea como la restitución de una melodía después de tantos años de roncos cuernos de caza, que sea ese allegro final que sucede al adagio como un encuentro con la luz. Lo que se divertiría Luis si supiera que en este momento lo estoy comparando con Mozart, viéndolo ordenar poco a poco esta insensatez, alzarla hasta su razón primordial que aniquila con su evidencia y su desmesura todas las prudentes razones temporales. Pero qué amarga, qué desesperada tarea la de ser un músico de hombres, por encima del barro y la metralla y el desaliento urdir ese canto que creíamos imposible, el canto que trabará amistad con la copa de los árboles, con la tierra devuelta a sus hijos. Sí, es la fiebre. Y cómo se reiría Luis aunque también a él le guste Mozart, me consta.

Y así al final me quedaré dormido, pero antes alcanzaré a preguntarme si algún día sabremos pasar del movimiento donde todavía suena el alalí del cazador, a la conquistada plenitud del adagio y de ahí al allegro final que me canturreo con un hilo de voz, si seremos capaces de alcanzar la reconciliación con todo lo que haya quedado vivo frente a nosotros. Tendríamos que ser como Luis, no ya seguirlo, sino ser como él, dejar atrás inapelablemente el odio y la venganza, mirar al enemigo como lo mira Luis, con una implacable magnanimidad que tantas veces ha suscitado en mi memoria (pero esto, ¿cómo decírselo a nadie?) una imagen de pantocrátor, un juez que empieza por ser el acusado y el testigo y que no juzga, que simplemente separa las tierras de las aguas para que al fin, alguna vez, nazca una patria de hombres en un amanecer tembloroso, a orillas de un tiempo más limpio.

Pero otra que adagio, si con la primera luz se nos vinieron encima por todas partes, y hubo que renunciar a seguir hacia el noreste y meterse en una zona mal conocida, gastando las últimas municiones mientras el Teniente con un compañero se hacía fuerte en una loma y desde ahí les paraba un rato las patas, dándonos tiempo a Roberto y a mí para llevarnos a Tinti herido en un muslo y buscar otra altura más protegida donde resistir hasta la noche. De noche ellos no atacaban nunca, aunque tuvieran bengalas y equipos eléctricos, les entraba como un pavor de sentirse menos protegidos por el número y el derroche de armas; pero para la noche faltaba casi todo el día, y éramos apenas cinco contra esos muchachos tan valientes que nos hostigaban para quedar bien con el babuino, sin contar los aviones que a cada rato picaban en los claros del monte y estropeaban cantidad de palmas con sus ráfagas.

A la media hora el Teniente cesó el fuego y pudo reunirse con nosotros, que apenas adelantábamos camino. Como nadie pensaba en abandonar a Tinti, porque conocíamos de sobra el destino de los prisioneros, pensamos que ahí, en esa ladera y en esos matorrales íbamos a quemar los últimos cartuchos. Fue divertido descubrir que los regulares atacaban en cambio una loma bastante más al este, engañados por un error de la aviación, y ahí nomás nos largamos cerro arriba por un sendero infernal, hasta llegar en dos horas a una loma casi pelada donde un compañero tuvo el ojo de descubrir una cueva tapada por las hierbas, y nos plantamos resollando después de calcular una posible retirada directamente hacia el norte, de peñasco en peñasco, peligrosa pero hacia el norte, hacia la Sierra donde a lo mejor ya habría llegado Luis.

Mientras yo curaba a Tinti desmayado, el Teniente me dijo que poco antes del ataque de los regulares al amanecer había oído un fuego de armas automáticas y de pistolas hacia el poniente. Podía ser Pablo con sus muchachos, o a lo mejor el mismo Luis. Teníamos la razonable convicción de que los sobrevivientes estábamos divididos en tres grupos, y quizás el de Pablo no anduviera tan lejos. El Teniente me preguntó si no valdría la pena intentar un enlace al caer la noche.

—Si vos me preguntás eso es porque te estás ofreciendo para ir —le dije. Habíamos acostado a Tinti en una cama de hierbas secas, en la parte más fresca de la cueva, y fumábamos descansando. Los otros dos compañeros montaban guardia afuera.

—Te figuras —dijo el Teniente, mirándome divertido—. A mí estos paseos me encantan, chico.

Así seguimos un rato, cambiando bromas con Tinti que empezaba a delirar, y cuando el Teniente estaba por irse entró Roberto con un serrano y un cuarto de chivito asado. No lo podíamos creer, comimos como quien se come a un fantasma, hasta Tinti mordisqueó un pedazo que se le fue a las dos horas junto con la vida. El serrano nos traía la noticia de la muerte de Luis; no dejamos de comer por eso, pero era mucha sal para tan poca carne, él no lo había visto aunque su hijo mayor, que también se nos había pegado con una vieja escopeta de caza, formaba parte del grupo que había ayudado a Luis y a cinco compañeros a vadear un río bajo la metralla, y estaba seguro de que Luis había sido herido casi al salir del agua y antes de que pudiera ganar las primeras matas. Los serranos habían trepado al monte que conocían como nadie, y con ellos dos hombres del grupo de Luis, que llegarían por la noche con las armas sobrantes y un poco de parque.

El Teniente encendió otro cigarro y salió a organizar el campamento y a conocer mejor a los nuevos; yo me quedé al lado de Tinti que se derrumbaba lentamente, casi sin dolor. Es decir que Luis había muerto, que el chivito estaba para chuparse los dedos, que esa noche seríamos nueve o diez hombres y que tendríamos municiones para seguir peleando. Vaya novedades. Era como una especie de locura fría que por un lado reforzaba el presente con hombres y alimentos, pero todo eso para borrar de un manotazo el futuro, la razón de esa insensatez que acababa de culminar con una noticia y un gusto a chivito asado. En la oscuridad de la cueva, haciendo durar largo mi cigarro, sentí que en ese momento no podía permitirme el lujo de aceptar la muerte de Luis, que solamente podía manejarla como un dato más dentro del plan de campaña, porque si también Pablo había muerto el jefe era yo por voluntad de Luis, y eso lo sabían el Teniente y todos los compañeros, y no se podía hacer otra cosa que tomar el mando y llegar a la Sierra y seguir adelante como si no hubiera pasado nada. Creo que cerré los ojos, y el recuerdo de mi visión fue otra vez la visión misma, y por un segundo me pareció que Luis se separaba de su cara y me la tendía, y yo defendí mi cara con las dos manos diciendo: «No, no, por favor no, Luis», y cuando abrí los ojos el Teniente estaba de vuelta mirando a Tinti que respiraba resollando, y le oí decir que acababan de agregársenos dos muchachos del monte, una buena noticia tras otra, parque y boniatos fritos, un botiquín, los regulares perdidos en las colinas del este, un manantial estupendo a cincuenta metros. Pero no me miraba en los ojos, mascaba el cigarro y parecía esperar que yo dijera algo, que fuera yo el primero en volver a mencionar a Luis.

Después hay como un hueco confuso, la sangre se fue de Tinti y él de nosotros, los serranos se ofrecieron para enterrarlo, yo me quedé en la cueva descansando aunque olía a vómito y a sudor frío, y curiosamente me dio por pensar en mi mejor amigo de otros tiempos, de antes de esa cesura en mi vida que me había arrancado a mi país para lanzarme a miles de kilómetros, a Luis, al desembarco en la isla, a esa cueva. Calculando la diferencia de hora imaginé que en ese momento, miércoles, estaría llegando a su consultorio, colgando el sombrero en la percha, echando una ojeada al correo. No era una alucinación, me bastaba pensar en esos años en que habíamos vivido tan cerca uno de otro en la ciudad, compartiendo la política, las mujeres y los libros, encontrándonos diariamente en el hospital; cada uno de sus gestos me era tan familiar, y esos gestos no eran solamente los suyos sino que abarcaban todo mi mundo de entonces, a mí mismo, a mi mujer, a mi padre, abarcaban mi periódico con sus editoriales inflados, mi café a mediodía con los médicos de guardia, mis lecturas y mis películas y mis ideales. Me pregunté qué estaría pensando mi amigo de todo esto, de Luis o de mí, y fue como si viera dibujarse la respuesta en su cara (pero entonces era la fiebre, habría que tomar quinina), una cara pagada de sí misma, empastada por la buena vida y las buenas ediciones y la eficacia del bisturí acreditado. Ni siquiera hacía falta que abriera la boca para decirme yo pienso que tu revolución no es más que... No era en absoluto necesario, tenía que ser así, esas gentes no podían aceptar una mutación que ponía en descubierto las verdaderas razones de su misericordia fácil y a horario, de su caridad reglamentada y a escote, de su bonhomía entre iguales, de su antirracismo de salón pero cómo la nena se va a casar con ese mulato, che, de su catolicismo con dividendo anual y efemérides en las plazas embanderadas, de su literatura de tapioca, de su folklorismo en ejemplares numerados y mate con virola de plata, de sus reuniones de cancilleres genuflexos, de su estúpida agonía inevitable a corto o largo plazo (quinina, quinina, y de nuevo el asma). Pobre amigo, me daba lástima imaginarlo defendiendo como un idiota precisamente los falsos valores que iban a acabar con él o en el mejor de los casos con sus hijos; defendiendo el derecho feudal a la propiedad y a la riqueza ilimitadas, él que no tenía más que su consultorio y una casa bien puesta, defendiendo los principios de la Iglesia cuando el catolicismo burgués de su mujer no había servido más que para obligarlo a buscar consuelo en las amantes, defendiendo una supuesta libertad individual cuando la policía cerraba las universidades y censuraba las publicaciones, y defendiendo por miedo, por el horror al cambio, por el escepticismo y la desconfianza que eran los únicos dioses vivos en su pobre país perdido. Y en eso estaba cuando entró el Teniente a la carrera y me gritó que Luis vivía, que acababan de cerrar un enlace con el norte, que Luis estaba más vivo que la madre de la chingada, que había llegado a lo alto de la Sierra con cincuenta guajiros y todas las armas que les habían sacado a un batallón de regulares copado en una hondonada, y nos abrazamos como idiotas y dijimos esas cosas que después, por largo rato, dan rabia y vergüenza y perfume, porque eso y comer chivito asado y echar para adelante era lo único que tenía sentido, lo único que contaba y crecía mientras no nos animábamos a mirarnos en los ojos y encendíamos cigarros con el mismo tizón, con los ojos clavados atentamente en el tizón y secándonos las lágrimas que el humo nos arrancaba de acuerdo con sus conocidas propiedades lacrimógenas.

Ya no hay mucho que contar, al amanecer uno de nuestros serranos llevó al Teniente y a Roberto hasta donde estaban Pablo y tres compañeros, y el Teniente subió a Pablo en brazos porque tenía los pies destrozados por las ciénagas. Ya éramos veinte, me acuerdo de Pablo abrazándome con su manera rápida y expeditiva, y diciéndome sin sacarse el cigarrillo de la boca: «Si Luis está vivo, todavía podemos vencer», y yo vendándole los pies que era una belleza, y los muchachos tomándole el pelo porque parecía que estrenaba zapatos blancos y diciéndole que su hermano lo iba a regañar por ese lujo intempestivo. «Que me regañe», bromeaba Pablo fumando como un loco, «para regañar a alguien hay que estar vivo, compañero, y ya oíste que está vivo, vivito, está más vivo que un caimán, y vamos arriba ya mismo, mira que me has puesto vendas, vaya lujo...». Pero no podía durar, con el sol vino el plomo de arriba y abajo, ahí me tocó un balazo en la oreja que si acierta dos centímetros más cerca, vos, hijo, que a lo mejor leés todo esto, te quedás sin saber en las que anduvo tu viejo. Con la sangre y el dolor y el susto las cosas se me pusieron estereoscópicas, cada imagen seca y en relieve, con unos colores que debían ser mis ganas de vivir y además no me pasaba nada, un pañuelo bien atado y a seguir subiendo; pero atrás se quedaron dos serranos, y el segundo de Pablo con la cara hecha un embudo por una bala cuarenta y cinco. En esos momentos hay tonterías que se fijan para siempre; me acuerdo de un gordo, creo que también del grupo de Pablo, que en lo peor de la pelea quería refugiarse detrás de una caña, se ponía de perfil, se arrodillaba detrás de la caña, y sobre todo me acuerdo de ese que se puso a gritar que había que rendirse, y de la voz que le contestó entre dos ráfagas de Thompson, la voz del Teniente, un bramido por encima de los tiros, un: «¡Aquí no se rinde nadie, carajo!», hasta que el más chico de los serranos, tan callado y tímido hasta entonces, me avisó que había una senda a cien metros de ahí, torciendo hacia arriba y a la izquierda, y yo se lo grité al Teniente y me puse a hacer punta con los serranos siguiéndome y tirando como demonios, en pleno bautismo de fuego y saboreándolo que era un gusto verlos, y al final nos fuimos juntando al pie de la seiba donde nacía el sendero y el serranito trepó y nosotros atrás, yo con un asma que no me dejaba andar y el pescuezo con más sangre que un chancho degollado, pero seguro de que también ese día íbamos a escapar y no sé por qué, pero era evidente como un teorema que esa misma noche nos reuniríamos con Luis.

Uno nunca se explica cómo deja atrás a sus perseguidores, poco a poco ralea el fuego, hay las consabidas maldiciones y «cobardes, se rajan en vez de pelear», entonces de golpe es el silencio, los árboles que vuelven a aparecer como cosas vivas y amigas, los accidentes del terreno, los heridos que hay que cuidar, la cantimplora de agua con un poco de ron que corre de boca en boca, los suspiros, alguna queja, el descanso y el cigarro, seguir adelante, trepar siempre aunque se me salgan los pulmones por las orejas, y Pablo diciéndome oye, me los hiciste del cuarenta y dos y yo calzo del cuarenta y tres, compadre, y la risa, lo alto de la loma, el ranchito donde un paisano tenía un poco de yuca con mojo y agua muy fresca, y Roberto, tesonero y concienzudo, sacando sus cuatro pesos para pagar el gasto y todo el mundo, empezando por el paisano, riéndose hasta herniarse, y el mediodía invitando a esa siesta que había que rechazar como si dejáramos irse a una muchacha preciosa mirándole las piernas hasta lo último.

Al caer la noche el sendero se empinó y se puso más que difícil, pero nos relamíamos pensando en la posición que había elegido Luis para esperarnos, por ahí no iba a subir ni un gamo. «Vamos a estar como en la iglesia», decía Pablo a mi lado, «hasta tenemos el armonio», y me miraba zumbón mientras yo jadeaba una especie de pasacaglia que solamente a él le hacía gracia. No me acuerdo muy bien de esas horas, anochecía cuando llegamos al último centinela y pasamos uno tras otro, dándonos a conocer y respondiendo por los serranos, hasta salir por fin al claro entre los árboles donde estaba Luis apoyado en un tronco, naturalmente con su gorra de interminable visera y el cigarro en la boca. Me costó el alma quedarme atrás, dejarlo a Pablo que corriera y se abrazara con su hermano, y entonces esperé que el Teniente y los otros fueran también y lo abrazaran, y después puse en el suelo el botiquín y el Springfield y con las manos en los bolsillos me acerqué y me quedé mirándolo, sabiendo lo que iba a decirme, la broma de siempre:

—Mira que usar esos anteojos —dijo Luis.

—Y vos esos espejuelos —le contesté, y nos doblamos de risa, y su quijada contra mi cara me hizo doler el balazo como el demonio, pero era un dolor que yo hubiera querido prolongar más allá de la vida.

—Así que llegaste, che —dijo Luis.

Naturalmente, decía «che» muy mal.

—¿Qué tú crees? —le contesté, igualmente mal. Y volvimos a doblarnos como idiotas, y medio mundo se reía sin saber por qué. Trajeron agua y las noticias, hicimos la rueda mirando a Luis, y sólo entonces nos dimos cuenta de cómo había enflaquecido y cómo le brillaban los ojos detrás de los jodidos espejuelos.

Más abajo volvían a pelear, pero el campamento estaba momentáneamente a cubierto. Se pudo curar a los heridos, bañarse en el manantial, dormir, sobre todo dormir, hasta Pablo que tanto quería hablar con su hermano. Pero como el asma es mi amante y me ha enseñado a aprovechar la noche, me quedé con Luis apoyado en el tronco de un árbol, fumando y mirando los dibujos de las hojas contra el cielo, y nos contamos de a ratos lo que nos había pasado desde el desembarco, pero sobre todo hablamos del futuro, de lo que iba a empezar cuando llegara el día en que tuviéramos que pasar del fusil al despacho con teléfonos, de la sierra a la ciudad, y yo me acordé de los cuernos de caza y estuve a punto de decirle a Luis lo que había pensado aquella noche, nada más que para hacerlo reír. Al final no le dije nada, pero sentía que estábamos entrando en el adagio del cuarteto, en una precaria plenitud de pocas horas que sin embargo era una certidumbre, un signo que no olvidaríamos. Cuántos cuernos de caza esperaban todavía, cuántos de nosotros dejaríamos los huesos como Roque, como Tinti, como el Peruano. Pero bastaba mirar la copa del árbol para sentir que la voluntad ordenaba otra vez su caos, le imponía el dibujo del adagio que alguna vez ingresaría en el allegro final, accedería a una realidad digna de ese nombre. Y mientras Luis me iba poniendo al tanto de las noticias internacionales y de lo que pasaba en la capital y en las provincias, yo veía cómo las hojas y las ramas se plegaban poco a poco a mi deseo, eran mi melodía, la melodía de Luis que seguía hablando ajeno a mi fantaseo, y después vi inscribirse una estrella en el centro del dibujo, y era una estrella pequeña y muy azul, y aunque no sé nada de astronomía y no hubiera podido decir si era una estrella o un planeta, en cambio me sentí seguro de que no era Marte ni Mercurio, brillaba demasiado en el centro del adagio, demasiado en el centro de las palabras de Luis como para que alguien pudiera confundirla con Marte o con Mercurio.

La señorita Cora

No entiendo por qué no me dejan pasar la noche en la clínica con el nene, al fin y al cabo soy su madre y el doctor De Luisi nos recomendó personalmente al director. Podrían traer un sofá cama y yo lo acompañaría para que se vaya acostumbrando, entró tan pálido el pobrecito como si fueran a operarlo enseguida, yo creo que es ese olor de las clínicas, su padre también estaba nervioso y no veía la hora de irse, pero yo estaba segura de que me dejarían con el nene. Después de todo tiene apenas quince años y nadie se los daría, siempre pegado a mí aunque ahora con los pantalones largos quiere disimular y hacerse el hombre grande. La impresión que le habrá hecho cuando se dio cuenta de que no me dejaban quedarme, menos mal que su padre le dio charla, le hizo poner el piyama y meterse en la cama. Y todo por esa mocosa de enfermera, yo me pregunto si verdaderamente tiene órdenes de los médicos o si lo hace por pura maldad. Pero bien que se lo dije, bien que le pregunté si estaba segura de que tenía que irme. No hay más que mirarla para darse cuenta de quién es, con esos aires de vampiresa y ese delantal ajustado, una chiquilina de porquería, que se cree la directora de la clínica. Pero eso sí, no se la llevó de arriba, le dije lo que pensaba y eso que el nene no sabía dónde meterse de vergüenza y su padre se hacía el desentendido y de paso seguro que le miraba las piernas como de costumbre. Lo único que me consuela es que el ambiente es bueno, se nota que es una clínica para personas pudientes; el nene tiene un velador de lo más lindo para leer sus revistas, y por suerte su padre se acordó de traerle caramelos de menta que son los que más le gustan. Pero mañana por la mañana, eso sí, lo primero que hago es hablar con el doctor De Luisi para que la ponga en su lugar a esa mocosa presumida. Habrá que ver si la frazada lo abriga bien al nene, voy a pedir que por las dudas le dejen otra a mano. Pero sí, claro que me abriga, menos mal que se fueron de una vez, mamá cree que soy un chico y me hace hacer cada papelón. Seguro que la enfermera va a pensar que no soy capaz de pedir lo que necesito, me miró de una manera cuando mamá le estaba protestando... Está bien, si no la dejaban quedarse qué le vamos a hacer, ya soy bastante grande para dormir solo de noche, me parece. Y en esta cama se dormirá bien, a esta hora ya no se oye ningún ruido, a veces de lejos el zumbido del ascensor que me hace acordar a esa película de miedo que también pasaba en una clínica, cuando a medianoche se abría poco a poco la puerta y la mujer paralítica en la cama veía entrar al hombre de la máscara blanca...

La enfermera es bastante simpática, volvió a las seis y media con unos papeles y me empezó a preguntar mi nombre completo, la edad y esas cosas. Yo guardé la revista enseguida porque hubiera quedado mejor estar leyendo un libro de veras y no una fotonovela, y creo que ella se dio cuenta pero no dijo nada, seguro que todavía estaba enojada por lo que le había dicho mamá y pensaba que yo era igual que ella y que le iba a dar órdenes o algo así. Me preguntó si me dolía el apéndice, y le dije que no, que esa noche estaba muy bien. «A ver el pulso», me dijo, y después de tomármelo anotó algo más en la planilla y la colgó a los pies de la cama. «¿Tenés hambre?», me preguntó, y yo creo que me puse colorado porque me tomó de sorpresa que me tuteara, es tan joven que me hizo impresión. Le dije que no, aunque era mentira porque a esa hora siempre tengo hambre. «Esta noche vas a cenar muy liviano», dijo ella, y cuando quise darme cuenta ya me había quitado el paquete de caramelos de menta y se iba. No sé si empecé a decirle algo, creo que no. Me daba una rabia que me hiciera eso como a un chico, bien podía haberme dicho que no tenía que comer caramelos, pero llevárselos... Seguro que estaba furiosa por lo de mamá y se desquitaba conmigo, de puro resentida; qué sé yo, después que se fue se me pasó de golpe el fastidio, quería seguir enojado con ella pero no podía. Qué joven es, clavado que no tiene ni diecinueve años, debe haberse recibido de enfermera hace muy poco. A lo mejor viene para traerme la cena; le voy a preguntar cómo se llama, si va a ser mi enfermera tengo que darle un nombre. Pero en cambio vino otra, una señora muy amable vestida de azul que me trajo un caldo y bizcochos y me hizo tomar unas pastillas verdes. También ella me preguntó cómo me llamaba y si me sentía bien, y me dijo que en esta pieza dormiría tranquilo porque era una de las mejores de la clínica, y es verdad porque dormí hasta casi las ocho en que me despertó una enfermera chiquita y arrugada como un mono pero muy amable, que me dijo que podía levantarme y lavarme pero antes me dio un termómetro y me dijo que me lo pusiera como se hace en estas clínicas, y yo no entendí porque en casa se pone debajo del brazo, y entonces me explicó y se fue. Al rato vino mamá y qué alegría verlo tan bien, yo que me temía que hubiera pasado la noche en blanco el pobre querido, pero los chicos son así, en la casa tanto trabajo y después duermen a pierna suelta aunque estén lejos de su mamá que no ha cerrado los ojos la pobre. El doctor De Luisi entró para revisar al nene y yo me fui un momento afuera porque ya está grandecito, y me hubiera gustado encontrármela a la enfermera de ayer para verle bien la cara y ponerla en su sitio nada más que mirándola de arriba abajo, pero no había nadie en el pasillo. Casi enseguida salió el doctor De Luisi y me dijo que al nene iban a operarlo a la mañana siguiente, que estaba muy bien y en las mejores condiciones para la operación, a su edad una apendicitis es una tontería. Le agradecí mucho y aproveché para decirle que me había llamado la atención la impertinencia de la enfermera de la tarde, se lo decía porque no era cosa de que a mi hijo fuera a faltarle la atención necesaria. Después entré en la pieza para acompañar al nene que estaba leyendo sus revistas y ya sabía que lo iban a operar al otro día. Como si fuera el fin del mundo, me mira de un modo la pobre, pero si no me voy a morir, mamá, haceme un poco el favor. Al Cacho le sacaron el apéndice en el hospital y a los seis días ya estaba queriendo jugar al fútbol. Andate tranquila que estoy muy bien y no me falta nada. Sí, mamá, sí, diez minutos queriendo saber si me duele aquí o más allá, menos mal que se tiene que ocupar de mi hermana en casa, al final se fue y yo pude terminar la fotonovela que había empezado anoche.

La enfermera de la tarde se llama la señorita Cora, se lo pregunté a la enfermera chiquita cuando me trajo el almuerzo; me dieron muy poco de comer y de nuevo pastillas verdes y unas gotas con gusto a menta; me parece que esas gotas hacen dormir porque se me caían las revistas de la mano y de golpe estaba soñando con el colegio y que íbamos a un picnic con las chicas del normal como el año pasado y bailábamos a la orilla de la pileta, era muy divertido. Me desperté a eso de las cuatro y media y empecé a pensar en la operación, no que tenga miedo, el doctor De Luisi dijo que no es nada, pero debe ser raro la anestesia y que te corten cuando estás dormido, el Cacho decía que lo peor es despertarse, que duele mucho y por ahí vomitás y tenés fiebre. El nene de mamá ya no está tan garifo como ayer, se le nota en la cara que tiene un poco de miedo, es tan chico que casi me da lástima. Se sentó de golpe en la cama cuando me vio entrar y escondió la revista debajo de la almohada. La pieza estaba un poco fría y fui a subir la calefacción, después traje el termómetro y se lo di. «¿Te lo sabés poner?», le pregunté, y las mejillas parecía que iban a reventársele de rojo que se puso. Dijo que sí con la cabeza y se estiró en la cama mientras yo bajaba las persianas y encendía el velador. Cuando me acerqué para que me diera el termómetro seguía tan ruborizado que estuve a punto de reírme, pero con los chicos de esa edad siempre pasa lo mismo, les cuesta acostumbrarse a esas cosas. Y para peor me mira en los ojos, por qué no le puedo aguantar esa mirada si al final no es más que una mujer, cuando saqué el termómetro de debajo de las frazadas y se lo alcancé, ella me miraba y yo creo que se sonreía un poco, se me debe notar tanto que me pongo colorado, es algo que no puedo evitar, es más fuerte que yo. Después anotó la temperatura en la hoja que está a los pies de la cama y se fue sin decir nada. Ya casi no me acuerdo de lo que hablé con papá y mamá cuando vinieron a verme a las seis. Se quedaron poco porque la señorita Cora les dijo que había que prepararme y que era mejor que estuviese tranquilo la noche antes. Pensé que mamá iba a soltarle alguna de las suyas pero la miró nomás de arriba abajo, y papá también pero yo al viejo le conozco las miradas, es algo muy diferente. Justo cuando se estaba yendo la oí a mamá que le decía a la señorita Cora: «Le agradeceré que lo atienda bien, es un niño que ha estado siempre muy rodeado por su familia», o alguna idiotez por el estilo, y me hubiera querido morir de rabia, ni siquiera escuché lo que le contestó la señorita Cora, pero estoy seguro de que no le gustó, a lo mejor piensa que me estuve quejando de ella o algo así.

Volvió a eso de las seis y media con una mesita de esas de ruedas llena de frascos y algodones, y no sé por qué de golpe me dio un poco de miedo, en realidad no era miedo pero empecé a mirar lo que había en la mesita, toda clase de frascos azules o rojos, tambores de gasa y también pinzas y tubos de goma, el pobre debía estar empezando a asustarse sin la mamá que parece un papagayo endomingado, le agradeceré que atienda bien al nene, mire que he hablado con el doctor De Luisi, pero sí, señora, se lo vamos a atender como a un príncipe. Es bonito su nene, señora, con esas mejillas que se le arrebolan apenas me ve entrar. Cuando le retiré las frazadas hizo un gesto como para volver a taparse, y creo que se dio cuenta de que me hacía gracia verlo tan pudoroso. «A ver, bajate el pantalón del piyama», le dije sin mirarlo en la cara. «¿El pantalón?», preguntó con una voz que se le quebró en un gallo. «Sí, claro, el pantalón», repetí, y empezó a soltar el cordón y a desabotonarse con unos dedos que no le obedecían. Le tuve que bajar yo misma el pantalón hasta la mitad de los muslos, y era como me lo había imaginado. «Ya sos un chico crecidito», le dije, preparando la brocha y el jabón aunque la verdad es que poco tenía para afeitar. «¿Cómo te llaman en tu casa?», le pregunté mientras lo enjabonaba. «Me llamo Pablo», me contestó con una voz que me dio lástima, tanta era la vergüenza. «Pero te darán algún sobrenombre», insistí, y fue todavía peor porque me pareció que se iba a poner a llorar mientras yo le afeitaba los pocos pelitos que andaban por ahí. «¿Así que no tenés ningún sobrenombre? Sos el nene solamente, claro.» Terminé de afeitarlo y le hice una seña para que se tapara, pero él se adelantó y en un segundo estuvo cubierto hasta el pescuezo. «Pablo es un bonito nombre», le dije para consolarlo un poco; casi me daba pena verlo tan avergonzado, era la primera vez que me tocaba atender a un muchachito tan joven y tan tímido, pero me seguía fastidiando algo en él que a lo mejor le venía de la madre, algo más fuerte que su edad y que no me gustaba, y hasta me molestaba que fuera tan bonito y tan bien hecho para sus años, un mocoso que ya debía creerse un hombre y que a la primera de cambio sería capaz de soltarme un piropo.

Me quedé con los ojos cerrados, era la única manera de escapar un poco de todo eso, pero no servía de nada porque justamente en ese momento agregó: «¿Así que no tenés ningún sobrenombre? Sos el nene solamente, claro», y yo hubiera querido morirme, o agarrarla por la garganta y ahogarla, y cuando abrí los ojos le vi el pelo castaño casi pegado a mi cara porque se había agachado para sacarme un resto de jabón, y olía a shampoo de almendra como el que se pone la profesora de dibujo, o algún perfume de ésos, y no supe qué decir y lo único que se me ocurrió fue preguntarle: «¿Usted se llama Cora, verdad?». Me miró con aire burlón, con esos ojos que ya me conocían y que me habían visto por todos lados, y dijo: «La señorita Cora». Lo dijo para castigarme, lo sé, igual que antes había dicho: «Ya sos un chico crecidito», nada más que para burlarse. Aunque me daba rabia tener la cara colorada, eso no lo puedo disimular nunca y es lo peor que me puede ocurrir, lo mismo me animé a decirle: «Usted es tan joven que... Bueno, Cora es un nombre muy lindo». No era eso, lo que yo había querido decirle era otra cosa y me parece que se dio cuenta y le molestó, ahora estoy seguro de que está resentida por culpa de mamá, yo solamente quería decirle que era tan joven que me hubiera gustado poder llamarla Cora a secas, pero cómo se lo iba a decir en ese momento cuando se había enojado y ya se iba con la mesita de ruedas y yo tenía unas ganas de llorar, ésa es otra cosa que no puedo impedir, de golpe se me quiebra la voz y veo todo nublado, justo cuando necesitaría estar más tranquilo para decir lo que pienso. Ella iba a salir pero al llegar a la puerta se quedó un momento como para ver si no se olvidaba de alguna cosa, y yo quería decirle lo que estaba pensando pero no encontraba las palabras y lo único que se me ocurrió fue mostrarle la taza con el jabón, se había sentado en la cama y después de aclararse la voz dijo: «Se le olvida la taza con el jabón», muy seriamente y con un tono de hombre grande. Volví a buscar la taza y un poco para que se calmara le pasé la mano por la mejilla. «No te aflijas, Pablito», le dije. «Todo irá bien, es una operación de nada.» Cuando lo toqué echó la cabeza atrás como ofendido, y después resbaló hasta esconder la boca en el borde de las frazadas. Desde ahí, ahogadamente, dijo: «Puedo llamarla Cora, ¿verdad?». Soy demasiado buena, casi me dio lástima tanta vergüenza que buscaba desquitarse por otro lado, pero sabía que no era el caso de ceder porque después me resultaría difícil dominarlo, y a un enfermo hay que dominarlo o es lo de siempre, los líos de María Luisa en la pieza catorce o los retos del doctor De Luisi que tiene un olfato de perro para esas cosas. «Señorita Cora», me dijo tomando la taza y yéndose. Me dio una rabia, unas ganas de pegarle, de saltar de la cama y echarla a empujones, o de... Ni siquiera comprendo cómo pude decirle: «Si yo estuviera sano a lo mejor me trataría de otra manera». Se hizo la que no oía, ni siquiera dio vuelta la cabeza, y me quedé solo y sin ganas de leer, sin ganas de nada, en el fondo hubiera querido que me contestara enojada para poder pedirle disculpas porque en realidad no era lo que yo había pensado decirle, tenía la garganta tan cerrada que no sé cómo me habían salido las palabras, se lo había dicho de pura rabia pero no era eso, o a lo mejor sí pero de otra manera.

Y sí, son siempre lo mismo, una los acaricia, les dice una frase amable, y ahí nomás asoma el machito, no quieren convencerse de que todavía son unos mocosos. Esto tengo que contárselo a Marcial, se va a divertir y cuando mañana lo vea en la mesa de operaciones le va a hacer todavía más gracia, tan tiernito el pobre con esa carucha arrebolada, maldito calor que me sube por la piel, cómo podría hacer para que no me pase eso, a lo mejor respirando hondo antes de hablar, qué sé yo. Se debe haber ido furiosa, estoy seguro de que escuchó perfectamente, no sé cómo le dije eso, yo creo que cuando le pregunté si podía llamarla Cora no se enojó, me dijo lo de señorita porque es su obligación pero no estaba enojada, la prueba es que vino y me acarició la cara; pero no, eso fue antes, primero me acarició y entonces yo le dije lo de Cora y lo eché todo a perder. Ahora estamos peor que antes y no voy a poder dormir aunque me den un tubo de pastillas. La barriga me duele de a ratos, es raro pasarse la mano y sentirse tan liso, lo malo es que me vuelvo a acordar de todo y del perfume de almendras, la voz de Cora, tiene una voz muy grave para una chica tan joven y linda, una voz como de cantante de boleros, algo que acaricia aunque esté enojada.

Cuando oí pasos en el corredor me acosté del todo y cerré los ojos, no quería verla, no me importaba verla, mejor que me dejara en paz, sentí que entraba y que encendía la luz del cielo raso, se hacía el dormido como un angelito, con una mano tapándose la cara, y no abrió los ojos hasta que llegué al lado de la cama. Cuando vio lo que traía se puso tan colorado que me volvió a dar lástima y un poco de risa, era demasiado idiota realmente. «A ver, m'hijito, bájese el pantalón y dese vuelta para el otro lado», y el pobre a punto de patalear como haría con la mamá cuando tenía cinco años, me imagino, a decir que no y a llorar y a meterse debajo de las cobijas y a chillar, pero el pobre no podía hacer nada de eso ahora, solamente se había quedado mirando el irrigador y después a mí que esperaba, y de golpe se dio vuelta y empezó a mover las manos debajo de las frazadas pero no atinaba a nada mientras yo colgaba el irrigador en la cabecera, tuve que bajarle las frazadas y ordenarle que levantara un poco el trasero para correrle mejor el pantalón y deslizarle una toalla. «A ver, subí un poco las piernas, así está bien, echate más de boca, te digo que te eches más de boca, así.» Tan callado que era casi como si gritara, por una parte me hacía gracia estarle viendo el culito a mi joven admirador, pero de nuevo me daba un poco de lástima por él, era realmente como si lo estuviera castigando por lo que me había dicho. «Avisá si está muy caliente», le previne, pero no contestó nada, debía estar mordiéndose un puño y yo no quería verle la cara y por eso me senté al borde de la cama y esperé a que dijera algo, pero aunque era mucho líquido lo aguantó sin una palabra hasta el final, y cuando terminó le dije, y eso sí se lo dije para cobrarme lo de antes: «Así me gusta, todo un hombrecito», y lo tapé mientras le recomendaba que aguantase lo más posible antes de ir al baño. «¿Querés que te apague la luz o te la dejo hasta que te levantes?», me preguntó desde la puerta. No sé cómo alcancé a decirle que era lo mismo, algo así, y escuché el ruido de la puerta al cerrarse y entonces me tapé la cabeza con las frazadas y qué le iba a hacer, a pesar de los cólicos me mordí las dos manos y lloré tanto que nadie, nadie puede imaginarse lo que lloré mientras la maldecía y la insultaba y le clavaba un cuchillo en el pecho cinco, diez, veinte veces, maldiciéndola cada vez y gozando de lo que sufría y de cómo me suplicaba que la perdonase por lo que me había hecho.

Es lo de siempre, che Suárez, uno corta y abre, y en una de ésas la gran sorpresa. Claro que a la edad del pibe tiene todas las chances a su favor, pero lo mismo le voy hablar claro al padre, no sea cosa que en una de ésas tengamos un lío. Lo más probable es que haya una buena reacción, pero ahí hay algo que falla, pensá en lo que pasó al comienzo de la anestesia: parece mentira en un pibe de esa edad. Lo fui a ver a las dos horas y lo encontré bastante bien si pensás en lo que duró la cosa. Cuando entró el doctor De Luisi yo estaba secándole la boca al pobre, no terminaba de vomitar y todavía le duraba la anestesia pero el doctor lo auscultó lo mismo y me pidió que no me moviera de su lado hasta que estuviera bien despierto. Los padres siguen en la otra pieza, la buena señora se ve que no está acostumbrada a estas cosas, de golpe se le acabaron las paradas, y el viejo parece un trapo. Vamos, Pablito, vomitá si tenés ganas y quejate todo lo que quieras, yo estoy aquí, sí, claro que estoy aquí, el pobre sigue dormido pero me agarra la mano como si se estuviera ahogando. Debe creer que soy la mamá, todos creen eso, es monótono. Vamos, Pablo, no te muevas así, quieto que te va a doler más, no, dejá las manos tranquilas, ahí no te podés tocar. Al pobre le cuesta salir de la anestesia, Marcial me dijo que la operación había sido muy larga. Es raro, habrán encontrado alguna complicación: a veces el apéndice no está tan a la vista, le voy a preguntar a Marcial esta noche. Pero sí, m'hijito, estoy aquí, quéjese todo lo que quiera pero no se mueva tanto, yo le voy a mojar los labios con este pedacito de hielo en una gasa, así se le va pasando la sed. Sí, querido, vomitá más, aliviate todo lo que quieras. Qué fuerza tenés en las manos, me vas a llenar de moretones, sí, sí, llorá si tenés ganas, llorá, Pablito, eso alivia, llorá y quejate, total estás tan dormido y creés que soy tu mamá. Sos bien bonito, sabés, con esa nariz un poco respingada y esas pestañas como cortinas, parecés mayor ahora que estás tan pálido. Ya no te pondrías colorado por nada, verdad, mi pobrecito. Me duele, mamá, me duele aquí, dejame que me saque ese peso que me han puesto, tengo algo en la barriga que pesa tanto y me duele, mamá, decile a la enfermera que me saque eso. Sí, m'hijito, ya se le va a pasar, quédese un poco quieto, por qué tendrás tanta fuerza, voy a tener que llamar a María Luisa para que me ayude. Vamos, Pablo, me enojo si no te estás quieto, te va a doler mucho más si seguís moviéndote tanto. Ah, parece que empezás a darte cuenta, me duele aquí, señorita Cora, me duele tanto aquí, hágame algo por favor, me duele tanto aquí, suélteme las manos, no puedo más, señorita Cora, no puedo más.

Menos mal que se ha dormido el pobre querido, la enfermera me vino a buscar a las dos y media y me dijo que me quedara un rato con él que ya estaba mejor, pero lo veo tan pálido, ha debido perder tanta sangre, menos mal que el doctor De Luisi dijo que todo había salido bien. La enfermera estaba cansada de luchar con él, yo no entiendo por qué no me hizo entrar antes, en esta clínica son demasiado severos. Ya es casi de noche y el nene ha dormido todo el tiempo, se ve que está agotado, pero me parece que tiene mejor cara, un poco de color. Todavía se queja de a ratos pero ya no quiere tocarse el vendaje y respira tranquilo, creo que pasará bastante buena noche. Como si yo no supiera lo que tengo que hacer, pero era inevitable; apenas se le pasó el primer susto a la buena señora le salieron otra vez los desplantes de patrona, por favor que al nene no le vaya a faltar nada por la noche, señorita. Decí que te tengo lástima, vieja estúpida, si no ya ibas a ver cómo te trataba. Las conozco a éstas, creen que con una buena propina el último día lo arreglan todo. Y a veces la propina ni siquiera es buena, pero para qué seguir pensando, ya se mandó mudar y todo está tranquilo. Marcial, quedate un poco, no ves que el chico duerme, contame lo que pasó esta mañana. Bueno, si estás apurado lo dejamos para después. No, mirá que puede entrar María Luisa, aquí no, Marcial. Claro, el señor se sale con la suya, ya te he dicho que no quiero que me beses cuando estoy trabajando, no está bien. Parecería que no tenemos toda la noche para besarnos, tonto. Andate. Váyase le digo, o me enojo. Bobo, pajarraco. Sí, querido, hasta luego. Claro que sí. Muchísimo.

Está muy oscuro pero es mejor, no tengo ni ganas de abrir los ojos. Casi no me duele, qué bueno estar así respirando despacio, sin esas náuseas. Todo está tan callado, ahora me acuerdo que vi a mamá, me dijo no sé qué, yo me sentía tan mal. Al viejo lo miré apenas, estaba a los pies de la cama y me guiñaba un ojo, el pobre siempre el mismo. Tengo un poco de frío, me gustaría otra frazada. Señorita Cora, me gustaría otra frazada. Pero si estaba ahí, apenas abrí los ojos la vi sentada al lado de la ventana leyendo una revista. Vino enseguida y me arropó, casi no tuve que decirle nada porque se dio cuenta enseguida. Ahora me acuerdo, yo creo que esta tarde la confundía con mamá y que ella me calmaba, o a lo mejor estuve soñando. ¿Estuve soñando, señorita Cora? Usted me sujetaba las manos, ¿verdad? Yo decía tantas pavadas, pero es que me dolía mucho, y las náuseas... Discúlpeme, no debe ser nada lindo ser enfermera. Sí, usted se ríe pero yo sé, a lo mejor la manché y todo. Bueno no hablaré más. Estoy tan bien así, ya no tengo frío. No, no me duele mucho, un poquito solamente. ¿Es tarde, señorita Cora? Sh, usted se queda calladito ahora, ya le he dicho que no puede hablar mucho, alégrese de que no le duela y quédese bien quieto. No, no es tarde, apenas las siete. Cierre los ojos y duerma. Así. Duérmase ahora.

Sí, yo querría pero no es tan fácil. Por momentos me parece que me voy a dormir, pero de golpe la herida me pega un tirón o todo me da vueltas en la cabeza, y tengo que abrir los ojos y mirarla, está sentada al lado de la ventana y ha puesto la pantalla para leer sin que me moleste la luz. ¿Por qué se quedará aquí todo el tiempo? Tiene un pelo precioso, le brilla cuando mueve la cabeza. Y es tan joven, pensar que hoy la confundí con mamá, es increíble. Vaya a saber qué cosas le dije, se debe haber reído otra vez de mí. Pero me pasaba hielo por la boca, eso me aliviaba tanto, ahora me acuerdo, me puso agua colonia en la frente y en el pelo, y me sujetaba las manos para que no me arrancara el vendaje. Ya no está enojada conmigo, a lo mejor mamá le pidió disculpas o algo así, me miraba de otra manera cuando me dijo: «Cierre los ojos y duérmase». Me gusta que me mire así, parece mentira lo del primer día cuando me quitó los caramelos. Me gustaría decirle que es tan linda, que no tengo nada contra ella, al contrario, que me gusta que sea ella la que me cuida de noche y no la enfermera chiquita. Me gustaría que me pusiera otra vez agua colonia en el pelo. Me gustaría que con una sonrisa me pidiera perdón, que me dijera que la puedo llamar Cora.

Se quedó dormido un buen rato, a las ocho calculé que el doctor De Luisi no tardaría y lo desperté para tomarle la temperatura. Tenía mejor cara y le había hecho bien dormir. Apenas vio el termómetro sacó una mano fuera de las cobijas, pero le dije que se estuviera quieto. No quería mirarlo en los ojos para que no sufriera pero lo mismo se puso colorado y empezó a decir que él podía muy bien solo. No le hice caso, claro, pero estaba tan tenso el pobre que no me quedó más remedio que decirle: «Vamos, Pablo, ya sos un hombrecito, no te vas a poner así cada vez, ¿verdad?». Es lo de siempre, con esa debilidad no pudo contener las lágrimas; haciéndome la que no me daba cuenta anoté la temperatura y me fui a prepararle la inyección. Cuando volvió yo me había secado los ojos con la sábana y tenía tanta rabia contra mí mismo que hubiera dado cualquier cosa por poder hablar, decirle que no me importaba, que en realidad no me importaba pero que no lo podía impedir. «Esto no duele nada», me dijo con la jeringa en la mano. «Es para que duermas bien toda la noche.» Me destapó y otra vez sentí que me subía la sangre a la cara, pero ella se sonrió un poco y empezó a frotarme el muslo con un algodón mojado. «No duele nada», le dije porque algo tenía que decirle, no podía ser que me quedara así mientras ella me estaba mirando. «Ya ves», me dijo sacando la aguja y frotándome con el algodón. «Ya ves que no duele nada. Nada te tiene que doler, Pablito.» Me tapó y me pasó la mano por la cara. Yo cerré los ojos y hubiera querido estar muerto, estar muerto y que ella me pasara la mano por la cara, llorando.

Nunca entendí mucho a Cora pero esta vez se fue a la otra banda. La verdad que no me importa si no entiendo a las mujeres. Lo único que vale la pena es que lo quieran a uno. Si están nerviosas, si se hacen problemas por cualquier macana, bueno nena, ya está, deme un beso y se acabó. Se ve que todavía es tiernita, va a pasar un buen rato antes de que aprenda a vivir en este oficio maldito, la pobre apareció esta noche con una cara rara y me costó media hora hacerle olvidar esas tonterías. Todavía no ha encontrado la manera de buscarle la vuelta a algunos enfermos, ya le pasó con la vieja del veintidós pero yo creía que desde entonces habría aprendido un poco, y ahora este pibe le vuelve a dar dolores de cabeza. Estuvimos tomando mate en mi cuarto a eso de las dos de la mañana, después fue a darle la inyección y cuando volvió estaba de mal humor, no quería saber nada conmigo. Le queda bien esa carucha de enojada, de tristona, de a poco se la fui cambiando, y al final se puso a reír y me contó, a esa hora me gusta tanto desvestirla y sentir que tiembla un poco como si tuviera frío. Debe ser muy tarde, Marcial. Ah, entonces puedo quedarme un rato todavía, la otra inyección le toca a las cinco y media, la galleguita no llega hasta las seis. Perdoname, Marcial, soy una boba, mirá que preocuparme tanto por ese mocoso, al fin y al cabo lo tengo dominado pero de a ratos me da lástima, a esa edad son tan tontos, tan orgullosos, si pudiera le pediría al doctor Suárez que me cambiara, hay dos operados en el segundo piso, gente grande, uno les pregunta tranquilamente si han ido de cuerpo, les alcanza la chata, los limpia si hace falta, todo eso charlando del tiempo o de la política, es un ir y venir de cosas naturales, cada uno está en lo suyo, Marcial, no como aquí, comprendés. Sí, claro que hay que hacerse a todo, cuántas veces me van a tocar chicos de esa edad, es una cuestión de técnica como decís vos. Sí, querido, claro. Pero es que todo empezó mal por culpa de la madre, eso no se ha borrado, sabés, desde el primer minuto hubo como un malentendido, y el chico tiene su orgullo y le duele, sobre todo que al principio no se daba cuenta de todo lo que iba a venir y quiso hacerse el grande, mirarme como si fueras vos, como un hombre. Ahora ya ni le puedo preguntar si quiere hacer pis, lo malo es que sería capaz de aguantarse toda la noche si yo me quedara en la pieza. Me da risa cuando me acuerdo, quería decir que sí y no se animaba, entonces me fastidió tanta tontería y lo obligué para que aprendiera a hacer pis sin moverse, bien tendido de espaldas. Siempre cierra los ojos en esos momentos pero es casi peor, está a punto de llorar o de insultarme, está entre las dos cosas y no puede, es tan chico, Marcial, y esa buena señora que lo ha de haber criado como un tilinguito, el nene de aquí y el nene de allá, mucho sombrero y saco entallado pero en el fondo el bebé de siempre, el tesorito de mamá. Ah, y justamente le vengo a tocar yo, el alto voltaje como decís vos, cuando hubiera estado tan bien con María Luisa que es idéntica a su tía y que lo hubiera limpiado por todos lados sin que se le subieran los colores a la cara. No, la verdad, no tengo suerte, Marcial.

Estaba soñando con la clase de francés cuando encendió la luz del velador, lo primero que le veo es siempre el pelo, será porque se tiene que agachar para las inyecciones o lo que sea, el pelo cerca de mi cara, una vez me hizo cosquillas en la boca y huele tan bien, y siempre se sonríe un poco cuando me está frotando con el algodón, me frotó un rato largo antes de pincharme y yo le miraba la mano tan segura que iba apretando de a poco la jeringa, el líquido amarillo que entraba despacio, haciéndome doler. «No, no me duele nada.» Nunca le podré decir: «No me duele nada, Cora». Y no le voy a decir señorita Cora, no se lo voy a decir nunca. Le hablaré lo menos que pueda y no la pienso llamar señorita Cora aunque me lo pida de rodillas. No, no me duele nada. No, gracias, me siento bien, voy a seguir durmiendo. Gracias.

Por suerte ya tiene de nuevo sus colores pero todavía está muy decaído, apenas si pudo darme un beso, y a tía Esther casi no la miró y eso que le había traído las revistas y una corbata preciosa para el día en que lo llevemos a casa. La enfermera de la mañana es un amor de mujer, tan humilde, con ella sí da gusto hablar, dice que el nene durmió hasta las ocho y que bebió un poco de leche, parece que ahora van a empezar a alimentarlo, tengo que decirle al doctor Suárez que el cacao le hace mal, o a lo mejor su padre ya se lo dijo porque estuvieron hablando un rato. Si quiere salir un momento, señora, vamos a ver cómo anda este hombre. Usted quédese, señor Morán, es que a la mamá le puede hacer impresión tanto vendaje. Vamos a ver un poco, compañero. ¿Ahí duele? Claro, es natural. Y ahí, decime si ahí te duele o solamente está sensible. Bueno, vamos muy bien, amiguito. Y así cinco minutos, si me duele aquí, si estoy sensible más acá, y el viejo mirándome la barriga como si me la viera por primera vez. Es raro pero no me siento tranquilo hasta que se van, pobres viejos tan afligidos pero qué le voy a hacer, me molestan, dicen siempre lo que no hay que decir, sobre todo mamá, y menos mal que la enfermera chiquita parece sorda y le aguanta todo con esa cara de esperar propina que tiene la pobre. Mirá que venir a jorobar con lo del cacao, ni que yo fuese un niño de pecho. Me dan unas ganas de dormir cinco días seguidos sin ver a nadie, sobre todo sin ver a Cora, y despertarme justo cuando me vengan a buscar para ir a casa. A lo mejor habrá que esperar unos días más, señor Morán, ya sabrá por De Luisi que la operación fue más complicada de lo previsto, a veces hay pequeñas sorpresas. Claro que con la constitución de ese chico yo creo que no habrá problema, pero mejor dígale a su señora que no va a ser cosa de una semana como se pensó al principio. Ah, claro, bueno, de eso usted hablará con el administrador, son cosas internas. Ahora vos fijate si no es mala suerte, Marcial, anoche te lo anuncié, esto va a durar mucho más de lo que pensábamos. Sí, ya sé que no importa pero podrías ser un poco más comprensivo, sabés muy bien que no me hace feliz atender a ese chico, y a él todavía menos, pobrecito. No me mirés así, por qué no le voy a tener lástima. No me mirés así.

Nadie me prohibió que leyera pero se me caen las revistas de la mano, y eso que tengo dos episodios por terminar y todo lo que me trajo tía Esther. Me arde la cara, debo de tener fiebre o es que hace mucho calor en esta pieza, le voy a pedir a Cora que entorne un poco la ventana o que me saque una frazada. Quisiera dormir, es lo que más me gustaría, que ella estuviese allí sentada leyendo una revista y yo durmiendo sin verla, sin saber que está allí, pero ahora no se va a quedar más de noche, ya pasó lo peor y me dejarán solo. De tres a cuatro creo que dormí un rato, a las cinco justas vino con un remedio nuevo, unas gotas muy amargas. Siempre parece que se acaba de bañar y cambiar, está tan fresca y huele a talco perfumado, a lavanda. «Este remedio es muy feo, ya sé», me dijo, y se sonreía para animarme. «No, es un poco amargo, nada más», le dije. «¿Cómo pasaste el día?», me preguntó, sacudiendo el termómetro. Le dije que bien, que durmiendo, que el doctor Suárez me había encontrado mejor, que no me dolía mucho. «Bueno, entonces podés trabajar un poco», me dijo dándome el termómetro. Yo no supe qué contestarle y ella se fue a cerrar las persianas y arregló los frascos en la mesita mientras yo me tomaba la temperatura. Hasta tuve tiempo de echarle un vistazo al termómetro antes de que viniera a buscarlo. «Pero tengo muchísima fiebre», me dijo como asustado. Era fatal, siempre seré la misma estúpida, por evitarle el mal momento le doy el termómetro y naturalmente el muy chiquilín no pierde tiempo en enterarse de que está volando de fiebre. «Siempre es así los primeros cuatro días, y además nadie te mandó que miraras», le dije, más furiosa contra mí que contra él. Le pregunté si había movido el vientre y me dijo que no. Le sudaba la cara, se la sequé y le puse un poco de agua colonia; había cerrado los ojos antes de contestarme y no los abrió mientras yo lo peinaba un poco para que no le molestara el pelo en la frente. Treinta y nueve y nueve era mucha fiebre, realmente. «Tratá de dormir un rato», le dije, calculando a qué hora podría avisarle al doctor Suárez. Sin abrir los ojos hizo un gesto como de fastidio, y articulando cada palabra me dijo: «Usted es mala conmigo, Cora». No atiné a contestarle nada, me quedé a su lado hasta que abrió los ojos y me miró con toda su fiebre y toda su tristeza. Casi sin darme cuenta estiré la mano y quise hacerle una caricia en la frente, pero me rechazó de un manotón y algo debió tironearle en la herida porque se crispó de dolor. Antes de que pudiera reaccionar me dijo en voz muy baja: «Usted no sería así conmigo si me hubiera conocido en otra parte». Estuve al borde de soltar una carcajada, pero era tan ridículo que me dijera eso mientras se le llenaban los ojos de lágrimas que me pasó lo de siempre, me dio rabia y casi miedo, me sentí de golpe como desamparada delante de ese chiquilín pretencioso. Conseguí dominarme (eso se lo debo a Marcial, me ha enseñado a controlarme y cada vez lo hago mejor), y me enderecé como si no hubiera sucedido nada, puse la toalla en la percha y tapé el frasco de agua colonia. En fin, ahora sabíamos a qué atenernos, en el fondo era mucho mejor así. Enfermera, enfermo, y pare de contar. Que el agua colonia se la pusiera la madre, yo tenía otras cosas que hacerle y se las haría sin más contemplaciones. No sé por qué me quedé más de lo necesario. Marcial me dijo cuando se lo conté que había querido darle la oportunidad de disculparse, de pedir perdón. No sé, a lo mejor fue eso o algo distinto, a lo mejor me quedé para que siguiera insultándome, para ver hasta dónde era capaz de llegar. Pero seguía con los ojos cerrados y el sudor le empapaba la frente y las mejillas, era como si me hubieran metido en agua hirviendo, veía manchas violeta y rojas cuando apretaba los ojos para no mirarla sabiendo que todavía estaba allí, y hubiera dado cualquier cosa para que se agachara y volviera a secarme la frente como si yo no le hubiera dicho eso, pero ya era imposible, se iba a ir sin hacer nada, sin decirme nada, y yo abriría los ojos y encontraría la noche, el velador, la pieza vacía, un poco de perfume todavía, y me repetiría diez veces, cien veces, que había hecho bien en decirle lo que le había dicho, para que aprendiera, para que no me tratara como a un chico, para que me dejara en paz, para que no se fuera.

Empiezan siempre a la misma hora, entre seis y siete de la mañana, debe ser una pareja que anida en las cornisas del patio, un palomo que arrulla y la paloma que le contesta, al rato se cansan, se lo dije a la enfermera chiquita que viene a lavarme y a darme el desayuno, se encogió de hombros y dijo que ya otros enfermos se habían quejado de las palomas pero que el director no quería que las echaran. Ya ni sé cuánto hace que las oigo, las primeras mañanas estaba demasiado dormido o dolorido para fijarme, pero desde hace tres días escucho a las palomas y me entristecen, quisiera estar en casa oyendo ladrar a Milord, oyendo a tía Esther que a esta hora se levanta para ir a misa. Maldita fiebre que no quiere bajar, me van a tener aquí hasta quién sabe cuándo, se lo voy a preguntar al doctor Suárez esta misma mañana, al fin y al cabo podría estar lo más bien en casa. Mire, señor Morán, quiero ser franco con usted, el cuadro no es nada sencillo. No, señorita Cora, prefiero que usted siga atendiendo a ese enfermo, y le voy a decir por qué. Pero entonces, Marcial... Vení, te voy a hacer un café bien fuerte, mirá que sos potrilla todavía, parece mentira. Escuchá, vieja, he estado hablando con el doctor Suárez, y parece que el pibe...

Por suerte después se callan, a lo mejor se van volando por ahí, por toda la ciudad, tienen suerte las palomas. Qué mañana interminable, me alegré cuando se fueron los viejos, ahora les da por venir más seguido desde que tengo tanta fiebre. Bueno, si me tengo que quedar cuatro o cinco días más aquí, qué importa. En casa sería mejor, claro, pero lo mismo tendría fiebre y me sentiría tan mal de a ratos. Pensar que no puedo ni mirar una revista, es una debilidad como si no me quedara sangre. Pero todo es por la fiebre, me lo dijo anoche el doctor De Luisi y el doctor Suárez me lo repitió esta mañana, ellos saben. Duermo mucho pero lo mismo es como si no pasara el tiempo, siempre es antes de las tres como si a mí me importaran las tres o las cinco. Al contrario, a las tres se va la enfermera chiquita y es una lástima porque con ella estoy tan bien. Si me pudiera dormir de un tirón hasta la medianoche sería mucho mejor. Pablo, soy yo, la señorita Cora. Tu enfermera de la noche que te hace doler con las inyecciones. Ya sé que no te duele, tonto, es una broma. Seguí durmiendo si querés, ya está. Me dijo: «Gracias» sin abrir los ojos, pero hubiera podido abrirlos, sé que con la galleguita estuvo charlando a mediodía aunque le han prohibido que hable mucho. Antes de salir me di vuelta de golpe y me estaba mirando, sentí que todo el tiempo me había estado mirando de espaldas. Volví y me senté al lado de la cama, le tomé el pulso, le arreglé las sábanas que arrugaba con sus manos de fiebre. Me miraba el pelo, después bajaba la vista y evitaba mis ojos. Fui a buscar lo necesario para prepararlo y me dejó hacer sin una palabra, con los ojos fijos en la ventana, ignorándome. Vendrían a buscarlo a las cinco y media en punto, todavía le quedaba un rato para dormir, los padres esperaban en la planta baja porque le hubiera hecho impresión verlos a esa hora. El doctor Suárez iba a venir un rato antes para explicarle que tenían que completar la operación, cualquier cosa que no lo inquietara demasiado. Pero en cambio mandaron a Marcial, me tomó de sorpresa verlo entrar así pero me hizo una seña para que no me moviera y se quedó a los pies de la cama leyendo la hoja de temperatura hasta que Pablo se acostumbrara a su presencia. Le empezó a hablar un poco en broma, armó la conversación como él sabe hacerlo, el frío en la calle, lo bien que se estaba en ese cuarto, y él lo miraba sin decir nada, como esperando, mientras yo me sentía tan rara, hubiera querido que Marcial se fuera y me dejara sola con él, yo hubiera podido decírselo mejor que nadie, aunque quizá no, probablemente no. Pero si ya lo sé, doctor, me van a operar de nuevo, usted es el que me dio la anestesia la otra vez, y bueno, mejor eso que seguir en esta cama y con esta fiebre. Yo sabía que al final tendrían que hacer algo, por qué me duele tanto desde ayer, un dolor diferente, desde más adentro. Y usted, ahí sentada, no ponga esa cara, no se sonría como si me viniera a invitar al cine. Váyase con él y bésalo en el pasillo, tan dormido no estaba la otra tarde cuando usted se enojó con él porque la había besado aquí. Váyanse los dos, déjenme dormir, durmiendo no me duele tanto.

Y bueno, pibe, ahora vamos a liquidar este asunto de una vez por todas, hasta cuándo nos vas a estar ocupando una cama, che. Contá despacito, uno, dos, tres. Así va bien, vos seguí contando y dentro de una semana estás comiendo un bife jugoso en casa. Un cuarto de hora a gatas, nena, y vuelta a coser. Había que verle la cara a De Luisi, uno no se acostumbra nunca del todo a estas cosas. Mirá, aproveché para pedirle a Suárez que te relevaran como vos querías, le dije que estás muy cansada con un caso tan grave; a lo mejor te pasan al segundo piso si vos también le hablás. Está bien, hacé como quieras, tanto quejarte la otra noche y ahora te sale la samaritana. No te enojés conmigo, lo hice por vos. Sí, claro que lo hizo por mí pero perdió el tiempo, me voy a quedar con él esta noche y todas las noches. Empezó a despertarse a las ocho y media, los padres se fueron enseguida porque era mejor que no los viera con la cara que tenían los pobres, y cuando llegó el doctor Suárez me preguntó en voz baja si quería que me relevara María Luisa, pero le hice una seña de que me quedaba y se fue. María Luisa me acompañó un rato porque tuvimos que sujetarlo y calmarlo, después se tranquilizó de golpe y casi no tuvo vómitos; está tan débil que se volvió a dormir sin quejarse mucho hasta las diez. Son las palomas, vas a ver, mamá, ya están arrullando como todas las mañanas, no sé por qué no las echan, que se vuelen a otro árbol. Dame la mano, mamá, tengo tanto frío. Ah, entonces estuve soñando, me parecía que ya era de mañana y que estaban las palomas. Perdóneme, la confundí con mamá. Otra vez desviaba la mirada, se volvía a su encono, otra vez me echaba a mí toda la culpa. Lo atendí como si no me diera cuenta de que seguía enojado, me senté junto a él y le mojé los labios con hielo. Cuando me miró, después que le puse agua colonia en las manos y la frente, me acerqué más y le sonreí. «Llamame Cora», le dije. «Yo sé que no nos entendimos al principio, pero vamos a ser tan buenos amigos, Pablo.» Me miraba callado. «Decime: Sí, Cora.» Me miraba, siempre. «Señorita Cora», dijo después, y cerró los ojos. «No, Pablo, no», le pedí, besándolo en la mejilla, muy cerca de la boca. «Yo voy a ser Cora para vos, solamente para vos.» Tuve que echarme atrás, pero lo mismo me salpicó la cara. Lo sequé, le sostuve la cabeza para que se enjuagara la boca, lo volví a besar hablándole al oído. «Discúlpeme», dijo con un hilo de voz, «no lo pude contener». Le dije que no fuera tonto, que para eso estaba yo cuidándolo, que vomitara todo lo que quisiera para aliviarse. «Me gustaría que viniera mamá», me dijo, mirando a otro lado con los ojos vacíos. Todavía le acaricié un poco el pelo, le arreglé las frazadas esperando que me dijera algo, pero estaba muy lejos y sentí que lo hacía sufrir todavía más si me quedaba. En la puerta me volví y esperé; tenía los ojos muy abiertos, fijos en el cielo raso. «Pablito», le dije. «Por favor, Pablito. Por favor, querido.» Volví hasta la cama, me agaché para besarlo; olía a frío, detrás del agua colonia estaba el vómito, la anestesia. Si me quedo un segundo más me pongo a llorar delante de él, por él. Lo besé otra vez y salí corriendo, bajé a buscar a la madre y a María Luisa; no quería volver mientras la madre estuviera allí, por lo menos esa noche no quería volver y después sabía demasiado bien que no tendría ninguna necesidad de volver a ese cuarto, que Marcial y María Luisa se ocuparían de todo hasta que el cuarto quedara otra vez libre.

La isla a mediodía

La primera vez que vio la isla, Marini estaba cortésmente inclinado sobre los asientos de la izquierda, ajustando la mesa de plástico antes de instalar la bandeja del almuerzo. La pasajera lo había mirado varias veces mientras él iba y venía con revistas o vasos de whisky; Marini se demoraba ajustando la mesa, preguntándose aburridamente si valdría la pena responder a la mirada insistente de la pasajera, una americana de las muchas, cuando en el óvalo azul de la ventanilla entró el litoral de la isla, la franja dorada de la playa, las colinas que subían hacia la meseta desolada. Corrigiendo la posición defectuosa del vaso de cerveza, Marini sonrió a la pasajera. «Las islas griegas», dijo. «Oh, yes, Greece», repuso la americana con un falso interés. Sonaba brevemente un timbre y el steward se enderezó, sin que la sonrisa profesional se borrara de su boca de labios finos. Empezó a ocuparse de un matrimonio sirio que quería jugo de tomate, pero en la cola del avión se concedió unos segundos para mirar otra vez hacia abajo; la isla era pequeña y solitaria, y el Egeo la rodeaba con un intenso azul que exaltaba la orla de un blanco deslumbrante y como petrificado, que allá abajo sería espuma rompiendo en los arrecifes y las caletas. Marini vio que las playas desiertas corrían hacia el norte y el oeste, lo demás era la montaña entrando a pique en el mar. Una isla rocosa y desierta, aunque la mancha plomiza cerca de la playa del norte podía ser una casa, quizás un grupo de casas primitivas. Empezó a abrir la lata de jugo, y al enderezarse la isla se borró de la ventanilla; no quedó más que el mar, un verde horizonte interminable. Miró su reloj pulsera sin saber por qué; era exactamente mediodía.

A Marini le gustó que lo hubieran destinado a la línea Roma-Teherán, porque el pasaje era menos lúgubre que en las líneas del norte y las muchachas parecían siempre felices de ir a Oriente o de conocer Italia. Cuatro días después, mientras ayudaba a un niño que había perdido la cuchara y mostraba desconsolado el plato del postre, descubrió otra vez el borde de la isla. Había una diferencia de ocho minutos pero cuando se inclinó sobre una ventanilla de la cola no le quedaron dudas; la isla tenía una forma inconfundible, como una tortuga que sacara apenas las patas del agua. La miró hasta que lo llamaron, esta vez con la seguridad de que la mancha plomiza era un grupo de casas; alcanzó a distinguir el dibujo de unos pocos campos cultivados que llegaban hasta la playa. Durante la escala de Beirut miró el atlas de la stewardess, y se preguntó si la isla no sería Horos. El radiotelegrafista, un francés indiferente, se sorprendió de su interés. «Todas esas islas se parecen, hace dos años que hago la línea y me importan muy poco. Sí, muéstremela la próxima vez.» No era Horos sino Xiros, una de las muchas islas al margen de los circuitos turísticos. «No durará ni cinco años», le dijo la stewardess mientras bebían una copa en Roma. «Apúrate si piensas ir, las hordas estarán allí en cualquier momento, Gengis Cook vela.» Pero Marini siguió pensando en la isla, mirándola cuando se acordaba o había una ventanilla cerca, casi siempre encogiéndose de hombros al final. Nada de eso tenía sentido, volar tres veces por semana a mediodía sobre Xiros era tan irreal como soñar tres veces por semana que volaba a mediodía sobre Xiros. Todo estaba falseado en la visión inútil y recurrente; salvo, quizás, el deseo de repetirla, la consulta al reloj pulsera antes de mediodía, el breve, punzante contacto con la deslumbradora franja blanca al borde de un azul casi negro, y las casas donde los pescadores alzarían apenas los ojos para seguir el paso de esa otra irrealidad.

Ocho o nueve semanas después, cuando le propusieron la línea de Nueva York con todas sus ventajas, Marini se dijo que era la oportunidad de acabar con esa manía inocente y fastidiosa. Tenía en el bolsillo el libro donde un vago geógrafo de nombre levantino daba sobre Xiros más detalles que los habituales en las guías. Contestó negativamente, oyéndose como desde lejos, y después de sortear la sorpresa escandalizada de un jefe y dos secretarias se fue a comer a la cantina de la compañía donde lo esperaba Carla. La desconcertada decepción de Carla no lo inquietó; la costa sur de Xiros era inhabitable pero hacia el oeste quedaban huellas de una colonia lidia o quizá cretomicénica, y el profesor Goldmann había encontrado dos piedras talladas con jeroglíficos que los pescadores empleaban como pilotes del pequeño muelle. A Carla le dolía la cabeza y se marchó casi enseguida; los pulpos eran el recurso principal del puñado de habitantes, cada cinco días llegaba un barco para cargar la pesca y dejar algunas provisiones y géneros. En la agencia de viajes le dijeron que habría que fletar un barco especial desde Rynos, o quizá se pudiera viajar en la falúa que recogía los pulpos, pero esto último sólo lo sabría Marini en Rynos donde la agencia no tenía corresponsal. De todas maneras la idea de pasar unos días en la isla no era más que un plan para las vacaciones de junio; en las semanas que siguieron hubo que reemplazar a White en la línea de Túnez, y después empezó una huelga y Carla se volvió a casa de sus hermanas en Palermo. Marini fue a vivir a un hotel cerca de Piazza Navona, donde había librerías de viejo; se entretenía sin muchas ganas en buscar libros sobre Grecia, hojeaba de a ratos un manual de conversación. Le hizo gracia la palabra *kalimera* y la ensayó en un cabaret con una chica pelirroja, se acostó con ella, supo de su abuelo en Odos y de unos dolores de garganta inexplicables. En Roma empezó a llover, en Beirut lo esperaba siempre Tania, había otras historias, siempre parientes o dolores; un día fue otra vez la línea de Teherán, la isla a mediodía. Marini se quedó tanto tiempo pegado a la ventanilla que la nueva stewardess lo trató de mal compañero y le hizo la cuenta de las bandejas que llevaba servidas. Esa noche Marini invitó a la stewardess a comer en el Firouz y no le costó que le perdonaran la distracción de la mañana. Lucía le aconsejó que se hiciera cortar el pelo a la americana; él le habló un rato de Xiros, pero después comprendió que ella prefería el vodka-lime del Hilton. El tiempo se iba en cosas así, en infinitas bandejas de comida, cada una con la sonrisa a la que tenía derecho el pasajero. En los viajes de vuelta el avión sobrevolaba Xiros a las ocho de la mañana, el sol daba contra las ventanillas de babor y dejaba apenas entrever la tortuga dorada; Marini prefería esperar los mediodías del vuelo de ida, sabiendo que entonces podía quedarse un largo minuto contra la ventanilla mientras Lucía (y después Felisa) se ocupaba un poco irónicamente del trabajo. Una vez sacó una foto de Xiros pero le salió borrosa; ya sabía algunas cosas de la isla, había subrayado las raras menciones en un par de libros. Felisa le contó que los pilotos lo llamaban el loco de la isla, y no le molestó. Carla acababa de escribirle que había decidido no tener el niño, y Marini le envió dos sueldos y pensó que el resto no le alcanzaría para las vacaciones. Carla aceptó el dinero y le hizo saber por una amiga que probablemente se casaría con el dentista de Treviso. Todo tenía tan poca importancia a mediodía, los lunes y los jueves y los sábados (dos veces por mes, el domingo).

Con el tiempo fue dándose cuenta de que Felisa era la única que lo comprendía un poco; había un acuerdo tácito para que ella se ocupara del pasaje a mediodía, apenas él se instalaba junto a la ventanilla de la cola. La isla era visible unos pocos minutos, pero el aire estaba siempre tan limpio y el mar la recortaba con una crueldad tan minuciosa que los más pequeños detalles se iban ajustando implacables al recuerdo del pasaje anterior: la mancha verde del promontorio del norte, las casas plomizas, las redes secándose en la arena. Cuando faltaban las redes Marini lo sentía como un empobrecimiento, casi un insulto. Pensó en filmar el paso de la isla, para repetir la imagen en el hotel, pero prefirió ahorrar el dinero de la cámara ya que apenas le faltaba un mes para las vacaciones. No llevaba demasiado la cuenta de los días; a veces era Tania en Beirut, a veces Felisa en Teherán, casi siempre su hermano menor en Roma, todo un poco borroso, amablemente fácil y cordial y como reemplazando otra cosa, llenando las horas antes o después del vuelo, y en el vuelo todo era también borroso y fácil y estúpido hasta la hora de ir a inclinarse sobre la ventanilla de la cola, sentir el frío cristal como un límite del acuario donde lentamente se movía la tortuga dorada en el espeso azul.

Ese día las redes se dibujaban precisas en la arena, y Marini hubiera jurado que el punto negro a la izquierda, al borde del mar, era un pescador que debía estar mirando el avión. «Kalimera», pensó absurdamente. Ya no tenía sentido esperar más, Mario Merolis le prestaría el dinero que le faltaba para el viaje, en menos de tres días estaría en Xiros. Con los labios pegados al vidrio, sonrió pensando que treparía hasta la mancha verde, que entraría desnudo en el mar de las caletas del norte, que pescaría pulpos con los hombres, entendiéndose por señas y por risas. Nada era difícil una vez decidido, un tren nocturno, un primer barco, otro barco viejo y sucio, la escala en Rynos, la negociación interminable con el capitán de la falúa, la noche en el puente, pegado a las estrellas, el sabor del anís y del carnero, el amanecer entre las islas. Desembarcó con las primeras luces, y el capitán lo presentó a un viejo que debía ser el patriarca. Klaios le tomó la mano izquierda y habló lentamente, mirándolo en los ojos. Vinieron dos muchachos y Marini entendió que eran los hijos de Klaios. El capitán de la falúa agotaba su inglés: veinte habitantes, pulpos, pesca, cinco casas, italiano visitante pagaría alojamiento Klaios.

Los muchachos rieron cuando Klaios discutió dracmas; también Marini, ya amigo de los más jóvenes, mirando salir el sol sobre un mar menos oscuro que desde el aire, una habitación pobre y limpia, un jarro de agua, olor a salvia y a piel curtida.

Lo dejaron solo para irse a cargar la falúa, y después de quitarse a manotazos la ropa de viaje y ponerse un pantalón de baño y unas sandalias, echó a andar por la isla. Aún no se veía a nadie, el sol cobraba lentamente impulso y de los matorrales crecía un olor sutil, un poco ácido, mezclado con el yodo del viento. Debían ser las diez cuando llegó al promontorio del norte y reconoció la mayor de las caletas. Prefería estar solo aunque le hubiera gustado más bañarse en la playa de arena; la isla lo invadía y lo gozaba con una tal intimidad que no era capaz de pensar o de elegir. La piel le quemaba de sol y de viento cuando se desnudó para tirarse al mar desde una roca; el agua estaba fría y le hizo bien, se dejó llevar por corrientes insidiosas hasta la entrada de una gruta, volvió mar afuera, se abandonó de espaldas, lo aceptó todo en un solo acto de conciliación que era también un nombre para el futuro. Supo sin la menor duda que no se iría de la isla, que de alguna manera iba a quedarse para siempre en la isla. Alcanzó a imaginar a su hermano, a Felisa, sus caras cuando supieran que se había quedado a vivir de la pesca en un peñón solitario. Ya los había olvidado cuando giró sobre sí mismo para nadar hacia la orilla.

El sol lo secó enseguida, bajó hacia las casas donde dos mujeres lo miraron asombradas antes de correr a encerrarse. Hizo un saludo en el vacío y bajó hacia las redes. Uno de los hijos de Klaios lo esperaba en la playa, y Marini le señaló el mar, invitándolo. El muchacho vaciló, mostrando sus pantalones de tela y su camisa roja. Después fue corriendo hacia una de las casas, y volvió casi desnudo; se tiraron juntos a un mar ya tibio, deslumbrante bajo el sol de las once.

Secándose en la arena, Ionas empezó a nombrar las cosas. «Kalimera», dijo Marini, y el muchacho rió hasta doblarse en dos. Después Marini repitió las frases nuevas, enseñó palabras italianas a Ionas. Casi en el horizonte, la falúa se iba empequeñeciendo; Marini sintió que ahora estaba realmente solo en la isla con Klaios y los suyos. Dejaría pasar unos días, pagaría su habitación y aprendería a pescar; alguna tarde, cuando ya lo conocieran bien, les hablaría de quedarse y de trabajar con ellos. Levantándose, tendió la mano a Ionas y echó a andar lentamente hacia la colina. La cuesta era escarpada y trepó saboreando cada alto, volviéndose una y otra vez para mirar las redes en la playa, las siluetas de las mujeres que hablaban animadamente con Ionas y con Klaios y lo miraban de reojo, riendo. Cuando llegó a la mancha verde entró en un mundo donde el olor del tomillo y de la salvia era una misma materia con el fuego del sol y la brisa del mar. Marini miró su reloj pulsera y después, con un gesto de impaciencia, lo arrancó de la muñeca y lo guardó en el bolsillo del pantalón de baño. No sería fácil matar al hombre viejo, pero allí en lo alto, tenso de sol y de espacio, sintió que la empresa era posible. Estaba en Xiros, estaba allí donde tantas veces había dudado que pudiera llegar alguna vez. Se dejó caer de espaldas entre las piedras calientes, resistió sus aristas y sus lomos encendidos, y miró verticalmente el cielo; lejanamente le llegó el zumbido de un motor.

Cerrando los ojos se dijo que no miraría el avión, que no se dejaría contaminar por lo peor de sí mismo, que una vez más iba a pasar sobre la isla. Pero en la penumbra de los párpados imaginó a Felisa con las bandejas, en ese mismo instante distribuyendo las bandejas, y su reemplazante, tal vez Giorgio o alguno nuevo de otra línea, alguien que también estaría sonriendo mientras alcanzaba las botellas de vino o el café. Incapaz de luchar contra tanto pasado abrió los ojos y se enderezó, y en el mismo momento vio el ala derecha del avión, casi sobre su cabeza, inclinándose inexplicablemente, el cambio de sonido de las turbinas, la caída casi vertical sobre el mar. Bajó a toda carrera por la colina, golpeándose en las rocas y desgarrándose un brazo entre las espinas. La isla le ocultaba el lugar de la caída, pero torció antes de llegar a la playa y por un atajo previsible franqueó la primera estribación de la colina y salió a la playa más pequeña. La cola del avión se hundía a unos cien metros, en un silencio total. Marini tomó impulso y se lanzó al agua, esperando todavía que el avión volviera a flotar; pero no se veía más que la blanda línea de las olas, una caja de cartón oscilando absurdamente cerca del lugar de la caída, y casi al final, cuando ya no tenía sentido seguir nadando, una mano fuera del agua, apenas un instante, el tiempo para que Marini cambiara de rumbo y se zambullera hasta atrapar por el pelo al hombre que luchó por aferrarse a él y tragó roncamente el aire que Marini le dejaba respirar sin acercarse demasiado. Remolcándolo poco a poco lo trajo hasta la orilla, tomó en brazos el cuerpo vestido de blanco, y tendiéndolo en la arena miró la cara llena de espuma donde la muerte estaba ya instalada, sangrando por una enorme herida en la garganta. De qué podía servir la respiración artificial si con cada convulsión la herida parecía abrirse un poco más y era como una boca repugnante que llamaba a Marini, lo arrancaba a su pequeña felicidad de tan pocas horas en la isla, le gritaba entre borbotones algo que él ya no era capaz de oír. A toda carrera venían los hijos de Klaios y más atrás las mujeres. Cuando llegó Klaios, los muchachos rodeaban el cuerpo tendido en la arena, sin comprender cómo había tenido fuerzas para nadar a la orilla y arrastrarse desangrándose hasta ahí. «Ciérrale los ojos», pidió llorando una de las mujeres. Klaios miró hacia el mar, buscando algún otro sobreviviente. Pero, como siempre, estaban solos en la isla y el cadáver de ojos abiertos era lo único nuevo entre ellos y el mar.

Instrucciones para John Howell

A Peter Brook

Pensándolo después —en la calle, en un tren, cruzando campos— todo eso hubiera parecido absurdo, pero un teatro no es más que un pacto con el absurdo, su ejercicio eficaz y lujoso. A Rice, que se aburría en un Londres otoñal de fin de semana y que había entrado al Aldwych sin mirar demasiado el programa, el primer acto de la pieza le pareció sobre todo mediocre; el absurdo empezó en el intervalo cuando el hombre de gris se acercó a su butaca y lo invitó cortésmente, con una voz casi inaudible, a que lo acompañara entre bastidores. Sin demasiada sorpresa pensó que la dirección del teatro debía estar haciendo una encuesta, alguna vaga investigación con fines publicitarios. «Si se trata de una opinión», dijo Rice, «el primer acto me parece flojo, y la iluminación, por ejemplo...». El hombre de gris asintió amablemente pero su mano seguía indicando una salida lateral, y Rice entendió que debía levantarse y acompañarlo sin hacerse rogar. «Hubiera preferido una taza de té», pensó mientras bajaba unos peldaños que daban a un pasillo lateral y se dejaba conducir entre distraído y molesto. Casi de golpe se encontró frente a un bastidor que representaba una biblioteca burguesa; dos hombres que parecían aburrirse lo saludaron como si su visita hubiera estado prevista e incluso descontada. «Desde luego usted se presta admirablemente», dijo el más alto de los dos. El otro hombre inclinó la cabeza, con un aire de mudo. «No tenemos mucho tiempo», dijo el hombre alto, «pero trataré de explicarle su papel en dos palabras». Hablaba mecánicamente, casi como si prescindiera de la presencia real de Rice y se limitara a cumplir una monótona consigna. «No entiendo», dijo Rice dando un paso atrás. «Casi es mejor», dijo el hombre alto. «En estos casos el análisis es más bien una desventaja; verá que apenas se acostumbre a los reflectores empezará a divertirse. Usted ya conoce el primer acto; ya sé, no le gustó. A nadie le gusta. Es a partir de ahora que la pieza puede ponerse mejor. Depende, claro.» «Ojalá mejore», dijo Rice que creía haber entendido mal, «pero en todo caso ya es tiempo de que me vuelva a la sala». Como había dado otro paso atrás no lo sorprendió demasiado la blanda resistencia del hombre de gris, que murmuraba una excusa sin apartarse. «Parecería que no nos entendemos», dijo el hombre alto, «y es una lástima porque faltan apenas cuatro minutos para el segundo acto. Le ruego que me escuche atentamente. Usted es Howell, el marido de Eva. Ya ha visto que Eva engaña a Howell con Michael, y que probablemente Howell se ha dado cuenta aunque prefiere callar por razones que no están todavía claras. No se mueva, por favor, es simplemente una peluca». Pero la admonición parecía casi inútil porque el hombre de gris y el hombre mudo lo habían tomado de los brazos, y una muchacha alta y flaca que había aparecido bruscamente le estaba calzando algo tibio en la cabeza. «Ustedes no querrán que yo me ponga a gritar y arme un escándalo en el teatro», dijo Rice tratando de dominar el temblor de su voz. El hombre alto se encogió de hombros. «Usted no haría eso», dijo cansadamente. «Sería tan poco elegante... No, estoy seguro de que no haría eso. Además la peluca le queda perfectamente, usted tiene tipo de pelirrojo.» Sabiendo que no debía decir eso, Rice dijo: «Pero yo no soy un actor». Todos, hasta la muchacha, sonrieron alentándolo. «Precisamente», dijo el hombre alto. «Usted se da muy bien cuenta de la diferencia. Usted no es un actor, usted es Howell. Cuando salga a escena, Eva estará en el salón escribiendo una carta a Michael. Usted fingirá no darse cuenta de que ella esconde el papel y disimula su turbación. A partir de ese momento haga lo que quiera. Los anteojos, Ruth.» «¿Lo que quiera?», dijo Rice, tratando sordamente de liberar sus brazos mientras Ruth le ajustaba unos anteojos con montura de carey. «Sí, de eso se trata», dijo desganadamente el hombre alto, y Rice tuvo como una sospecha de que estaba harto de repetir las mismas cosas cada noche. Se oía la campanilla llamando al público, y Rice alcanzó a distinguir los movimientos de los tramoyistas en el escenario, unos cambios de luces; Ruth había desaparecido de golpe. Lo invadió una indignación más amarga que violenta, que de alguna manera parecía fuera de lugar. «Esto es una farsa estúpida», dijo tratando de zafarse, «y les prevengo que...». «Lo lamento», murmuró el hombre alto. «Francamente hubiera pensado otra cosa de usted. Pero ya que lo toma así...» No era exactamente una amenaza, aunque los tres hombres lo rodeaban de una manera que exigía la obediencia o la lucha abierta; a Rice le pareció que una cosa hubiera sido tan absurda o quizá tan falsa como la otra. «Howell entra ahora», dijo el hombre alto, mostrando el estrecho pasaje entre los bastidores. «Una vez allí haga lo que quiera, pero nosotros lamentaríamos que...» Lo decía amablemente, sin turbar el repentino silencio de la sala; el telón se alzó con un frotar de terciopelo, y los envolvió una ráfaga de aire tibio. «Yo que usted lo pensaría, sin embargo», agregó cansadamente el hombre alto. «Vaya, ahora.» Empujándolo sin empujarlo, los tres lo acompañaron hasta la mitad de los bastidores. Una luz violeta enceguecío a Rice; delante había una extensión que le pareció infinita, y a la izquierda adivinó la gran caverna, algo como una gigantesca respiración contenida, eso que después de todo era el verdadero mundo donde poco a poco empezaban a recortarse pecheras blancas y quizá sombreros o altos peinados. Dio un paso o dos, sintiendo que las piernas no le respondían, y estaba a punto de volverse y retroceder a la carrera cuando Eva, levantándose precipitadamente, se adelantó y le tendió una mano que parecía flotar en la luz violeta al término de un brazo muy blanco y largo. La mano estaba helada, y Rice tuvo la impresión de que se crispaba un poco en la suya. Dejándose llevar hasta el centro de la escena, escuchó confusamente las explicaciones de Eva sobre su dolor de cabeza, la preferencia por la penumbra y la tranquilidad de la biblioteca, esperando que callara para adelantarse al proscenio y decir, en dos palabras, que los estaban estafando. Pero Eva parecía esperar que él se sentara en el sofá de gusto tan dudoso como el argumento de la pieza y los decorados, y Rice comprendió que era imposible, casi grotesco, seguir de pie mientras ella, tendiéndole otra vez la mano, reiteraba la invitación con sonrisa cansada. Desde el sofá distinguió mejor las primeras filas de platea, apenas separadas de la escena por la luz que había ido virando del violeta a un naranja amarillento, pero curiosamente a Rice le fue más fácil volverse hacia Eva y sostener su mirada que de alguna manera lo ligaba todavía a esa insensatez, aplazando un instante más la única decisión posible a menos de acatar la locura y entregarse al simulacro. «Las tardes de este otoño son interminables», había dicho Eva buscando una caja de metal blanco perdida entre los libros y los papeles de la mesita baja, y ofreciéndole un cigarrillo. Mecánicamente Rice sacó su encendedor, sintiéndose cada vez más ridículo con la peluca y los anteojos; pero el menudo ritual de encender los cigarrillos y aspirar las primeras bocanadas era como una tregua, le permitía sentarse más cómodamente, aflojando la insoportable tensión del cuerpo que se sabía mirado por frías constelaciones invisibles. Oía sus respuestas a las frases de Eva, las palabras parecían suscitarse unas a otras con un mínimo esfuerzo, sin que se estuviera hablando de nada en concreto; un diálogo de castillo de naipes en el que Eva iba poniendo los muros del frágil edificio, y Rice sin esfuerzo intercalaba sus propias cartas y el castillo se alzaba bajo la luz anaranjada hasta que al terminar una prolija explicación que incluía el nombre de Michael («Ya ha visto que Eva engaña a Howell con Michael») y otros nombres y otros lugares, un té al que había asistido la madre de Michael (¿o era la madre de Eva?) y una justificación ansiosa y casi al borde de las lágrimas, con un movimiento de ansiosa esperanza Eva se inclinó hacia Rice como si quisiera abrazarlo o esperara que él la tomase en los brazos, y exactamente después de la última palabra dicha con una voz clarísima, junto a la oreja de Rice murmuró: «No dejes que me maten», y sin transición volvió a su voz profesional para quejarse de la soledad y del abandono. Golpeaban en la puerta del fondo y Eva se mordió los labios como si hubiera querido agregar algo más (pero eso se le ocurrió a Rice, demasiado confundido para reaccionar a tiempo), y se puso de pie para dar la bienvenida a Michael que llegaba con la fatua sonrisa que ya había enarbolado insoportablemente en el primer acto. Una dama vestida de rojo, un anciano: de pronto la escena se poblaba de gente que cambiaba saludos, flores y noticias. Rice estrechó las manos que le tendían y volvió a sentarse lo antes posible en el sofá, escudándose tras de otro cigarrillo; ahora la acción parecía prescindir de él y el público recibía con murmullos satisfechos una serie de brillantes juegos de palabras de Michael y de los actores de carácter, mientras Eva se ocupaba del té y daba instrucciones al criado. Quizá fuera el momento de acercarse a la boca del escenario, dejar caer el cigarrillo y aplastarlo con el pie, a tiempo para anunciar: «Respetable público...». Pero acaso fuera más elegante (*No dejes que me maten*) esperar la caída del telón y entonces, adelantándose rápidamente, revelar la superchería. En todo eso había como un lado ceremonial que no era penoso acatar; a la espera de su hora, Rice entró en el diálogo que le proponía el anciano caballero, aceptó la taza de té que Eva le ofrecía sin mirarlo de frente, como si se supiese observada por Michael y la dama de rojo. Todo estaba en resistir, en hacer frente a un tiempo interminablemente tenso, ser más fuerte que la torpe coalición que pretendía convertirlo en un pelele. Ya le resultaba fácil advertir cómo las frases que le dirigían (a veces Michael, a veces la dama de rojo, casi nunca Eva, ahora) llevaban implícita la respuesta; que el pelele contestara lo previsible, la pieza podía continuar. Rice pensó que de haber tenido un poco más de tiempo para dominar la situación, hubiera sido divertido contestar a contrapelo y poner en dificultades a los actores; pero no se lo consentirían, su falsa libertad de acción no permitía más que la rebelión desaforada, el escándalo. *No dejes que me maten*, había dicho Eva; de alguna manera, tan absurda como todo el resto, Rice seguía sintiendo que era mejor esperar. El telón cayó sobre una réplica sentenciosa y amarga de la dama de rojo, y los actores le parecieron a Rice como figuras que súbitamente bajaran un peldaño invisible: disminuidos, indiferentes (Michael se encogía de hombros, dando la espalda y yéndose por el foro), abandonaban la escena sin mirarse entre ellos, pero Rice notó que Eva giraba la cabeza hacia él mientras la dama de rojo y el anciano se la llevaban amablemente del brazo hacia los bastidores de la derecha. Pensó en seguirla, tuvo una vaga esperanza de camarín y conversación privada. «Magnífico», dijo el hombre alto, palmeándole el hombro. «Muy bien, realmente lo ha hecho usted muy bien.» Señalaba hacia el telón que dejaba pasar los últimos aplausos. «Les ha gustado de veras. Vamos a tomar un trago.» Los otros dos hombres estaban algo más lejos, sonriendo amablemente, y Rice desistió de seguir a Eva. El hombre alto abrió una puerta al final del primer pasillo y entraron en una sala pequeña donde había sillones desvencijados, un armario, una botella de whisky ya empezada y hermosísimos vasos de cristal tallado. «Lo ha hecho usted muy bien», insistió el hombre alto mientras se sentaban en torno a Rice. «Con un poco de hielo, ¿verdad? Desde luego, cualquiera tendría la garganta seca.» El hombre de gris se adelantó a la negativa de Rice y le alcanzó un vaso casi lleno. «El tercer acto es más difícil pero a la vez más entretenido para Howell», dijo el hombre alto. «Ya ha visto cómo se van descubriendo los juegos.» Empezó a explicar la trama, ágilmente y sin vacilar. «En cierto modo usted ha complicado las cosas», dijo. «Nunca me imaginé que procedería tan pasivamente con su mujer, yo hubiera reaccionado de otra manera.» «¿Cómo?», preguntó secamente Rice. «Ah, querido amigo, no es justo preguntar eso. Mi opinión podría alterar sus propias decisiones, puesto que usted ha de tener ya un plan preconcebido. ¿O no?» Como Rice callaba, agregó: «Si le digo eso es precisamente porque no se trata de tener planes preconcebidos. Estamos todos demasiado satisfechos para arriesgarnos a malograr el resto». Rice bebió un largo trago de whisky. «Sin embargo, en el segundo acto usted me dijo que podía hacer lo que quisiera», observó. El hombre de gris se echó a reír, pero el hombre alto lo miró y el otro hizo un rápido gesto de excusa. «Hay un margen para la aventura o el azar, como usted quiera», dijo el hombre alto. «A partir de ahora le ruego que se atenga a lo que voy a indicarle, se entiende que dentro de la máxima libertad en los detalles.» Abriendo la mano derecha con la palma hacia arriba, la miró fijamente mientras el índice de la otra mano iba a apoyarse en ella una y otra vez. Entre dos tragos (le habían llenado otra vez el vaso) Rice escuchó las instrucciones para John Howell. Sostenido por el alcohol y por algo que era como un lento volver hacia sí mismo que lo iba llenando de una fría cólera, descubrió sin esfuerzo el sentido de las instrucciones, la preparación de la trama que debía hacer crisis en el último acto. «Espero que esté claro», dijo el hombre alto, con un movimiento circular del dedo en la palma de la mano. «Está muy claro», dijo Rice levantándose, «pero además me gustaría saber si en el cuarto acto...». «Evitemos las confusiones, querido amigo», dijo el hombre alto. «En el próximo intervalo volveremos sobre el tema, pero ahora le sugiero que se concentre exclusivamente en el tercer acto. Ah, el traje de calle, por favor.» Rice sintió que el hombre mudo le desabotonaba la chaqueta; el hombre de gris había sacado del armario un traje de tweed y unos guantes; mecánicamente Rice se cambió de ropa bajo las miradas aprobadoras de los tres. El hombre alto había abierto la puerta y esperaba; a lo lejos se oía la campanilla. «Esta maldita peluca me da calor», pensó Rice acabando el whisky de un solo trago. Casi enseguida se encontró entre nuevos bastidores, sin oponerse a la amable presión de una mano en el codo. «Todavía no», dijo el hombre alto, más atrás. «Recuerde que hace fresco en el parque. Quizá, si se subiera el cuello de la chaqueta... Vamos, es su entrada.» Desde un banco al borde del sendero Michael se adelantó hacia él, saludándolo con una broma. Le tocaba responder pasivamente y discutir los méritos del otoño en Regent's Park, hasta la llegada de Eva y la dama de rojo que estarían dando de comer a los cisnes. Por primera vez —y a él lo sorprendió casi tanto como a los demás— Rice cargó el acento en una alusión que el público pareció apreciar y que obligó a Michael a ponerse a la defensiva, forzándolo a emplear los recursos más visibles del oficio para encontrar una salida; dándole bruscamente la espalda mientras encendía un cigarrillo, como si quisiera protegerse del viento, Rice miró por encima de los anteojos y vio a los tres hombres entre los bastidores, el brazo del hombre alto que le hacía un gesto conminatorio. Rió entre dientes (debía estar un poco borracho y además se divertía, el brazo agitándose le hacía una gracia extraordinaria) antes de volverse y apoyar una mano en el hombro de Michael. «Se ven cosas regocijantes en los parques», dijo Rice. «Realmente no entiendo que se pueda perder el tiempo con cisnes o amantes cuando se está en un parque londinense.» El público rió más que Michael, excesivamente interesado por la llegada de Eva y la dama de rojo. Sin vacilar Rice siguió marchando contra la corriente, violando poco a poco las instrucciones en una esgrima feroz y absurda contra actores habilísimos que se esforzaban por hacerlo volver a su papel y a veces lo conseguían, pero él se les escapaba de nuevo para ayudar de alguna manera a Eva, sin saber bien por qué pero diciéndose (y le daba risa, y debía ser el whisky) que todo lo que cambiara en ese momento alteraría inevitablemente el último acto (*No dejes que me maten*). Y los otros se habían dado cuenta de su propósito porque bastaba mirar por sobre los anteojos hacia los bastidores de la izquierda para ver los gestos iracundos del hombre alto, fuera y dentro de la escena estaban luchando contra él y Eva, se interponían para que no pudieran comunicarse, para que ella no alcanzara a decirle nada, y ahora llegaba el caballero anciano seguido de un lúgubre chofer, había como un momento de calma (Rice recordaba las instrucciones: una pausa, luego la conversación sobre la compra de acciones, entonces la frase reveladora de la dama de rojo, y telón), y en ese intervalo en que obligadamente Michael y la dama de rojo debían apartarse para que el caballero hablara con Eva y Howell de la maniobra bursátil (realmente no faltaba nada en esa pieza), el placer de estropear un poco más la acción llenó a Rice de algo que se parecía a la felicidad. Con un gesto que dejaba bien claro el profundo desprecio que le inspiraban las especulaciones arriesgadas, tomó del brazo a Eva, sorteó la maniobra envolvente del enfurecido y sonriente caballero, y caminó con ella oyendo a sus espaldas un muro de palabras ingeniosas que no le concernían, exclusivamente inventadas para el público, y en cambio sí Eva, en cambio un aliento tibio apenas un segundo contra su mejilla, el leve murmullo de su voz verdadera diciendo: «Quédate conmigo hasta el final», quebrado por un movimiento instintivo, el hábito que la hacía responder a la interpelación de la dama de rojo, arrastrando a Howell para que recibiera en plena cara las palabras reveladoras. Sin pausa, sin el mínimo hueco que hubiera necesitado para poder cambiar el rumbo que esas palabras daban definitivamente a lo que habría de venir más tarde, Rice vio caer el telón. «Imbécil», dijo la dama de rojo. «Salga, Flora», ordenó el hombre alto, pegado a Rice que sonreía satisfecho. «Imbécil», repitió la dama de rojo, tomando del brazo a Eva que había agachado la cabeza y parecía como ausente. Un empujón mostró el camino a Rice que se sentía perfectamente feliz. «Imbécil», dijo a su vez el hombre alto. El tirón en la cabeza fue casi brutal, pero Rice se quitó él mismo los anteojos y los tendió al hombre alto. «El whisky no era malo», dijo. «Si quiere darme las instrucciones para el último acto...» Otro empellón estuvo a punto de tirarlo al suelo y cuando consiguió enderezarse, con una ligera náusea, ya estaba andando a tropezones por una galería mal iluminada; el hombre alto había desaparecido y los otros dos se estrechaban contra él, obligándolo a avanzar con la mera presión de los cuerpos. Había una puerta con una lamparilla naranja en lo alto. «Cámbiese», dijo el hombre de gris alcanzándole su traje. Casi sin darle tiempo de ponerse la chaqueta, abrieron la puerta de un puntapié; el empujón lo sacó trastabillando a la acera, al frío de un callejón que olía a basura. «Hijos de perra, me voy a pescar una pulmonía», pensó Rice, metiendo las manos en los bolsillos. Había luces en el extremo más alejado del callejón, desde donde venía el rumor del tráfico. En la primera esquina (no le habían quitado el dinero ni los papeles) Rice reconoció la entrada del teatro. Como nada impedía que asistiera desde su butaca al último acto, entró al calor del foyer, al humo y las charlas de la gente en el bar; le quedó tiempo para beber otro whisky, pero se sentía incapaz de pensar en nada. Un poco antes de que se alzara el telón alcanzó a preguntarse quién haría el papel de Howell en el último acto, y si algún otro pobre infeliz estaría pasando por amabilidades y amenazas y anteojos; pero la broma debía terminar cada noche de la misma manera porque enseguida reconoció al actor del primer acto, que leía una carta en su estudio y la alcanzaba en silencio a una Eva pálida y vestida de gris. «Es escandaloso», comentó Rice volviéndose hacia el espectador de la izquierda. «¿Cómo se tolera que cambien de actor en mitad de una pieza?» El espectador suspiró, fatigado. «Ya no se sabe con estos autores jóvenes», dijo. «Todo es símbolo, supongo.» Rice se acomodó en la platea saboreando malignamente el murmullo de los espectadores que no parecían aceptar tan pasivamente como su vecino los cambios físicos de Howell; y sin embargo la ilusión teatral los dominó casi enseguida, el actor era excelente y la acción se precipitaba de una manera que sorprendió incluso a Rice, perdido en una agradable indiferencia. La carta era de Michael, que anunciaba su partida de Inglaterra; Eva la leyó y la devolvió en silencio; se sentía que estaba llorando contenidamente. *Quédate conmigo hasta el final*, había dicho Eva. *No dejes que me maten*, había dicho absurdamente Eva. Desde la seguridad de la platea era inconcebible que pudiera sucederle algo en ese escenario de pacotilla; todo había sido una continua estafa, una larga hora de pelucas y de árboles pintados. Desde luego la infaltable dama de rojo invadía la melancólica paz del estudio donde el perdón y quizás el amor de Howell se percibían en sus silencios, en su manera casi distraída de romper la carta y echarla al fuego. Parecía inevitable que la dama de rojo insinuara que la partida de Michael era una estratagema, y también que Howell le diera a entender un desprecio que no impediría una cortés invitación a tomar el té. A Rice lo divirtió vagamente la llegada del criado con la bandeja; el té parecía uno de los recursos mayores del comediógrafo, sobre todo ahora que la dama de rojo maniobraba en algún momento con una botellita de melodrama romántico mientras las luces iban bajando de una manera por completo inexplicable en el estudio de un abogado londinense. Hubo una llamada telefónica que Howell atendió con perfecta compostura (era previsible la caída de las acciones o cualquier otra crisis necesaria para el desenlace); las tazas pasaron de mano en mano con las sonrisas pertinentes, el buen tono previo a las catástrofes. A Rice le pareció casi inconveniente el gesto de Howell en el momento en que Eva acercaba los labios a la taza, su brusco movimiento y el té derramándose sobre el vestido gris. Eva estaba inmóvil, casi ridícula; en esa detención instantánea de las actitudes (Rice se había enderezado sin saber por qué, y alguien chistaba impaciente a sus espaldas), la exclamación escandalizada de la dama de rojo se superpuso al leve chasquido, a la mano de Howell que se alzaba para anunciar algo, a Eva que torcía la cabeza mirando al público como si no quisiera creer y después se deslizaba de lado hasta quedar casi tendida en el sofá, en una lenta reanudación del movimiento que Howell pareció recibir y continuar con su brusca carrera hacia los bastidores de la derecha, su fuga que Rice no vio porque también él corría ya el pasillo central sin que ningún otro espectador se hubiera movido todavía. Bajando a saltos la escalera, tuvo el tino de entregar su talón en el guardarropa y recobrar el abrigo; cuando llegaba a la puerta oyó los primeros rumores del final de la pieza, aplausos y voces en la sala; alguien del teatro corría escaleras arriba. Huyó hacia Kean Street y al pasar junto al callejón lateral le pareció ver un bulto que avanzaba pegado a la pared; la puerta por donde lo habían expulsado estaba entornada, pero Rice no había terminado de registrar esas imágenes cuando ya corría por la calle iluminada y en vez de alejarse de la zona del teatro bajaba otra vez por Kingsway, previendo que a nadie se le ocurriría buscarlo cerca del teatro. Entró en el Strand (se había subido el cuello del abrigo y andaba rápidamente, con las manos en los bolsillos) hasta perderse con un alivio que él mismo no se explicaba en la vaga región de callejuelas internas que nacían en Chancery Lane. Apoyándose contra una pared (jadeaba un poco y sentía que el sudor le pegaba la camisa a la piel) encendió un cigarrillo y por primera vez se preguntó explícitamente, empleando todas las palabras necesarias, por qué estaba huyendo. Los pasos que se acercaban se interpusieron entre él y la respuesta que buscaba, mientras corría pensó que si lograba cruzar el río (ya estaba cerca del puente de Blackfriars) se sentiría a salvo. Se refugió en un portal, lejos del farol que alumbraba la salida hacia Watergate. Algo le quemó la boca; se arrancó de un tirón la colilla que había olvidado, y sintió que le desgarraba los labios. En el silencio que lo envolvía trató de repetirse las preguntas no contestadas, pero irónicamente se le interponía la idea de que sólo estaría a salvo si alcanzaba a cruzar el río. Era ilógico, los pasos también podrían seguirlo por el puente, por cualquier callejuela de la otra orilla; y sin embargo eligió el puente, corrió a favor de un viento que lo ayudó a dejar atrás el río y perderse en un laberinto que no conocía hasta llegar a una zona mal alumbrada; el tercer alto de la noche en un profundo y angosto callejón sin salida lo puso por fin frente a la única pregunta importante, y Rice comprendió que era incapaz de encontrar la respuesta. *No dejes que me maten*, había dicho Eva, y él había hecho lo posible, torpe y miserablemente, pero lo mismo la habían matado, por lo menos en la pieza la habían matado y él tenía que huir porque no podía ser que la pieza terminara así, que la taza de té se volcara inofensivamente sobre el vestido de Eva y sin embargo Eva resbalara hasta quedar tendida en el sofá; había ocurrido otra cosa sin que él estuviera allí para impedirlo, *quédate conmigo hasta el final*, le había suplicado Eva, pero lo habían echado del teatro, lo habían apartado de eso que tenía que suceder y que él, estúpidamente instalado en su platea, había contemplado sin comprender o comprendiéndolo desde otra región de sí mismo donde había miedo y fuga y ahora, pegajoso como el sudor que le corría por el vientre, el asco de sí mismo. «Pero yo no tengo nada que ver», pensó. «Y no ha ocurrido nada; no es posible que cosas así ocurran.» Se lo repitió aplicadamente: no podía ser que hubieran venido a buscarlo, a proponerle esa insensatez, a amenazarlo amablemente; los pasos que se acercaban tenían que ser los de cualquier vagabundo, unos pasos sin huellas. El hombre pelirrojo que se detuvo junto a él casi sin mirarlo, y que se quitó los anteojos con un gesto convulsivo para volver a ponérselos después de frotarlos contra la solapa de la chaqueta, era sencillamente alguien que se parecía a Howell, al actor que había hecho el papel de Howell y había volcado la taza de té sobre el vestido de Eva. «Tire esa peluca», dijo Rice, «lo reconocerán en cualquier parte». «No es una peluca», dijo Howell (se llamaría

Smith o Rogers, ya ni recordaba el nombre en el programa). «Qué tonto soy», dijo Rice. Era de imaginar que habían tenido preparada una copia exacta de los cabellos de Howell, así como los anteojos habían sido una réplica de los de Howell. «Usted hizo lo que pudo», dijo Rice, «yo estaba en la platea y lo vi; todo el mundo podrá declarar a su favor». Howell temblaba, apoyado en la pared. «No es eso», dijo. «Qué importa, si lo mismo se salieron con la suya.» Rice agachó la cabeza; un cansancio invencible lo agobiaba. «Yo también traté de salvarla», dijo, «pero no me dejaron seguir». Howell lo miró rencorosamente. «Siempre ocurre lo mismo», dijo como hablándose a sí mismo. «Es típico de los aficionados, creen que pueden hacerlo mejor que los otros, y al final no sirve de nada.» Se subió el cuello de la chaqueta, metió las manos en los bolsillos. Rice hubiera querido preguntarle: «¿Por qué ocurre siempre lo mismo? Y si es así, ¿por qué estamos huyendo?». El silbato pareció engolfarse en el callejón, buscándolos. Corrieron largo rato a la par, hasta detenerse en algún rincón que olía a petróleo, a río estancado. Detrás de una pila de fardos descansaron un momento; Howell jadeaba como un perro y a Rice se le acalambraba una pantorrilla. Se la frotó, apoyándose en los fardos, manteniéndose con dificultad sobre un solo pie. «Pero quizá no sea tan grave», murmuró. «Usted dijo que siempre ocurría lo mismo.» Howell le puso una mano en la boca; se oían alternadamente dos silbatos. «Cada uno por su lado», dijo Howell. «Tal vez uno de los dos pueda escapar.» Rice comprendió que tenía razón pero hubiera querido que Howell le contestara primero. Lo tomó de un brazo, atrayéndolo con toda su fuerza. «No me deje ir así», suplicó. «No puedo seguir huyendo siempre, sin saber.» Sintió el olor alquitranado de los fardos, su mano como hueca en el aire. Unos pasos corrían alejándose; Rice se agachó, tomando impulso, y partió en la dirección contraria. A la luz de un farol vio un nombre cualquiera: Rose Alley. Más allá estaba el río, algún puente. No faltaban puentes ni calles por donde correr.

Todos los fuegos el fuego

Así será algún día su estatua, piensa irónicamente el procónsul mientras alza el brazo, lo fija en el gesto del saludo, se deja petrificar por la ovación de un público que dos horas de circo y de calor no han fatigado. Es el momento de la sorpresa prometida; el procónsul baja el brazo, mira a su mujer que le devuelve la sonrisa inexpresiva de las fiestas. Irene no sabe lo que va a seguir y a la vez es como si lo supiera, hasta lo inesperado acaba en costumbre cuando se ha aprendido a soportar, con la indiferencia que detesta el procónsul, los caprichos del amo. Sin volverse siquiera hacia la arena prevé una suerte ya echada, una sucesión cruel y monótona. Licas el viñatero y su mujer Urania son los primeros en gritar un nombre que la muchedumbre recoge y repite. «Te reservaba esta sorpresa», dice el procónsul. «Me han asegurado que aprecias el estilo de ese gladiador.» Centinela de su sonrisa, Irene inclina la cabeza para agradecer. «Puesto que nos haces el honor de acompañarnos aunque te hastían los juegos», agrega el procónsul, «es justo que procure ofrecerte lo que más te agrada». «¡Eres la sal del mundo!», grita Licas. «¡Haces bajar la sombra misma de Marte a nuestra pobre arena de provincia!» «No has visto más que la mitad», dice el procónsul, mojándose los labios en una copa de vino y ofreciéndola a su mujer. Irene bebe un largo sorbo, que parece llevarse con su leve perfume el olor espeso y persistente de la sangre y el estiércol. En un brusco silencio de expectativa que lo recorta con una precisión implacable, Marco avanza hacia el centro de la arena; su corta espada brilla al sol, allí donde el viejo velario deja pasar un rayo oblicuo, y el escudo de bronce cuelga negligente de la mano izquierda. «¿No irás a enfrentarlo con el vencedor de Smirnio?», pregunta excitadamente Licas. «Mejor que eso», dice el procónsul. «Quisiera que tu provincia me recuerde por estos juegos, y que mi mujer deje por una vez de aburrirse.» Urania y Licas aplauden esperando la respuesta de Irene, pero ella devuelve en silencio la copa al esclavo, ajena al clamoreo que saluda la llegada del segundo gladiador. Inmóvil, Marco parece también indiferente a la ovación que recibe su adversario; con la punta de la espada toca ligeramente sus grebas doradas.

«Hola», dice Roland Renoir, eligiendo un cigarrillo como una continuación ineludible del gesto de descolgar el receptor. En la línea hay una crepitación de comunicaciones mezcladas, alguien que dicta cifras, de golpe un silencio todavía más oscuro en esa oscuridad que el teléfono vuelca en el ojo del oído. «Hola», repite Roland, apoyando el cigarrillo en el borde del cenicero y buscando los fósforos en el bolsillo de la bata. «Soy yo», dice la voz de Jeanne. Roland entorna los ojos, fatigado, y se estira en una posición más cómoda. «Soy yo», repite inútilmente Jeanne. Como Roland no contesta, agrega: «Sonia acaba de irse».

Su obligación es mirar el palco imperial, hacer el saludo de siempre. Sabe que debe hacerlo y que verá a la mujer del procónsul y al procónsul, y que quizá la mujer le sonreirá como en los últimos juegos. No necesita pensar, no sabe casi pensar, pero el instinto le dice que esa arena es mala, el enorme ojo de bronce donde los rastrillos y las hojas de palma han dibujado sus curvos senderos ensombrecidos por algún rastro de las luchas precedentes. Esa noche ha soñado con un pez, ha soñado con un camino solitario entre columnas rotas; mientras se armaba, alguien ha murmurado que el procónsul no le pagará con monedas de oro. Marco no se ha molestado en preguntar, y el otro se ha echado a reír malvadamente antes de alejarse sin darle la espalda; un tercero, después, le ha dicho que es un hermano del gladiador muerto por él en Massilia, pero ya lo empujaban hacia la galería, hacia los clamores de fuera. El calor es insoportable, le pesa el yelmo que devuelve los rayos del sol contra el velario y las gradas. Un pez, columnas rotas; sueños sin un sentido claro, con pozos de olvido en los momentos en que hubiera podido entender. Y el que lo armaba ha dicho que el procónsul no le pagará con monedas de oro; quizá la mujer del procónsul no le sonría esta tarde. Los clamores lo dejan indiferente porque ahora están aplaudiendo al otro, lo aplauden menos que a él un momento antes, pero entre los aplausos se filtran gritos de asombro, y Marco levanta la cabeza, mira hacia el palco donde Irene se ha vuelto para hablar con Urania, donde el procónsul negligentemente hace una seña, y todo su cuerpo se contrae y su mano se aprieta en el puño de la espada. Le ha bastado volver los ojos hacia la galería opuesta; no es por allí que asoma su rival, se han alzado crujiendo las rejas del oscuro pasaje por donde se hace salir a las fieras, y Marco ve dibujarse la gigantesca silueta del reciario nubio, hasta entonces invisible contra el fondo de piedra mohosa; ahora sí, más acá de toda razón, sabe que el procónsul no le pagará con monedas de oro, adivina el sentido del pez y las columnas rotas. Y a la vez poco le importa lo que va a suceder entre el reciario y él, eso es el oficio y los hados, pero su cuerpo sigue contraído como si tuviera miedo, algo en su carne se pregunta por qué el reciario ha salido por la galería de las fieras, y también se lo pregunta entre ovaciones el público, y Licas lo pregunta al procónsul que sonríe para apoyar sin palabras la sorpresa, y Licas protesta riendo y se cree obligado a apostar a favor de Marco; antes de oír las palabras que seguirán, Irene sabe que el procónsul doblará la apuesta a favor del nubio, y que después la mirará amablemente y ordenará que le sirvan vino helado. Y ella beberá el vino y comentará con Urania la estatura y la ferocidad del reciario nubio; cada movimiento está

815

previsto aunque se lo ignore en sí mismo, aunque puedan faltar la copa de vino o el gesto de la boca de Urania mientras admira el torso del gigante. Entonces Licas, experto en incontables fastos de circo, les hará notar que el yelmo del nubio ha rozado las púas de la reja de las fieras, alzadas a dos metros del suelo, y alabará la soltura con que ordena sobre el brazo izquierdo las escamas de la red. Como siempre, como desde una ya lejana noche nupcial, Irene se repliega al límite más hondo de sí misma mientras por fuera condesciende y sonríe y hasta goza; en esa profundidad libre y estéril siente el signo de muerte que el procónsul ha disimulado en una alegre sorpresa pública, el signo que sólo ella y quizá Marco pueden comprender, pero Marco no comprenderá, torvo y silencioso y máquina, y su cuerpo que ella ha deseado en otra tarde de circo (y eso lo ha adivinado el procónsul, sin necesidad de sus magos lo ha adivinado como siempre, desde el primer instante) va a pagar el precio de la mera imaginación, de una doble mirada inútil sobre el cadáver de un tracio diestramente muerto de un tajo en la garganta.

Antes de marcar el número de Roland, la mano de Jeanne ha andado por las páginas de una revista de modas, un tubo de pastillas calmantes, el lomo del gato ovillado en el sofá. Después la voz de Roland ha dicho: «Hola», su voz un poco adormilada, y bruscamente Jeanne ha tenido una sensación de ridículo, de que va a decirle a Roland eso que exactamente la incorporará a la galería de las plañideras telefónicas con el único, irónico espectador fumando en un silencio condescendiente. «Soy yo», dice Jeanne, pero se lo ha dicho más a ella misma que a ese silencio opuesto en el que bailan, como en un telón de fondo, algunas chispas de sonido. Mira su mano que ha acariciado distraídamente al gato antes de marcar las cifras (¿y no se oyen otras cifras en el teléfono, no hay una voz distante que dicta números a alguien que no habla, que sólo está allí para copiar obediente?), negándose a creer que la mano que ha alzado y vuelto a dejar el tubo de pastillas es su mano, que la voz que acaba de repetir: «Soy yo», es su voz, al borde del límite. Por dignidad, callar, lentamente devolver el receptor a su horquilla, quedarse limpiamente sola. «Sonia acaba de irse», dice Jeanne, y el límite está franqueado, el ridículo empieza, el pequeño infierno confortable.

«Ah», dice Roland, frotando un fósforo. Jeanne oye distintamente el frote, es como si viera el rostro de Roland mientras aspira el humo, echándose un poco atrás con los ojos entornados. Un río de escamas brillantes parece saltar de las manos del gigante negro y Marco tiene el tiempo preciso para hurtar el cuerpo a la red. Otras veces —el procónsul lo sabe, y vuelve la cabeza para que solamente Irene lo vea sonreír— ha aprovechado de ese mínimo instante que es el punto débil de todo reciario para bloquear con el escudo la amenaza del largo tridente y tirarse a fondo, con un movimiento fulgurante, hacia el pecho descubierto. Pero Marco se mantiene fuera de distancia, encorvadas las piernas como a punto de saltar, mientras el nubio recoge velozmente la red y prepara el nuevo ataque. «Está perdido», piensa Irene sin mirar al procónsul que elige unos dulces de la bandeja que le ofrece Urania. «No es el que era», piensa Licas lamentando su apuesta. Marco se ha encorvado un poco, siguiendo el movimiento giratorio del nubio; es el único que aún no sabe lo que todos presienten, es apenas algo que agazapado espera otra ocasión, con el vago desconcierto de no haber hecho lo que la ciencia le mandaba. Necesitaría más tiempo, las horas tabernarias que siguen a los triunfos, para entender quizá la razón de que el procónsul no vaya a pagarle con monedas de oro. Hosco, espera otro momento propicio; acaso al final, con un pie sobre el cadáver del reciario, pueda encontrar otra vez la sonrisa de la mujer del procónsul; pero eso no lo está pensando él, y quien lo piensa no cree ya que el pie de Marco se hinque en el pecho de un nubio degollado.

«Decídete», dice Roland, «a menos que quieras tenerme toda la tarde escuchando a ese tipo que le dicta números a no sé quién. ¿Lo oyes?». «Sí», dice Jeanne, «se lo oye como desde muy lejos. Trescientos cincuenta y cuatro, doscientos cuarenta y dos». Por un momento no hay más que la voz distante y monótona. «En todo caso», dice Roland, «está utilizando el teléfono para algo práctico». La respuesta podría ser la previsible, la primera queja, pero Jeanne calla todavía unos segundos y repite: «Sonia acaba de irse». Vacila antes de agregar: «Probablemente estará llegando a tu casa». A Roland le sorprendería eso, Sonia no tiene por qué ir a su casa. «No mientas», dice Jeanne, y el gato huye de su mano, la mira ofendido. «No era una mentira», dice Roland. «Me refería a la hora, no al hecho de venir o no venir. Sonia sabe que me molestan las visitas y las llamadas a esta hora.» Ochocientos cinco, dicta desde lejos la voz. Cuatrocientos dieciséis. Treinta y dos. Jeanne ha cerrado los ojos, esperando la primera pausa en esa voz anónima para decir lo único que queda por decir. Si Roland corta la comunicación le restará todavía esa voz en el fondo de la línea, podrá conservar el receptor en el oído, resbalando más y más en el sofá, acariciando al gato que ha vuelto a tenderse contra ella, jugando con el tubo de pastillas, escuchando las cifras hasta que también la otra voz se canse y ya no quede nada, absolutamente nada como no sea el receptor que empezará a pesar espantosamente entre sus dedos, una cosa muerta que habrá que rechazar sin mirarla. Ciento cuarenta y cinco, dice la voz. Y todavía más lejos, como un diminuto dibujo a lápiz, alguien que podría ser una mujer tímida pregunta entre dos chasquidos: «¿La estación del Norte?».

Por segunda vez alcanza a zafarse de la red, pero ha medido mal el salto hacia atrás y resbala en una mancha húmeda de la arena. Con un esfuerzo que levanta en vilo al público, Marco rechaza la red con un molinete de la espada mientras tiende el brazo izquierdo y recibe en el escudo el golpe resonante del tridente. El procónsul desdeña los excitados comentarios de Licas y vuelve la cabeza hacia Irene que no se ha movido. «Ahora o nunca», dice el procónsul. «Nunca», contesta Irene. «No es el que era», repite Licas, «y le va a costar caro, el nubio no le dará otra oportunidad, basta mirarlo». A distancia, casi inmóvil, Marco parece haberse dado cuenta del error; con el escudo en alto mira fijamente la red ya recogida, el tridente que oscila hipnóticamente a dos metros de sus ojos. «Tienes razón, no es el mismo», dice el procónsul. «¿Habías apostado por él, Irene?» Agazapado, pronto a saltar, Marco siente en la piel, en lo hondo del estómago, que la muchedumbre lo abandona. Si tuviera un momento de calma podría romper el nudo que lo paraliza, la cadena invisible que empieza muy atrás pero sin que él pueda saber dónde, y que en algún momento es la solicitud del procónsul, la promesa de una paga extraordinaria y también un sueño donde hay un pez y sentirse ahora, cuando ya no hay tiempo para nada, la imagen misma del sueño frente a la red que baila ante los ojos y parece atrapar cada rayo de sol que se filtra por las desgarraduras del velario. Todo es cadena, trampa; enderezándose con una violencia amenazante que el público aplaude mientras el reciario retrocede un paso por primera vez, Marco elige el único camino, la confusión y el sudor y el olor a sangre, la muerte frente a él que hay que aplastar; alguien lo piensa por él detrás de la máscara sonriente, alguien que lo ha deseado por sobre el cuerpo de un tracio agonizante. «El veneno», se dice Irene, «alguna vez encontraré el veneno, pero ahora acéptale la copa de vino, sé la más fuerte, espera tu hora». La pausa parece prolongarse como se prolonga la insidiosa galería negra donde vuelve intermitente la voz lejana que repite cifras. Jeanne ha creído siempre que los mensajes que verdaderamente cuentan están en algún momento más acá de toda palabra; quizás esas cifras digan más, sean más que cualquier discurso para el que las está escuchando atentamente, como para ella el perfume de Sonia, el roce de la palma de su mano en el hombro antes de marcharse han sido tanto más que las palabras de Sonia. Pero era natural que Sonia no se conformara con un mensaje cifrado, que quisiera decirlo con todas las letras, saboreándolo hasta lo último. «Comprendo que para ti será muy duro», ha repetido Sonia, «pero detesto el disimulo y prefiero decirte la verdad». Quinientos cuarenta y seis, seiscientos sesenta y dos, doscientos ochenta y nueve. «No me importa si va a tu casa o no», dice Jeanne, «ahora ya no me importa nada». En vez de otra cifra hay un largo silencio. «¿Estás ahí?», pregunta Jeanne. «Sí», dice Roland dejando la colilla en el cenicero y buscando sin apuro el frasco de coñac. «Lo que no puedo entender...», empieza Jeanne. «Por favor», dice Roland, «en estos casos nadie entiende gran cosa, querida, y además no se gana nada con entender. Lamento que Sonia se haya precipitado, no era a ella a quien le tocaba decírtelo. Maldito sea, ¿no va a terminar nunca con esos números?». La voz menuda, que hace pensar en un organizado mundo de hormigas, continúa su dictado minucioso por debajo de un silencio más cercano y más espeso. «Pero tú», dice absurdamente Jeanne, «entonces, tú...».

Roland bebe un trago de coñac. Siempre le ha gustado escoger sus palabras, evitar los diálogos superfluos. Jeanne repetirá dos, tres veces cada frase, acentuándolas de una manera diferente; que hable, que repita mientras él prepara el mínimo de respuestas sensatas que pongan orden en ese arrebato lamentable. Respirando con fuerza se endereza después de una finta y un avance lateral; algo le dice que esta vez el nubio va a cambiar el orden del ataque, que el tridente se adelantará al tiro de la red. «Fíjate bien», explica Licas a su mujer, «se lo he visto hacer en Apta Iulia, siempre los desconcierta». Mal defendido, desafiando el riesgo de entrar en el campo de la red, Marco se tira hacia adelante y sólo entonces alza el escudo para protegerse del río brillante que escapa como un rayo de la mano del nubio. Ataja el borde de la red pero el tridente golpea hacia abajo y la sangre salta del muslo de Marco, mientras la espada demasiado corta resuena inútilmente contra el asta. «Te lo había dicho», grita Licas. El procónsul mira atentamente el muslo lacerado, la sangre que se pierde en la greba dorada; piensa casi con lástima que a Irene le hubiera gustado acariciar ese muslo, buscar su presión y su calor, gimiendo como sabe gemir cuando él la estrecha para hacerle daño. Se lo dirá esa misma noche y será interesante estudiar el rostro de Irene buscando el punto débil de su máscara perfecta, que fingirá indiferencia hasta el final como ahora finge un interés civil en la lucha que hace aullar de entusiasmo a una plebe bruscamente excitada por la inminencia del fin. «La suerte lo ha abandonado», dice el procónsul a Irene. «Casi me siento culpable de haberlo traído a esta arena de provincia; algo de él se ha quedado en Roma, bien se ve.» «Y el resto se quedará aquí, con el dinero que le aposté», ríe Licas. «Por favor, no te pongas así», dice Roland, «es absurdo seguir hablando por teléfono cuando podemos vernos esta misma noche. Te lo repito, Sonia se ha precipitado, yo quería evitarte ese golpe». La hormiga ha cesado de dictar sus números y las palabras de Jeanne se escuchan distintamente; no hay lágrimas en su voz y eso sorprende a Roland, que ha preparado sus frases previendo una avalancha de reproches. «¿Evitarme el golpe?», dice Jeanne. «Mintiendo, claro, engañándome una vez más.» Roland suspira, desecha las respuestas que podrían alargar hasta el bostezo un diálogo tedioso. «Lo siento, pero si sigues así prefiero cortar», dice, y por primera vez hay un tono de afabilidad en su voz. «Mejor será que vaya a verte mañana, al fin y al cabo somos gente civilizada, qué diablos.» Desde muy lejos la hormiga dicta: ochocientos ochenta y ocho. «No vengas», dice Jeanne, y es divertido oír las palabras mezclándose con las cifras, no ochocientos vengas ochenta y ocho, «no vengas nunca más, Roland». El drama, las probables amenazas de suicidio, el aburrimiento como cuando Marie Josée, como cuando todas las que lo toman a lo trágico. «No seas tonta», aconseja Roland, «mañana comprenderás mejor, es preferible para los dos». Jeanne calla, la hormiga dicta cifras redondas: cien, cuatrocientos, mil. «Bueno, hasta mañana», dice Roland admirando el vestido de calle de Sonia, que acaba de abrir la puerta y se ha detenido con un aire entre interrogativo y burlón. «No perdió tiempo en llamarte», dice Sonia dejando el bolso y una revista. «Hasta mañana, Jeanne», repite Roland. El silencio en la línea parece tenderse como un arco, hasta que lo corta secamente una cifra distante, novecientos cuatro. «¡Basta de dictar esos números idiotas!», grita Roland con todas sus fuerzas, y antes de alejar el receptor del oído alcanza a escuchar el clic en el otro extremo, el arco que suelta su flecha inofensiva. Paralizado, sabiéndose incapaz de evitar la red que no tardará en envolverlo, Marco hace frente al gigante nubio, la espada demasiado corta inmóvil en el extremo del brazo tendido. El nubio afloja la red una, dos veces, la recoge buscando la posición más favorable, la hace girar todavía como si quisiera prolongar los alaridos del público que lo incita a acabar con su rival, y baja el tridente mientras se echa de lado para dar más impulso al tiro. Marco va al encuentro de la red con el escudo en alto, y es una torre que se desmorona contra una masa negra, la espada se hunde en algo que más arriba aúlla; la arena le entra en la boca y en los ojos, la red cae inútilmente sobre el pez que se ahoga.

Acepta indiferente las caricias, incapaz de sentir que la mano de Jeanne tiembla un poco y empieza a enfriarse. Cuando los dedos resbalan por su piel y se detienen, hincándose en una crispación instantánea, el gato se queja petulante; después se tumba de espaldas y mueve las patas en la actitud de expectativa que hace reír siempre a Jeanne, pero ahora no, su mano sigue inmóvil junto al gato y apenas si un dedo busca todavía el calor de su piel, la recorre brevemente antes de detenerse otra vez entre el flanco tibio y el tubo de pastillas que ha rodado hasta ahí. Alcanzado en pleno estómago el nubio aúlla, echándose hacia atrás, y en ese último instante en que el dolor es como una llama de odio, toda la fuerza que huye de su cuerpo se agolpa en el brazo para hundir el tridente en la espalda de su rival boca abajo. Cae sobre el cuerpo de Marco, y las convulsiones lo hacen rodar de lado; Marco mueve lentamente un brazo, clavado en la arena como un enorme insecto brillante.

«No es frecuente», dice el procónsul volviéndose hacia Irene, «que dos gladiadores de ese mérito se maten mutuamente. Podemos felicitarnos de haber visto un raro espectáculo. Esta noche se lo escribiré a mi hermano para consolarlo de su tedioso matrimonio».

Irene ve moverse el brazo de Marco, un lento movimiento inútil como si quisiera arrancarse el tridente hundido en los riñones. Imagina al procónsul desnudo en la arena, con el mismo tridente clavado hasta el asta. Pero el procónsul no movería el brazo con esa dignidad última; chillaría pataleando como una liebre, pediría perdón a un público indignado. Aceptando la mano que le tiende su marido para ayudarla a levantarse, asiente una vez más; el brazo ha dejado de moverse, lo único que queda por hacer es sonreír, refugiarse en la inteligencia. Al gato no parece gustarle la inmovilidad de Jeanne, sigue tumbado de espaldas esperando una caricia; después, como si le molestara ese dedo contra la piel del flanco, maúlla destempladamente y da media vuelta para alejarse, ya olvidado y soñoliento.

«Perdóname por venir a esta hora», dice Sonia. «Vi tu auto en la puerta, era demasiada tentación. Te llamó, ¿verdad?» Roland busca un cigarrillo. «Hiciste mal», dice. «Se supone que esa tarea les toca a los hombres, al fin y al cabo he estado más de dos años con Jeanne y es una buena muchacha.» «Ah, pero el placer», dice Sonia sirviéndose coñac. «Nunca le he podido perdonar que fuera tan inocente, no hay nada que me exaspere más. Si te digo que empezó por reírse, convencida de que le estaba haciendo una broma.» Roland mira el teléfono, piensa en la hormiga. Ahora Jeanne llamará otra vez, y será incómodo porque Sonia se ha sentado junto a él y le acaricia el pelo mientras hojea una revista literaria como si buscara ilustraciones. «Hiciste mal», repite Roland atrayendo a Sonia. «¿En venir a esta hora?», ríe Sonia cediendo a las manos que buscan torpemente el primer cierre. El velo morado cubre los hombros de Irene que da la espalda al público, a la espera de que el procónsul salude por última vez. En las ovaciones se mezcla ya un rumor de multitud en movimiento, la carrera precipitada de los que buscan adelantarse a la salida y ganar las galerías inferiores. Irene sabe que los esclavos estarán arrastrando los cadáveres, y no se vuelve; le agrada pensar que el procónsul ha aceptado la invitación de Licas a cenar en su villa a orillas del lago, donde el aire de la noche la ayudará a olvidar el olor a la plebe, los últimos gritos, un brazo moviéndose lentamente como si acariciara la tierra. No le es difícil olvidar, aunque el procónsul la hostigue con la minuciosa evocación de tanto pasado que lo inquieta; un día Irene encontrará la manera de que también él olvide para siempre, y que la gente lo crea simplemente muerto. «Verás lo que ha inventado nuestro cocinero», está diciendo la mujer de Licas. «Le ha devuelto el apetito a mi marido, y de noche...» Licas ríe y saluda a sus amigos, esperando que el procónsul abra la marcha hacia la galería después de un último saludo que se hace esperar como si lo complaciera seguir mirando la arena donde enganchan y arrastran los cadáveres. «Soy tan feliz», dice Sonia apoyando la mejilla en el pecho de Roland adormilado. «No lo digas», murmura Roland, «uno siempre piensa que es una amabilidad». «¿No me crees?», ríe Sonia. «Sí, pero no lo digas ahora. Fumemos.» Tantea en la mesa baja hasta encontrar cigarrillos, pone uno en los labios de Sonia, acerca el suyo, los enciende al mismo tiempo. Se miran apenas, soñolientos, y Roland agita el fósforo y lo posa en la mesa donde en alguna parte hay un cenicero. Sonia es la primera en adormecerse y él le quita muy despacio el cigarrillo de la boca, lo junta con el suyo y los abandona en la mesa, resbalando contra Sonia en un sueño pesado y sin imágenes. El pañuelo de gasa arde sin llama al borde del cenicero, chamuscándose lentamente, cae sobre la alfombra junto al montón de ropas y una copa de coñac. Parte del público vocifera y se amontona en las gradas inferiores; el procónsul ha saludado una vez más y hace una seña a su guardia para que le abran paso. Licas, el primero en comprender, le muestra el lienzo más distante del viejo velario que empieza a desgarrarse mientras una lluvia de chispas cae sobre el público que busca confusamente las salidas. Gritando una orden, el procónsul empuja a Irene siempre de espaldas e inmóvil. «Pronto, antes de que se amontonen en la galería baja», grita Licas precipitándose delante de su mujer. Irene es la primera que huele el aceite hirviendo, el incendio de los depósitos subterráneos; atrás, el velario cae sobre las espaldas de los que pugnan por abrirse paso en una masa de cuerpos confundidos que obstruyen las galerías demasiado estrechas. Los hay que saltan a la arena por centenares, buscando otras salidas, pero el humo del aceite borra las imágenes, un jirón de tela flota en el extremo de las llamas y cae sobre el procónsul antes de que pueda guarecerse en el pasaje que lleva a la galería imperial. Irene se vuelve al oír su grito, le arranca la tela chamuscada tomándola con dos dedos, delicadamente. «No podremos salir», dice, «están amontonados ahí abajo como animales». Entonces Sonia grita, queriendo desatarse del abrazo ardiente que la envuelve desde el sueño, y su primer alarido se confunde con el de Roland que inútilmente quiere enderezarse, ahogado por el humo negro. Todavía gritan, cada vez más débilmente, cuando el carro de bomberos entra a toda máquina por la calle atestada de curiosos. «Es en el décimo piso», dice el teniente. «Va a ser duro, hay viento del norte. Vamos.»

El otro cielo

Ces yeux ne t'appartiennent pas... où les as-tu pris?
...., IV, V.

Me ocurría a veces que todo se dejaba andar, se ablandaba y cedía terreno, aceptando sin resistencia que se pudiera ir así de una cosa a otra. Digo que me ocurría, aunque una estúpida esperanza quisiera creer que acaso ha de ocurrirme todavía. Y por eso, si echarse a caminar una y otra vez por la ciudad parece un escándalo cuando se tiene una familia y un trabajo, hay ratos en que vuelvo a decirme que ya sería tiempo de retornar a mi barrio preferido, olvidarme de mis ocupaciones (soy corredor de Bolsa) y con un poco de suerte encontrar a Josiane y quedarme con ella hasta la mañana siguiente.

Quién sabe cuánto hace que me repito todo esto, y es penoso porque hubo una época en que las cosas me sucedían cuando menos pensaba en ellas, empujando apenas con el hombro cualquier rincón del aire. En todo caso bastaba ingresar en la deriva placentera del ciudadano que se deja llevar por sus preferencias callejeras, y casi siempre mi paseo terminaba en el barrio de las galerías cubiertas, quizá porque los pasajes y las galerías han sido mi patria secreta desde siempre. Aquí, por ejemplo, el Pasaje Güemes, territorio ambiguo donde ya hace tanto tiempo fui a quitarme la infancia como un traje usado. Hacia el año veintiocho, el Pasaje Güemes era la caverna del tesoro en que deliciosamente se mezclaban la entrevisión del pecado y las pastillas de menta, donde se voceaban las ediciones vespertinas con crímenes a toda página y ardían las luces de la sala del subsuelo donde pasaban inalcanzables películas realistas. Las Josiane de aquellos días debían de mirarme con un gesto entre maternal y divertido, yo con unos miserables centavos en el bolsillo pero andando como un hombre, el chambergo requintado y las manos en los bolsillos, fumando un *Commander* precisamente porque mi padrastro me había profetizado que acabaría ciego por culpa del tabaco rubio. Recuerdo sobre todo olores y sonidos, algo como una expectativa y una ansiedad, el quiosco donde se podían comprar revistas con mujeres desnudas y anuncios de falsas manicuras, y ya entonces era sensible a ese falso cielo de estucos y claraboyas sucias, a esa noche artificial que ignoraba la estupidez del día y del sol ahí afuera. Me asomaba con falsa indiferencia a las puertas del pasaje donde empezaba el último misterio, los vagos ascensores que llevarían a los consultorios de enfermedades venéreas y también a los presuntos paraísos en lo más alto, con mujeres de la vida y amorales, como les llamaban en los diarios, con bebidas preferentemente verdes en copas biseladas, con batas de seda y kimonos violeta, y los departamentos tendrían el mismo perfume que salía de las tiendas que yo creía elegantes y que chisporroteaban sobre la penumbra del pasaje, un bazar inalcanzable de frascos y cajas de cristal y cisnes rosa y polvos *rachel* y cepillos con mangos transparentes.

Todavía hoy me cuesta cruzar el Pasaje Güemes sin enternecerme irónicamente con el recuerdo de la adolescencia al borde de la caída; la antigua fascinación perdura siempre, y por eso me gustaba echar a andar sin rumbo fijo, sabiendo que en cualquier momento entraría en la zona de las galerías cubiertas, donde cualquier sórdida botica polvorienta me atraía más que los escaparates tendidos a la insolencia de las calles abiertas. La Galerie Vivienne, por ejemplo, o el Passage des Panoramas con sus ramificaciones, sus cortadas que rematan en una librería de viejo o una inexplicable agencia de viajes donde quizá nadie compró nunca un billete de ferrocarril, ese mundo que ha optado por un cielo más próximo, de vidrios sucios y estucos con figuras alegóricas que tienden las manos para ofrecer una guirnalda, esa Galerie Vivienne a un paso de la ignominia diurna de la rue Réaumur y de la Bolsa (yo trabajo en la Bolsa), cuánto de ese barrio ha sido mío desde siempre, desde mucho antes de sospecharlo ya era mío cuando apostado en un rincón del Pasaje Güemes, contando mis pocas monedas de estudiante, debatía el problema de gastarlas en un bar automático o comprar una novela y un surtido de caramelos ácidos en su bolsa de papel transparente, con un cigarrillo que me nublaba los ojos y en el fondo del bolsillo, donde los dedos lo rozaban a veces, el sobrecito del preservativo comprado con falsa desenvoltura en una farmacia atendida solamente por hombres, y que no tendría la menor oportunidad de utilizar con tan poco dinero y tanta infancia en la cara.

Mi novia, Irma, encuentra inexplicable que me guste vagar de noche por el centro o por los barrios del sur, y si supiera de mi predilección por el Pasaje Güemes no dejaría de escandalizarse. Para ella, como para mi madre, no hay mejor actividad social que el sofá de la sala donde ocurre eso que llaman la conversación, el café y el anisado. Irma es la más buena y generosa de las mujeres, jamás se me ocurriría hablarle de lo que verdaderamente cuenta para mí, y en esa forma llegaré alguna vez a ser un buen marido y un padre cuyos hijos serán de paso los tan anhelados nietos de mi madre. Supongo que por cosas así acabé conociendo a Josiane, pero no solamente por eso ya que podría habérmela encontrado en el boulevard Poissonière o en la rue Notre-Dame-des-Victoires, y en cambio nos miramos por primera vez en lo más hondo de la Galerie Vivienne, bajo las figuras de yeso que el pico de gas llenaba de temblores (las guirnaldas iban y venían entre los dedos de las Musas polvorientas), y no tardé en saber que Josiane trabajaba en ese barrio y que no costaba mucho dar con ella si se era familiar de los cafés o amigo de los cocheros. Pudo ser coincidencia, pero haberla conocido allí, mientras llovía en el otro mundo, el del cielo alto y sin guirnaldas de la calle, me pareció un signo que iba más allá del encuentro trivial con cualquiera de las prostitutas del barrio. Después supe que en esos días Josiane no se alejaba de la galería porque era la época en que no se hablaba más que de los crímenes de Laurent y la pobre vivía aterrada. Algo de ese terror se transformaba en gracia, en gestos casi esquivos, en puro deseo. Recuerdo su manera de mirarme entre codiciosa y desconfiada, sus preguntas que fingían indiferencia, mi casi incrédulo encanto al enterarme de que vivía en los altos de la galería, mi insistencia en subir a su bohardilla en vez de ir al hotel de la rue du Sentier (donde ella tenía amigos y se sentía protegida). Y su confianza más tarde, cómo nos reímos esa noche a la sola idea de que yo pudiera ser Laurent, y qué bonita y dulce era Josiane en su bohardilla de novela barata, con el miedo al estrangulador rondando por París y esa manera de apretarse más y más contra mí mientras pasábamos revista a los asesinatos de Laurent.

Mi madre sabe siempre si no he dormido en casa, y aunque naturalmente no dice nada puesto que sería absurdo que lo dijera, durante uno o dos días me mira entre ofendida y temerosa. Sé muy bien que jamás se le ocurriría contárselo a Irma, pero lo mismo me fastidia la persistencia de un derecho materno que ya nada justifica, y sobre todo que sea yo el que al final se aparezca con una caja de bombones o una planta para el patio, y que el regalo represente de una manera muy precisa y sobrentendida la terminación de la ofensa, el retorno a la vida corriente del hijo que vive todavía en casa de su madre. Desde luego Josiane era feliz cuando le contaba esa clase de episodios, que una vez en el barrio de las galerías pasaban a formar parte de nuestro mundo con la misma llaneza que su protagonista. El sentimiento familiar de Josiane era muy vivo y estaba lleno de respeto por las instituciones y los parentescos; soy poco amigo de confidencias pero como de algo teníamos que hablar y lo que ella me había dejado saber de su vida ya estaba comentado, casi inevitablemente volvíamos a mis problemas de hombre soltero. Otra cosa nos acercó, y también en eso fui afortunado, porque a Josiane le gustaban las galerías cubiertas, quizá por vivir en una de ellas o porque la protegían del frío y la lluvia (la conocí a principios de un invierno, con nevadas prematuras que nuestras galerías y su mundo ignoraban alegremente). Nos habituamos a andar juntos cuando le sobraba el tiempo, cuando alguien —no le gustaba llamarlo por su nombre— estaba lo bastante satisfecho como para dejarla divertirse un rato con sus amigos. De ese alguien hablábamos poco, luego que yo hice las inevitables preguntas y ella me contestó las inevitables mentiras de toda relación mercenaria; se daba por supuesto que era el amo, pero tenía el buen gusto de no hacerse ver. Llegué a pensar que no le desagradaba que yo acompañara algunas noches a Josiane, porque la amenaza de Laurent pesaba más que nunca sobre el barrio después de su nuevo crimen en la rue d'Aboukir, y la pobre no se hubiera atrevido a alejarse de la Galerie Vivienne una vez caída la noche. Era como para sentirse agradecido a Laurent y al amo, el miedo ajeno me servía para recorrer con Josiane los pasajes y los cafés, descubriendo que podía llegar a ser un amigo de verdad de una muchacha a la que no me ataba ninguna relación profunda. De esa confiada amistad nos fuimos dando cuenta poco a poco, a través de silencios, de tonterías. Su habitación, por ejemplo, la bohardilla pequeña y limpia que para mí no había tenido otra realidad que la de formar parte de la galería. En un principio yo había subido por Josiane, y como no podía quedarme porque me faltaba el dinero para pagar una noche entera y alguien estaba esperando la rendición sin mácula de cuentas, casi no veía lo que me rodeaba y mucho más tarde, cuando estaba a punto de dormirme en mi pobre cuarto con su almanaque ilustrado y su mate de plata como únicos lujos, me preguntaba por la bohardilla y no alcanzaba a dibujármela, no veía más que a Josiane y me bastaba para entrar en el sueño como si todavía la guardara entre los brazos. Pero con la amistad vinieron las prerrogativas, quizá la aquiescencia del amo, y Josiane se las arreglaba muchas veces para pasar la noche conmigo, y su pieza empezó a llenarnos los huecos de un diálogo que no siempre era fácil; cada muñeca, cada estampa, cada adorno fueron instalándose en mi memoria y ayudándome a vivir cuando era el tiempo de volver a mi cuarto o de conversar con mi madre o con Irma de la política nacional y de las enfermedades en las familias.

Más tarde hubo otras cosas, y entre ellas la vaga silueta de aquel que Josiane llamaba el sudamericano, pero en un principio todo parecía ordenarse en torno al gran terror del barrio, alimentado por lo que un periodista imaginativo había dado en llamar la saga de Laurent el estrangulador. Si en un momento dado me propongo la imagen de Josiane, es para verla entrar conmigo en el café de la rue des Jeuneurs, instalarse en la banqueta de felpa morada y cambiar saludos con las amigas y los parroquianos, frases sueltas que enseguida son Laurent, porque sólo de Laurent se habla en el barrio de la Bolsa, y yo que he trabajado sin parar todo el día y he soportado entre dos ruedas de cotizaciones los comentarios de colegas y clientes acerca del último crimen de Laurent, me pregunto si esa torpe pesadilla va a acabar algún día, si las cosas volverán a ser como imagino que eran antes de Laurent, o si deberemos sufrir sus macabras diversiones hasta el fin de los tiempos. Y lo más irritante (se lo digo a Josiane después de pedir el grog que tanta falta nos hace con ese frío y esa nieve) es que ni siquiera sabemos su nombre, el barrio lo llama Laurent porque una vidente de la barrera de Clichy ha visto en la bola de cristal cómo el asesino escribía su nombre con un dedo ensangrentado, y los gacetilleros se cuidan de no contrariar los instintos del público. Josiane no es tonta pero nadie la convencería de que el asesino no se llama Laurent, y es inútil luchar contra el ávido terror parpadeando en sus ojos azules que miran ahora distraídamente el paso de un hombre joven, muy alto y un poco encorvado, que acaba de entrar y se apoya en el mostrador sin saludar a nadie.

—Puede ser —dice Josiane, acatando alguna reflexión tranquilizadora que debo haber inventado sin siquiera pensarla—. Pero entre tanto yo tengo que subir sola a mi cuarto, y si el viento me apaga la vela entre dos pisos... La sola idea de quedarme a oscuras en la escalera, y que quizá...

—Pocas veces subes sola —le digo riéndome.

—Tú te burlas pero hay malas noches, justamente cuando nieva o llueve y me toca volver a las dos de la madrugada...

Sigue la descripción de Laurent agazapado en un rellano, o todavía peor, esperándola en su propia habitación a la que ha entrado mediante una ganzúa infalible. En la mesa de al lado Kikí se estremece ostentosamente y suelta unos grititos que se multiplican en los espejos. Los hombres nos divertimos enormemente con esos espantos teatrales que nos ayudarán a proteger con más prestigio a nuestras compañeras. Da gusto fumar unas pipas en el café, a esa hora en que la fatiga del trabajo empieza a borrarse con el alcohol y el tabaco, y las mujeres comparan sus sombreros y sus boas o se ríen de nada; da gusto besar en la boca a Josiane que pensativa se ha puesto a mirar al hombre —casi un muchacho— que nos da la espalda y bebe su ajenjo a pequeños sorbos, apoyando un codo en el mostrador. Es curioso, ahora que lo pienso: a la primera imagen que se me ocurre de Josiane y que es siempre Josiane en la banqueta del café, una noche de nevada y Laurent, se agrega inevitablemente aquel que ella llamaba el sudamericano, bebiendo su ajenjo y dándonos la espalda. También yo lo llamo el sudamericano porque Josiane me aseguró que lo era, y que lo sabía por la Rousse que se había acostado con él o poco menos, y todo eso había sucedido antes de que Josiane y la Rousse se pelearan por una cuestión de esquinas o de horarios y lo lamentaran ahora con medias palabras porque habían sido muy buenas amigas. Según la Rousse él le había dicho que era sudamericano aunque hablara sin el menor acento; se lo había dicho al ir a acostarse con ella, quizá para conversar de alguna cosa mientras acababa de soltarse las cintas de los zapatos.

—Ahí donde lo ves, casi un chico... ¿Verdad que parece un colegial que ha crecido de golpe? Bueno, tendrías que oír lo que cuenta la Rousse.

Josiane perseveraba en la costumbre de cruzar y separar los dedos cada vez que narraba algo apasionante. Me explicó el capricho del sudamericano, nada tan extraordinario después de todo, la negativa terminante de la Rousse, la partida ensimismada del cliente. Le pregunté si el sudamericano la había abordado alguna vez. Pues no, porque debía saber que la Rousse y ella eran amigas. Las conocía bien, vivía en el barrio, y cuando Josiane dijo eso yo miré con más atención y lo vi pagar su ajenjo echando una moneda en el platillo de peltre mientras dejaba resbalar sobre nosotros —y era como si cesáramos de estar allí por un segundo interminable— una expresión distante y a la vez curiosamente fija, la cara de alguien que se ha inmovilizado en un momento de su sueño y rehúsa dar el paso que lo devolverá a la vigilia. Después de todo una expresión como ésa, aunque el muchacho fuese casi un adolescente y tuviera rasgos muy hermosos, podía llevar como de la mano a la pesadilla recurrente de Laurent. No perdí tiempo en proponérselo a Josiane.

—¿Laurent? ¡Estás loco! Pero si Laurent es...

Lo malo era que nadie sabía nada de Laurent, aunque Kikí y Albert nos ayudaran a seguir pesando las probabilidades para divertirnos. Toda la teoría se vino abajo cuando el patrón, que milagrosamente escuchaba cualquier diálogo en el café, nos recordó que por lo menos algo se sabía de Laurent: la fuerza que le permitía estrangular a sus víctimas con una sola mano. Y ese muchacho, vamos... Sí, y ya era tarde y convenía volver a casa; yo tan solo porque esa noche Josiane la pasaba con alguien que ya la estaría esperando en la bohardilla, alguien que tenía la llave por derecho propio, y entonces la acompañé hasta el primer rellano para que no se asustara si se le apagaba la vela en mitad del ascenso, y desde una gran fatiga repentina la miré subir, quizá contenta aunque me hubiera dicho lo contrario, y después salí a la calle nevada y glacial y me puse a andar sin rumbo, hasta que en algún momento encontré como siempre el camino que me devolvería a mi barrio, entre gente que leía la sexta edición de los diarios o miraba por las ventanillas del tranvía como si realmente hubiera alguna cosa que ver a esa hora y en esas calles.

No siempre era fácil llegar a la zona de las galerías y coincidir con un momento libre de Josiane; cuántas veces me tocaba andar solo por los pasajes, un poco decepcionado, hasta sentir poco a poco que la noche era también mi amante. A la hora en que se encendían los picos de gas la animación se despertaba en nuestro reino, los cafés eran la bolsa del ocio y del contento, se bebía a largos tragos el fin de la jornada, los titulares de los periódicos, la política, los prusianos, Laurent, las carreras de caballos. Me gustaba saborear una copa aquí y otra más allá, atisbando sin apuro el momento en que descubriría la silueta de Josiane en algún codo de las galerías o en algún mostrador. Si ya estaba acompañada, una señal convenida me dejaba saber cuándo podría encontrarla sola; otras veces se limitaba a sonreír y a mí me quedaba el resto del tiempo para las galerías; eran las horas del explorador y así fui entrando en las zonas más remotas del barrio, en la Galerie Sainte-Foy, por ejemplo, y en los remotos Passages du Caire, pero aunque cualquiera de ellos me atrajera más que las calles abiertas (y había tantos, hoy era el Passage des Princes, otra vez el Passage Verdeau, así hasta el infinito), de todas maneras el término de una larga ronda que yo mismo no hubiera podido reconstruir me devolvía siempre a la Galerie Vivienne, no tanto por Josiane aunque también fuera por ella, sino por sus rejas protectoras, sus alegorías vetustas, sus sombras en el codo del Passage des Petits-

Pères, ese mundo diferente donde no había que pensar en Irma y se podía vivir sin horarios fijos, al azar de los encuentros y de la suerte. Con tan pocos asideros no alcanzo a calcular el tiempo que pasó antes de que volviéramos a hablar casualmente del sudamericano; una vez me había parecido verlo salir de un portal de la rue Saint-Marc, envuelto en una de esas hopalandas negras que tanto se habían llevado cinco años atrás junto con sombreros de copa exageradamente alta, y estuve tentado de acercarme y preguntarle por su origen. Me lo impidió el pensar en la fría cólera con que yo habría recibido una interpelación de ese género, pero Josiane encontró luego que había sido una tontería de mi parte, quizá porque el sudamericano le interesaba a su manera, con algo de ofensa gremial y mucho de curiosidad. Se acordó de que unas noches atrás había creído reconocerlo de lejos en la Galerie Vivienne, que sin embargo él no parecía frecuentar.

—No me gusta esa manera que tiene de mirarnos —dijo Josiane—. Antes no me importaba, pero desde aquella vez que hablaste de Laurent...

—Josiane, cuando hice esa broma estábamos con Kikí y Albert. Albert es un soplón de la policía, supongo que lo sabes. ¿Crees que dejaría pasar la oportunidad si la idea le pareciera razonable? La cabeza de Laurent vale mucho dinero, querida.

—No me gustan sus ojos —se obstinó Josiane—. Y además que no te mira, la verdad es que te clava los ojos pero no te mira. Si un día me aborda salgo huyendo, te lo digo por esta cruz.

—Tienes miedo de un chico. ¿O todos los sudamericanos te parecemos unos orangutanes?

Ya se sabe cómo podían acabar esos diálogos. Íbamos a beber un grog al café de la rue des Jeuneurs, recorríamos las galerías, los teatros del bulevar, subíamos a la bohardilla, nos reíamos enormemente. Hubo algunas semanas —por fijar un término, es tan difícil ser justo con la felicidad— en que todo nos hacía reír, hasta las torpezas de Badinguet y el temor de

836

la guerra nos divertían. Es casi ridículo admitir que algo tan desproporcionadamente inferior como Laurent pudiera acabar con nuestro contento, pero así fue. Laurent mató a otra mujer en la rue Beauregard —tan cerca, después de todo— y en el café nos quedamos como en misa y Marthe, que había entrado a la carrera para gritar la noticia, acabó en una explosión de llanto histérico que de algún modo nos ayudó a tragar la bola que teníamos en la garganta. Esa misma noche la policía nos pasó a todos por su peine más fino, de café en café y de hotel en hotel; Josiane buscó al amo y yo la dejé irse, comprendiendo que necesitaba la protección suprema que todo lo allanaba. Pero como en el fondo esas cosas me sumían en una vaga tristeza —las galerías no eran para eso, no debían ser para eso—, me puse a beber con Kikí y después con la Rousse que me buscaba como puente para reconciliarse con Josiane. Se bebía fuerte en nuestro café, y en esa niebla caliente de las voces y los tragos me pareció casi justo que a medianoche el sudamericano fuera a sentarse a una mesa del fondo y pidiera su ajenjo con la expresión de siempre, hermosa y ausente y alunada. Al preludio de confidencia de la Rousse contesté que ya lo sabía, y que después de todo el muchacho no era ciego y sus gustos no merecían tanto rencor; todavía nos reíamos de las falsas bofetadas de la Rousse cuando Kikí condescendió a decir que alguna vez había estado en su habitación. Antes de que la Rousse pudiera clavarle las diez uñas de una pregunta imaginable, quise saber cómo era ese cuarto. «Bah, qué importa el cuarto», decía desdeñosamente la Rousse, pero Kikí ya se metía de lleno en una bohardilla de la rue Notre-Dame-des-Victoires, sacando como un mal prestidigitador de barrio un gato gris, muchos papeles borroneados, un piano que ocupaba demasiado lugar, pero sobre todo papeles y al final otra vez el gato gris que en el fondo parecía ser el mejor recuerdo de Kikí.

Yo la dejaba hablar, mirando todo el tiempo hacia la mesa del fondo y diciéndome que al fin y al cabo hubiera sido tan natural que me acercara al sudamericano y le dijera un par de frases en español. Estuve a punto de hacerlo, y ahora no soy más que uno de los muchos que se preguntan por qué en algún momento no hicieron lo que habían pensado hacer. En cambio me quedé con la Rousse y Kikí, fumando una nueva pipa y pidiendo otra ronda de vino blanco; no me acuerdo bien de lo que sentía al renunciar a mi impulso, pero era algo como una veda, el sentimiento de que si la transgredía iba a entrar en un territorio inseguro. Y sin embargo creo que hice mal, que estuve al borde de un acto que hubiera podido salvarme. Salvarme de qué, me pregunto. Pero precisamente de eso: salvarme de que hoy no pueda hacer otra cosa que preguntármelo, y que no haya otra respuesta que el humo del tabaco y esa vaga esperanza inútil que me sigue por las calles como un perro sarnoso.

> *Où sont-ils passés, les becs de gaz?*
> *Que sont-elles devenues, les vendeuses d'amour?*
> ..., VI, I.

Poco a poco tuve que convencerme de que habíamos entrado en malos tiempos y que mientras Laurent y las amenazas prusianas nos preocuparan de ese modo, la vida no volvería a ser lo que había sido en las galerías. Mi madre debió notarme desmejorado porque me aconsejó que tomara algún tónico, y los padres de Irma, que tenían un chalet en una isla del Paraná, me invitaron a pasar una temporada de descanso y de vida higiénica. Pedí quince días de vacaciones y me fui sin ganas a la isla, enemistado de antemano con el sol y los mosquitos. El primer sábado pretexté cualquier cosa y volví a la ciudad, anduve como a los tumbos por calles donde los tacos se hundían en el asfalto blando. De esa vagancia estúpida me queda un brusco recuerdo delicioso: al entrar una vez más en el Pasaje Güemes me envolvió de golpe el aroma del café, su violencia ya casi olvidada en las galerías donde el café era flojo y recocido. Bebí dos tazas, sin azúcar, saboreando y oliendo a la vez, quemándome y feliz. Todo lo que siguió hasta el fin de la tarde olió distinto, el aire húmedo del centro estaba lleno de pozos de fragancia (volví a pie hasta mi casa, creo que le había prometido a mi madre cenar con ella), y en cada pozo del aire los olores eran más crudos, más intensos, jabón amarillo, café, tabaco negro, tinta de imprenta, yerba mate, todo olía encarnizadamente, y también el sol y el cielo eran más duros y acuciados. Por unas horas olvidé casi rencorosamente el barrio de las galerías, pero cuando volví a cruzar el Pasaje Güemes (¿era realmente en la época de la isla? Acaso mezclo dos momentos de una misma temporada, y en realidad poco importa) fue en vano que invocara la alegre bofetada del café, su olor me pareció el de siempre y en cambio reconocí esa mezcla dulzona y repugnante del aserrín y la cerveza rancia que parece rezumar del piso de los bares del centro, pero quizá fuera porque de nuevo estaba deseando encontrar a Josiane y hasta confiaba en que el gran terror y las nevadas hubiesen llegado a su fin. Creo que en esos días empecé a sospechar que ya el deseo no bastaba como antes para que las cosas girasen acompasadamente y me propusieran algunas de las calles que llevaban a la Galerie Vivienne, pero también es posible que terminara por someterme mansamente al chalet de la isla para no entristecer a Irma, para que no sospechara que mi único reposo verdadero estaba en otra parte; hasta que no pude más y volví a la ciudad y caminé hasta agotarme, con la camisa pegada al cuerpo, sentándome en los bares para beber cerveza, esperando ya no sabía qué. Y cuando al salir del último bar vi que no tenía más que dar la vuelta a la esquina para internarme en mi barrio, la alegría se mezcló con la fatiga y una oscura conciencia de fracaso, porque bastaba mirar la cara de la gente para comprender que el gran terror estaba lejos de haber cesado, bastaba asomarse a los ojos de Josiane en su esquina de la rue d'Uzès y oírle decir quejumbrosa que el amo en persona había decidido protegerla de un posible ataque; recuerdo que entre dos besos alcancé a entrever su silueta en el hueco de un portal, defendiéndose de la cellisca envuelto en una larga capa gris.

Josiane no era de las que reprochan las ausencias, y me pregunto si en el fondo se daba cuenta del paso del tiempo. Volvimos del brazo a la Galerie Vivienne, subimos a la bohardilla, pero después comprendimos que no estábamos contentos como antes y lo atribuimos vagamente a todo lo que afligía al barrio; habría guerra, era fatal, los hombres tendrían que incorporarse a las filas (ella empleaba solemnemente esas palabras con un ignorante, delicioso respeto), la gente tenía miedo y rabia, la policía no había sido capaz de descubrir a Laurent. Se consolaban guillotinando a otros, como esa misma madrugada en que ejecutarían al envenenador del que tanto habíamos hablado en el café de la rue des Jeuneurs en los días del proceso; pero el terror seguía suelto en las galerías y en los pasajes, nada había cambiado desde mi último encuentro con Josiane, y ni siquiera había dejado de nevar.

Para consolarnos nos fuimos de paseo, desafiando el frío porque Josiane tenía un abrigo que debía ser admirado en una serie de esquinas y portales donde sus amigas esperaban a los clientes soplándose los dedos o hundiendo las manos en los manguitos de piel. Pocas veces habíamos andado tanto por los bulevares, y terminé sospechando que éramos sobre todo sensibles a la protección de los escaparates iluminados; entrar en cualquiera de las calles vecinas (porque también Liliane tenía que ver el abrigo, y más allá Francine) nos iba hundiendo poco a poco en el espanto, hasta que el abrigo quedó suficientemente exhibido y yo propuse nuestro café y corrimos por la rue du Croissant hasta dar la vuelta a la manzana y refugiarnos en el calor y los amigos. Por suerte para todos la idea de la guerra se iba adelgazando a esa hora en las memorias, a nadie se le ocurría repetir los estribillos obscenos contra los prusianos, se estaba tan bien con las copas llenas y el calor de la estufa, los clientes de paso se habían marchado y quedábamos solamente los amigos del patrón, el grupo de siempre y la buena noticia de que la Rousse había pedido perdón a Josiane y se habían reconciliado con besos y lágrimas y hasta regalos. Todo tenía algo de guirnalda (pero las guirnaldas pueden ser fúnebres, lo comprendí después) y por eso, como afuera estaban la nieve y Laurent, nos quedábamos lo más posible en el café y nos enterábamos a medianoche de que el patrón cumplía cincuenta años de trabajo detrás del mismo mostrador, y eso había que festejarlo, una flor se trenzaba con la siguiente, las botellas llenaban las mesas porque ahora las ofrecía el patrón y no se podía desairar tanta amistad y tanta dedicación al trabajo, y hacia las tres y media de la mañana Kikí completamente borracha terminaba de cantarnos los mejores aires de la opereta de moda mientras Josiane y la Rousse lloraban abrazadas de felicidad y ajenjo, y Albert, casi sin darle importancia, trenzaba otra flor en la guirnalda y proponía terminar la noche en la Roquette donde guillotinaban al envenenador exactamente a las seis, y el patrón descubría emocionado que ese final de fiesta era como la apoteosis de cincuenta años de trabajo honrado y se obligaba, abrazándonos a todos y hablándonos de su esposa muerta en el Languedoc, a alquilar dos fiacres para la expedición.

A eso siguió más vino, la evocación de diversas madres y episodios sobresalientes de la infancia, y una sopa de cebolla que Josiane y la Rousse llevaron a lo sublime en la cocina del café mientras Albert, el patrón y yo nos prometíamos amistad eterna y muerte a los prusianos. La sopa y los quesos debieron ahogar tanta vehemencia, porque estábamos casi callados y hasta incómodos cuando llegó la hora de cerrar el café con un ruido interminable de barras y cadenas, y subir a los fiacres donde todo el frío del mundo parecía estar esperándonos. Más nos hubiera valido viajar juntos para abrigarnos, pero el patrón tenía principios humanitarios en materia de caballos y montó en el primer fiacre con la Rousse y Albert mientras me confiaba a Kikí y a Josiane quienes, dijo, eran como sus hijas. Después de festejar adecuadamente la frase con los cocheros, el ánimo nos volvió al cuerpo mientras subíamos hacia Popincourt entre simulacros de carreras, voces de aliento y lluvias de falsos latigazos. El patrón insistió en que bajáramos a cierta distancia, aduciendo razones de discreción que no entendí, y tomados del brazo para no resbalar demasiado en la nieve congelada remontamos la rue de la Roquette vagamente iluminada por reverberos aislados, entre sombras movientes que de pronto se resolvían en sombreros de copa, fiacres al trote y grupos de embozados que acababan amontonándose frente a un ensanchamiento de la calle, bajo la otra sombra más alta y más negra de la cárcel. Un mundo clandestino se codeaba, se pasaba botellas de mano en mano, repetía una broma que corría entre carcajadas y chillidos sofocados, y también había bruscos silencios y rostros iluminados un instante por un yesquero mientras seguíamos avanzando dificultosamente y cuidábamos de no separarnos como si cada uno supiera que sólo la voluntad del grupo podía perdonar su presencia en ese sitio. La máquina estaba ahí sobre sus cinco bases de piedra, y todo el aparato de la justicia aguardaba inmóvil en el breve espacio entre ella y el cuadro de soldados con los fusiles apoyados en tierra y las bayonetas caladas. Josiane me hundía las uñas en el brazo y temblaba de tal manera que hablé de llevármela a un café, pero no había cafés a la vista y ella se empecinaba en quedarse. Colgada de mí y de Albert, saltaba de tanto en tanto para ver mejor la máquina, volvía a clavarme las uñas, y al final me obligó a agachar la cabeza hasta que sus labios encontraron mi boca, y me mordió histéricamente murmurando palabras que pocas veces le había oído y que colmaron mi orgullo como si por un momento hubiera sido el amo. Pero de todos nosotros el único aficionado apreciativo era Albert; fumando un cigarro mataba los minutos comparando ceremonias, imaginando el comportamiento final del condenado, las etapas que en ese mismo momento se cumplían en el interior de la prisión y que conocía en detalle por razones que se callaba. Al principio lo escuché con avidez para enterarme de cada nimia articulación de la liturgia, hasta que lentamente, como desde más allá de él y de Josiane y de la celebración del aniversario, me fue invadiendo algo que era como un abandono, el sentimiento indefinible de que eso no hubiera debido ocurrir en esa forma, que algo estaba amenazando en mí el mundo de las galerías y los pasajes, o todavía peor, que mi felicidad en ese mundo había sido un preludio engañoso, una trampa de flores como si una de las figuras de yeso me hubiera alcanzado una guirnalda mentida (y esa noche yo había pensado que las cosas se tejían como las flores en una guirnalda), para caer poco a poco en Laurent, para derivar de la embriaguez inocente de la Galerie Vivienne y de la bohardilla de Josiane, lentamente ir pasando al gran terror, a la nieve, a la guerra inevitable, a la apoteosis de los cincuenta años del patrón, a los fiacres ateridos del alba, al brazo rígido de Josiane que se prometía no mirar y buscaba ya en mi pecho dónde esconder la cara en el momento final. Me pareció (y en ese instante las rejas empezaban a abrirse y se oía la voz de mando del oficial de la guardia) que de alguna manera eso era un término, no sabía bien de qué porque al fin y al cabo yo seguiría viviendo, trabajando en la Bolsa y viendo de cuando en cuando a Josiane, a Albert y a Kikí que ahora se había puesto a golpearme histéricamente el hombro, y aunque no quería desviar los ojos de las rejas que terminaban de abrirse, tuve que prestarle atención por un instante y siguiendo su mirada entre sorprendida y burlona alcancé a distinguir casi al lado del patrón la silueta un poco agobiada del sudamericano envuelto en la hopalanda negra, y curiosamente pensé que también eso entraba de alguna manera en la guirnalda y que era un poco como si una mano acabara de trenzar en ella la flor que la cerraría antes del amanecer. Y ya no pensé más porque Josiane se apretó contra mí gimiendo, y en la

sombra que los dos reverberos de la puerta agitaban sin ahu-
yentarla, la mancha blanca de una camisa surgió como flotando entre dos siluetas negras, apareciendo y desaparecien-
do cada vez que una tercera sombra voluminosa se inclinaba
sobre ella con los gestos del que abraza o amonesta o dice algo al oído o da a besar alguna cosa, hasta que se hizo a un lado y la mancha blanca se definió más de cerca, encuadrada
por un grupo de gentes con sombreros de copa y abrigos negros, y hubo como una prestidigitación acelerada, un rapto
de la mancha blanca por las dos figuras que hasta ese momento habían parecido formar parte de la máquina, un gesto
de arrancar de los hombros un abrigo ya innecesario, un movimiento presuroso hacia adelante, un clamor ahogado que
podía ser de cualquiera, de Josiane convulsa contra mí, de la
mancha blanca que parecía deslizarse bajo el armazón donde
algo se desencadenaba con un chasquido y una conmoción
casi simultáneos. Creí que Josiane iba a desmayarse, todo el
peso de su cuerpo resbalaba a lo largo del mío como debía estar resbalando el otro cuerpo hacia la nada, y me incliné para
sostenerla mientras un enorme nudo de gargantas se desata-
ba en un final de misa con el órgano resonando en lo alto
(pero era un caballo que relinchaba al oler la sangre) y el re-
flujo nos empujó entre gritos y órdenes militares. Por encima
del sombrero de Josiane que se había puesto a llorar compa-
sivamente contra mi estómago, alcancé a reconocer al patrón
emocionado, a Albert en la gloria, y el perfil del sudamericano
perdido en la contemplación imperfecta de la máquina que
las espaldas de los soldados y el afanarse de los artesanos de la
justicia le iban librando por manchas aisladas, por relámpagos de sombra entre gabanes y brazos y un afán general por
moverse y partir en busca de vino caliente y de sueño, como
nosotros amontonándonos más tarde en un fiacre para volver
al barrio, comentando lo que cada uno había creído ver y que
no era lo mismo, no era nunca lo mismo y por eso valía más
porque entre la rue de la Roquette y el barrio de la Bolsa ha-

bía tiempo para reconstruir la ceremonia, discutirla, sorprenderse en contradicciones, jactarse de una vista más aguda o de unos nervios más templados para admiración de última hora de nuestras tímidas compañeras.

Nada podía tener de extraño que en esa época mi madre me notara más desmejorado y se lamentara sin disimulo de una indiferencia inexplicable que hacía sufrir a mi pobre novia y terminaría por enajenarme la protección de los amigos de mi difunto padre gracias a los cuales me estaba abriendo paso en los medios bursátiles. A frases así no se podía contestar más que con el silencio, y aparecer algunos días después con una nueva planta de adorno o un vale para madejas de lana a precio rebajado. Irma era más comprensiva, debía confiar simplemente en que el matrimonio me devolvería alguna vez a la normalidad burocrática, y en esos últimos tiempos yo estaba al borde de darle la razón pero me era imposible renunciar a la esperanza de que el gran terror llegara a su fin en el barrio de las galerías y que volver a mi casa no se pareciera ya a una escapatoria, a un ansia de protección que desaparecía tan pronto como mi madre empezaba a mirarme entre suspiros o Irma me tendía la taza de café con la sonrisa de las novias arañas. Estábamos por ese entonces en plena dictadura militar, una más en la interminable serie, pero la gente se apasionaba sobre todo por el desenlace inminente de la guerra mundial y casi todos los días se improvisaban manifestaciones en el centro para celebrar el avance aliado y la liberación de las capitales europeas, mientras la policía cargaba contra los estudiantes y las mujeres, los comercios bajaban presurosamente las cortinas metálicas y yo, incorporado por la fuerza de las cosas a algún grupo detenido frente a las pizarras de *La Prensa*, me preguntaba si sería capaz de seguir resistiendo mucho tiempo a la sonrisa consecuente de la pobre Irma y a la humedad que me empapaba la camisa entre rueda y rueda de cotizaciones. Empecé a sentir que el barrio de las galerías ya no era como antes el término de un deseo, cuando bastaba echar a andar por cualquier calle para que en alguna esquina todo girara blandamente y me allegara sin esfuerzo a la Place des Victoires donde era tan grato demorarse vagando por las callejuelas con sus tiendas y zaguanes polvorientos, y a la hora más propicia entrar en la Galerie Vivienne en busca de Josiane, a menos que caprichosamente prefiriera recorrer primero el Passage des Panoramas o el Passage des Princes y volver dando un rodeo un poco perverso por el lado de la Bolsa. Ahora, en cambio, sin siquiera tener el consuelo de reconocer como aquella mañana el aroma vehemente del café en el Pasaje Güemes (olía a aserrín, a lejía), empecé a admitir desde muy lejos que el barrio de las galerías no era ya el puerto de reposo, aunque todavía creyera en la posibilidad de liberarme de mi trabajo y de Irma, de encontrar sin esfuerzo la esquina de Josiane. A cada momento me ganaba el deseo de volver; frente a las pizarras de los diarios, con los amigos, en el patio de casa, sobre todo al anochecer, a la hora en que allá empezarían a encenderse los picos de gas. Pero algo me obligaba a demorarme junto a mi madre y a Irma, una oscura certidumbre de que en el barrio de las galerías ya no me esperarían como antes, de que el gran terror era el más fuerte. Entraba en los bancos y en las casas de comercio con un comportamiento de autómata, tolerando la cotidiana obligación de comprar y vender valores y escuchar los cascos de los caballos de la policía cargando contra el pueblo que festejaba los triunfos aliados, y tan poco creía ya que alcanzaría a liberarme una vez más de todo eso que cuando llegué al barrio de las galerías tuve casi miedo, me sentí extranjero y diferente como jamás me había ocurrido antes, me refugié en una puerta cochera y dejé pasar el tiempo y la gente, forzado por primera vez a aceptar poco a poco todo lo que antes me había parecido mío, las calles y los vehículos, la ropa y los guantes, la nieve en los patios y las voces en las tiendas. Hasta que otra vez fue el deslumbramiento, fue encontrar a Josiane en la Galerie Colbert y enterarme entre besos y brincos de que ya no había Laurent, que el barrio había festejado noche tras noche el fin de la pesadilla, y todo el mundo había preguntado por mí y menos mal que por fin Laurent, pero dónde me había metido que no me enteraba de nada, y tantas cosas y tantos besos. Nunca la había deseado más y nunca nos quisimos mejor bajo el techo de su cuarto que mi mano podía tocar desde la cama. Las caricias, los chismes, el delicioso recuento de los días mientras el anochecer iba ganando la bohardilla. ¿Laurent? Un marsellés de pelo crespo, un miserable cobarde que se había atrincherado en el desván de la casa donde acababa de matar a otra mujer, y había pedido gracia desesperadamente mientras la policía echaba abajo la puerta. Y se llamaba Paul, el monstruo, hasta eso, fíjate, y acababa de matar a su novena víctima, y lo habían arrastrado al coche celular mientras todas las fuerzas del segundo distrito lo protegían sin ganas de una muchedumbre que lo hubiera destrozado. Josiane había tenido ya tiempo de habituarse, de enterrar a Laurent en su memoria que poco guardaba las imágenes, pero para mí era demasiado y no alcanzaba a creerlo del todo hasta que su alegría me persuadió de que verdaderamente ya no habría más Laurent, que otra vez podíamos vagar por los pasajes y las calles sin desconfiar de los portales. Fue necesario que saliéramos a festejar juntos la liberación, y como ya no nevaba Josiane quiso ir a la rotonda del Palais Royal que nunca habíamos frecuentado en los tiempos de Laurent. Me prometí, mientras bajábamos cantando por la rue des Petits Champs, que esa misma noche llevaría a Josiane a los cabarets de los bulevares, y que terminaríamos la velada en nuestro café donde a fuerza de vino blanco me haría perdonar tanta ingratitud y tanta ausencia.

Por unas pocas horas bebí hasta los bordes el tiempo feliz de las galerías, y llegué a convencerme de que el final del gran terror me devolvía sano y salvo a mi cielo de estucos y guirnaldas; bailando con Josiane en la rotonda me quité de encima la última opresión de ese interregno incierto, nací otra vez a mi mejor vida tan lejos de la sala de Irma, del patio de casa, del menguado consuelo del Pasaje Güemes. Ni siquiera cuando más tarde, charlando de tanta cosa alegre con Kikí y Josiane y el patrón, me enteré del final del sudamericano, ni siquiera entonces sospeché que estaba viviendo un aplazamiento, una última gracia; por lo demás ellos hablaban del sudamericano con una indiferencia burlona, como de cualquiera de los extravagantes del barrio que alcanzan a llenar un hueco en una conversación donde pronto nacerán temas más apasionantes, y que el sudamericano acabara de morirse en una pieza de hotel era apenas algo más que una información al pasar, y Kikí discurría ya sobre las fiestas que se preparaban en un molino de la Butte, y me costó interrumpirla, pedirle algún detalle sin saber demasiado por qué se lo pedía. Por Kikí acabé sabiendo algunas cosas mínimas, el nombre del sudamericano que al fin y al cabo era un nombre francés y que olvidé enseguida, su enfermedad repentina en la rue du Faubourg Montmartre donde Kikí tenía un amigo que le había contado; la soledad, el miserable cirio ardiendo sobre la consola atestada de libros y papeles, el gato gris que su amigo había recogido, la cólera del hotelero a quien le hacían eso precisamente cuando esperaba la visita de sus padres políticos, el entierro anónimo, el olvido, las fiestas en el molino de la Butte, el arresto de Paul el marsellés, la insolencia de los prusianos a los que ya era tiempo de darles la lección que se merecían. Y de todo eso yo iba separando, como quien arranca dos flores secas de una guirnalda, las dos muertes que de alguna manera se me antojaban simétricas, la del sudamericano y la de Laurent, el uno en su pieza de hotel, el otro disolviéndose en la nada para ceder su lugar a Paul el marsellés, y eran casi una misma muerte, algo que se borraba para siempre en la memoria del barrio. Todavía esa noche pude creer que todo seguiría como antes del gran terror, y Josiane fue otra vez mía en su bohardilla y al despedirnos nos prometimos fiestas y excursiones cuando llegase el verano.

Pero helaba en las calles, y las noticias de la guerra exigían mi presencia en la Bolsa a las nueve de la mañana; con un esfuerzo que entonces creí meritorio me negué a pensar en mi reconquistado cielo, y después de trabajar hasta la náusea almorcé con mi madre y le agradecí que me encontrara más repuesto. Esa semana la pasé en plena lucha bursátil, sin tiempo para nada, corriendo a casa para darme una ducha y cambiar una camisa empapada por otra que al rato estaba peor. La bomba cayó sobre Hiroshima y todo fue confusión entre mis clientes, hubo que librar una larga batalla para salvar los valores más comprometidos y encontrar un rumbo aconsejable en ese mundo donde cada día era una nueva derrota nazi y una enconada, inútil reacción de la dictadura contra lo irreparable. Cuando los alemanes se rindieron y el pueblo se echó a la calle en Buenos Aires, pensé que podría tomarme un descanso, pero cada mañana me esperaban nuevos problemas, en esas semanas me casé con Irma después que mi madre estuvo al borde de un ataque cardíaco y toda la familia me lo atribuyó quizá justamente. Una y otra vez me pregunté por qué, si el gran terror había cesado en el barrio de las galerías, no me llegaba la hora de encontrarme con Josiane para volver a pasear bajo nuestro cielo de yeso. Supongo que el trabajo y las obligaciones familiares contribuían a impedírmelo, y sólo sé que de a ratos perdidos me iba a caminar como consuelo por el Pasaje Güemes, mirando vagamente hacia arriba, tomando café y pensando cada vez con menos convicción en las tardes en que me había bastado vagar un rato sin rumbo fijo para llegar a mi barrio y dar con Josiane en alguna esquina del atardecer. Nunca he querido admitir que la guirnalda estuviera definitivamente cerrada y que no volvería a encontrarme con Josiane en los pasajes o los bulevares. Algunos días me da por pensar en el sudamericano, y en esa rumia desganada llego a inventar como un consuelo, como si él nos hubiera matado a Laurent y a mí con su propia muerte; razonablemente me digo que no, que exagero, que cualquier día volveré a entrar en el barrio de las galerías y encontraré a Josiane sorprendida por mi larga ausencia. Y entre una cosa y otra me quedo en casa tomando mate, escuchando a Irma que espera para diciembre, y me pregunto sin demasiado entusiasmo si cuando lleguen las elecciones votaré por Perón o por Tamborini, si votaré en blanco o sencillamente me quedaré en casa tomando mate y mirando a Irma y a las plantas del patio.

HISTORIAS (INESPERADAS)

Nota de los editores:

En reconocimiento de su pertenencia a la obra general de Julio Cortázar, completamos esta edición con las cuatro piezas siguientes, publicadas en el volumen *Papeles inesperados* (Alfaguara, 2009) y, por eso, reunidas aquí bajo el título "Historias (inesperadas)".

La daga y el lis. Notas para un memorial

El correo salido ayer de tarde con la venia del duque habrá presentado al Ejecutor una somera relación de los hechos acontecidos en la noche del viernes veintiuno del mes que corre. Dicha relación, dictada por mí al secretario Dellablanca, atendía a someter a la atención del Ejecutor los hechos inmediatos y las providencias de primera hora. A tres días del suceso, vueltos los espíritus a una más ponderada vigilancia de sus ánimos y humores, fuerza es rendir debida cuenta de las muchas reflexiones, enredadas conjeturas y ansias de verdad que por todo ello corre. El Ejecutor ha de encontrar en lo que sigue debida memoria de hechos y legítimo ejercicio del razonar sobre la sustancia de los mismos, que traen alterada la corte del duque y abren los oídos de la plebe a los más sediciosos rumores.

El Ejecutor no ignora en su saber que el difunto agente Felipe Romero, natural de Cuna de Metán, de diecinueve años, soltero, de estatura mediana, nariz recta, boca de labios finos, barbilla regular, cejas negras, ojos azules, cabello rubio rizado, barba afeitada, me asistía en la delicada tarea para la cual el Ejecutor tuvo a bien designarme. La discreción de la camarera Carolina allanó las dificultades para que el agente Romero fuese admitido en calidad de paje en la cámara de mi señora la duquesa; tres meses y una semana precedió en este oficio a la muerte, habiendo ganado confianza y estima de sus señores, y aprovechado de ella sin mengua para adentrar en los engañosos silencios de palacio donde la historia crece envuelta en terciopelo. Así, el informe elevado al Ejecutor en quince de mayo, conteniendo el pliego de consignas de los que conspiran contra Palacio, procedía tanto de la diligencia y afán del agente Romero, sagazmente ayudado por la camarera Carolina, como de mis propios barruntos que el Ejecutor ha tenido la bondad de alabar en otras oportunidades. De los agentes asignados a la misión a mi cargo, el difunto Romero sobresalía por méritos propios, que su extremada juventud recataba a ojos que miden saber por arrugas o truecan respeto por historiales. Su donaire le valía volteo de llaves y abandono de recelos; así mi señora la duquesa hubo de agraciarlo gentilmente con encargos y diligencias, cediendo en él labores que atañían a otros criados de su cámara, más remisos o desabridos. De cada una de aquellas mercedes (que tales son las órdenes en labios de mi señora la duquesa) hubo el agente Romero de extraer provecho para la investigación, allegándome noticias y presunciones que el Ejecutor recibió en su día, oportunamente cernidas y glosadas.

Los hechos de la noche del viernes los conoce el Ejecutor en sustancia. Hallóse el cuerpo de Felipe Romero en la galería cubierta que conduce, viniendo de la poterna norte, a las salas de armas y cámaras del duque. Cupo a la camarera Carolina el descubrirlo, con lo que perdió los sentidos y desplomóse sobre la sangre brotada de la garganta del finado. Digo finado, aunque ciertas revelaciones que el Ejecutor considerará más luego, permiten suponer una agonía prolongada, una muerte llena de delicadeza como cuadraba al ser en la que se ejercía.

Recobrada la camarera, alzó voces y vinieron con luces y visto fue el hecho. Yo llegué poco más tarde y era Felipe Romero el muerto. Vestía la víctima su jubón verde de paje, sus cintas bicolores, su gorro de pluma sola. Por abajo del mentón le entraba una daga fina como un áspid, de cabo con rubíes, subiendo su hilo templado a perforar la lengua y los paladares, pasándole a la caja del cerebro para acabar su carrera en el recinto mismo del pensar y el acordarse. Yacía el muerto de espaldas, encogidas de lado las piernas y en cruz los brazos, crispados los dedos hacia abajo como probando de aferrarse al suelo. Cuando le quité la daga mientras hombres le sostenían la cabeza, volcóse el resto de la sangre sobre el arma y el pecho, sin faltar quien dijera que las manos se habían movido una vez.

Yo reparé en lo que había que ver e hice lo que cuadraba, y ya entonces acudía el duque con la gente de dentro. Díjele que era un paje, por no nombrarle y adentrar en su inteligencia la sospecha de que me era adicto, y él ordenó que acercaran las luces y se estuvo mirando al muerto, que también lo miraba sin verlo, y me miraba. Un arquero le bajó los párpados, y el duque pidió la daga para imaginar la herida. Le respondí que arma era ya de la justicia, y dijo: "Justicia es extraña palabra, mas acaso doblemente la merezca esa hoja". Y como yo esperara, pues del esperar tengo mucho aprendido, fijóse en la herida y musitó: "Empalado lo han". "Señor, que por abajo se empala", dije. Y él: "No olvide el Investigador cómo los sesos y la lengua saco son a veces de inmundicia, y una daga en ellos más justa que los palos del turco". Entonces agregó que era broma, como que lo maravillaba herida tan peregrina siendo que en muchas batallas jamás viera soldado apuñalado por la barba. Discutieron los otros, y yo aduje sin insistir que daga italiana es arma sutil, y que se va de la mano al enemigo y entra por doquiera como lluvia fina.

Cuando ordenaba a un alabardero quedarse cabe el cadáver, y volvíamos a la cámara mayor del duque, oyéronse clamores en los aposentos del ala menor de palacio, se alzaron luces, y por averiguación de criados supimos que la duquesa era enterada del suceso y condolida harto. "Favor tenía el paje", prorrumpió el duque torciendo el gesto. "Cuide el Investigador de que sea removido el muerto y ahorrada a mi mujer verle entre tanta sangre." Prometí que lo haría apenas acabadas mis providencias, y aguardé otras palabras. Volvióse el duque a sus dados, que los alternaba con el capellán, y ensimismóse sin esfuerzo. Yo pedí dos luces y retorné junto a Felipe.

Repare el Ejecutor en que la noche era sin luna y agobiada de tinieblas la galería. Pudieron matar a Felipe sin darle tiempo a ver venir el golpe, y él mismo andando por el sitio no ofrecía más blanco que una sombra entre otras. Asómbrame lo certero del golpe, allí donde un error de nada hubiera envainado la daga en el aire, alertando al atacado. El Ejecutor sabrá cuán azaroso es golpear en el magro espacio que dejan los maxilares y el nacimiento del cuello, y que apenas el asentir de la cabeza oculta. De mozo entendíame con mis hermanos en arte de montería, siendo frecuente que probáramos la vista y la suerte en herir al jabalí dándole en convenido lugar. Y porque llegué a hacerlo como me venía en gana, sé del repetido trabajo que requiere.

Despedidos el alabardero y los criados, fijos los hachones a las anillas de la pared, bajéme a ver con los ojos lo que antes viera con los pulsos. Sepa el Ejecutor que esta memoria nace de la reflexión y el debate en horas sustraídas al mundo de palacio, fijo el entendimiento en la suerte del agente Romero, en los azares o conjunciones que hicieron de él un cadáver que para mí guardaba una última palabra. Sepa el Ejecutor que la palabra era un lis, trazado por su mano derecha en el mármol donde la sangre una vez más hizo de tinta para la historia.

Junté la flor del duque y el lugar, los medí sin parcialidad ni favor, y vi lo que estoy diciendo. Bien que el agente Romero no fuera extraño a las cámaras del duque, su lugar estaba allende, cabe su señora y ama, y aún más de noche antes del retiro de los séquitos y los asistentes, por ser hora de últimas órdenes y disposiciones. Supo la víctima que moría, anegóse en su sangre, alcanzó a trazar el lis en la tiniebla, con el último calor de su mano derecha. Y yo lo vi el primero, como él debió esperarlo, y lo borré al bajarme para desgajar el puñal, antes que asomara el duque.

Digo que muerto fue el agente Romero en cuarteles que señalan al ejecutor; atraído por aviesa orden o convite gentil, vino a los aposentos del duque y no alcanzó a llegar; supo de su matador por lumbre de estrellas o bisbiseo de venganza, y lo nombró por su nombre figurado. Dos razones tuvo el asesino para matar o hacer matar a Felipe: el favor de la duquesa, manifiesto en cacerías y juegos corteses, y la sospecha de que estaba a mi servicio reuniendo voces y señales de la conjura contra Palacio. De la primera razón dan fe los clamores de su ama y el escarnio del duque al cadáver; de la segunda cábeme el medir la fuerza por mi propia labor amenazada, mi hora que quizá por otra galería viene. A ambas junto para señalar la culpa del duque y encarecer las prontas decisiones de Palacio, al que esta sangre lejana mostrará la inminencia de un golpe más universal, la rebelión latente que este crimen emboza y fortifica.

Separéme de Felipe para visitar las cámaras de la duquesa, donde las luces no cejaban; hallé a las camareras desaladas, descoloridos los pajecillos del aguamanil, caídas las piezas del juego que había jugado mi señora mientras tañían las vihuelas de la recreación. Allegóse la camarera Carolina, fingiendo mayor desánimo que las otras. Díjome que la duquesa guardaba el lecho, con luces vecinas y el cuidado de la nodriza; recordó que había jugado hasta el toque de relevo, y pedido luego licencia a su contendiente, que lo era el confiscador Ignacio, para contemplar la carta del cielo en procura de conjuraciones vaticinadas por su astrólogo. A su retorno, que lo fue sin luces por mejor ver las estrellas, quejóse de una interpuesta nube y del relente. Por no descuidar nada, mandé a la camarera fuese a reparar en su ama sin ser vista, y trájome cuenta de su olvidado semblante, su reposo en brazos de la nodriza, que con los arrullos de niñez había rescatado la sonrisa en el rostro de mi señora. Despedí a Carolina por mejor pensar, y me estuve moviendo las piezas del juego, encontrando más simple sus muchos azares que el ya acabado con su alfil caído al borde del damero. Y por alfil saqué señor, y también la fatiga y la tristeza trajéronme la imagen de los dos platicando en el patio de armas, la diestra del duque apoyada en el hombro de Felipe, condescendencia del grande que alza así al pequeño para salvarse de ocio un breve rato. También me vino al recuerdo la vuelta de las justas el día de San José, en que hirióse el duque en el brazo por desafortunado lance, y Felipe teniéndole las bridas del caballo por no dejarle sufrir. Así dado a fantasmas, alcé la daga para interrogar su forma, admirándome de pronto el escarnio del duque parado ante el muerto, debatiendo si no protegería un nombre que en su mente se alzaba, o si entendía acallar con su ceñudo continente los recuerdos ajenos donde su mano volvía a posarse en el jubón del paje o se quedaban sus ojos puestos en el cabello que de rubio devoraba el sol de las terrazas. Ardua tarea la de matar rumores; cobíjanse en las colgaduras y doseles, remontando sus figuras por detrás de los párpados; y los grandes saben de su acoso sin lástima.

Así vime llevado a pasar de una reflexión a la sombra que la daga declinaba en el damero; y de mirar el juego de mi señora la duquesa, truncado por las noticias de fuera, me nació el meditar en la infrecuente herida del agente Romero, delatora acaso de una mano aplicada a labores menos graves. Y más luego, luchando en mi interior con este inmóvil alterarse de las piezas en el damero, dime a mí mismo el ejemplo de Judith y de tanta vengadora que en los pasillos del tiempo repite una y mil veces su hecho para maravilla de hombres y libros. Vi verterse una sangre en el damero, la forma de un lis bajo unos dedos arañando el mármol, y el lis es flor ducal y muestra lo que el Ejecutor ha de estar viendo conmigo. Fingió el duque, supo verdad; si cubría con su burla el brillo de pasadas justas, también protegía dolorosamente a quien de él en Felipe se vengaba; salvábase a sí mismo salvando a la homicida. Y vea el Ejecutor esto que solo se agrega: nadie muriendo de herida tal, espumando sangre con la partida lengua, podría en la tiniebla hallar consejo de sí mismo y delatar a su asesino por dibujo de lis. Bajándose a beber de esa enconada agonía, la matadora urdió los pétalos que la mirada de los otros llamaría duque. Inocente es éste, bien que encubridor involuntario. Y la duquesa debe ser prontamente arrancada de esa sonrisa que desde el sueño le alcanza la venganza cumplida.

Porque tenga el Ejecutor la entera máquina de tan confuso acontecer, estuve luego en la cámara del médico donde yacía el despojo del agente Romero. A la luz de los hachones víle desnudo por primera y última vez en la alta mesa del cirujano; marchóse el médico y quedamos solos. ¿Por qué habría de negarme al testimonio de quien, al menos en apariencia, supo escribir después de muerto? Junto mi rostro al rostro de Felipe, busqué en sus ojos otra vez misteriosamente abiertos la imagen de la verdad, un zodíaco de nombres en su mortecino cielo azul velado. Vi sus labios donde secábase la sangre como un sello de clausura, vanamente pregunté al mármol de su oreja donde el sonido se estrellaba y caía. Mas de tanta negación hube de atisbar en Felipe una respuesta, un afirmarse a sí mismo como respuesta, un contestar su propio cuerpo por nombre, un horrible nombre invasor y tiránico. Como si de pronto, por el puente de los rostros contiguos, pudiera él pensar con mi pensamiento, ser yo mismo en la revelación instantánea. Y oí su nombre dicho tantas veces, su nombre repetido, solamente su nombre. Apelé a la reflexión, tapándome los ojos, pero después miré la herida del mentón y me acordé del grande Áyax, de los que se matan por filo, se tiran sobre un arma. Teniéndola con ambas manos, evitado de verla por la sombra y la postura, le bastó empujar una sola vez mientras sumía la cabeza en el pecho, y el resto fue dolor y confusión agónica. Con las mismas manos que habían tenido la brida del caballo del duque a la vuelta de las justas se mató Felipe, lo sé de pronto como se sabe que el día ha llegado o que el vino del alba olía a violetas. Y digo al Ejecutor que sabiendo excuso, aunque el excusar me arrastre mañana en la caída del agente Romero. Excuso una muerte a ciegas, un darse el silencio a través de la lengua; mido, como medí junto al frío cadáver desnudo de Felipe, su abominable valor a la hora de la decisión. Creo que llevaba en la inteligencia las claves y las pruebas de la conjura del duque contra Palacio, y que no fue capaz de traicionarlo después del brillo de las justas y el prestigio de favores que imagino. Fiel hasta esa noche al Ejecutor y a mí, acosado por una división que la dura mirada de sus ojos resumía, se refugió en la muerte como el niño que era. Inocentes resultan los duques, discretos esperan de mi discreción el final de una confusa tarea que para mí dura todavía, después que cerré finalmente los ojos de Felipe, lo vestí con mi ropa de Palacio, lo puse en un féretro de ébano sin herrajes ni figuras, y al alba del domingo dejé entrar la luz y los criados que se lo llevaron a una fosa abierta en secreto. Si el Ejecutor lo manda, sabrá donde está enterrado sin nombre ni sentencia: era una criatura maligna y hermosa, es bueno quizá que haya desaparecido cuando dejaba de serme adicto.

Aparte de lo informado, agrego que en la tarde del domingo me hizo llamar el duque para pedirme la daga. Esto ocurrió después que yo le había avisado que la investigación iba a cerrarse sin más por falta de pruebas materiales, y que mi informe a Palacio sostendría que el agente Romero se había suicidado. El duque volvió a pedirme la daga, que yo llevaba limpia y envainada para no dejársela a nadie. Me negué atentamente, y hasta le dije: "Cómo le voy a prestar un arma que es de la justicia". Se puso pálido de coraje, y dijo algo como que las cosas estaban muy turbias y que él se iba a ocupar personalmente de averiguar la procedencia del arma. Cuando yo me iba, agregó: "Nunca le vi esa daga a Felipe Romero". No sé por qué, tanta seguridad en el inventario me enfureció. Cualquiera puede saber que la daga no era de Felipe, y hasta averiguar de qué vaina salió para matarlo. No solamente el duque sabe eso; pero tampoco es obligación que un hombre se mate con su propia daga. A la daga y al lis pueden pensárseles muchos dueños. Todos sabemos herir, y todos podemos dibujar tres pétalos con sangre. Lo que creo es que el duque está empezando a mostrar lo que en la noche del viernes tapaba con su burla. Le duele Felipe, le duelo yo, nos dolemos los dos si nos miramos. Pero yo digo: ¿Por qué un duque, ese hombre de reyes, se impacienta por una muerte sin importancia? Se impacienta porque esa muerte está llena de importancia, porque detrás viene la duquesa y vengo yo, sobre todo vengo yo. A mí me parece que detrás de eso vengo yo para el duque. Entonces fuerza la situación, habla de encontrar al dueño del arma para echar sospechas sobre ese pobre hombre a quien a lo mejor Felipe se la quitó en secreto para matarse.

Y si el duque fuerza la situación y busca un supuesto culpable, es que quiere protegerse o proteger a la duquesa; es que ese perro está tratando de echarle el fardo a otro, y lo hace por la ramera de su mujer o por él mismo. Está claro que es culpable, que mató a Felipe, y que Felipe dibujó el lis mientras se moría, con la última fuerza de su pobre mano dibujó el lis para que yo lo viera y reclamara el castigo del duque, o de la duquesa, o de los dos, del ama de Felipe y del amo de Felipe: el castigo y la muerte de los dos inmediatamente.

Relato con un fondo de agua

A Tony, que también se llamó Lucien

No, basta ya de nombrar a Lucien; basta ya de repetir su nombre hasta la náusea. Tú no pareces darte cuenta de que hay frases, de que hay recuerdos para mí insoportables; de que todas las fibras se rebelan si esas cosas son dichas. Deja de nombrar a Lucien. Pon un disco o cámbiale el agua a los peces. Dentro de un rato vendrá Lola y podrás bailar con ella; ya sé que eres mundano, que me desprecias un poco por mi aislamiento y mi misoginia. ¿Pero por qué nombraste a Lucien? ¿Era necesario que dijeses: Lucien?

Ya ni siquiera sé si hablo contigo; me parece que estoy solo en la biblioteca, sobre el río, sin nadie cerca. ¿Permaneces ahí, Mauricio? ¿Fuiste tú quien mencionó a Lucien? No me contestes, ahora; ¡qué ganaríamos con eso! Lo dijiste o no lo dijiste, lo mismo da. Yo soy un profesor de vacaciones que pasa sus vacaciones en su casa lacustre, mirando el río y recibiendo amigos, a veces, o perdiéndose en un tiempo sin fronteras, sin calendarios ni mujeres ni perros. Un tiempo mío, no compartido ya con nadie desde que terminaron esas clases… ¿cuándo, tú recuerdas?

Dame un cigarrillo. ¿Estás ahí? ¡Mauricio! Dame un cigarrillo.

Pronto vendrá Lola; le dije que te encontraría aquí. Busca los discos si te aburres; ah, estás leyendo. ¿Qué lees? No, no lo digas; me es igual. Si tienes sueño, ya te dije que la mecedora quedó en la veranda; llama, el negrito te la traerá. Prescinde de mí, yo estoy dormido y ausente; ya me conoces. ¿Para qué darte explicaciones? Los médicos, y la escuela, y el reposo... cosas sin consistencia. Pero tú eres Mauricio, al menos; tienes un nombre, se te puede ver, oír. ¿Por qué me miras así? No, viejo, Gabriel no está loco, Gabriel divaga; lo aprendí en los sueños y en la infancia; claro que falta el intérprete que teja los hilos de esta carrera incoherente... Tú no eres ese intérprete; apenas un músico. Un músico cuya última balada me ha parecido deplorable. Ya sé, ya sé, no expliques nada; en música nada tiene explicación. No me gusta, y puede ser que la próxima me encante... ¡No me mires así! ¡Es tuya la culpa de que esté hablando en esta forma! ¡Quiero olvidar, confundirme...! ¿Por qué hiciste eso, por qué trajiste de su fondo de tiempo el nombre de Lucien? ¿No ves que lo olvido una o dos horas al día? Es el antídoto, lo que me permite resistir. No te asombres, Mauricio; es claro, tú qué sabes de aquello, estabas lejos... ¿Dónde? Ah, en Jujuy, en las quebradas... por allá. Estabas lejos, lejos. Estabas más allá y esto es un círculo; no puedes entrar. No, Mauricio, no puedes entrar si yo no pronuncio el conjuro...

¡Pero por qué hiciste eso, imbécil...! Ven, siéntate aquí; tira ese libro por la ventana... No, por la ventana no; caería al río. Nada debe caer al río, ahora, y menos un libro. Déjalo allí... sí, te lo voy a contar todo y después harás lo que te parezca. Yo estoy harto, harto; estoy muerto, ¿entiendes? No, no entiendes, pero escucha, ahora, escucha todo esto y no me interrumpas como no sea para pegarme un tiro o ahogarme...

Ese vaso de agua... Así empezó el sueño. ¿No sueñas, tú? Se dicen tantas tonterías sobre los sueños... Yo no creo más que en las inferencias sexuales, y aun así... Mauricio, Mauricio, cuando éramos niños nos hablaban de los sueños proféticos... Y después, aquella tarde a la salida del Normal, cuando tú y yo estuvimos leyendo el libro de Dunne y nos acordábamos del tonto de Maeterlinck con su relato de la alfombra quemada, y la profecía, y qué sé yo qué carajo más... Bah, humo y pavadas... No me mires; Lucien me miraba del mismo modo cuando yo decía una palabra gruesa; siempre creyeron que me quedaba mal, puede que sea cierto. El sueño era idiota pero muy claro, Mauricio, muy claro hasta cierto pasaje. Ahí se terminaba la secuencia y seguía... nada, niebla. Lo llamé a Lucien y le dije: "Anoche tuve un sueño". Siempre nos contábamos los sueños, ¿sabías eso? Es que tú no tienes sueños, me lo has dicho una vez; entonces no vas a entender lo que pasó, te va a parecer sin sentido o que estoy loco o que me río de ti... Yo estaba muy cansado y me dormí allá afuera en la veranda, mirando hacia el río; había luna, no te lo digo para impresionarte; ya sé que la luna es macabra cuando uno piensa un rato en ella; pero esta luna del delta tiene color tierra a veces, y esa noche, como se lo dije después a Lucien, la tierra venía mezclada con arena y con cristales rojos. Me quedé dormido, muy cansado, y entonces empezó el sueño sin que nada cambiara... porque seguí viendo el mismo panorama que puedes ir a descubrir en la veranda, desde la mecedora. El río, y los sauces a la izquierda como una decoración de Derain, y una música de perros y duraznos que caen y grillos idiotas y qué sé yo qué chapoteo raro, como manos que quisieran prenderse al barro de la orilla y se van resbalando, resbalando, y golpean con las palmas enloquecidas, y el río las chupa hacia atrás como una ventosa horrible, y uno adivina las caras de los ahogados... Pero ¿por qué, por qué dijiste el nombre de Lucien...?

No te vayas... no pienso hacerte mal; ¿crees que no te conozco? Vamos, músico amigo, quédate acá y calla; no, no quiero agua ni bromuro ni morfina... ¿Oyes afuera?... Ya llega la noche y empieza el chapoteo... primero despacio, muy despacio... tentativas de las manos que llegan hasta la orilla y clavan las uñas en el barro... Pero después se hará más fuerte, más fuerte, más fuerte; es lo que le digo todas las noches al médico pero hay que ser médico para no entender las cosas más simples. Ah, Mauricio, en verdad era el mismo paisaje; ¿cómo saber que estaba soñando? Entonces me levanté y anduve por el río, flotando sobre él pero no en el agua, entiendes; como en los sueños: flotando con las piernas un poco encogidas, en una tensión maravillosa... por sobre las aguas, hasta cruzar estas primeras islas, seguir, seguir... más allá del muelle podrido, más allá de los naranjales, más, más... Y entonces yo estaba en la orilla, caminando normalmente; y no se oía nada; era un silencio como de armario por dentro, un silencio aplastado y sucio. Y yo seguía caminando, Mauricio, y yo seguía caminando hasta llegar a un punto y quedarme muy quieto a la orilla del agua, mirando...

Así le conté mi sueño a Lucien, sabes; se lo conté con todos los detalles hasta ahí, porque desde ahí empieza a oscurecerse; viene la niebla, la angustia de no comprender... ¡Y tú que no sueñas! ¿Cómo explicarte las cosas?... Con un piano, quizá; así imaginaba un amigo mío que se podían explicar las cosas a los ciegos. Escribió un cuento y en ese cuento había un ciego y el ciego tenía un amigo y el ciego era yo y pasaban cosas... Aquí no hay piano; tienes que escucharme y comprender aunque nunca hayas soñado. Tienes que comprender. Lucien lo entendió muy bien cuando le narré el sueño; y eso que en aquellos días estábamos muy distanciados, andando caminos distintos, y él creía que pensaba de una manera y yo creía que él debía pensar de otra, y él afirmaba que yo me equivocaba en todas mis acciones, que insistía en perpetuar estados caducos y que de nada servía oponerse al tiempo, en lo que tenía mucha razón lógicamente hablando. Pero tú sabes, Mauricio, tú sabes que la lógica...

Entonces yo estaba parado junto al río, mirando las aguas. Después de todo mi vuelo y mi caminar estaba ahora inmóvil como esperando algo. Y el silencio seguía y no se escuchaba el chapoteo; no, no se lo escuchaba. Las cosas eran visibles en todos sus detalles y por eso pude después describirle a Lucien cada árbol, cada recodo del río, cada entrecruzamiento de troncos. Yo estaba en una pequeña lengua pantanosa que entraba en el río; detrás había árboles, árboles y noche. Tú sabes que mi sueño era de noche; pero ahí no había luna y sin embargo se destacaba el paisaje con una nitidez petrificada, como un paisaje dentro de una bola de vidrio, entiendes; como una vitrina de museo, nítida, precisa, rotulada. Árboles que se perdían en una curva del agua; cielo negro pero de un negro distinto al de los árboles; y el agua, el agua con su discurso silencioso, y yo en la lengua de tierra mirando el centro del río y esperando algo...

"Recuerdas el escenario con mucha claridad", me dijo Lucien cuando le describí el lugar. Mas a partir de ese punto empezaba la niebla en el sueño y la cosas se tornaban esquivas, sinuosas como en las pesadillas; el agua era la misma, pero de pronto resonó y fue el chapoteo, el constante chapoteo de las manos buscando tomarse inútilmente de los juncos, rechazadas hacia el lecho del río por la succión de la inmunda boca golosa... Siempre igual, clap, clap, clap, y yo ahí esperando, clap, clap, hasta el horror de que no ocurriera nada y que sin embargo hubiese que seguir así esperando... Porque yo tenía miedo, comprendes Mauricio, dormido como estaba yo tenía miedo a lo que iba a ocurrir... Y cuando vi llegar traído por las aguas el cuerpo del ahogado, fue como un contento de que al fin sucediera algo; una justificación de ese siglo de inmóvil misterio. No sé si te cuento bien las cosas; Lucien estaba un poco pálido cuando yo le dije lo del ahogado; es que nunca controló sus nervios como tú. Tú no deberías ser músico, Mauricio; en ti se ha perdido un gran ingeniero, o un asesino... Bah, para qué vas a contestarme si desvarío... ¿Estás pálido tú también? No, es el anochecer, es la luna que crece y se desprende de los sauces y te golpea la cara; tú no estás pálido, ¿verdad? Lucien sí, cuando le dije lo del ahogado; pero ya no pude contarle mucho más porque ahí se acaba el sueño; no sé si te desilusiona pero en ese punto se termina todo... Yo lo veía pasar, flotando dulcemente boca arriba... y no podía verle la cara. Estaba seguro de conocerlo pero no podía verle la cara. La angustia nacía allí: de saber que ese ahogado me pertenecía en cierto modo, que lazos misteriosamente sensibles se tendían de mí hacia él, y no poder verle la cara... Pero eso no es nada, Mauricio; hay una cosa mucho más horrible... No, no te levantes; quédate aquí, tienes que oír todo. ¿Por qué dijiste el nombre de Lucien? Ahora tienes que oír todo. Hasta esto, que es lo más desesperante; en un cierto momento, cuando el ahogado pasó junto a mí, tan cerca que si él hubiera podido estirar un brazo me habría aferrado por el tobillo... entonces, en ese momento *le vi la cara*; la luz de mi sueño le daba de lleno y yo le vi la cara y conocí quién era. ¿Entiendes esto? Supe de quién era esa cara y jamás hubiera imaginado que la olvidaría al despertar... Porque cuando me desperté el sueño se interrumpía en ese instante y no fui capaz ya de recordar quién era el muerto. Mauricio, yo sabía quién era pero no lo recordaba; toda mi clarividencia se tornaba ignorancia en la vigilia. Se lo dije a Lucien, estremecido de cólera y de angustia: "No sé quién era y lo más horrible es que le vi la cara, le detallé las facciones y recuerdo, eso sí lo recuerdo, que tuve como un gran grito en las manos, en el pelo, como una revelación espantosa que me galvanizaba...".

¿Oyes el chapoteo? Así era la tarde en que le conté mi sueño a Lucien y él se marchó muy pálido, porque se impresionaba fácilmente con mis cuentos. Tú no vibras como él; me acuerdo de una noche, en un banco de madera allá por el oeste de la ciudad, cuando le conté a Lucien un relato atroz que acababa de leer; quizá tú lo conozcas, aquel de la mano del mono... Me dio pena ver que entraba demasiado en el cuento, en el clima de opresión y pesadilla... Pero tenía que contarle mi sueño, Mauricio; lo estaba viviendo demasiado como para que él fuese ajeno a ese suceder. Cuando se fue me sentí más aliviado; pero la revelación no vino y seguí todo ese verano, justamente cuando tú salías para el norte, sin lograr el instante de conocimiento, el recuerdo que me permitiera extraer, de lo más hondo, el final de aquella pesadilla.

No enciendas la luz, me es más fácil hablar así sin que me vean la boca. Ya sabes que no resisto mucho tiempo una mirada, ni siquiera la tuya; así es mejor. Dame un cigarrillo, Mauricio: fuma tú también pero quédate; tienes que oír esto hasta el final. Después harás lo que quieras; hay un revólver en mi escritorio y teléfono en el living. Pero ahora, *quédate*. Estuviste lejos de nosotros todo ese verano; yo pensé muchas veces en ti cada vez que evocaba nuestros años de estudiantes; su fin, esta vida de hoy, esta independencia tanto tiempo deseada y que se traduce en amargo sabor de soledad... Sí, pensé en ti pero más pensaba en el sueño; y nunca, entiendes, nunca en todas esas noches de insomnio pude llegar más allá... Arribaba con nitidez al momento en que aquello aparecía flotando y se escuchaba nuevamente el chapoteo como manos de ahogados que quisieran salir del río... Allí cesaba todo; todo. ¡Si por lo menos hubiera recordado que *sabía*! Debe haber sueños piadosos, amigo; sueños que afortunadamente se olvidan al despertar; pero aquello era una obsesión torturante, como el cangrejo vivo en el estómago del pez, vengándose de dentro afuera... Y yo no estaba loco, Mauricio, como no lo estoy ahora; déjate de pensar eso porque te equivocas. Ocurre que aquel sueño se me antojaba real, distinto a los sueños de siempre; había profecía, anuncio... algo así, Mauricio; había amenaza y prevención... Y horror, un horror blanco, viscoso, un horror sagrado... Lucien debía comprenderlo muy bien ya que no volvió a mencionar mi sueño y yo prefería callar, porque en aquellos días en que tú te fuiste estábamos los dos al borde de una separación definitiva. Cansados mutuamente de inútiles concesiones, de perpetuar afectos que en él habían muerto y que yo debía matar a mi vez… ¿No sospechabas tú una cosa así? Ah, es que Lucien no te lo hubiera dicho; tampoco yo. Nuestro mundo era otra cosa. Nuestro, sabes; imposible cederlo a otros aunque sólo fuese para explicar. Y llegábamos al fin de ese mundo y era necesario abolir sus puertas, seguir caminos divergentes… Yo no creía que existiera odio entre nosotros; oh, no, Mauricio, tú sabes que yo jamás habría podido creer eso, y cuando Lucien venía a casa íbamos a pasear como antes, corteses y amables, cuidando de no herir pero sin ahondar en lo que estaba muerto… Caminábamos sobre hojas secas; pesados colchones de hojas secas a la orilla del río… Y el silencio era casi dulce; y parecía de improviso como si todavía se pudiera pensar en quererse de nuevo, en retornar a la amistad de otros días… Pero todo nos apartaba ahora; el vernos, el hablar, rutinas que nos enervaban vanamente.

Entonces, él me dijo: "Es una bella noche; caminemos". Y, como podríamos hacerlo nosotros ahora, Mauricio, salimos del bungalow y bordeamos la caleta hasta encontrar la orilla preferida. No decíamos nada, comprendes, porque nada teníamos ya que decirnos, pero toda vez que yo miraba a Lucien me parecía que estaba pálido y como preparándose a definir una situación imprecisa que lo atormentaba. Andábamos, andábamos, y no sé cuánto tiempo seguimos así entrando en zonas que yo no conocía, lejos de esta casa, más allá del radio habitado, en la parte donde el río empieza a quejarse y a flexionar su cintura como una víbora quemándose; andábamos, andábamos. Sólo se oían nuestros pasos, blandos en las hojas secas, y el chapoteo en la orilla. Nunca podré olvidar esas horas, Mauricio, porque era como ir hacia un sitio indeterminado pero sabiendo que es necesario llegar... ¿para qué? Lo ignoraba, y cada vez que volvía la cara hacia Lucien encendía en sus ojos un brillo frío, ausente, como de luna. No hablábamos; pero todo hablaba desde fuera, todo parecía impulsarnos a avanzar, avanzar; y yo no podía olvidarme del sueño, ahora que esa ruta en la noche empezaba a parecerse tanto a aquel sueño de tiempos pasados... Cierto que no volaba sobre el río con las piernas encogidas; cierto que ahora Lucien estaba conmigo; pero de una manera inexplicable esa noche era la noche del sueño y por eso, cuando después de un recodo de la orilla me encontré súbitamente en el mismo escenario donde había soñado la horrible escena, apenas me sorprendí. Fue más bien como un reconocimiento, entiendes; como llegar a un sitio donde jamás se ha estado pero que se conoce por fotografías o por conversaciones. Me acerqué al borde del agua y vi la lengua de tierra pantanosa que permitía entrar ligeramente en el río. Vi la luz nocturna, marcando tímidamente el decorado de los árboles, oí con más fuerza el chapoteo en la orilla. Y Lucien estaba a mi lado, Mauricio, y él también, como si se hubiera acordado de pronto de mi descripción, parecía recordar...

Espera, espera... No quiero quo te vayas, tengo que decirte todo. ¿No oyes los ruidos, afuera? Es que algo busca entrar en el bungalow desde que cae la noche; y esta noche no podría resistirlo, Mauricio, no podría. Quédate ahí; ya vendrá Lola y entonces decidirás lo que quieras. Deja que te diga el resto, el momento en que me incliné sobre el río y después miré a Lucien como diciéndole: "Ahora va a llegar". Y cuando miré a Lucien, pensando en el sueño, tuve la impresión... ¿cómo explicártelo?... tuve la sensación de que él también estaba dentro del sueño, dentro de mi pensamiento, formando parte de una atroz realidad fuera de los cuadros normales de la vida; me pareció que el sueño iba a recomenzar allí... No, no era eso; me pareció como si el sueño hubiera sido la profecía, la presciencia de algo que iba a ocurrir allí, justamente en ese sitio donde yo no había estado jamás en la vigilia; en ese sitio que encontrábamos después de una marcha sin sentido pero oscuramente necesaria.

Le dije a Lucien: "¿Te acuerdas de mi sueño?". Y él me contestó: "Sí, y éste es el lugar, ¿no es cierto?". Yo noté que sonaba ronca su voz; dije: "¿Cómo sabes que éste es el sitio?". Él vaciló, estuvo un momento callado y después confesó lentamente: "Porque yo he pensado en un sitio así; yo he necesitado un sitio así. *Tú has soñado un sueño ajeno…*". Y cuando me dijo eso, Mauricio, cuando me dijo eso yo tuve como una gran luz en el cerebro, como un estallido deslumbrador y me pareció que iba a recordar el final del sueño. Cerré los ojos y dije para mí: "Voy a recordar… voy a recordar…". Y todo fue un instante, y recordé. Vi al ahogado, delante mío, casi tocándome los tobillos, a la deriva, y le vi la cara. Y la cara del ahogado era la mía, Mauricio, la cara del ahogado era la mía…

Quédate, por Dios… ya termino. Recuerdo que abrí los ojos y miré a Lucien. Estaba ahí a dos pasos, con los ojos hundidos en los míos. Repitió lentamente: "Yo he necesitado un sitio así. Tú has soñado un sueño ajeno, Gabriel… Tú has soñado mi propio pensamiento". Y no dijo nada más, Mauricio, pero ya no hacía falta, tú comprendes; ya no hacía falta que él dijese una sola palabra más.

¿Oyes el chapoteo afuera…? Son las manos que quieren aferrarse a los juncos, toda la noche, toda la noche… Empieza al caer la tarde y sigue toda la noche… Oye, allí… ¿oyes un chapoteo más fuerte, más imperioso? Yo sé que entre todas las manos de ahogados que quieren salvarse del río hay unas manos, Mauricio… unas manos que a veces logran aferrarse al barro… alcanzar las maderas de la caleta… y entonces el ahogado sale del agua… ¿No lo oyes? Sale del agua; te digo, y viene… viene aquí, pisoteando los frascos de bromuro, el veronal, la morfina… Viene aquí,

Mauricio, y yo tengo que correr hacia él y destruir otra vez el sueño, entiendes... Destruir el sueño, arrojándolo otra vez al río para verlo flotar, para verlo pasar junto a mí con una cara que ya no es la mía, que ya no es la del sueño... Yo he vencido al sueño, Mauricio, yo he roto la profecía; pero él vuelve todas las noches y alguna vez me llevará con él... No te vayas, Mauricio... Me llevará con él, te digo, y seremos dos, y el sueño habrá cumplido sus imágenes... Allá afuera, Mauricio, oye el chapoteo, oye... Vete ahora, si quieres; déjalo que salga del agua, déjalo entrar. Puedes hacer lo que quieras, es lo mismo. Yo vencí al sueño, yo di vuelta el destino, comprendes; pero de nada vale todo eso porque el río me espera y dentro del río están esas manos y esa cara, injustamente rendidas a su boca sedienta. Y yo tendré que ir, Mauricio, y la lengua de tierra me verá pasar alguna noche, boca arriba, magnífico de luna, y el sueño estará completo, completo... El sueño estará completo, Mauricio, el sueño estará al fin completo.

1941

Los gatos

Cuando acerco a mis labios
esa música incierta.
VICENTE ALEIXANDRE

A los ocho años, Carlos María estudiaba en su prima las posibilidades de un juego violento y eficaz, que alcanzara para toda la siesta. Marta vacilaba antes de aceptar la parte de jefe sioux, previendo el rollo de soga como un manotazo al pasar bajo el sauce, las ligaduras en los tobillos, el mirar justiciero de Buffalo Bill antes de arrastrarla al tribunal de los hombres blancos. Prefería la mancha, donde batía a su primo menos ágil, o irse a los baldíos a juntar langostas. Carlos María argumentaba hasta convencerla; a veces Marta se oponía de plano, y entonces él la agarraba del pelo y la mechoneaba, mientras Marta se defendía a patadas y alaridos. Mamá Hilaire les cobraba su siesta rota con privación de postres, con un mirar fosco que duraba días enteros.

A los diez años, cuando Marta se espigó de golpe y él tuvo la apendicitis supurada, los juegos asumieron estilo, elegancia. Ya no iban improvisadamente al jardín, apenas doblada la servilleta; usaban la sobremesa para madurar el empleo de la tarde; ingresaban en las diversiones intelectuales, los blocks recortados para hacer papel moneda, secantes y sellos de goma, un escritorio a veces banco de préstamos, a veces oficina pública. Sólo la hora alta del calor, con el jardín llamándolos, imponía los prestigios de la siesta; si reincidían en los juegos de guerra, ya entre carreras y prisiones insertaban planos de tesoros, partes sonoros, discursos y sentencias de muerte; con rescates o ejecuciones a fusil, en las que Carlos María se desplomaba lleno de gracia y heroísmo.

El sauce era alto pero lo escalaban en dos saltos. Tirado en el pasto caliente, veía él oscilar las piernas de Marta, a caballo sobre la primera bifurcación. Estaba muy quemada hasta el tobillo, después venía una zona color trigo donde a veces había medias y a veces no; desde la rodilla hacia arriba era blanquísima, en la penumbra de campana que le hacía la pollera adivinaba el color aún más blanco de los calzones cortándole los muslos. Carlos María no era curioso, pero un día le pidió que se sacara los calzones para ver. Después de hacerse rogar un rato (estaban entre las cañas que sumían una vieja fuente sin agua), Marta lo dejó que mirara, sin permitirle acercarse. Carlos María no se impresionó, había esperado algo más escandaloso, más prohibido.

—Tanto trapo para eso —fue su sentencia—. Una rayita y se acabó. Nosotros es otra cosa.

Esperaba de Marta que le pidiera lo mismo, pero ella se vestía sin mirarlo. Ya no hablaron, tampoco hicieron guerras esa tarde. A Carlos María le pareció que ella se había puesto más vergonzosa desde entonces; pensó que era idiota, justamente después de haberse desvestido tan mansita. Coincidía con los compañeros de grado en que las chicas eran estúpidas. Les contó a los íntimos que su prima le había mostrado. Todos se rieron menos uno, que tenía trece años y pelo colorado. Miraba a Carlos María sin decirle nada, pero a él le pareció que el colorado estaba pensando algo. No se animó a preguntarle, siempre le había tenido respeto porque el padre era de la policía montada.

Cuando terminaron el quinto grado (ella en la escuela nueve, él en la seis), don Elías Hilaire empezó a interesarse en sus juegos, y a veces se reunía con ellos cuando aflojaba el calor. Carlos María estaba muy alto y quemado, ahora pasaba a Marta por más de una cabeza y se lo hacía sentir. Ella cultivaba otras cualidades, rulos en el pelo, polleritas plisadas, pero a la siesta se ponía un mono azul que le quedaba ceñido y le daba aire de muchachito. Carlos María se mostraba más confiado cuando ella andaba mal vestida, de tarde se iba con los chicos amigos dejándola en la puerta peripuesta y altiva entre las otras niñas. Pocas veces se juntaban los grupos para jugar, preferían decirse cosas desde lejos, y tratarse de idiotas. Marta fingía despreciar a su primo ante las demás chicas, pero guardaba secretos gestos de ternura que él acataba receloso; como la noche que se abrió la rodilla en un alambrado de púa, y ella lo ayudó a llegar a la casa y esconderse de mamá Hilaire, exponiéndose valerosamente hasta violar el botiquín prohibido (cianuro, bicloruro, jeringas, cánulas) y volver con tintura de yodo y gasas. Apretando los dientes para no llorar delante de ella ("no te quejés, marica", decía Marta mientras le desinfectaba la herida con salvaje minucia), Carlos María tuvo esa noche una repentina impresión de distancia, de lejanía que aumentaba vertiginosa entre ambos. Le gustaban los ojos de Marta, le seguían gustando sus piernas flacas de muchachito, llenas de lastimaduras disimuladas con polvo; pero en su placer al mirarla había ahora una sensación de extrañamiento, de que miraba algo ajeno, ya enteramente ajeno. Por primera vez midió una distancia que jamás le había parecido insuperable, que no tenía siquiera el sentimiento de ser distancia; ahora Marta estaba frente a él (despatarrada, soplándole la lastimadura, haciéndose la importante) como otra persona, alguien que está con uno pero no es uno; como don Elías, como la sirvienta o los otros chicos de la escuela. Se oyó llorar duramente, en una repetida convulsión.

—Qué marica sos —decía Marta—. Por una pavada como ésta… Si no te vas morir, idiota.

Hubiera querido contestarle, decir que no era por eso. Antes bastaba querer algo de ella para tomarlo; golpes, apretones, abrazos, palabras. De pronto sentía que ya nada era suyo, que podría seguir obteniéndolo pero que debería pedirlo a la otra, a Marta que no era una parte de él; pedir cada cosa, y aun cuando las tomara, golpes o abrazos, pedirlos primero.

Los catorce años terminaron con el sexto grado, un amago de difteria que aterró a los Hilaire, y el vestido rosa que Marta estrenó en su fiesta de fin de curso. Para Carlos María el año fue dos cosas: la victoria de River Plate y el acceso a la camaradería aún algo recelosa de su padre. Don Elías Hilaire aceptaba al fin su función mentora, pero la ejercía sin empaque y dándole tiempo a Carlos María para que asimilara consejos y prohibiciones. Hacia octubre tuvo lugar la primera gran conferencia a puertas cerradas; una palabra de mamá Hilaire, una referencia al piyama verde, y la lección de don Elías fue cuidada, cordial, sin forzar la máquina, fingiendo no advertir el rubor de Carlos María y su deseo de llorar, de irse y estar solo. Después él le pasó la mano por el cuello y le apretó fuertemente la nuca, como siempre lo hacía para cerrar un capítulo. Le sugirió leer las aventuras de Tom Sawyer y le regaló dos pesos para que fuera al cine; Carlos María salió satisfecho, su padre lo consideraba un hombre, le hablaba de igual a igual, estupendo.

Con Marta no había problema. Mamá Hilaire la llevaba como de la mano, Marta se plegaba a los deseos y las necesidades de su edad con una blandura engañosa tras la cual Carlos María había conocido más de una vez una violencia de resorte. Se veían menos, mamá Hilaire los separaba en las horas de estudio y paseo, los mandaba siempre a distintas partes. Sólo una vez fueron juntos al cine. Marta dijo que cualquiera los tomaría por novios; a él lo fastidió su vanidad de mujer crecida y la trató de chiquilina; pero estaba orgulloso, y le vino bien para ganarse su complicidad en un asunto de cigarrillos robados.

Carlos María se acercaba al hito que separa a un buen chico de un hombre al gusto argentino. Empezaba a manifestar opiniones, recogidas sin darse cuenta en las sobremesas de don Elías y sus amigos. Era partidario de la neutralidad en la guerra, contagio de su padre de quien tenía además el hábito de caminar sacando los pies. Lo incitaban a lecturas sanas y pareceres discretos; pretendían que se tragara los cuatro tomos de José Pacífico Otero, él que hubiera amado en San Martín la brevedad, lo inédito en las actitudes y los sueños. Oscuramente comprendía que esa lectura era el amansadero de donde se sale sin espina dorsal, dócil para siempre y con la documentación en orden.

Don Elías le sospechaba actitudes que lo sobresaltaban. Advertía que era de esos que cuando el médico ordena decir 33, bisbisan rabiosamente 44. Buscando una higiene aplicable a su carácter a la vez débil y violento, optó por llevárselo al campo a pasar el verano. Marta hablaba de pintar, le compraban alegremente caballete y óleos, postales para que tomara motivos, y en las telas empezaban a asomar cisnes entre lotos, jóvenes de sueltas cabelleras, paisajes aptos a todas las formas de la felicidad. Carlos María se despidió sin tristeza; pero Marta parecía lamentar que se fuera, y él tuvo el orgullo de saberse extrañado. Prometió escribirle, cargó con una caja de pañuelos y una acuarela en la que diversos pájaros sobrevolaban las colinas en procura de regiones más cálidas.

Metido en un largo silencio, después de la siesta campera y el mate en la veranda, Carlos María se encontró pensando en Marta. Había oído decir tantas veces que era hija de una hermana menor de mamá Hilaire, muerta el año de la gripe. Del padre no sabía más que el apellido que había legado a Marta: Rosales. Preguntó a don Elías, le pareció entrever una voluntad de seguir chupando el amargo.

—Era un hombre de negocios, murió seis años después que tu tía.

—¿Por qué está Marta en casa? ¿No había otros parientes del lado del padre?

—No. Tu madre quiso tenerla, y la sola hermana de Rosales estuvo de acuerdo. La trajimos de un año, vos no podés acordarte, apenas caminabas.

Hacia la noche, mientras volvía por los potreros llenos de ovejas sucias, Carlos María renovó su recuerdo. No le extrañaba que en su casa faltaran retratos de Rosales, que nada dijesen de él a Marta. También se hablaba poco del difunto hermano de don Elías, una imagen de largas piernas y cara pálida, caricias distraídas en su mejilla o la de Marta, regalos de cumpleaños, después el silencio, saber que había muerto en Santa Fe, solo como siempre. Y no hablar ya de él más que en los aniversarios, apenas. Pero de Rosales ni eso. Sintió como otras veces una furtiva sensación de diferencia, de advertir cómo cierta realidad no encajaba en las explicaciones. La costumbre de vivir con Marta le hacía sentir a su prima como una pertenencia directa de su sangre. De noche miraba la acuarela, le espantaba las moscas. Cumplió quince años en la estancia y Marta le mandó otra acuarela, un autorretrato que Carlos María encontró horrendo y puso en el fondo del cajón de las medias, para que estuviera bien pisoteado noche y día.

Volvió para ingresar enseguida al Nacional. El primer día, en la mesa conmovida de los Hilaire que lo miraban felices porque ya era estudiante secundario y usaba los primeros pantalones largos, notó en Marta una secreta complacencia, un mirarlo de lado y como admirativa. Pensó en alguna sórdida broma y se mantuvo a la defensiva, aunque después supo que ella lo admiraba verdaderamente, su rostro tostado, la estrecha franja rosa que la protección de la boina le había dejado entre la frente y el nacer del pelo, su cuerpo crecido y afirmándose. Ella tenía peinado pluma y parecía una ovejita. Solamente sus ojos Hilaire seguían fieles y suyos. De Rosales tendría mucho, pero Carlos María la encontraba de veras en los ojos, allí era Marta y era Hilaire.

—A tu prima la han admitido en la academia de bellas artes. Estudió tanto en el verano…

—Ah, qué bien.

—Esperemos que la imites y no tengas que dar exámenes a fin de año.

Ella parecía pedir perdón por estar allí como un paradigma. Por primera vez se miraron de frente, sonriéndose. Descubrían la vieja complicidad de la siesta, la vida secreta al margen de la vida Hilaire. Carlos María estuvo a punto de hacerlc la seña de antes, buscarle la pierna con el zapato. Entonces, mientras no se decidía, sintió su pie que le daba con fuerza en el tobillo.

Cuando hablaban del hermano de don Elías, los chicos reparaban en una leve caída de los labios de mamá Hilaire. Luis Miguel había muerto antes de que pudieran tener algún recuerdo consistente, les importaba muy poco de ese pasado puesto como por fuera de un marco de fotografía. Tampoco se hablaba del padre de Marta, muy pocas veces de su madre. Mamá Hilaire guardaba un recuerdo dolido de su hermana, pero a Carlos María lo inquietó a veces el egoísmo de su madre al guardarse la imagen de la muerta sin rehacerla filialmente en Marta. Llegó a imaginarse algo turbio circundando el nacimiento de Marta. Ese Rosales sin figura, casi sin nombre. Don Elías hablaba más seguido de su cuñada, aludía a episodios, gustos, cintas. Carlos María notó una vez que Marta jamás preguntaba sobre sus padres. Quería tanto a los Hilaire que tal vez tuviera celos de los otros, de un recuerdo inútil enturbiando su realidad viva; los chicos resisten hasta el fin la necesidad y el aprendizaje de la hipocresía. Él estudiaba matemáticas con inmenso asco, rehacía el trabajo práctico sobre la cucaracha; Marta le pintaba los mapas, las secciones de la piel, la partenogénesis. El año pasó ocupado y dividido; la atención de mamá Hilaire creaba compartimentos estancos en la casa, vedaba a Carlos María el acceso continuo a Marta, la necesidad casi física que sentía a veces de acercársele y ponerle las manos en el pelo, el liviano peinado pluma tembloroso como un pájaro, y rascarle el cuero cabelludo con las uñas para que ella chillara y lo tratara de bruto, de aprovechador.

Cuando Marta cumplió los dieciséis en octubre, mamá Hilaire hizo venir a las chicas de la academia y les sirvió un hermoso té. Había torta con velitas, helados de tres clases, una rubia que se llamaba Estela Repetto y que dejó frío a Carlos María. Él estaba a contrapelo, molesto en el traje gris que le andaba mal de talle y de mangas; se apoyaba en la presencia más canchera del Bebe Matti y de Juan José Díaz Alcorta, sus mejores amigos del Nacional. Bailó un tango con Estela que lo trató afablemente y estuvo muy bien, hablándole de sus preferencias y la última cinta de Greer Garson. Marta vino después a llevárselo a un lado para pedirle que el Bebe bailara con Agustina, espanto de inmensos anteojos sentado en un rincón tragando torta. El Bebe fue muy hombre, apenas Carlos María le dijo dos palabras sacó a bailar a Agustina y todos vieron cómo a la pobre le brillaban los ojos, los cristales se le llenaban como de agua; fue algo grande. Estela seguía pegada a Carlos María, que pasó sin saber por qué del entusiasmo al desgano. Le molestaba verla siguiéndolo; aprovechó de Marta para hacer valer sus derechos de primo, y bailó con ella piezas y piezas.

—Dónde te habrán enseñado esas convulsiones —decía Marta llena de romanticismo y mirando hacia Juan José Díaz Alcorta.

—Tu imitación de una gallina es casi perfecta —contestaba él vedándose las ganas de un pellizco. La cintura de Marta se le escapaba de la mano, tenía una manera de salir de las vueltas que se hacía difícil y linda; Carlos María se aplicó a bailar mejor, hasta que les gustó darse cuenta de que se entendían, ahora bailaban por placer y él apretaba un poco la mano en la cintura de Marta, los ojos tan cerca de su cara caliente y dichosa.

Pero los exámenes fueron cosa brava, Marta repartía colores y carbonilla en su taller, Carlos María se desesperaba entre números y afluentes del Yang-Tsé-Kiang. Ahora se veían poco, desconfiaban a veces cuando tras la repentina tibieza familiar descubrían experiencias no compartidas, horas de una soledad propia que se bifurcaba como las ramas del antiguo sauce. Una tarde Carlos María atisbó el diálogo de Marta con Rolando Yepes que venía a estudiar con ella historia del arte. El vocabulario y la actitud sabihonda de Marta, la desenvoltura de Rolando al aludir a desnudos y escorzos, su manera de interrumpirla dándole con la mano abierta en el hombro, lo ofendieron de manera durable y dolorosa. Comprendía la perspectiva de su vida presente, la sustitución del plano donde Marta y él constituían imágenes conjuntas por esta brusca fisura que los apartaba sin distanciarlos, los oponía sin choque, acercándolos a sus bordes hasta apenas alcanzarse con la punta de los dedos sobre el pozo insondable. Y Rolando estaba del otro lado, con Botticelli, el Partenón y Marta; con tanta cosa que él no sabía, no era capaz de querer o alcanzar.

Por eso —de una manera sutil y corrosiva— agradeció el viaje de don Elías a la estancia y su condescendencia a llevarlo. Aprobó los exámenes de diciembre, condición previa a todo, y se fue de la casa el mismo día en que Marta volvía con menciones especiales y un montón de chicos y chicas que aprobaban el curso con ella. Invadieron la sala, para hacer música y bailar, pero Marta subió a buscarlo al dormitorio donde cerraban las maletas. Se abrazaron como siempre, ella le buscó la mejilla con un beso húmedo y le dijo que estaba empezando a pinchar. Le traía un señalador de seda, con un largo pájaro pintado que iba de un extremo al otro. Tuvo que jurarle que lo usaría. Marta giraba por la pieza, con las vacaciones y la libertad por delante, contestando apenas a mamá Hilaire que le reprochaba dejar solos a sus invitados. Carlos María buscaba el saco, ceñía su cinturón. El auto ya esperaba abajo, se oyó llamar a don Elías.

—Hacés mal en irte —le dijo bruscamente Marta—. Justamente ahora.

—Para lo que te importa —repuso burlón y esquivo.

—No me importa nada. Por mí te podés tirar por la ventana.

—Chicos, papá está esperando. —La agitación de mamá Hilaire se mezclaba a un reproche temeroso—. Vamos, despídanse aquí, Marta tiene que volver con sus amigas.

Carlos María la abrazó duramente, buscando hacerle daño. Pero ella lo conocía, dobló los brazos contra el cuerpo, protegiéndose los flancos. Él soltó primero.

—Volveré en marzo —dijo inútilmente.

Cuando vino, contento de sus dieciséis años, los brazos morrudos y su amistad con todos los peoncitos de la estancia, mamá Hilaire no perdió un día en buscarle una conversación seria y prevenirlo sobre Marta. Había perdido peso y alegría durante el verano, estaba pálida y como lejana; el doctor Roderich apuntalaba el calcio con abiertas incitaciones al campo y la tranquilidad.

—¿Pero por qué no la mandaste?

—Porque no podía ir con ella, ya sabés que la Obra no me deja un día libre, y más ahora con la ayuda de guerra.

—Era ella la que tenía que ir —insistió hosco Carlos María.

—La llevo la semana que viene. He conseguido que me releven, tu padre se hará cargo de la casa.

"Qué idiotas", pensó Carlos María yéndose. Recelaba una sospecha en su madre, miedo de Marta sola con él sin vigilancia. Pero después le gustó la idea, la prueba indirecta de su hombría. Y apenas le gustó vino otra vez la molestia, la desazón que a veces lo apresaba sin saber cómo, cuando el Bebe Matti hablaba de sus aventuras con una cabaretera, de que sería bueno conseguir unos pesos y largarse un sábado hasta el bajo.

—Realmente estás hecha una porquería —dijo a Marta cuando acabaron de abrazarse—. Pero allá te arreglás enseguida. Lástima no ir con vos, te habría enseñado a andar a caballo.

—No pienso andar a caballo —dijo Marta que pasaba por la etapa de la languidez y la indiferencia—. Me basta caminar por los campos, al atardecer.

—Te vas a llenar de bichos colorados.

Empezaban a mirarse, reconocerse. Cambiaban tímidas referencias al pasado, la fiesta de cumpleaños de Marta, el regalo que había mandado a Carlos María para el suyo. Él le veía los brazos bonitos, alargados y muy blancos, el cuello casi transparente, y los ojos Hilaire quemándose hacia dentro. Marta empezó a hablar de Rolando Yepes, de cómo dibujaba Rolando Yepes.

—Maldita estancia. Voy a entrar en el curso con cuatro meses de atraso, y perderé todo lo que sabía. Dice Rolando que es una lástima, que este año no se puede malgastar tiempo.

Hablaba de los profesores, las esperanzas. Él le seguía mirando los brazos, apenas el pecho donde la blusa se le alzaba liviana; pero le miraba los brazos y también la estrecha cintura todavía un poco de chiquilina.

—Tu Rolando debe ser una bestia —le dijo antes de irse.

El año pasó mal porque Marta no se repuso en la estancia y cuando la trajeron se empeñó en ir a la academia y hubo que darle permiso. Tuvo una bronquitis a la semana, el doctor Roderich hizo venir a una enfermera y Marta quedó confinada en la oscuridad; Carlos María la escuchaba desde lejos quejarse blandamente, con algo de gorrión o de gatito. Fueron cinco días horribles hasta saber que se salvaría. Cuando él dejaba el estudio para acercarse al comedor, puesto avanzado donde se adivinaba el movimiento en la habitación de Marta, Rolando Yepes venía a sentarse a su lado, buscando alguna palabra de esas que uno inspira a otro para escucharlas después y consolarse. Iba diariamente a la casa, se quedaba horas en el comedor y mamá Hilaire lo dejaba estar, le servía café y pastelitos, una noche lo quiso hacer quedar pero él rehusó, para volver el día siguiente desde el mediodía.

Miraban (sentados en el sofá verde, donde había números de *Life* y cigarrillos sueltos) entrar y salir del cuarto de Marta, leían las noticias según la cara de la enfermera o de mamá Hilaire. Carlos María hubiese querido estar solo, pero Rolando era discreto y tímido, se estaba horas callado fumando su pipa, a veces adquiría un aire de astuta espera, como si de pronto la habitación al fondo del pasillo fuera a abrirse y ocurrir un gran milagro. En aquellos momentos a Carlos María lo contagiaba la tensión de Rolando, lo observaba admirado para retroceder luego a su desazonado rencor, a la presencia del intruso en la familia. A ratos se acercaba don Elías y se sentaba entre los dos, murmurando su esperanza en frases espesas y baratas; Carlos María lo escuchaba como se huelen las colonias ordinarias.

Un día que Rolando no pudo volver por unos trabajos prácticos, Carlos María fue dueño del sofá y se tendió con holgura, relajado y victorioso. Tenía los pies en el lugar donde se sentaba Rolando, la cabeza en el brazo de felpa, y hacía anillos de humo con una blanda destreza. Se dejó estar así una hora, tal vez dos. La enfermera entraba y salía de la habitación de Marta, haciéndole al pasar un gesto complacido, y él gozaba la certeza de su mejoría, de poder estar pronto a su lado. En un momento —corrían las cortinas del comedor, el aire se llenaba de jarabes opalinos— se preguntó lejanamente por qué su alegría no era más grande y más entera. Dueño del sitio, otra vez él y Marta. Golpeó con los tacos el asiento del sofá, vio la fina columna de polvo que ascendía como los genios en *Las mil y una noches*. Le pareció que estaba solo y que le faltaba algo, hasta que vino don Elías y hablaron de la guerra, de la privilegiada posición de nuestra patria en medio del caos. "Ser neutral es ser superior a todos", proclamaba a veces don Elías. También lo dijo ahora, también Carlos María contestó con respetuoso asentimiento, con una vaga felicidad ahora que se lo llevaban a pensar en otra cosa, lo extraían de ese sentimiento de indefinida privación en que había pasado la tarde.

La luz de la convalecencia era ya suya; abría las manos, palmas arriba sobre las sábanas, y la apresaba golosa, jugando con la luz como madejas de lana. Dejaban a Carlos María que la mirara un momento desde la puerta, con prohibición de decirle una palabra; pero ahora pudo entrar, sentarse en un escabel al lado del lecho, acariciar el brazo enflaquecido de la niña.

Las primeras palabras de Marta fueron para preguntarle por Rolando. A él le dolió contestar la verdad, relatarle la fiel presencia de Rolando en la casa. No tardaría en venir, pero entre tanto estaba el tiempo de antes, con Marta y él en el jardín. Cuando Rolando volvía a la voz de Marta, a mitad de un recuerdo o un proyecto para ellos dos solos, en Carlos María pasaba como un caerse de golpe, un girar apenas el tapón facetado de las botellas, y ver un juego de imágenes sustituido instantáneamente por otro, sin relación con el anterior, atrozmente distinto.

—Perdoname —dijo de pronto Marta, que tenía el rostro devastado y un romanticismo mantenido por la dieta y la mañanita de lana rosa—. Hago mal en hablarte de él. Ya sé…

—No sabés nada de nada. Por mí podés seguir nombrándolo, sos libre.

—Vos has sido tan bueno, todo este tiempo.

—Él también —dijo con heroísmo Carlos María. Le costó menos de lo que hubiera supuesto. Un heroísmo como el de antes, cuando se tiraba fusilado, pronunciando las últimas memorables palabras.

Anunciaron a Rolando, precedido de flores y un paquete con aire de confitería de barrio. Carlos María se levantó para dejarlos solos.

—Mirá que sos tontito —dijo Marta con una voz tan para él, tan del lado de antes, que Carlos María pasó delante de Rolando como un dios.

Después el año se fue rápido. Llevaron a Marta a Córdoba, la casa estuvo vacía de mujeres hasta el final de los cursos. Fue un gran tiempo para Carlos María. Los muchachos se juntaban con él todas las tardes a estudiar en la sala grande, hacían pausas en la botánica y el reinado de Pepino el Breve para ensayar *boogies* o discutir con elegancia marcas de cigarrillos y automóviles. A veces don Elías llegaba del estudio y se quedaba un rato, tratándolos de igual a igual con tanta cordialidad que los muchachos se le entregaban enseguida. Era la hora en que don Elías mandaba traer el frasco de caña seca, y bebían sus copitas con aire de entendidos y fumando. Cosa rara, el Bebe Matti no había vuelto a hablar de mujeres a Carlos María. Una noche se fueron al bajo con Díaz Alcorta, se le animaron al *Avión* y bebieron tres cervezas cada uno. La mujer de Carlos María era flaca y comprensiva, le dio consejos y prometió vagamente encontrarse con él alguna tarde para concretar una encamada. Salieron mareados y orgullosos, disimulando las dos cosas y sobre todo el orgullo. Carlos María pensó muchas veces en Yaya, pero no en telefonearle y llevársela a una posada. Pensándolo, no lo pensaba. Cierta expresión del portero del cabaret, sumada a la de Yaya cuando le decía: "Qué bien bailás la milonga, m'hijo", lo detenían al borde del ridículo. Imaginaba problemas, ceremonias; que le pedían la libreta en el hotel, o lo mandaban de vuelta con un vigilante. Todo eso delante de Yaya, o para que lo supiera don Elías. Cuando se decidió a renunciar, a esperar, tuvo una alegría casi indigna. Como de chico, cuando había encontrado el perfecto pretexto para no hacer algo que le repugnaba o le dolía.

Marta volvió en noviembre y Carlos María fue a la estación con don Elías; Rolando Yepes estaba también ahí. Se habían visto muchas veces porque el muchacho iba a pedir noticias de Marta a don Elías, y Carlos María lo invitaba al comedor y le ofrecía una copa y el sofá. En esas ocasiones hablaban como amigos, nombrando poco a Marta, prefiriendo el fútbol y la guerra. Rolando era anglófilo y de San Lorenzo, así que había pie para discusiones largas y argumentos. Se habían hecho buenos camaradas, Carlos María sospechaba la influencia de Rolando sobre su manera de pensar, la gran ventaja de los dos años que le llevaba. Pero Rolando no aprovechaba de ella, admitía las peores opiniones de su amigo, a veces el diálogo terminaba en un golpearse los hombros y una risa llena de confianza, casi de alegría.

Le molestó verlo en la estación, prueba palpable de que Marta le escribía. Su vuelta era casi inesperada, mamá Hilaire la decidió en un par de días. Y Rolando estaba allí, dándole fuertemente la mano a don Elías que era su confesado protector, acercándose a Carlos María para palmearle la espalda. Hubiera querido plantarlos, meterse en la confitería y olvidar. De una manera vaga recordaba que en las novelas se olvida yéndose a las confiterías y bebiendo. No veía claro lo que le tocaba olvidar; como si ahora le molestara la vuelta de Marta, no tanto ver ahí a Rolando sino la llegada de ella. Si Marta hubiera venido y solamente él estuviera en la estación esperándola... Pero ni siquiera eso. Y Rolando le hablaba del triunfo de San Lorenzo en Lima, cuatro a uno y qué paseo, viejo, qué paseo padre.

A la edad de Carlos María los recuerdos se ponen ya a manchar el presente y malograrlo. El ritual de fin de año fue idéntico al anterior, de manera que él anduvo por los exámenes, los panes dulces y las corbatas nuevas como por habitaciones de toda la vida, encontrando a ciegas las llaves, evitando con un fino esguince la punta de la mesa y el borde de las sillas. Todo se repetía como en una copia de papel carbónico, primero aprobar los exámenes, después Nochebuena, después ir a sacar los pasajes, después Año Nuevo —y don Elías baleando la noche con su pistola Mannlicher—, después la estancia por todo el verano. En ese esquema riguroso y eficaz, Marta era un poco el fino pliegue que altera la copia. Estaba distinta, con una belleza intocable que encendía en Carlos María una necesidad de pura contemplación secreta. A veces se sorprendía pensando: "Ya tiene diecisiete años", la miraba girar sobre sí misma con un rápido gesto de fuga o alegría. Multitud de gestos nuevos se inventaban diariamente en ella, maneras de inclinar la cabeza, mohínes o sonrisas. Su cuerpo se llenaba de significaciones ajenas a la Marta de entonces, pero que luego adherían a ella y eran ella, para siempre. Como su voz, ahora más grave y contenida, y su vocabulario, donde las malas palabras se reducían a escasos instantes de abandono y recaída.

Mamá Hilaire no necesitaba montar la guardia, porque Marta rehuía en su primo todo lo que no fuese —aun en remotas implicaciones— fraternal. Apenas vuelta de Córdoba, se había negado a besarlo por las noches, antes de ir a dormir. Le cambió el beso por un apretón de manos, a lo camarada, y a él no le molestó. Besarla era ahora una tarea difícil, que se guardaba para los cumpleaños, la Nochebuena, los triunfos académicos. Cuando a él lo ganaba una sorda oposición a la cercanía de Marta y Rolando Yepes, hubiera querido tener la osadía de acorralar a Marta en un momento de soledad, besarla dura y largamente para imprimir en ella una constancia de dominio. Lo pensaba tan morosa y satisfactoriamente que se eximía de realizarlo, pero le quedaba una necesidad de pelearse, de discutirle cualquier cosa. Las rabias estallaban en la mesa, en la sala de estudio, por pavadas. Marta contestaba con sorprendida dignidad, después se dejaba ir y volvían al cambio de insultos, a la rápida esgrima lacerante. "Son como gatos", decía mamá Hilaire desconsolada, "gatos peleándose". Carlos María pensaba en los horrendos alaridos nocturnos en los techos. Pero también sabía que esos gatos no se peleaban bajo la luna llena, que gritaban y gemían pero que eso no era una pelea.

Volvió hecho un hombre de la estancia. "Diecisiete años, y le darían veinte", afirmó don Elías ante mamá Hilaire un poco miedosa. "Hasta domó potros, y casi se rompe el alma en un día de carreras." Mamá Hilaire resumía su alelamiento en la palabra de los grandes momentos: "¡Jesús!". Rolando lo saludó con un abrazo y un: "¡Qué alegría, hermanito!". Pero Marta estuvo recelosa y distante, aun mientras lo besaba riendo y en puntas de pie, quejándose de que la lastimaba al abrazarla.

Le quedaban dos semanas antes de empezar tercer año. Los primeros días fueron las anécdotas, los rollos de Kodak, telefonear a los muchachos y salir con ellos a interminables caminatas llenas de compulsas, silencios, esbozos de confesiones. Después sintió la necesidad de quedarse en casa, atento a los ruidos y los olores de casa, donde Marta y Rolando eran los amos y él se sentía indeciblemente desplazado, perdedor en Marta y en mamá Hilaire, y hasta en Rolando. Tuvo que reconocerlo: hasta en Rolando. La camaradería de antes, cuando la enfermedad y la ausencia de Marta, se sustituía ahora por rápidos diálogos de pasaje; Rolando se iba enseguida tras de Marta, a discutir cuadros y libros, tirándose teorías y largas profesiones de fe por la cabeza.

A su edad nadie se observa con demasiado rigor, y Carlos María sólo estaba seguro de un cosquilleo incómodo cada vez que encontraba a Marta con Rolando. Sin darse clara cuenta se admitía pequeñas deslealtades, tirarse a leer en el salón donde los camaradas estudiaban, interrumpirlos con preguntas a cada rato, juegos con el perro o intercambio de cigarrillos. Le molestaba en Rolando ese tono apagado que le advertía en la voz cuando se quedaba cerca de Marta hablándole confidencialmente. Ella lo escuchaba atenta, a veces admirativa, pero no era su actitud sumisa la que alertaba a Carlos María, más bien la entrega progresiva de Rolando, la pérdida de su ágil dominio del comienzo, su actitud mano a mano e independiente; su belleza segura de muchacho. En esa transformación adivinó Carlos María el acercamiento de Rolando a Marta, y ya no pudo negarse los celos, negarse a los celos que lo incitaban desde proyectos sin mañana, desde ansiosas compensaciones solitarias que lo extenuaban sin contentarlo.

Cuando en ausencia de Rolando buscaba la compañía de Marta, prometiéndose vagamente combatir los prestigios del condiscípulo, una distancia insalvable lo limitaba al diálogo de antes, a las brusquedades que a su vez Marta parecía provocar. Alguna vez se preguntó si a su prima la inquietaba su cercanía, y tuvo una dura alegría vencedora; después se dijo que tal vez Marta tuviera fastidio, hasta repugnancia. Una tarde se animó a hacerle una broma directa, mezclada con una mano que le rozó los senos; ella se le tiró encima dándole bofetones y puntapiés, en medio de un gran silencio. Estaba tan roja que él la creyó furiosa, y ya en el error confundió los livianos zarpazos y se apartó riendo, sin deseos de recomenzar, mientras Marta le daba la espalda, temblando un poco, maldiciendo en voz baja con lo mejor del lenguaje de antes. Esa tarde estuvo tiernísima con Rolando, le dio bombones en la boca, hizo de él tales elogios que mamá Hilaire terminó reprendiéndola. Los celos estallaron en Carlos María con una fuerza que primero lo arrojó a su cuarto, en una crisis de patadas a las geografías y los taburetes, y luego lo hizo ambular taciturno por los rincones oscuros de la casa. Aquello duró dos días, y en la tarde del tercero acabó metiéndose en el vacío estudio de su padre, ya harto de no hacer nada, errando de sillón en sillón, de cosa en cosa, hasta abrir sin pensarlo el viejo escritorio de cortina que ya nadie usaba.

La carta estaba en uno de los cajones chicos, mezclada con recibos del campo, olor a palo santo, un discurso de José Manuel Estrada y un número de *Caras y Caretas* donde había un poema de Fernández Moreno dedicado al aviador Saint-Romain. Al principio fue fácil leer, una letra clara como en los tiempos de la caligrafía, pero a la vuelta se mezclaba con parches amarillos, hongos incorpóreos que tapaban palabras enteras. La letra era de don Elías, el destinatario (¿la habría recibido, devuelto luego, o era un borrador, un arrepentimiento?) no alcanzaba a mostrarse con claridad.

Estimada señorita:

No me molesta el tono de su carta; lo encuentro muy propio de quien se cree en el deber de velar por la moralidad pública y privada.

Ahora bien, sepa usted que en mi casa se   sin
limitación a los parientes y amigos, en cuanto no pre-
tendan convertirse en censores como acaba usted de
hacerlo en una forma que yo ni mi esposa estamos
dispuestos a permitir. Lamento que haya llegado al
extremo de hacer   a mi esposa, quien sabe
mejor   deberes de mujer y de cristiana. Si
esa criatura está   mi hogar, es porque tanto   como
yo hemos procedido de acuerdo con nuestra conciencia. Bien sé que para mi esposa ha sido mucho más
penoso que para mí (aunque nadie más que yo conoce
mis sufrimientos y mi mortificación en este asunto;
hasta diría mi arrepentimiento). Por eso me ofende
su repentina   en algo que es del exclusivo
resorte nuestro, y lamento profundamente que una
infundada confianza en usted me haya llevado a confiarle una cuestión   …creto de familia. He
dado a leer su carta a mi esposa, quien está de acuerdo   esto que le escribo. Si Marta es Hilaire,
a nadie más que a mí incumbe cumplir con los deberes
que de ahí derivan; mi esposa sabe y sabrá ayudarme,
porque en ella, como en las santas, la caridad se ha
sobrepuesto a los prejuicios. Aplíquese de esto lo que
crea conveniente, y proce…   mande su religión y su inteligencia,

Elías Hilaire

La primera noche no fue nada, durmió duramente hasta muy tarde y sin sueños. Ya al despertar, cuando
vacilaba entre levantarse a hacer gimnasia o seguir remoloneando un rato, una angustia incontenible le puso las
patas sobre el estómago, una sed y un ahogo lo hicieron
saltar de la cama. En otro tiempo había sentido lo mismo
cuando reflexionaba —siempre así, un segundo antes de
levantarse— que no le alcanzaría el promedio para eximir-

se de alguna materia, o que mamá Hilaire podía morir. Se dejó estar en la ducha fría, negándose al momento en que enfrentaría a Marta y los tazones de café con leche. Pero después estuvo sereno, le hizo bromas sobre su cara de dormida, el batón azul y el pelo revuelto. Ganaba tiempo para mirarla, encontrar los ojos de Marta que ahora, irrevocablemente, eran los ojos Hilaire de la infancia. No le dolía que fuese su hermana, ni que el secreto explicara mejor las separaciones atentas, los incesantes alertas de mamá Hilaire. Era otra cosa, un sordo sentimiento sin palabras donde don Elías y mamá Hilaire pasaban como enormes arañas obstinadas en un deber monstruoso y mantenido, capaz de cegar el porvenir para que el pasado se conservara respetable e intocado. Mamá Hilaire había sido la peor, la encarnación de la santidad más abominable; protegiendo la falta de don Elías, cubriendo con un ala de gallina perdonadora a la criatura confesada por ese hombre sin fuerzas para evitar su venida, débil para mantenerla lejos e ignorada. Marta Hilaire, su hermana. Con una ya innegable fraternidad en la manera de mirar, el corte del mentón. Su hermana, y él estaba enamorado de ella, ardido de celos por ella, ciego frente a Rolando que repentinamente y como un semidiós —los que se aprendían en primer año, que se transformaban y eran de todo, siempre más fuertes y más hermosos—, repentinamente como un semidiós se ponía a la cabeza de la carrera, alcanzaba a Marta porque tenía derecho, podía ganarla, no era su hermano aunque la quisiera y la mereciera menos.

La tarde anterior, antes de encontrar la carta —ahora la llevaba en la billetera como un segundo corazón seco y convulso—, su cólera hacia Marta y Rolando había virado a una necesidad de lucha. No podía expulsar a Rolando, tampoco quería expulsarlo. Imposible pegarle, su culpa no era de ese orden, todo lo punitivo debía ceder a una máquina de victoria que no le diera color de venganza. Nada le habían hecho, hubiera podido tener en Rolando a su mejor amigo, sólo que—. Y menos aún Marta, ella todavía menos. Entonces había planeado aprovechar su prestigio de retorno, su herencia de pasado; crear en Marta la vuelta al jardín, al sauce, a Buffalo Bill; sin eso precisamente, pero de alguna manera otra vez eso, el jardín y el sauce. Para dejar fuera a Rolando, imponerle su condición insuperable de intruso y extranjero.

Entonces había visto lúcidamente —aunque sin proponérselo, como un conocimiento inexpresable pero evidente— que sólo podría ganar a Marta desde lo personal, con el mismo juego que veía urdir a Rolando. No que le molestara, no exactamente que le molestara; guardaba desde mucho antes una ansiedad de apretarla contra sí y sentir su pelo y su nuca; aunque quién sabe si eso era el amor, se negaba a definir una atracción donde no había propósitos definidos —como tal vez con Yaya, tanto tiempo antes, o en algunos sueños que lo desazonaban por inciertos. Y todo se volvía ahora retroceso y renuncia, ceñirse a estar cerca de Marta y continuar en amigo, en compañero de tanto vivir y pelearse y ser felices. Ya no el amor, ya no apretarla contra sí y sentir su pelo y su protesta. Dejarla ir con Rolando y su camino. Volver al orgullo de los catorce años, antes que Rolando viniera a la casa, cuando Marta era una molestia en su orgullo masculino, incomodidad en cada cena, cada viaje, cada cine. Darse a la vez cuenta —al rato, cuando el soliloquio parecía haberse agotado, satisfactorio— que no podía ser, que la idea de Rolando con Marta era como nunca esa avispa rabiosa en su puño; y él una necesidad de espada fría metiéndose entre ambos como en las leyendas de la Tabla Redonda; guardián de su hermana, entonces, aun si no era precisamente eso, si algo como una mentira lo arrastraba quemándole las siestas y las noches, denunciando esa tutoría resignada; algo como un impulso hacia otra cosa, un correr de caballo incendiado.

Organizó su renunciamiento con minucia de relojero. Ahora creía curarse aislándose poco a poco, cediendo en el recuerdo de su hermana a la presencia, siempre más constante y visible de Rolando. Se prometía hacerlos felices, develar el secreto un día en que mamá Hilaire y don Elías hubieran muerto, extraer la carta amarilla de su billetera en alguna noche de aniversario, mostrarla a los esposos a la hora de los brindis, con la palidez adecuada y más tarde las lágrimas, los brindis, la emoción de Marta ante la revelación de la fraternidad, el abrazo de Rolando definitivamente camarada. Construía sus sueños con prolongado detalle, dejando irse las horas de la siesta boca arriba. Un rato después hervía de rabia, exasperado por haberse dejado arrastrar a una filantropía repugnante. La inconsistencia de tanto fantaseo lo volvió tornadizo y malhumorado, ya mamá Hilaire se quejaba en alta voz y atribuía a las vacaciones en la estancia esa brusca hosquedad de Carlos María. Él le replicó ásperamente una o dos veces, hasta que don Elías lo trató de mocoso delante de Rolando. Se levantó pálido, a punto de gritar la verdad como tirándole una escupida. Rolando lo miraba apenado, invitándolo a callar, entonces todo se resumió dulcemente en una necesidad inevitable de llanto, en un irse a su cuarto sin mirar a nadie y ceder horas enteras a una amargura deliciosa llena de mimos y frases superiores.

Después de eso se puso sigiloso y astuto. Entraba sin negárselo en un retorno a los celos, y advertía complacido que para apartar a Rolando de Marta no le quedaba más que mostrarse inteligente, acumular pretextos, interrupciones, amabilidades llenas de encanto, introducirse en el diálogo, ser tres con ellos, salir a su lado, leerles los libros y compartir los bombones. Consiguió convencer a Rolando para ir un domingo a la cancha de Racing, otro día telefoneó a Marta desde el centro proponiéndole una comedia en sección vermouth; como ella hablaba de que Rolando iría a estudiar, le previno que la obra saldría de cartel al otro día; Marta se dejó llevar.

Cuando salían los tres, ella se sentaba entre ambos en los cines y los bares, el hábito los llenaba de sobreentendidos e intimidades. En la casa, Rolando era ya el festejante que va a cenar dos veces por semana y adquiere crecientes privilegios. Le llevaba cigarros a don Elías y la revista *Home and Garden* a mamá Hilaire. Aparte de Picasso, coincidían con él en todo, y hasta el padre de Rolando se había dado una vuelta exploratoria y cambiado saludos con los Hilaire en ocasión del primero de año.

Alguna vez, cuando se quedaban solos y Marta mordía el lápiz antes de empezar un croquis, Carlos María recelaba que ella estuviera sobre aviso, que sospechara. Llegó a tener miedo de esos momentos, tal vez porque Marta no se recataba ante él, se tendía de pronto en un canapé con las piernas demasiado descubiertas, la cabeza echada atrás hasta dejar ver los senos naciendo desde el escote como helados con su fruta de adorno. Entonces él sentía el horror del ridículo, quedándose ahí sin hacer nada cuando Marta parecía esperar por lo menos una palabra, aunque fuera como otras veces para replicar y enderezarse llena de extraña cólera turbia. A toda sospecha de deseo, Carlos María replicaba con el imperativo del deber. La fraternidad era el cristal de acuario que separa la sirena del contemplador, le da un sentimiento de seguridad previo y como fundamental, que ahoga en su nacimiento toda concupiscencia. Pero Marta estaba ahí, tocándolo, y él pensó alguna vez si no lo ponía a prueba, urdiendo a su turno una telaraña invisible donde acabaría por pegarse, muñeco desesperado. Recordaba los juegos de infancia, la separación al borde del cañaveral de la fuente, sancionadas ya las reglas de la guerra; la doble organización de las emboscadas, las traiciones, los lazos. En la tranquilidad del taller de Marta, tirados en los sillones y hablando de una exposición de Antonio Berni, eran quizá de nuevo los chicos salvajes y semidesnudos que se hostigaban callados entre las cañas, sudorosos bajo el sol de las tres, los grillos, las langostas. De nuevo los gatos, y un poco como si el ovillo para los zarpazos se llamara más y más Rolando Yepes.

A esa altura de las cosas, Carlos María estaba seguro de que si Marta no hubiera sido su hermana, él la habría disputado abiertamente a Rolando, hasta tirarlo de la casa como a una cáscara de naranja. No se le ocurrió pensar que pudo haberlo hecho antes de conocer la carta, que entonces se retenía en un sordo sentimiento de animosidad donde Rolando no parecía tener más relieve que Marta. Iba poco lejos en sus análisis, el alma ejercita esos botiquines llenos de colodio y gasas antes de que la sangre salga de las heridas como quejas entrecortadas, pedazos de verdad y mentira revueltas y bullentes. Y otra vez organizaba su situación moral (porque la llamaba así: situación moral) en base a las interdicciones de su secreto conocimiento. Imposible combatir ahora con las armas que Rolando estaba usando. Imposible quitarle a Marta con un beso más duro y una caricia más apoyada. Entonces quedaba la alternativa del renunciamiento total (al que volvía para alejarse enseguida, apenas escuchaba el diálogo naciendo en el taller o en el jardín), o el combate disimulado por la reconquista fraternal de una Marta silenciosa, distante, distinta.

Entraba en la sala del piano cuando vio a Rolando separarse de Marta con un gesto de serpiente que echa atrás el cuerpo. Las huellas del beso eran el aire sorprendido e incierto de Marta —de rodillas en el diván azul, de manera que Rolando había tenido que inclinarse apoyándole las manos en los hombros y besarla sin un abrazo, sin esa continuación, ese árbol del beso en los dedos y los brazos.

No sería la primera vez, Carlos María lo pensó mientras entraba mirándolos oscuramente, pero la certidumbre del beso alteraba de pronto los valores como un puñetazo destruye las sensaciones habituales y ya inadvertidas, crea en su horrible instante un tumulto insoportable de dolores, olores, gustos, estrellas y náusea, una marea que irrumpe como un enjambre furioso contra un parabrisas. Miraba a Rolando sin intención de decir nada, ni siquiera de mirarlo, y Rolando se apartó hasta la mesa donde estaba su pipa exhalando un humo débil, lo miró a su vez con una ansiedad de recobrarse y no dar a la cosa una importancia inútil.

—De manera que no pierden el tiempo —dijo Carlos María—. No me parece bien que vos hagás esto. Si venís a casa, portate como un caballero.

—Lee demasiado a Duras —dijo Marta, tendida ahora en el diván y mirándolo burlona—. Eso de caballero es de una idiotez que sólo a vos…

—Se lo dije a él, callate la boca.

—¿Por qué te enojás, pibe? —intervino Rolando con toda calma—. No sos ciego, me parece, para ver que esto iba en serio desde hace mucho.

Y sin darle tiempo a la réplica, a una de las muchas que se confundían y pugnaban:

—Además no es cosa tuya, si vamos al caso. Ya voy a hablar con tu padre.

Carlos María estaba entre tirársele a pegarle o irse de la casa, vertiginosamente consultaba la doble salida, y los ojos de Rolando seguían amigables pero definidos en los suyos, como fuera del tiempo, en una detención instantánea donde nada se resolvía, donde la voluntad era inane y blanda, trapo mojado resbalándole por las piernas. Entonces sintió la mano de Marta en su brazo, la caricia menuda. Los dos lo miraban como a un chico, condescendientes y dándole su oportunidad de borrar el mal momento. Los ojos de Carlos María bajaron antes que los de Rolando; su mirada recorrió el cuerpo de Rolando, de arriba abajo como el chorro de la manguera contra la hiedra del paredón, resonando sordamente. No miraba a Marta, sentía su mano caliente sobre la camisa. Se dio vuelta y corrió.

Había dudado a último momento, pero llegó ante don Elías y le puso por delante la carta mientras se preguntaba qué relación podía haber entre su gesto y lo que acababa de pasar. Pero lo hizo como si algo le dijera que estaba bien, que convenía liquidar todo asunto pendiente antes de que empezara una nueva etapa; la destrucción de papeles y fotografías la víspera de una operación. Sufría poco, la angustia era más intensa que cualquier dolor, sentía necesidad de emprenderla contra algo; si ese algo hubiera sido Rolando, se habría tirado contra él. Pero no era, y tampoco Marta, tal vez ambos juntos, la entidad que abominaba en ellos desde el momento de su beso.

Don Elías miró la carta con minucia, chasqueó la lengua y dijo algo sobre la curiosidad mal encaminada.

—Nadie te dio permiso para que andés revolviendo mis papeles. ¿Dónde encontraste esto?

Al contestarle, pálido de rabia, Carlos María guardaba la actitud siempre teatral del que pide explicaciones un escalón más arriba del abrumado interlocutor, envuelto en la grandeza del acusador público. Pero don Elías lo empujó hasta un sillón cercano al suyo.

—¡Qué pavadas se te habrán metido en la cabeza!

—Marta es tu hija —acusó él, jadeando un poco, muerto de miedo y lástima.

—No seas papanatas, parece mentira que tengas la edad que tenés para venirme con esas comedias. ¿Cómo pensás que te hubiera dejado crecer en semejante error? Para qué, decime.

—La carta es de tu puño y letra.

—La carta dice que Marta es Hilaire, y eso sí que va a ser la única novedad para vos. Te lo hubiera hecho saber cuando cumplieras los dieciocho, pero ya que estás así... Es tu prima, zonzo, solamente que es hija de Luis Miguel.

—No es cierto —murmuró Carlos María, empezando a entender que era cierto—. Me estás engañando de nuevo.

—Te debería cruzar la cara de un revés —cortó don Elías sin demasiado enojo—. Ahí está tu madre cosiendo en el dormitorio; andá a decirle de mi parte que te abra los ojos. Te lo va a contar mejor que yo, andá y dejame trabajar en paz. No volvás hasta que te haya bajado la cresta.

Un botón aquí, los pespuntes... Sí, era la hija de Luis Miguel Hilaire y una muchacha muerta en el parto. La carta de don Elías ("alcanzame la caja de las agujas, no te quedés como alelado") se dirigía a una parienta que dio en el clavo y se alzaba en nombre de los mandatos de la Iglesia. Fue fácil arreglar la cuestión del apellido, don Elías era influyente por entonces y había necesidad de cubrir a Luis Miguel, candidato a senador por Buenos Aires.

—Mi pobre hermana, Dios la tenga en su gloria, aceptó pasar por madre de Marta delante de la gente, y cuando se la llevó la gripe nosotros seguimos con la mentira piadosa, máxime que Rosales había aceptado que le pusieran el apellido, y el pobre se murió al poco tiempo... Te diré que todos los parientes cercanos conocen la verdad y han estado siempre de acuerdo; ya ves que al final Elías ni siquiera mandó esa carta. Y uno de estos días lo hubieran sabido ustedes... Íbamos dejando pasar, esas cosas son tan penosas.

Se enredaba en las explicaciones, mezclándolas con los hilos y los dobladillos, pero ya Carlos María no la escuchaba. Marta es Hilaire... Y de nuevo su prima; Hilaire, pero su prima. Con todos los derechos recobrados, su largo sacrificio inútil, otra vez solo y desnudo a la par de Rolando. Ahora (y fue saliendo del dormitorio con sigilosa lentitud) podía ganarle a Marta, besarla después de su beso. Decir que todas esas semanas había estado sacrificándose, repetía lo del sacrificio para convencerse. Porque Marta era Hilaire. La libertad lo anegaba al fin como un extravío, la pérdida de todo asidero; se aferró al pasamanos para asegurarse que estaba bajando. Oyó reír en la sala del piano, después un acorde, Rolando picando el principio de una rumba. La puerta estaba entornada, y él tenía derecho a abrirla de par en par, ir al encuentro de Rolando y Marta, decir simplemente: "Soy yo, vengo a quedarme".

Recordó que no había pedido disculpas a don Elías; pero ya estaba echándose atrás cuando lo recordó.

Esto pasaba un lunes, y el martes por la tarde Marta vio entrar a Carlos María con un atado de cigarrillos de la marca que a ella le gustaban. No era todavía la hora de Rolando, de manera que él fue a tenderse en el sofá con las piernas estiradas, dueño del taller en donde Marta retocaba una naturaleza muerta con azules y amarillos. La noche anterior, cuando se reunieron a cenar (sin Rolando), Carlos María esperó que sus padres continuaran las revelaciones de la tarde para dejar aclarado el asunto ante Marta. Tal vez ellos aguardaban lo mismo de él, y la cena pasó sin que casi se hablara.

—Ese zapallo parece una pelota de rugby.

—Antes de dibujarlo pensé un rato en vos. Siempre fuiste mi musa, y no es necesario que me quemes la funda del sofá.

—Dejá de trabajar un rato —dijo Carlos María—. Me gustaría hablar con vos, te veo tan poco ahora.

—Porque no te hacés ver.

—A veces llego cuando no debo, ya sé.

Los dos habían esperado ese punto para acercarse a la discusión necesaria. Marta le aceptó un cigarrillo y se vino junto a él, se sentó en el borde del sofá. Oyeron a mamá

Hilaire preguntando si no habían visto sus ovillos de lana. El taller estaba claro, con una claridad sin límites ni matices, una luz ubicua que Marta obtenía a esa hora en torno a su caballete.

Fumaba meditativa, sin mirarlo. Carlos María alzó la mano ociosa con el ademán antiguo, que amenazaba siempre despeinarla, y la vio responder exactamente con un gesto de portadora de ánfora, o del persa en los subterráneos de la Ópera. Se rieron.

—Ayer estuviste odioso, no te lo perdonaré nunca.

—Lo que hice fue perder el tiempo, tampoco me lo voy a perdonar nunca.

—Yo te creía mi amigo —dijo ella innecesariamente, como para llenar un blanco con una pincelada cualquiera. Pensaba en lo que había sentido al verlo entrar con el rostro contraído, Rolando echándose atrás como un látigo, el diálogo instantáneo sin satisfacción, y después Carlos María dándose la vuelta y corriendo hacia fuera, trepando la escalera sin mirarlos, tal vez mordiéndose una mano como cuando chico, los dientes y las lágrimas mezclados en la piel de la mano. De todo lo ocurrido recordaba más la fuga de Carlos María que la delicia apagada del beso; se preguntó si él creería que era el primer beso de Rolando, y que no la había hecho feliz. Lo oyó murmurar confusamente algo, la cara nublada por el humo y el gesto amargo. Hizo a su vez el ademán de peinarle el mechón que le caía sobre un ojo, y él la dejó sin moverse, entregado al roce liviano de los dedos.

—No sé, me pareció horrible ver que estabas enamorada de él.

—¿Por qué horrible, idiota? ¿Y qué comprobación es ésa… besarse?

—No sé, nunca lo había visto besándote. No porque vos estuvieras ahí, besándolo, sabés. Fue al ver que él te besaba, lo vi tan claro inclinándose sobre vos para besarte.

—Rolando me quiere, ya oíste que te lo decía y bien claro. Si uno quiere a alguien, alguna vez tiene que besarlo. Yo le contesté el beso porque un beso no debe malgastarse, sabés, y porque si se cierra los ojos…

Las manos duras de Carlos María se le clavaron en los hombros. Lo sintió temblar, un final del temblor agolpándose en sus dedos, vibrándole en la carne bajo la blusa. Se preguntó si él la inclinaría contra sí, oponiendo al gesto sometido de Rolando el tirón imperioso del que atrae y doblega; sintió aflojársele la cintura con una blanda aquiescencia, quedó apoyada apenas en los tendidos brazos de Carlos María, esperando que la doblara hacia él. Y cerró los ojos para verlo mejor, ahora que una mano se apoyaba en sus senos, estuvo ahí un instante y volvió al hombro, atrayéndola al fin violentamente. Le sintió el aliento, la humedad de los labios, la fuerza tremenda del beso. Trastornada, dándose todavía al abrazo, esperó sin respuesta la delicia del abandono, y ya algo en ella denunciaba el contacto queriendo hacerlo más insistente, arrastrar a Carlos María en la entrega; pero lo sentía distante, luchando tal vez por cercarla, incidir en la zona donde ella era por fin la cesión, luchando desesperado y vencido por un despojo que se quedaba en las manos, en los labios, en el calor horrible de dos caras que se han buscado y saben que eso de alguna manera no es el encuentro.

—Por qué… por qué… —El balbuceo de Marta llegó a Carlos María cuando lentamente se desgajaba del beso, ayudándola a incorporarse otra vez. Una sed fría y húmeda se le pegaba a las fauces, miraba a Marta de arriba abajo como previendo una explicación imposible, adelantándose a encontrar coartadas y disculpas. En aquel instante la había tenido por fin contra él, maravillado al darse cuenta de que era el vencedor, que Rolando estaba fuera y lejano y sin sentido, para inmediatamente ceder al asco de un beso sin delicia, de un beso más caliente y duro que los de antes pero otra vez y para siempre un beso de hermana, porque Marta era Hilaire, quería desmentir la revelación de don Elías y se empecinaba de golpe en creer que lo habían engañado, que ese contacto miserable le probaba la fraternidad más que cualquier carta o cualquier desmentido. Y algo espantoso —con la belleza detrás, llorando—, medir de golpe la dirección de sus celos, la larga falsedad de su renunciamiento, la inconsistencia de Marta antes y ahora, Marta Rosales, Marta Hilaire, nada más que Marta y él desesperadamente libre contra ella, más lejos y alto, trapo agitándose en un viento negro por encima de Marta que ahora se había puesto a llorar, oculto el rostro, dejando salirse unas lágrimas y un hipo entre los dedos apretados.

Tuvo coraje, antes de irse dejó unas líneas a don Elías:

No te echo la culpa de nada, alcanzo a darme cuenta de que hay tanta mentira en mí que me llevaría años desenredar la madeja en que estoy convertido por dentro. Creo que me hiciste un daño al criarme al lado de ella, después me parece que no, que eso ocurre en todas las familias y que no tienes la culpa de que yo esté loco. Todo el día he estado pensando que mamá y tú me engañaron de nuevo, que Marta es tu hija. Pero mira, papá, también esta acusación te la tiro para que no me dé en la cara, porque así me salvo a ratos de sospechar que es una defensa, una excusa, una conformidad moral. Vaya uno a saber la verdad, a lo mejor no era a ella a quien quería, mejor dejar todo como está y cortar de una vez las explicaciones. Acabo de vender mi máquina de escribir, casi todos los trajes y los libros. Al principio pensé en matarme (tú dirás por qué, me doy cuenta de que no te explico nada, pero es eso, yo mismo no entiendo, y esto también es mentira). Pensé en matarme, pero uno al final nunca se mata, todavía no sé qué voy a hacer. Junté quinientos pesos, me alcanza para irme; por favor no vayas a hacer averiguaciones. Te juro que me mato si tratan de ponerme la mano encima. Díselo a mamá, que será la más deseosa de encontrarme. Prométele de mi parte que seré feliz, que ya tendrán noticias mías. No les muestres esta carta ni a ella ni a Rolando. A Rolando dile que le dejo dos cajas de cigarrillos rubios de su marca y unos libros que le gustaban.

Más tarde tuvieron noticias indirectas. Alguien creyó haber visto a Carlos María en el puerto, andando con marineros. Don Elías fue con un comisario amigo y averiguaron en todas partes. Esa noche había salido un carguero noruego; el capitán contrató a un marinero y dos grumetes argentinos, uno de los grumetes se parecía a Carlos María Hilaire. Un estanciero de Córdoba les escribió al poco tiempo que había visto pasar un camión con chapa de Santiago del Estero manejado por un muchacho que le recordó a Carlos María. La primera postal tenía sello de Tarija y llegó tres meses después; la segunda era de Nueva Orleans, para fin de año. Siempre estaba bien. Siempre muy contento. Siempre muchos cariños.

Enero de 1948

Manuscrito hallado junto a una mano

A mi tocayo De Caro

Llegaré a Estambul a las ocho y media de la noche. El concierto de Nathan Milstein comienza a las nueve, pero no será necesario que asista a la primera parte; entraré al final del intervalo, después de darme un baño y comer un bocado en el Hilton. Para ir matando el tiempo me divierte recordar todo lo que hay detrás de este viaje, detrás de todos los viajes de los dos últimos años. No es la primera vez que pongo por escrito estos recuerdos, pero siempre tengo buen cuidado de romper los papeles al llegar a destino. Me complace releer una y otra vez mi maravillosa historia, aunque luego prefiera borrar sus huellas. Hoy el viaje me parece interminable, las revistas son aburridas, la hostess tiene cara de tonta, no se puede siquiera invitar a otro pasajero a jugar a las cartas. Escribamos, entonces, para aislarnos del rugido de las turbinas. Ahora que lo pienso, también me aburría mucho la noche en que se me ocurrió entrar al concierto de Ruggiero Ricci. Yo, que no puedo aguantar a Paganini. Pero me aburría tanto que entré y me senté en una localidad barata que sobraba por milagro, ya que la gente adora a Paganini y además *hay* que escuchar a Ricci cuando toca los *Caprichos*. Era un concierto excelente y me asombró la técnica de Ricci, su manera inconcebible de transformar el violín en una especie de pájaro de fuego, de cohete sideral, de kermesse enloquecida. Me acuerdo muy bien del momento: la gente se había quedado como paralizada con el remate esplendoroso de uno de los caprichos, y Ricci, casi sin solución de continuidad, atacaba el siguiente. Entonces yo pensé en mi tía, por una de esas absurdas distracciones que nos atacan en lo más hondo de la atención, y en ese mismo instante saltó la segunda cuerda del violín. Cosa muy desagradable, porque Ricci tuvo que saludar, salir del escenario y regresar con cara de pocos amigos, mientras en el público se perdía esa tensión que todo intérprete conjura y aprovecha. El pianista atacó su parte, y Ricci volvió a tocar el capricho. Pero a mí me había quedado una sensación confusa y obstinada a la vez, una especie de problema no resuelto, de elementos disociados que buscaban concatenarse. Distraído, incapaz de volver a entrar en la música, analicé lo sucedido hasta el momento en que había empezado a desasosegarme, y concluí que la culpa parecía ser de mi tía, de que yo hubiera pensado en mi tía en mitad de un capricho de Paganini. En ese mismo instante se cayó la tapa del piano, con un estruendo que provocó el horror de la sala y la total dislocación del concierto. Salí a la calle muy perturbado y me fui a tomar un café, pensando que no tenía suerte cuando se me ocurría divertirme un poco.

Debo ser muy ingenuo, pero ahora sé que hasta la ingenuidad puede tener su recompensa. Consultando las carteleras averigüé que Ruggiero Ricci continuaba su tournée en Lyon. Haciendo un sacrificio me instalé en la segunda clase de un tren que olía a moho, no sin dar parte de enfermo en el instituto médico-legal donde trabajaba. En Lyon compré la localidad más barata del teatro, después de comer un mal bocado en la estación, y por las dudas, por Ricci sobre todo, no entré hasta último momento, es decir hasta Paganini. Mis intenciones eran puramente científicas (¿pero es la verdad, no estaba ya trazado el plan en alguna parte?) y como no quería perjudicar al artista, esperé una breve pausa entre dos caprichos pera pensar en mi tía. Casi sin creerlo vi que Ricci examinaba atentamente el arco del violín, se inclinaba con un ademán de excusa, y salía del escenario. Abandoné inmediatamente la sala, temeroso de que me resultara imposible dejar de acordarme otra vez de mi tía. Desde el hotel, esa misma noche, escribí el primero de los mensajes anónimos que algunos concertistas famosos dieron en llamar las cartas negras. Por supuesto Ricci no me contestó, pero mi carta preveía no sólo la carcajada burlona del destinatario sino su propio final en el cesto de los papeles. En el concierto siguiente —era en Grenoble— calculé exactamente el momento de entrar en la sala, y a mitad del segundo movimiento de una sonata de Schumann pensé en mi tía. Las luces de la sala se apagaron, hubo una confusión considerable y Ricci, un poco pálido, debió acordarse de cierto pasaje de mi carta antes de volver a tocar; no sé si la sonata valía la pena, porque yo iba ya camino del hotel.

Su secretario me recibió dos días después, y como no desprecio a nadie acepté una pequeña demostración en privado, no sin dejar en claro que las condiciones especiales de la prueba podían influir en el resultado. Como Ricci se negaba a verme, cosa que no dejé de agradecerle, se convino en que permanecería en su habitación del hotel, y que yo me instalaría en la antecámara, junto al secretario. Disimulando la ansiedad de todo novicio, me senté en un sofá y escuché un rato. Después toqué el hombro del secretario y pensé en mi tía. En la estancia contigua se oyó una maldición en excelente norteamericano, y tuve el tiempo preciso de salir por una puerta antes de que una tromba humana entrara por la otra armada de un Stradivarius del que colgaba una cuerda.

Quedamos en que serían mil dólares mensuales, que se depositarían en una discreta cuenta de banco que tenía la intención de abrir con el producto de la primera entrega. El secretario, que me llevó el dinero al hotel, no disimuló que haría todo lo posible por contrarrestar lo que calificó de odiosa maquinación. Opté por el silencio y por guardarme el dinero, y esperé la segunda entrega. Cuando pasaron dos meses sin que el banco me notificara del depósito, tomé el avión para Casablanca a pesar de que el viaje me costaba gran parte de la primera entrega. Creo que esa noche mi triunfo quedó definitivamente certificado, porque mi carta al secretario contenía las precisiones suficientes y nadie es tan tonto en este mundo. Pude volver a París y dedicarme concienzudamente a Isaac Stern, que iniciaba su tournée francesa. Al mes siguiente fui a Londres y tuve una entrevista con el empresario de Nathan Milstein y otra con el secretario de Arthur Grumiaux. El dinero me permitía perfeccionar mi técnica, y los aviones, esos violines del espacio, me hacían ahorrar mucho tiempo; en menos de seis meses se sumaron a mi lista Zino Francescatti, Yehudi Menuhin, Ricardo Odnoposoff, Christian Ferras, Ivry Gitlis y Jascha Heifetz. Fracasé parcialmente con Leonid Kogan y con los dos Oistrakh, pues me demostraron que sólo estaban en condiciones de pagar en rublos, pero por la dudas quedamos en que me depositarían las cuotas en Moscú y me enviarían los debidos comprobantes. No pierdo la esperanza, si los negocios me lo permiten, de afincarme por un tiempo en la Unión Soviética y apreciar las bellezas de su música.

Como es natural, teniendo en cuenta que el número de violinistas famosos es muy limitado, hice algunos experimentos colaterales. El violoncelo respondió de inmediato al recuerdo de mi tía, pero el piano, el arpa y la guitarra se mostraron indiferentes. Tuve que dedicarme exclusivamente a los arcos, y empecé mi nuevo sector de clientes con Gregor Piatigorsky, Gaspar Cassadó y Pierre Michelin. Después de ajustar mi trato con Pierre Fournier, hice un viaje de descanso al festival de Prades donde tuve una conversación muy poco agradable con Pablo Casals. Siempre he respetado la vejez, pero me pareció penoso que el venerable maestro catalán insistiera en una rebaja del veinte por ciento o, en el peor de los casos, del quince. Le acordé un diez por ciento a cambio de su palabra de honor de que no mencionaría la rebaja a ningún colega, pero fui mal recompensado porque el maestro empezó por no dar conciertos durante seis meses, y como era previsible no pagó ni un centavo. Tuve que tomar otro avión, ir a otro festival. El maestro pagó. Esas cosas me disgustaban mucho.

En realidad yo debería consagrarme ya al descanso puesto que mi cuenta de banco crece a razón de 17.900 dólares mensuales, pero la mala fe de mis clientes es infinita. Tan pronto se han alejado a más de dos mil kilómetros de París, donde saben que tengo mi centro de operaciones, dejan de enviarme la suma convenida. Para gentes que ganan tanto dinero hay que convenir en que es vergonzoso, pero nunca he perdido tiempo en recriminaciones de orden moral. Los Boeing se han hecho para otra cosa, y tengo buen cuidado de refrescar personalmente la memoria de los refractarios. Estoy seguro de que Heifetz, por ejemplo, ha de tener muy presente cierta noche en el teatro de Tel Aviv, y que Francescatti no se consuela del final de su último concierto en Buenos Aires. Por su parte, sé que hacen todo lo posible por liberarse de sus obligaciones, y nunca me he reído tanto como al enterarme del consejo de guerra que celebraron el año pasado en Los Ángeles, so pretexto de la descabellada invitación de una heredera californiana atacada de melomanía megalómana. Los resultados fueron irrisorios pero inmediatos: la policía me interrogó en París sin mayor convicción. Reconocí mi calidad de aficionado, mi predilección por los instrumentos de arco, y la admiración hacia los grandes virtuosos que me mueve a recorrer el mundo para asistir a sus conciertos. Acabaron por dejarme tranquilo, aconsejándome en bien de mi salud que cambiara de diversiones; prometí hacerlo, y días después envié una nueva carta a mis clientes felicitándolos por su astucia y aconsejándoles el pago puntual de sus obligaciones. Ya por ese entonces había comprado una casa de campo en Andorra, y cuando un agente desconocido hizo volar mi departamento de París con una carga de plástico, lo celebré asistiendo a un brillante concierto de Isaac Stern en Bruselas —malogrado ligeramente hacia el final— y enviándole unas pocas líneas a la mañana siguiente. Como era previsible, Stern hizo circular mi carta entre el resto de la clientela, y me es grato reconocer que en el curso del último año casi todos ellos han cumplido como caballeros, incluso en lo que se refiere a la indemnización que exigí por daños de guerra.

A pesar de las molestias que me ocasionan los recalcitrantes, debo admitir que soy feliz; incluso su rebeldía ocasional me permite ir conociendo el mundo, y siempre le estaré agradecido a Menuhin por un atardecer maravilloso en la bahía de Sydney. Creo que hasta mis fracasos me han ayudado a ser dichoso, pues si hubiera podido sumar entre mis clientes a los pianistas, que son legión, ya no habría tenido un minuto de descanso. Pero he dicho que fracasé con ellos y también con los directores de orquesta. Hace unas semanas, en mi finca de Andorra, me entretuve en hacer una serie de experimentos con el recuerdo de mi tía, y confirmé que su poder sólo se ejerce en aquellas cosas que guardan alguna analogía —por absurda que parezca— con los violines. Si pienso en mi tía mientras estoy mirando volar a una golondrina, es fatal que ésta gire en redondo, pierda por un instante el rumbo, y lo recobre después de un esfuerzo. También pensé en mi tía mientras un artista trazaba rápidamente un croquis en la plaza del pueblo, con líricos vaivenes de la mano. La carbonilla se le hizo polvo entre los dedos, y me costó disimular la risa ante su cara estupefacta. Pero más allá de esas secretas afinidades... En fin, es así. Y nada que hacer con los pianos.

Ventajas del narcisismo: acaban de anunciar que llegaremos dentro de un cuarto de hora, y al final resulta que lo he pasado muy bien escribiendo estas páginas que destruiré como siempre antes del aterrizaje. Lamento tener que mostrarme tan severo con Milstein, que es un artista admirable, pero esta vez se requiere un escarmiento que siembre el espanto entre la clientela. Siempre sospeché que Milstein me creía un estafador, y que mi poder no era para él otra cosa que el efímero resultado de la sugestión. Me consta que ha tratado de convencer a Grumiaux y a otros de que se rebelen abiertamente. En el fondo proceden como niños, y hay que tratarlos de la misma manera, pero esta vez la corrección será ejemplar. Estoy dispuesto a estropearle el concierto a Milstein desde el comienzo; los otros se enterarán con la mezcla de alegría y de horror propia de su gremio, y pondrán el violín en remojo por así decirlo.

Ya estamos llegando, el avión inicia su descenso. Desde la cabina de comando debe ser impresionante ver cómo la tierra parece enderezarse amenazadoramente Me imagino que a pesar de su experiencia, el piloto debe estar un poco crispado, con las manos aferradas al timón. Sí, era un sombrero rosa con volados, a mi tía le quedaba tan

(c 1955)

Índice

La otra orilla

Plagios y traducciones

Historias de Gabriel Medrano

Prolegómenos a la Astronomía

Bestiario

Final del juego

I.

II.

III.

Las armas secretas

Historias de cronopios y de famas

Manual de instrucciones

Ocupaciones raras

Material plástico

Todos los fuegos el fuego

Historias (inesperadas)